04.02.21

SCHIPPACHVERLAG

FRANKFURT

Wolfgang Mondorf

UND AM ENDE DIE WENDE

Roman

SCHIPPACHVERLAG
FRANKFURT

Personen und Personennamen in diesem Roman sind frei erfunden. Ähnlichkeiten mit lebenden oder verstorbenen Personen sind jedoch nicht rein zufällig. Die Inhalte des Romans entsprechen einer Realität aus gelebten Erinnerungen, die zunehmend in Vergessenheit geraten, weil einige vergessen wollen und andere nicht vergessen können.

Lektorat und Buch-Coaching: Johanna Badorrek (www.story-gardening.de)
Layout und Covergestaltung: Catherina Müller-Scheessel
(www.gutegruende-design.de)
Druck: Alfred Nordmann, Israel
Download:
Lyrics: Wolfgang Mondorf
Musik: Charlotte Mondorf
Gitarre und Produktion: Reiner Gleim
Gesang: Elina Grohe

ISBN: 978-3-9817751-8-1
www.schippach-verlag.de

Kommentare und Rückmeldungen sind ausdrücklich erwünscht:
www.ich-schreib-dann-mal.de

November 1989

Früher waren ihr Friedhöfe gleichgültig. Der Tod spielte in ihrem Leben bis vor wenigen Monaten keine Rolle. Jetzt stand sie allein vor knapp zwei Quadratmeter frisch angehäufter Erde, symmetrisch bepflanzt mit Erika und pflegeleichten Büschen, einem Grab, dem Familiengrab der Familie Münkwitz, das damit in gewisser Weise auch ihr Grab sein würde: Maria Münkwitz, geboren am 17. Juni 1971, gestorben ..., sie würde es nicht erleben.

Es war Ende November. Ein eisiger Wind ließ gelbbraune Blätter Ringelreihen tanzen, pfiff hindurch zwischen Friedhofsmauern und monoton aneinandergereihten Grabsteinen. Maria hasste Grabsteine, nicht zuletzt aufgrund ihrer beherrschenden, erdrückenden Dominanz. Vor allem aber wegen der Inschriften, der Namen und insbesondere der schlichten Zahlen darunter: Geburts- und Todesdatum, Anfang und Ende, in Stein gemeißelt, als gäbe es nichts davor, nichts dazwischen, nichts danach. Das Leben der Verstorbenen reduziert auf eine simple Zeitspanne. Erinnerungen wurden ausgeklammert, dabei waren sie so viel wichtiger.

Und jetzt? Alle, die sie einst liebte, die ihr Leben mit Inhalten angefüllt hatten, waren tot, eingeäschert, in eine lächerliche Büchse verbannt, vergraben. Ruhe in Frieden, hatte der Pfarrer gesagt. Wen meinte er damit? Die Toten oder die Zurückgelassenen? Sie, Maria, sie sehnte sich nach Frieden, fühlte sich zurückgelassen. Ein Friedhof war kein Hof des Friedens, kein Garten der Stille, wie es am Eingang von der Straße her zu lesen war, sondern vielmehr ein Ort dröhnender, unbeantworteter Fragen.

Mai 1987

Zu lange hatte der Winter die Natur in seinem frostigen Griff gehalten, den Himmel grau verschleiert. Nun kam der Wechsel schlagartig, wie ein tiefes Aufatmen nach langer Zeit des Luftanhaltens. Neugierig streckte sich das erste Grün der bereits wärmenden Sonne entgegen. Von einem Tag auf den anderen strahlten die Forsythien in verschwenderischem Gelb. Die Knospen der Kirschbäume schwollen an, als könnten sie es kaum erwarten, ihre Blüten den Bienen zu öffnen. Maria saß auf einer von Flechten bunt gemusterten Gartenbank, blinzelte durch das lichte Astwerk eines weit ausladenden Walnussbaumes, hing ihren Gedanken nach. Frühling war der Inbegriff von Glück und Schwermut gleichermaßen. Schwermut, weil das Glück des Frühlings so schnell vorbei war.

»Maria, würdest du mir gerade mal helfen?«

Noch bis letztes Jahr hätte Marias Oma Hedwig, jeder nannte sie Oma Hedde, niemanden an ihre Rosen gelassen. Seit dem Tod ihres Mannes, Opa Helmut, vor einem Jahr verließen sie aber zunehmend die Kräfte. War es der natürliche Verfall des Alterns, der mehr und mehr von ihr Besitz ergriffen hatte, oder wollte sie einfach nicht mehr? Inwiefern konnte man überhaupt seinen Willen über den natürlichen Alterungsprozess stellen, oder anders herum: Alterte man schneller, wenn man nicht mehr leben wollte? Auf jeden Fall schmerzte es Maria, den Verfall ihrer über alles geliebten Oma Hedde so unmittelbar miterleben zu müssen.

Rasch sprang sie auf und nahm die Harke, die ihr Oma Hedde schwer atmend entgegenstreckte.

»Nur leicht aufhacken, und sei vorsichtig mit den kleinen roten Knospen«, wies die Oma sie an.

Was sie in Wirklichkeit sagen wollte, war eine erleichtertes Danke, dass Maria ihr die beschwerliche Arbeit abnahm. Oma Hedde wollte sich ihr Alter nicht anmerken lassen, sich ihre zunehmende Schwäche nicht eingestehen. Ein hilfloses Dahinsiechen oder gar Pflegebedürftigkeit war für sie undenkbar. Nach Helmuts Tod sehnte sie sich ein kurzes schmerzloses Ende herbei.

Maria wollte von alledem nichts wissen. Für sie war Oma Hedde unsterblich, wie der Walnussbaum, unter dem sie bis gerade eben noch gesessen hatte. Seitdem sie denken konnte, war der Garten, die Datsche ihrer Oma, ihr eigentliches Zuhause. Bereits als Kleinkind war sie Oma und Opa auf Schritt und Tritt gefolgt, wollte alles über Pflanzen und Bäume wissen, saugte alles in sich hinein, was dem scheinbar selbstlosen Gedeihen eines Gartens hilfreich sein konnte. Ihre Großeltern erwiderten Marias Wissbegierde dankbar, angefangen bei der sachgerechten Bearbeitung des Bodens und dem natürlichen Düngen über das Zurückschneiden der Pflanzen bis hin zum Veredeln der Apfel- und Birnbäume. Oft durfte Maria in der kleinen Hütte, die ihr Großvater noch selbst zusammengenagelt hatte, übernachten. Selbst im Winter, zumindest solange der sorgfältig aufgestapelte Baumrückschnitt zum Heizen reichte. Allerdings wurde es, sobald die letzte Glut im Bollerofen verlöschte, so bitterkalt, dass sich Maria meist freiwillig wieder auf den Weg in die Stadtwohnung ihrer Eltern machte.

In gewisser Weise war der Garten auch ihr Versteck, so wie sie sich auch sonst gern versteckte, unauffällig sein wollte. Ihre mittlere Körpergröße, ihre zierliche Figur, die schmalen Schultern kamen ihr dabei zu Hilfe. Besonders im Sommer, wenn sie ihre Haare kurz schneiden ließ, wirkte sie eher burschikos, hasste alles, was an Mädchenhaftes erinnerte. Nur an Festtagen und nur ihren Eltern zuliebe trug sie zu diesen Gelegenheiten ein Kleid, um dann, peinlich berührt, immer wieder erinnert zu werden, wie hübsch sie doch sei. Vielleicht nahm man sie auch nur dann als Mädchen wahr, nicht zuletzt ihre dunkel glänzenden Haare, die ihr Gesicht mit den vollen Lippen umrahmten. Ihre braunen Augen leuchteten warm, wenn sich die Sonne in ihnen spiegelte oder funkelten energisch, wenn sie aus ihrer selbstgewählten Stille plötzlich erwachte, überraschend heftig ihre Meinung vertrat, um sich dann rasch wieder in ihr Puppenhaus zurückzuziehen.

Als die Gartenarbeit den Anweisungen Oma Heddes entsprechend getan war, brachte sie die Harke zurück zum Schuppen. Oma Hedde saß auf der Bank, wirkte abwesend. Sie hatte den Kopf leicht zu Seite geneigt. Ihre Augen waren geschlossen, die faltigen Hände lagen bewegungslos auf ihrem Schoß. Maria erschrak. Schmerzlich wurde ihr bewusst, dass ihre immer öfter zu hörenden Andeutungen eines raschen Endes keine leeren Sprüche waren.

»Oma?«, fragte sie leise und trat näher.

Oma Hedde schlug die Augen auf. Ein sanftes Lächeln glitt über ihr Gesicht.

Maria atmete erleichtert auf, setzte sich an ihre Seite. »Die Erde unter den Rosen ist gehackt. Keine einzige Knospe ist zu Schaden gekommen.«

»Du bist ein gutes Kind. Wirst mal eine gute Gärtnerin.«

»Hoffentlich so wie du und Opa.«

Oma Hedde nahm Marias Hand zwischen ihre, streichelt ihr zart über den Handrücken. Dafür, dass Oma Hedde bereits über achtzig war, die Fingergelenke verknöchert waren, hatte sie seltsam weiche Haut.

»Erzählst du mir aus deinem Leben, Oma?«

»Was willst du denn wissen, mein Kind? Ich habe dir doch schon alles erzählt.«

»Dann musst du es mir noch einmal erzählen. Alles von vorne.«

Oma Hedde lächelte, schüttelte den Kopf. »So viel Zeit bleibt mir doch nicht mehr.«

»Das darfst du nicht sagen, Oma. Du wirst ewig leben, glaub mir.«

»Und was wird Opa Helmut dazu sagen? Er wartet schon ungeduldig auf mich.«

»Dann muss er sich halt noch etwas gedulden.«

»Maria, du musst nach vorne blicken. Du hast dein Leben noch vor dir. Die Wahrheit liegt in der Zukunft, nicht in irgendwelchen Geschichten, nicht in der Vergangenheit.«

»Aber man soll doch aus der Vergangenheit lernen. So heißt es doch immer. Die Zukunft kommt früh genug.«

»Die Vergangenheit verblasst, je länger sie zurückliegt, sie verändert sich, je öfter man über sie spricht.«

Maria blickte Oma Hedde fragend an. »Umso mehr musst du mir alles noch einmal erzählen, richtig?« Sie ließ nicht locker. »Wie war das doch gleich, als du und Opa mit dem Schiff nach Amerika gereist seid? Es war ein großes Schiff, so wie die Titanic, mit vier Schornsteinen. War es nicht so?«

Oma Hedde seufzte, wollte etwas sagen. Dann hielt sie inne, schüttelte den Kopf, als sei es höchste Zeit, Maria etwas Wichtiges mitzuteilen. »Du hast gut aufgepasst. Aber ...«

»Und dann ...«, platzte Maria ungeduldig dazwischen. »Dann kam am Horizont die Freiheitsstatue in Sicht.« Maria ließ ihren Blick über den Garten schweifen, als stünde sie an der Reling eines Ozeandampfers. »Sie wurde immer größer, die Freiheitsstatue, immer größer, je mehr sich das Schiff dem Festland näherte. Ihr rechter Arm war ausgestreckt und wies nach oben in den Himmel. In der Hand hielt sie eine Fackel. Auf der linken Seite hielt sie ein Buch, das Buch der Wahrheit.«

Maria hatte das Bild der Freiheitsstatue nach den Beschreibungen Oma Heddes und ihrer eigenen Fantasie auf die weiße Rückseite eines Plakats gemalt. Eigentlich war es ein FDJ-Plakat, das sie an einem der Jahrestage hätte aufhängen sollen. Nun hing es verkehrt herum über ihrem Bett, dann, wenn sie abends von Omas Heddes Erlebnissen träumte. Wenn Besuch kam, musste sie es hinter dem Schrank verstecken oder die eigentliche Vorderseite zur Schau stellen. Ihre Eltern wollten es so.

»Und dann waren da die vielen Menschen an der Kaimauer. Sie winkten euch zu, jubelten, hießen euch willkommen. War es nicht so?« Maria spürte Oma Heddes Kopf an ihrer Seite. Sie schnaufte schwer ein und aus. Das tat sie immer, wenn der Schlaf sie plötzlich überfiel, was in letzter Zeit immer öfter passierte. Schweigend aneinander gelehnt saßen sie beisammen. Maria hing ihren Gedanken nach, Oma Heddes Gedanken. Sie schloss die Augen, sah die Wälder, die Berge, das Meer, die Häuser und Baudenkmäler der großen Städte, den Eifelturm in Paris, die weiß leuchtenden Dächer der Oper in Sydney. Oma Hedde hatte alles gesehen und sie selbst würde es auch sehen, schon bald. Das hatte sie sich vorgenommen. Dass sie in einem Land lebte, das genau dies zu verhindern wusste, blendete sie aus. Noch war ihre Sehnsucht stärker, konnten ihre Träume die Realität überdecken, der sie, das spürte sie schmerzhaft, wenn sie den geschützten Raum ihres Gartens verließ, nie würde entfliehen konnte.

Als die Sonne hinter den angrenzenden Büschen verschwand, wurde es rasch kühl.

»Komm, Oma, es wird Zeit. Mama wartet bestimmt mit dem Essen«, sagte Maria leise und nahm ihre Oma sanft am Arm.

Oma Hedde sagte nichts, erhob sich mühsam und ließ sich bereitwillig von Maria unterhaken. Gemeinsam gingen sie durch das Gartentor, vorbei an den anderen Gärten, hin zum Ausgang der Gartenanlage.

Klein Sparta hatte Oma Hedde die anderen Gärten genannt, weil sie ihrer Meinung nach alle Pflanzen in Reih und Glied zwängten, der Natur keinen Raum ließen. Auf der Straße röhrte ein Trabi vorbei. Metallisch stinkende Abgase aus dem zappelnden Auspuff stiegen nach oben, vereinten sich mit dem Dunst, der über den Pflastersteinen waberte. Alles schimmerte blau, auch die Pflastersteine, die keine Steine waren, sondern gläserne Schlacke aus dem nahe gelegenen Bergbau. Das Trottoir wurde von Betonplatten zusammengehalten, zwischen denen sich in breiten Ritzen und Schlaglöchern der Löwenzahn breitmachte. In manchen von verrosteten Gittern abgetrennten Vorgärten stritten Kirschlorbeer und vertrocknete Schafgarbe um ihr Vorrecht auf Sonnenlicht. Die Fassaden der dahinter aufragenden gründerzeitlichen Gebäude waren grauschwarz. Der Verputz blätterte in breiten Schollen von den darunter zum Vorschein kommenden Backsteinen. Mit kunstvollen schmiedeeisernen Gittern umrandete Balkone hingen leer am Gemäuer. Früher waren sie mit Geranien geschmückt. Als die ersten Balkone unter der Last der Blumenkästen und der bis dahin noch stolzen Anwohner in sich zusammenkrachten, hatte man kurzer Hand deren Betreten verboten. Nun, dem endgültigen Zerfall preisgegeben, fügte sich ihre morbide Schönheit zwanglos in das weithin trostlose Stadtbild von Halle, wo Maria seit ihrer frühesten Kindheit aufwuchs.

Marias Mutter, Hilde Münkwitz, empfing sie wie erwartet mit einer Standpauke. Zu spät zum Essen zu kommen, war für sie ein Sakrileg. Die Uhrzeiten für Frühstück, Mittag- und Abendessen waren Gesetz, an das sich jeder halten musste, auch wenn es nichts gab, was gekocht oder gebraten wurde und damit hätte pünktlich verzehrt werden müssen. Abends gab es ohnehin immer dasselbe: Brot, Butter, dazu einen undefinierbaren Aufschnitt und einen trockenen Käse. An diesem Abend präsentierte Hilde fünf Tomaten, für die sie eine gute Weile beim Konsum hatte anstehen müssen. Gemeinsam saßen sie am Tisch. Marias Vater Ernst sprach ein Tischgebet. Er beugte sich dabei über den Teller und schloss die Augen. Während des Essens wurde kaum gesprochen.

»Der Schulz hat mich angesprochen wegen Marias Jugendweihe«, unterbrach Marias Vater die Stille. »Das sei schon längst überfällig.« Dabei zog er fragend die Augenbrauen hoch. Herr Schulz war der Hauswart. Er wusste alles, musste alles wissen. »Wir sollten uns da nicht querstellen. Immerhin geht es um Marias Zukunft und ...«

»Das geht den doch gar nichts an«, fuhr Marias Mutter dazwischen. »Maria hat nächste Woche Konfirmation. Onkel Jup kommt übrigens mit Familie.«

Onkel Jup war Hildes Cousin. Er hatte sich bereits vor Jahren in den Westen abgesetzt. Damals, er war noch keine zwanzig, prophezeite er, was später auch eintrat: den wirtschaftlichen Bankrott infolge sozialistischer Planwirtschaft.

»Erst Jugendweihe und dann Konfirmation, sonst gibt's Ärger«, entgegnete Marias Vater den Umständen ergeben. »Onkle Jup kommt erst zur Konfirmation, er bleibt auch nur einen Tag.«

Onkel Jup und seine Familie wohnten in Köln. Wenn ein Familienfest anstand, kam er mit seinem vollbepackten Mercedes. Er war Marias Patenonkel. Mit dem »religiösen Drum und Dran«, wie er es nannte, hatte er nichts am Hut. Dennoch wählte man ihn zum Patenonkel. Sein Kommen hatte keine religiösen Gründe. Richtigen Kaffee gab's nur mit Onkel Jup.

»Ich finde das peinlich«, murmelte Maria vor sich hin.

»Er macht es gerne«, versuchte Hilde einzulenken.

»Klar macht er es gerne, um uns zu zeigen, was wir nicht haben, um anzugeben, nur weil er früher abgehauen ist. Und dann diese nervigen Kinder ...«, maulte Maria weiter.

»Maria, es reicht!«, entgegnete ihr Vater unwirsch.

»Ist doch wahr.«

Alle schauten betreten vor sich hin. Keiner sagte etwas, weil sie wussten, dass Maria Recht hatte. Oma Hedde seufzte, erhob sich mühsam von ihrem Platz.

»Warte, ich helfe dir.« Maria sprang auf, wollte Oma Hedde am Arm nehmen.

Sie winkte ab. »Lass mal gut sein, Maria. Ich geh zu Bett und morgen ..., morgen ist ein neuer Tag.«

Sie bedeutete Maria, sich wieder zu setzen, und schlurfte in Richtung ihres Zimmers. Als Opa Helmut vor einem Jahr starb, hatte sie ihre Wohnung aufgeben müssen. Hilde und Ernst hatten nicht lange gezögert, ihr neben Marias Zimmer eine neue Bleibe einzurichten. Eigentlich war es nur ein Verschlag mit einem Bett und einem kleinen Tisch. Das Fenster ging hinaus zum Hinterhof. Ihr war es recht so, lebte sie doch die meiste Zeit in ihrem Garten.

Am nächsten Morgen, es war ein Samstag, stand Maria früh auf. Wie immer an ihren freien Tagen wollte sie mit Oma Hedde früh zum Garten. Die Luft war zu dieser Tageszeit heller, klarer als sonst. Oma Hedde war zeitlebens Frühaufsteherin, machte morgens für alle Tee aus frischer Pfefferminze, die sie in ihrem Garten so wie ihre Rosen hegte und pflegte und in üppigen Büscheln im Schuppen zum Trocknen aufhängte.

Heute war es still in der Wohnung. Maria klopfte an Oma Heddes Zimmertür. Nichts regte sich. Sie wusste gleich, dass etwas mit ihr nicht in Ordnung war. Ängstlich öffnete sie die Tür zu ihrer Kammer einen Spalt. Oma Hedde lag blass auf dem Rücken, starrte zur Decke. In den gefalteten Händen hielt sie das Bild des Mannes, mit dem sie über sechzig Jahre das Leben geteilt hatte. Ein sanftes Lächeln lag auf ihrem Gesicht. Maria wusste sofort, dass sie tot war. Das, was ihr Leben ausmachte, war längst aus ihrem Gesicht entschwunden.

Maria schrie kurz auf. Sie taumelte zurück in die Küche. Es dauerte nur wenige Minuten, bis sich ihr Vater mit Tränen in den Augen zu ihr setzte und seine Hand auf ihren Arm legte. »Sie wollte es so. Sie ist schon weit weg«, stammelte er mit erstickter Stimme. Maria nickte. Ihr war zum Heulen zumute. Stattdessen musste sie lächeln, so wie Oma Hedde gelächelt hatte, als sie starb.

Die Pietät ließ nicht lange auf sich warten. Aus den Augenwinkeln sah Maria, wie sie den Körper, der einmal Oma Hedde war, aus ihrem Zimmer zogen, in einen Zinksarg legten, die Klappe zufallen ließen. Dann polterten sie über das Treppenhaus nach unten. Marias Vater öffnete das kleine Fenster von Oma Heddes Verschlag, dann die Balkontür. Ein kühler Wind zog durch die Wohnung. Noch am selben Tag trug er Oma Heddes Bett und den kleinen Tisch auf die Straße. Am frühen Mittag war beides verschwunden. Nichts erinnerte mehr daran, dass Oma Hedde ihre letzten Tage in dieser Wohnung verbracht hatte.

Ulrike lebte mit ihren Eltern Thomas und Johanna Sonnemann am

Stadtrand von Görlitz, nicht weit entfernt von der polnischen Grenze. Sie bewohnten ein kleines Haus, das bis vor wenigen Jahren noch Johannas Eltern gehörte. Diese verstarben damals kurz hintereinander an Krebs. Das Haus wurde enteignet und sollte einer Plattenbausiedlung weichen. Letzteres wurde vom Rat der Stadt aufgrund von Geldmangel zunächst auf Eis gelegt. Ulrikes Eltern lebten seither auf Abruf, was angesichts des regional wirtschaftlichen Abschwungs rasch in Vergessenheit geriet.

Ulrikes Vater konnte sich hingegen nicht an seine Eltern erinnern. Er war in einem Kinderheim aufgewachsen, wurde später adoptiert. Nachforschungen über das Schicksal seiner leiblichen Eltern waren ihm aus politischen Gründen, wie es hieß, untersagt. Ein Freund ließ ihm jedoch später ein Gerichtsurteil der sowjetischen Besatzungsmacht zukommen: zwanzig Jahre Lagerhaft in Sibirien. Ein Wiedersehen mit den Eltern kam damit kaum noch in Betracht. Der Keim des Widerstands loderte jedoch seither in seiner Brust und würde sich, das hatte er sich geschworen, irgendwann Luft verschaffen. Es kam jedoch zunächst anders.

Nach der Lehre als Elektriker, bereits mit 17 Jahren war er auf sich selbst gestellt, verliebte er sich in Johanna und zog zu ihr, in ihr Elternhaus. Sie lebten, selbst gemessen am Standard der DDR der neunziger Jahre, unter einfachen Verhältnissen: die Toilette befand sich außerhalb des Hauses, über den Hof hinweg. Das war besonders in der Winterzeit mühsam, andererseits aber von Vorteil, da der Gestank des Abwassers, das direkt in eine Sickergrube geleitet wurde, nur an wenigen Tagen, immer dann, wenn der Wind ungünstig stand, sich im Wohnhaus bemerkbar machte. Häufig fiel der Strom aus, was jedoch nicht an der elektrischen Leitung im Haus lag, die Thomas dank seiner Ausbildung auf dem neuesten Stand hielt. Die Überlandleitung des nahegelegenen Kohlekraftwerks war marode, brach hin und wieder aus Mangel an Ersatzteilen zusammen. Ähnliches betraf den Telefonanschluss, den die Sonnemanns seit Jahren beantragt hatten und wegen dem sie immer wieder vertröstet wurden. Andere Einrichtungen, gemeint waren Mitglieder des Gemeinderats und andere linientreue SED-Funktionäre, hatten Priorität. Das Radio in der Küche lief nur selten, da die zu empfangenden Programme keine unzensierten Nachrichten zuließen. Insofern wäre auch die Anschaffung eines Fernsehapparates, sofern überhaupt verfügbar, ein sinnloses Unterfangen. Westempfang war angeblich nur bis Leipzig möglich. Sonnemanns wohnten, wie es hieß, im Tal der Ahnungslosen.

So ahnungslos, wie es sich die Politführung erhoffte, waren Ulrikes Eltern jedoch nicht. Der Empfang von Kurzwellensendern war für Thomas ein Leichtes. Oft saßen sie im Keller ihres Hauses und lauschten dem knisternden Nachrichtenempfang. Hinzu kam, dass Ulrikes Mutter wochentags beim Konsum arbeitete, dem auch eine Poststelle zugeordnet war. Es war ihr nicht nur erlaubt, sondern entsprach sogar ihrer staatsbürgerlichen Pflicht, verdächtige Pakete zu öffnen, bevor sie ihren Adressaten erreichten. Westzeitschriften wie der Spiegel mussten aussortiert werden, was ihr ebenfalls die Gelegenheit gab, hin und wieder das Weltgeschehen außerhalb der Pflichtlektüre »Neues Deutschland« zu studieren. Dass der Spiegel dann doch seinen Empfänger erreichte, entsprach ihrem Widerstandsgefühl, das sie heimlich mit Thomas teilte.

Es hätte ein ganz normaler Samstagnachmittag sein können. Thomas und Johanna bearbeiteten den Garten für den anbrechenden Frühling. Die handtellergroßen Blüten der Baumpäonien, sie waren Johannas ganzer Stolz, leuchteten in sattem Rosa, Rot und Weiß. Seitlich des Komposthaufens reckte sich der Rhabarber mit riesigen Blättern an fleischig roten Stängeln empor. Ulrike liebte Rhabarber, seinen Saft und die Marmeladenmischung mit Erdbeeren. Die hellgrünen Blätter der Kartoffelpflanzen zwängten sich durch den groben Acker. Es glich für sie einem Wunder, wie aus einer kleinen Kartoffelknolle ein scheinbar ganzer Sack Kartoffeln wachsen konnte. Der Garten, ein mehr als großzügiges Geschenk der Natur, ließ über die Mangelverwaltung, mit der man notgedrungen leben musste, hinwegsehen.

Ulrike saß in der Küche, versuchte sich am Lernpensum für die am folgenden Montag angesetzte Mathearbeit. Sie hasste Mathe. Während das Einmaleins, Prozentrechnung oder der Dreisatz im täglichen Leben noch zu gebrauchen waren, so entbehrte der Lernstoff der elften Klasse nach Ulrikes fester Überzeugung jeglicher praktischen Relevanz. Mehr noch, die Frage nach dem Sinn von Grenzwertbetrachtungen irgendwo im Unendlichen – und das in einem Land voller innerer und äußerer Grenzen – hatte sie sich im Unterricht dann doch verkniffen.

Es klingelte an der Tür. Ulrike sprang auf, spähte, ohne die Vorhänge zu berühren, durch das Wohnzimmerfenster nach draußen. Zwei Männer in dunkelgrauen Anzügen standen vor dem Haus. Am Straßenrand parkte ein Wartburg. Die Männer klingelten erneut, ungeduldig.

Ulrike öffnete die Tür nur einen Spalt. »Ja bitte?«

»Wohnen hier Herr und Frau Sonnemann?«

Ulrike reagierte nicht gleich, blickte den Männern misstrauisch und scharf in die Augen.

»Thomas und Johanna Sonnemann? Wir haben nicht viel Zeit.« Die Stimmen klangen ungehalten, hatten eine selbstgefällige Härte.

Ulrike nickte.

»Können wir reinkommen?«

»Sie sind nicht im Haus.« Ulrike wollte die Tür schließen.

Einer der Männer schob seinen Fuß in den Türspalt. »Hören Sie, junge Dame, wir sind nicht hier, um uns einfach wegschicken zu lassen. Schon gar nicht von einem vorlauten Fräulein.«

Ulrike zuckte zusammen und wich zurück, während die Männer die Tür weiter aufstießen.

»Was kann ich für Sie tun?« Ulrikes Vater stand plötzlich hinter ihr. Er wirkte nervös.

»Dringende Staatsangelegenheit.«

Thomas nickte, bat die Männer ins Wohnzimmer und schob Ulrike mit einer Hand an der Schulter zur Seite. »Geh zu Mama, sie ist im Garten«, flüsterte er ihr zu. Es war unverkennbar, dass er mit den Männern allein sprechen wollte.

Ulrike eilte durch den Flur, durch die Küche, zum Hintereingang. Dort blieb sie stehen, drückte sich an die Wand, ließ die Tür angelehnt, wollte zumindest hören, was die Männer von ihrem Vater wollten. Draußen im Garten sah sie ihre Mutter mit dem Rechen den Boden bearbeiten. Offenbar hatte sie von dem seltsam unfreundlichen Besuch nichts bemerkt. Die Tür zwischen Küche und Wohnzimmer wurde zugezogen, sodass Ulrike kein Wort verstand. Sie wollte sich schon umdrehen und zu ihrer Mutter laufen, als plötzlich laute Stimmen durch die Wand drangen. Sofort rannte sie um das Haus herum zum Wohnzimmerfenster, das zur Straße gelegen war und einen Spalt offenstand. Die Stimmen wurden immer lauter. Es klang nicht nach einer normalen Unterhaltung, eher nach einem Verhör. Bautzen, immer wieder fiel das Wort Bautzen. Das war ein Ort nicht weit von Görlitz. Ulrike wusste auch von einem Gefängnis in Bautzen. Immer, wenn sie danach fragte, bekam sie keine Antwort.

Dann knallte die Tür, die Männer eilten auf die Straße. Ulrike blieb keine Zeit, sich rechtzeitig zu verstecken. Einer der Männer drehte sich zu ihr um. Ulrike erstarrte, als er sie drohend anblickte. Die zugekniffenen Augen, der gespitzte Mund, der auf sie gerichtete Zeigefinger – nie würde sie diesen Moment vergessen. Wortlos drehte sich der Mann um und eilte seinem Kollegen hinterher. Dabei trat er nach einem Huhn, das ängstlich gackernd die Flucht ergriff.

Ulrike blickte mit rasendem Herzen dem Wartburg noch eine Weile nach, bis er hinter den angrenzenden Häusern der Nachbarn verschwand. Dann schlich sie zurück ins Haus. Ihr Vater saß in der Küche. Er hatte den Kopf gesenkt. Seine Arme lagen schlaff auf dem Küchentisch.

Ulrike eilte zu ihm, blieb bebend vor ihm stehen, wusste, dass etwas passiert war, was alles verändern würde. »Papa, was ist los? Was wollten die von uns?« Ihre Empörung über den unfreundlichen Besuch wich einer plötzlichen Angst, der sie sich wie bei einem schrecklichen Alptraum nicht entziehen konnte.

Er drehte sich zu ihr um, blickte sie mit einem tiefen Seufzer an. Noch nie hatte sie ihren Vater so gesehen. Seine sonst immer aufrechte Haltung war in sich zusammengebrochen. Seine scheinbar unerschütterliche Ausstrahlung war einem Ausdruck gewichen, den sie bei ihm niemals für möglich gehalten hätte, einem Ausdruck von Resignation.

Es war ein Donnerstag. Maria musste nicht zur Schule. Alle hatten sich ihre besten Kleider angezogen, wollten Oma Hedde die letzte Ehre erweisen. Als Maria die Urne erblickte, erschrak sie. Verbrannt, damit hatte sie nicht gerechnet. Dass sie nicht mehr da war, hatte sie schwer getroffen. Der Anblick der Urne, die Vorstellung eines Häufchens Asche, was einst ihre Oma ausmachte, war unerträglich. Einzig der Strauß Rosen an der Seite dieser hässlichen Metallbüchse half ihr, das Unvermeidliche zu akzeptieren, den Abschiedsschmerz zu verdrängen.

Außer Maria und ihren Eltern saß sonst niemand in der Kirche. Der Pfarrer schaute ungeduldig zur Tür. Vielleicht erwartete er noch jemanden. Es kam keiner. Er blickte nach oben, nickte kurz. Ein Klicken verriet, dass das Tonband mit der Trauermusik angestellt wurde. Musik von Johann Sebastian Bach, die auch denen Tränen in die Augen treiben sollte, die mit dem Dahingeblichenen nichts zu tun hatten oder gar froh waren, dass er oder sie endlich das Zeitliche gesegnet hatte. Am Ende wich die Musik einer quälenden Stille. Maria zuckte zusammen, als der Pfarrer unvermittelt seine dröhnende Stimme erhob.

»Wir trauern um Hedwig Münkwitz ...« Er machte ein dem Anlass angemessenes Gesicht und entfaltete ein Stück Papier. Er hatte sich ein paar Notizen zu Oma Heddes Leben aufgeschrieben, die er nun abspulte: »Geboren in Halle an der Saale, wo sie ihr ganzes Leben verbrachte.«

Maria stutzte, schüttelte verwirrt den Kopf. Was wusste dieser Pfarrer schon von Oma Heddes aufregendem Leben?

»Früh lernte sie ihren Mann Helmut Münkwitz, den Vater des Anwesenden Ernst Münkwitz, kennen. Mit ihm verbrachte sie ihr ganzes Leben, bescheiden und stets ihrer geliebten Heimat, ihrem geliebten Garten verbunden. Lediglich einmal, es war ihre Hochzeitsreise, verlebte sie zwei Wochen an der Ostsee. Helmut Münkwitz wurde nur kurze Zeit vor ihrem Ableben zum Herrn gerufen.«

Maria blickte verwirrt auf. Hatte der Pfarrer nicht richtig zugehört, hatte er das falsche Manuskript in Händen? Oma Hedde hatte die ganze Welt bereist, von Amerika, Afrika und Asien zu berichten gewusst. Fragend drehte sie sich zu ihren Eltern um, die mit gesenktem Kopf und gefalteten Händen reglos der Trauerfeier lauschten.

»Ihr einziger Stolz war der nahe gelegene Garten, den sie mit ihrem Mann hegte und pflegte, und natürlich ihre Enkeltochter, mit der sie ihre Gedanken und Träume teilte.«

Maria wurde kalt. Träume, alles nur Träume? Ihre bis dahin einigermaßen heile Welt verwandelte sich in ein lächerliches Kartenhaus, das von einer Minute zu anderen drohte in sich zusammenzufallen. Sie schüttelte den Kopf, wollte aufstehen, den Pfarrer auf seinen Irrtum hinweisen.

Ein lautes Amen, gefolgt von Flötenmusik, Teil zwei der Bandaufzeichnung, beendete die Trauerfeier. Ein Mann in Uniform nahm die Urne unter den Arm und schritt mit ihr ins Freie. Marias Eltern folgten ihm schweigend, dahinter der Pfarrer. Maria näherte sich ihm lautlos, wollte ihm etwas zuflüstern, ihn über Oma Heddes wirkliches Leben aufklären. Er schien jedoch irgendwie unnahbar. Gefühle mussten an ihm abperlen. Er tat seinen Job, nichts weiter. Die nächste Trauergesellschaft stand bereits vor den Toren der Friedhofshalle.

Das Loch, in dem kurze Zeit später die Urne verschwand, war bereits ausgehoben. Passgenau. Vielleicht grub man später die Blechbüchse wieder aus, benutzte sie für den nächsten Toten. Oma Hedde hätte es vorgezogen, dass sich ihre Asche mit dem Erdreich verbände, anstatt in einer rostenden Blechbüchse zu vergammeln. Und was die Blechbüchse selbst anbelangte, religiöse Symbole waren in der DDR verpönt und damit wohl auch eine entsprechend dekorierte Urne. Ein Urnenrecycling war zwar pietätlos, aber plangemäß, SED-politisch korrekt. Das war es jedoch nicht, was Maria quälte.

Nachdem die Urne mit Erde bedeckt war, eine Blumenschale ihren Platz markierte, verabschiedete sich der Pfarrer mit ein paar warmen Worten. Maria stand mit ihren Eltern noch eine Weile am Grab. Dann gingen sie wortlos zurück.

Wieder zu Hause holte Marias Mutter das Bügelbrett hervor. Es war ihre Art sich abzulenken. Ihr Vater setzte sich an den Tisch im Wohnzimmer. Er schien etwas zu suchen, was es nicht mehr gab.

Maria setzte sich zu ihm. Mindestens eine brennende Frage nagte an ihr: »Sag mal, Papa, Oma Hedde war doch überall, nicht wahr? In Amerika, Afrika ...«

Ihr Vater antwortet nicht.

Maria fuhr fort, den Blick fest auf ihn gerichtet. »Sie hat mir doch alles erzählt, von Paris, dem Ozeandampfer, der Freiheitsstatue und so.«

Ihr Vater drehte sich jetzt zu ihr um und schaute sie traurig an. Es war, als müsste er etwas sagen, das schon lange überfällig war. »So, hat sie das?«, fragte er abweisend zurück, wollte sich wieder abwenden.

Maria hielt ihn am Arm fest. »Ja, das hat sie. Sie war doch da ... Sag mir, dass sie da war. Sie hat alles gesehen, war in Afrika, in Australien.«

Er starrt sie an. »Oh ja, das war sie.«

Maria ließ ihn los, lehnte sich zurück, atmete erleichtert auf. Doch es blieb etwas Dunkles in ihr zurück. »Und, warum hat der Pfarrer dazu nichts gesagt?«, fragte sie leise nach. Ihr Vater verschwieg ihr etwas, das wusste sie. Verzweifelt suchte sie nach dem, was ihr jahrelang Halt gegeben hatte. Das Kartenhaus, es war längst in sich zusammengefallen.

»Warum? Das ist nicht so leicht zu beantworten.« Ihr Vater seufzte laut, zog dabei die Augenbrauen hoch. Oma Hedde war tot. Die Vergangenheit konnte man beerdigen, die Erinnerung lebte jedoch weiter. »Komm mit, Maria, ich zeig dir, wo sie war, deine Oma Hedde.« Er stand auf, ging zum Bücherregal. »Siehst du das hier, die Bücher, die Folianten?« Er ließ seine Hand über die Bücherrücken streichen. »Sie kannte sie alle, hat sie förmlich verschlungen. Sie lebte darin, bereiste die Welt auf ihre Art. Wenn sie wirklich dagewesen wäre, hätte sie es nicht besser, nicht lebhafter beschreiben können.«

Maria kniff die Augen zusammen. Für einen Moment fühlte es sich an, als würde der Boden unter ihr schwanken. »Das ist nicht wahr. Sie war da, sie war wirklich da«, beharrte sie.

Er schüttelte den Kopf, ging zurück zum Tisch und vergrub sein Gesicht in den Händen. Er wollte Maria nicht in die Augen schauen. »Natürlich war sie da, in ihrer Fantasie war sie überall. Welchen Unterschied macht es, ob man wirklich da war oder ...«, murmelte er in seine Hände und hob die Schultern, »ob man nur in seiner Fantasie die Welt bereist hat? Am Ende ist es dasselbe.«

Maria stand da, lauschte in sich hinein. Die Erinnerungen, sie schienen sich aufzulösen, wichen einer unerwarteten Leere. »Sie ...«, Maria suchte nach Worten, »sie hat mich ein Leben lang belogen?« Sie ging langsam und wie betäubt zum Fenster und schaute hinaus in den trüben Tag.

Ihr Vater stand auf, trat hinter sie und klopfte ihr auf die Schulter. Es war eine Geste, die sagen sollte, dass nichts mehr zu sagen war. Dann ging er wieder zum Bücherregal, nahm sich ein Buch, setzte sich in den Sessel und versenkte sich in seine Lektüre. Offenbar war für ihn die Sache damit erledigt.

Maria schaute sich hilflos um. Ihre Mutter stand nach wie vor, scheinbar ungerührt, wie eine leblose, mechanische Puppe am Bügelbrett. Nur ihr Arm glitt vor und zurück, vor und zurück, vor und zurück. Sie wollte nichts sagen.

Maria wusste einen Moment lang nicht, was sie tun sollte. Alles drehte sich vor ihren Augen. Die Bücher und Folianten lachten sie an. War es Wut oder Hass, auf die Folianten, ihre Oma, ihre Eltern? Sie rannte los, stürmte aus der Wohnung, die Treppe hinab auf die Straße. Immer wieder blieb sie stehen, kniff sich in den Arm, wollte sich vergewissern, dass sie noch da war, dass sich nicht alles um sie herum im nächsten Moment in eine Fantasiewelt auflöste. Außer Atem kam sie am Tor zur Gartenanlage an. Sie zuckte zurück. Vielleicht war dies die Grenze, an der die Realität aufhörte zu existieren. Vielleicht würde ihr im nächsten Moment Oma Hedde freudestrahlend entgegenkommen, eine Fantasie-Oma, die ihr die nächsten Märchen auftischte. Herzklopfend öffnete sie das Tor, schlich an den Gärten, an Klein-Sparta vorbei, zum Eingang einer anderen Welt, ihrer früheren Welt, die im Begriff war, sich für immer aufzulösen.

Als sie den Garten betrat, blickte sie sich ängstlich um, sog die Luft durch ihre Nase tief ein. Dann setzte sie sich auf die Bank, dorthin, wo sie noch vor zwei Tagen den Worten ihrer Oma Hedde gelauscht hatte. Es hatte sich seither nichts verändert. Und dennoch, die Bäume, die Beete, selbst Oma Heddes Heiligtum, die Rosen, wirkten blass, austauschbar, irgendwie gleichgültig. Noch vor Kurzem hatte sie geglaubt, dass der Verlust eines geliebten Menschen, die Trauer, sie an den Rand der Verzweiflung bringen würde. Jetzt war es anders, schlimmer noch, es war die Sinnlosigkeit, die Lüge, die ihr den Boden unter den Füßen wegzog.

Verzweifelt sprang sie auf, suchte etwas, an das sie sich klammern konnte. Vor den Rosen blieb sie stehen, rastlos und aufgewühlt. Sie wollte weinen, sich den Schmerz aus der Seele heulen. Es ging nicht. Stattdessen spürte sie einen Stachel, der sich von innen nach außen durch die Brust bohrte. Alle hatten sie belogen, zu allererst Oma Hedde. Aber auch ihre Eltern hatten es nie für nötig gehalten, ihr die Wahrheit zu sagen. »Warum hast du mich angelogen?«, brüllte sie die sanft nickenden Rosen an. Es tat gut, wenn schon nicht zu weinen, dann wenigstens zu schreien, sich selbst in der Kehle zu spüren. Vielleicht hörte es Oma Hedde, dort oben im Himmel, wo immer das war. Sollte sie doch, antworten konnte sie ohnehin nicht mehr. Es war zu spät.

Die Tür zum Schuppen knarrte. Maria zuckte zusammen, drehte sich erschrocken um, als plötzlich ein bekanntes Gesicht grinsend zu ihr hinüber schaute.

»Das habt ihr wirklich schön hinbekommen, du und deine Oma.«

»Herr Schulz, was ...?« Maria suchte nach Fassung.

»Ich bin an der Reihe. Hab lange genug darauf gewartet.« Überheblich baute er sich vor ihr auf, stemmte die Hände in die Hüfte.

»Das ist mein Garten.« Entschlossen stellte sie sich dem verhassten Hauswart entgegen. Wenn auch die Erinnerung verblasste, so gab es doch noch den Garten, ihren Garten, die letzte Wahrheit.

Er musterte sie abschätzend, einmal von oben bis unten. »Dein Garten, so, so, dein Garten. Hat dir euer Westbesuch diese Flausen eingetrichtert? Im Sozialismus gibt es kein Mein. Hast du das vergessen? Eigentum ...«

»Jetzt hören Sie doch mit diesem Quatsch auf«, fiel ihm Maria ins Wort.

Er zog eine Augenbraue hoch und grinste weiter. »So, so, also Quatsch ist das. Vielleicht sollte ich das mal melden, das mit dem Quatsch.«

»Melden Sie doch, was Sie wollen. Aber bis dahin verschwinden Sie aus meinem Garten.«

Herr Schulz kniff drohend die Augen zusammen. »Dein Garten war das nie, und jetzt erstrecht nicht mehr. Du und deine Oma, ihr durftet ihn nutzen, und jetzt ..., jetzt darf ich ihn nutzen. So einfach ist das. Du, meine liebe Maria, hattest ja noch nicht einmal deine Jugendweihe. Du hast überhaupt kein Recht zu irgendetwas. Und jetzt verschwinde hier, bevor ich das mit dem Quatsch doch noch melde.« Drohend ging er einen Schritt auf Maria zu.

Sie wusste, dass Herr Schulz auch im Haus ihrer Eltern immer wieder für Ärger sorgen konnte. Ihr Vater hatte sie mehrfach gewarnt, sich vor ihm in Acht zu nehmen, sich auf keine Diskussion mit ihm einzulassen. Im Zweifel würde er nichts als Lügen an seine Parteigenossen weitergeben. Lügen, die man ihm, dem Linientreuen, glauben würde.

Marias Eltern hatten es immer abgelehnt, der SED beizutreten. Allein das machte sie verdächtig, im Zweifel unglaubwürdig. Die Parteiraison stand über der Wahrheit. Das war die einzige Wahrheit, die man akzeptieren musste, ob man wollte oder nicht. Maria hasste es, wenn ihr Vater so zu ihr sprach. Es führte ihrer Meinung nach dazu, dass sich Menschen in zwei Kategorien teilten, eine so schlimm wie die andere: Duckmäuser oder Denunzianten. Ihre Eltern gehörten zu Ersteren. Und das Unerträgliche war, dass sie es ihretwegen taten und dasselbe von ihr erwarteten. Jetzt musste sie sich selbst ducken, ihren Eltern zuliebe. Das perfide System des Sozialismus, wie ihn sich diese Parteifunktionäre vorstellten, funktionierte. Es gab kein Entrinnen.

Maria wollte noch etwas sagen, ballte die Fäuste, suchte nach etwas, das sie diesem Schulz entgegenschleudern konnte, etwas, das er nie mehr vergessen würde. Ihr Herz raste vor Wut. Nein, zu den Duckmäusern gehörte sie nicht, würde nie zu ihnen gehören, und doch wusste sie, dass jetzt und hier nichts auszurichten war. Sie hatte keine Wahl, musste zurück, ihre Eltern wachrütteln. Vielleicht gab es eine Chance, sie aus ihrer Lethargie zu befreien.

Als sie in die Wohnung stürmte, die Haustür hinter sich lautstark zufallen ließ, passierte nichts. Es war, als wäre die Zeit stehengeblieben, als sei sie mit Oma Heddes Tod endgültig zum Stillstand gekommen. Ihr Vater saß im Sessel, nach wie vor versunken in seine Lektüre. Er rührte sich nicht, nahm keine Notiz von dem, was um ihn herum geschah, am wenigsten von Marias lautem Atem. Ebenso ihre Mutter. Sie bügelte Küchenhandtücher, starrte auf ihre monotone Handbewegung. Am liebsten hätte Maria geschrien, wäre in dem verzweifelten Versuch, beide aus ihrer Lethargie zu schütteln, wutentbrannt auf sie gesprungen. Sie tat es nicht, weil sie plötzlich etwas Stärkeres empfand als Wut und Hass: Mitleid. Sie liebte ihre Eltern, das wurde ihr plötzlich klar, und das, was sie taten, war nichts weiter als ihre Art, in einem Staat zu überleben, der keinen Widerspruch erlaubte.

Als ihr Atem langsam zur Ruhe gekommen war, nahm sie sich einen Hocker, setzte sich vor ihren Vater und blickte ihn fragend an. »Stell dir vor, Papa, dieser Schulz sitzt in Omas Garten und behauptet, dass der nun ihm gehöre.« Sie sagte es mit einem Ausdruck von Mitgefühl.

Ihr Vater legte das Buch zur Seite und schaute Maria traurig an. »Ich wusste nicht, wie ich es dir sagen sollte, meine kleine Maria. Konnte ja nicht ahnen, dass Herr Schulz bereits am Tag von Omas Beerdigung dort einziehen will.«

Maria spürte erneut Fassungslosigkeit in sich aufsteigen – ihr Vater hatte es gewusst? »Ja, aber ..., der kann sich doch nicht einfach in unserem Garten breitmachen«, stammelte sie verzweifelt.

»Maria, es ist nicht unser Garten, es war niemals unser Garten«, sagte ihr Vater eindringlich.

Maria hörte seine Worte kaum, wollte sie nicht hören. »Und die Bäume ..., Omas Rosen?«

Ihr Vater schüttelte den Kopf, wollte sich wieder seinem Buch zuwenden. Sie nahm es ihm mit einer schnellen Bewegung aus der Hand, schloss es, knallte es auf den Tisch, spürte gleichzeitig Tränen, die ihren Blick trübten. Es war der Hass, der sich zurückmeldete. Nicht auf ihren Vater, sondern auf Schulz und alle anderen, die ihn in diesen Zustand der Resignation getrieben hatten.

»Hörst du mir überhaupt zu? Dir und Mama ist das wohl vollkommen egal.« Sie sprang auf, ging zum Fenster, öffnete es weit, stützte sich auf die Fensterbank. »Verdammt, ihr habt mich alle belogen, ihr und Oma Hedde. Und jetzt nehmt ihr alles hin, die ganze Lüge, den ganzen Betrug.«

Lügen, nichts als Lügen, die Oma Heddes, der Eltern, des Systems, alle zusammen schienen ihr plötzlich den Verstand zu rauben. Aber das allein war es nicht. Jahrelang hatte sie es verdrängt, was ihr nun entgegenschrie: Sie hatte sich selbst belogen, die Augen vor der Realität verschlossen. Mauern, Stacheldraht, Selbstschussanlagen, der imperialistische Schutzwall, wie es im SED-Jargon hieß, waren bis vor Kurzem noch weit entfernt, einfach nicht existent, irgendwie überwindbar. Jetzt waren sie ganz nah herangerückt, zerstörten ihre Träume, deren Verwirklichung sie entgegengefiebert hatte. Wie hatte sie sich nur so lange selbst belügen können? Wie sollte sie jetzt damit leben?

Verzweifelt wandte sie sich vom Fenster ab, rannte in ihr Zimmer, warf die Tür zu und schmiss sich aufs Bett. Ein reißender Schmerz lähmte ihre Gedanken. Sie rang nach Luft, kämpfte gegen ein Zittern in den Gliedern, gegen eine quälende Übelkeit in der Magengrube an. Sie wollte kotzen, bäumte sich auf. Die Freiheitsstatue blickte lachend auf sie herab. Angewidert von dem breiten Grinsen, das sie ihr einst verliehen hatte, riss sie das Abbild der Lüge, zu dem es geworden war, von der Wand, zerteilte es in tausend Stücke. Aber der Schmerz in der Brust ließ nicht nach, stach weiter auf sie ein, immer wieder. Sie wusste, es war nur der Anfang eines verzweifelten Kampfes gegen sich selbst, etwas, das längst angefangen hatte, sie von innen her aufzufressen: die aussichtlose Gewissheit, für immer eingesperrt zu sein.

Es dauerte lange, bis sie sich beruhigte. Für einen Moment hoffte sie, dass einer ihrer Eltern zu ihr käme, ihr ein paar tröstende Worte spenden würde. Dann war sie froh, dass sie es nicht taten. Trost war das Letzte, was sie jetzt brauchte, noch nicht. Sie hätte nichts weiter als Heuchelei darin gesehen.

Sie lag zusammengekrümmt auf dem Bett und dachte erneut an Oma Hedde. Plötzlich erinnerte sie sich an ihre letzten Worte: Die Wahrheit läge in der Zukunft, nicht in der Vergangenheit, nicht in der Fantasie. Damals hatten die Worte seltsam geklungen. Nichts hatte sie verstanden. Wollte sie es damals nicht verstehen? Oma Hedde hatte versucht, ihr die Augen zu öffnen. War es vielleicht ihre eigene Schuld, ihr Wunsch, nie und niemals aus Oma Heddes Fantasiewelt aufzuwachen? Zu schön war die Illusion, zu grau und hässlich die Realität. Konnte sie ihr wirklich einen Vorwurf machen, ihre Kindheit mit einer erdichteten Realität angefüllt zu haben, die niemals Wirklichkeit werden durfte, nicht, solange dieser perfide Staat und eine selbstherrliche Partei die Freiheit, nach der sie sich sehnte, im Keim erstickten? Vielleicht hatte ihr Vater Recht gehabt. Wo lag der Unterschied zwischen Fantasie und Realität, wenn sich beides nur aus der Vergangenheit nährte? Oma Hedde hatte sie sanft aufwecken wollen, hatte Andeutungen gemacht, die sie damals nicht verstand. Oma Hedde hatte gewusst, dass die Realität, in die Maria hineingeboren worden war, ihre Sehnsucht zerstören würde. Sie hatte lediglich nach einem gleitenden Übergang zwischen Illusion und Hoffnung gesucht. Der Tod war ihr zuvorgekommen.

»Ulrike, wir müssen mit dir reden.« Ihr Vater kniff die Augen zu, suchte nach einem Anfang, nach Worten, die schon längst hätten gesagt werden müssen. Ulrike saß am Tisch, schweigend und ängstlich zu hören, was sie vielleicht nicht hören wollte. Im gleichen Moment sprang die Tür zum Garten auf. Ihre Mutter kam herein, bester Stimmung, geradezu schwebend, und mit ihr die Gartenluft. Der Gegensatz zwischen Thomas und Johanna hätte in diesem Moment nicht größer sein können. Er, blass, schwer atmend, während ihr die gute Laune aus dem Gesicht strahlte. Ulrike liebte ihre Mutter, so wie sie war, besonders wenn sie aus dem Garten kam. Es waren diese roten Wangen, die zerzausten mit vertrockneten Blättern geschmückten Haare, die Erde unter ihren Fingernägeln. Sie wollte immer so sein wie ihre Mutter.

»Ist das nicht wunderbar? Dieser anbrechende Frühling, die Knospen, die Päonien ...«, begann Johanna. Sie verstummte schlagartig, als sie ihren Mann sah.

Ulrike hoffte, dass ihr Vater das, was unheilvoll in der Luft lag, was immer es auch war, wieder geraderücken könnte. Rasch wusch sich Johanna die Erde von den Händen und setzte sich zu ihrem Mann an den Tisch. Zärtlich legte sie ihren Arm um seine hängenden Schultern.

»Da waren Männer ...« Weiter kam er nicht. Er biss die Zähne zusammen, um das Zittern der Lippen zu verbergen. Es war eine Mischung aus Wut und Verzweiflung, die ihm im Gesicht stand, ihm die Stimme raubte. Er atmete tief ein und aus, rieb sich die Augen, versuchte es erneut. »Wir müssen weg. Und ...«

»Weg? Warum ...?« Johanna schüttelte fragend den Kopf. Sie ahnte, dass über die Antwort längst das staatliche Urteil gefallen war. Sie dachte an den Plan, dass ihr Garten und das Haus hässlichen Plattenbauten weichen sollten. Sie ahnte nicht, dass es schlimmer kommen würde. »Warum weg? Wohin? Ich meine, das hier ist unser Zuhause.«

Thomas sah sie mit einem verzweifelten Blick an. »Ich habe nie darüber gesprochen. Ich wollte euch nicht belasten ...« Wieder brach er ab, legte seinen Kopf auf den Tisch, auf seine verschränkten Arme.

Johanna sah ihn an und hatte das Gefühl, wegrennen zu müssen. Es war nicht zuletzt Ulrikes sorgenvoller Blick, der sie festhielt. Wie selten zuvor spürte sie Hilflosigkeit und die Willkür des Staates, der sich als demokratisch und sozialistisch bezeichnete. Ein Zynismus, den niemand öffentlich ansprechen durfte.

»Papa, diese Männer. Was wollten die von dir?«, schaltete sich Ulrike dazwischen.

Ihr Vater sah sie traurig an. »Ich wusste, dass sie irgendwann kommen würden.«

Johanna zuckte zusammen. Es waren mehr als Plattenbauten, die ihnen den Lebensraum streitig machen würden. »Wer, Thomas? Wer wird kommen? Was immer es ist, du weißt, dass wir ..., dass wir zusammenhalten«, versuchte sie ihn und vor allem sich selbst zu beruhigen.

Er richtet sich auf und nickte. »Also gut«, versuchte er es erneut, »besser, wenn ihr es wisst. Vielleicht hätte ich es euch längst erzählen sollen. Wir hatten einen Auftrag.«

»Wir, wer ist wir?«, wollte Johanna ungeduldig wissen.

»Unsere Firma. Sie haben sich alle gedrückt. Keiner wollte dahin.«

»Wohin meinst du?« Johanna spürte, dass es nichts war, was zwischen ihnen stand. Sie atmete erleichtert auf. »So schlimm kann es doch nicht sein.«

»Doch, Johanna, es war schlimm, sehr schlimm sogar. Und ich hätte es nicht wissen dürfen. Es ist meine Schuld.«

»Was hättest du nicht wissen dürfen, Papa?« Ulrike versuchte etwas in den Augen ihres Vaters zu lesen, aber da war nur Verzweiflung. Ihre Angst wuchs mit jeder Sekunde.

»Früher oder später wirst auch du es erfahren, Ulrike. Du und deine Generation, ihr müsst es wissen.« Er seufzte nochmals, dann fing er an zu erzählen. Von seinem Auftrag. Es sollte ein Defekt in der zentralen Stromleitung der Justizvollzugsanstalt Bautzen repariert werden. Die betriebseigenen Arbeiter hatten sich vergeblich bemüht, den Fehler zu finden. Dass sie scheiterten, war auch kein Wunder, da keiner der Männer ein ausgebildeter Elektriker war. Sie verfügten lediglich über eine Art Halbwissen bezüglich elektrischer Verschaltungen. Das war fahrlässig, aber billig, wie so viele Dienstleistungen im Osten. Den Verantwortlichen hatte es gereicht. Spätestens als einer der Arbeiter beim Versuch, den Fehler zu heben, einen schweren Stromschlag erlitt, traute sich keiner mehr, das veraltete Gewirr an Kabeln und Sicherungen anzufassen. Ein großer Block der JVA blieb tagelang ohne Strom und damit ohne Heizung und ohne Licht. Da die Anzahl der Gefangenen die geplante Belegung bei Weitem überschritt, konnten die Insassen nicht verlegt werden. Ohne Strom fiel zudem ein großer Teil der Überwachungssysteme aus. Die Zeit drängte. Man hatte nach Fachleuten gesucht, nicht jedoch aus dem näheren Umkreis der JVA. So kam man auf den VEB, in dem sich Thomas als Elektriker bereits einen guten Ruf erarbeitet hatte.

»Als es hieß Bautzen, das Gelbe Elend, haben sich alle gedrückt. Obwohl keiner so richtig wusste, was da vor sich ging, war das Gerücht, einmal rein, nie wieder raus, Abschreckung genug. Das Los fiel auf mich, keine Chance. Sie haben mich in einen Lieferwagen verfrachtet. Die Fenster waren verdunkelt. Nach etwa einer Stunde hörte ich Stimmen, das Quietschen von Eisen und Toren. Als sie mich rausließen, war ich umgeben von Mauern aus gelben Backsteinen. Über mir reihten sich die vergitterten Fenster aneinander. Es war bedrückend, ... schrecklich. Aber was sollte ich tun? Ich habe weggeschaut, so gut es ging.« Thomas schluckte, dann fuhr er mit belegter Stimme fort. »Sie haben mich durch eine Tür in den Keller geführt. Es war dunkel, roch muffig, nach Schimmel an den Wänden und nach Schweiß. Wir richteten die Taschenlampen nur nach vorne. Aber ... die Eisentüren, sie reihten sich aneinander. Plötzlich hörte ich einen Schrei. Da schrie jemand nach seiner Mama. Einer der Wärter nahm seinen Schlagstock und rief: ‚Halts Maul.' Ich höre heute noch seine Stimme, den dumpfen Schlag gegen die Eisentür. Zelle 11.«

Thomas blickte auf. Die Ereignisse standen ihm wieder vor Augen. »Zelle 11«, wiederholte er und seine Lippen zitterten leicht. »Am Ende des Ganges war der Schaltkasten. Alles stand unter Strom. Die Männer, die mich bis dahin begleitet hatten, hielten Abstand, leuchteten mir nur mit ihren Taschenlampen. Es war nicht leicht, den Fehler auszumachen. Ein dämlicher Kurzschluss an der Hauptleitung. Ich brauchte eine Weile, bis ich das Ganze wieder zusammengeflickt hatte.«

»Ja, aber dann hast du doch alles richtig gemacht«, warf Ulrike ein.

»Ich schon, aber nicht die armen Gestalten in ihren Zellen.«

»Das ist doch nicht deine Schuld, Papa«, flüsterte Ulrike eindringlich.

»Das war noch nicht die ganze Geschichte, Ulrike, ich wusste sofort, dass wir uns mitschuldig machen, wenn wir einfach die Augen verschließen. Ich sagte den Männern, dass der Grund für den Kurzschluss in einer der Zellen läge. Ich hatte die Sicherung gelöst, absichtlich. Ich zeigte den Wärtern die Beschriftung, Zelle 11. Dann führten sie mich hin ..., zu Zelle 11. Es war schrecklich. Sie öffneten die Tür. Ein Mann wurde herausgezerrt. Für einen Moment sahen wir uns an. ‚Geschrieben', er flüsterte nur dieses eine Wort. Es klang wie eine Bitte. Ich wusste nicht, was er damit sagen wollte. Dann ließen sie mich in der Zelle, allein. Der Gestank war unerträglich. Ich nahm mir einen Hocker, der neben der Pritsche stand, stellte mich drauf, tat so, als würde ich etwas an der Deckenlampe reparieren. In

Wirklichkeit schaute ich mich um. Die Wärter waren im Gang mit dem Mann beschäftigt, der mir kurz zuvor etwas sagen wollte. Und dann, mein Gott, dann sah ich es. Ein Knäul Toilettenpapier, direkt neben dem halbgefüllten Kübel, beschrieben auf beiden Seiten. Er hätte das Geschriebene in seiner wabernden Notdurft versenken können. Er hatte es nicht getan, obwohl er damit rechnen musste, entdeckt zu werden. Er hatte die Hoffnung nicht verloren, dass jemand käme, jemand wie meine Wenigkeit, der seine letzte Botschaft mitnimmt. Ich steckte alles ein und trat wieder vor die Tür. Dann traf mich erneut dieser fragende, dieser flehende Blick. Ich nickte ihm kurz zu. Ein kurzes Lächeln huschte über sein zerfurchtes Gesicht. Dann stießen sie ihn zurück in die Zelle.«

»Und dann, was passierte dann? Was stand auf dem Papier?« Ulrike starrte ihren Vater fragend an.

Ihr Vater nickte ihr zu. »Langsam, also, wir gingen zurück und ich sagte, dass ich kurz auf die Toilette müsste. Sie standen vor der Tür. Ich musste mich beeilen, überflog die Zeilen. Da stand etwas von Republikflucht, es war kaum zu entziffern. Er hatte die Worte offenbar mit seinem Blut geschrieben, vielleicht auch mit seinem Kot. Und dann immer wieder der Name ‚Nikolai', am Ende ‚Mama' und ‚Liebe'. Ich meine auch ‚Leipzig' gelesen zu haben. Sie bollerten gegen meine Tür. Ich versenkte das Papier im Klo, zog ab. Das war's.«

Johanna atmete auf. »Das war sicher schlau. Mit der Botschaft hätten sie dir an den Kragen gehen können.«

Thomas hob zweifelnd die Schultern. »Ich war offenbar nicht schlau genug. Erst leiteten sie mich zurück zum Lieferwagen. Doch bevor es losging, rissen sie die Tür wieder auf, zerrten mich heraus und stießen mich zu Boden. Einer der Wärter hielt mir ein nasses Stück Klopapier entgegen. Die Schrift darauf war kaum noch zu lesen. Offenbar war ein Fetzen in der Kloschüssel kleben geblieben.«

Ulrike riss die Augen auf. Sie spürte ihr Herz bis zum Hals rasen. »Und ... was passierte dann?«

»Verhör. Vorher musste ich mich ausziehen, splitternackt. Es war kalt. Ich leugnete alles. Sie hatten keine Beweise, fanden nichts in meinen Taschen. Nichts an meinem Körper, nichts im Mund, im ..., es war schlimm.«

»Aber jetzt ist doch alles gut, nicht wahr?«, hakte Johanna besorgt nach.

Er sah sie an und schüttelte den Kopf. »Schön wär's. Wenn sie dich auf dem Kieker haben, dann hast du verloren. Ich könnte froh sein, nicht verhaftet zu werden. Im Betrieb standen alle hinter mir, schworen alle Eide auf mich. Es half nichts. Die Staatssicherheit wollte mehr Kontrolle. Die zwei Typen eben ließen keinen Zweifel. Ich müsste versetzt werden. VEB Halle, den Namen habe ich vergessen. Sei irgend so ein Vorzeigebetrieb.«

»Wann?«, wollte Johanna wissen. Sie sah blass und dennoch irgendwie entschlossen aus, trotzig.

»Ich ab morgen. Du und Ulrike, ihr könnt noch bleiben, die Schule abschließen. Wenigstens das konnte ich aushandeln.«

»Kommt gar nicht infrage. Wir kommen gleich mit«, protestierte Johanna sofort.

Thomas schüttelte den Kopf. »Wir bekommen erst Ende August eine Wohnung, nach den Sommerferien. Bis dahin geben sie mir ein Zimmer in einem Wohnheim.«

»Und das nur wegen eines Fetzens Klopapier?« Ulrike sprang auf, fuchtelte erregt mit den Armen durch die Luft, als wollte sie die schlechte Nachricht wie eine lästige Mücke verscheuchen.

»Ich habe mir lange überlegt, ob ich dich und Mama einweihen soll. Die Nerven der Partei liegen blank. Bautzen ist nicht der einzige Knast. Wer nicht spurt, wird weggesperrt. Und keiner darf es wissen. Wer doch etwas weiß, wird so lange drangsaliert, bis er sich wünschte, nie etwas gewusst zu haben.«

»Wir lassen uns nicht kleinkriegen, nicht wahr, Mama?« Ulrike suchte eine Antwort in den Augen ihrer Mutter. Doch zum ersten Mal sah sie dort etwas, was sie bis dahin an ihr nicht gekannt hatte: Angst.

Sie schwiegen, wechselten Blicke, schließlich wussten sie alle, was das für sie bedeutete. Und Ulrike ahnte auch, dass ihre Mutter weniger Angst um sich selbst oder Thomas hatte, als vielmehr um ihre Tochter. Kollektivschuld war in der DDR ein probates Mittel, Menschen zum Schweigen zu bringen. Und Ulrike gehörte von diesem Tag an zum Kollektiv der Schuldigen.

Es war alles gesagt. Albtraum und Realität vermischten sich unheilvoll. Ulrike ging in den Garten, setzte sich auf eine Bank und starrte in die Idylle, die plötzlich keine mehr war.

Als ihr Vater am nächsten Tag abgeholt wurde, umarmte er Johanna kurz, gab Ulrike einen Kuss auf die Stirn. Dann bestieg er, ohne sich nochmals umzusehen, den Lieferwagen.

Die Tage und Wochen seit Thomas' Abtransport vergingen in bedrückender Stimmung. Die Sehnsucht nach einer baldigen Nachricht von ihm erfüllte sich nicht. Keine Nachricht war jedoch besser als eine schlechte. Johanna wusste von seinen leiblichen Eltern. Sibirien, sie redete sich ein, dass es hätte schlimmer kommen können, dass sie bald wieder zusammen wären, sofern ihn seine Vergangenheit nicht einholte. Noch mehr machte sie sich Sorgen um Ulrike. Der Grund ihres Zwangsumzuges würde dem Umfeld nicht verborgen bleiben. In der neuen Schule könnte man sie als abschreckendes Beispiel instrumentalisieren und ausgrenzen. Die Erziehungsmethoden des Staates waren vielfältig. Wenn man erst einmal aneckte, dann gab es kein Entrinnen. Sie durften nicht anecken, mussten sich von jetzt an wegducken. Spätestens wenn die Schule in Halle begann, sollten sie die normalen Nachbarn sein, musste alles vergessen sein, auch wenn die Stasiakten niemals vergaßen.

Es ging auf Ulrikes vorletzte Klasse zu. In Görlitz hatte man ihr zugesagt, Abitur machen zu dürfen. Der Direktor kannte und schätzte die Sonnemanns, bedauerte ihre bevorstehende Zwangsversetzung. Er wolle mit Halle reden, dass Ulrike auch dort ihr Abitur absolvieren könne. Es war nicht selbstverständlich für einen Staatsdiener, sich für einen Staatsgefallenen einzusetzen. Kinder von Eltern, die mit dem Staat kollidierten, durften normalerweise kein Abitur machen, sie mussten als Arbeiter oder Bauern in einem VEB arbeiten.

Tag für Tag wuchs Ulrikes Sorge, dass man ihr trotz der anfänglichen Zusage des Direktors den Zugang zum Abitur verwehren würden. Sie machte sich klein und unauffällig, wie es ihre Mutter ihr aufgetragen hatte, auch wenn in ihr der Hass, der Wille zum Widerstand immer mehr Gestalt annahm.

Noch vor ihrem Umzug wurde Ulrikes Mutter zur Feldarbeit verpflichtet. Morgens um sieben Uhr wurde sie abgeholt und sie kam abends gegen acht wieder nach Hause. Es war Teil der staatlichen Erziehungsmaßnahme, die anfänglich Widerspruch provozierte, sich so lange ins

Gegenteil verkehrte, bis der Druck zu groß wurde, bis die Betreffenden gebrochen zurückblieben. Für den eigenen Garten hatte sie kaum noch Zeit und noch weniger Kraft. Abends saß sie nur noch auf der Bank und starrte in die Dämmerung. Dabei gehrte in ihrem Kopf immer wieder eine Frage, deren Antwort ihr Thomas bislang schuldig geblieben war: Wer oder was war Nikolai? Der Name war Teil der Nachricht des Bautzen Häftlings, ein Schlüssel zu etwas sehr Wichtigem. Vielleicht wusste es Thomas selbst nicht. Sie musste es herausfinden.

Freitagmorgen klingelte Marias Wecker, als wäre nichts geschehen. Und doch war alles anders. Normalerweise war sie die Erste in der Küche und setzte das Wasser für den Tee auf. Heute blieb sie liegen, zog sich die Decke über den Kopf. Das Zimmer, ja, das ganze Leben um sie herum schien plötzlich leer und sinnlos. Es gab keine Oma Hedde mehr, die ihre Geschichten erzählte. Auch wenn ihre Erzählungen von fremden Ländern und Menschen frei erfunden waren, hatte sich Maria doch in ihnen geborgen gefühlt. Nun waren sie zerplatzt wie Seifenblasen. Es gab auch keinen Garten mehr, an dem sie sich abarbeiten konnte, der ihr Bemühen hundertfach mit Blüten, Blättern, Gemüse und Obst entlohnte. Sie fühlte ich haltlos wie eine Schiffbrüchige, die auf einer Planke einsam im Meer trieb, darauf wartete, unterzugehen. Es gab keinen Bezugspunkt mehr, nichts, an dem sie sich festhalten konnte. Nur noch die Bettdecke über ihrem Kopf, die ihr die Sicht nahm und ein wenig auch die Geräusche dämpfte. Sie versuchte sich einzubilden, dass alles nur ein teuflischer Alptraum wäre, aus dem sie bald erwachen müsste.

»Maria? Willst du nicht aufstehen? Du bist spät dran.« Die Stimme ihrer Mutter schien von weither zu kommen, dabei stand sie neben ihrem Bett und sah besorgt auf sie herab. Offenbar erkannte sie gleich, dass Maria an diesem Morgen nicht im Stande war, in die Schule zu gehen. »Ich bring dir einen Tee und dann sehen wir weiter, einverstanden?«, fragte sie.

Erleichtert erwiderte Maria den sorgenvollen Ton ihrer Mutter mit einem zustimmenden Schweigen. Kurze Zeit später brachte sie den Tee und ging dann zur Arbeit, wie sie es nannte. Meist stand sie an, stundelang, beim Gemüse, beim Fleisch, für Klopapier. Wenn sie nichts mehr bekam, ging sie spazieren. Es war ihre Art zu arbeiten. Früher hatte sie eine

Stelle in der Stadtverwaltung und bekam deshalb noch eine kleine Rente, gewissermaßen ein Taschengeld, das sie in einer Blechdose in der Küche verwahrte.

Die Geräusche in der Wohnung verebbten. Maria war allein. Erst jetzt traute sie sich, unter der schützenden Hülle ihrer Bettdecke hervorzukriechen und in die Küche zu schlurfen. Dort standen ihr Frühstücksteller und die Teekanne auf dem Küchentisch. Daneben eine Notiz.

Ich komme wie immer nach der Arbeit, bringe etwas zum Abendbrot mit. Vati trifft sich mit ehemaligen Kollegen, Schriftstellerverband, und ist auch erst am späten Nachmittag zu Hause. Im Kühlschrank sind noch Reste von gestern.
Kuss, deine Mama

Ihre Eltern nannten sich untereinander Vati und Mutti, für Maria waren sie Mama und Papa. Maria blickte sich fragend um. Was ihr blieb, waren die Reste von gestern. Das Leben konnte an der Oberfläche so einfach sein, solange diese nicht einbrach. Aber war sie nicht schon längst eingebrochen, nicht erst seit gestern? Sie goss sich den Rest lauwarmen Tees aus der Kanne ein, ging ins Wohnzimmer und setzte sich in den Lehnstuhl, der zu ihres Vaters Lebenswelt geworden war, wenn er sich nicht an seltenen Tagen, wie heute, aufraffte, um das Haus zu verlassen.

Rückblickend hatte das Leben ihrer Eltern durchaus verheißungsvoll begonnen. Seit jeher wohnten sie im dritten Stock in dem Haus, in dem auch Maria ihre gesamte Kindheit verbrachte. Sie waren schon in frühester Kindheit Nachbarn gewesen. Aus der Zeit im Sandkasten erwuchs irgendwann die große Liebe. So hatten sie es ihr einmal rührselig erzählt. Nie hatten sie das Elternhaus verlassen. Dann starben Mutters Eltern kurz hintereinander. Die beiden Wohnungen wurden zusammengelegt. Oma Heddes Lebensraum reduzierte sich mit ihrem pflegebedürftigen Mann auf zwei Zimmer, später, als ihr Helmut starb, auf eine Kammer gleich neben Marias Zimmer.

Marias Vater hatte bis vor wenigen Jahren in einem kleinen Verlag gearbeitet, der auf Lyrik, Musikgeschichte und Noten spezialisiert war. Die Druckerei war im Erdgeschoss desselben Hauses untergebracht. Sie konnte sich noch an das Rattern der Druckmaschinen erinnern, den typischen Geruch aus frischem Papier, Lacken und Lösungsmittel, der durch das Erdgeschoss bis zu ihrem Zimmer strömte, der den Braunkohlegestank von draußen und den Toilettenmief vom Treppenhaus oft gnädig überdeckte. Noch immer hatte sie das freudig-strahlende Gesicht ihres Vaters vor Augen, wenn er einen neuen Auftrag und später das stolze Resultat aus kunstvoll dekorierter Pappe und zartem Papier in den Händen hielt. Seine Spezialität waren Goldprägungen und es war schwer zu unterscheiden, ob es die Buchstaben oder seine Augen waren, die im Verlauf der Fertigung heller leuchteten.

Dann kam der Tag der Enteignung. Der Inhaber der Druckerei, ein immer elegant gekleideter Mann mit Monokel, an den sich Maria nur vage erinnerte, wurde wenige Tage später tot aufgefunden. Er hatte sich in seiner Werkstadt erhängt. Er starb inmitten seines Lebenswerks. Die Druckmaschinen wurden gleich danach abtransportiert. Man brauchte sie im Auftrag der Dewag für Wichtigeres, für sozialistische Aufklärung, die Propaganda einer besseren Welt. Hinter der Dewag, der Deutschen Werbe- und Anzeigengesellschaft, stand der Staat, die SED als alleiniger Kapitaleigener. Widerstand war zwecklos.

Aus der Hinterlassenschaft Herrn Monokels, so nannte ihn Maria von klein auf, ging eine umfangreiche Bibliothek hervor, die Marias Vater vor dem Abtransport retten konnte und zunächst kistenweise im Wohnzimmer eingelagert wurde. Die Liebe für Bücher hatte er offenbar von seiner Mutter geerbt. Er und Oma Hedde machten sich damals ans Werk, die Wohnzimmerwand in ein einziges Regal zu verwandeln, um zumindest den wertvollen Büchern und Folianten einen angemessenen Platz zu geben. Es war die Zeit, in der Oma Hedde anfing, ihrer damals vierjährigen Enkeltochter Maria regelmäßig Geschichten vorzulesen. Als ihre Sehkraft nachließ, die Operation ihres Grauen Stars wurde mehrfach abgelehnt, ließ sie es sich nicht nehmen, aus ihrer Erinnerung weiterzuerzählen. Die zahlreichen Biografien und Reiseberichte wurden zu dem, was sie niemals waren: ihrer eigenen Lebensgeschichte.

Nach der Enteignung war das Haus schlagartig stiller geworden. Der Geruch im Treppenhaus wurde wieder von den verstopften Toiletten übernommen. Und so wie das Haus verstummte, so war auch ihr Vater von Jahr zu Jahr wortkarger geworden. Anfänglich brauchte man ihn noch, um die alten Druckmaschinen an ihrem neuen Ort am Laufen zu halten. Da es bald keine Farben, geschweige denn Blattgold und Ersatzteile mehr gab, wurde der Druckbetrieb irgendwann kurzerhand eingestellt. Zur Verwunderung aller bekam Marias Vater aber weiterhin sein Gehalt, wenn auch knapp auf die Hälfte gekürzt. Es reichte jedoch zum Leben. Viel zu kaufen gab es ohnehin nicht. Es waren jedoch nicht die materiellen Einschränkungen, sondern vielmehr die, wie er es nannte, lähmende Sinnlosigkeit des Nichtstuns, die ihren Vater erstarren ließ. Wenn nicht gelegentlich ehemalige Kollegen an die Tür geklopft hätten, ihn aus seinem Schneckenhaus zumindest zeitweise hervorlockten, er wäre noch während des Lebens verstorben.

Maria erhob sich aus dem Sessel, nahm sich ein Buch mit glänzendem Buchrücken aus dem Regal. Sie konnte sich noch sehr gut erinnern, wie Oma Hedde genau dieses Buch wie ihr Heiligtum gepflegt hatte, damals, als sie noch einigermaßen gut sehen konnte. Nachdenklich schlug sie es auf. Der Eifelturm, ein wunderbares, wenn auch irgendwie sinnlos erscheinendes Bauwerk, erhob sich über die ganze Seite. Maria wollte das Buch zuschlagen, versinnbildlichte es geradezu erdrückend die Illusion, die Lüge, die ihr Leben bis gestern noch bestimmt hatte. Und doch wusste sie, dass es gerade nicht der Eifelturm war, der an der Lüge Schuld hatte. Vermutlich stand er immer noch an seinem Platz in Paris, erstaunte die Menschen, die unter seinen gigantischen Füßen hindurch nach oben blickten, die ihn bis zur Spitze erklommen, um den schönsten Ausblick zu genießen, den man sich vorstellen konnte. War er damit doch nicht so sinnlos, wie sie im ersten Moment dachte? War es nicht gerade das, was das Leben schön und lebenswert machte, eine scheinbar sinnlose Anmut, Schönheit, Harmonie?

»Dem Wahren, Schönen, Guten«, so stand es auf einem anderen, einem klassizistischen Bauwerk. Es war ein Opernhaus, das nichts anderem als genau diesem Zweck diente. Waren es nicht auch die Blumen, die grünen Blätter, die ihr bis dahin genau das vermittelt hatten? Nicht alle Blätter waren essbar, erfüllten somit keinen unmittelbar zweckgebundenen Sinn. Und dennoch waren sie einfach da, genauso wie der Eifelturm. Nun war beides unerreichbar. Der Garten gehörte seit Oma Heddes Tod jemand anderem, ausgerechnet dem verhassten Hauswart. Der Eifelturm war weit weg, abgeschottet von einer Grenze, die ihre Lebenswelt scheinbar willkürlich eingrenzte. Bisher war der Garten ihre ganze Welt, aus der sie nun ausgestoßen worden war, herausgepresst in die Realität. So musste es sich anfühlen, die eigene Geburt, hätte man in diesem Moment bereits einen Verstand. Nun war es wie eine zweite Geburt für sie, bei vollem Verstand. Kälte, gleißendes Licht, es war kein Wunder, das Neugeborene schrien. Gestern war ihr der Schrei im Halse stecken geblieben. Aber er musste raus, wie damals bei ihrer ersten Geburt. Sie wusste, dass sie es nicht konnte, dass sie wie ihre Eltern alles zur gegebenen Zeit schweigend herunterschlucken würde. Sie wischte ihre Tränen fort, die sie erst jetzt bemerkte.

Als ihre Mutter nach Hause kam, schlichen sie aneinander vorbei. Später sprudelte in der Küche das Wasser im Wasserkocher. Pfefferminzgeruch zog durch die Wohnung. Zeit fürs Abendbrot. Maria stand in der Tür und sah nur ihre Mutter, die gerade Gläser auf den Tisch stellte. »Wo ist Papa?«, wollte sie wissen.

Ihre Mutter reagierte erst nicht, zuckte dann nur mit den Schultern und holte die Kanne mit dem Pfefferminztee.

Maria sah ihr zu. »Machst du dir keine Sorgen, Mama, dass ihm vielleicht etwas zugestoßen sein könnte? Zum Abendbrot ist er immer pünktlich.«

Ihre Mutter drehte sich zu ihr um, schaute sie mit traurigen Augen an und bedeutete ihr, sich zu setzen. Dann goss sie bedächtig Pfefferminztee in zwei Gläser und setzte sich Maria gegenüber. Sie sah sie einen langen Augenblick an, dann begann sie: »Maria, wir haben dir nie die Wahrheit gesagt. Und weißt du warum?«

Maria schüttelte den Kopf.

»Wir wollten dich schützen.«

»Mich schützen? Vor was, vor wem?« Maria lehnte sich zurück. Die Standuhr in der Ecke, ein altes Erbstück, schlug acht.

»Damals, lange vor deiner Geburt, Ernst und ich waren frisch verliebt, ist etwas Schlimmes passiert. Es ist ein Teil unserer Geschichte, die in eurer Schule immer ausgeklammert wird. Wir wollten dich nicht damit belasten.«

Maria nippte an ihrem Pfefferminztee, schaute ihre Mutter fragend an. Es war das erste Mal, dass diese sie nicht wie ein Kind ansah.

»Ernst und ich, wir waren im Widerstand. Die Partei, die sich demokratisch nannte, entwickelte sich immer mehr zur Diktatur. Wir wollten uns das nicht gefallen lassen, hatten unsere eigenen sozialistischen Ideale. Was wir unterschätzten, war das Militär, die Russen. Am 17. Juni 1953 war alles vorbei. Sie schossen auf uns, wir warfen Steine. Es kam zu Verhören, Festnahmen, es war schrecklich.«

Sie hatten selten darüber gesprochen, was 1953 passiert war. Nachfragen Marias wurden mit dem lapidaren Kommentar unterbunden, es sei lange her.

Maria seufzte und hob die Augenbrauen. Was hatten die alten Geschichten mit ihr zu tun, heute, fast ein halbes Jahrhundert später? Und vor allem, was war passiert, was musste so lange verheimlicht werden, um sie zu schützen? Eigentlich wollte sie es nicht wissen. Zu schmerzhaft war die Wahrheit, die ihr bereits jetzt in der Seele brannte. »Mama, es ist lange her.« Sie wollte aufstehen.

Ihre Mutter hielt sie zurück. »Ja, mein Kind, es ist lange her. Vielleicht wird es in Vergessenheit geraten. Und doch solltest du wissen, dass das, was sich damals ereignete, unser ganzes Leben zerstört hat. Und es hält immer noch an.«

Maria nickte, versuchte zu begreifen, was ihre Mutter sagen wollte. Diesmal war es keine Lüge, das wusste sie. »Ich verstehe«, sagte sie langsam.

»Ich weiß nicht, ob du es wirklich verstehst. Damals gab es noch keine Bilder, keine Kameras. Viele wurden verschleppt, weil sie sich aufgelehnt hatten, auch im Gefängnis. Aber wir ...« Sie holte tief Luft, bevor sie weitersprechen konnte. »Wir haben sie verleugnet, wir haben uns verleugnet. Wir hatten Angst. Sie konnten uns nichts nachweisen, aber wir mussten lernen, mit der Schuld des Schweigens zu leben. Und dann passierte etwas Seltsames, deine Geburt, ausgerechnet am 17. Juni, dem Jahrestag der Niederschlagung unserer Revolution. Es war wie ein Erwachen. Wir haben Kontakt aufgenommen, zu alten Bekannten, anderen, die auch die Klappe gehalten haben. Wir konnten uns treffen, an deinem Geburtstag. Es war ... praktisch.«

Es dauerte einen Moment, bis dass Wort *praktisch* in Marias Kopf ankam. Was war praktisch? Sie traute sich kaum nachzufragen. »Es ging gar nicht um meinen Geburtstag?«, fragte sie schließlich tonlos.

Hilde musste die Enttäuschung im Gesicht ihrer Tochter gesehen haben, ihr Blick wurde milde, entschuldigend. »Alle brachten etwas mit, auch für dich. Es war halt so.« Sie stand auf und ging zum Fenster. Inzwischen war es dunkel geworden. Schweigend blickte sie hinaus auf die spärlich beleuchtete Straße. Offenbar war alles gesagt. Sie wollte nicht in Marias Augen schauen.

Maria starrte auf den Tisch, der im Licht der hellen Küchenlampe plötzlich seltsam einsam wirkte. Sie sah zum Fenster, dann zu ihrer Mutter. »Ihr habt mich benutzt, um euch zu organisieren, um ein Alibi zu haben?«, fragte sie nachdenklich.

Ihre Mutter zuckte mit den Schultern. »Was blieb uns anderes übrig? Aber es wurde nichts draus. Einmal die Klappe gehalten, immer die Klappe gehalten. Es wurde zur Tradition, man konnte sich mal aussprechen. Das war's.«

»Mama, wie viel Lügen kommen eigentlich noch?« Es sollte nicht wie eine Anklage klingen.

Ihre Mutter fuhr herum, versuchte sich zu rechtfertigen. »Der ganze Staat ist eine Lüge. Die einzige Wahrheit ist, dass einige abgeholt wurden. Wir hatten Angst, dass sie uns dich wegnehmen und zur Adoption in eine linientreue Familie geben würden. Die Stasi ist überall, darf alles, macht ihre eigenen Gesetze. Wir hätten dich nie wiedergesehen.« Hilde setzte sich wieder an den Tisch. »Ja, mein Kind, wir haben dich angelogen, weil die Wahrheit nicht wahr sein durfte.«

Schweigend saßen sie zusammen und tranken Tee, Oma Heddes Tee. Maria fing an zu verstehen. Es war weniger die Geschichte selbst, Marias Geburtstag als Alibi für ein konspiratives Treffen benutzt zu haben, die ihre Mutter belastete, als das Eingeständnis, ihre Revolution, wie sie es nannte, verraten zu haben. Sie waren von Revolutionären zu Duckmäusern mutiert, hatten sich verkrochen, ihre Ideale verleugnet. Der schmerzhafte Blick in den Spiegel war Anlass genug, sich hinter Lügen zu verstecken. Oma Heddes Geschichten passten gut dazu, lenkten ab von Fragen, die längst hätten gestellt werden müssen. Maria hatten sie in einer Scheinwelt zurückgelassen.

»Und Papa?«, bohrte Maria nach. Es war der Moment der ganzen Wahrheit.

»Er wollte schon lange mit dir reden. Es ist nicht leicht, sein geliebtes Kind aus einer Welt herauszureißen, in der es glücklich und unbelastet ist.«

Eigentlich hätte es Maria längst wissen und hinterfragen müssen. Ihr wurde klar, dass ihr Eingeständnis, sich mit der Bequemlichkeit einer Scheinwelt begnügt zu haben, längst überfällig war. Fragen musste man nicht, weil es vordergründig nichts zu fragen gab. Es war gut so, wie es war. Doch nun war der Spiegel zerbrochen und offenbarte den Blick dahinter.

Und was ihre Eltern betraf, sie waren keine Helden, keine Revolutionäre, auch wenn sie es sich damals, vor 1953, vielleicht gewünscht hatten. Die Scham, sich selbst verleugnet zu haben, ließ sie in eine Lügenwelt abtauchen. Sie hatten sich verkrochen. Die Angst, entdeckt zu werden, Farbe bekennen zu müssen, hatte sie gelähmt. Es war auch eine Angst um ihre eigene Tochter. Maria seufzte. Hätte sich etwas an der Beziehung zu ihren Eltern und zu Oma Hedde geändert, wenn sie ihr früher die Wahrheit gesagt hätten?

Sie schwiegen sich eine Weile an. Alles ergab plötzlich Sinn. Schließlich lächelte sie, fühlte sich befreit, blickte ihre Mutter mit anderen, mit dankbaren Augen an. Es gab nichts zu verzeihen, nichts zu entschuldigen. Die Wahrheit war gut, so wie sie war. »Er ist immer noch nicht zurück«, platzte sie dann nach weiteren Momenten in die Stille.

Ihre Mutter nickte. »Mit Oma Heddes Tod hat er sich vorgenommen, reinen Tisch zu machen. Das mit dem Schriftstellerverband ist auch so eine Sache. Aber das sollte er dir selbst erzählen.«

Erneut knarzten die Dielen im Treppenhaus. Wenig später stand Marias Vater im Flur. Bedächtig hängte er erst seinen Mantel und dann seinen Hut an den Haken. Er blickte in den Spiegel, schüttelte kurz den Kopf. Seine Bewegung wirkte verlangsamt, als wäre er um Jahre gealtert. Maria erschrak, als er kurze Zeit später schweigend vor ihnen stand. Hilde nickte ihm zu. Er schien zu verstehen.

»Maria, es ..., es tut mir leid«, sagte er nur. Dann drehte er sich um und verschwand im Schlafzimmer.

Ulrike vermisste ihren Vater. Noch mehr schmerzte es sie, ihre Mutter leiden zu sehen. Kein Lebenszeichen des Vaters, die Ungewissheit war quälend. In ihrer Fantasie sah sie ihn in einer dunklen Zelle sitzen, in Bautzen, regelmäßig geblendet durch das gleißende Licht endloser Verhöre. Sie spürte die Schläge auf seinem, auf ihrem Rücken, wenn er schwieg. Ulrike und ihre Mutter sprachen kaum darüber, behielten ihre Sorgen und Ängste um Vater und Ehemann für sich. Und dennoch wussten sie voneinander, lasen gegenseitig ihre Gedanken, was die Situation, des ewigen Wartens noch unerträglicher machte.

Für Ulrike war es auch ein Abschied von der Schule und ihren Freundinnen. In der Mathearbeit hatte sie eine erstaunlich gute Note bekommen, so dass einer Versetzung in die zwölfte Klasse eigentlich nichts im Wege stehe sollte. Wenn sie nicht selbst der Versetzung mehr und mehr im Wege gestanden hätte. Früher hatte sie alles, was der sozialistische Staat von ihr verlangte, an sich abperlen lassen: Staatskunde, Fahnenapell, Fähnchen hochhalten, mit lächerlichen Winkelementen am Straßenrand stehen, wenn einer der SED-Funktionäre mit Geleit an ihr vorbeiflanierte. Der Zwangsumzug führte ihr zum ersten Mal vor Augen, wem sie da eigentlich zugewinkt hatte. Widerspruch und Hass gegen das System kochten in ihr hoch und es fiel ihr schwer, die Gefühle nicht nach außen zu lassen.

»Du machst es nur noch schlimmer, Ulrike«, flüsterte ihre beste Freundin Andrea ihr zu, als Ulrike beim Fahnenapell starr in die falsche Richtung blickte.

»Die können mich alle mal«, raunzte sie mit zusammengebissenen Zähnen zurück. Ulrike wusste, dass sie von Andrea und den anderen bezüglich ihres inneren Protests keine Unterstützung bekommen würde. Jeder versuchte für sich das Beste herauszuholen. Ulrike wurde mehr und mehr zur Belastung, zu jemandem, von dem man sich besser fernhielt. Sie machte ihnen keine Vorwürfe. Es war ein sarkastischer und doch beruhigender Gedanke, dass sie ihr den Abschied damit sogar erleichterten. Als sie wenig später Andrea Hand in Hand mit Stefan sah, er hatte Ulrike zuvor mehrfach seine Zuneigung offenbart, war es kein Gefühl der Enttäuschung, sondern vielmehr ein erleichtertes Aufatmen, das sie plötzlich überkam.

Endlich kam die Nachricht, dass der Umzug nach Halle bevorstand. Auch wenn dieser ein baldiges, wenn auch ungewisses Wiedersehen mit dem Vater versprach, fiel es Ulrikes Mutter schwer, sich von ihrem geliebten Garten zu verabschieden. In den letzten Wochen hatte sie Büsche und Stauden aus dem Erdreich gerissen und sie zu Nachbarn gebracht oder am Waldrand eingepflanzt. Bis zu ihrem Abreisetag war aus dem blühenden Garten ein trostloser Acker geworden. Nie zuvor hatte Unkraut auch nur die geringste Chance gehabt, sich gegen Johannas Hacke durchzusetzen. Jetzt war es ein trauriger und zugleich tröstlicher Anblick, den Flecken Erde, den sie seit Jahren nach ihrem Willen gehegt und gepflegt hatte, zumindest in der Obhut der Natur zurück zu wissen.

Anfänglich hatten sie noch gehofft, in ein ähnliches Haus mit Garten ziehen zu können. Der Schock war dann umso heftiger: Graue Plattenbauten reihten sich aneinander. Block Nummer zehn, fünfter Stock, sollte ihr neues Zuhause sein. Kurz bevor sie ihr Ziel erreichten, verdunkelte schwarzer Qualm aus volkseigenen Industriekombinaten den Himmel. Leuna und Buna, der Stolz sozialistischer Planwirtschaft, schleuderten ihren Dreck ungefiltert in den Himmel. Es stank nach Chemie. Zum Glück war das Geruchsempfinden nicht von Dauer. Nur der metallische Geschmack auf der Zunge blieb hartnäckig. Der graue Schleier, der sich auf alles legte, war nicht einfach zu ignorieren. Man musste sich daran gewöhnen.

Der Aufzug war defekt. Bis zum fünften Stock machte sich die schwer atembare Luft erneut bemerkbar. Ulrikes Vater saß in dem kleinen Wohnzimmer. Als Ulrike ihn sah, rannte sie ihm entgegen und fiel ihm um den Hals. Ihre Mutter weinte vor Glück, ihn wiederzusehen. Oder war es noch der Schock, welche Bleibe man ihnen zumutete, die ihr die Tränen in die Augen trieb?

»Anderen geht es auch nicht besser«, waren die ersten Worte aus Vaters Mund. Er konnte ihre Gedanken, ihre Enttäuschung lesen.

»Hauptsache, wir sind wieder zusammen und wir können es uns hier sicher ebenso gemütlich machen«, antwortete Ulrike, ohne dass sie ihren eigenen Worten glaubte.

Am Abend setzten sie sich an den Küchentisch. Ihr Vater berichtete von seiner neuen Arbeitsstelle im Chemiekombinat. Anfänglich hatte es

Unterweisungen gegeben, die eher an Verhöre erinnerten. Der Grund seiner Zwangsversetzung war ihm vorausgeeilt.

Die ersten Tage in Halle verliefen zäh. Thomas musste außer am Wochenende früh das Haus verlassen. Er stand unter verschärfter Beobachtung wie auch Johanna, der man eine Stelle im Konsum vermittelt hatte, diesmal ohne Poststelle. Eine Alternative gab es nicht, Arbeitsverweigerung war gleichbedeutend mit Sabotage und damit strafbar. Eine große Umstellung war für alle auch der Verlust des eigenen Gartens. Zu essen gab es nur, was gerade im Angebot war. Anstehen stand auf der Tagesordnung und man musste wissen, wo und wann es sich lohnte. Oft wartete Ulrike, geduldig in Reih und Glied. Als sie an der Reihe war, gab es meist kaum noch etwas, wofür sich das Warten gelohnt hätte. Niedergeschlagen ging sie dann zurück, setzte sich in die Küche, hätte heulen können, insbesondere, wenn sie an ihren geliebten Rhabarber dachte.

Ulrikes Zimmer grenzte an die Nachbarwohnung, in der eine Familie mit drei Kindern wohnte. Nachts fand sie oft keine Ruhe, da die lauten Stimmen kein Ende nahmen. Jeder schien jeden anzuschreien. Laute Schläge drangen durch die dünne Betonwand, Schreie der Kinder ließen sie aufschrecken. Oft wollte sie einschreiten, doch dann war es wieder ruhig. Was hätte sie auch ausrichten können? Der tägliche Zank schlug ihr auf die Stimmung, so dass sie nach einem Versteck, nach einer unbeobachteten Ecke suchte. Als sie eines Tages wieder einmal enttäuscht vom langen Anstehen zurückkam, ging sie geistesabwesend eine Etage zu weit nach oben und stand vor einer Klappe, die hinaus aufs Dach führte. Zu ihrer Überraschung war sie nicht verschlossen und es klebte auch keines dieser endlosen Schilder an ihr, die den Anwohnern beibringen sollten, was verboten war und wie man sich im Haus zu benehmen hatte.

Neugierig kletterte sie aufs Dach. Sie erschrak, als die Klappe hinter ihr vom Wind zugeschlagen wurde. Erstarrt blieb sie stehen, schaute sich ängstlich um. Und doch ahnte sie gleich, dass sie einen Ort gefunden hatte, der ihr den Ausweg bot, nach dem sie sich sehnte. Die plötzliche Ruhe hatte etwas Besonderes, die Aussicht etwas Seltsames an sich, etwas Erhabenes, auch wenn unzählige Antennen ihr den Blick auf den Horizont verstellten. Bis zur Dachkante traute sie sich nicht, setzte sich stattdessen auf den knirschenden Kies, der das Dach bedeckte. Es war ein stiller, ein friedlicher Moment. Die Vögel kreisten über ihr, einige setzten sich neugierig in ihre Nähe. Fliegen, der alte Menschheitstraum, nicht mit Flugzeugen oder anderen Hilfsmitteln, kam ihr in den Sinn. Einfach die Arme ausbreiten und durch die Luft segeln, aus eigener Kraft. Sie schloss die Augen. Fliegen, fliegen, fliegen ... fly, fly, fly. Es waren diese schönen, diese runden, friedlichen Worte, die ihr in den Sinn kamen, die ihr für einen Moment Flügel verliehen.

Ihre Eltern waren anfänglich gegen ihre neue Zuflucht. Die Vorstellung, sie auf dem Flachdach ohne Geländer zu wissen, war undenkbar. Ulrikes Verweis auf den nachbarschaftlichen Krach, die drückende Hitze in ihrem Zimmer, ihr Fenster ging nach Süden, ließ sie jedoch einlenken.

Von Tag zu Tag kam auch der Moment näher, an dem nach den Sommerferien die Schule wieder beginnen sollte. Der einzige Trost war, dass es der Direktor in Görlitz tatsächlich hatte erwirken können, dass sie die Oberstufe bis zum Abitur antreten durfte. Der Gedanke, keinen der neuen Mitschülerinnen und -schüler zu kennen, erfüllt sie jedoch mit Unbehagen. An wen sollte sie sich wenden? Wer war vertrauenswürdig? Mit Görlitz hatte sie abgeschlossen, hier musste sie neu anfangen. Andererseits war genau das auch eine Chance, mehr oder weniger unvoreingenommen auf andere zugehen zu können, vorausgesetzt, dass der Grund ihrer Versetzung sie nicht von vorneherein zur Außenseiterin abstempelte. In ihrer neuen Klasse musste sie erst behutsam erkunden, wer auf ihrer Seite stand. Linientreu bedeutete nur eine Linie, zumindest nach außen hin.

Vielleicht sollte sie sich auch keinem anvertrauen, sich in eine geheimnisvolle einsame Ecke zurückziehen, unerkannt, unangreifbar bleiben. Nur das Innere bot echte Freiheiten, Räume zum Atmen. Und dennoch, zwei Jahre Schule lagen noch vor ihr. Es würden lange Jahre werden. Insgeheim wünschte sie sich jemanden, bei dem sie sich auskotzen konnte, wenn das System sich zu sehr einmischte. Und das tat es ständig.

Jugendweihe war Pflicht. Früher hatte Maria zu diesem Anlass am Straßenrand gestanden, ausgerüstet mit roten Fähnchen und anderen Winkelementen, um den frisch Geweihten, der jungen Garde des Proletariats, zuzujubeln. Wofür sie jubelte, hatte sie nicht gewusst. Sie tat es einfach, weil man es ihr gesagt hatte. Sie musste Blumensträuße überreichen, blickte dabei zu ihnen hoch, zu den jungen Helden mit ihren blassen Gesichtern.

Nun war sie selbst die Bejubelte, musste ein weißes Kleid aus störrischem Plastik anziehen. Es war immer die gleiche Inszenierung: Fahnen, Protokollstrecke, die immer wieder gleichen Sprüche von der Überlegenheit des Sozialismus. Alles war genau einstudiert. Zum Höhepunkt des Spektakels dann das Gelöbnis. Sie bekam nur wenig davon mit, nur so eine Art Refrain, ein Ohrwurm, der sich wiederholte.

... so antwortet mit
Ja, das geloben wir....
...so antwortet mit
Ja, das geloben wir...

Über allem hing der Ährenkranz mit Hammer und Zirkel. Danach wurde jedem ein Buch in die Hand gedrückt: *Vom Sinn unseres Lebens,* stand darauf. Sie gelobte es zu lesen. Ansprachen folgten. Aus Lautsprechern ertönten die blechernen Stimmen der Staatslenker. Man musste zuhören, mit andächtigem Gesicht, wie Mielke, Krenz, Mittag und am Schluss auch Honecker selbst die junge Garde auf ihren bevorstehenden Klassenkampf einschworen.

Und dann kam der Satz, auf den alle warteten: »Der Sozialismus wird sieschen.« Hier und da huschte ein unterdrücktes Grinsen über die blassen Gesichter. Warum niemand die Stirn besaß, den Grauhaarigen mit der Brille und saarländischem Akzent über die Zweideutigkeit seiner eigenen Worte aufzuklären, ließ tief blicken. Auch in deren Etage traute offenbar keiner dem anderen.

Der Tag zog sich schrecklich in die Länge. Es war heiß, der Schweiß lief ihr über die Stirn. Das Plastikgewebe ihres verhassten Kleids klebte an ihren Beinen, juckte, kratze, scheuerte sie wund. Am Straßenrand stand Schulz, der linientreue Hauswart, der sie triumphierend anblickte. Plötzlich kam ihr ein verwegener Gedanke. Was wäre, wenn sie sich vor seinen Augen das dämliche Plastikkleid vom Leib zerrte, es in kleine Stücke riss, wenn sie sich die Unterhose nach unten ziehen würde, um diesem Schulz ihren blanken Arsch entgegenzustrecken? Sie musste lachen. Schulz blickte verwirrt zur Seite.

Später, es war bereits dunkel geworden, gab es Fackelzug und Würzfleisch. Die Älteren hatten Bier besorgt, zogen sich in dunkle Ecken zurück, um ihre wahren Gedanken zu betäuben.

Für die meisten war der jährliche Festakt damit beendet. Nicht für Maria, die am darauffolgenden Wochenende konfirmiert werden sollte. Entgegen sozialistischer Doktrin waren ihre Eltern der Kirche treu geblieben, auch wenn die Kirche sie in vielerlei Hinsicht im Stich gelassen hatte. Es waren nur wenige Wochen nach dem Mauerbau und der Grenzschließung, als sich ihr damaliger Pfarrer in den Westen abgesetzt hatte. Es war derselbe, der Marias Eltern zuvor mit Durchhalteparolen eingeschworen hatte, auszuharren, um den Funken christlichen Lebens in der DDR nicht erkalten zu lassen. Viele aus der Gemeinde taten es dem Pfarrer in den folgenden Monaten gleich. Nicht wenige scheiterten beim Fluchtversuch. Was aus ihnen geworden war, blieb ungewiss. Nachfragen waren nicht erwünscht und wurden mit Repressalien geahndet. Staatsfeindliche Kollaborateure kamen auf die Liste der Stasi. Nur hin und wieder gab es eher zynisch klingende Andeutungen bezüglich des Verbleibs sogenannter Republikflüchtlinge. Man habe sie spezialisierten Erziehungseinrichtungen zugeführt, wie es immer wieder hieß. Anfänglich kam es noch zu hitzigen hinter verschlossenen Türen geführten Debatten über das Für und Wider einer Flucht. Sie verstummten, je mehr bekannt wurde, dass sich hinter den Mauern der Erziehungseinrichtungen nichts als menschenverachtende Justizvollzugsanstalten verbargen. Die Angst vor dem »Gelben Elend« machte rasch die Runde. Gelbe Sandsteine, Gitter und Eisentore, hinter denen endlose Verhöre, Folter, Einzelhaft und Verbannung drohten. Kinder aus gescheiterten Fluchtversuchen wurden ebenfalls zugeführt, wie es im SED-Jargon hieß. Zwangsadoption war ein probates Mittel, um aus ihnen treue Anhänger der Republik zu machen. Hinterbliebene, die mutmaßlich von den Fluchtplänen wussten, hatten mit Schikanen zu rechnen. Verlust der Arbeitsstelle und öffentliche Bloßstellungen gehörten zum alltäglichen Instrumentarium, um die Sicherheit im Staat behördlich zu garantieren. Widerstand wurde im Keim erstickt. Angst konnte lähmen, sie sollte lähmen.

Umso mehr waren die Konfirmation und andere kirchliche Feiertage, allen voran das Weihnachtsfest, den Staatslenkern ein Dorn im Auge. Die kirchlichen Zeremonien zu unterbinden, wäre ein Leichtes gewesen.

Dem entgegen standen die daraus zu gewinnenden Staatseinnahmen, die Devisen. Es gab nur wenig, was den Westen am Osten mehr lockte als die weihnachtlichen Schnitzereien, allenfalls noch der Dresdner Stollen. Beides trug nicht unerheblich zum Staatsumsatz der DDR bei, ganz abgesehen vom täglichen Zwangsumtausch für Westbesucher, West- gegen Ostmark, theoretisch eins zu eins, praktisch eins zu null.

Mit den Jahren verfestigte sich offenbar auch die Erkenntnis, dass in einer ständig unter Mangel und damit Unzufriedenheit geplagten Gesellschaft kirchliche Feste wie Weihnachten, Ostern und Konfirmation die Gemüter besänftigen konnten. Das Risiko staatsfeindlicher Aktivitäten verstand man, dank einer flächendeckenden Infiltration durch inoffizielle Mitarbeiter der Staatssicherheit, den sogenannten IMs, leicht unter Kontrolle zu halten. In gewisser Weise konnten die Staatsorgane sogar von den Kirchen lernen. Teil des Programms war ein sanfter Übergang von sakral zu säkular. Die Symbolik, etwa zwischen Konfirmation und Jugendweihe, ähnelte sich so sehr, dass der Bevölkerung die Unterschiede kaum noch bewusst waren. Mehr noch, der Segen des Staates war wichtiger als der des Pfarrers. Ersterer verhalf zur Karriere, Letzterer blockierte einen. Undefinierbarer Glaube und Staatsraison wurden dialektisch gegenübergestellt. Aus dem kirchlichen wurde das atheistische Glaubensbekenntnis, das Gelöbnis. Aus Kerzen wurde der Fackelzug, aus der Liturgie die Zeremonie. Das Kreuz wurde zum Ährenkranz mit Hammer und Zirkel umfunktioniert. Für Maria bedeutete es, das verhasste Plastikkleid erneut anziehen zu müssen.

Früh erkannte man, dass die ursprüngliche Lektüre zur Jugendweihe »Weltall, Erde, Mensch« mit der Bibel nicht mithalten konnte. Es fehlte die Vision, der Glaube an den Staat. Das Begleitwerk zum Übergang vom Kindes- zum Erwachsenenalter hieß infolgedessen »Vom Sinn unseres Lebens«. Am Ende gab es keinen Platz mehr für einen Vater im Himmel. Er wurde durch einen für alle sichtbaren und alles umsorgenden Staatsführer ausgetauscht.

Die Kirche und die Kirchgänger mussten sich, wollten sie nicht Gefahr laufen, den kläglichen Rest ihrer kirchlichen Überzeugung zwangsweise einzubüßen, an die Spielregeln des Staates halten, die meist bekannten Spitzel in den eigenen Reihen notgedrungen akzeptieren.

Maria empfand das eine, die Jugendweihe, so überflüssig, wie das andere, die Konfirmation. Sie beobachtete ihre Eltern, wie sie mit demselben Gesichtsausdruck das jeweilige Ritual über sich ergehen ließen, von ihr verlangten, beides mit der jeweils angemessenen Würde zumindest zur Kenntnis zu nehmen. Erst in letzter Zeit versuchte Maria das ein oder andere zu hinterfragen, bei ihren Eltern, beim Pfarrer. Sie bekam keine Antworten, die sie hätten ausreichend befriedigen können. Man musste glauben, erst an den Sozialismus, dann an Gott. Kritik zu äußern, war verdächtig. Und doch war es gerade das, was an Maria mehr und mehr nagte. Sie wollte Antworten, wollte widersprechen, da, wo sich Widerspruch geradezu aufdrängte. Sie konnte nicht auf beiden Seiten stehen, wusste, dass sie sich irgendwann entscheiden musste.

Als die Feierlichkeiten vorüber waren, man zum Alltag überging, fragte sie nach dem, was übriggeblieben war. Was war die Botschaft, die Staat oder Kirche bei ihr hinterlassen hatten? Weil sie keine befriedigende Antwort bekam, suchte sie diese mehr denn je in Oma Heddes Geschichten. Es waren Träumereien, nichts weiter. Und doch entsprachen sie dem, was ihr zeitlebens vor Augen stand, womit man die Wand bedeckt, die Regale gefüllt hatte. Alles war real, wenn auch nicht selbst erlebt. Kein Buch der umfangreichen Bibliothek blieb von ihrer Neugier verschont. Dabei waren es die Reiseberichte, die es ihr besonders angetan hatten. Keine Ecke rund um die Erdkugel entging ihrem Wissensdrang. In ihrer Fantasie reiste sie um die ganze Welt, sah alles, was auch Oma Hedde gesehen hatte, sah es mit ihren Augen.

Darüber hinaus war es die Musik, die sie zunehmend vereinnahmte, das Geheimnis der Noten, die, obgleich schwarz auf weiß, umgesetzt werden konnten in eine so farbenreiche Welt. Ihre Eltern hatten einen Plattenspieler erworben. Jeden Sonntag legten sie andächtig eine dieser schwarzen Scheiben auf den sich rotierenden Teller, lauschten dem, was sich begnadete Komponisten vor vielen Jahren ausgedacht hatten. Mit jeder Wiederholung, dem berüchtigten Wiedererkennungseffekt, gruben sich die Melodien in ihr Hirn, ihr Herz oder irgendwo dazwischen.

Da ihr Vater in einem Verlag für Notenhefte gearbeitet hatte, suchte sie in der hauseigenen Bibliothek mehr und mehr nach dem Code, der diesen wunderbaren Klängen zugrunde lag. Obgleich auf den ersten Blick ähnlich, ergab jede Notenzeile eine andere Melodie, die sie nachsummte, einen neuen Rhythmus, den sie nachklopfte. Hin und wieder waren Worte den Zeilen unterlegt, Worte, die mit dem abstrakten Notentext harmonierten, die zu einer Einheit verschwammen. Sie versuchte die Lieder nachzusingen, war erstaunt, wie leichtfüßig das ein oder andere Lied ihrer Kehle entkam. Anfänglich sang sie leise, versteckt in ihrem Zimmer. Später ließ sie es nicht nehmen, ihren Eltern vorzusingen. Sie stellte sich vor, eine Opernsängerin zu sein, der man lauschte, der man am Ende zujubelte.

Ihre Eltern beantworteten ihre plötzlich aufflammende Liebe für die Musik mit dem Geschenk einer Gitarre. Noch lange erinnerte sie sich an den Moment, als sie das hölzerne Instrument zum ersten Mal in ihren Händen hielt, andächtig an den Saiten zupfte. Zum ersten Mal spürte sie die Sehnsucht, das, was sie gehört, was sie als Notentext gelesen hatte, in eigene Worte zu fassen. Stundenlang verkroch sie sich in ihrem Zimmer, suchte nach der passenden Weise, der Gitarre Melodien und Akkorde zu entlocken, die sich zu dem fügten, was sie auf den vergilbten Notenblättern las. Eine kleine Fibel mit Volksliedern, sie stammte noch aus der Zeit des Nationalsozialismus, half ihr dabei, die Theorie des Gitarrespielens in die Praxis umzusetzen. Sie hatte die Notenfibel zufällig im Bücherregal ihrer Eltern entdeckt. Ihr Vater mahnte sie jedoch eindringlich, das kleine Büchlein, das mit Hakenkreuzen und nationalsozialistischer Propaganda verziert war, versteckt zu halten. Auf jeden Fall solle sie diese nicht mit in die Schule nehmen, nachdem man sie aufgefordert hatte, im Musikunterricht eine Kostprobe ihres neu erlernten Musizierens zum Besten zu geben. Das war nicht weiter schwierig, da sich nach Marias Erkenntnis die Lieder und Texte zum Sieg des Sozialismus nicht wesentlich von denen zum Heil des Nationalsozialismus unterschieden: Tapferkeit, Treue und Sieg waren die vordringlichen Themen. Maria amüsierte sich über den stürmischen Applaus ihrer Lehrer, wenn sie lauthals davon sang. Dass ihr die kleine Fibel irgendwann zum Verhängnis werden könnte, schob sie weit von sich.

Und noch etwas weckte Marias Interesse: Ihre Eltern hatten ein Radio erworben. Obgleich die Westsender verboten waren, lauschte sie diesen mit besonderem Interesse, auch wenn sie nur knisternd aus dem

Äther kamen. RIAS 2, ihr besonderes Interesse galt dabei kaum der Politik als vielmehr der internationalen Hitparade. Schon bald kannte sie alle Bands, alle Popsongs, denen man offenbar auf der ganzen Welt nur nicht in der DDR zuhörte. Sie nahm ihre Gitarre, versuchte mitzuspielen, mitzusingen. Einmal hatte sie das Fenster zum Hof offengelassen. Es war nicht leicht, Herrn Schulz wieder abzuwimmeln, ihm klarzumachen, versehentlich den falschen Sender eingeschaltet zu haben. Von da an achtete Maria akribisch darauf, solange sie übte, Türen und Fenster verschlossenen zu halten.

Maria drängte sich sehr bald die Erkenntnis auf, dass man in der Welt, die sie vor allen anderen interessiert, hauptsächlich Englisch sprach. Ihre Klassenkammeraden, deren Eltern einen Fernsehapparat besaßen, waren damit schon länger vertraut. In der Schule war Englisch als die Diktion des imperialistischen Westens verpönt. Verstehen und lernen wollten es dennoch die meisten. Auch hier kam Maria die elterliche Bibliothek entgegen. Mit Hilfe von Wörterbüchern, später auch vergilbten Abhandlungen zur englischen Grammatik, konnte Maria die Texte ihrer ans Herz gewachsenen Poplegenden mehr und mehr verstehen.

Die Schule endete. Die sonst quälend langen, meist von Trägheit geprägten Sommerferien in der stickigen Hitze von Halle vergingen diesmal wie im Fluge. Während ihre Klassenkammeraden zum größten Teil selbst ausgeflogen waren, mit ihren Eltern in Ungarn oder an der Ostsee weilten, saß sie meist allein in ihrem Zimmer. Das war kein Problem. Die Aussicht, sich mit Radio und Büchern in ihr Zimmer zu verkriechen, entsprach durchaus ihrem derzeitigen Lebensgefühl. Sie wollte Englisch lernen. Sie glaubte, Pläne schmieden zu müssen, Pläne für eine Weltreise. In ihrer Fantasie flog sie bereits über Berge und Meere hinweg. Und immer mehr drängte sich jemand in ihre Erinnerung, mit dem sie längst abgeschlossen hatte: Alex.

Alex und Maria kannten sich bereits seit frühester Kindheit. Genau genommen hatten sie sich bereits berührt zu einer Zeit, in der sie noch keine Augen füreinander hatten, damals in der Kindergrippe, im gemeinsamen Kinderbettchen. Alex‘ und Marias Eltern hatten in derselben Straße gewohnt, ihre Säuglinge in dieselbe staatliche Obhut gebracht. Die Kinder waren von Anfang an unzertrennlich, spielten zusammen, aßen zusammen, hielten nur dann Mittagsschlaf, wenn sie sich aneinander kuscheln konnten. Als die Grundschule begann, wurden sie zum ersten Mal getrennt. Alex' Vater machte Karriere in der Partei und es war damit klar, dass auch Alex auf eine bessere Grundschule zu gehen hatte. Die Kinder verstanden die Entscheidung der Eltern nicht, was jedoch nichts an ihrer Sandkastenfreundschaft änderte. Der Sandkasten blieb lange Zeit ihr Treffpunkt, auch wenn er seinen Zweck längst eingebüßt hatte. Die Veränderungen, die mit und um sie herum stattfanden, nahmen sie erst kaum wahr.

Es war nach einem Sommerurlaub, den Alex mit seinen Eltern in Ungarn verlebte, als er, scheinbar über Nacht, gewachsen, groß und schlaksig zurückkam. Maria, die ihn bis dahin immer ein klein wenig überragte, hatte sich zumindest der Länge nach kaum verändert. Lediglich ihre Brustknospen drückten sich durch das enganliegende T-Shirt, was ihr in gewisser Weise peinlich war. Alex war nicht nur größer geworden, seine Stimme krächzte, kippte zwischen zwei Oktaven, was ihm wiederum peinlich war, insbesondere da ihn Maria dafür oft neckte. Aber das waren nur Äußerlichkeiten. Wichtiger war, was sich in ihnen abspielte, ein seltsames Kribbeln, wenn sie einander berührten, sich anders als früher in die Augen schauten oder besser gesagt, ihren Blicken auswichen.

Es war ein schwülheißer Tag, an dem Maria ihm im Garten von Oma Hedde ihre Tomatenpflanzen zeigte, die sie ganz allein gesät und gepflegt hatte. Sie pflückte eine ab, die schönste von allen, wie sie stolz verkündete, und gab sie ihm. Warum sein Gesicht bei dieser unschuldigen Geste plötzlich so rot wurde wie die Tomate, wusste sie erst nicht. Sie standen zusammen, reichten sich gegenseitig immer wieder die Stück für Stück abgebissene Tomate, kamen sich näher. Es war der erste Kuss, der alles veränderte. Die eher kumpelhafte Sandkastenfreundschaft war damit schlagartig zu Ende, hatte sich in das erste Verliebtsein verwandelt. Aus den geheimen Treffen hinter Büschen und Kleingartenverschlägen, bei denen sie sich zärtlich erkundeten, wurde eine Freundschaft, die mehr und mehr dem Umfeld, insbesondere auch den Eltern, nicht verborgen blieb.

Einmal wurde Alex von seinem Vater abends auf ein Gespräch in sein Arbeitszimmer gebeten. Der Vater saß im Sessel hinter seinem massiven Arbeitstisch, bedeutete Alex mit ernster Miene, sich vor ihm auf ein hartes Stühlchen zu setzen. Hierarchie und Rangfolge waren Alex' Vater wichtiger als jegliche Inhalte, auch in der Familie.

»Diese Maria ...« Sein Vater blickte ihn ernst an. »Du weißt schon, aus welchem Elternhaus sie stammt?«

Alex war wie vor den Kopf gestoßen, versuchte herunterzuspielen, was sein Vater angedeutet hatte. »Sie sind schon etwas älter, eigentlich ganz nett, sehr still. Ich war erst einmal da. Immerhin sind sie ja unsere Nachbarn«, stammelte er vor sich hin.

Sein Vater musterte ihn mit triumphierendem Blick. »Nicht mehr lange, wir ziehen um.«

Das war für Alex der zweite Schock, der ihn in weniger als einer Minute traf. Er schluckte, wollte aufspringen und weglaufen.

Sein Vater hielt ihn zurück, indem er sich nur kurz räusperte. »Jetzt bleib mal hier, wir müssen reden. Es gibt da einiges, was du verstehen musst.« An seiner Brust glänzte der Orden ‚Held der Arbeit', der ihm erst kürzlich verliehen wurde. An der Wand prangte eine Schwarz-Weiß-Fotografie, die dazu passte. Sie zeigte die Verleihung des Ehrentitels der DDR, den Moment, in dem ihm Erich Honecker persönlich den Orden an die Brust geheftet hatte. »Dir, mein lieber Sohn, steht die Welt offen. Der Staat hat für dich, für uns gesorgt und er wird es auch weiter tun. Aber ...« Er räusperte sich, sah hinüber zu dem Bild seines bislang größten Ruhmes. »Es gibt gewisse Spielregeln. Wir alle müssen uns an Spielregel halten.«

»Ich weiß nicht, was du meinst«, murmelte Alex kleinlaut. Er ahnte längst, was sein Vater sagen würde. Seine Freundschaft mit Maria und auch der Kontakt zu ihren Eltern wurde nicht gern gesehen.

Sein Vater drückte die Fingerspitzen beider Hände gegeneinander und musterte ihn weiter. »Sieh mal, Junge, deine Großeltern haben im Krieg gekämpft, im Untergrund, gegen diese braune Bande, diese Nazis. Viele haben das mit ihrem Leben bezahlt. Sie haben sich geschworen, nie wieder Krieg, nie wieder diese rechten Verbrecher. Verstehst du, was ich meine? Drüben im Westen nimmt man das nicht so genau. Die alte Bande ist da wieder in Politik und Wirtschaft präsent, als wäre nichts geschehen. Aber hier in der DDR geht das nicht. Wir müssen aufpassen, mit wem wir uns abgeben.«

Alex schüttelte den Kopf. »Du meinst doch nicht, Maria oder ihre

Eltern hätten etwas mit den Nazis? Ich schwör dir, die haben mit Politik nichts am Hut.«

»So, denkst du das. Schwören solltest du auf anderes. Wir haben recherchiert. Marias Eltern wollten nie in die SED eintreten, haben es bis heute nicht getan. Schlimmer noch, sie waren 1953 am Umsturzversuch beteiligt, der ja dank unserer sowjetischen Brüder vereitelt werden konnte. Wir wissen, dass sich Marias Vater nach wie vor mit diesem Gesindel trifft. Dieser Schriftstellerverband, diese Schmeißfliegen, die alles in Grund und Boden kritisieren, was wir hier mühsam aufgebaut haben. Sie treffen sich regelmäßig, ausgerechnet am 17. Juni, dem Geburtstag dieser Maria, tun so, als würden sie ihren Geburtstag feiern.« Er musste tief Luft holen, bevor er zum eigentlichen Punkt kam. »Alex, wir beobachten deren Treiben schon lange. Es ist eine subversive Zelle, die wir irgendwann auslöschen müssen. Ich möchte nicht, dass mein Sohn da mittendrin steckt. Deshalb möchte ich nicht, dass du dich weiterhin mit dieser Maria triffst.«

»Aber …« Alex wollte protestieren.

»Kein Aber. Du hast eine Verantwortung, der du dich stellen musst. Wir können nicht zulassen, dass das, was wir und deine Großeltern mühsam geschaffen haben, durch so etwas in Gefahr gebracht wird.«

»Ich …, ich liebe Maria.« Es war nur ein Flüstern. Alex presste die Lippen aufeinander, ärgerte sich, dass es ihm rausgerutscht war.

Sein Vater lachte. Es sollte wohl mitfühlend klingen, wirkte jedoch überheblich. »Verliebt waren wir früher auch. Das kommt und geht. Es gibt höhere Ziele im Leben. Haben wir uns verstanden?« Er blickte seinem Sohn streng in die Augen. Alex wusste, dass jeder Protest aussichtlos war. Plötzlich lehnte sich sein Vater zurück, grinste, als habe er etwas zu sagen, das seinen Sohn endgültig umstimmen würde. »Wie ich schon sagte, wir ziehen um, nach draußen, in ein großes Haus. Deine Mutter und ich haben uns etwas überlegt. Damit du nicht mit diesen Bussen mühsam zur Schule pendeln musst, schenken wir dir ein Motorrad. Was sagst du dazu?«

Alex hatte in letzter Zeit oft diesen knatternden Zweirädern hinterhergeschaut. Ohne seine Antwort abzuwarten, stand sein Vater auf, zog ihn vom Stuhl, aus dem Arbeitszimmer, den Flur entlang und ins Treppenhaus. Sie gingen hinunter auf die Straße und zu den Garagen, in denen er seinen Wartburg parkte. An der Rückwand der Garage stand eine funkelnagelneue MZ TS 250.

Alex blieb fassungslos stehen.

Sein Vater sah ihn an und nickte zur Maschine. »Die gehört dir. Was sagst du?«

Alex traute sich kaum, das Motorrad zu berühren. »Ich ..., ich habe keinen Führerschein«, stammelte er.

Triumphierend zückte sein Vater etwa aus der Tasche. »Jetzt hast du einen. Hab da so meine Kontakte. Und wie das Ding funktioniert, kann ich dir zeigen. Bin früher immer mit deiner Mutter damit durch die Lande.«

Alex' Gedanken schweiften zu Maria. Er sah sich auf dem Sattel, Maria dicht an ihn geschmiegt, spürte ihre Arme, wie sich diese haltsuchend um ihn schlangen.

Den Rest des Tages verbrachte Alex mit seinem Vater auf einem nahe gelegenen Parkplatz. Alex lernte schnell, so dass er bereits nach kurzer Zeit die Maschine beherrscht. Die Verkehrsdichte in Halle war zu den meisten Zeiten gering, also wagte er am selben Abend noch einen Ausflug in die Stadt. Er konnte es kaum abwarten, Maria seinen wahrgewordenen Traum zu zeigen. Die Mahnungen des Vaters, was den Umgang mit Maria und ihren Eltern betraf, gingen im Geknatter der MZ weitgehend unter.

Am nächsten Tag war es so weit. Treffpunkt Sandkasten. Alex hatte die Maschine am Straßenrand außer Sichtweite geparkt. Sie küssten sich nur kurz. Er konnte es nicht abwarten, Maria zu überraschen. Was dann folgte war eine Überraschung anderer Art.

Maria schaute misstrauisch auf das Motorrad. Sie wusste, dass sich keiner der Eltern ihrer Klassenkammeraden so etwas leisten konnten. »Die war wohl ziemlich teuer und ... normalerweise wartet man Jahre, bis man eine bekommt«, versuchte sie ihr ungutes Gefühl zu verpacken.

»Mein Vater, du weißt doch, er kommt da schneller ran«, wollte Alex ihre Gedanken zerstreuen, bewirkte damit jedoch genau das Gegenteil.

Sie sah ihn spöttisch an. »Tatsächlich? Weiß er denn auch, dass du mich, ausgerechnet mich, darauf mitnehmen willst?«

Alex hatte die Bedenken, die seine Eltern gegenüber Maria hatten, immer mal angedeutet. Das gestrige Gespräch wollte er jedoch für sich behalten. »Wenn du den Helm aufhast, erkennt dich keiner«, versuchte er sie erneut zu beruhigen.

»Also nur mit Helm, vermummt. Verdammt, was habe ich denn getan, damit ich mich vor deinen Eltern verstecken muss?«, entgegnete sie aufgebracht.

»Du nicht, Maria, aber ... deine Eltern ...«, versuchte er zu erklären und wusste im gleichen Moment, obwohl es der Wahrheit entsprach, dass genau dies die falschen Worte waren.

»So, meine Eltern?«, unterbrach sie ihn heftig. »Was weißt du denn von meinen Eltern?«

»Maria, bitte, das kann doch nicht zwischen uns stehen.« Alex sah sie fast flehend an.

Maria liebte seine Augen, diesen besonderen Blick, der sie stets bis ins Mark traf. Jetzt berührte dieser Blick einen anderen, einen wunden Punkt in ihr. »Tut es aber. Herrgott, merkst du nicht, wie dich dein Vater manipuliert, wie er dich kauft?«

Alex zuckte mit den Schultern. »Wir haben eine Verantwortung ...«, kam es kleinlaut aus ihm heraus. Es waren die Worte seines Vaters. Er wusste plötzlich nicht mehr, auf welcher Seite er stand, ärgerte sich über Marias Ablehnung, am meisten aber darüber, dass sie Recht hatte.

»Verantwortung? Du kannst mich mal mit deiner Verantwortung. Und auf deinen knatternden Schrotthaufen setze ich mich schon gar nicht, damit du es weißt.« Maria rannte davon.

»Maria!«, rief ihr Alex noch hinterher. Sie war bereits verschwunden.

Als Maria sich kurze Zeit später auf ihr Bett warf, ärgerte sie sich über ihren Wutausbruch. Sie wusste, dass sie im Hause von Alex' Eltern nicht gern gesehen war, dass sie versuchen würden, ihre Freundschaft zu brechen. Umso mehr bereute sie, in ihre Falle getappt zu sein.

Als sie am nächsten Tag wie üblich am Sandkasten war, sie wollte sich bei Alex entschuldigen, war er nicht da. Es war vielleicht das Ende ihrer Freundschaft, und das nur wegen eines dämlichen Motorrads, dachte sie schwermütig. Sie musste zu ihm. Mehr noch, sie wollte zu seinen Eltern, wollte mit ihnen sprechen, ihnen mitteilen, dass sie nichts vorhabe, was die Gesinnung ihres Sohnes gefährden könnte. Ja, es war geradezu ein lächerlicher Gedanke, dass sie für die Jugendsünden ihrer Eltern oder deren Spätromantik die 53er-Revolution betreffend büßen sollte.

Als sie vor der Wohnung, in der Alex mit seinen Eltern wohnte, ankam, waren Möbelpacker damit beschäftigt, Kisten und Kartons in einen LKW zu laden. Eine schreckliche Vorahnung überkam sie. »Wer zieht um? Und wohin ...«, fragte sie einen der Möbelpacker mit betont beiläufigem Gesicht.

»Darf ich Ihnen nicht sagen«, war die knappe Antwort, die im Grunde überflüssig war. Es wurde genau die Wohnung ausgeräumt, in der Alex aufgewachsen war. Am Abend waren die Arbeiter verschwunden und mit ihnen Alex und seine Eltern. Warum hatte ihr Alex nichts gesagt? Schweren Herzens ging sie nach Hause. Sicher würde er kommen, zum Sandkasten, mit seinem Motorrad.

Er kam nicht. Es dauerte Tage, bis sie ihn wiedersah, in der Stadt. Auf dem Sitz hinter ihm klammerte sich ein junges Mädchen an ihn, lehnte ihren Kopf an seine Schultern. Sie trug keinen Helm. Ihre langen blonden Haare wehten im Fahrtwind.

Der erste Schultag begann für alle, so auch für Ulrike, mit einem Fahnenappell. Wie erwartet kannte sie niemanden. Görlitz und Halle waren angesichts der beschränkten Mobilität in der DDR eine Weltreise voneinander entfernt. Ein Auto hatten sie nie besessen, auch wenn ihre Eltern es bereits vor Jahren beantragt hatten. Den Weg zur Schule war sie bereits am Vortag abgelaufen. Sie wollte nichts dem Zufall überlassen, hasste unangenehme Überraschungen. Das vermutlich mal stolze Jugendstilgebäude, in dem sie die letzten beiden Jahre ihrer Schulausbildung verbringen sollte, war dem Zerfall anheimgestellt. Die nackte Backsteinfassade war jedoch gewissermaßen praktisch, da sie, anders als andere Gebäude in Halle, den allerorts herabfallenden Verputz entbehrte.

Es war erneut drückend heiß. Wieder einmal schlug ihr der Gestank der nahegelegenen Chemiekombinate entgegen, den sie aus Görlitz so nicht kannte. Lediglich der Braunkohlemief schien durch die gesamte DDR, vielleicht auch über die Grenzen hinweg, zu wabern. DDR und Braunkohlemief war eine unzertrennliche Einheit, die sich irgendwann gemeinsam auflösen sollte.

Bereits eine Stunde vor Schulbeginn machte sie sich auf den Weg, um auf keinen Fall verschwitzt anzukommen. Sie wollte nicht auffallen, sich unsichtbar, lautlos, geruchlos unter die neuen Mitschülerinnen einreihen. Wer zu ihr passte, wem sie sich anvertrauen könnte, würde sich in einem langwierigen Prozess herausstellen.

Fahnenapell auf dem Schulhof. Sie drückte sich in die hinterste Reihe. Niemand sollte sie ansprechen, noch nicht. Trotzdem wurde sie von vielen misstrauisch beäugt. Es folgten die üblichen Ansprachen. Sie unterschieden sich nicht von dem, was sie Jahr für Jahr in Görlitz zu hören bekommen hatte. Freiheit, Gleichheit, Klassenkampf, der Sieg des Sozialismus, die Überlegenheit des Arbeiter- und Bauerstaats, weichgekochte Massenrhetorik. Dann wurde die Internationale gesungen. Und trotzdem war etwas auffällig anders: Der hier und da schiefe Gesang wurde von einer Gitarre begleitet. Obwohl die Gitarrenspielerin mit aller Kraft die Saiten traktierte, passte das an Marschmusik erinnernde Stück nicht zu den gläsernen Gitarrenklängen. Dass man dennoch sie, die begleitende Musikerin, auserwählt hatte, konnte nur bedeuten, dass genau sie eine besonders Linientreue war, vor der sie sich in Acht nehmen musste.

Wie sich kurze Zeit später herausstellte, war die Gitarrenspielerin ausgerechnet in Ulrikes Klasse. Sie wollte einen Bogen um sie machen, setzte sich im Klassenraum in die letzte Reihe. Und dennoch faszinierte sie das fremde Mädchen. Waren es die berühmten Gegensätze, die sich anzogen, oder doch die Gemeinsamkeit, die sich ihr aufdrängten? Äußerlich sahen sie sich verblüffend ähnlich. Sie hatten etwa die gleiche Größe, die gleiche schmale Figur. Die gerade eben schulterlangen, dunkel schimmernden Haare, die Stupsnase, der Schmollmund – sie hätten eineiige Zwillinge sein können, wären da nicht Ulrikes hellblaue Augen, die im Kontrast zu den dunklen Augen der Gitarrenspielerinnen standen. Es war aber nicht nur das Äußere, in dem sich Ulrike wiederfand. Die Bewegung, das Lächeln, es war, als schaue sie in einen Spiegel.

Offenbar ging es der Musikerin ähnlich. Sie kam direkt auf Ulrike zu, blieb vor ihrem Tisch stehen und sprach sie an, ohne Umschweife. »Neu hier?«

Ulrike nickte schweigend. Schaute zur Seite, hoffte, dass das Gespräch damit beendet wäre. Und doch wünschte sie sich, dass die andere bliebe.

Das fremde Mädchen lehnte ihre in eine schwarze Kunstledertasche verpackte Gitarre an die Wand und setzte sich an Ulrikes Seite. »Ich heiße

Maria und du?«

»Ulrike. Ulrike Sonnemann.«

Maria lächelte schief. »Sonnemann. Ein schöner Name. Ich heiße Münkwitz mit Nachnamen. Alle lachen drüber ..., über den Witz ..., hm, blöder Witz. Kannst mich gern Maria nennen.«

Ulrike hatte sie für eine Systemtreue, eine der Hundertzwanzigprozentigen gehalten. Von denen lachte jedoch keine über sich selbst. Sie blickte sich um. Die Mitschüler saßen weit genug entfernt, waren in lebhafte Gespräche verwickelt. Sie konnten sich also, bevor der Unterricht beginnen sollte, noch kurz ungestört austauschen und beschnuppern. »Ist das jeden Morgen so?«, wollte Ulrike wissen. Es war der Versuch, ein Gespräch anzufangen, das klären sollte, woran sie bei Maria war.

»Am Anfang vom Schuljahr und wenn Feierlichkeiten sind. Kennst das ja sicher.«

»Nicht schlecht mit der Gitarre«, erwiderte Ulrike und ärgerte sich gleich über ihr verlogenes Kompliment. Vertrauen aufzubauen, ging anders.

»Wirklich? Die haben mich dazu verdonnert. Quäkende Schalmaien würden besser passen.«

Ulrike versuchte ihr Grinsen zu verstecken. »Ich wollte auch schon immer Gitarre lernen«, versuchte sie erneut auszuloten.

»Tatsächlich? Kann ich dir beibringen, wenn du willst.«

Maria war auffallend blass. Vielleicht, dachte Ulrike, wird man hier in Halle blass. »Wohnst du schon immer in Halle?«, fragte sie.

Maria seufzte leise und dachte an Oma Heddes Garten. »Leider. Ist ein ziemlich dreckiges Nest. Die Chemiefabriken und die Trabis verpesten die Luft. Man gewöhnt sich dran. Bleibt einem nichts anderes übrig«, sagte sie dann.

Ulrike horchte auf. Kritik am System, und das auch noch gegenüber einer Neuen, war riskant. Aber vielleicht konnte man hier in Halle eher als in Görlitz seine Klappe aufreißen.

»Und du, wo kommst du her?«, wollte Maria wissen.

»Görlitz.«

»Wow, polnische Grenze. Ist ja ziemlich weit weg. Was verschlägt dich und deine Familie in dieses ...« Maria verstummte schlagartig.

Die Lehrerin, Frau Grenzig, alle nannten sie die Krätzig, betrat den Klassenraum. Sie selbst war stolz auf ihren Namen, da er an Egon Krenz erinnere, einer ihrer Vorbilder. Ihr grauer Rock, dazu die blassgrüne Bluse passten ins Konzept. Die Haare standen ihr einzeln ab, wie elektrisiert. Es war der typische Geruch, der sie wie eine Wolke umgab, DDR-Parfüm, Casino de luxe. Stilecht, alles passte zusammen.

Maria blieb neben Ulrike sitzen. Es war ein gutes Gefühl, für beide.

Die Krätzig kam gleich zur Sache, sie war offenbar vorgewarnt. »Aha, die Neue. Willst du dich nicht vorstellen?«, sagte sie, nachdem sie sich vorne vor der Tafel aufgebaut hatte. Ihr Blick war zielstrebig durchs Klassenzimmer gewandert, in dem es schlagartig still geworden war, und bei Ulrike und Maria hängen geblieben.

Ulrikes Herz raste, als sie den bohrenden Blick der Krätzig bemerkte. Sie stand auf, spürte ihre zugeschnürte Kehle, räusperte sich angestrengt.

»Und? Spricht man in Görlitz kein Deutsch?«, hakte die Krätzig nach.

»Sonnemann, Ulrike Sonnemann«, brachte Ulrike raus.

»Na also.« Die Krätzig blickte zu Maria, schüttelte den Kopf. »Da haben sich ja die zwei Richtigen gefunden. Kannst dich wieder setzen.«

Der Unterricht begann. Mathe. Ulrike kam gut mit. Zumindest das beruhigte für den Anfang. Ab und zu lächelte ihr Maria zu. Der straffe Unterricht ließ keine Unterhaltung, kaum ein Flüstern zu. In der Mittagspause verschwand Ulrike in der Toilette. Sie musste aufatmen, alles sortieren, alles einordnen. Erst als es zum Pausenende klingelte, raffte sie sich auf, ging zurück in den Klassenraum und setzte sie sich wieder auf ihren Platz.

Maria schaute sie fragend an. »Wo warst du denn? Hab dich überall gesucht.«

Ulrike warf ihr einen überraschten Blick zu. »Tatsächlich?«

Maria nickte. Aber Ulrike wollte nicht reden, noch nicht. Der nächste Lehrer ließ jedoch auf sich warten. Maria blieb dran. »Sag mal, wie ist es denn so in Görlitz?«, fragte sie weiter.

Marias direkte Art war für Ulrike neu, fast ein bisschen unangenehm. Wusste Maria von ihrer Zwangsversetzung? Ulrikes Mutter hatte sie gewarnt. Sie musste zurück, Deckung suchen. »Willst du wissen, warum ich hier bin? Dann sag das doch. Aber es geht dich nichts an«, zischte sie leise in Marias Richtung. Aus den Augenwinkeln sah sie, wie ihre Sitznachbarin leicht zurückzuckte.

»Entschuldige.« Maria atmete tief ein und aus, suchte nach Worten. »Du hast wahrscheinlich Recht, es geht mich nichts ab, aber vielleicht könnten wir doch ...«

»Doch was?«, fuhr Ulrike sie erneut an.

Maria sah sie mit großen Augen an. »Vielleicht ... Freundinnen sein?«

Jetzt zuckte Ulrike zusammen. Freundinnen. Sie wollte weglaufen, nicht vor Maria, vor sich selbst. »Du kennst mich doch gar nicht.«

»Na ja, wir könnten uns ja kennenlernen.«

»Hey, ihr beiden, geschwätzt wird nicht.« Herr Schulte, Lehrer für Staatsbürgerkunde, war ein kleiner hagerer Mann mit glatt zurückgekämmten Haaren. Er war plötzlich da, stand vorne, wo zuvor schon die Krätzig gestanden hatte. Sein Thema war die glorreiche Geschichte des Arbeiter- und Bauernstaates. Er kannte offenbar nur das eine, hatte es scheinbar auswendig gelernt, Wort für Wort, um nichts Falsches zu sagen. Diskussionen gab es keine. Alle nickten, das war die Hauptsache.

Um drei Uhr war der Unterricht zu Ende. Ulrike nahm ihre Tasche, verließ mit schnellen Schritten und gesenktem Kopf den Klassenraum und ging die Treppen hinunter zum Ausgang.

»Hey, Ulrike, wohnst du hier in der Nähe?« Maria stürmte die Treppe herab, hinter ihr her, und holte sie schnell ein.

Ulrike hatte es still und leise gehofft, sie war extra langsam gegangen. »In der Platte. Und du?«

Den Rest der Treppe gingen sie nebeneinander. Andere rannten um sie herum, warfen ihnen Blicke zu.

»Nicht in der Platte, dafür in so einem hässlichen Altbau in der Stadt. Klo im Treppenhaus«, antwortete Maria mit einem schiefen Grinsen.

Ulrike winkte ab. »Besser als in diesen grässlichen Vorstadtbunkern.«

Maria kniff die Augen zusammen. »Find ich gut.«

»Was findest du gut, doch nicht etwa diese Plattenbauten?«

»Nein, so wie du redest«, antwortete Maria lächelnd.

Sie hatten gerade das Schulgebäude verlassen und gingen im gleißenden Sonnenlicht über den Hof, da stieß Maria Ulrike in die Seite und beugte sich zu ihr. »Die da drüben, vor der musst du dich in Acht nehmen.«

Am Schulausgang stand ein Mädchen in FDJ-Uniform, sie unterhielt sich angestrengt mit der Krätzig.

»Sie heißt Lisa, Lisa Pelzig. Der Name passt irgendwie. Sie verpetzt alles, wenn es ihr selbst nutzen könnte.«

Ulrike seufzte; schaute bewusst in eine andere Richtung, um keine Gerüchte loszutreten. »Die gab's bei uns auch«, erwiderte sie leise. »Im Grunde können sie einem leidtun.«

»Oh mein Gott, Mitleid habe ich mit der nicht. Sie hat mich vor Kurzem angeschwärzt, nur weil ich einmal über Krätzigs Ausdünstung gelästert habe. Lächerlich. Die stinkt doch wie ein schlechter Puff, findest du nicht auch? Seitdem hängt Lisas Bild in der Glasvitrine im Foyer der Schule, als Vorbild für alle.«

»Pass auf, sie kommt direkt auf uns zu«, versuchte Ulrike zu warnen.

»Na, ihr zwei, schon dicke Freunde?« Lisas Augenaufschlag war provozierend, vielleicht auch neidisch.

»Kampfgenossinnen, nichts weiter«, erwiderte Maria kühl.

»So, so, Kampfgenossinnen. Man hört ja so einiges über Ulrikes Herkunft.«

»Umso mehr muss man sich um die Neuen kümmern, findest du nicht auch?«, antwortete Maria schlagfertig.

Lisa schüttelte misstrauisch den Kopf. Offenbar hatte sie eine Aufgabe, horch und guck, angestachelt von der Krätzig. Es war zu offensichtlich, als dass sie es noch verbergen konnte. Sprachlos spitzte sie den Mund, blickte zurück zur Krätzig. Dann ging sie weiter.

Ulrike atmete auf. »Danke für die Warnung. Besonders schlau stellt sich diese Lisa allerdings nicht an.«

»Ne, Gott weiß nicht. Irgendwann fällt sie selbst auf die Schnauze«, raunzte Maria, während sie langsam weiterschlenderten.

»Oder landet ganz oben im Staatsapparat«, ergänzte Ulrike. »Eines so übel wie das andere.«

Sie gingen zur Straße. Es war nicht Ulrikes direkter Weg zurück, die Richtung stimmte nur einigermaßen. Der Umweg gab ihr jedoch Gelegenheit, das Gespräch mit Maria zu vertiefen.

»Maria«, Ulrike neigte sich zu ihr, um ihr etwas ins Ohr zu flüstern.

Ihre Wangen berührten sich für einen Moment. »Vielleicht sollten wir lieber die Klappe halten. Nichts hören, nichts sehen. Du weißt schon.«

Maria konnte sich ein Grinsen kaum verkneifen, blieb augenblicklich stehen. Sie presste die Lippen zusammen, steckte sich die Zeigefinger in die Ohren und riss die Augen auf.

Ulrike musste lachen. Es war das erste Mal, seitdem sie aus Görlitz gekommen waren, dass sie lachen musste. Vielleicht hatte sie wirklich in Maria eine Freundin gefunden, eine, die Gitarre spielen und singen konnte und die trotzdem auf so seltsame Art und Weise unangepasst wirkte. Aber vielleicht war es auch nur ein Trick derer, die sie überwachen sollten.

Als Maria an diesem Spätnachmittag nach Hause kam, war sie gut gelaunt und das, obwohl ihre neue Freundin Ulrike erst so abweisend, gewissermaßen unfreundlich war. Maria war sich absolut sicher, es war die Angst vor dem Neuen, vor dem Ungewissen, was Ulrike im Gesicht gestanden hatte. Ihre anfängliche Unfreundlichkeit war nur Fassade, ein Schutz vor dem Unbekanntem und einer möglichen Enttäuschung. Was in Wirklichkeit in Ulrike schlummerte, konnte sie jedoch nur ahnen. Und doch hatte sie es gleich zu Anfang gespürt: Sie waren sich sehr ähnlich, nicht nur äußerlich.

In den nächsten Tagen hingen sie oft zusammen, auf dem Schulhof, saßen in jeder Stunde nebeneinander. Sie kicherten und schwätzten. Es dauerte nicht lange, bis sie im Unterricht getrennt wurden. Auf dem Schulhof wurden sie von der Pausenaufsicht und Mitschülern genauestens beobachtet, nicht nur von Lisa. Umso mehr wuchs das Bedürfnis, sich auszusprechen, einfach ungefiltert herauszukotzen, was ihnen der gesellschaftlich verordnete Maulkorb verweigerte. Am Sonntag sollte es so weit sein. Ulrike hatte sich vorgenommen, Maria ihr Dachgeheimnis zu zeigen.

Der Samstag zuvor gehörte jedoch Marias Mutter. Es war ihr fünfundfünfzigster Geburtstag. Als Geschenk hatte Maria etwas auf dem Schwarzmarkt ergattert, was ihrer Mutter gefallen würde. Offiziell gab es keinen Schwarzmarkt. Umso mehr blühte das Tauschgeschäft mit Dingen, die es in der DDR nicht gab, Hinterlassenschaften diverser Westbesuche. Es war ein seidenes Halstuch, nicht neu, aber in den Farben, die ihre Mutter mochte, rot und grün. In den letzten Jahren hatte sie sich beschwert, dass ihr Hals immer faltiger würde, irgendwie herunterhing. Maria konnte dem zwar nicht zustimmen, aber das Halstuch würde ihr die Chance geben, den Makel zu überdecken. Außerdem fror sie immer häufiger, auch wenn es warm war.

Es wäre eine schöne Geburtstagsfeier geworden, hätte sich nicht ihr Cousin Jup mit Frau und Kindern angesagt. Es war nicht der erste Besuch dieser Verwandten, aber sie waren von Mal zu Mal schwerer zu ertragen. Eigentlich hatte sich Onkel Jup bereits zu Marias Konfirmation angekündigt. Ein wichtiges Geschäft war ihm jedoch dazwischengekommen. Früher hatte Maria immer ihr Zimmer räumen müssen, wenn Onkel Jup mit Familie auf der Matte stand. Sie hatte es seinen beiden verwöhnten Kindern überlassen müssen. Onkel Jup und seine Frau, die selten etwas sagte, schliefen im elterlichen Ehebett. Maria zog dann mit ihren Eltern für eine, manchmal auch zwei Nächte in die Gartenlaube.

Diesmal hatte Onkel Jup angekündigt, im Interhotel zu übernachten. Er sei befördert worden, verdiene nun erheblich mehr als früher, könne sich das beste Hotel am Ort ohne Weiteres leisten, hatte er erklärt. Maria war erleichtert.

Am Samstagnachmittag war es so weit. Onkel Jup parkte seinen neuen Mercedes vor dem Haus, hupte kurz. Herr Schulz belehrte ihn sogleich mit ärgerlicher Miene, die Ruhestörung gefälligst zu unterlassen. Als Hauswart müsse er schließlich für Recht und Ordnung sorgen. Noch bevor Onkel Jup bis zur dritten Etage aufsteigen konnte, musste er sich bei Schulz ins Hausbuch eintragen. Er quittierte Schulzes Pflichtprogramm mit einem herablassenden Lächeln, was die Situation nicht gerade entspannte. Dann schickte er seine zwei Jungs, sie waren zwölf und vierzehn Jahre alt, die Kisten aus dem Mercedes holen – Kaffee, Bananen, französischer Rotwein. Schulz schaute der Karawane argwöhnisch hinterher und knallte dann die Tür zu seiner Erdgeschosswohnung zu. Da Onkel Jup auch Marias Patenonkel war, hatte sie ihm den jährlichen Geburtstagskuchen und die Extraportionen Kaffee zu verdanken, die pünktlich Anfang Juni im Hause Münkwitz eintrafen. Nun war er persönlich gekommen, da die sozialistische Republik, wie er gleich freudig erregt verkündete, vor dem Kollaps stünde und er seinen Kindern deren bankrotte Auswüchse nochmals vor Augen führen wollte.

Sie setzten sich ins Wohnzimmer. Es war der mittlere von drei zur Straße liegenden Räumen. Man konnte die Schiebetür zu den angrenzenden Zimmern zuziehen.

»Immer noch diese Horch- und Guckscheiße?«, wollte Onkel Jup grinsend wissen und breitete sich im einzigen Sessel aus. Es war eigentlich der Stammplatz von Marias Vater. Lässig schlug er die Beine übereinander.

»Mehr als zuvor. Der Staat wackelt und man spürt die Nervosität«, versuchte Marias Vater abzuwiegeln. Er saß auf einem Stuhl, ein wenig zusammengesunken, fast geduckt.

»Gott sei Dank. Es wird auch Zeit, dass die alten Herren abdanken. Machen sich überall ungefragt breit«, prustete Onkel Jup lachend hervor. Seine beiden Söhne, Klaus und Max, saßen auf der Couch und stopften den mitgebrachten Kuchen in sich hinein. Als sie an dem Kakao der Marke Trink Fix nippten, den Marias Mutter ihnen gemacht hatte, verzogen sie angewidert die Gesichter.

»Und in welcher Schulklasse seid ihr?« Maria setzte sich zu den Jungs, wollte ein Gespräch mit ihnen anfangen.

Sie zuckten nur mit den Schultern und nahmen sich ein weiteres Stück Kuchen.

»Fünfte und Siebte. Sie gehen auf eine Privatschule im Taunus. Das staatliche Gymnasium war nichts für sie.« Es war das Erste, was von Ilse, Onkel Jups stiller Frau, zu hören war. »Aber im Tennisclub haben sie den ersten Platz belegt«, ergänzte sie rasch. Es klang fast wie eine Entschuldigung. Offenbar entsprachen die schulischen Leistungen der beiden nicht den Erwartungen der Eltern.

»Tennis, das wäre doch auch etwas für dich, nicht wahr, Maria?« Onkel Jup schaute Maria fragend an. Er sagte es mit einem provozierenden Unterton, wusste, dass es das in der DDR kaum gab.

»Tennis ist nicht gerade mein Sport«, entgegnete Maria zurückhaltend. Ist nur etwas für verwöhnte Bubis, hatte sie eigentlich erwidern wollen. Tennis ist nur etwas für Mitglieder der Parteikader, wäre die Antwort gewesen, auf die Onkel Jup gewartet hatte. Es lag eine unheilvolle Spannung in der Luft.

»Ach, kennt ihr den schon?« Wenn Onkel Jup zu Besuch war, glänzte Marias Vater mit den neuesten DDR-Witzen. Sarkasmus war seine Art, die Situation zu entspannen. Wenn es nichts zu lachen gab, musste man gerade darüber lachen, war sein resigniertes Motto.

Es reihte sich Witz an Witz. Die Strategie war erfolgreich. Selbst die beiden Jungs vergaßen ihren Kuchen und mussten mitlachten. Dabei wackelten ihre Bäuche im Gleichtakt. Beide hatten seit dem letzten Besuch erheblich an Gewicht zugenommen. Maria hatte sich auch dazu einen Kommentar verkniffen, fragte sich jedoch, wie das mit dem ersten Platz beim Tennismatch zusammenpassen konnte.

Marias Vater hätte noch schier endlos Witze erzählen können. Onkel Jup lehnte sich jedoch mit zunehmend genervtem Gesichtsausdruck zurück. Er wollte plötzlich zur Sache kommen, wie er sagte. Es wurde still und er sagte nach einem schnellen Blick in alle Gesichter: »Zumindest Maria muss hier weg. Das ist doch klar, oder?«

Marias Vater blickte verunsichert zu seiner Tochter. »Das ..., das geht nicht ..., die Grenze und überhaupt«, stotterte er. Zur Grenze, dem imperialistischen Schutzwall, wie es in der DDR hieß, fiel ihm kein Witz ein.

»Es gibt genügend Möglichkeiten. Ist zwar nicht billig, aber ...« Onkel blies seine Backen auf und schaute dabei zu Maria »Immerhin bin ich dein Patenonkel.« Als Maria nicht gleich reagierte, wirkte er ungehalten. »Herrgott, Maria, schau dich doch einfach mal um. Hier versauerst du doch über kurz oder lang.«

»Es gibt da so Möglichkeiten ...« Maria hob unsicher die Augenbrauen.

»Was denn für Möglichkeiten?«, fiel ihr Onkel Jup ins Wort. »Kannst ja in die Partei eintreten und diesem Erich nach dem Mund reden. Aber so wie ich dich kenne, willst du ja selbst hier raus. Ist es nicht so? Sei mal ehrlich.«

Maria nickte. Auch wenn sie seine überhebliche und herablassende Art hasste, so musste sie sich doch eingestehen, dass er Recht hatte. Sie wollte weg, weit weg, an ferne Strände und in ferne Städte, nach Paris. Aber würde sie ihre Eltern zurücklassen können? Einmal weg, immer weg. Die DDR ließ Republikflüchtlinge nicht wieder einreisen und wenn, dann nur auf direktem Wege in den Knast. »Wenn du meinst«, sagte sie schließlich kurz angebunden. Sie war verunsichert wegen ihrer widersprüchlichen Gedanken und Gefühle.

Onkel Jup sah ihr forsch in die Augen. »Ob ich das meine?«, fragte er zurück. »Natürlich meine ich das. Schau dir doch den Sumpf hier an. Alles zerfällt, alles Murks, und dann diese ständige Bespitzelung. Dieser Schulz unten ist doch das beste Beispiel. Du willst ihm doch nicht die Gartenarbeit machen, oder?«

Maria biss sich auf die Lippe. Das war ein wunder Punkt. Fettnäpfchen oder Provokation? Wusste Onkel Jup vom Verlust des Gartens? »Nein, das ..., das will ich nicht«, stammelte sie verletzt. Sie spürte den Stachel in der Brust.

Onkel Jup nickte, sah ihre Eltern kurz an, dann wieder sie, und fuhr mit betont jovialer Stimme fort: »Na also, pass auf, ich schau mich nach diesen Schleppern um und dann werde ich dich hier rausholen. Das verspreche ich dir.«

Sie blickte unsicher zu ihren Eltern. Die Möglichkeit eines Abschieds für immer, oder mindestens bis zu deren Rentenalter, schienen sie stillschweigend zu akzeptieren. Offenbar hatten sie mit Onkel Jup bereits darüber gesprochen. Vielleicht blendeten sie auch die Konsequenz, die sich damit ergab, einfach aus, so wie sie manch anderes einfach ausblendeten. »Meine Eltern ...«, begann sie unsicher.

Ihr Patenonkel winkte ab. »Deine Eltern sind sowieso bald in Rente und können reisen. Es geht um dich. Dein Onkel Jup lässt dich doch hier nicht versauern.«

Wieder blickte sie zu ihren Eltern. Sie nickten nur. Maria wusste nicht, was sie sagen sollte. Selten zuvor wurde ihr der Konflikt, in dem sie stand, so deutlich vor Augen geführt. Entweder fliehen und ihre Eltern zurückzulassen oder in der DDR zu versauern, wie es Onkel Jup nannte, waren keine wirklichen Alternativen, weil sie sowohl an der einen wie auch an der anderen Entscheidung irgendwann zerbrechen würde. So fühlte es sich zumindest in diesem Moment an. Schweigend stand sie auf, nahm die aufeinandergestapelten Teller und ging wie ferngesteuert in die Küche. Sie brauchte Luft, öffnete hastig das Fenster. Dann trat sie zur Spüle und starrte auf den Abwasch.

Ihre Mutter folgte ihr, stellte sich neben sie und legte ihr die Hand auf die Schulter. »Er meint es doch nur gut«, sagte sie mit leiser Stimme.

»Diese überhebliche Art kotzt mich an«, entgegnete Maria und starrte weiter auf das Geschirr.

»Immerhin ist er dein Patenonkel und er hat uns in den Jahren großzügig unterstützt.«

»Was soll ich denn deiner Meinung nach tun? Immerzu Danke sagen? Danke, danke, danke, nur weil er sich vor Jahren in den Westen verpisst hat?« Wütend sah sie ihre Mutter an. Das allein war es jedoch nicht, was in ihrer Brust nagte.

Ihre Mutter erwiderte ängstlich ihren Blick. »Ich weiß, Maria, ich weiß, aber ... etwas Dankbarkeit sind wir ihm schuldig. Ist nun mal so. Wir hätten auch gehen sollen, damals.«

»Und jetzt soll ich gehen, einfach fliehen, euch zurücklassen? Er stellt sich das so einfach vor. Viele sind aufgeflogen und für Jahre im Knast gelandet. Aber selbst wenn es gelingt, mit so einem Schlepper rüberzukommen, danach wird es euch verdammt schlecht gehen. Die werden euch aufs Übelste drangsalieren. Das weißt du, und Onkel Jup weiß es genauso. Und dafür willst du ihm dankbar sein?« Maria wartete die Antwort ihrer Mutter nicht ab. Sie wandte sich der Küchentür zu und sah durch den kleinen Flur zum Wohnzimmer. Etwas hielt sie zurück. Es war lange her, dass sie ihre Mutter hatte weinen sehen. Sie drehte sich wieder um, nahm sie in die Arme und drückte ihren zitternden Körper an sich.

»Du musst gehen, Maria. Vati und ich, wir kommen schon zurecht. Wir haben nichts mehr zu verlieren«, murmelte ihre Mutter an ihrer Schulter.

»Ihr verliert eure Tochter. Ist das vielleicht nichts?«

»Wir können bald nachkommen. Und jetzt ..., du musst das tun, was wir vor Jahren versäumt haben. Maria, du ..., du darfst nicht denselben Fehler machen. Es ist unsere Schuld.« Ihre Mutter löste sich aus der Umarmung und sah Maria eindringlich an.

Maria spürte einen Kloß im Hals. »Mama, es ist nicht eure Schuld.«

»Es ..., es tut mir so leid«, schluchzte ihre Mutter in sich hinein.

Sie hielten sich wieder aneinander fest. Dann löste sich Maria und sah ihre Mutter eindringlich an. »Es gibt nichts, was dir leidtun müsste, Mama.«

Als Maria ins Wohnzimmer zurückkam, schaute sie Onkel Jup entschlossen an. »Vielen Dank, Onkel Jup. Danke für alles, was du für uns getan hast. Die Pralinen, der Kaffee, die Bananen, das hat uns sehr geholfen, mir und meinen Eltern. Und das Angebot mit den Schleusern ...« Sie biss sich erneut auf die Unterlippe. »Ich denke, das ist eine gute Idee von dir. Ich werde drauf zurückkommen.«

»Gern geschehen. Eine kluge Entscheidung, Maria, sehr schlau.« Er kniff die Augen zusammen. In seinem Gesicht war zu lesen, dass er an Marias Ernsthaftigkeit zweifelte.

Maria nickte, lächelt ihn kühl an. Dann nahm sie die benutzten Kaffeetassen, ging erneut in die Küche und stellte sie in die Spüle, wo ihre Mutter bereits mit dem Abwasch beschäftigt war. Zum ersten Mal war sie froh, dass die Toilette fern ab im Treppenhaus gelegen war, dort, wo es niemand hörte, als sie Onkel Jups Schokoladenkuchen wieder auskotzte.

Später am Abend, der französische Rotwein hatte ein wenig Onkel Jups Arroganz geglättet, setzte sich Ilse an Marias Seite. »Du darfst das Jup nicht übelnehmen. Ich weiß, er wirkt immer so überheblich und besserwisserisch. Er sagt halt, was er denkt, aber er meint es dabei nur gut.«

»Tante Ilse, ich weiß selbst, dass hier einiges im Argen liegt. Und bei euch, ist es da nicht ähnlich? Alle werden ausgebeutet, die Reichen immer reicher, die Armen immer ärmer und am Ende schüren die Westpolitiker nur Krieg gegen uns.«

»Wer hat dir denn das erzählt?« Ilse schaute Maria entgeistert an.

»Wer wohl? Das hören wir jeden Tag. Irgendwann fängst du an, es zu glauben. Und dann ..., ab und zu bin ich bei einer Freundin und schaue Westfernsehn. Ist das vielleicht die Wahrheit, all die bunten Bilder? Wem soll ich glauben? So oft will ich nichts hören oder sehen, einfach nur fliegen, wie ein Vogel.«

Ilse seufzte, schüttelte den Kopf. »Mein Gott, Maria, du hast dich nicht verändert. Deine Fantasie, deine Träume waren schon immer deine Welt. Aber glaub mir, irgendwann reicht das nicht mehr, irgendwann ist es Zeit aufzuwachen. Du musst es selbst erleben und die Welt mit eigenen Augen sehen.«

»Ich wünschte, ich könnte es. Nur eins ist sicher, so einfach über die Grenze, wie sich Onkel Jup das vorstellt, geht es nicht, selbst wenn es klappt. Vielleicht werde ich meine Eltern und Freunde nie wiedersehen. Hier ist meine Heimat, mein Zuhause, auch wenn es noch so grau ist. Das kann man nicht einfach so abschütteln.«

»Da hast du natürlich Recht. Aber sieh mal, du bist noch jung. Es liegt an dir, etwas aus deinem Leben zu machen.«

Maria nickte, ließ ihren Bick über die Bücherwand gleiten, dachte an Oma Heddes Garten, an ihre Worte: Alte Bäume versetzt man nicht und junge Pflanzen brauchen, um wachsen zu können, die richtige Erde, die richtige Sonne. Hatte Tante Ilse Recht? Schien die Sonne drüben heller, auf der anderen Seite des imperialistischen Schutzwalls? Zumindest konnte sich Onkel Jup mit seiner Familie ein Bild von der DDR machen. Sie, Maria, konnte das umgekehrt von der BRD nicht.

Am nächsten Morgen verließ Maria sehr früh die Wohnung. Ihre Eltern schliefen noch den Rausch des französischen Rotweins aus. Sie schwang sich ihre Gitarre über die Schulter und lief die Treppen hinunter zur Straße. Eigentlich hatte sie sich erst um elf mit Ulrike verabredet. Aber sie wollte sichergehen, Onkel Jup nicht erneut zu begegnen, falls er seine Drohung wahrmachte, zum Frühstück das Nötigste mitzubringen. Danke und nochmals danke – sie würde es nicht ertragen und es diesmal vermutlich nicht zur Toilette schaffen. Schlimmer noch als sein überhebliches Geplapper anhören zu müssen, war jedoch das Eingeständnis, dass er im Grunde Recht hatte.

Ziellos eilte sie durch die Stadt. Sie wollte die Augen verschließen. Vor jedem der roten Propaganda Plakate und Banner stehend, hörte sie seine spöttischen Kommentare. Jedes der Abbilder, der Büsten und Statuen von Marx, Engels oder Lenin verwandelte sich in die triumphierende Fratze von Onkel Jup. Sie ertappte sich bei dem Gedanken, ihre graue Umgebung rechtfertigen zu müssen, suchte nach Argumenten, die Onkel Jups Überheblichkeit im Kern erschüttern könnten. Alles drehte sich vor ihren Augen, stellte sich auf den Kopf. Es war, als verliere sie jeden Halt, als verflüssige sich der Boden unter ihren Füßen. Erschöpft ließ sie sich auf einer Parkbank nieder, versuchte sich zu beruhigen. Menschen eilten an ihr vorbei, nahmen sie kaum zur Kenntnis. Zum ersten Mal fühlte sie sich allein, verloren zwischen zwei verhassten Welten. Dann dachte sie an Ulrike. Sie blickte auf die Uhr. Es war erst zehn. Vielleicht könnte sie schon vorher bei ihr klingeln.

Als sie an ihrer Tür angekommen war, zögerte sie einen Moment. War es das richtige Haus, Block Nummer zehn? Halle Neustadt, alle Plattenbauten sahen gleich aus.

»Ich nehme an, du bist Maria. Ulrike hat viel von dir erzählt. Komm doch rein.« Die Frau, die sie freundlich anlächelte, war Ulrikes Mutter. Sie war Ulrike wie aus dem Gesicht geschnitten und würde somit gut und gern auch als ihre eigene Mutter durchgehen. Es war eine kleine Wohnung. Ulrike kam, sie hatte noch nasse Haare. Im Gegensatz zu Maria war sie offenbar keine Frühaufsteherin.

Sie ließen sich in der Küche nieder. Ulrikes Mutter stellte eine Teekanne auf den Tisch, dazu ein paar Tassen. Sie setzten sich.

»Und, ist euer Besuch wieder weg?«, wollte Ulrike gleich wissen.

»Zum Glück. Es war grässlich.«

Ulrikes Mutter schaute sie prüfend an.

»Westbesuch«, warf ihr Maria kurz zu und ärgerte sich im selben Moment, es ausgeplaudert zu haben. Gemeinsam tranken sie Tee und aßen ein paar Mürbeteigplätzchen, die Ulrikes Mutter gebacken hatte. Sie unterhielten sich über die Schule, vermieden es, den Westbesuch anzusprechen.

»Gehen wir?« Ulrike wirkte plötzlich ungeduldig.

»Was habt ihr denn vor, ihr beiden?«, wollte Ulrikes Mutter wissen.

»Nur nach draußen. Maria will mir zeigen, wie man Gitarre spielt. Sie ist richtig gut darin.«

»Das könnt ihr doch auch in deinem Zimmer.« Johanna ahnte, dass sie sich auf das Dach zurückziehen wollten. Ulrike schüttelte kurz den Kopf und zog Maria hinter sich her.

»Schönen Sonntag noch«, warf Maria Ulrikes Mutter zu, bevor die Tür ins Schloss fiel.

Sie standen im Flur vor der Wohnungstür. Maria sah Ulrike überrascht an. »Du hast's aber eilig.« Eigentlich hätte sie sich gern noch mit Ulrikes Mutter unterhalten.

Ulrike erwiderte nichts, stand nur still da, lauschte. Dann zog sie Maria die Treppen hoch.

»Wohin willst du?«, fragte Maria flüsternd.

Ohne zu antworten eilte Ulrike in die oberste Etage. Die Stufen endeten vor einer horizontalen Klappe. Ulrike drückte dagegen. Sie öffnete sich behäbig. »Komm!«

»Wie, auf's Dach?«

Ulrike zog Maria nach oben, ließ die Klappe hinter sich wieder nach unten sinken. Auf der Mitte des Daches war eine Decke ausgebreitet, darauf zwei Kissen. Offenbar hatte Ulrike bereits am Vortag einige Vorkehrungen getroffen.

»Setz dich. Von hier aus haben wir einen tollen Blick. Und vor allem, hier hört uns niemand.«

Maria ließ sich nieder, legte ihre Gitarre zur Seite. Ulrike setzte sich ihr gegenüber.

»Bist du sicher, dass uns hier niemand hört?« Maria ließ den Blick schweifen. Nach beiden Seiten breitete sich ein Wald von Antennen aus.

»Wenn du die Antennen meinst, die interessieren sich nicht für uns. Die sind alle Richtung Westen ausgerichtet. Die Menschen wollen nur hören, was es hier nicht gibt.«

Maria dachte an den gestrigen Tag, an Onkel Jup und Tante Ilse. Sie spürte einen Druck in der Magengrube. »Weißt du, Ulrike, manchmal denke ich, es ist gar nicht so schlecht hier.«

Ulrike blickte sie erstaunt an und machte dann ein nachdenkliches Gesicht. Sie wollte Klarheit, auch wenn es das Ende ihrer Freundschaft bedeutete. »Hör mal, Maria, an meinem ersten Tag in der Schule sah ich dich vor der Fahne stehen, wie du gespielt und lauthals gesungen hast. Das Erste, was ich dachte, war, dir möglichst aus dem Weg zu gehen.«

»Tatsächlich? Und dann kam es aber doch anders.« Maria lächelte sie an.

»Das lag offen gestanden an dir. Du hast dich zu mir gesetzt, einfach so. Ich wollte das nicht, weil ...«

»Weil du dachtest, ich wäre so eine Hundertzwanzigprozentige?«, erwiderte Maria. »Man muss manchmal mitmachen, damit man an anderen Tagen seine Ruhe hat. Tarnung nennt man das.«

»Wie kann ich wissen«, wollte Ulrike geradeheraus wissen, »auf welcher Seite du wirklich stehst?«

Maria seufzte. »Dasselbe könnte ich dich fragen. Du bist neu in der Klasse, warst erst einmal ziemlich abweisend.«

»Stimmt, tut mir leid dafür«, gab Ulrike kleinlaut zu.

»Muss dir nicht leidtun. Wenn du eine von denen gewesen wärst, die alles nur verpetzen, wärst du sicher freundlicher gewesen.«

»Das klingt ziemlich schlau, nur ...«

»Nur was?« Maria schaute Ulrike fragend an.

»Deiner Logik nach müsstest du zu denen gehören. Immerhin warst du zu mir ziemlich nett.«

Maria seufzte erneut. Logik war so verdammt leicht umkehrbar. »Dieses ewige Misstrauen ..., keiner traut dem anderen. Damit stellen sie sicher, dass sich nichts ändert«, folgerte sie kopfschüttelnd. »Also, Ulrike, ob du mir nun vertraust oder nicht, was willst du wissen?«

»Alles. Wir müssen wissen, woran wir sind«, war Ulrikes fordernde Antwort.

Maria nickte. Dann fing sie an zu erzählen, von Oma Hedde, von ihrem Garten, ihren Träumen. Am Ende überwogen die Träume. Noch nie war ihr die reale Welt um sie herum so klein, so unwichtig vorgekommen. »Und du? Ich habe verstanden, du kommst aus Görlitz. Aber warum bist du hier? Was führt deine Eltern in diesen stinkenden Moloch?«

Ulrike musterte sie erstaunt. »Du weißt von nichts? Ich dachte, alle wissen Bescheid?«

Maria schüttelte den Kopf.

»Strafversetzt, wir wurden strafversetzt.« Ulrike musterte Maria aufmerksam, als hätte sie Angst, eine Regung zu verpassen.

Maria machte große Augen, erwiderte ihren Blick erschrocken. Offenbar wusste sie wirklich von nichts. Ulrike fing nun ihrerseits an zu erzählen, von ihrer Kindheit, ihrer Schule. Gemeinsam war ihnen gleich zu Anfang die Liebe zum Garten, die sie mit blumigen Worten teilten, genauso wie dessen schmerzlichen Verlust.

»Und deine Eltern, warum wurden sie strafversetzt?«, fragte Maria schließlich.

»Das war so eine seltsame Geschichte.« Ulrike ließ nichts aus. Als sie geendet hatte, legte sie sich auf das Kissen und blickte in den Himmel. Gedankenversunken griff sie in ihre Hosentasche, holte ein kleines buntes Päckchen hervor. »Kaugummi?« Geschickt fummelte sie die Verpackung auseinander, Kaugummi Marke OK, reichte eines Maria. »Gar nicht so schlecht.«

Damals hieß es, dass OK ein Westprodukt sei. Deshalb liebten es alle. Als sich herumsprach, dass es in Wirklichkeit streng geheim in der DDR, in Bernburg, produziert wurde, fiel es bei der Jugend in Ungnade. Ulrike mochte es jedoch weiterhin.

Maria befreite das Kaugummi von seiner Hülle, steckte es sich in den Mund und kaute eher lustlos darauf herum. Sie fand es nach wie vor grässlich, ob West oder Ost. Um es Ulrike nicht zu sagen, würgte sie das angekaute Stück hinunter, schob die bunte Verpackung zwischen die Kiesel unter der Decke, auf der sie saßen. Dann packte sie die Gitarre aus und begann an den Seiten zu zupfen, dabei drehte sie stirnrunzelnd an den Stimmknöpfen, fing leise an zu singen:

«We will fly, fly, fly
Yes so high, high, high ..."

Ulrike setzte sich wieder auf und blickte sie fragend an. »Seltsam, als ich das erste Mal hier oben war, ging es mir ähnlich, mir fielen die gleichen Worte ein: fly, fly, fly.«

Maria nickte nachdenklich. Sie waren sich wirklich sehr ähnlich.

»Englisch, kannst du Englisch? Wir durften es nicht lernen«, wollte Ulrike wissen.

Maria lächelte stolz. »Hab's mir selbst beigebracht. Englisch und Gitarre spielen. Das eine geht nicht ohne das andere.«

»Worum geht's in deinem Lied?«, wollte Ulrike ungeduldig wissen.

»Vom Fliegen, fliegen, fliegen, ganz hoch, hoch, hoch. Auf Englisch klingt's besser.«

»Klingt schön, wie du das singst. Wie geht's weiter?«

»Keine Ahnung. Hast du eine Idee?«

Ulrike dachte an ihren Vater, an die Menschen hinter den gelben Mauern. »Ich musste gerade an die armen Teufel denken, hinter den gelben Steinen. Die würden gerne fliegen können, immer höher. Viele von denen lassen sich nicht unterkriegen, da bin ich mir sicher. Weißt du, Maria, ich will mich auch nicht unterkriegen lassen. Wir müssen etwas tun, wir müssen aufstehen, bevor es zu spät ist.«

Maria runzelte zweifelnd die Stirn. »Und meinst du wirklich, etwas gegen die Partei oder die Stasi ausrichten zu können? Du hast doch selbst erzählt, wie es deinen Eltern erging, nur weil dein Vater mehr wusste, als er wissen durfte.«

Ulrike sprang auf, griff nach einer Antenne wie nach einem Speer. »Wir werden uns nicht kleinkriegen lassen, selbst wenn wir hinter diesen verdammten gelben Mauern sitzen. Niemals, hast du verstanden? Niemals.« Sie hatte den Kopf erhoben, stemmte die Füße in den Kies, machte den Rücken gerade, schien zu allem entschlossen.

»Yellow brick wall.« Maria zupfte gedankenversunken an den Saiten ihrer Gitarre. «Never fall. So müsste es gehen."

«Was meinst du?", wollte Ulrike wissen, schien aus ihren verwegenen Gedanken aufzuwachen.

»We will never fall, behind the yellow brick wall. Waren das nicht gerade deine Worte. Wir werden niemals aufgeben, auch nicht hinter gelben Mauern.« Sie lächelte Ulrike an und sang:

«We will fly, fly, fly
Yes so high, high, high
We will never fall
Behind the yellow brick wall"

Dann legte sie die Gitarre zur Seite und blickte gedankenversunken in die Ferne. »Dieser Onkel Jup, unser Westbesuch, er will einen Schlepper organisieren«, erzählte sie leise.

Ulrike riss die Augen auf und schaute Maria entgeistert an. »Du willst weg, über die Grenze?«

Maria sah Ulrike aufgebracht an. »Herrgott, wollen wir nicht alle weg? Raus aus diesem Sumpf? Du weißt selber, wie unwahrscheinlich es ist, gegen die da oben anzustinken. Der Punkt ist nur, wenn wir fliehen, sitzen unsere Eltern, Freunde und Mitwisser hinter den gelben Mauern. Wenn ich abhaue, werden sie vielleicht auch dich einbuchten. Dann ist es meine Schuld.«

Sie sahen sich an und schwiegen, suchten nach Antworten. Dann sangen sie immer wieder ihr Lied. Widerstand oder Republikflucht? Waren das die Alternativen? Sie suchten nach einem Ausweg, gemeinsam und doch jede für sich, leise, weil es keine laute Antwort gab.

Später gingen sie zu Maria, nahmen sich das Radio, lauschten bei geschlossenen Fenstern der Hitparade. Ablenkung war die einzige Lösung, die im Moment infrage kam. Die Zukunft kam für beide schnell genug, ungefragt, ungeplant, bereits am nächsten Tag.

Es hätte einer dieser normalen Montage werden können. Als Maria aus der Schule kam, saß ihr Vater am Tisch, den Kopf auf die verschränkten Arme gelegt. Eine halbvolle Flasche Vodka stand an seiner Seite. Der ganze Raum roch nach Alkohol. Noch nie hatte sie ihren Vater betrunken gesehen. Sie stieß ihn an. Für einen Moment hob er den Kopf und schaute sie mit rotunterlaufenen Augen an, dann ließ er ihn wieder sinken. Ihre Mutter stand in der Ecke vor dem Bügelbrett. Das Eisen in ihrer Hand war kalt, trotzdem ließ sie es von einer zur anderen Seite über Handtücher gleiten, gleichmäßig hin und her, stumpfsinnig, so wie sie es immer tat, wenn die Sinnlosigkeit auf ihr lastete.

Ulrike saß allein am Küchentisch und blickte hinaus in die morgendliche Dämmerung. Die Schule sollte an diesem Montag erst zur dritten Stunde beginnen. Die gegenüberliegenden Plattenbauten verschwammen hinter den Regenfahnen. Über Nacht hatte sich das Wetter geändert, kündigte den kommenden Herbst an. Die plötzliche Nasskälte, begleitet von einem garstigen Wind, hatte aber auch ihr Gutes: Der Gestank der nahegelegenen Chemiefabriken verblasste für einen Moment, wurde vom nicht enden wollenden Regen weggewaschen, sammelte sich in bunt schillernden Pfützen zwischen den einzelnen Wohnblocks. Allerdings, die vom Himmel herabstürzenden Wassermassen flossen kaum noch ab, überschwemmten die Keller. Man hatte Bohlen auf Betonklötze gelegt, um die Hauptstraße einigermaßen trockenen Fußes erreichen zu können.

Ihre Eltern hatten bereits früh das Haus verlassen. Überhaupt sah Ulrike ihre Eltern in letzter Zeit eher selten. Von Montag bis Freitag, oft auch Samstags, wurden sie zum Schichtdienst eingeteilt. Sonntags gingen sie aus Überzeugung, wie sie es nannten, mal früher, mal später aus dem Haus und kamen erst spät am Abend wieder zurück.

Sie waren zwar nicht offiziell der Kirche beigetreten, aber es zog sie nach eigenen Angaben in die christliche Gemeinschaft. Sie suchten nach dem Wort des Herrn, wie sie sich neuerdings ausdrückten. In Ulrikes Ohren klang das alles weltfremd und noch seltsamer fand sie, warum ihre Eltern dazu ausgerechnet nach Leipzig fuhren. So wie sie von der Erfüllung in christlicher Gemeinschaft schwärmten, so wenig boten sie Ulrike an, sie auf diesem Weg zu begleiten. Die Tatsache, dass sie mit glühenden Augen jeden Sonntagabend zurückkamen, machte Ulrike neugierig und ein Stück weit auch ärgerlich, weil sie einfach so ausgegrenzt wurde. Andererseits hatte sie kein Interesse an Religion oder Glaube, hielt das alles für Lug und Trug, für Besänftigung der Massen. Und anstatt im stillen Kämmerlein zu beten, sollten sich ihre Eltern eher der aktiven Umgestaltung des maroden sozialistischen Bauerstaates widmen. Zwar ließen sie keine Gelegenheit aus, das bestehende System zu kritisieren, das aber nur mit Worten, denen keine Taten folgten.

Ulrike verkroch sich in ihrem Zimmer, holte ihre Schulbücher hervor, versuchte sich den Lernstoff für die bevorstehenden Klassenarbeiten einzutrichtern. Später stellte sie das Radio an und lauschte den Nachrichten aus aller Welt. Sie konnte es kaum noch abwarten. Sobald sie ihr Abitur in der Tasche hatte, würde sich in ihrem Leben Grundsätzliches ändern. Die Zeit bis dahin kam ihr schrecklich lang vor.

In der Schule wollte sie mit Maria reden, das gestrige Gespräch fortsetzen. Maria wirkte jedoch seltsam abweisend. Da es nach wie vor wie aus Eimern schüttete, hatte man kurzerhand in den Pausen im Schulgebäude zu bleiben. Maria war nirgends zu sehen. Kurz nach der letzten Stunde verschwand sie, ohne ein weiteres Wort zu wechseln. Ulrike ging zurück. Später, wie an jedem Abend, stellte sie jeweils drei Teller, Besteck und Gläser auf den Tisch, schnitt Brot und Käse auf und wartete auf ihre Eltern. Irgendwann klimperten die Schlüssel an der Haustür. Ein kühler Wind zog durch die geöffnete Haustür durch die Wohnung. Nur Momente später schauten ihre Eltern in die Küche.

»Ulrike, mein Schatz, alles klar? Wie geht's in der Schule? Was macht deine Freundin Maria?« Es waren Fragen, die eigentlich keine waren.

Ulrike sagte nichts, blieb in der Küche sitzen. Kurze Zeit später kam ihre Mutter aus dem Bad und setzte sich zu ihr. Ihr Vater war noch im Schlafzimmer damit beschäftigt, seine Kleider zu sortieren.

»Hey, alles klar? Ihr habt euch doch nicht etwa gestritten?«, wollte ihre Mutter wissen.

»Nein, wir streiten uns nicht. Wir sind wie Geschwister, das weißt du doch.«

»Gerade die streiten sich aber gerne.«

Ulrike verzog genervt das Gesicht. »Übrigens haben wir uns heute nicht getroffen. In der nächsten Woche hagelt es Klassenarbeiten.« Vielleicht war das sogar tatsächlich der Grund für Marias abweisendes Verhalten.

»Sonst lernt ihr doch auch immer zusammen«, wandte ihre Mutter ein.

»Nicht für die Schule. Wenn wir zusammen sind, spielen wir Gitarre und ...«

Ihre Mutter hob neugierig die Augenbrauen.

»Und wir lernen Englisch«, endete Ulrike.

»Englisch? Das ist gut, kann man immer brauchen«, pflichtete Johanna ihr wohlwollend und mit einem Lächeln bei.

Ulrike starrte sie entgeistert an. »Verdammt, hier aber nicht.« Das Lächeln ihre Mutter hatte sie unerwartet heftig aus der Haut fahren lassen. »Es muss sich etwas ändern. Schaut euch doch mal um. Dieser Mief, diese Stasischeiße, immer die Klappe halten müssen – und was macht ihr? Ihr betet zu einem Gott, den es gar nicht gibt.«

Ihre Mutter seufzte und machte ein ernstes Gesicht. »Du hast Recht, Ulrike, ich glaube, wir müssen reden.«

Inzwischen war es draußen dunkel geworden. Ulrikes Vater hatte den Streit mitbekommen und kam in die Küche. Schweigend ging er zum Fenster, zog die Vorhänge zu, als gelte es, alles abzuschotten, alles und jeden, der zuhören könnte. Dann setzte er sich zu den beiden an den Tisch.

Ulrike tat ihr Ausbruch schon wieder leid. »Es tut mir leid, Mama. Wollte dich und Papa nicht verletzen. Genau genommen ...«, lenkte sie etwas ruhiger ein.

»Ja?«, hakte ihre Mutter ungeduldig nach.

»Warum macht ihr das alles unter euch aus? Existiere ich nicht mehr in eurem Leben?«

Johanna lächelte sie an. »Aber natürlich, wir ..., wir machen das für dich.«

Ulrike sah ihre Mutter genervt an. Das war nicht die Antwort, die sie hören wollte. Ihre Eltern warfen sich einen schnellen und fragenden Blick zu – sie waren sich beide unsicher, wie weit sie gehen sollten mit der Wahrheit, die sie vor ihrer Tochter verbargen.

»Also gut«, fuhr ihr Vater schließlich nach weiteren Sekunden fort, »wie du weißt, leben wir in einem Staat, in dem Andersdenkende verfolgt werden. Und deshalb ...«

»Thomas!«, ging Ulrikes Mutter dazwischen. »Wir wollten das für uns behalten. Hast du das vergessen?«

»Ich meine, dass Ulrike ein Recht hat zu wissen, worum es wirklich geht«, widersprach ihr Mann mit einem Seufzen. Sie schauten sich eine Weile an. Johanna zog zweifelnd die Augenbrauen hoch, schüttelte den Kopf.

»Von was redet ihr eigentlich? Was soll ich nicht wissen?«, protestierte Ulrike dazwischen.

Ihr Vater nickte, sah sie an und fuhr mit gedämpfter Stimme fort: »Du kannst dich doch noch erinnern, was ich von dem armen Burschen damals in Bautzen erzählt habe.«

Nun wurde Ulrike doch ein wenig mulmig. »Klar. Immerhin ist das der Grund, warum wir jetzt in diesem trostlosen Kaff hier sitzen.«

»Genau. Und sicher erinnerst du dich auch, dass er eine Botschaft hinterlassen hat«, fuhr er fort.

»Du meinst auf dem Klopapier, mit Blut oder Scheiße geschrieben.«

»Ich bin es ihm schuldig«, sagte ihr Vater und sah sie weiter an.

»Was bis du ihm schuldig?« Ulrike zog fragend die Augenbrauen zusammen.

»Das Ganze flog damals auf, weil ich so dämlich war.«

»Du wolltest ihm doch nur helfen.«

»Das arme Schwein wollte mir etwas mitteilen und ich hab's vermasselt. Die Botschaft hing noch im Klo. Ich gehe davon aus, dass die ihn dafür zusätzlich bestraft, ihm vielleicht sogar weitere Jahre aufgebrummt haben. Was weiß ich.«

In Ulrike kämpften Ungeduld und Ärger. »Okay, okay, aber dafür geht ihr jetzt beten? Meint ihr, ihm damit vielleicht helfen zu können? Das interessiert ihn sicher herzlich wenig.«

»Vielleicht schon«, bemerkte ihre Mutter sanft lächelnd.

»Entschuldige, aber ...«, Ulrike sprang auf, »was nutzen ihm eure frommen Worte? Das ist doch lächerlich.«

Es legte sich eine gespannte Stille über alle.

»Es geht nicht ums beten ..., ich meine, nicht nur.« Ulrikes Vater suchte nach Worten, die alles erklären, aber nicht alles verraten sollten.

Ulrike setzte sich zurück an den Tisch.

»In Leipzig gibt es eine Gruppe, der wir uns angeschlossen haben. Widerstand. Wenn die Stasi das mitbekommt, sind wir dran. Die Kirche bietet uns Schutz«, fuhr er dann leise fort.

»Es geht euch gar nicht ums beten?« Ulrike sah ihre Eltern verwirrt an.

»Genau genommen schließt das eine das andere nicht aus. Es braut sich etwas zusammen und irgendwann werden wir auf die Straße gehen und protestieren«, versuchte ihr Vater die Situation zu erklären.

»Und warum sagt mit keiner etwas?«, fragte Ulrike erneut.

»Wissen belastet«, entgegnete ihr Vater trocken.

»Glaubst du wirklich, Papa, dass ich dich und Mama verpfeifen würde?«

Ihr Vater sah sie eindringlich an. »Du kennst nicht ihre Methoden. Sie sind geschickt. Du verstrickst dich ruckzuck in Widersprüche. Die verhören dich so lange, bist du das sagst, was sie wissen wollen.«

»Du redest von Folter?«, hakte Ulrike nach. Sie kannte die Antwort bereits.

»Die sind zu allem fähig. Es geht schließlich um deren Kopf und Kragen.«

»Und wer sind die?«

Ihre Eltern schauten sich an, als ob sie nicht alles preisgeben wollten. Sie wussten, warum.

»Wenn man das so genau wüsste. Inoffizielle Mitarbeiter der Staatssicherheit«, sagte Johanna leise.

Ulrike lehnte sich zurück und biss sich auf die Unterlippe. Sie ahnte den Widerspruch ihrer Eltern bereits. »Ihr müsst mich mitnehmen«, verlangte sie trotzdem.

»Das geht nicht. Noch nicht«, entgegnete ihre Mutter energisch.

»Wieso? Es ist mein Leben.«

»Wir können dich da nicht mit hineinziehen. Es ist gefährlich. Das musst du verstehen«, pflichtete Ulrikes Vater Johanna bei.

»Und was soll ich eurer Meinung nach tun?« Ulrike hörte selbst die Empörung und Provokation in ihrer Stimme.

»Nichts. Am besten, du vergisst das alles«, sagte ihr Vater betont sachlich.

Ulrike schüttelte den Kopf. Sie wollte protestieren, wusste aber, dass es zwecklos war. Weiter würde sie jetzt nicht kommen, sie stieß bei ihren Eltern auf Beton.

In der Nacht wirbelte ihr alles durch den Kopf. War es gut, dass ihre Eltern sie eingeweiht hatten? Sie war im Grunde selbst schuld, hatte ihnen die Pistole auf die Brust gesetzt, hatte sie beleidigt. Wenn sie nichts gesagt hätten, wenn sie bei der rein religiösen Geschichte geblieben wären, wäre es vielleicht zum Bruch zwischen ihr und ihren Eltern gekommen. Wissen belastet. Vielleicht hätte sie es bei der letzten Warnung ihres Vaters belassen sollen, hätte die Botschaft verstehen müssen. Und jetzt stand sie vor dem nächsten Problem. Maria und sie hatten vereinbart, sich alles zu erzählen. Jetzt musste sie erkennen, dass Vertraulichkeit und Offenheit unvereinbar waren. Sie würde sich irgendwann, vermutlich bereits sehr bald, entscheiden müssen.

»Was ist denn hier los? Kann mir mal einer eine Antwort geben?« Maria versuchte ihre Eltern aus ihrer Lethargie zu reißen. Mühsam stemmt sich ihr Vater mit den Händen auf, griff in die Tasche und holte ein zerknäultes Papier hervor. Es hatte erst auf den zweiten Blick etwas Offizielles – blauer Stempel, Unterschrift und über allem prangte das Wappen mit den von einem Ährenkranz eingerahmten Insignien der DDR, Hammer und Zirkel. Maria überflog rasch das Schreiben.

Sehr geehrter Herr Münkwitz, sehr geehrte Frau Münkwitz
In Erwartung dessen, dass ihre Tochter Maria in Bälde volljährig wird und nun bereits mit der Jugendweihe das Erwachsenenalter erreicht hat, ist davon auszugehen, dass sie demnächst das elterliche Haus

verlassen wird. Die Wohnung, in der Sie derzeit wohnen, erscheint für einen Zweipersonenhaushalt zu groß. Ferner besteht, wie Sie ja wissen, erheblicher Sanierungsbedarf. Wir dürfen Ihnen aus diesem Grunde mit großer Freude berichten, dass wir Ihnen eine Neubauwohnung in Halle Neustadt zugedacht haben. Da auch Sie beide inzwischen ein gesegnetes Alter erreicht haben, können Sie von den Annehmlichkeiten eines Aufzuges und einer in der Wohnung befindlichen Toilette profitieren. Ihre derzeitige Wohnung wird dem sozialistischen Gemeinwohl entsprechend einer Familie mit zwei Kindern zustehen.
Wir gehen davon aus, dass der Umzug zum Anfang des kommenden Monats vonstattengehen wird.
Mit freundlichen Grüßen und im Auftrag
Rat der Stadt

Keine Unterschrift, niemand wollte persönlich verantwortlich sein. Maria musste den Brief zweimal lesen, um seine Tragweite zu verstehen. Erst hatte man sie des Gartens enteignet und nun auch der sich seit Jahren in Familienbesitz befindlichen Wohnung. Es war das endgültige Aus einer langen Familientradition. Sie dachte an die Wohnung, in der Ulrike mit ihren Eltern wohnte. Niemals würden die schweren Möbel, geschweige denn die Bibliothek dort Platz finden. Sie müssten sich von fast allem trennen, vor allem jedoch von ihrem bisherigen Leben.

Wie betäubt ließ sich Maria neben ihrem Vater nieder und legte ihm die Hand auf die Schulter. »Und jetzt? Was machen wir jetzt?«, wollte sie wissen. Es war eine Frage, die keiner Antwort bedurfte, weil ihnen die Antwort bereits abgenommen worden war.

Der Umzug in die neuen Plattenbauten erfolgte innerhalb weniger Tage. Fast alles mussten sie zurücklassen. Marias Vater ging aus dem Haus, ohne auch nur ein Buch mitzunehmen. Er hatte mit seinem alten Leben abgeschlossen. Erinnerungen, so sagte er, als er die Wohnung zum letzten Mal verließ, würden schmerzen, nichts weiter.

Da Maria in der neuen Wohnung praktisch nicht vorgesehen war, bestand diese nur aus zwei Zimmern, einem Wohnzimmer mit angrenzendem Schlafzimmer sowie einer Kammer, eigentlich als Abstellraum gedacht, in der Marias Bett gerade noch Platz fand. Zwischen Toilette und

Dusche konnte man sich allenfalls auf der Stelle im Kreis drehen. Aber zumindest hatten sie zum ersten Mal eine Dusche und eine Toilette in der Wohnung. Die Küche war schlauchförmig eng. An ihrem Ende vor einem Fenster standen ein kleiner Tisch und zwei Stühle. Wenigstens das Biedermeier Sofa hatten sie mitnehmen können. Gegenüber der Spüle wurde es wie das letzte Puzzlestück hineingezwängt.

Der Aufzug funktionierte nur an wenigen Tagen, so dass Marias Vater praktisch gar nicht mehr vor die Tür ging. Auch an den gelegentlichen Treffen mit dem Schriftstellerverband nahm er nicht mehr teil. Der defekte Aufzug schien dafür sogar ein willkommener Anlass zu sein. Obwohl er öfters danach fragte, waren sich Maria und ihre Mutter einig, Alkohol aus dem Haushalt zu verbannen. Auch ohne betrunken zu sein, war ihr Vater von Woche zu Woche immer weniger ansprechbar. Das Bügelbrett der Mutter versperrte das halbe Wohnzimmer, so dass sich Maria, dem Plan der Partei entsprechend, oft deplatziert vorkam.

So vergingen Wochen und Monate, in denen nur das Kindergeschrei aus der Nachbarwohnung signalisierte, dass das Leben irgendwie weiterging. Selbst das Weihnachtsfest, das früher im Hause Münkwitz immer ein festlicher Höhepunkt war, glitt an Maria und ihren Eltern vorbei wie eine lästiges Pflichtprogramm. Erst als der Frühling sich unverkennbar zu Wort meldete, war ein hoffnungsvolles Aufatmen zu spüren. Vielleicht war es aber auch nur die Natur, die wieder anfing zu atmen. Das blendende Gelb der Forsythien gepaart mit dem zarten Grün des Hartriegels ließ sich auch von böig einfallenden und noch immer eisigen Märzstürmen nicht aufhalten.

Früher als zu Marias Geburtstag erwartet, traf Onkel Jups Paket ein. Es enthielt einen Fernsehapparat, mit dem sich einiges änderte. Wenn Maria früher gelegentlich zum Lernen bei Klassenkameradinnen war, deren Eltern über einen solchen Apparat verfügten, wurde, sobald sie in die Wohnung kam, das Programm rasch um- oder in Gänze abgeschaltet. Alle schauten die Tagesschau im Ersten, jeder wusste es, obwohl niemand es wissen durfte. Aufgrund der hohen Nachfrage, den Blick in den Westen richten zu wollen, war es nicht schwer, einen Elektriker aufzutreiben, der, zwar illegal und nur gegen Bares, eine dafür notwendige Antenne auf dem Dach montierte. Es war eine von vielen. Dicht gedrängt schienen sie sich nach den grau dahinjagenden Wolken auszustrecken, an ihren regenschwangeren Bäuchen zu kratzen. Früher, als sie noch in der Altstadt wohnten, hatte Maria beim Anblick der bizarren Drahtgestelle oft an Sonnenblumen gedacht, die sich nach Wärme und Licht suchend dem Lauf der Sonne zuwandten. Erst Ulrike hatte ihr dahingehend die Augen geöffnet, dass sie sich nicht nach der Sonne orientierten, sondern vielmehr starr nach Westen blickten. Nun reihten sich auch ihre Eltern unter die Antennenbesitzer.

Für Maria, die den Umzug mit einer seltsamen Gleichgültigkeit über sich hatte ergehen lassen, löste sich mit dem Fernseher einige Probleme. Ihr Vater verlangte nicht mehr nach der Flasche, ihre Mutter deutlich seltener nach dem Bügeleisen. Hin und wieder kamen sogar Gespräche auf, die das Zeitgeschehen oder den letzten Tatort zum Thema hatten. Auch fiel es Maria leichter, ihre Eltern am Wochenende allein zulassen und sich mit Ulrike zu treffen, da der neue flimmernde Freund für dauerhafte Ablenkung sorgte.

Und dennoch, die anfängliche Begeisterung verflog bald, zumindest bei Maria. Während der Widerschein des Apparates für ihre Eltern eine willkommene Abwechslung von der täglichen Tristesse in Form einer immerwährenden Abfolge berauschender, betäubender Illusionen blieb, empfand Maria die vorgespielte Welt zunehmend als eine Belastung. Je mehr die glitzernden Bilder ungefiltert in sie eindrangen, desto mehr quälte sie das, was sie schon immer wusste, bislang aber erfolgreich verdrängen konnte: die Erkenntnis, auf der falschen Seite zu stehen, in eine verlogene Welt hineingeboren zu sein, aus der es kein Entrinnen gab.

Es gab nur noch eines, was ihr für einen kurzen Zeitraum inneren Frieden verlieh – mit Ulrike auf einem der Dächer ihrer Wohnblocks zu sitzen, zu reden, zu singen und zu träumen. Vielleicht war es nur das berauschende Gefühl, über allem zu stehen, hoch hinaus zu können, weg von allem, was sie bedrückte.

Es war einer dieser tristen Nachmittage, an denen Ulrike und Maria nachdenklich zum Horizont blickten, hinüber zu den nahe gelegenen Chemiekombinaten, die wieder einmal ihren Dreck in den Himmel schleuderten, deren lange Schlote alles überragten, als könnten sie damit das graue Gift, das von ihnen ausging, ungeschehen machen. Sie hatten sich gegen Wind und Wetter ausgerüstet. An diesem Tag war es jedoch für die Jahreszeit ungewöhnlich warm.

»Würdest du nicht auch gerne fliegen können?« Maria stand auf, breitete die Arme aus. »Fliegen wie ein Vogel?« Der Kies unter ihren Füßen knirschte, als sie langsam immer weiter zur Kante ging. Ein Gitter oder ein Geländer gab es nicht. Nur wenige Schritte trennten sie vom Abgrund. Sie stand da und sang:

«And still we fly, fly, fly
... high, high, high
We shall never fall
Behind the yellow brick wall«

Ulrike, die bis dahin nachdenklich an Marias Gitarre gezupft hatte, erschrak. Sie hatte sich nie bis zur Kante vorgewagt. Zu sehr quälte sie die Höhen- oder Tiefenangst. Welche von beiden schlimmer war, wusste sie nicht. Es war ohnehin nur eine Frage der Perspektive. »Maria, was machst du da? Komm zurück. Du kannst nicht fliegen.«

»Bist du dir da sicher, Ulrike? Wir können alle fliegen, manchmal nur für einen kurzen Moment und dann ist alles vorbei.« Maria schwankte vor und zurück, bewegte ihre Arme wie ein Vogel, schaute zum Himmel. Es wäre ein Leichtes gewesen, nur ein kleiner Schritt ...

Ulrike stand auf, schlich sich von hinten an sie heran, griff nach ihrer Schulter und zog sie sanft zurück.

Maria zuckte zusammen. Es war, als erwache sie aus einem schönen, einem grausamen Traum. Die Grenzen verwischten. Sie drehte sich um und umarmte Ulrike. Für einen Moment standen sie so einfach nur da. Sie spürten ihre Körper, ihre Wärme, ihr Leben.

Gemeinsam sanken sie zu Boden. Maria legte ihren Kopf auf Ulrikes Schoß, die ihr sanft durch die Haare strich. »Willst du meine neue Strophe hören?«, fragte Maria verträumt. »Ich habe sie für dich geschrieben.« Ulrike nickte und lächelte Maria dabei kopfschüttelnd an. Maria begann leise zu singen:

«Free, free, only free
Why, father, why can't I be
You know that I had no choice
Not to cry, not to shout, but silence my voice."

»Wie machst du das nur?«, wollte Ulrike wissen.

»Was meinst du?«

»Es ist, als könntest du dich auf dich selbst reduzieren, alles ausblenden, nur noch in der Fantasie leben.«

Maria setzte sich auf, beugte sich nach vorne, schüttelte den Kopf.

»Das sieht nur so aus. Hier drin«, Maria klopfte sich auf die Brust, »hier drin ist alles anders. Ich wollte dir das schon immer sagen, Ulrike. Ich muss hier raus.«

»Wie meinst du das?«

»Einfach weg. Oma Hedde hat mir alles erzählt, von Paris, New York, Asien.«

»So einfach geht das nicht«, erwiderte Ulrike nachdenklich.

»Das ist doch scheiße!« Maria sprang auf, ballte die Fäuste, trat gegen eine Antenne, die bedenklich in ihrer Verankerung wackelte. »Diese Idioten können mich doch nicht einfach hier festhalten. Das hier ist alles ein großes Gefängnis.« Sie machte mit den Armen eine umfassende Geste.

»Wenn sie dich schnappen, kommst du in den Knast«, entgegnete Ulrike seufzend.

»Na und wenn schon. Ich habe gehört, die kaufen einen frei.«

»Wer sind die?«

»Na, die im Westen.«

»Und du meinst, dann geht es dir besser?«, entgegnete Ulrike fragend.

»Ich weiß nicht. Aber ich will alles andere sehen, nur nicht mehr diesen Dreck hier, diese Schornsteine, diese Spießer in der Schule. Diese SED-Spinner, diese Stasibande ... Alles Verbrecher.«

»Wie willst du das anstellen? Du kommst noch nicht einmal bis zur Grenze, geschweige denn nach drüben. Ich habe gehört, dass die schießen, wenn es sein muss«, versuchte Ulrike sie mit Argumenten auf den Boden zurückzuholen.

»Ich hab dir doch von Onkel Jup erzählt, unserem Westbesuch. Ich muss nur ein kleines Signal geben. Onkel Jup organisiert mir einen Schlepper.«

»Dein verhasster West Onkel?«

»Ja, er ist grässlich. Aber er hat verdammt noch mal Recht. Hier versaure ich; und du auch. Lass uns abhauen, du und ich. Wenn ich allein gehe, dann geht's dir an den Kragen. Die wissen, dass wir zusammenhängen. Spätestens diese blöde Ziege Lisa wird uns verpfeifen.«

Ulrike erwiderte ihren Blick nachdenklich. »Und die Eltern?«, fragte sie langsam.

»Rentner, werden bald sowieso in den Westen abgeschoben. Die sind doch froh, ein paar Rentenzahlungen weniger am Hals zu haben.«

»Deine Eltern vielleicht«, erwiderte Ulrike seufzend, »aber meine sind ein paar Jahre jünger. Die machen denen das Leben zur Hölle. Sie kommen vielleicht hinter die gelben Mauern.«

Maria überlegte nur kurz, sah in den Himmel und dann wieder Ulrike an. »Dann sollen sie halt auch mitkommen.«

Ulrike lachte und schüttelte den Kopf. »Also, dein Onkel Jup kann ja einen Reisebus organisieren. Ich bin sicher, dass wir den vollkriegen.«

Maria schüttelte energisch den Kopf. »Ulrike, schau dich doch um. Was wollen wir hier?«

Es fing wieder an zu regnen.

»Komm, Maria, wir müssen gehen.« Ulrike stand auf, wollte zur Klappe.

Maria sprang ihr hinterher, hielt sie fest. »Warte, du bist mir eine Antwort schuldig.«

Ulrike überlegte kurz, dann nickt sie. »Pass auf, ich sag dir was. Einfach weg, das ist nicht mein Ding. Wir müssen uns zur Wehr setzen, die Klappe aufreißen. Wir dürfen uns das alles nicht gefallen lassen.«

»Das hat doch alles keinen Sinn. Wir verschwenden unsere Zeit, unsere besten Jahre«, insistierte Marie mit eindringlichem Blick.

»Maria, wir dürfen jetzt nicht kopflos sein. Ich glaube, da tut sich was. Dieses System wird kippen, früher als du denkst«, entgegnete Ulrike beschwörend.

»Das dachten meine Eltern auch, 1953. Und dann kam der Russe. Das ist fünfunddreißig Jahre her. Fünfunddreißig verlorene Jahre. Und jetzt sitzen die da unten wie ausgestopft und dröhnen sich mit dem voll, was ihnen während ihrer besten Jahre verlorengegangen ist. Und sie merken es noch nicht einmal.«

Ulrike nickte und wollte Maria einweihen in das, was ihre Eltern planten. Sie wollte ihr jene Hoffnung geben, nach der sie sich zerfleischte. Aber sie sagte nur: »Maria, vertrau mir. Einverstanden?«

Maria starrte sie an. »Vertrauen? Wie kann ich dir vertrauen, wenn wir einfach nichts tun? Und deine Eltern? Du sagtest, sie hätten ihren Seelenfrieden in der Kirche gefunden. Das ist doch alles nur Illusion, so wie dieses verdammte Fernsehen. Wo ist der Unterschied? Meine Eltern haben auch damals ihrem Pfarrer vertraut. Und weißt du, was passiert ist?«

»Ich weiß, Maria, du hast es mir schon so oft erzählt.«

»Und denen willst du noch vertrauen? Ich kann das nicht, niemals! Ich muss hier raus, weg, über die Grenze.« Maria ballte die Fäuste, ihr Gesicht, ihr Körper bebte.

Ulrike spürte einen Kloß der Verzweiflung in der Kehle und nahm sie in die Arme, während der Regen auf sie herabprasselte.

Kurze Zeit später schlichen sie zurück in Ulrikes Zimmer. Ohne eine Widerrede abzuwarten, öffnete Ulrike ihren Kleiderschrank und drückte Maria ein paar trockene Klamotten in die Hand. »Hier, müsste dir passen, und dann gehen wir ein Eis essen.«

Maria wollte erst protestieren, sie war nicht in der Laune, sich einfach ablenken zu lassen. Sie musste jedoch einsehen, dass Ulrike Recht hatte. Es gibt Dinge, die man ändern konnte, manche früher, manche später. Im Moment konnte nichts geändert werden.

Als es aufgehört hatte zu regnen, gingen sie los. Die Luft wirkte für einen Moment reingewaschen, der Schaum auf der Saale, die sie entlang der Mansfelder Straße Richtung Innenstadt gewissermaßen zweimal überquerten, war vom Regen in sich zusammengefallen oder an den Uferrand gedrängt. Der blaue Himmel versuchte sich im trüben und träge dahinfließenden Wasser zu spiegeln. Die Abendsonne quälte sich durch die letzten Regenwolken. Es fühlte sich gut an, wie ein Aufbruch, der Marias und Ulrikes Stimmung aufleben ließ.

»Maria, bist du das?«, fragte da plötzlich eine Stimme, die Maria sehr vertraut war.

Sie drehte sich um und blieb wie angewurzelt stehen. Wie lange hatten sie sich nicht mehr gesehen? Der Schmerz, dass Alex einfach sang- und klanglos aus ihrem Leben verschwunden war, steckte ihr, wie sie nun schlagartig merkte, noch immer in den Gliedern. Und jetzt stand er da, als wäre keine Zeit vergangen. Fast wäre sie auf ihn zugesprungen, hätte ihn umarmt und geküsst, so wie sie es immer getan hatte, damals, vor ihrer einzigen und letzten großen Auseinandersetzung. Er sah unverschämt gut aus. Er wirkte etwas größer, als sie ihn Erinnerung hatte, schlank, sportlich. Seine schwarzen, glänzenden Haare umrahmten sein kantiges Gesicht, seine etwas zu groß geratene und damit umso männlicher wirkende markante Nase. Fast hätte sie seine Pioniersuniform übersehen, die im letzten Moment unschöne Erinnerungen weckte.

»Alex? Du hier?«, brach es aus ihr heraus.

Befangen blieb er vor Maria stehen und beobachtete Ulrike aus den Augenwinkeln.

Maria lag es auf der Zunge, sein plötzliches Verschwinden, den Umzug, von dem er damals bereits schon länger gewusst haben musste, anzusprechen. Aber es war nicht der rechte Moment für eine Standpauke, nicht in Anwesenheit von Ulrike, zumal sie selbst ihm gegenüber einiges zu entschuldigen hatte.

»Ich wusste gar nicht, dass du eine Schwester hast«, sagte Alex unbedarft und streckte Ulrike seine Hand hin, die verlegen einschlug. »Alex, und wie heißt du?«

»Ulrike, Ulrike Sonnemann. Maria und ich, wir sind keine Geschwister, auch wenn wir so aussehen. Wir gehen in dieselbe Klasse. Und wer bist du?«

»Das ist Alex. Wir waren mal befreundet«, kam Maria ihm zuvor.

»Ulrike Sonnemann, ein schöner Name«, entgegnete Alex verlegen und wollte Marias Kommentar, ihr Waren-mal-befreundet erst ignorieren, überlegte es sich dann aber doch anders. »Was Maria betrifft, ich hoffe, wir ..., wir sind noch befreundet. Wir sind in derselben Straße aufgewachsen. Dann sind meine Eltern Knall auf Fall weggezogen und ich ging von einem Tag auf den anderen in eine andere Schule.«

»Weggezogen, wohin?«, wollte Ulrike wissen.

»Sein Vater wurde innerhalb der Partei befördert, Politbüro«, antwortete Maria, erneut schneller als Alex. Sie dachte an ihr Gespräch auf dem Dach, wollte nicht, dass Ulrike auch nur den Anschein erwecken könnte, mit den Zuständen in der DDR unzufrieden zu sein. Alex stand auf der anderen Seite, daran gab es für Maria nichts zu rütteln.

Alex funkelte Maria verärgert an. »Nicht gerade Politbüro. Aber wenn du es genau wissen willst, mein Vater hat etwas zu sagen in der Partei. Ist halt so. Andere wären stolz drauf.«

»Du nicht?«, fragte Ulrike unbeirrt.

Maria stieß ihr in die Seite, damit sie nicht weiter fragte.

»Wie man es nimmt. Man hat gewisse Vorteile, die am Ende doch keine sind.« Alex schaute Maria von der Seite an. Der Konflikt, nach wie vor auf zwei Seiten zu stehen, daran gab es für ihn keinen Zweifel, war deutlich aus seinem Gesicht abzulesen.

Maria fühlte sich plötzlich miserabel, ärgerte sich über ihren voreiligen und verbissenen Versuch, Ulrike über Alex aufzuklären zu müssen. Im Grunde konnte er so wenig für seine wie Ulrike und Maria für ihre Familien.

Aber Alex schüttelte den Kopf und musste plötzlich breit grinsen. »Darf ich euch beide zu einem Eis einladen?«

»Gerne«, antwortete Ulrike spontan, bevor Maria ihren Kommentar und ihre Absage auch nur ansatzweise formulieren konnte.

Alex sah die beiden auffordernd an. »Na, das passt doch gut. Ich musste vorhin wegen des Regens mein Moped in der Stadt stehen lassen. Also dann, Mädels ...«

»Mädels«, grummelte Maria vor sich hin. Es war eine Mischung aus Wut und Schmetterlingen im Bauch.

Wenig später auf dem Marktplatz besorgte Alex drei Eisbecher mit Vanilleeis. Die Becher waren aus Pappe, orange, mit stilisierten blauen Schneeflocken darauf. Sie ließen sich auf dem Platz zwischen dem Wahrzeichen der Stadt Halle, dem Roten Turm und der ehrwürdigen Marktkirche »Unser Lieben Frauen« nieder. Schweigend aßen sie ihr Eis. Maria fühlte sich zwischen neu aufflackernden Gefühlen für Alex und dem Ärger, der hinter ihnen lag, hin- und hergerissen. Einfach wegducken, ihre widersprüchlichen Gefühle ignorieren, war nicht möglich. Zu sehr nagte die Ablehnung, die sie von seiner Familie erfahren hatte und vielleicht weiter erfahren würde. »Wusstest du, Alex, dass Georg Friedrich Händel hier getauft wurde, bevor er nach England auswanderte?«, beendete sie schließlich das Schweigen.

»Klar, weiß doch jedes Kind in Halle.« Alex musterte sie und ahnte bereits, worauf sie hinauswollte.

»Wusstest du auch«, fuhr Maria mit einem provozierenden Blick fort, »dass Martin Luther hier dreimal predigte, sich gegen seine Obersten auflehnte, ausgerechnet hier?«

Er nickte. »Das ist lange her, Maria.«

»Das schon, aber ... stell dir vor, Händel hätte nicht nach England gehen dürfen und Martin Luther hätte die Klappe halten müssen ...«

»Herrgott, Maria, lass doch mal gut sein.« Ulrike sprang auf und funkelte Maria an. »Ich glaube nicht, dass Alex uns zum Eis einlädt, um sich deine Sticheleien anzuhören.«

Alex seufzte und zog die Augenbrauen hoch. Dann stand auch er auf, blickte sich nach allen Seiten um, danach abwechselnd zu Ulrike und Maria, und sagte leise: »Ist schon gut, Ulrike. Im Grunde hat Maria Recht. Reisen, reden, das wollen wir doch alle, nicht wahr, Maria? Es wird Zeit, dass wir reden.«

»Und reisen?«, versuchte es Maria erneut und weniger leise. Sie sah mit schmalen Augen zu ihm auf. »Wie steht es damit, Alex? Was sagt dein Papa dazu?«

»Die Zeiten ändern sich, glaub mir.«

Maria erhob sich jetzt ebenfalls, hielt die Luft an, als ein älteres Ehepaar dicht an ihnen vorbeiflanierte. »So, die Zeiten ändern sich«, flüsterte sie, als die beiden außer Hörweite waren. »Fragt sich nur, wann? Morgen oder erst, wenn ich so alt bin wie meine Eltern? Wenn ich mir deinen Aufzug so ansehe, Thälmann-Pioniere, nicht wahr, dann glaube ich nicht, dass sich die Zeiten ändern werden.«

»Maria, bitte.« Er blickte sich erneut unsicher nach allen Seiten um. »Wir müssen reden, aber ... nicht hier. Du fährst doch sicher auch im Sommer mit der Schule an die Ostsee. Ist doch üblich, so ein Jahr vor dem Abi, zu den Pionieren, und da könnten wir ...«

»Ferienlager, nicht zu den Pionieren«, fiel sie ihm ins Wort.

Alex nickte enttäuscht. »Na gut, aber bis dahin ... Ich weiß, du magst mein Motorrad nicht, aber vielleicht könnte ich dich mal abholen. Wald, Felder und so, da können wir über alles reden.«

Ulrike zwinkerte Maria zu, das Angebot nicht auszuschlagen. Sie kannte jedoch nicht die Vorgeschichte. Maria überlegte. Vielleicht gab es doch eine Möglichkeit, wieder zusammenzukommen. Immerhin hatte sie ihn in den letzten Minuten heftig provoziert, ohne dass er ihr das gleich übelgenommen hätte. Wo stand er wirklich, fragte sie sich immer wieder. Reden konnte sie ja mal mit ihm, das war ein guter Anfang. »Na gut, Alex, und ... es tut mir leid, wenn ich so ..., so spitzfindig war.«

»Ist schon in Ordnung.« Er überlegte angestrengt. »Wir könnten uns auch vorher schon treffen, in der Disko. Die Schorre, da treffen sich alle.«

Maria schüttelte den Kopf. »Lieber nicht, zu laut und gerade, weil sich alle da treffen. Einsame Felder wären mir lieber.«

»Na dann, wenn's Wetter stimmt, hole ich dich ab. Einverstanden?« Er lächelte breit.

Maria nickte. Etwas lag ihr noch auf der Zunge. »Da wäre nur noch eine Sache.« Alex schaute sie gespannt an. Sie musste selbst grinsen, als sie die Frage stellte: »Mit oder ohne Helm?«

Ulrike verstand nichts.

Alex schüttelte lächelnd den Kopf. »Du änderst dich wohl nie, Maria. Was soll ich sagen? Natürlich ohne Helm.«

Maria lächelte verschmitzt zurück. »Das werde ich mir aufschreiben. Ich schreibe alles auf, musst du wissen. Und ich warne dich, Alex, mein Tagebuch vergisst nichts. Kann später alles gegen dich verwendet werden.«

»Du schreibst Tagebuch?«, wollte Alex wissen, runzelte fragend die Stirn.

Maria nickte. Sie hätte es nicht erwähnen dürfen. Rasch wechselte sie das Thema. »Also gut, dann mal ohne Helm. Nach der Schule oder bei uns zu Hause. Du weißt ja sicher, dass wir neuerdings in der Platte wohnen.«

Es war fast wie damals am Sandkasten. Dass sie beobachtet wurden, merkte Maria nicht. Hätte sie sich umgedreht, wäre ihr ein bekanntes und verhasstes Gesicht aufgefallen.

Marias siebzehnter Geburtstag kam wie jeder andere Tag. Der 17. Juni 1988 fiel auf einen Samstag. Sie lag in ihrem Bett in der winzigen Kammer und lauschte. Es war still. Fühlte sich so der Tod an? Sie schauderte bei dem Gedanken an eine sinnlose, niemals endende Ewigkeit. Das Treffen mit Alex lag bereits zwei Wochen zurück. Bislang hatte er sich nicht gemeldet. Ulrike hatte immer wieder auf sie eingeredet, Geduld zu haben. Außerdem stand die Abfahrt zur Ostsee unmittelbar bevor. Irgendwann würde er kommen, wenn nicht vor der Ostsee, dann danach. Dass es ganz anders kommen würde, konnten beide nicht ahnen.

»Zum Geburtstag viel Glück, zum Geburtstag ...« Es klang schrecklich und doch irgendwie rührend. Ihre Eltern hatten behutsam die Tür zu ihrem Verschlag geöffnet und standen im Pyjama vor ihr. Die zerzausten Haare ihrer Mutter, das zerknautschte Gesicht ihres Vaters, sie hätte lachen können, seit langer Zeit mal wieder. Aber es wäre ein verletzendes Lachen gewesen. Sie richtete sich auf und strahlte ihre Eltern dankbar an. Gerade dieser seltsame Moment führte ihr vor Augen, dass sie ihre Eltern liebte. Beide hielten eine Kerze in der Hand, schauten erwartungsvoll lächelnd auf sie herab. Maria lächelte zurück. Es waren nur ein paar Schritte bis zum Wohnzimmer. Auf dem Tisch standen ein Blumenstrauß, ein Kuchen und ein flaches Paket. Von Onkel Jup, wollte sie fragen, biss sich aber vorher auf die Lippe.

»Es ist nicht viel, aber ...« Ihr Vater war in den letzten Wochen auffällig gealtert. Gebeugt nahm er das Paket. Bevor er es Maria übergab, hob er erneut an: »Mutti hat dir deinen Lieblingskuchen gebacken. Nusskuchen. Und die Rosen magst du doch auch, oder?«

Maria setzte sich an den Tisch, ihr war plötzlich nach Weinen zumute. In den letzten Wochen hatte sie mit ihren Eltern abgeschlossen, hatte sie nur noch vor der Glotze erlebt. Jetzt schämte sie sich für ihre schäbigen Gedanken. Sie spürte, wie ihre Knie weich wurden. Sie setzte sich auf einen Stuhl. Ihr Vater reichte ihr das Paket. Er hatte es notdürftig verpackt, mit Zeitungspapier und einer Schleife. Und gerade deshalb wirkte es so liebevoll.

»Danke Mama, danke Papa. Ich hab euch lieb.« Maria spürte ihre Wangen feucht werden und wischte sich mit dem Handrücken über das Gesicht.

»Willst du es nicht aufmachen?«, fragte ihre Mutter.

Maria sah ihre Eltern an, die am Tisch vor ihr standen. »Doch, doch.«

Sie nickte und zupfte an dem zerknitterten Papier, das sich leicht lösen ließ. Es war ein Buch, das konnte sie bereits vorher erahnen. Sie erwartete schöne Bilder von fremden Ländern, vielleicht Natur, ferne Städte, Geschichten, die sie vielleicht an Oma Hedde erinnern sollten. Ihre Eltern wussten, wie sehr ihr der Tod von Oma Hedde nahegegangen war. Der Umschlag des Buchs war kunstvoll gestaltet, Goldprägung. Es war die unverkennbare Handschrift ihres Vaters von damals, als er noch in der Druckerei arbeitete. Andächtig schlug sie die Seiten auf. Sie waren leer. Ein helles Weiß, ein paar zarte Linien strahlten ihr entgegen, sonst nichts. Im ersten Moment war sie verwirrt, klappte den Deckel zu, betrachte nochmals den Umschlag. Tagebuch, stand ihn großen geschwungenen Buchstaben darauf, darunter klein und leicht übersehbar: von Mama und Papa.

Ihr Vater setzte sich zu ihr, legte den Arm um ihre Schulter. »Du hattest schon immer eine großartige Fantasie. Du konntest gut schreiben und, wie wir jetzt wissen, kannst auch wunderschön singen. Und manchmal ist es im Leben wichtig, wenn man das alles niederschreibt, wenn man seine Gedanken ordnet. Irgendwann wirst du zurückblättern, dich an Dinge erinnern, die du längst vergessen geglaubt hast und die doch noch da sind. Du wirst nach vorne schauen und dir Dinge vornehmen, Pläne aufschreiben, die bis dahin undenkbar erschienen.«

Maria legte ihre Hände auf den kunstvoll gestalteten Buchdeckel und strich zärtlich darüber. Obwohl die Seiten leer waren, so schienen sie doch angefüllt mit Gedanken, mit der Liebe ihrer Eltern. »Ich weiß nicht, was ich sagen soll. Es ist ... das Schönste, was ich je bekommen habe.« Dass sie bereits an einem Tagebuch schrieb, erwähnte sie nicht. Sie würde das bisher Geschriebene fein säuberlich übertragen.

Ihr Vater nickte ihr zu und erhob sich wieder.

Auch Maria stand auf, umarmte beide Eltern gleichzeitig. Es hatte sich noch nie so nah angefühlt.

Wenig später stellte ihre Mutter eine dampfende Kanne auf den Tisch, an dem sie dann alle drei saßen. »Pfefferminztee. Er stammt noch von Oma Hedde und wächst auf unserem kleinen Balkon.«

Maria hatte den kleinen Austritt, mehr war es nicht, bislang gemieden. Vielleicht war es die Erinnerung an den Balkon ihrer alten Wohnung, den sie wegen Einsturzgefahr nie betreten durfte. Sie war froh, dass es keinen Kaffee gab, weder richtigen von Onkel Jup noch Erichs Krönung, wie man den Kaffeeersatz vom Konsum unter der Hand titulierte. Der Kuchen schmeckte köstlich, obgleich die kleinen Schokoladenstückchen, die sie an ihrem geliebten Nusskuchen so schätzte, diesmal fehlten. Er schmeckte auch ohne Schokolade. Vielleicht sogar noch etwas süßer.

Ihr Vater fing an zu erzählen. Er wirkte wie aufgewacht aus einem trägen Schlaf. Das Tagebuch habe er gestaltet, als die Druckerei noch existierte. Damals behielt er es für sich, wollte es aufheben bis zu dem Tag, an dem Marias Gedanken ihren Platz darin finden würden. Als sie ausziehen mussten, habe er es aufgrund der Ereignisse glatt vergessen, im Regal zurückgelassen. Und dann sei es ihm vor Kurzem wieder eingefallen. Er ging zurück in die Altstadt, klingelte, erbat Einlass in ihre alte Wohnung. Herr Schulz sah ihn im Treppenhaus und wollte ihn zurückhalten. Er ließ sich jedoch nicht beirren. Ein freundlicher Mann, Vater einer Familie mit zwei kleinen Kindern, ließ ihn ein. Es war fast alles so, wie sie es zurückgelassen hatten: das Regal, die Bücher, die Möbel, nur ein paar neue Bilder an den Wänden. Ein kleines Mädchen, vielleicht gerade fünf Jahre alt, sei auf ihn zugekommen, habe ihn nach seinem Namen gefragt. Er habe nicht gewusst, was er sagen sollte. Sie ließ nicht locker. Dann habe er ein Buch aus dem Regal gezogen. Es war ein Märchenbuch, das damals, als er noch Kind war, seine Liebe zu Büchern entfacht hatte. Er habe es aufgeschlagen und er sollte lesen. Eine ganze Stunde hätten die Kinder bei ihm gesessen, während er ihnen vorlas. Die Mutter der Kinder habe ihm einen Tee angeboten. Für eine Weile habe er sich zurückgesetzt gefühlt in eine Zeit, in der Maria auf seinem Schoß gesessen und den Märchen gelauscht hatte. Als er ging, wollten sie ihm das Buch mitgeben. Es sei ihnen unangenehm gewesen, dass sie ihm die wertvolle Bibliothek abgenommen hätten. Von dem Tag an hatte er jedoch Frieden schließen können mit dem, was er zurücklassen musste. Am Ausgang fiel es ihm dann wieder ein, warum er eigentlich gekommen war. Er fand es dort, wo er es sorgfältig versteckt hatte, das Tagebuch. Und so landete das wertvolle Stück bei seiner ursprünglichen Bestimmung.

Am Nachmittag gingen sie zusammen entlang der Saale spazieren. Es stank wie immer, Schaumflocken schwammen wie Eisschollen auf dem braunen, träge dahinfließenden Wasser. Ratten lugten neugierig aus ihren Löschern, verschwanden rasch, als sie näherkamen. Alles wirkte friedlich, irgendwie erwartungsvoll. An diesem Abend würde Maria ihren ersten Eintrag in ihr neues Tagebuch machen.

Das Schuljahr neigte sich dem Ende entgegen. Es war die vorletzte Klasse, sofern die Schulleitung einem die Zulassung zum Abitur und damit zum Studium erteilte. Das lag zum einen an den Noten, zum anderen daran, und das war viel wichtiger, ob man sich im Sinne des sozialistischen Gedankenguts für ein Studium als würdig erwiesen hatte. Ausschlaggebend war vor allem auch der Status der Eltern. Kinder aus Arbeiter- und Bauernfamilien durften studieren, diejenigen aus Akademikerfamilien mussten aufs Feld oder in die Fabrik.

Ulrike versuchte nach wie vor unauffällig mitzuschwimmen. Da ihre Eltern keine Akademiker waren, musste sie sich nicht anbiedern, um weiterzukommen. Allerdings durfte sie sich auch keine Patzer erlauben, die an ihrer sozialistischen Gesinnung hätten Zweifel aufkommen lassen. Umso mehr lebte sie seit Anfang ihrer Zeit in Halle in zwei verschiedenen Welten, zum einen in der Schule mit ihren sozialistischen Kampfparolen, zum anderen im christlich geprägten Elternhaus. Oft fühlte sie sich hin- und hergerissen zwischen der nüchternen Einsicht, in der Schule um der Zukunft willen strikt die Regeln zu befolgen und andererseits ihrem Herzen folgend genau dagegen zu revoltieren. Was ihre Eltern Sonntagabends aus Leipzig mitbrachten, war nicht nur der verwegene Plan, in baldiger Zukunft die Massen zu einem Volksaufstand zu bewegen, sondern eine für sie neuartige innere Überzeugung. Allein die Art und Weise, wie ihre Eltern dies vorlebten, machte sie neugierig, wenn auch der Gedanke, allein dem Glauben zu vertrauen, alles andere, was mit den fünf Sinnen greifbar wäre, hintanzustellen, anfänglich ausgesprochen abwegig klang. Wissen als Ultima Ratio, wie es der sozialistische Staat proklamierte, war einfach, aber begrenzt. Glauben hingegen war schwierig, kannte aber keine Grenzen. Und Grenzen waren es, die sie mehr als alles andere hasste.

Etliche Male hatte sie versucht, Maria davon zu überzeugen, sprach von einem neuen, einem glücklichen Leben nach dem Tod. Auch wenn ihre Ohren dabei rot glühten, hatte Maria alles von sich gewiesen. Die Enttäuschung über die Kirche, der Verrat an ihrer Familie, wie sie es nannte, saß zu tief. Ulrike ließ nicht locker. Irgendwann würde der Tag kommen, so die Worte ihrer Eltern, an denen sich die Grenzen auflösen würden. Dann wäre dies allein der kirchlichen Gemeinschaft, die eine gesellschaftliche Grundlage dafür geschaffen hatte, und dem unerschütterlichen Glauben an das Gute zu verdanken, entgegen aller Widerstände durchgehalten zu haben. Maria ließ sich zwar nicht überzeugen, doch ihre Neugier wuchs, je mehr Ulrike davon erzählte. Am Ende war es sogar Maria, die ihre Freundin davon überzeugen wollte, gemeinsam und auf eigene Faust nach Leipzig zu gehen.

Es war die letzte Woche vor den Sommerferien, die mit besonderer Spannung erwartet wurde. Die Frage, ob Ferienlager für die meisten oder Pionierlager, eine Art Eliteeinrichtung für die Besonderen, führte zu skurrilen Auswüchsen unter den Schülerinnen und Schülern. Viele wollten sich für Letzteres qualifizieren und ließen es die anderen spüren. Duckmäusern und ständiges Anbiedern standen auf der Tagesordnung. Lisa schien in dieser Angelegenheit besonders kreativ zu sein, auch wenn ihre Spitzeltätigkeit allzu offensichtlich wirkte, in gewisser Weise übertrieben, sarkastisch, als wäre es ihr im Grunde selbst zuwider. Ulrike und Maria versuchten sich hingegen eher abzusondern. Im Gegensatz zu vielen anderen war ihnen das Ferienlager ohnehin lieber als das SED-Elitelager, auch wenn einem als Pionier die Zukunft im sozialistischen Arbeiter- und Bauerstaat offenstand. Im Ferienlager erwarteten sie mehr Freiheiten und weniger Drill, was ihrem gegenwärtigen Geisteszustand erheblich mehr entsprach.

Ulrike waren andere Themen wichtiger, solche, die sie aus dem Radio kannte oder die sie gelegentlich bei Marias Eltern im Westfernsehn sah. Ablenkung tat hin und wieder gut, da waren sich beide wie so oft einig.

»Wieder Platz eins, hast du es auch gehört?« Ulrike schien zu beben. Vor ihren inneren Augen sah sie ihr Idol, wie sie tanzte, wie sie sang. »Ich habe mir den Text aufgeschrieben.« Im Schatten der Platane drehte sie sich zur Wand, hielt sich die Hände über die Ohren, schien nach oben zu blicken. Dabei hatte sie die Augen geschlossen. Ihr Körper schwang hin und her. Sie fühlte sich wie Whitney Houston, wenn sie im Studio vor dem Mikrofon stand, ihren Mund öffnete, um zu singen

«Clock strikes upon the hour
And the sun begins to fade
Still enough time to figure out
How to chase my blues away
I've done alright up to now
It's the light of day that shows me how
And when the night falls, loneliness calls ...”

Erneut holte sie Luft, bereit für die nächste Strophe. Maria wollte sie zurückhalten, umklammerte sie plötzlich, hielt ihr die Hand vor den Mund. Es war zu spät

»Na, das klingt ja seltsam.« Die Krätzig stand vor ihnen und blickte sie scharf an. Sie hatte Pausenaufsicht und kam dabei ihren Pflichten immer besonders akribisch nach. »Was singt ihr denn da?«

Ulrike wusste, dass Lügen genauso verpönt war, wie die Wahrheit zu sagen. Daher schwieg sie.

»Wenn ich das richtig gehört habe, war es auf Englisch. Flausen aus dem Westen.« Die Krätzig kniff die Augen zusammen, ließ ihre Zunge über die Innenseite der Wangen kreisen, mal rechts mal links, als könnte sie damit ihrer kachektischen Erscheinung mehr Fülle, mehr Bedeutung verleihen.

Ulrike musste sich bremsen, um nicht laut loszulachen.

»Das wird ein Nachspiel haben, Fräulein Sonnemann. Darüber sind Sie sich doch im Klaren, oder?«

Ulrike wollte etwas sagen. Sie wusste, dass sie es übertrieben, ihr Schneckenhaus zu weit verlassen hatte.

Maria kam ihr zuvor, nicht zuletzt aus Sorge, Ulrike könnte sich noch weiter in Schwierigkeiten hineinreden. »Es ging um Wichtiges«, Maria überlegte angestrengt, was für die Krätzig wichtig und für Ulrike unverfänglich sein könnte. »Aufklärung, Rassismus, da sprach man halt englisch und ...«

»Machen Sie es nicht noch schlimmer, Fräulein Münkwitz«, fuhr ihr die Krätzig dazwischen. Seit der Jugendweihe achtete sie akribisch darauf, jeden ihrer Schüler mit Sie an zu reden. Das »Fräulein« wirkte aus ihrem Munde bedrohlicher als ein »Du«. »Und Sie, Fräulein Sonnemann,

Sie sind uns schon länger aufgefallen.« Sie richtete ihren knorrigen Zeigefinger auf Ulrike und zuckte mit dem Kopf. Das machte sie immer, wenn sie nervös war. Dann schnaufte sie durch die Nase, drehte sich um und rauschte erhobenen Hauptes davon.

»Die blufft nur, die blöde Kuh«, sagte Maria schnell, um Ulrike, aber auch sich selbst zu beruhigen.

»Vielleicht sollte ich mich krankmelden«, flüsterte Ulrike bedrückt.

»Quatsch. Dann denken die doch erstrecht, es stimme was nicht.«

»Tut es ja auch.«

Maria blickte Ulrike fragend an. Zeit für Fragen hatte sie nicht. Das Pausenzeichen ertönte. Gemeinsam gingen sie zum Schulgebäude und betraten wenig später den Klassenraum.

Ulrike setzte sich an ihren Platz, faltete die Hände. Zum ersten Mal hatte sie das Gefühl, beten zu müssen, so wie ihre Eltern. Auch wenn ihr keine Worte einfielen, hatte es doch etwas Beruhigendes.

Die Tür sprang auf. Der Direktor kam herein, ohne anzuklopfen. »Fräulein Sonnemann, wer ist Fräulein Sonnemann?« Sein Blick irrte durch die Reihen.

Ulrike stand auf. Ihre Knie zitterten.

Der Direktor erwartete keine Antwort. »Kommen Sie mit, sofort.«

»Es wird alles gut«, flüsterte ihr Maria hinterher. Am liebsten wäre sie aufgesprungen und hätte sich vor die Freundin gestellt. Geholfen hätte es ihr nicht.

Der Direktor atmete schwer und ging voraus. Ulrike folgte ihm mit gebeugtem Kopf. Sie gingen nicht in sein Büro, sondern in den Keller und in einen dunklen Raum, den sie nicht kannte. In der Mitte des Raums stand ein Tisch, davor und dahinter ein Stuhl. An der Decke zirpte eine nackte Neonröhre. Sonst war der Raum leer.

»Setzen Sie sich. Es wird gleich jemand kommen, der Ihnen ein paar Fragen stellen wird.« Der Direktor drehte sich um, verließ den Raum. Ein Klacken im Schloss verriet, dass sie in der Falle saß.

Es dauert geschlagene zwei Stunden, bevor die Tür aufgeschlossen wurde. Sie hatte gelesen, dass jemanden im Ungewissen warten zu lassen, bereits Teil des Verhörs war. Ein unscheinbarer Mann um die fünfzig betrat den Raum, setzte sich ihr gegenüber und betrachtete sie schweigend.

Es dauerte weitere quälende Minuten, bis er sich ihr zuwandte. Ulrike schlug das Herz bis zum Hals.

Das wusste er, der sie verhören sollte, er spielte mit der Ungeduld seines Gegenübers. »Wie ist Ihr Name?«, fragte er schließlich.

»Ulrike.«

»Ihr vollständiger Name?«

»Ulrike Sonnemann.« Sie brachte kaum einen Ton hervor. Ihre Stimme klang heiser.

»Wie? Ich habe Sie nicht verstanden.«

»Ulrike Sonnemann.« Ihre Unterlippe zitterte, als sie ihren Namen hervorpresste.

»Was haben Sie sich dabei gedacht?«

Sie wusste nicht, worauf der Mann hinauswollte. Sie musste ihm etwas anbieten. »Es war nur ein Lied, nichts weiter.«

»So, so, ein Lied. Diese Maria ...«

»Sie hat nichts damit zu tun«, fiel ihm Ulrike ins Wort.

»Lassen Sie mich aussprechen. Aber wenn wir bereits dabei sind, mit was hat diese Maria nichts zu tun?«

»Ich weiß nicht.«

Der Mann grinste, lehnte sich zurück. Er griff in die Innentasche seines Jacketts. Ulrike beobachtete seine Finger, die an irgendetwas nestelten, sich dabei durch den Stoff drückten. Er hatte einen Trumpf in der Tasche, den er nun hervorzog. »Wollen Sie es mir nicht lieber alles sagen, Fräulein Sonnemann.«

»Es war nur ein Lied.«

»Das sagten Sie bereits.« Er zog eine Schachtel hervor. Club stand darauf. Es waren Zigaretten. Er klopfte auf den Boden der Schachtel, bis eine Zigarette halb hervorschoss. Dann hielt er sie Ulrike vor die Nase und nickte ihr zu.

»Danke, ich rauche nicht.« Ulrike schüttelte den Kopf.

»Ich dachte, alle in deinem Alter rauchen, zumindest heimlich. Ich darf doch Ulrike sagen?« Er steckte sich die Zigarette an, sog den Qualm tief ein, hielt für einen Moment den Atem an. Dann lehnte er den Kopf zurück, ließ den blauen Dunst genüsslich durch die Nase entweichen. Rauchen war in der Schule verboten. Aber der Mann stand außerhalb der

Schule. Ulrike versuchte einen Hustenreiz zu unterdrücken. Der Zigarettenqualm brannte in ihren Augen.

Es dauerte mehrere Züge, bevor er sich wieder ihr zuwandte. »Diese Maria ist also deine Freundin.«

»Ja.«

»Und der sagt man so einiges, was unter guten Freundinnen natürlich geheim bleiben soll.«

Ulrike nickte verhalten.

»Ist es nicht so?«

Ulrike zuckte zusammen. Der Mann starrte sie durchdringend an.

»Kann schon sein«, erwiderte Ulrike betont nichtssagend.

Der Mann grinste erneut und drückte sein halbgerauchte Zigarette auf einen Unterteller aus.

»Weißt du, Ulrike, es wäre besser, wenn wir offen und ehrlich miteinander wären. Denn je mehr du uns Sachen verheimlichst oder wenn du uns sogar anlügst, desto schlimmer wird es für dich und ...« Er zuckte mit den Schultern. »Und für deine Eltern.«

»Meine Eltern haben damit ...« Ulrike verstummte.

»Ja, ich höre«, er musterte sie erwartungsvoll.

»Meine Eltern machen sich bestimmt bereits Sorgen, wo ich bleibe.«

Der Mann seufzte und verzog das Gesicht. »Vielleicht machst du dir, liebe Ulrike, irgendwann Sorgen, wo deine Eltern bleiben ..., und natürlich Maria.«

»Was wollen Sie damit sagen? Meine Eltern und Maria kennen sich kaum.«

»Tatsächlich? Immerhin geht Maria bei euch zu Hause ein und aus. Und jetzt willst du mir weismachen, deine Eltern und Maria kennen sich kaum. Komm, Ulrike, du solltest uns nichts vormachen. Wir wissen bereits mehr, als du denkst.«

»Aber so ist es. Wir reden über das Wetter ...«

Mit einem Krachen ließ er seine Hand auf den Tisch fahren und beugte sich zu Ulrike vor. »Diese Maria hat sich der Spionage verdächtig gemacht. Sie hat Westkontakt, der sie beeinflusst, der sie aufwiegelt. Republikflucht, weißt du, was darauf steht? Umerziehung ist langwierig und sehr hässlich.«

Ulrike spürte, wie ihr Tränen in die Augen schossen. »Es ist ihr Patenonkel, ein entfernter Cousin der Mutter, soweit ich weiß, nichts weiter.«

»Na also, da kommen wir der Sache doch näher. Es stimmt also, dass dieser Onkel ihr, wie soll sich sagen, Flausen in den Kopf setzt. Das ist gefährlich, wie du weißt. Sehr gefährlich.«

»Sie hasst diesen Onkel Jup. Sie hasst ihn wirklich.« Ulrike blickte zur Seite, presste die Lippen zusammen. Ihr Vater hatte Recht. Sie konnten alles aus einem herausquetschen, ob man wollte oder nicht.

»Ah, so ist das, der verhasst Onkle Jup aus dem Westen. Wir rührend.«

»Aber so ist es. Es ist die Wahrheit.«

Der Mann stand auf, schüttelte den Kopf. »Also gut, Ulrike, ich will dir glauben. Wenn sich herausstellen sollte, dass das nicht stimmt, dann hat das für dich und besonders für deine Eltern ernste Konsequenzen. Dein Vater hat sich schon einmal verdächtig gemacht. Du weißt, was das bedeutet.«

»Ich weiß«, kam es leise über ihre Lippen. Alles drehte sich vor ihren Augen. Das ständige Hin und Her zwischen Maria und ihren Eltern verwirrte sie restlos.

»Wie war das, ich habe dich nicht verstanden?«

»Ja, ich ..., ich weiß, was das bedeutet.«

Er ging zur Tür und klopfte. Die Tür wurde aufgeschlossen. Er drehte sich nochmals zu Ulrike um. »Wir hören voneinander, vielleicht schon sehr bald. Du musst wissen, Ulrike, nicht alle Antennen zeigen nach Westen.« Dann verschwand er im Gang hinter der Tür.

Es vergingen erneut gefühlte Stunden, in denen sie auf ihrem Stuhl sitzen bleiben musste. Im eigenen Saft schmoren lassen, das gehörte ebenfalls zum Programm. Jedes Wort, jede Geste des Mannes gingen ihr wieder und wieder durch den Kopf. Was wusste er wirklich? Was bedeutete die Anspielung mit den Antennen, die nicht nur gen Westen zeigten?

Jemand schloss die Tür auf. Man ließ sie gehen. Als sie zu Hause ankam, waren ihre Eltern nicht da. Sie warf sich auf ihr Bett und heulte.

Der nächste Tag war ein Samstag. Maria wartete bereits ungeduldig auf dem Dach von Ulrikes Wohnblock. Sie hatte ihre Gitarre dabei, nicht nur um sich abzulenken. Die Klappe öffnete sich. Ulrike war blass, wirkte niedergeschlagen

»Gott sei Dank, da bist du ja«, rief Maria ihr entgegen, legte die Gitarre zur Seite und sprang auf sie zu. Sie nahmen sich in die Arme, hielten sich fest, sagten nichts. Dann setzten sie sich gegenüber auf den Kies und schauten sich fragend an. »Was ist passiert? Was haben sie mit dir gemacht?«, wollte Maria ungeduldig wissen.

»Fragen gestellt.«

»Das habe ich mir schon gedacht. Was hast du ihnen erzählt?«

Ulrike seufzte, schaute über die Dächer. »Nichts.«

»Wie, nichts? Du musst ihnen doch etwas gesagt haben. Haben sie nach deinen Eltern gefragt? Oder nach mir? Würde mich nicht wundern.«

Ulrike nickte. »Es war ein Mann. Ich kannte ihn nicht. Er rauchte.«

»Er rauchte, in der Schule? Und dann?«

»Ja, er fragte nach dir. Ich sagte, dass wir Freundinnen sind.«

»Ich gehe mal davon aus, dass dieser Mann das schon wusste. Er hat doch bestimmt noch mehr gefragt, nach deinen Eltern oder vielleicht ...«

»Maria, bitte.« Ulrike dachte an die Anspielung mit den Antennen. Wurden sie auch hier, in ihrem geheim geglaubten Versteck, abgehört oder war es nur ein Bluff gewesen? Sie vergrub ihr Gesicht in den Händen. Fragen über Fragen. Was sollte sie Maria sagen, keine Antworten geben oder die falschen? Im Nachhinein, wenn man sich verplappert hatte, war man immer schlauer. Dann war es nur zu spät. Sie hatte Onkel Jup erwähnt, es war ihr so herausgerutscht. Sie hätte das nicht tun dürfen. Aber wer kannte schon Onkel Jup, irgend so einen unsympathischen Wessi? Mehr hatte sie doch nicht gesagt. Sollte sie Maria ihre Unachtsamkeit beichten oder lieber nicht? Was machte es für einen Unterschied?

»Ulrike, du ..., du musst es mir nicht sagen«, kam ihr Maria zuvor.

Es klang wie eine Aufforderung, alles zu sagen. Ulrike durfte ihr nicht ausweichen. Für einen Moment blickte sie über die Antennen hinweg. »Es war einfach schlimm. Du weißt nie, ob sie bluffen oder ob sie die Wahrheit sagen. Wir müssen vorsichtiger sein, vielleicht auch hier auf dem Dach«, begann sie flüsternd. Dann nickte sie und fuhr fort: »Der Mann sagte, sie wüssten alles über dich. Er sprach von Spionage.«

Maria lehnt sich zurück und lachte. Es war ein unsicheres Lachen. »Spionage? So ein Unsinn. Was denn für eine Spionage? Nur weil wir ein Lied von Whitney Houston gesungen haben?«

Ulrike spürte, wie sich ihre Übelkeit zurückmeldete. Ihre Finger, ihre Lippen fühlten sich taub an. Alles drehte sich vor ihren Augen, wie gestern beim Verhör. Eines wurde ihr mehr und mehr klar: Sie musste Maria warnen. Wo sollte sie anfangen?

Maria kam ihr zuvor, nahm ihre Gitarre zur Hand, fing an zu singen:

«So that we fly, fly, fly
High, high to the sky
We shall never fall
Behind the yellow brick wall.«

Die Finger ihrer rechten Hand zupften flink an den Saiten. Lediglich beim Akkordwechsel machte sie eine kurze Pause, bis ihre linke Hand die gewünschte Position eingenommen hatte. Dabei quietschte ihr Daumen über das glänzende Holz. Dann blickte sie Ulrike erwartungsvoll an. »Und? Was meinst du? Hast du die Nachrichten gehört? Es tut sich einiges.«

Ulrike schüttelte den Kopf. »Ich weiß nicht. Was die Zukunft anbelangt, irgendwann ist sowieso alles vorbei. Lass uns lieber gehen. Die haben ihre Ohren überall.«

Maria verstand erst nicht, was Ulrike damit andeuten wollte. Die Nachrichten aus dem Westen wirbelten ihr durch den Kopf. Glasnost, Perestrojka – waren das nur leere Phrasen? Und dann die Ereignisse in Polen. Da hatte jemand den Mut, die Wahrheit zu sagen, Lech Walesa, ein einfacher Arbeiter aus einer Werft. Er hatte Rückenddeckung vom Papst. Vielleicht war das seine Lebensversicherung. In der DDR traute sich keiner, die Klappe aufzumachen. Mit gutem Grund. Wer redete, landete hinter den gelben Mauern. Maria ließ nicht locker und bohrte weiter: »Und? Gehst du hin?«

Wortlos stand Ulrike auf, ging zur Klappe und nickte Maria zu, ihr zu folgen. Sie hatte schon zu viel gesagt. Gemeinsam eilten sie die Treppen hinunter, hinaus auf die Straße. Wo sollten sie hin? Wo konnten sie ungestört reden? Jede Tür, jedes Tor, jedes Fenster starrte sie mit großen hässlichen Ohren an. Ein freier Platz war vielleicht sicherer als jede versteckte Ecke. Sie liefen ziellos und schweigend von Straße zu Straße, vorbei an Fremden, die sie nicht beachteten. Ein Bauzaun ließ eine Lücke offen. Ulrike blickte sich um, niemand war zu sehen, zog Maria hinter sich her. Auf der Baustelle tat sich seit Wochen nichts mehr. Der sandige Boden zeigte keine frischen Fußabdrücke. Sie drangen in das Innere eines noch nicht mal halbfertigen Plattenbaus vor. Außer Atem drückte sich Ulrike an eine Betonwand und lauschte. Es blieb still.

»Was soll das?«, flüsterte Maria ihr zu.

»Sie sind überall, sie wissen alles.« Ulrikes Hände zitterten.

»Das Verhör hat dich ganz schön fertiggemacht, nicht wahr?«

»Der hat etwas von Antennen gesagt. Vielleicht meinte er unsere Antennen auf dem Dach.« Ulrike sah Maria mit großen Augen an, in denen Angst stand.

»Verstehe.« Maria blickte sich um. »Ich glaube, hier können wir reden. Hier war schon lange keiner mehr.«

Ulrike atmete auf. »Das macht einen fertig, bevor es überhaupt angefangen hat.« Ihre Stimme zitterte und dennoch klang etwas Trotziges darin. »Verdammt, wir dürfen uns nicht einschüchtern lassen, jetzt erst recht nicht.«

»Was hast du vor?«, fragte Maria. Sie ahnte es bereits.

»Nach Leipzig. Da tut sich einiges, wie in Polen. Eine zweite Solidarnosc-Kiste.«

»Wenn es denn so wäre. Es traut sich doch keiner«, wandte Maria mit resigniertem Bick ein.

»Im Westfernsehen wird so einiges berichtet. Wenn wir jetzt nicht mitmachen, dann ist es zu spät«, erwiderte Ulrike energisch.

Maria schüttelte den Kopf und musste lachen. Diesmal war es eher ein sarkastisches Lachen. »Die da drüben wissen doch gar nicht, was hier so läuft. Seit Jahren machen die doch gute Miene zum bösen Spiel. Annäherung, Entspannung, gute nachbarschaftliche Verhältnisse, Ost-West-Beziehung, so ein Quatsch. Wie soll das gehen, wenn Tretminen, Stacheldraht und Selbstschussanlagen jeden Kontakt verbieten? Anerkennung der DDR um des lieben Friedens willen. Von welchem Frieden reden die eigentlich? Friedhof, Grabesstille. Und dann das Geschwätz vom sozialistischen Experiment. Herrgott nochmal, ich bin doch keine Laborratte. Experiment missglückt, Jugend verkorkst, Pech gehabt.« Maria drehte sich aufgebracht zur Seite. Sie bebte nicht nur innerlich.

»Umso mehr müssen wir etwas tun. Einfach abhauen ist keine Lösung«, kam ihr Ulrike zuvor.

»Ja, vielleicht hat du ja Recht. Ich bin mir ja auch nicht sicher. Aber wenn du meinst, anstinken zu können, dann geht es nicht nur dir an den Kragen, sondern auch deinen Eltern und Freunden. Das haben die sich von der Stasi gut ausgedacht. Die machen dich mundtot, bevor du nur einen Pieps von dir gegeben hast. Dein Verhör gestern, das war nur ein billiger Anfang.«

Sie schwiegen eine Weile, jede für sich in Gedanken und vage Pläne versunken.

»Fly, fly, fly«, summte Maria leise vor sich hin. Die Gitarre hatte sie auf dem Dach zurückgelassen. »Meine neue Strophe. Willst du sie hören?«

Ulrike nickte. Es tat gut, in Maria eine Freundin zu haben, der sie alles sagen konnte.

Maria lächelte und fing an zu singen:

«There's a lie, lie, lie
But father, please tell me why
Is it not the faith of our youth
To speak out loud and tell all the truth."

Ulrike schmunzelte. »Seltsam, wir reden so verschieden und denken doch dasselbe. Wir drehen uns im Kreis und wissen doch beide, in welche Richtung es geht.«

Es fing leise an zu regnen. Maria dachte an ihre Gitarre. Gemeinsam rannten sie zurück zum Dach. Es war noch nicht zu spät. Die Gitarrenhülle hatte den schwachen Regen abgehalten.

»Sehen wir uns morgen?«, wollte Maria wissen, als sie wieder im Treppenhaus standen.

»Morgen ist Sonntag. Wollte mal in die Kirche«, entgegnete Ulrike trocken.

Maria verstand. »Pass auf dich auf. Hörst du?« Sie küsste Ulrike auf die Wange, dann drehte sie sich um und eilte die Treppen nach unten. Es war eine seltsame, eine mehr als nur besorgte Geste.

Ulrike wollte in ihr Zimmer, ihre Mutter kam ihr zuvor und hielt sie im Flur auf. »Ulrike, kannst du mal ins Wohnzimmer kommen? Wir müssen mit dir reden.«

Die Stimme der Mutter klang besorgt. Wussten ihre Eltern bereits von dem Verhör in der Schule? Wenn nicht, sollte sie es ihnen sagen? Ulrike wollte abwinken, sich verkriechen. Es wäre nur die nächste Befragung, die nächste Falle zwischen Ehrlichkeit und Lüge, zwischen Verrat und verbissenem Schweigen, was erneut auf sie zukäme. Andererseits wollte sie nochmals versuchen, ihre Eltern zu überreden, sie mit nach Leipzig zu nehmen.

Als sie aus den Augenwinkeln das Gesicht ihrer Mutter sah, wusste sie, dass es kaum noch der Überredung bedurfte. Ihre Eltern saßen am Küchentisch und hatten eine Straßenkarte vor sich ausgebreitet. Ulrike nahm sich Milch aus dem Kühlschrank, goss sich ein Glas ein und setze sich ihnen gegenüber.

Ihr Vater machte ein ernstes Gesicht. »Wir fahren morgen nach Leipzig. Es gibt dort ein weiteres Treffen.«

»Euer Kirchenchor. Das Lied vom Widerstand. Ich weiß.« Ulrike dachte an das Verhör. Einerseits wollte sie mit nach Leipzig, war sich andererseits jedoch nicht sicher, wie viel sie wissen wollte. Alles konnte aus ihr herausgepresst werden. Plötzlich wollte sie weg, sprang auf.

Ihr Vater griff nach ihrem Arm, zog sie zurück auf den Stuhl. »Der Kirchenchor ist, wie du ja bereits weißt, nur die halbe Wahrheit. Es ist bald so weit, vielleicht morgen, vielleicht nächste Woche. Die Kirche wird uns dabei helfen, so wie in Polen. Es kann so nicht weitergehen. Nur ...«, er stockte einen Moment, »wenn wir auf die Straße gehen, dann wird es ernst.«

»Wie meinst du das, Papa?« Ulrike ahnte längst, was er damit meinte.

»Entweder wir können etwas bewegen oder wir kommen an einem Sonntagabend nicht wieder zurück nach Hause«, ergänzte ihre Mutter.

Ulrike seufzte. Der gestrige Vormittag, das Verhör, lastete auf ihr. Sie musste es ihnen sagen.

Ihr Vater kam ihr zuvor. »Sie hatten dich am Wickel, nicht wahr?«

Ulrike zog erschrocken die Augenbrauen hoch. »Woher weißt du das?«

»Auch wir haben unsere Informanten, nicht nur die Stasi«, entgegnete ihr Vater trocken.

»Ich habe nichts gesagt.«

»Ich weiß, Ulrike, ich weiß. Aber irgendwann wird der Druck zu groß, dann verrätst du den einen, um den anderen zu schützen.«

»Niemals würde ich das tun.« Ulrike spürte, wie ihr das Blut ins Gesicht schoss.

»Es ist ein perfides Spiel, eine Zwickmühle. Wir haben nur eine einzige Chance«, ergänzte ihr Vater und zog dabei die Stirn sorgenvoll in Falten.

Ulrike starrte ihn an. Genau genommen hatten sie keine Chance. Der Staatsapparat war perfekt organisiert, spielte mit der Angst der Menschen. Aber vielleicht war es genau das, was ihren Eltern und den anderen die Kraft geben würde, am Ende doch zu siegen. Die Kraft der Verzweiflung ließ einen die Angst vergessen. »Ich fahre mit nach Leipzig«, platzte es aus ihr hervor.

Ihr Vater zog die Augenbrauen hoch und schaute sie entgeistert an. Damit hatte er offenbar nicht gerechnet. »Zu gefährlich. Die könnten schießen. Das kennen sie von der Grenze.«

»Je mehr hingehen, desto wahrscheinlicher ist es doch, dass sie nicht schießen«, hielt Ulrike dagegen.

»Kommt nicht infrage«, pflichtete Johanna ihrem Mann bei. »Du solltest dich morgen wie immer mit Maria treffen, am besten auch mit ihren Eltern. Dann hast du ein Alibi für den Fall der Fälle.« Sie wollte keine Gegenrede zulassen und drehte sich einfach zum Herd um, auf dem das Wasser für einen Tee kochte.

Ulrike ließ nicht locker, sie war fest entschlossen. »Es geht auch um meine Zukunft. Habt ihr das vergessen? Außerdem bin ich bald volljährig. Ich kann machen, was ich will.«

Ihr Vater lächelte sie fürsorglich an. »Schau mal, Ulrike, das Ganze fängt erst an und wir müssen auf der Hut sein. Was meinst du, warum wir diese Straßenkarte hier von Leipzig studieren? Wir müssen jede Ecke, jeden Schlupfwinkel kennen. Keine Gewalt, das ist unser oberstes Prinzip. Wenn's eng wird, müssen wir uns verstecken. Als ich die Karte beim Buchhändler gekauft habe, hat der mich schon voller Misstrauen angeschaut. Wozu ich die bräuchte, wollte er wissen. Die Wahrheit konnte ich ihm natürlich nicht sagen. Ich weiß nicht, auf welcher Seite er steht. Die

Nerven liegen blank. Und deine Mutter und ich wollen nicht, dass du in die Schusslinie gerätst.«

Ulrike schüttelte den Kopf. »Schau mal, Papa, wenn sie euch schnappen, dann stehen die hier kurze Zeit später auf der Matte. Die Stasi unterscheidet nicht zwischen Mitwissern und Mittätern.«

Ulrikes Vater zuckte mit den Schultern. Die entwaffnende Logik seiner Tochter überraschte ihn. Wie selten zuvor wurde ihm bewusst, dass sie kein Kind mehr war. »Da hast du natürlich Recht. Allerdings würde ich es mir niemals verzeihen, wenn ...«

»So oder so, wir sitzen doch bereits jetzt schon in einem Boot«, fiel ihm Ulrike ins Wort.

Ihr Vater seufzte, überlegte einen Moment. »Also gut. Aber wenn es eng wird, dann nichts wie weg. Ohne Rücksicht auf uns oder sonst jemanden.«

»Bist du verrückt?«, protestierte Johanna vehement und sah die beiden entrüstet an. »Wir bringen doch nicht unsere Tochter in Gefahr.« Doch im Grunde wusste sie, dass die Entscheidung längst gefallen war. Es war an der Zeit, Ulrike in alles einzuweihen, ohne Wenn und Aber.

Die Strategie der Widerständler war von langer Hand geplant. Flugblätter und Transparente waren entworfen, lagerten an geheimer Stelle, um zum richtigen Zeitpunkt ausgerollt und verteilt zu werden. Waffen jeder Art waren verboten. Man träumte von einer friedlichen Revolution, wohlwissend, dass es auf beiden Seiten Hitzköpfe gab, die eine Lawine der Gewalt zum Rollen bringen könnten. Sollten Schüsse fallen, musste man sich aus dem Staub machen, nicht nur um seine eigene Haut zu retten. Man musste es auf jeden Fall vermeiden, als eine Horde aggressiver Umstürzler dazustehen, insbesondere in den Augen der Westjournalisten, die perfekt getarnt bereits seit Wochen Leipzig belagerten. Was das Ostfernsehen meldete, spielte keine Rolle. Es war ohnehin gelogen.

Am nächsten Morgen standen sie früh auf. Ulrike hatte sich den Wecker auf fünf Uhr gestellt. Ihre Eltern waren schon im Bad. Sie setzte Wasser auf. Erichs Krönung mit viel Zucker. Dann ging's los zum Hauptbahnhof. Der erste Zug nach Leipzig stand bereits am Gleis. Der Schaffner schaute Ulrike misstrauisch an. Er fragte jedoch nicht nach. Während der Fahrt sagte keiner etwas. Ulrike starrte aus dem Fenster, der Sonne entgegen, die sich träge aus dem morgendlichen Dunst schälte. Am Hauptbahnhof in Leipzig angekommen blieb Ulrike kaum Zeit, die überwältigenden Hallen zu bewundern. Erst vor der St. Nikolaikirche, der größten Kirche in Leipzig, verharrten sie einen Moment. Es war ein interessanter Bau, dessen romanische Wurzel noch zu erkennen war. Der spätere gotische Umbau dominierte jedoch die Fassade und ließ erahnen, dass Menschen seit Jahrhunderten nach Symbolen ihrer Macht und Vorherrschaft suchen. Heute spielte sich die Symbolik anders ab, meist in Form roter Banner mit ihren immer gleichen Sprüchen von siegreichen Proletariern und Arbeitern. Büsten und Bilder von Marx und Engels, dazwischen mal ein verkniffen dreinblickender Lenin, waren allgegenwärtig.

St. Nikolai. Sie erinnerte sich an die geheimnisvolle Botschaft des Bautzen Häftlings. Sie waren an ihrem Ziel angekommen. In Erwartung einer Ansammlung gleichgesinnter, wild gestikulierender Oppositioneller betrat Ulrike hinter ihren Eltern die Kirche. Es bot sich ihr jedoch ein komplett anderes Bild: Zahlreiche Heilige blickten eingefroren von ihren Podesten und Ölbildern auf sie herab. Die Ruhe, lediglich begleitet von den hallenden Sohlen auf dem Steinboden und dem Flüstern der wenigen Menschen, die gebückt auf den langen Bänken saßen, drückte wie Watte gegen ihre Ohren. Es war lange her, dass sie eine Kirche betreten hatte.

Ohne etwas zu sagen, setzten sich ihre Eltern in eine der hinteren Reihen, falteten die Hände und beugten sich vor. Ihr Flüstern reihte sich ein in das sanfte Rauschen, das sie umgab. Noch nie hatte Ulrike ihre Eltern außerhalb ihrer vier Wände beten sehen. Ein seltsames Bedürfnis, dazu gehören zu wollen, meldete sich irgendwo in ihrer Brust. Sie wusste jedoch nicht, was es war, wer es war, zu dem sie sich plötzlich hingezogen fühlte. Es war einfach nur da. Später würde sie ihre Eltern fragen.

Ein hagerer Mann im schwarzen Anzug kam auf sie zu. Anhand des kleinen weißen Kragens unterhalb seines auf- und abtanzenden Adamapfels war es unschwer zu erkennen, dass es ein Pfarrer, vermutlich sogar der Pfarrer der St. Nikolai Gemeinde war. Er lächelte, nickte kurz. Dann drehte er sich um und ging zielstrebig auf eine Seitentür zu. Ulrikes Eltern standen auf. Gemeinsam folgten sie ihm. Sie waren nicht die Einzigen.

Sie gingen eine steile Wendeltreppe hinab und traten unten in einen fensterlosen Raum. Stühle standen eng in mehreren Kreisen, von denen der äußerste nahezu vollständig von wartenden Menschen besetzt war. Es war dunkel, so dass Ulrike die Gesichter kaum erkennen konnte. Gemeinsam setzten sie sich in die zweite Reihe. Auf dem Stuhl neben ihr lag ein Buch. Es war ein Gesangbuch. Nachdenklich überflog sie die Noten und die Texte, dachte an die Kampfparolen, die sie sonst in der Schule sangen.

Immer mehr Menschen kamen und setzten sich schweigend. Die Blicke schweiften umeinander, als versuchten sie zu erkunden, wem man trauen konnte.

Später kam der Pfarrer zurück, schloss die Tür hinter sich und drehte sich um. Er presste seine Augenlider zusammen und sprach ein paar Worte, die Ulrike nicht verstand. Dann drehte er sich zu der kleinen Versammlung um, die ihn ungeduldig ansah. »Wir sind hier zusammengekommen, um zu beten«, begann er und blickte vom einen zum anderen. Dann nahm er das Gesangbuch und nannte eine Zahl.

Die Stimmen erhoben sich, klangen trocken, hilflos fragend.

Ulrike fühlte sich unwohl. Was sollte das alles um sie herum? War das die Keimzelle, an der sich alles entzünden sollte? Ihre Eltern waren Träumer, genau wie Maria, nichts weiter. Sie sangen, um vielleicht irgendwann fliegen zu können. Damit würden sie nichts bewirken können. Doch dann kam alles ganz anders.

»Wir werden nicht nur beten oder singen«, hob der Pfarrer erneut an, nachdem das Lied verklungen war. »Wir werden friedlich kämpfen.« Er hielt einen Moment inne und ließ den Blick über die Gesichter schweifen, die ihn anstarrten, als wollte er sich nochmals vergewissern, dass alle auf seiner Seite stünden. »Wir werden diesen Raum verlassen. Sehr bald. Wir werden Flugblätter verteilen und unsere Transparente ausrollen. Wir werden für Frieden und für Freiheit demonstrieren.«

»Wann soll das sein?«, rief einer aus der hinteren Reihe dazwischen.

»Wir brauchen Geduld. Noch sind wir zu wenige.«

»Wie sollen wir mehr werden, wenn wir hier nur sitzen und singen?«, fragte ein anderer.

Ulrike nickte zustimmend. Die Frage hätte auch von ihr stammen können. Offenbar brodelte es unter der friedlichen Oberfläche.

»Es ist zu früh, zu gefährlich«, versuchte der Pfarrer zu besänftigen.

»Es wird immer zu gefährlich sein. Die Zeit drängt.« Der Einwand kam von Ulrikes Vater. Schlagartig redeten alle durcheinander. Die einen hoben beschwichtigend die Hände, andere hatten wütend den Zeigefinger erhoben, waren scheinbar zu allem bereit.

»Wir haben einen Plan!«, rief der Pfarrer schließlich laut und schaffte es erneut, die Aufmerksamkeit auf sich zu lenken. Plötzlich war es totenstill. »Keine Waffen, keine Gewalt.«

»Und wenn die schießen, was dann?«, wollte wieder einer wissen.

Der Pfarrer nickte und fuhr fort: »Auf Gewalt folgt nur noch mehr Gewalt. Wir dürfen uns nicht provozieren lassen. Der Plan ist wie folgt.« Wieder herrschte gespannte Stille. Erneut ließ er den Blick über die Reihen schweifen. »Wir treffen uns jeden Montag, fünf Uhr nachmittags, hier vor der Kirche. Die meisten Funktionäre sind dann abgelenkt, sitzen in ihren Gremien und wollen nicht gestört werden. Gleichzeit sind die Geschäfte geöffnet. Es besteht ein reges Treiben in der Stadt. Wir sehen aus wie Menschen, die einkaufen und sonst so durch die Stadt schlendern.«

»Und? Wen interessiert das dann? Wir müssen Transparente tragen, Flugblätter verteilen. Wir brauchen Megaphone, wir müssen ...«, rief jemand.

Alle redeten wieder hektisch durcheinander. Der Pfarrer trat an die Seite von Ulrikes Eltern und beugte sich zu ihnen herab. »Lange kann ich diese Hitzköpfe nicht mehr zurückhalten. Und ob ich dann noch vermitteln kann, weiß ich nicht«, sagte er leise, während andere im Hintergrund diskutierten.

»Es ist der Lauf der Geschichte«, erwiderte Johanna.

Der Pfarrer runzelte die Stirn und sah sie ernst an. »Das schon, aber wenn ich schuld bin am Blutvergießen durch diese Menschen? Das könnte ich mir nie verzeihen.«

Die Ersten wollten mit wütenden Gesichtern die Versammlung verlassen. Einer von ihnen drehte sich um und rief in die Menge: »Wer weiß, wie viele hier bereits unter uns sitzen, die nur darauf warten, uns zu verpfeifen? Das Ganze ist doch aussichtslos.«

»Einen Moment!« Der Pfarrer trat mutig vor die Tür, stellte sich den aufgebrachten Menschen entgegen. »Mag schon sein, dass ein Judas unter uns ist, dass ein anderer uns verrät, bevor die Kirchenglocken dreimal läuten. Sind es dann nicht gerade wir, die hinausgehen sollten? Niemand hat gesagt, dass es einfach sein wird. Es wird gefährlich und vielleicht wandern wir alle ins Gefängnis. Aber wir werden mehr. Sie können nicht alle ins Gefängnis stecken. Und wir sind nicht hierhergekommen, um uns davon abschrecken zu lassen.«

Ulrike blickte sich um. Dann erhob sie sich, ging auf den Pfarrer zu, stellte sich an seine Seite. Er nahm ihre Hand und nickte ihr zu. Vor ein paar Minuten wollte sie dazugehören, wusste aber nicht, wie sie es anstellen sollte. Jetzt gab es bereits kein Zurück mehr. Alle setzten sich wieder auf ihre Plätze. Was sie nicht wussten, war, dass der Stichtag, der erste Tag der Montagsdemonstrationen, erst der 4. September 1989 sein würde.

Als Ulrike mit ihren Eltern aus der Kirche auf den Vorplatzt traten, läuteten die Glocken. Es war Punkt zwölf. Der Himmel hatte sich zugezogen. Es war schwülwarm. Zu spät bemerkten sie, wie zwei Männer in grauen Anzügen auf sie zukamen.

Maria quälte sich mühsam aus den Federn. Sie hatte schlecht geschlafen, von gelben Backsteinen geträumt, von hohen Mauern, die sich vor ihr aufgetürmt hatten, zusammenstürzten, sie unter einer schweren Last begruben. Dazwischen hatte sie immer wieder Alex gesehen, wie er sie mit seinem einehmenden Lächeln ansah, wie sich seine Augen, seine Nase, sein Mund mehr und mehr zu einer hässlichen Fratze verwandelten. Wo war Alex? Er wollte sie doch abholen, mit seinem Motorrad, zum Wald, zu den Feldern, wo sie reden könnten. Hatte er doch gekniffen, sie ohne Helm mitzunehmen, aus Angst von jedem, auch von seinem Vater, erkannt zu werden? Sie würde den Helm auch aufziehen.

Schweißnass hatte sie sich später, noch vor dem morgendlichen Klingeln des Weckers, unter die Dusche gestellt, um die gelben Steine, ihre Ängste wegzuspülen. Aber sie wusste, sie würden wiederkommen.

Es war Montag. Sie hoffte Ulrike in der Schule anzutreffen. Den ganzen Sonntag über war sie nicht erschienen. Ulrike hatte Andeutungen gemacht, die sicher Teil von Marias Alpträumen gewesen waren. Sie hoffte, dass es nur Träume waren.

Mathe, Deutsch, sie bekam nur die Hälfte mit. Dann Staatsbürgerkunde oder besser gesagt, die Kunde davon, wie man sich den idealisierten Staat, in dem sie leben musste, vorstellte. Ulrike war nicht zum Unterricht erschienen. Auch den Rest des Tages blieb sie verschwunden. Maria machte sich Sorgen.

Nachmittags um halb fünf schlenderte sie nach Hause. Sie machte einen Umweg, vorbei an Block zehn, wo Ulrike mit ihren Eltern wohnte. Die Wege zwischen den Blocks hatten noch keine Namen. Man witzelte gemeinhin, dass den Stadtplanern die Namen sozialistischer Ehrenbürger ausgegangen seien. Schlimmer war, dass sich die Wege bei Regen nach wie vor in regelrechte Schlammflüsse verwandelten, die man immer noch nur über provisorisch angebrachte Bretterpfade überwinden konnte. Wenn die Sonne hervorkam, stank es nach Morast.

Unweit von Ulrikes Block parkte am Ende der asphaltierten Hauptstraße ein grauer Wartburg. Aus einem Schlitz, der ein wenig herabgelassenen Fenster, drang Zigarettenqualm. Maria ging weiter, ohne bei Ulrikes Wohnung zu klingeln. Sie ahnte, dass niemand aufmachen würde. Abseits der Sichtweite des Wartburgs, dicht gelehnt an eine Mauer, beobachtete sie den Eingang von Ulrikes Block. Immer wenn die Tür aufging und jemand hinauswollte, fing ihr Herz an zu rasen. Aber Ulrike ließ sich nicht blicken, auch nicht ihre Eltern. Kurz vor acht machte sie sich auf den Heimweg. In Erwartung der Erkennungsmelodie der ARD-Tagesschau schlich sie sich vorbei an der Küche in ihr Zimmer. Aus dem Wohnzimmer drangen jedoch andere als die gewohnten Fernsehgeräusche. Sie blieb stehen. Es waren Stimmen, die ihr bekannt vorkamen. Herzklopfend spähte sie durch den Türspalt ins Wohnzimmer.

»Da bist du ja endlich.« Ihre Mutter kam ihr mit einem sorgenvollen Blick entgegen. Am Wohnzimmertisch saß ihr Vater, an seiner Seite Ulrike. Er hatte seine Hand auf ihren Arm gelegt.

Maria trat ein. »Ulrike, du hier?« Sie ging zum Tisch und setzte sich ihr gegenüber, blickte sie fragend an.

»Sie werden kommen, ich muss gehen«, erwiderte Ulrike knapp und wollte aufstehen.

Marias Mutter setzte sich wieder, während ihr Vater Ulrike zurückhielt. »Sie wissen nicht, dass du hier bist.«

»Sie wissen alles. Und wenn ich noch länger bleibe, bringe ich euch alle in Gefahr.«

Marias Vater ließ sich nicht beirren und schenkte ihr Pfefferminztee ein. Die Stille war quälend.

»Sie haben ihre Eltern«, platzte es schließlich aus Marias Mutter hervor.

»Wie, sie haben deine Eltern?« Maria blickte Ulrike fragend an.

»Meine Eltern, sie ...« Ulrike zögerte. »Sie sind nach Leipzig gefahren, ich bin mit.«

»Was ist passiert?«

»Es braut sich etwas zusammen. Meine Eltern stecken da mittendrin.«

»Mittendrin? Was meinst du damit?«, bohrte Maria weiter.

Ulrike zuckte mit den Schultern und wollte etwas sagen. Aber Hilde kam ihr zuvor. »Lass gut sein, Ulrike. Das war ein schlimmer Tag für dich. Weiß du noch, Vati, damals 1953. Wir waren voller Hoffnung. Es war der 17. Juni. Ich weiß es noch wie heute. Die Panzer ...«

»Mama, das war damals ...«, fuhr ihr Maria dazwischen, suchte nach weiteren Worten.

»Deine Mutter hat Recht«, sagte Ulrike bedrückt. »Vielleicht werden diesmal dank Gorbatschow keine russischen Panzer rollen. Aber die Vopos haben Waffen. Wenn der erste Schuss fällt, dann ist der Teufel los. Vielleicht wollen die das sogar. Die Stasi ist zu allem fähig.«

Das Wort Stasi zuckte durch den Raum. Stasi, Stasi, sie war allgegenwärtig, aber niemand nannte sie beim Namen.

»Ich habe euren Wohnblock beobachtet. Ein grauer Wartburg stand davor.« Maria stand auf und ging zum Fenster. Inzwischen war es dunkel geworden. Gegenüber parkte im Schein einer Straßenlaterne ein Trabi. Die Stasi fuhr keine Trabis und parkte nicht unter einer Straßenlaterne.

»Hier bist du erst einmal sicher«, stellte Marias Vater fest.

Ulrike schüttelte misstrauisch den Kopf.

Marias Mutter holte vier Teller, stellte sie auf den Tisch, kochte einen frischen Pfefferminztee. Es gab Brot, Butter, einen undefinierbaren Käse, mehr nicht. Alle dachten an Ulrikes Eltern, niemand traute sich eine Frage stellen, auf die es ohnehin keine Antwort gab. An diesem Abend blieb der Fernseher stumm. Marias Mutter erzählte von früher, von ihren Ferien an der Ostsee und in Ungarn. Die alten Zeiten füllten den Raum, lenkten ab von trüben Gedanken.

»Ulrike, du kannst hier in der Küche schlafen, auf dem Sofa«, sagte Ernst, rieb sich über die Augen, erhob sich träge und ging in Richtung Schlafzimmer. Hilde folgte ihm wortlos.

Die beiden Mädchen schauten sich an, suchten nach Worten.

»Kann ich bei dir schlafen?«, wollte Ulrike leise hoffend wissen, nachdem die Tür zum elterlichen Schlafzimmer zugezogen worden war.

Maria nickte lächelnd. Im Grunde hatte sie auf die Frage gewartet. Später, als sie gemeinsam dicht beieinander lagen, fing Ulrike an, am ganzen Körper zu zittern.

»Frierst du?«, flüsterte Maria ihr zu.

»Ich weiß nicht, mir ist so kalt. Ich musste an meine Eltern denken. Ich habe Angst«, flüsterte Ulrike zurück.

Maria drückte sich an ihre Freundin, strich ihr über die tränennassen Wangen. Es dauert lange, bis sich Ulrike beruhigte.

Als Maria am nächsten Morgen aufwachte, meist wachte sie wenige Minuten vor dem Weckerklingen auf, war Ulrike verschwunden. Sie riss die Bettdecke zur Seite und stürmte in die Küche. Am Küchentisch saß sie, den Kopf auf ihren Armen, und schlief. Maria setzte sich an ihre Seite, strich ihr sanft über die Haare. Ein verhaltenes Lächeln glitt über Ulrikes langsam erwachendes Gesicht. »Ich wollte nicht, dass deine Eltern uns zusammen sehen ..., du weißt schon ...«, sagte sie leise.

»Na und, du bist doch kein Typ.«

»Umso mehr. Was sollen deine Eltern von mir denken?«

Maria konnte nicht antworten. Ihre Mutter kam gähnend aus dem Schlafzimmer. »Es gibt noch etwas Kaffee«, waren ihre ersten Worte. Damit machte sie sich ans Werk, holte Filterpapier aus dem Regal, formte ihn in den Porzellanfilter, stellte beides auf die Kanne. Dann goss sie den Rest Kaffeepulver aus einer Blechdose hinein, drehte sich zum Herd, um das Gas anzustellen. Es dauert nicht lange, bis das Wasser kochte. Bedächtig goss sie das siedende Wasser über den Kaffee, wartete, bis kein Tropfen mehr unterhalb des Filters hervorkam. Das wiederholte sie dreimal, bis die Kanne zum Rand gefüllt war. Sie schloss die Augen, sog den aromatischen Geruch tief ein. Es war der Rest des Kaffees, den Onkel Jup mitgebracht hatte. Richtiger Kaffee, kein Kaffee-Mix vom Konsum. Und es war noch genug da für alle an diesem Morgen.

»Danke, danke für alles.« Ulrike war zum Heulen zumute.

»Unsinn. Wenn wir nicht zusammenhalten, dann ist sowieso alles vorbei.« Marias Mutter strich Butter auf eine Scheibe Brot, anschließend selbstgemachte Marmelade darüber, und reichte es Ulrike. »Du musst erst einmal was Gescheites essen, dann sieht der Tag schon ganz anders aus.«

Maria lächelte. Es war lange her, dass sie ihre Mutter in gelöster Stimmung gesehen hatte.

Ulrike wollte vor Schulbeginn nochmals zu Hause vorbeigehen. Sie sagte, dass ihre Eltern bestimmt wieder zurück seien, dass sie sich vermutlich Sorgen machen würden. Das klang logisch. An ihrem Gesichtsausdruck war jedoch abzulesen, dass es gelogen war.

Kurze Zeit später ging auch Maria aus dem Haus, nicht auf den letzten Drücker wie sonst, sondern deutlich früher. Sie machte sich erneut Sorgen um Ulrike und das würde, so ahnte sie, immer öfter der Fall sein. Als sie an ihrem Wohnblock vorbeikam, war der Wartburg verschwunden. Sie wollte sich einreden, dass dies ein gutes Zeichen war.

Als sie in der Schule ankam, wusste sie, dass das Gegenteil der Fall war. Ulrike war nirgends zu sehen. Sie ging in den Klassenraum. Ulrikes Platz blieb leer. Niemand fragte nach ihr. Es war, als habe es Ulrike nie gegeben.

Das Pausenzeichen läutete. Ulrike war noch immer nicht erschienen. Der Unterricht begann. Gedankenversunken blickte Maria hinüber zu dem leeren Platz, auf dem sonst Ulrike saß. Wo war sie? Was hatten sie mit ihr getan? Ulrike hatte Angst gehabt. Sie wusste, warum. Sie ahnte, dass etwas Schlimmes auf sie zukommen würde. Und sie hatte der Stasi nicht entkommen können, niemand konnte ihr entkommen, solange man wie ein Vogel im Käfig lebte.

Nach dem Unterricht, von dem sie nichts mitbekommen hatte, schlich Maria sorgenvoll hinaus auf den Schulhof. Bedrückt stellte sie sich in den Schatten einer großen Platane, dorthin, wo sie oft die Pause mit Ulrike verbracht hatte. Das Rauschen der Blätter, das Zwitschern der Vögel hatte ihnen oft Schutz vor unliebsamen Zuhörern gegeben. Diesmal stand sie allein mit ihren quälenden Gedanken da.

Ein Mädchen mit blauer FDJ-Bluse kam lächelnd auf sie zu. Es war Lisa. Eigentlich hieß sie Gerda-Elisabeth. Der Name Gerda erinnere an die Nazis, hatte eine Lehrerin im ersten Schuljahr verkündet. Seitdem achtete sie akribisch darauf, Lisa genannt zu werden. Im letzten Jahr avancierte sie zur Klassenbeste. Man munkelte, dass ihre Linientreue ihr so manchen Einblick in bevorstehende Klassenarbeiten beschert hatte. Aber sie war auch schlau und sehr fleißig und provozierte allein damit den Neid und die Missgunst ihrer Klassenkameraden, auch ohne Linientreue.

Maria nickte ihr beiläufig zu, wollte zurück zum Schulgebäude gehen.

»Schöner Tag heute, nicht wahr?«, sprach Lisa sie an. »Ein Dienstag. Noch vier Schultage, dann geht's zu den Pionieren.«

»Schön für dich«, antwortet Maria mit betont abweisendem Gesichtsausdruck.

»Willst du nicht zu den Pionieren? Ulrike ist auch da.« Lisa schaute Maria provozierend an.

»Tatsächlich? Ich dachte ...« Maria biss sich auf die Lippe. Was sollte Lisas Anspielung auf Ulrike? Selbst ihr musste es nicht entgangen sein, dass Ulrike fehlte.

»Was dachtest du?«, wollte Lisa mit blinzelnden Augen wissen.

»Nichts«, antwortete Maria kurz, suchte nach einem anderen Thema oder besser: nach einem unauffälligen Grund zu gehen.

Lisa fing an, mit dem Fuß ein Herz auf den sandigen Boden zu malen und spitzte dabei die Lippen. Sie hatte dabei Ähnlichkeiten mit der Krätzig. Vielleicht lag es auch nur daran, dass sie auf derselben Seite stand. »Alex macht dir ja ziemlich schöne Augen«, versuchte sie erneut ein Gespräch.

»Woher willst du das wissen?«, fragte Maria genervt.

»Letztens in der Stadt, er hat dir und Ulrike ein Eis ausgegeben. Augen hatte er nur für dich.«

Maria erschrak, wollte sich aber nichts anmerken lassen. Lisa leistete offenbar gute Arbeit für die Stasi, hatte ihre Augen und Ohren überall, allerdings auch ihre vorschnellen Kommentare. »Bist wohl eifersüchtig?«, schoss Maria verärgert zurück.

»Ist nicht mein Typ. Aber was dich anbelangt, Maria, sicher wird er bei seinem Vater ein paar gute Worte für dich einlegen. Bei den Pionieren ...«

»Hör mal, Lisa, was willst du eigentlich?«, unterbrach Maria Lisas Spekulationen.

»Man wird doch mal fragen dürfen. Blöde Ziege.« Lisa hob das Kinn und ging. Dabei wechselte sie einen konspirativen Blick mit der Krätzig, die am Rande des Schulhofs stand und alles beobachtet hatte.

»Wenn ich zu den Pionieren müsste, würde ich kotzen«, murmelte ihr Maria hinterher.

Nach Schulschluss rannte sie zum Block zehn. Den Wartburg, der diesmal zwei Ecken weiter parkte, bemerkte sie nicht. Herzrasend blickte sie sich um, bevor sie bei Ulrike klingelte. Es blieb still.

»Nun, junge Frau, wohin denn so eilig?«, fragte plötzlich eine dunkle Männerstimme.

Maria zuckte zusammen und wandte sich um. Ein Mann, gut ein Kopf größer als sie, stand direkt vor ihr und sah auf sie herab.

»Ist wohl keiner zu Hause.«

Maria erwiderte nichts, kniff die Augen zusammen und wollte gehen. Der Mann packte sie am Oberarm. Wütend drehte sie sich um und starrte ihn scharf an. »Hey, Sie tun mir weh.«

Der Mann ließ sie los. »Wo wollten Sie denn hin?«, fragte er, als wüsste er es nicht längst.

»Geht Sie nichts an.« Maria riss sich los, drehte sich um und rannte los.

Zurück in ihrem Zimmer warf sie sich auf ihr Bett. Ihre Gedanken und Sorgen überschlugen sich. Später beim Abendessen, sie hatte sich wieder halbwegs im Griff, erzählte sie ihren Eltern nichts von dem Vorfall. Zum Glück fragten sie nicht nach Ulrike.

Die nächsten Tage versuchte sich Maria so unauffällig wie möglich zu verhalten. Ulrike blieb verschwunden, ebenso ihre Eltern. Jede Frage nach ihnen hätte ihre Situation möglicherweise verschlimmert. Die Stasitypen waren perfekt darauf trainiert, einen aufs Glatteis zu führen. Das hatte ihr Ulrike ja deutlich zu verstehen gegeben. Besser war es, gar nicht erst befragt oder verhört zu werden. Die Unruhe nagte jedoch schmerzhaft in ihr.

Am letzten Schultag wurden Zettel verteilt und die geplanten Sommerferien besprochen. Maria war erleichtert, dass man sie nicht zu den Pionieren, sondern in ein drittklassiges FDJ-Ferienlager an die Ostsee schicken wollte. Die Schule war bereits mittags zu Ende. Ulrike war nach wie vor wie vom Erdboden verschluckt. Nicht nur, dass sich Maria schwere Sorgen machte. Wie gerne hätte sie ihren Urlaub im Ferienlager mit Ulrike verbracht. Ulrike, die Einzige, der sie vertrauen konnte. Die Ungewissheit war quälend. Vier Wochen Ferienlager ohne zu wissen, was mit Ulrike los war, würde sie nicht überstehen. Sie musste es riskieren, ging hinüber zu einem Platzwart, der für die Organisation der Ferienlager zuständig war.

»Ja?« Der Mann im grauen Anzug, der zuvor die Zettel verteilt hatte, blickte Maria fragend an.

»Ich wollte fragen«, begann sie zögernd, brach aber ab.

»Was wollten Sie fragen?«, er blickte sie misstrauisch an.

»Ach nichts«, erwiderte Maria und drehte sich um.

Der Mann schüttelte den Kopf und ging weiter seiner Arbeit nach.

»Na, Junge, was macht die Maschine?«

Alex schreckte herum. Der Regen prasselte so laut auf das Blechdach der Garage, dass er seinen Vater nicht hatte kommen hören. »Gut, alles gut. Oder ... vielleicht doch nicht alles. Der Regen will einfach nicht aufhören. Es schüttet ununterbrochen. Eigentlich wollte ich mit dem Motorrad ...«

»Ja, da fährt man besser kein Motorrad«, unterbrach ihn sein Vater und setzte sich auf einen umgedrehten Bierkasten, Köstritzer Schwarzbier stand auf dem Kopf. Nachdenklich sah er zu, wie sein Sohn die längst perfekt glänzenden Chromteile und den rundlichen schwarzen Tank des Motorrads polierte. »Du willst sie mitnehmen. Deswegen wartest du auf besseres Wetter, nicht wahr?«

Alex nickte überrascht, spürte sein Gesicht erröten. »Wirklich nett, die Kleine«, ergänzte sein Vater.

»Ja, findest du?« Alex drehte sich irritiert um, schaute seinen Vater fragend an. Sollte er seine Abneigung gegenüber Maria überdacht, möglicherweise sogar beigelegt haben? »Ich habe ihr versprochen, sie mitzunehmen, sobald das Wetter besser ist.«

»Das ist doch phantastisch.« Sein Vater strahlte ihn an und nickte aufmunternd. »Sie ist ein nettes Ding.«

Alex seufzte erleichtert, wollte etwas sagen, aber sein Vater kam ihm zuvor.

»Seitdem du mit ihr einmal durch Halle gebraust bist, redet sie von nichts anderem.«

Alex stutzte, blickte verwirrt zur Seite. Von wem redete er? Konnte Maria gemeint sein. Vielleicht hatte sie heimlich versucht, bei seinem Vater für gutes Wetter zu sorgen? Es war jedoch weder ihre Art, platt zu lügen, noch sich zu verbiegen. Oder war es vielmehr sein Vater selbst, der ihm gerade Märchen auftischte? Alex versuchte es vorsichtig mit einer Gegenfrage: »Du hast mit ihr geredet?«

Sein Vater lachte, als habe er genau auf diese Frage gewartet. »Aber natürlich habe ich mit ihr geredet. Schließlich sind wir ja Nachbarn. Ich finde, sie ist mit ihren langen blonden Haaren ein ausgesprochen hübsches Mädchen. Und wusstest du, dass sie weitläufig mit Clara Zetkin verwandt ist? Ihr Vater hat dadurch schon mal ein paar Pluspunkte bei der Partei, seine Tochter natürlich auch. Ihr beide, ihr wäret, wie soll ich sagen ...«, er blickte verlegen zur Seite. »Also schaden kann das nicht. Du solltest sie noch einmal mitnehmen auf deinem Motorrad, sobald das Wetter besser ist.«

Alex seufzte, wandte sich wieder seiner sinnlosen Poliertätigkeit zu. Wie hatte er auch nur entfernt annehmen können, dass sein Vater Maria meinte. Natascha, diese blöde Ziege aus der Nachbarschaft, es lag schon einige Wochen zurück, dass sie ihn wegen einer Spritztour durch Halle belatschert hatte, und dann auch noch ohne Helm. Seitdem klebte sie wie eine Klette an seinen Fersen. Immer, wenn sie in der Nähe war, versuchte er einen großen Bogen um sie zu machen.

Sein Vater schaute ihn schmunzelnd an. »Na, wie ich das sehe, knistert es ja doch ganz schön zwischen euch beiden. Kannst es wohl nicht abwarten, sie erneut mitzunehmen.«

»So könnte man das nennen.« Alex dachte an Maria, schmunzelte vielsagend zurück.

»Frauen muss man etwas zappeln lassen. Das kenn ich vom Fischen.«

»Tatsächlich, und wie oft ist dir dabei der Fisch entkommen?«, erwiderte Alex. Er wollte das Gespräch möglichst rasch beenden, bevor sein Vater mitbekam, an wen er wirklich dachte.

»Wenn es der Richtige ist, dann bleibt er am Haken hängen, glaub mir«, sagte sein Vater selbstgefällig.

»Ich hoffe, du hast Recht, aber ... Menschen sind nun mal keine Fische.« Alex wunderte sich selbst über seine plötzliche Schlagfertigkeit, und hoffte, dass das Gespräch damit beendet war.

Sein Vater blinzelte ihn fragend an, suchte nach einer weiteren Belehrung, nach dem sprichwörtlich letzten Wort. Entschlossen stand er schließlich auf und ging zum Garagentor. »Komm, mein Junge, ich zeig dir mal etwas, was viel wichtiger ist als Frauen.« Er öffnete das Garagentor. Dann stieg er in seinen Wartburg, ließ den Motor an und rollte knatternd auf die Straße, wo er wartete.

Alex folgte ihm, schloss hinter sich das Garagentor und setzte sich anschließend auf die Beifahrerseite. Er fühlte sich miserabel, wie der Fisch an der Angel. »Wo geht's denn hin?«, wollte er wissen.

»Lass dich überraschen. Es wird Zeit, dass du lernst, worum es im Leben wirklich geht.«

Es dauerte nicht lange, bis sie am Ziel und vor einem unscheinbaren Gebäude anhielten. Allein die vergitterten Fenster im Erdgeschoss ließen erahnen, dass das Gebäude im Inneren nicht so unscheinbar war, wie es von außen erschien. Schweigend stiegen sie aus dem Auto. Sein Vater klingelte an einer Tür, von der die Farbe abblätterte, so wie bei fast allen Haustüren in Halle. Es war die perfekte Tarnung.

Kurze Zeit später wurde geöffnet. Ein Mann mit Schirmmütze nickte ihnen zu. Sie traten ein, es war düster, roch muffig. Die Tür fiel ins Schloss, wurde hinter ihnen erneut verriegelt. Eine Treppe führte hinab in den Keller. Vergitterte Kellerlampen flackerten an den Wänden. Alex fröstelte, wollte etwas fragen, wusste jedoch, dass er keine Antwort bekommen würde.

Sie betraten einen kühlen Raum, in dessen Mitte ein Tisch stand, jeweils davor und dahinter stand ein Stuhl. Eine Art Schreibtischlampe war auf den vorderen Stuhl gerichtet. An der Seitenwand des Raumes hing ein großer Spiegel. Sein Vater nahm hinter dem Tisch Platz, bedeutete Alex, sich ihm gegenüber auf den Stuhl zu setzen. Alex zuckte zurück, kniff die Augen zusammen, als sein Vater unvermittelt die Lampe anschaltete.

»Und, was meinst du?« Die Stimme seines Vaters klang triumphierend.

»Hier werden sie ... verhört, nicht wahr?« Eigentlich wollte er *eingeschüchtert* sagen.

»Schlau, sehr schlau, mein Junge. Wir müssen auf der Hut sein, verdächtige Elemente verhören, gewisse Methoden anwenden, um staatsfeindliche Aktivitäten an der Wurzel zu packen.«

Alex nickte, fühlte sich selbst wie ein verdächtiges Element und wollte weg. Der Schein der Lampe hielt ihn umklammert.

»Wir müssen wissen«, fuhr sein Vater fort, »auf welcher Seite sie stehen. Haben wir uns verstanden?« Er schaltete die Lampe aus und beugte sich vor.

Immer noch geblendet von dem gleißenden Licht, fühlte sich Alex blind, hilflos, eingeschüchtert. Langsam schälten sich die Konturen seines Vaters aus der Dunkelheit.

»Wir lassen sie eine Weile zappeln, wie Fische am Haken, und dann, zack, dann ziehen wir sie raus.«

Alex legte die Stirn in Falten, wollte fragen, was Begriffe wie »politisch« und »gesellschaftlich« bereits beantwortet hatten – wer sind »sie«, wer ist »wir«?

Sein Vater kam ihm zuvor: »Wir, Alex, das sind alle hier im Haus, alle, die draußen Augen und Ohren offen halten, auch du. Wir haben eine große Verantwortung. Wir können nicht nur zuschauen, nicht nur Spaß haben, nicht nur Motorradfahren. Wir können nicht zulassen, dass andere alles kaputt machen. Und das tun sie, wenn sie nicht aufgehalten werden. Sie sind unbarmherzig dabei, ihre eigenen Ideale zu verfolgen. Ideale, die unsere große Idee zunichtemachen würden. Und du weißt, das System überwacht sich nicht von selbst. Wir müssen dafür etwas tun, wir müssen den Feind erkennen und aussortieren, verstehst du das?« Sein Vater machte ein ernstes Gesicht und stand auf, ohne eine Antwort abzuwarten.

Alex fühlte sich wie betäubt, er folgte ihm hinaus auf den Gang. In einem gegenüberliegenden Türeingang stand ein Mann mit Glatze und auffälliger Brille, eine mit dunkler Oberkante. Er rauchte und schaute ihnen schweigend nach. Im Nebenraum füllte kaltes Neonlicht, das mit einem Zirpen ansprang, das anfängliche Dunkel mit farbloser Helligkeit. An den Wänden waren Regale aufgestellt. Aktenordner reihten sich schweigend aneinander. Sie hätten viel zu erzählen. Ein großes Fenster öffnete den Blick in den benachbarten Verhörraum, in dem sie zuvor gesessen hatten. Es war die Rückseite des Spiegels, der die beiden Räume teilte und doch zumindest einseitig miteinander verband. Auf einem großen Tischt in der Mitte des Raumes lagen bedruckte Papiere, handschriftliche Notizen, Schwarz-Weiß-Fotografien.

»Setz dich.« Alex' Vater ließ keine Widerrede zu und ließ sich mit einer zackigen Bewegung auf einen Stuhl fallen. »Ich sagte, dass sie mitten unter uns sind. Es wird dein erster Fall.«

»Mein erster Fall?« Alex setzt sich wie betäubt neben ihn und hob verwirrt die Augenbrauen, spürte eine Last, die ihn niederdrückte. Bisher hatte er ihr, der Staatsräson, ausweichen können. Jetzt erwischte sie ihn kalt.

»Eigentlich eine klare Sache. Wir haben sie schon länger im Visier. Kommen aus Görlitz. Ein Ehepaar mit Tochter, etwa in deinem Alter. Er fiel auf durch Spionage in Bautzen. Sie arbeitete in der Poststelle, gab staatsfeindliche Schriften weiter, anstatt sie auszusortieren. Zwangsversetzt. Wir dachten, sie hier in Halle erziehen zu können. Stattdessen gehen sie regelmäßig zu konspirativen Treffen nach Leipzig. Manche lernen es halt nie.« Sein Vater reichte ihm die Unterlagen.

Alex nahm sie entgegen. Auf einem der Bilder sah er ein Mädchen, das ihm bekannt vorkam. Nachdenklich schaute er über das Material. Dann blieb sein Blick an einem Namen hängen: Sonnemann.

»Weißt du, wenn man einen Fisch am Haken hat«, offenbar hatte er Alex' überraschten Blick nicht bemerkt, »dann sammeln sich noch andere Fische um den Ort des Geschehens. Leipzig ist so ein Ort. Ein Pfarrer wiegelt alle gegen uns auf. Üble Sache.«

Alex spürte, wie sich seine Kehle zuschnürte.

»Sie hatten keine Chance«, ergänzte sein Vater in diesem überheblich-referierenden Tonfall, den er manchmal annahm. »Sie konnten uns nicht entkommen. Das gesammelte Material reicht bereits aus, um sie zuzuführen. Zwischen drei und vier Jahren Bautzen. Das wird ihnen guttun.«

Der Mann mit Brille kam herein, schüttelte schweigend den Kopf und überreichte Alex' Vater einen Zettel, der ihn kurz überflog.

»Verdammt, wie konnte das passieren?«, war seine verärgerte Reaktion. Er zerknüllte das Papier, steckte das Knäul in seine Hosentasche, atmete aus, versuchte sich erneut zu sammeln.

»Was ist passiert?«, wollte Alex wissen.

»Nichts ist passiert, nichts, was für dich von Bedeutung wäre«, erwiderte sein Vater schroff.

»Na, dann können wir ja gehen.« Alex wollte aufstehen.

»Bleib sitzen, Alex! Wir sind noch nicht fertig, wir sind niemals fertig. Es ...« Er überlegte, vielleicht kurzerhand seinen Plan zu ändern. »Es geht um die Tochter. Vielleicht sollten wir ihr eine Chance geben?«

»Eine Chance, wie meinst du das?« Alex spürte, dass etwas unaufhaltsam auf ihn zurollte.

»Du kannst ihr eine Chance geben, hier im Keller. Sie war zwar dabei, in Leipzig, aber wir sind ja keine Unmenschen. Du kannst ihr helfen, auf die richtige Bahn zu kommen.« Sein Vater sah ihn auffordernd an.

Alex wollte weg. Es war wie eine Schlinge, die sich langsam zuzog. Der Mann mit Brille stand hinter ihm, blies ihm seinen Zigarettenqualm in den Nacken. Alex musste husten. Vielleicht tat er es auch nur, um Zeit zu gewinnen, sich eine passende Ausrede auszudenken. »Wie ..., wie soll ich ihr helfen können?«, stammelte er kleinlaut.

Sein Vater grinste, schüttelte den Kopf, spielte mit seiner Überlegenheit. »Du musst ihr klarmachen, auf welcher Seite sie steht, nämlich auf der falschen. Du kannst das. Ihr seid etwa gleich alt. Sie wird dir glauben.«

»Vater ich ..., ich weiß nicht. So etwas habe ich noch nie gemacht. Außerdem sind ihre Eltern ...«

»Dann ist es halt das erste Mal«, fiel ihm sein Vater ins Wort, ließ seine flache Hand auf die Tischplatte krachen.

Alex zuckte zusammen, schloss die Augen. Es folgte eine bedrückende Stille. Er dachte an Ulrike. Gerade hatten sie noch ein Eis zusammen gegessen. Sie hatte einen vernünftigen, einen besonnenen Eindruck gemacht. Jetzt hatte man offenbar ihre Eltern gefangengenommen. Was sollte er ihr sagen, wie ihr Vertrauen zurückgewinnen? Sie war Marias beste Freundin. Es wäre fast, als müsste er Maria verhören. Er holte tief Luft, schluckte, bevor er sich dazu durchringen konnte, nicht nachzugeben. »Das ..., das kann ich nicht. Nicht jetzt ..., nicht einfach so.«

Der Mann mit der Brille wandte sich hämisch lächelnd ab. »Ich sagte doch, das wird nichts. Lass mich das machen. Sowieso besser, jetzt wo die Alten ...«, er verkniff sich den Rest, verschwand kopfschüttelnd auf dem Gang.

Sein Vater schnaufte, biss die Zähne zusammen. Wieder folgte ein langes Schweigen. »Du enttäuschst mich. Weißt du das?« Er sah seinem Sohn durchdringend in die Augen, versuchte ihn aufzuweichen.

»Vater, ich ..., ich würde dich enttäuschen, wenn ich das jetzt tun würde. Ich war noch nie bei so einem Verhör«, versuchte Alex zu erklären. In seinem Kopf rasten die Gedanken.

Sein Vater richtete sich auf, stemmt die Hände in die Hüften. »Also gut.« Er atmete schwer, suchte nach einer Möglichkeit, sein Gesicht zu wahren. »Du bleibst hinter dem Spiegel, die nächsten zwei Wochen. Von der Schule wirst du freigestellt. Das hier ist ohnehin die bessere Schule. Und keine Widerrede.« Er zeigte bedrohlich mit dem Zeigefinger auf Alex. »Und das mit dem Motorrad ..., man muss sich so etwas verdienen, verstehst du?«

Alex nickte resigniert. Zwei Wochen, dachte er, dann ging es ohnehin zu den Pionieren. Bis dahin würde er seine Zeit absitzen, im Keller der Stasi.

Später fuhren sie zurück. Sein Vater sagte kein Wort, blickte starr auf die Straße. Nach dem Abendessen, das eisige Schweigen hatte sich seither fortgesetzt, ging Alex nochmals in die Garage. Er setzte sich auf den Bierkasten, auf dem zuvor sein Vater gesessen hatte und sank in sich zusammen. Wenigstens das verdammte Verhör hatte er abwenden können, dennoch fühlte er sich miserabel. In den nächsten zwei Wochen würde er Zeuge widerwärtigster Menschlichkeit werden. Homo homoni lupus, ein Wolf ist der Mensch dem Menschen. Das hatten sie im Lateinunterricht zwar gelernt, aber nicht verstanden. Eigentlich war es auch nur der halbe Spruch, die halbe Wahrheit. ... non homo, quom qualis sit non novit: Ein Wolf ist der Mensch dem Menschen, kein Mensch, solange er nicht weiß, welcher Art der andere ist. Die Stasi wusste nicht, wer der andere war, presste nur das heraus, was sie wissen wollte. Den Feind erkennen und aussortieren, so hatte sein Vater gesagt.

Im schwarz glänzenden Tank seines Motorrads sah er sein Spiegelbild: dunkel, rundlich verzerrt, eine groteske Fratze. Erneut ging ihm die Frage durch den Kopf: Wer waren sie, wer waren wir? Auf welche Seite gehörte er? Auf die eine, Marias Seite, zu der er sich hingezogen fühlte, oder die andere, die seines Vaters, auf die seine Geburt ihn ungefragt zog. Zwei unvereinbare Welten. Lag nicht genau darin das Grundübel, dass Menschen wie sein Vater polarisierten? Hier waren die Guten, dort die Schlechten. Mensch oder Wolf?

Alex fühlte sich gefangen, nicht etwa in der einen oder in der anderen Welt, sondern in der Zone dazwischen. Dort saß er fest und war unfähig, sich zu bewegen.

Nachdem Ulrike die Wohnung von Marias Eltern verlassen hatte, entschloss sie sich, nicht durch die Haustür, sondern durch den Entlüftungsschacht des Luftschutzkellers im Nachbareingang in ihre Wohnung zurückzukehren. Grund dafür war der graue Wartburg, der unweit ihres Wohnblocks parkte. Maria hatte ihr von den dick betonierten Kellern erzählt, wie sie sich als Kind aus Angst vor den amerikanischen Bomben dort versteckt hatte. Es war das ultimative Inferno, das allen bereits in der Kindertagesstätte, ob in Halle oder Görlitz, immer wieder vorgebetet wurde. Irgendwann wäre es so weit, dann, wenn der imperialistische Westen, seine Drohungen wahrmachen würde. Maria hatte Ulrike bislang jedoch nicht dazu bewegen können, in den Luftschutzkeller hinabzusteigen. Höhenangst gesellte sich oft zu Platzangst. Jetzt hatte sie keine Wahl. Diesmal waren es weniger die amerikanischen Bomben als vielmehr der graue Wartburg, vor dem ihr der Luftschutzkeller Deckung bieten sollte.

Leise hatte sie gehofft, dass ihre Eltern wieder zu Hause wären. Sie waren jedoch nicht da, auch keine Nachricht von ihnen. Besorgt spähte sie zwischen den Vorhängen hindurch und hinunter zur Straße. Der Wartburg stand noch immer an seinem Platz. Für immer konnte sie sich nicht verstecken. Kurzerhand entschloss sie sich, durch die Haustür die Wohnung zu verlassen. Sie musste den Anschein wahren, die ganze Nacht zu Hause gewesen zu sein. Es war ein mehr als naiver Gedanke. Sie waren zu dritt. Mit roher Gewalt zerrten sie ihre Handgelenke hinter ihrem Rücken zusammen. Das Eisen der Handschellen krallte sich schmerzhaft um ihre Gelenke.

»Diesmal entkommst du uns nicht, du Miststück«, raunte ihr einer der Männer zu.

Ulrike erkannte die Stimme. Gerne hätte sie dem Vopo einen erneuten Tritt zwischen die Beine versetzt, wie in Leipzig. Gestern hatte sie dem Vopo und damit dem Zugriff der Stasi noch entkommen können. Jetzt waren die Männer schneller. Sie drückten ihren Kopf nach unten, schubsten sie auf den Rücksitz des Wartburgs. Beißender Zigarettenqualm nahm ihr die Luft zum Atmen.

Die Stasizentrale kannte jeder, auch wenn das Haus einen unscheinbaren Eindruck machte. Nichts, allenfalls die Fenstergitter im Erdgeschoss, verriet, was ihr bevorsteht, wovon alle unter vorgehaltener Hand berichteten. Hinter dem Eingang ging es durch eine Seitentür in den Keller. Es war dunkel und kalt. Sie fing an zu zittern. Sie wurde in einen kahlen Raum gestoßen. Wenigstens die Handschellen hatten sie ihr abgenommen. Ein Holzgestell, es war eine Pritsche, stand an der Seite gegen die Wand geklappt. Sonst war der Raum leer. Ein vergittertes Fenster knapp unter der Decke ließ einen fahlen Lichtschimmer hinein. Die schwere Eisentür fiel ins Schloss, die Verriegelung klackte zweimal. Sie war gefangen, in einer Zelle, einer Gefängniszelle. Ihre Platzangst meldete sich zurück. Sie schloss die Augen und versuchte ihren rasenden Puls zu beruhigen. Es war nicht die einzige Angst, gegen die sie sich wehrte. Es würde jemand kommen, der sie verhören, der ihr vielleicht Schmerzen zufügen würde, wenn sie nicht geständig wäre. Sie wusste inzwischen mehr, als sie preisgeben durfte.

Sie klappte die Pritsche auf und setzte sie auf das nackte Holz.

Stunden vergingen. So wie ihre Kehle eintrocknete, so meldete sich ihre Blase. Früher oder später würde sie sich erleichtern müssen.

»Hey, ist da jemand? Ich muss mal aufs Klo«, rief sie irgendwann.

Entfernte Schritte kamen näher. Eine schwere Tür krachte ins Schloss. Die Schritte entfernten sich wieder.

»Hallo, hört mich denn keiner?«, versuchte sie es noch einmal.

Inzwischen war es draußen dunkel geworden. Sie konnte gerade eben noch die Hände vor ihren Augen sehen. Sie zitterte am ganzen Körper. Ihr Unterleib fing an zu schmerzen. Lange würde sie es nicht mehr aushalten.

»Bitte, lasst mich wenigstens zur Toilette, bitte.« Ihre Stimme klang heiser, flehend. Verzweifelt zog sie ihre Schuhe, ihr Strümpfe, dann ihre Hose und ihre Unterhose aus, schleppte sich gebückt in die gegenüberliegende Ecke und hockte sich hin. Der Schmerz ließ nach. Der Gestank und der nasse Boden waren schwer zu ertragen, nagten an dem, was man ihr offenbar nehmen wollte: menschliche Würde. Es war nicht ihre Schuld und dennoch ekelte sie sich und schämte sich vor sich selbst. Im Dunkeln tastete sie nach ihren Kleidern. Der Urin hatte sich gleichmäßig auf dem Boden verteilt. Die Strümpfe waren durch den Lattenrost gefallen und lagen in ihrer eigenen Pfütze. Sie schlüpfte zurück in ihre Kleider und ohne Strümpfe in die Schuhe, kauerte sich auf den Lattenrost. Wie lange würde man sie hier festhalten, ohne Wasser und Brot?

Sie fiel in einen kurzen Schlaf und wurde vom Brennen in ihrer Kehle geweckt. Es war nach wie vor dunkel. Die Zeiger auf ihrer Armbanduhr waren nicht zu erkennen. »Hey, ihr verdammten Schweine, lasst mich hier raus!«, rief sie in die Dunkelheit.

Es war ein kurzer Anflug von Panik, den sie gerade noch unterdrücken konnte. Es war vermutlich genau das, was man bezweckte – Panik, Verzweiflung. Ihr Vater hatte sie gewarnt. Es war nicht schwer, jemanden in eine Lage zu versetzen, in der jeglicher Widerstand in sich zusammenbrach. Sie musste sich konzentrieren. *We shall never fall, behind the yellow brick wall*, ging es ihr durch den Kopf. Sie hörte Marias Stimme. Es beruhigte sie für einen Moment, auch wenn ihr schmerzlich bewusstwurde, wie weit Wille und Wirklichkeit auseinanderklafften.

Als sich das Schloss in der Eisentür bewegte, wurde sie aus einem unruhigen Dämmerzustand gerissen. Das Neonlicht an der Decke meldete sich zurück, blendete schmerzlich, sodass sie für einen Moment nichts sehen konnte. Schließlich erkannte sie blinzelnd eine Frau breitbeinig vor ihr stehend. Sie hatte einen Schlagstock in der Hand, mit dem sie Ulrike bedeutet, ihr zu folgen.

Am Ende eines Ganges wurde sie in einen anderen Raum gestoßen. Die Frau drückte sie auf einen Stuhl, der vor einem Tisch stand, und verschwand anschließend. Dabei ließ sie die Tür lautstark ins Schloss fallen.

Ulrike kniff die Augen zusammen. Eine Art Schreibtischlampe blendete sie, sodass sie erst nicht erkennen konnte, ob jemand hinter dem Tisch saß. Blauer Zigarettenqualm verriet dann aber, dass dort bereits jemand auf sie wartete. Am Rand des Schreibtisches stand ein Glas mit Wasser. Ihre Zunge brannte, das Glas grinste sie bösartig an.

»Ulrike Sonnemann?« Die Stimme klang ruhig, fast freundlich.

»Hören Sie, das muss ein Missverständnis ...«

»Ja oder nein?«

Warum fragte man sie nach ihrem Namen? Der Mann hinter dem Licht musste doch wissen, wer vor ihm saß. Es war wohl Teil einer Taktik, die mit langem Warten, Nahrungsentzug und Entwürdigungen begonnen hatte. Sie sollte weichgeklopft werden. Sie musste in die Offensive gehen, durfte sich nicht gleich geschlagen geben, musste sich irgendwie wehren. Schweigen war vermutlich besser als jede Antwort.

»Ja oder nein?«

»Ja.« Widerstand war zwecklos.

»Na also.« Der Mann beugte sich vor und kam damit etwas aus dem Lichtkegel hervor. Er hatte eine Glatze, trug eine auffällige Brille, die am Unterrand hell war, deren Oberrand die Augenbrauen verdeckte. Gierig zog er an einer Zigarette, drückte dann den noch glimmenden Rest in einen Aschenbecher. Danach lehnte er sich zurück und blies den Qualm genüsslich in den Raum. »Du enttäuschst mich, Ulrike. Wollten wir nicht zusammenarbeiten?«

»Ich kann mich nicht ...«

»Ja oder nein?«, fauchte er dazwischen. Es war derselbe Mann, den sie bereits aus der Schule kannte. Sein nichtssagendes Gesicht war seine beste Tarnung.

»Ja.«

»Es hat keinen Sinn, Ulrike. Wir wissen alles. Wir wollen es nur nochmals von dir hören. Haben wir uns verstanden?«

»Ich weiß nicht ...«

»Ja oder nein?«

»Ja«, flüsterte sie widerwillig.

»Ja oder nein? Ich habe es nicht verstanden.«

Ulrike räusperte sich. Sie hatte keine Wahl, musste mitspielen. »Ja.«

Der Mann zündete sich eine neue Zigarette an, blies den Qualm in ihre Richtung. »Gut, aber nicht gut genug. Du warst in Leipzig, nicht wahr?«

Ulrike überlegte krampfhaft, ob sie lügen sollte. Es gab Zeugen. Es war zwecklos. »Ja.«

»Mit deinen Eltern.«

»Ja.«

»Ihr wart in der Kirche.«

»Ja.«

»Gut. Das klingt doch schon mal besser. Und jetzt, meine kleine Ulrike, jetzt will ich von dir hören, was ihr dort gemacht habt, du und deine Eltern.«

»Gesungen, Kirchenlieder, und gebetet.«

»Was man so halt so macht in einer Kirche, nicht wahr?«, klang es sarkastisch zurück.

»Ja.«

Seine flache Hand krachte auf den Tisch. »Du lügst und das wird Folgen haben.«

»Das ist nicht ...« Sie verstummt, als der Mann ein blutverschmiertes Stück Stoff auf den Tisch warf. Es war der Rest von einem Hemd. »Erkennst du das?«

Ulrike nickte. Es gehörte ihrem Vater.

»Wie bitte, ich habe es nicht verstanden.«

»Ja, ich ..., ich weiß, wem es gehört.«

»Deinem Vater. Er hat sich ziemlich gewehrt. War nicht einfach, ihn zu überwältigen.«

»Was habt ihr mit ihm gemacht?«

Der Mann seufzte, drückte erneut die halb gerauchte Zigarette in den Aschbescher und klopfte auf die Schachtel. Sie war leer. »Verdammt.« Er griff nach einem Aktenkoffer, der seitlich am Tisch stand, und legte ihn, nachdem er das blutverschmierte Hemd zur Seite geschoben hatte, auf den Tisch. Die beiden Verschlüsse schnalzten gleichzeitig nach oben. Er holte eine neue Schachtel Zigaretten hervor, verschloss den Koffer wieder und stellte ihn an seinen ursprünglichen Platz zurück. »Wir haben Beweise und du, liebe Ulrike, du steckst mittendrin. Was deine Eltern anbelangt – Sabotage, Staatshetze, Gewalt gegen die Volkspolizei und so weiter und so weiter. Es steht nicht gut.«

»Sie leben.«

Der Mann zuckte mit den Schultern. »Noch, aber es ist nicht leicht zu überleben, wenn man sich in dieser Weise strafbar gemacht hat.«

Ulrike versuchte zu schlucken. Ihre Zunge blieb am Gaumen hängen. Das Glas Wasser schimmerte im Schein der Lampe

Er sah ihren Blick. »Oh, habe ich vergessen. Hier ist etwas zu trinken.« Er schob das Glas zu ihr hinüber. Ulrike nahm es in beide Hände und trank es in einem Rutsch aus.

»Mehr? Wir sind ja keine Unmenschen.« Eine Flasche stand auf dem Boden. Er nahm sie in die Hand, drehte den Verschluss auf und ließ das Wasser sehr langsam in das Glas laufen. »Also, fangen wir nochmals von vorne an. Wenn du kooperierst, können wir vielleicht etwas für deine Eltern tun. Vielleicht aber auch nicht.«

»Bitte ...«

»Ja, du wolltest etwas sagen?«, er riss die Augen auf, was ihm eine groteske Fratze verlieh.

Ulrike beugte sich nach vorne und wollte das Glas greifen.

Er war schneller, zog es zurück. »Später ..., vielleicht.« Damit nahm er selbst ein Schluck aus dem Glas.

Ulrike sah ihn verzweifelt an. »Meine Eltern, sie ...«

Er stellte das halbvolle Glas auf den Tisch und schob es ein kleines Stück nach vorne. »Was ist mit deinen Eltern?«

»Sie wollen helfen.«

»Helfen? Ist nicht wahr.« Er lächelte schief.

Ulrike bekam das Glas zu greifen und leerte es erneut in einem Zug. »Anderen helfen, das ist alles, was sie wollen«, ergänzte sie.

Der Mann schüttelte den Kopf und nahm den mit Blut befleckten Fetzen in die Hand. »Sieht das nach helfen aus?« Wie aus dem Nichts krachte seine Hand erneut auf den Tisch. »Du könntest ihnen helfen, wenn du nur wolltest.« Er warf das zerrissene Hemd Ulrike entgegen. »Hier, schenke ich dir. Ein letztes Geschenk deiner Eltern. Wenn du noch etwas für sie tun möchtest, dann will ich mehr hören. Deine Eltern wurden strafversetzt, und weißt du warum? Sicher weißt du es. Sie haben einem Verbrecher geholfen, seine Lügen zu verbreiten. Eigentlich steht darauf Zuchthaus. Aber der Staat hatte Mitleid und hat ihnen geholfen, ein neues Leben zu beginnen. Und zum Dank schließen sie sich diesen Kriminellen an, die nichts anders im Sinne haben, als unserem Staat und damit auch dir und deiner Generation zu schaden. Wir könnten deinen Eltern helfen, ja, das könnten wir. Aber nur mit deiner Hilfe. Wenn du dich stur stellst, dann ist es deine Schuld, wenn sie in Sibirien verrecken. Hast du verstanden, Ulrike? Es wäre deine Schuld.«

Sie spürte ihre Unterlippe zittern und nickte zaghaft. »Ich will ihnen helfen.« Ihre Stimme klang zerbrechlich.

»Dann sag endlich die Wahrheit. Was hattet ihr in Leipzig zu suchen? Wie heißen die Hintermänner? Wo sind ihre Verstecke?«

»Ich ..., ich weiß nicht, was Sie wollen.«

»Gut, also gut, dann ...« Er atmete ein paarmal tief ein und aus. Dann sprang er plötzlich auf, zur Tür und schlug mit der Faust dagegen. »Dann brauchst auch du offenbar etwas Nachhilfe.«

Die Tür öffnete sich. Die Frau mit dem Schlagstock stand dahinter.

»Er kann eintreten«, sagte er harsch zu der Frau.

Ein Mann in der Uniform der Volkspolizei trat in den Raum. Ulrike erkannte ihn sofort wieder.

»Na, erkennst du ihn wieder? Eines muss man dir ja lassen, du weißt scheinbar, wo man Männer am empfindlichsten treffen kann«, sagte der Verhörer und trat wieder näher an den Tisch heran.

Der Uniformierte stand ein paar Schritt entfernt mitten im Raum und schaute Ulrike verbissen an.

Ulrike spürte es in ihren Augenwinkeln zucken. Ein verräterisches Zucken, dass sie nicht unterdrücken konnte. »Ich ..., ich kenne den Mann nicht«, brachte sie trotzig hervor.

»Lüg mich nicht an!« Der Mann dreht sich zu dem Uniformierten um. »Ist sie das?«

»Dumme Schlampe.« Der Uniformierte musterte sie abfällig und nickte. Dabei griff er sich zwischen die Beine, machte ein schmerzverzerrtes Gesicht.

Offenbar war das nicht die nüchterne Antwort, die sein Vorgesetzter erwartet hatte. Er nickte der Frau mit dem Schlagstock zu, den Vopo wieder nach draußen zu begleiten, und kehrte an seinen Platz hinter den Schreibtisch zurück. Nachdem die Tür ins Schloss gefallen war, beugte er sich erneut vor und schaute Maria scharf an. »Du hast ihm in die Eier getreten. Widerstand gegen die Staatsgewalt. Allein darauf stehen ein paar Jahre Gefängnis.«

»Kann schon sein.«

»Ist das ein Geständnis?«

»Nein.«

»Verdammt, Ulrike, wenn du nicht redest, tun das andere für dich.«

»Ich weiß nicht, was Sie hören wollen? Wir haben gesungen, Kirchenlieder, das ist alles, was ich Ihnen sagen kann.« Ihre Stimme war jetzt lauter und kräftiger. Etwas meldete sich in ihr zurück. Sie dachte an Maria, an ihr Lied.

»Schluss jetzt. Du wirst noch Gelegenheit bekommen zu singen. Später.« Der Mann stand auf, ging wieder zur Tür und ließ erneut seine Faust dagegen donnern. »Sie können die junge Dame mitnehmen«, sagte er zu der Frau mit dem Schlagstock.

Ulrike stand auf. Die Frau mit dem Schlagstock packte sie am Arm. »Das Übliche?« Ihre Stimme klang tief, es hätte eine Männerstimme sein können.

»Das Übliche.« Der Mann schnaufte, er war mit dem Verhör sichtlich unzufrieden. »Und, Ulrike, das ist erst der Anfang.« Er nickte der Frau zu, Ulrike abzuführen.

Bevor sie den Raum verließen, blickte Ulrike zur Seite und sah sich selbst in einem großen Spiegel. Dass ihr jemand von der anderen Seite in die Augen schaute, ihr zunickte, konnte sie nicht ahnen.

Gedankenversunken stand Maria am Rande des Schulhofs. Pünktlich zum Start der Ferien hatte der Sommer aufgedreht und die Sonne knallte vom blauen Himmel. Der Bus war ebenfalls pünktlich und wollte auch pünktlich Richtung Ostsee abfahren. Pünktlichkeit war das Einzige, worauf man sich in diesen Tagen noch verlassen konnte, musste Maria im Stillen feststellen. Sie schmiss ihre Tasche in das aufgeklappte Gepäckfach und bestieg den Bus. Verlass war offenbar auch auf die Einheitskleidung, die an diesem Tag und im Zeltlager zur Pflicht gehörte: blaues Hemd mit FDJ-Symbol über dem Ärmel. Es sollte die aufgehende Sonne symbolisieren. Für die meisten war es inzwischen eher Sinnbild für die untergehende Sonne. Dazu hellbraune Hose oder Rock. Für Regentage wurden dunkelbaue FDJ-Anoraks aus einem Polyestergemisch verteilt.

Maria ließ sich im Bus auf einem der hinteren Sitzplätze nieder. Sie wollte allein sein, schloss die Augen, ließ die Ereignisse der letzten Tage an sich vorbeiziehen. Ihre Gedanken wirbelten durcheinander – ihre Eltern, die Krätzig, Lisa, Alex und dann immer wieder Ulrike. Die Abfahrt verzögerte sich.

Sie musste für einen Moment eingeschlafen sein und erwachte mit rasendem Herzschlag. Ihr Kopf dröhnte. Wo war Ulrike? Sie musste sie suchen. Sie sah sich hektisch um. Noch immer standen sie auf dem Schulhof. Sie wollte fluchtartig den Bus verlassen, um nach Ulrike zu suchen. Aber wo sollte sie anfangen? Es gab keine Spur von ihr und fragen konnte sie auch niemanden. Es war ein bedrückender Gedanke, allein an die Ostsee zu fahren, ihre beste Freundin in einer mehr als ungewissen Situation zurückzulassen. Vermutlich würde man Ulrike erneut verhören und das konnte sich tage-, ja, wochenlang hinziehen. Sie versuchte, die Gerüchte von zermürbenden Jugendgefängnissen, den berüchtigten Jugendwerkhöfen, zu ignorieren. Aber sie konnte es nicht, weil vieles dafürsprach, dass Ulrike und ihre Eltern gerade in solchen Einrichtungen gefangen gehalten wurden. »*We shall not fall, behind the yellow brick wall*«, murmelte sie trotzig vor sich hin. Es war Ulrikes Vers. Sie war stark. Sie würden sich wiedersehen.

Maria blickte sich um, sie wollte wissen, wer noch im Bus saß. Und dann zuckte sie zusammen. Jeden hätte sie im Bus erwartet, nur nicht das Mädchen, das sie jetzt sah. Direkt hinter ihr saß Lisa. Abkommandiert zum Bespitzeln oder hatte es einen anderen Grund, warum sie ausgerechnet hier saß? Als sich ihre Blicke trafen, schaute Lisa schnell demonstrativ zur Seite.

»Na, doch nicht zu den Pionieren?« Maria konnte sich den Kommentar nicht verkneifen. Lisa presste die Lippen zusammen, sagte nichts, sah schweigend aus dem Fenster.

Beide blieben alleine sitzen, jede für sich mit ihren unausgesprochenen Fragen. Maria ärgerte sich über ihren spitzen Kommentar. Mehr noch, etwas nagte an ihr. Da war die Erinnerung an letzte Woche, in der sich Lisa ziemlich plump als Spitzel entlarvt hatte. Blöde Ziege, waren ihre letzten Worte gewesen. Lisa hatte zu den Pionieren gewollt. Es schien bereits eine ausgemachte Sache. Sie war die Klassenbeste, die Hundertzwanzigprozentige. Auf sie konnten sich die Parteikader verlassen. Und jetzt saß sie hier, allein, auf dem Weg ins Zeltlager. Maria überlegte noch, ob sie sich nicht doch an ihre Seite setzen sollte. Irgendwie tat sie ihr plötzlich leid. Der Busfahrer ließ den Motor an. Es war ein Ikarus, eigentlich für die Stadt gebaut. Der ohrenbetäubende Krach ließ keine Unterhaltung zu, was jede Überlegung, sich neben Lisa zu setzen, überflüssig machte. Nachdenklich streckte Maria ihre Beine zur Seite und lehnte ihren Kopf an die am Fensterholm hängende Jacke. Das röhrende Geräusch des Motors und das Ruckeln des Busses über die gläsernen Pflastersteine bekam sie gerade noch mit. Dann fielen ihr erneut die Augen zu.

Erst kurz vor der Ostsee wachte sie wieder auf, brauchte einen Moment, um zu realisieren, wo sie war. Die anderen hingen bereits gespannt an den Fenstern. Für die meisten, so auch für Maria, war es die erste längere Reise, das erste Mal raus aus Halle und der näheren Umgebung. Umso mehr ärgerte sie sich, fast die ganz Fahrt verschlafen zu haben.

Ein Fluss seitlich der Straße – oder war es bereits ein Meeresarm? – glänzte blau in der Sonne. Kein Industrieschaum, keine toten Bäume, keine Ratten am Ufer. Für Maria eröffnete sich eine neue Welt.

Als der Bus zum Stehen kam, drängelten sich alle nach draußen. Es roch nach salziger Luft, nach Meer, nach Weite. Die gespannte Vorfreude auf das Neue glänzte auf jedem der Gesichter. Die Zelte, in denen sie untergebracht wurden, waren vergilbt, an manchen Stellen eingerissen. Drinnen roch es muffig. Man konnte unschwer erahnen, dass es bei Regen ungemütlich werden konnte und es dann von allen Seiten tropfte, ganze Rinnsale würden vermutlich ungehindert hindurchfließen. Die spartanischen Liegen waren durchgelegen, die Kissen hart, die Decken fleckig. Und dennoch versprühte alles ein seltsam aufregendes Flair und erinnerte an Ausgelassenheit und Freiheit.

Der frühe Nachmittag ihrer Ankunft begann mit einem Fahnenappell. Zettel mit einem Liedtext wurden verteilt. Singen war Pflicht.

»Bau auf, bau auf, bau auf,
Freie Deutsche Jugend, bau auf.
Für eine bessere Zukunft richten wir die Heimat auf ...«

Der Rest der Strophen plättscherte an Maria vorbei. Sie hatte es gelernt, den Mund zu bewegen, mitzusummen und gleichzeitig mit den Gedanken bereits über alle Berge zu sein. Es folgte eine Ansprache.

»Für Frieden und Sozialismus, seid bereit ... Genossinnen und Genossen ... Unvergänglichkeit unserer sozialistischen Republik ...«

Nur Bruchstücke, es waren immer wieder dieselben Phrasen, drangen in ihr Bewusstsein. Maria ließ es über sich ergehen. Mit großer Erleichterung nahm sie zur Kenntnis, dass sie bis auf den morgendlichen Fahnenapell sowie die gemeinsamen Essen morgens, mittags und abends ihre Freizeit selbst gestalten durften. Es wurden Mannschaftsspiele für die Jungen und Handarbeitskurse für die Mädchen angeboten. Pflicht waren sie nicht, wären aber zum Wohle des Gemeinsinns dringend zu empfehlen. Bla, bla, bla, dachte Maria und hatte nur eines im Sinn. Ihr Blick schweifte zu den Dünen. Dahinter musste sich das Meer befinden. Noch nie hatte sie das Meer gesehen, nur auf Bildern. Oma Hedde hatte davon erzählt. Schon damals hatte sie sich vorgenommen, die Tage am Meer zwischen den Dünen zu verbringen, sich im Sand zu räkeln, ihre Lieder zu singen. Es war nicht leicht gewesen, die Organisatoren davon zu überzeugen, dass sie ihre Gitarre mitnehmen dürfte. Die Aussicht, sie könne ja das ein oder andere Arbeiterlied anstimmen, hatte dann doch gesiegt. In Wirklichkeit wollte sie an ihrem Lied schreiben. Fly, fly, fly ... Sie musste aufpassen, es nicht zwischendurch zu pfeifen oder gar zu singen. Nicht nur der Text, auch die Sprache hätten ihr Ärger eingebracht. Englisch, Diktion des imperialistischen Klassenfeindes, Ausdruck von Dekadenz und moralischem Verfall, schrecklich. Heimlich kursierten jedoch die westlichen Schlager. Jeder kannte sie, jeder sang sie, die meisten für sich allein.

Noch konnte sie nicht weg, musste das Ende der Zeremonie abwarten. Ihre Gedanken sprudelten jedoch bereits über. Später würde sie alles aufschreiben, in ihr Tagebuch, das sie im Futter der Gitarrentasche versteckt mitgenommen hatte. Für den Fall, dass man ihre Taschen inspizierte, was quasi an der Tagesordnung sein sollte, hatte sie vorsorglich das Tagebuch mit einem systemkonformen Einband versehen. Dass man in ihren geheimsten, in ihre persönlichsten Gedanken stöbern könnte, war für sie undenkbar, gleichbedeutend mit Misshandlung, Vergewaltigung. Sie wusste, dass es riskant war, Gedanken und Gefühle aufzuschreiben. Und dennoch war es ihr ein Bedürfnis, ihre Ängste und Sorgen, aber auch ihren Zorn irgendwo abzulegen, herunterzuschreiben. Das so Geschriebene war für eine Weile aus ihrem Kopf verschwunden, es machte sie frei. Später nochmals zu lesen, was sie geschrieben hatte, verhalf ihr, nicht wieder in das dunkle Loch abzurutschen, das hinter hier, vielleicht auch wieder bereits drohend vor ihr lag. Die Last ihrer schweren Gedanken war damit ein Stück weit ausgelagert und drückte sie nicht mehr nach unten. Sie konnte aufatmen, singen, leben.

Nach dem Fahnenappell waren alle mit ihren Taschen, ihren Klamotten und dem Beziehen ihrer Liegen beschäftigt. Maria hatte anderes im Sinn. Jetzt hieß es nur noch auf und davon, bevor man sie mit irgendwelchen Aufgaben bedachte. Sie konnte es nicht mehr erwarten, das Meer zu sehen, zu fühlen, zu schmecken. Nie zuvor hatte sie ein stärkeres Gefühl ungebremster Lebenslust empfunden.

Sie rannte los, jeden und alles hinter sich lassend. Es war, als könnte sie endlich fliegen, der Freiheit entgegen. Die Möwen kreischten über ihr, wiesen ihr den Weg über die Dünen. Es roch nach Salz, je näher sie ihrem ersehnten Ziel kam. Der Sand kroch ihr in die Schuhe, rieb sich an ihrer Ferse, an ihrem Fußrücken. Schweißperlen rannen ihr in die Augen, sie war fast außer Atem, als sie versuchte, die Düne, die letzte Hürde, zu überwinden. Immerzu sank sie in den Sand ein, zwei Schritte nach vorne, einen zurück. Eilig zog sie Schuhe und Strümpfe aus. Der Sand fühlte sich gut an, umschmeichelte warm ihre Füße. Und dann war er da, der Moment, von dem ihr Oma Hedde so oft berichtet hatte. Noch lange später konnte sie sich an den ersten Blick über das Meer erinnern. Es war ein herrlicher Sommertag. Die Sonne stand fast im Zenit. Das ruhige Meer glitzerte wie ein wertvoller Schatz. Millionen lupenreiner, perfekt geschliffener Diamanten hätten nicht schöner, nicht heller, nicht reiner funkeln können als jede der einzelnen Wellen, die im Auf und Ab des sanften Windes nicht zu greifen waren, die in der Reflexion der Sonne kurz aufblitzten, von ihres Gleichen verschluckt wurden, um in der unendlichen Weite neu geboren zu werden. Es war ein lustiges Spiel, dem sich Maria nicht entziehen konnte, bis ihr die Augen brannten. Und das taten sie nur, weil Tränen des Glücks sich nicht aufhalten ließen. Andächtig sank sie auf die Knie, richtete ihren Blick nach oben, dem stahlblauen Himmel entgegen, an dem zahlreiche Möwen ihre Kreise zogen. Siebzehn lange Jahre hatte sie das Grau ertragen müssen, den Dreck, den Gestank. Siebzehn verlorene Jahre lagen hinter ihr. Und dennoch, vielleicht hätte sie sonst nie das Glücksgefühl empfunden, das nun durch ihren Körper strömte.

Dann rannte sie erneut los, dem Wasser entgegen. Zum Glück gehörten zur FDJ-Uniform kurze Hosen und kurzärmelige Hemden. Sie konnte es nicht abwarten, das Meer, das sich in endlosen Schleifen auf den feinen Sand ergoss, um dort zu versickern, an ihren Füßen zu spüren. Sie zuckte zurück. Der warme Anblick des Wassers stand im Kontrast zu seiner Kälte, der süße Geruch in der Luft zum salzig bitteren Geschmack der Tropfen, die sie ungeduldig in sich hineinsaugte. Und trotzdem hatte sie das Verlangen, sich ihre Kleider vom Leib zu reißen, durch die Brandung zu springen, unterzutauchen, eins zu werden mit einer neuen Welt, die sie bislang nur von Bildern kannte. Wieder sank sie auf die Knie, spürte das kalte Nass an sich hochkriechen, wie es sie betastete, um sich im nächsten Moment wieder zurückzuziehen. Sie legte die Hände zusammen, wie eine kleine Schale, um sich mit der nächsten Welle eine Schwung Wasser ins Gesicht zu schleudern. Eine unerwartet große Welle traf sie, ließ sie nach hinten fallen. Jetzt war alles nass. Maria war es egal, nasser ging nicht. Ausgelassen ruderte sie mit ihren Armen im Kreis, ließ die flachen Handflächen über das Wasser gleiten, schleuderte die aufgewirbelte Gischt den Möwen entgegen, die nach Nahrung suchend um sie kreisten. Spaziergänger in ihrer Nähe blieben stehen, blickten sich nach ihr um, schüttelten den Kopf und gingen weiter.

Wie ein Reh sprang sie zurück in Richtung der Dünen, ließ sich in den warmen Sand fallen. Da ihre Kleider vollkommen durchnässt an ihrem Körper klebten, wurde ihr jedoch rasch kühl. Der Wind hatte aufgefrischt. Sie zitterte leicht, kauerte sich dicht an den Hang einer Düne, versuchte die Wärme zu nutzen, die von ihr ausging. Die kriechende Kälte war jedoch schneller, klammerte sich an ihr fest. Sie wollte zurück. So wie sie aussah, der feine Sand klebte hartnäckig an ihrer FDJ-Uniform, würde sie jedoch mit Disziplinarmaßnahmen rechnen müssen, und das an ihrem ersten Tag. Sie entschloss sich, sich weiter hinter die Dünen zurückzuziehen, um Schutz zu suchen vor dem Wind, der immer stärker vom Meer kam.

Als sie einen guten Platz gefunden hatte, kauerte sie sich an die Düne und blickte sich um. Es war weit und breit niemand zu sehen. Langsam knöpfte sie ihre Bluse auf, zog sie sich über die Schulter und schüttelte den Sand heraus. Erneut vergewisserte sie sich, allein zu sein, bevor sie sich auch ihrer restlichen Kleider entledigte. Die Sonne auf der Haut tat gut, wärmte ihren noch leicht zitternden Körper. Mit dem Bauch nach unten legte sie sich in den Sand, ihren Kopf entspannt zur Seite auf ihren verschränkten Armen. Immer wieder zuckte sie hoch, weil sie meinte, jemand zu hören. Aber es waren nur die Möwen, die über ihr kreisten, sich dann jedoch nach und nach in gebührendem Abstand in ihrer Nähe niederließen und Maria aus ihren kleinen perlenförmigen Augen beobachteten.

Nie klangen die Worte aus ihrem Munde passender als an diesem herrlichen Ort. Ausgelassen und dennoch langsam genießend rollte sie sich zur Seite, dann auf den Rücken, spürte die Wärme der Sonne, den kitzelnden Sand, den Wind, wie er sanft ihre Haut streichelte. Nie zuvor hatte sie sich so intensiv gespürt. Zu Hause fand sie sich hässlich, hier war sie anders. Wenn nicht ihre Brustwarzen im kühlen Wind wie kleine leicht erregbare Knospen nach oben gestanden hätten, man hätte sie für einen Jungen halten können. Hier gefiel sie sich, so wie sie war, ihre Hüftknochen, die rundlich von beiden Seiten aufsteigend senkrecht nach oben zeigten, zur Mitte hin schroff abfielen, wie Dünen in der Sahara. Dazwischen breitete sich eine sanft hügelige Oase aus, mit einem kleinen Brunnen namens Bauchnabel an der Nordseite, einem nach Süden ziehenden, von dunklen Büschen verdeckten Bach, der, kaum entsprungen, zwischen ihren schlanken Beinen in einer geheimnisvollen Tiefe verschwand. Weiter im Süden standen sich ihre Kniescheiben wie zwei gleiche Tafelberge gegenüber und am Ende der Reise ihre Zehen in Reih und Glied, wie die sieben Zwerge, nur, dass es diesmal zehn waren, die sie neugierig anstarrten.

Sie ertappte sich bei dem Gedanken, dass Alex plötzlich vor ihr stehen könnte, dass er sie anschaute. Sie sehnte sich nach seiner Berührung, hier und jetzt, wollte auch ihn nackt sehen. Noch nie hatte sie einen Jungen, einen Mann nackt gesehen. Zu Hause war es nicht üblich, nackt durch die Wohnung zu laufen. Beim Sport waren Jungen- und Mädchenduschen strikt voneinander getrennt. Schon öfters hatte sie sich vorstellen wollen, wie es bei Alex zwischen den Beinen aussah, wie es sich anfühlte, ihn dort zu berühren. Sie schloss die Augen und versuchte sich gehen zu lassen.

Dann dachte sie an die vergangenen zwei Wochen. Er hatte sie abholen und mit ihr reden wollen. Die ersten Tage hatte es geregnet, doch dann war die Sonne herausgekommen. Er wusste, wo sie wohnte, kannte ihre Schule. Warum war er nicht gekommen?

Plötzlich schreckte sie auf. Stimmen waren von einer Sekunde zur anderen ganz nah. Ein Schatten streifte sie kurz. »Na, junges Fräulein.« Zwei ältere Herrschaften, ein Mann und eine Frau, Hand in Hand, standen vor ihr auf der Düne und blickten auf sie hinunter.

Maria griff nach ihren Kleidern und bedeckte sich notdürftig.

»Nicht so ängstlich. Hier sind wir alle in Zivil«, sagte der Mann lachend.

»Komm, Herbert, du erschreckst ja die Kleine, gehen wir«, ergänzte die Frau an seiner Seite.

Erst jetzt fiel Maria auf, dass sie auch nackt waren. In einer Zeitschrift hatte sie mal gelesen, dass dies an der Ostsee nicht unüblich war. Freie Körperkultur war in der DDR eine der wenigen Freiheiten, die sich die Menschen offenbar nicht hatten nehmen lassen. Es war keine wirkliche Errungenschaft des Sozialismus, so dass der FKK-Kult immer nur am Rande erwähnt, als großzügig Geste des Arbeiter- und Bauernstaats toleriert wurde. Man ließ die Sonnenanbeter gewähren, ließ ihnen das ersehnte Ventil zur Freiheit, die keine war.

Rasch nahm Maria die inzwischen getrockneten Kleider, schüttelte den Rest Sand heraus und zog sich wieder an. Nur ein weißer nach Salz schmeckender Saum am Unterrand der Bluse verriet, was geschehen war.

Abends saßen alle zusammen in einem großen Zelt. Es gab reichlich Brot, Butter und Käsesuppe, eine Schweriner Spezialität, wie es hieß. Sie schmeckte grässlich, roch nach muffigem Käse, den man auf diese Weise ungesehen in der Masse hatte verschwinden lassen. Aber Maria hatte den ganzen Tag nichts gegessen, so dass der Geschmack zweitrangig war. Es sättigte, das war das Wichtigste. Später versammelten sich alle Jugendlichen um ein Lagerfeuer. Maria wollte allein sein, ihren Gedanken um Alex kreisen lassen, dort wieder anknüpfen, wo die zwei nackten Alten sie aufgeschreckt hatten.

Sie ging in ihr Zelt, ordnete ihre Sachen, bezog ihre Bettdecke und holte nach, was die anderen bereits nach Ankunft erledigt hatten. Dann setzte sie sich auf ihre Liege, holte die Gitarre hervor und zupfte gedankenschwer an den Saiten. Neben ihrer standen weiter fünf Liegen im Kreis, lauschten still Marias leiser Stimme.

So ausgelassen wie der Tag angefangen hatte, so schmerzhaft wurde sie von der grauen Vergangenheit eingeholt. Ulrike. Wo war sie? Was hatten sie mit ihr gemacht? War es richtig, dass sie, Maria, sich hemmungslos freute, ausgelassen im Meer plantschte, sich nackt in den Dünen räkelte, sich den feuchten Gedanken an Alex hingab? War es das schlechte Gewissen, das sie nun einholte, nicht an Ulrike gedacht zu haben?

Sie musste sich ablenken, ging zurück zu den anderen, setzte sich jedoch abseits in die Dunkelheit. Sie wollte von niemandem angesprochen werden.

«Grey, grey, only grey
But father, there is so much to say
Love is light, light, light
Believing there is nothing for to fight ...”

Sie summte vor sich hin. Ihr war plötzlich nach Heulen zumute. Vielleicht lag es auch an den unbeschwerten Gesichtern, die im Schein des Lagerfeuers aufglühten. Wie gerne wäre sie eine von ihnen, zusammen mit Ulrike.

Am nächsten Tag verzog sie sich gleich nach dem Frühstück in die Dünen. Diesmal nahm sie ihre Gitarre mit und ihr Tagebuch. Die ganze Nacht über hatten ihre Gedanken sie gequält. Sie musste sie irgendwie ordnen, zu Papier bringen, nur dann konnte sie mit ihnen Frieden schließen. Als sie weit genug gegangen war, abseits jeglicher Trampelpfade, setzte sie sich auf eine verwitterte Planke. Das warme Holz stammte vielleicht von einem längst versunkenen Schiff, war irgendwann angeschwemmt worden. Es hätte vermutlich viel zu erzählen gehabt, wenn es denn hätte erzählen können. In gewisser Weise war es das Gegenstück zu Oma Hedde, die viel erzählt, auch wenn sie es nie erlebt hatte.

Nachdenklich holte sie ihr Tagebuch hervor, schrieb ihre Gedanken auf eine neue Seite. Manchmal, so wünschte sie sich, müsste man sein Leben auch einfach so umblättern können, um eine neue, eine unbeschriebene Seite zu beginnen. Sie atmete auf, legte das Buch zur Seite und nahm ihre Gitarre zur Hand. Der Wind, der sanft durch die Büsche strich, schien sie mitfühlend zu begleiten. Eine Möwe setzte sich an ihre Seite. Sie blickten sich an, als würden sie sich kennen.

»Und, mein kleiner Freund, was meinst du dazu?«, fragte Maria leise.

Die Möwe legte ihren Kopf in den Nacken und stieß einen krächzenden Schrei aus. Dann hüpfte sie nach vorne. Dabei streckte sie die Flügel aus, erhob sich gegen den Wind und flog davon.

Maria seufzte. Wie gerne hätte sie sich der Möwe angeschlossen. Sie war frei, kannte keine Grenzen, keine Mauern. Sie ließ ihren Schrei laut und für jeden hörbar heraus, wann und wo immer sie wollte. Irgendwann wäre auch sie eine Möwe.

Der Vormittag verrann rasch, ebenso die nächsten Tage. Ihre Gedanken wirbelten durcheinander, verflogen in der Ferne, kamen ungefiltert zurück, drohten sie zu ersticken. Singen, nur singen, sich selber hören, war das einzige Ventil, das sie hin und wieder Ruhe finden ließ. Neue Strophen, neue Melodien halfen ihr, das loszuwerden, was in ihr brannte. Oft nickte sie in den Dünen ein, holte den Schlaf nach, den ihr die Nacht schuldig geblieben war. Verpflichtungen hatte sie keine, bis zu dem Tag, es waren fast zwei Wochen vergangen, an dem sie plötzlich gegen Mittag aufschreckte. Sie hatte zum ersten Mal Küchendienst und wollte nicht zu spät kommen.

Es gab ein großes Küchenzelt, in dem ein Herd und eine Gulaschkanone mit Gas angefeuert wurden. Besteck und Teller musste sich jeder selbst holen, aus einem weiteren Zelt, in dem später der Abwasch stattfand. Der Küchendienst erfolgte nach einem vorher streng festgelegten Plan. Zu spät oder gar nicht zum Dienst zu erscheinen, war eine Todsünde.

Disziplinarmaßnahmen waren die Folge. Da Maria jede freie Minute nutzen wollte, hatte sie sich fest vorgenommen, sich strikt an die Regeln zu halten. Auf dem Küchenplan standen heute Gulasch, Kartoffeln und Salat. Das rohe Gulasch sah undefinierbar aus und muffelte leicht ranzig. Der zweifelhafte Klumpen Fleisch verschwand gleich nach dem Auspacken in der Gulaschkanone. Eine Stunde köcheln ließ keinen Keim überleben, hoffte sie zumindest. Wer Küchendienst hatte, dem fehlte jeglicher Appetit. Jetzt wusste sie, warum.

Am Tisch saßen vier Jugendliche, darunter auch Lisa, und schälten Kartoffeln. Ein Älterer, Hans, der sich als Koch und Aufseher vorstellte, teilte Maria zum Salatwaschen ein. Allerdings war bisher kein Salat eingetroffen. Er sollte von einem nahegelegenen Betrieb geliefert werden. Hans wurde nervös. »Verdammt, wann kommen die endlich? Hatte sie für elf bestellt und um halb eins soll es Essen geben«, grummelte er vor sich hin.

Es war allerdings keine Seltenheit, dass Lieferungen zu spät oder gar nicht eintrafen. Mal lag es daran, dass der zuliefernde VEB das gewünschte Produkt gar nicht produzierte und selbst auf Lieferungen angewiesen war, die dann ihrerseits ausblieben. Manchmal war der LKW vom Typ IFA H6, der von Hof zu Hof fuhr, kaputt und blieb auf freier Strecke liegen, so dass die frischen Sachen in der Mittagshitze vergammelten.

Maria wurde kurzerhand zum Kochtopf umgeleitet – Gulasch rühren. Salat oder Gulasch, ihr war es egal. Sie tat es, ohne wirklich etwas zu tun. In ihrem Kopf kreisten unterdessen andere Gedanken – Ulrike, Alex und das Meer –, gleichzeitig spürte sie die Blicke der anderen im Rücken. Irgendwann musste sie sich dazugesellen, auch zu Lisa, wenn sie nicht über kurz oder lang als Außenseiterin verschrien sein wollte. Eine Fahrradklingel ließ sie aus ihrem Rührtrott erwachen.

»Endlich, der Salat. Wird aber auch höchste Zeit.« Hans' Stimme klang verärgert. Den Salattransport hatte man offenbar kurzerhand auf ein Fahrrad mit Anhänger umgeladen, nachdem der IFA H6 mal wieder seinen Dienst eingestellt hatte. Nach wie vor das Gulasch rührend spähte Maria durch den Zelteingang. Eine junge Frau, die kurz zuvor vom Rad abgestiegen war, wuchtete eine schwere Kiste vom Anhänger. Im Gegenlicht konnte Maria ihr Gesicht nicht erkennen. Es konnte Zufall sein oder es war ein Streich ihrer quälenden Gedanken, aber die junge Frau erinnerte sie irgendwie an Ulrike. Sie wirkte erschöpft, hielt den Kopf gesenkt, hatte Maria den Rücken zugewandt. Mit vorwurfsvollen Gesten wurde sie von Hans erst einmal zurechtgewiesen: »Schau dir das an. Das soll Salat sein? Lassen alle die Blätter hängen, braune Spitzen, muffig.«

Maria stand da, starrte fassungslos zu den beiden hinüber. Das Mädchen tat ihr leid. Nur Momente später ließ sie den Löffel in die Suppe fallen und trat zu ihnen. Die junge Frau hob langsam ihren Blick. Maria erschrak, ihr Herz fing an zu rasen. Sie wollte sie in den Arm nehmen, Hans auf der Stelle zum Teufel jagen. Es war wirklich Ulrike. Starr blickten sie sich an. Dann trat Maria wie ferngesteuert näher, wandte sich an Hans und nahm einen der Salatköpfe. »Der sieht auch nicht anders aus als das, was man beim Konsum nach längerem Anstehen ergattern kann. Und vor allem, was kann sie dafür?« Sie nickte zu Ulrike.

»Maria, du hier?« Es war nur ein Flüstern, das Ulrike hervorbrachte.

Hans blickte verärgert von einer zur anderen. Die Stimmung war zum Anfassen gespannt. Er schien krampfhaft zu überlegen, wie er seine Autorität wieder zurückgewinnen könnte, schnaufte laut, bevor er ein Wort herausbrachte. »Das wird ein Nachspiel haben. Maria, zurück zum Gulasch. Wenn das anbrennt, kommst du dahin, von wo diese Person gerade herkommt.«

»Jugendwerkhof, warum sagen Sie es nicht? Knast für Jugendliche«, entgegnete Ulrike trocken.

Maria konnte ein bewunderndes Grinsen nicht unterdrücken, was Hans noch mehr in Rage versetze.

Er drehte sich wutschnaubend zu Ulrike um. »Und Sie, junge Dame, Sie verschwinden auf der Stelle. Ich werde mich beim Jugendwerkhof beschweren und dann ..., dann können Sie sich auf einiges gefasst machen. Sie ..., Sie ...«

»Halte durch, Ulrike, die können dich mal«, warf ihr Maria im Gehen zu.

Ulrike nickte. »Meine Eltern, sie haben sie ..., ich habe nichts verraten, nichts.« Es war mehr ein Flüstern, als Ulrike ein letztes Mal dicht an Maria vorbeiging. Dann schlich sie gebeugt zurück zum Fahrrad, setzte sich drauf und trat energisch in die Pedale, als wollte sie weg, weit weg.

Maria blickte ihr hinterher, meinte ein letztes Winken zu sehen, bevor sie hinter der Wegbiegung verschwand.

Als man Ulrike in der Wartburg stieß, empfand sie keine Panik, noch nicht einmal Angst, eher ein seltsames Gefühl der Gleichgültigkeit. Pech gehabt, das war‘s. Allein der Gedanke an ihre Eltern ließ erneut kalte Angst in ihr hochkommen. Wäre es doch besser gewesen, wenn sie sie nicht nach Leipzig begleitet hätte? Sie war froh, nichts verraten zu haben.

Ulrike saß auf dem Rücksitz, der unbequem und durchgesessen war. Zigarettenrauch biss ihr in der Nase. Neben sie quetschte sich ein kräftig gebauter Mann, der einfach nur nach vorne starrte, wo der Fahrer und ein Beifahrer saßen. Irgendwie wirkten die Männer zu groß für das Fahrzeug. Alle schwiegen.

Ulrike sah starr aus dem Fenster. Die Plattenbauten rauschten an ihr vorbei. Sie war sich nicht sicher, ob sie die hässlichen grauen Klötze je wiedersehen würde. Fast hatte sie die einförmigen Ausgeburten sozialistischer Errungenschaften vom Typ WBS 70 liebgewonnen. Wenigstens hatten sie Maria und ihr auf ihren Dächern ein Stück Heimat geboten, das Gefühl, für eine kurze Zeit über allem zu stehen. Maria, der Gedanke an ihre Freundin ließ sie nicht los. Hatte man sie auch eingesperrt, verhört, vielleicht gefoltert? Maria hatte sich nichts zuschulden kommen lassen. Wenn man sie festhielt, dann war es ganz allein ihre Schuld.

Die Fahrt schien ewig zu dauern. Ein Gefühl von beklemmender Ohnmacht beschlich sie. Vor einem unscheinbaren Haus hielten sie schließlich. Es hätte ein normales Wohnhaus aus den Siebzigern sein können. Sie kannte bereits das Schema. Niemand sollte ahnen, was sich hinter den Türen und in den Kellern abspielte. Nur die vergitterten Fenster im Erdgeschoss ließen ahnen, dass man leichter hinein- als herauskommen konnte.

Ulrike musste als Letzte aussteigen. Sie hatte erwartete, dass man ihr erneut Handschellen anlegte. Aber es sollte offenbar nicht nach einer Verhaftung aussehen, zumindest nicht für eventuelle Passanten, nicht zwischen Wartburg und Eingangstür. Es ging gleich in den Keller. Verhör zweiter Teil, dachte Ulrike. Zu verlieren hatte sie nichts, versuchte sie sich einzureden.

Der Fahrer des Wartburgs stieß sie in einen kahlen Raum. Es war kalt, roch modrig. Diesmal waren es jedoch nicht die zwei Stühle, der leere Schreibtisch und die gleißende Lampe, die sie anstarrten. An der Wand stand eine hölzerne Liege, darauf lag eine Matratze, in der Ecke gab es einen Kübel neben einem Waschbecken. Nur ein Hahn, nur kaltes Wasser.

Die Eisentür fiel ins Schloss und wurde mehrfach von außen verriegelt. Kein Fenster. Erst jetzt wurde ihr unmissverständlich klar, sie saß in einer Zelle, im Gefängnis.

Wie betäubt setzte sie sich auf die Liege. Es war eher eine Pritsche, eine Trage, auf der man Kranke und Tote transportierte. Eine Neonröhre flackert an der Decke. Früher hasste sie Neonröhren, ihr kaltes Licht, ihr monotones Brummen, ihr metallisches Zirpen. Jetzt war das Neonlicht das Einzige, das ihr sagte, dass sie noch lebte.

Mit einem kurzen Brummen, wurde es plötzlich dunkel. Nur ein schwaches Fluoreszieren der Röhre verriet noch, von wo das Licht bis vor wenigen Sekunden kam, bis sich auch dies in der endlosen Dunkelheit verlor.

»Ich habe nichts zu verlieren«, versuchte sie sich erneut zu beruhigen. Die Angst war stärker. Dunkelheit, Enge, lebendig begraben – sie musste sich konzentrieren, gegen die Panik ankämpfen, die in ihrem Inneren lauter wurde. Irgendwann würde sie zuschlagen, die Angst. Und sie begriff, dass sie doch etwas zu verlieren hatte: die Kontrolle über sich selbst und am Ende auch ihren Verstand.

»Hallo, ist da jemand?« Etwas zu hören, auch wenn es nur die eigene Stimme war, half für einen Moment. Sie spürte ihren Atem schwerer werden, wie sich ihre Kehle zusammenzog. »Verdammt, hört mich den hier keiner?!« Sie sprang auf, tastete sich zur Tür. Vernietete Eisenplatten, von denen die Farbe abblätterte, keine Türklinke, nichts an dem man sich hätte festhalten können. Sie spürte, wie sich kalter Schweiß auf ihrer Stirn sammelte, wie ihre Hände anfingen zu zittern. Sie holte tief Luft, atmete aus, holte erneut Luft, ballte die Fäuste. Ein Schlag gegen die Tür reflektierte einen dumpfen nichtssagenden Ton gegen die Zellenwand hinter ihr. Er schien nicht nach außen zu dringen. Wieder und wieder hämmerte sie gegen die Zellentür.

»Ihr könnt mich hier nicht einsperren. Ich habe nichts getan. Ich muss mit jemanden reden!« Sie trat einen Schritt zurück, nahm Anlauf, krachte mit der Schulter gegen die Tür. Die Eisenplatte rührte sich keinen Millimeter. Wieder schlug sie mit den Fäusten auf sie ein, spürte den reißenden Schmerz ihrer Handgelenke, taumelte zurück in die Dunkelheit. Angestrengt versuchte sie etwas zu erkennen, die ausgestreckten Finger vor ihrem Gesicht. Die Dunkelheit war undurchdringlich. »Lasst mich hier raus!« Der Sprung nach vorne endete abrupt, schneller und härter als erwartet.

Als sie wieder wach wurde, lag sie auf dem Boden. Die Neonröhre war wieder angegangen und verströmte ihr kalt flackerndes Licht. Pulsierende Schmerzen nagten an ihren Fingergelenken, dröhnten gegen ihre Stirn. Eingetrocknetes Blut klebte an ihren Handrücken. An der Zellentür öffnete sich ein Schlitz.

Ulrike sprang nach vorne, versuchte etwas durch den Spalt zu erkennen. »Hallo, ihr da draußen. Hört mich hier jemand?«, rief sie mit einer Stimme, die nicht nach ihrer eigenen klang.

Ein Tablett wurde durch den Schlitz geschoben, darauf ein Plastikteller mit einem belegten Brot und ein Emaille Becher gefüllt mit Wasser. Rasch zog sie das Tablett in die Zelle und setzte sich auf den Hocker. Der Schlitz wurde verschlossen. Erst jetzt wurde ihr bewusst, länger nichts mehr gegessen und getrunken zu haben. Das kalte Wasser rann kühlend über ihre ausgetrocknete Zunge. Hastig verschlang sie das Brot, das nur mit Butter bestrichen war.

Es dauerte nicht lange, bis sich der Schlitz in der Tür erneut öffnete. Wieder sprang sie davor, schrie durch die schmale Öffnung: »Hey, ist da jemand? Ich bin unschuldig, habt ihr verstanden?« Angestrengt versuchte sie jemanden durch den Schlitz zu erkennen, schob das Tablett zurück. »Ich habe nichts getan. Ich bin unschuldig. Man kann mich doch nicht einfach ...«

Der Schlitz klappte zu.

»Hier einsperren.« Ihre letzten Worte kamen nur noch geflüstert.

Erschöpft legte sie sich auf die Matratze, starrte zur Decke. Ihre Blase drückte gegen die Eingeweide, sie musste sich irgendwo entleeren. Rufen, damit man sie auf Toilette ließ, war zwecklos. Sie schaute sich um. Das Waschbecken wäre eine Möglichkeit. Schwer atmend richtete sie sich auf. Das Porzellan fühlte sich kalt an. Der Wasserhahn hing direkt über der kleinen Schüssel, unmöglich, ihre Notdurft hineinzuzielen. Seitlich davon stand der Kübel. Den Uringeruch, der von ihm ausging, hatte sie erst nicht wahrgenommen. Der Gedanke, sich auf dessen Rand zu setzen, erfüllt sie mit Ekel. Es blieb ihr jedoch nichts anders übrig. Erst jetzt sah sie den knopfförmigen Spion in der Tür. Die Linse war gewölbt. Es gab kein Platz in der Zelle, der nicht von außen einsichtig war. Jemanden die Würde zu rauben, ihn zu erniedrigen, war nur der Anfang. Am Ende sollte sie gebrochen werden.

»Ihr miesen Spanner«, rief sie dem Spion entgegen. Trotzig richtete sie ihren ausgestreckten Mittelfinger auf die Tür, beeilte sich mit dem Abwischen und zog hastig ihre Hose hoch. Wenigstens musste sie im Gegensatz zu ihrer ersten Zelle nicht auf den Boden pinkeln, wenigstens bekam sie Wasser und Brot. Allerdings konnte das auch heißen, dass man sie hier nicht nur einen Tag, sondern viele Tage, vielleicht Wochen und Monate einsperren würde.

Sie wusste, dass die Dunkelheit zurückkäme, schneller als ihr lieb war. Diesmal wollte sie kämpfen, gegen das Undurchdringliche, gegen die Panik, gegen sich selbst. Ein Rest Widerstand war ihr noch geblieben, sie musste sich daran festhalten.

Die Neonröhre erlosch. Sie kniff die Augen zusammen, versuchte sich vorzustellen, dass nur ihre Lider schuld an der Dunkelheit waren, dass sie jederzeit aufstehen könnte, um das Licht anzustellen oder aus dem Fenster zu blicken und die Helligkeit des Tages zu sehen. »Ich kann sehen, wenn ich will. Ich kann alles sehen«, murmelte sie zu sich selbst, wieder und wieder.

Ihr Herzrasen hatte sie diesmal besser unter Kontrolle. Sich ablenken, auch wenn es eine Lüge war, nachdenken, sich konzentrieren, auf das, was noch auf sie zukommen könnte, gab ihr etwas zurück, was sie fast verloren geglaubt hatte: Sie spürte ihren Willen, ihr unbeugsames Ich gegen jegliche Vernunft. Sie dachte an ihre Eltern. Vermutlich erging es ihnen ähnlich. Dunkelzelle. Hatte ihr Vater nicht von dem armen Teufel in Bautzen berichtet? Er hatte es geschafft, sich nicht kleinkriegen zu lassen, hatte eine Botschaft geschrieben, die ihr Ziel erreicht hatte. Der Gedanke, mit den eigenen Exkrementen eine Botschaft auf Klopapier zu kritzeln, war grässlich, er konnte nur aus der letzten Verzweiflung geboren werden. So weit fühlte sie sich noch nicht. Sie betete, dass es Maria im Moment besser erging als ihr.

Maria, sie war die Einzige, der sie sich anvertrauen konnte. Allein der Gedanke an sie war beruhigend, ließ wieder etwas Wärme in ihre eiskalten Hände, durch ihren leeren Kopf strömen. Plötzlich hatte sie da Gefühl, etwas zu spüren, das ihr helfen konnte, das sie mit einer schützenden Hülle umgab. Die Erinnerung kam zurück, vertrieb ein Stück weit ihre Angst vor der erdrückenden Dunkelheit.

Es war noch keine Woche vergangen, eine seltsame Nacht, in der sie ihre Nähe gesucht hatte. Kurz zuvor war sie noch dem Zugriff der Vopos entkommen. Sie hatte gewusst, dass sie den Schutz bei Marias Eltern nicht lange in Anspruch nehmen durfte. Sie würde alle mit hineinziehen in ihren selbstverschuldeten Schlamassel. Vieleicht war es die Vorahnung einer langen Trennung, dass sie ein letztes Mal bei ihr hatte sein wollen, näher als sonst.

Wieder zirpte die Neonlampe an der Decke, wieder wurde ein Tablett mit etwas Essbarem durch den Schlitz geschoben. Wie oft sich das inzwischen wiederholte hatte, wusste sie nicht. Irgendwann hatte sie aufgehört zu zählen. Sie presste ihren Kopf an die Wand, versuchte etwas zu hören, was sich außerhalb ihrer vier Wände abspielte. Vogelgezwitscher oder den Straßenlärm, wie er morgens allmählich anschwoll, abends verebbte. Stattdessen hörte sie in der Ferne Schritte, das Klirren von Schlüsseln, das Knallen von Türen. Gelegentlich meinte sie Stimmen zu hören, vielleicht war es auch nur ihre eigene. Die Zeit spielte keine Rolle, hatte keinen natürlichen Ablauf mehr und irgendwie aufgehört zu existieren. Tag und Nacht, wurden reduziert auf Hell und Dunkel. Die Intervalle waren beliebig, folgten einzig der Willkür ihrer stummen Bewacher. Zwischendurch versank sie in einen Zustand schwebender Bewusstlosigkeit. Es waren Momente, die nur ihr gehörten.

Irgendwann klimperte es am Türschloss. Ein neues Geräusch. Das Licht ging an. Hastig sprang sie auf und drückte sich an die Wand seitlich der Tür. Die Hoffnung auf Freiheit war nur ein kurzes Aufflackern. Eine Frau kam in die Zelle, in der Hand hatte sie einen hölzernen Kübel. Ohne etwas zu sagen, tauschte sie ihn gegen den benutzten aus, legte eine Rolle Klopapier auf das Waschbecken. Dann ging sie wieder. Die Eisentür fiel zurück ins Schloss. Die klappernden Schlüssel verriegelten die Tür. Vielleicht hätte sie sich auf die Frau stürzen und fliehen sollen. Ohne Zweifel hätte man sie an der nächsten Türschwelle festgenommen. Es wäre sinnlos gewesen und hätte die Zeit in der Dunkelzelle als Strafe für ihr Vergehen nur in die Länge gezogen. Aber was war schon lange, wenn sich die Zeit als solches aufgelöst hatte?

Ohne Vorwarnung wurde sie irgendwann aus ihrem Dämmerzustand gerissen. Ihr Kopf und ihre Glieder schmerzten, als sie erst über den Gang, dann die Treppen nach oben ins Erdgeschoss gezerrt wurde. Es war wieder eine Frau mit Schlagstock. Nach der langen Dunkelheit schmerzte das fahle Licht in ihren Augen. Wie benommen folgte sie der Frau, die, obgleich Ulrike hinter ihr ging, sie offenbar genauestens beobachtete. Die Eingangstür zog an ihr vorbei und damit vielleicht die letzte Chance zu fliehen. Wobei, weit wäre sie nicht gekommen. Ihre Beine fühlten sich steif und schwer an.

Der Raum, in den sie geführt wurde, hatte etwas Beklemmendes. Gleichförmige Akten reihten sich über- und nebeneinander. Gleichförmig und doch angefüllt mit Schicksalen, die sich alle voneinander unterschieden, aber auch alle ihre Daseinsberechtigung hatten. War auch sie inzwischen zu einem dieser am Ende namenlosen Schicksale geworden? War es nur noch ihr Schatten, der von einer Zelle zur anderen verschleppt wurde?

Die Stimme kam ihr bekannt vor. Sie musste die Augen nicht öffnen, um zu wissen, wer vor ihr saß. Wie lange würde sie jetzt durchhalten?

»Du hattest reichlich Zeit nachzudenken«, sagte der Mann mit Glatze und Brille.

Das Licht der Lampe, die auf sie gerichtet war, brannte heiß auf ihrer Stirn. Sie presste die Augenlider zusammen, versuchte sich zu konzentrieren. »Wie lange?«, brachte sie mit gepresster Stimme hervor.

»Ich stelle hier die Fragen.«

»Herrgott noch mal, wie lange war ich in dem Loch?« Sie musste es herausschreien, um die Zeit zurückzuholen.

»Zwei Wochen.«

Ulrike nickte, lächelt in sich hinein. Der unbeugsame Wille war ihr geblieben. Eine seltsame Kraft meldete sich in ihr zurück. Die Stille war angespannt. Noch einen Wutausbruch würde der Mann, der sich nie mit Namen vorgestellt hatte, nicht durchgehen lassen.

»Wer waren die anderen in Leipzig?« Der Mann versuchte die Gesprächshoheit zurückzufordern. »Namen, ich brauche Namen. Und was waren die Ziele?«

»Singen, beten, sagte ich bereits.« Ihre Stimme klang leise, fast gelassen und gerade deshalb für ihr Gegenüber so provozierend.

»Staatsfeindliche Hetze. Darauf stehen zehn Jahre«, fauchte der Mann ungeduldig zurück.

Ulrike blickte auf. Sie wunderte sich über ihre Gelassenheit. »Gleichgesinnte, die beten, nichts weiter.« Sie rang sich ein provokantes Lächeln ab. »Wovor haben Sie eigentlich Angst? Wie ist überhaupt Ihr Name?«, fuhr sie fort.

Es blieb einige Sekunden still, dann sagte er: »Nicht schlecht, Ulrike, nicht schlecht. Wenn du nicht auf der falschen Seite stehen würdest, könnten wir dich in der Behörde gut gebrauchen.«

Ulrike verkniff sich eine Antwort. Offenbar waren sie mit ihrem Verhör, vermutlich auch mit dem ihrer Eltern, nicht weitergekommen. Das Repertoire der Stasi hatte jedoch noch einiges auf Lager. Sie dachte an ihren Vater und seine Berichte aus Bautzen. Fragen musste sie nicht stellen. Die Antwort ließ nicht lange auf sich warten

»Du wirst Angst haben, das verspreche ich dir. Du und deine Eltern und deine Freundin, diese Maria Münkwitz.«

Ulrike zuckte zusammen, spürte ihren anfänglichen Mut schwinden. Leise hatte sie gehofft, dass sich Maria nicht in den Fängen der Stasi befand.

Der Mann erkannte sofort ihren Schwachpunkt. »Sie hat uns einiges verraten, diese Maria. Zumindest ist sie kooperativ.«

»Sie lügen.«

»So, ich lüge. Das ist eine schwere Anschuldigung. Nun, ich werde mal darüber hinwegsehen, da ich doch weiß, wie sehr dir an dieser Maria gelegen ist.«

Ulrike spürte, wie ihre Knie weich wurden und anfingen zu zitterten. Maria stand außen vor, war unantastbar. Dachte sie zumindest. »Lassen Sie Maria aus dem Spiel.«

»Wir bestimmen hier die Spielregeln. Hast du das vergessen? Aber keine Sorge, deine Maria freut sich bereits, ihren Urlaub an der Ostsee zu verbringen. Ferienlager. Sie hätte nach dir fragen können. Tat sie aber nicht.

Schon ärgerlich, nicht wahr?«

»Sie wird ihre Gründe haben.«

»Oh ja, und deswegen verlebt sie ja auch ein paar unbeschwerte Stunden an der Ostsee, während du in diesem Loch, wie du es nennst, schmorst.«

Ulrike zuckte zusammen. Erdrückend klar wurde ihr in diesem Moment, dass sie nicht wieder zurückkonnte, zurück ins Loch, in die Dunkelheit, in die Zeitlosigkeit. Irgendwann würde die schützende Erinnerung an Maria und all das andere Gute in ihrem Leben zerbrechen. Sie musste etwas sagen. »Wir haben gesungen, Maria und ich, das ist alles.«

»Ach so, gesungen und vermutlich gebetet. Das kennen wir bereits.«

»Nein, nicht gebetet. Wir haben von einer besseren Welt gesungen, von einer Welt ohne Grenzen, wo man sagen kann, was man will, ohne dafür in den Knast zu kommen. Wollen Sie nicht auch einfach mal die Wahrheit sagen? Sie und Ihre tausend anderen Spitzel?«

Der Mann erstarrte erneut. Damit hatte er offenbar nicht gerechnet. Es war wie Hase gegen Igel. Ulrike war jedoch klar, dass sie verlieren würde, auch wenn sie der Igel war. Was auch immer trieb sie zum Angriff? Selbstachtung oder Dummheit? Sie wusste es nicht, vielleicht beides. Seine Antwort konnte nur lauten, sie zurück in die Dunkelkammer zu schicken. Sie wollte noch etwas sagen, biss sich aber stattdessen auf die Lippe. Hätte sie doch lieber die Klappe gehalten.

Es kam jedoch anders. Wortlos ging der Mann aus dem Raum, blickte sich nochmals kurz um, schüttelte den Kopf. Dann verschwand er im Gang. Sie hatte gewonnen, zumindest für den Moment.

Die Tür war nur angelehnt. Ulrike wusste nicht, was sie tun sollte. Vielleicht hätte sie gehen sollen. Flucht vor der Staatsmacht war ein bekanntes Verbrechen, schlimmer noch als staatsfeindliche Hetze. Sie wartete, bis zwei Frauen erschienen und sie aufforderten mitzukommen. Sie atmete auf, als sie an der Kellertreppe vorbeigingen. Dunkelheit blieb ihr im Moment erspart, aber wer weiß für wie lange. An der Wand hingen Schwarz-Weiß-Bilder. Genosse Honecker blickte sie süffisant lächelnd an. »Deine Tage sind gezählt, Erich«, flüsterte sie in sich hinein. Woher ihr trotziger Wille kam, wusste sie nicht. Vielleicht war es der Gedanke, dass es noch schlimmer kommen würde und dass sie daran nichts ändern konnte.

Sie stiegen in einen Bus, der in einem Innenhof wartete. Um sie herum ragten Mauern auf. Die Fenster waren verdunkelt. Sie wurde hineingestoßen, taumelte zwischen den Sitzen hindurch zu irgendeinem Platz, auf den sie sich fallen ließ. Sie war die Erste. Andere kamen hinzu, die meisten schienen in ihrem Alter. Sie beugte sich zum Gang des Busses und wollte etwas sagen.

»Es wird sich nicht unterhalten, ist das klar?«, fauchte eine korpulente Frau und drohte ihr dabei mit einem Schlagstock.

Im Bus roch es muffig, eine Mischung aus feuchtem Schimmel und Abgasen. Der Motor heulte auf. Der Bus, ein älteres Modell vom Typ Ikarus, setzte sich holprig in Bewegung. Erst, als sie eine Weile gefahren waren, blickte sich Ulrike nochmals um. Die Gesichter, die sie sah, waren blass, wirkten eingeschüchtert. Erschöpft legte sie ihren Kopf an den Fensterholm, schloss die Augen. Zumindest war es einigermaßen hell, war sie umgeben von Menschen, denen es offenbar ähnlich erging. In der Rückenlehne des Vordersitzes befand sie eine Broschüre. Das verhasste Wappen strahlte ihr triumphierend entgegen. Hammer und Zirkel mutierten zu Folterwerkzeugen, der Ährenkranz zur Dornenkrone. Darunter stand ein verkürzter Satz in Großbuchstaben. Es klang harmlos und war doch gleichbedeutend mit dem Schlimmsten, was man sich als junger Mensch vorstellen konnte: Umerziehung, Kollektivstrafe, Unterordnung, Drill.

Anleitung zum Verhalten im Jugendwerkhof

Marias Mutter hatte mal Andeutungen gemacht, einen Nachbarjungen erwähnt. Torgau, sie hatte es verdrängt. Nun kam alles wieder hoch. Spätestens jetzt wurde ihr klar, dass sie sich auf dem Weg zur Hölle befand.

Es dauerte lange, einige Stunden, bis der Bus nach einer Tank- und Pinkelpause endgültig zum Stehen kam. Erleichtert stellte sie fest, dass es nicht Torgau war. Aber es gab sicher andere, ähnliche Einrichtungen. Geschlossener Jugendwerkhof bedeutete nichts anderes als Gefängnis für Jugendliche, gepaart mit Arbeitslager. Und genauso war es auch. Zur Nacht wurden sie zu acht in Zellen eingesperrt, vier Stockbetten, Seite an Seite. Die Tür fiel ins Schloss, zwei Riegel und zwei Vorhängeschlösser klackten.

Ulrike überlegte nicht lange, sie entschied sich für ein Bett in der oberen Etage an der hinteren Wand. Es war, wie sich kurze Zeit später herausstellte, nicht die beste Wahl. Ein Kübel stand schräg unter ihr und stank durch den Deckel hindurch. Der Kübel für die Notdurft, jeder durfte, wenn er Not hatte und es nicht mehr halten konnte, vor aller Augen. Jegliche Privatsphäre hatte schlagartig aufgehört zu existieren. Es sollte nicht der einzige Moment bleiben, an dem sich Ulrike wünschte, wieder in Einzelhaft zu sein. Unter ihr lag ein Mädchen mit blonden Zöpfen. Vielleicht war das der Grund, weshalb sie wie ein Kind, keine fünfzehn, aussah. Sie hatte sich gleich zur Wand gedreht. Sie war nicht die Einzige, deren Schluchzen die verzweifelte Lage wortlos kommentierte.

Bereits um fünf Uhr früh war Wecken, kurzes Frühstück, Abtransport auf die Äcker, Kartoffelernte mit Hacke und bloßen Händen. Die Maschinen waren defekt. Es waren riesige Felder, deren Ende kaum absehbar war. Die Sonne brannte unbarmherzig von einem stahlblauen Himmel. Der trockene Acker staubte. Es hatte lange nicht geregnet. Vielleicht war es besser, als im Schlamm zu waten. Hin und wieder näherten sich die Aufseher wie Sklaventreiber, kontrollierten die Ausbeute, trieben die Jugendlichen auseinander, wenn sie sich zu nahekamen. Offenbar fürchtete die Aufsicht jede Unterhaltung, jedes aufmunternde Wort untereinander. Konspirativ subversive Aktivitäten waren zu unterbinden, lautete eine

Regel, die sie schon im Bus lernen durfte, selbst in der Mittagspause.

Es gab Wasser, dazu Brot und unreife Äpfel. Es dauerte eine Weile, bis ihre Zunge sich vom Gaumen löste und sie die kargen Brocken herunterschlingen konnte. Eile war geboten. Der Plan musste erfüllt werden, ließ keine Zeit für konterrevolutionären Leerlauf. Gegen fünf gings zurück ins Lager. Es gab Kartoffeln, die man tagsüber ausgegraben hatte, dazu Klopse und Kohlrabi.

Ulrike setzte sich zu ihrer Bettnachbarin. Der Aufseher hatte kurz den Raum verlassen. »Wie heißt du?«

»Mandy.«

»Schöner Name.«

»Findest du? Typisch für hier, für alle, die nicht hier sein wollen.«

»Warum haben sie dich ...?«

»Genau deshalb, wollte abhauen, wie meine Eltern.«

Der Aufseher kam zurück. Auch Flüstern war nicht mehr erlaubt.

Später gingen alle zu ihren Zellen, fielen erschöpft in ihre Kojen. Ulrike starrte zur Decke. Mandy wollte abhauen. Vor wem, vor was? In den Westen, allein? Die Eltern waren schon weg. Hatten sie ihre minderjährige Tochter zurückgelassen? Irgendwann würde sie es ihr erzählen.

Die nächsten Tage vergingen gleichförmig, außer dass die Rückenschmerzen, die blutigen Blasen an den Händen von Tag zu Tag schlimmer und schmerzhafter wurden.

Am Sonntag mussten sie nicht auf die Felder. Nach dem Frühstück reihte sich eine Belehrung an die andere. Dann wurde gesungen, vom Klassenkampf, vom Sieg des Sozialismus. Zur Belohnung gab es den Nachmittag frei. Ulrike konnte es nicht erwarten, Mandys Geschichte zu hören. Sie war jedoch verschwunden. Die Aufseher würden auf ihre Frage nach Mandys Verbleib wohl keine Antwort geben.

Eine der Älteren, sie stellte sich kurz mit Marianne vor, setzte sich zu ihr. »Neu im Paradies?«, wollte sie mit unverhohlenem sarkastischen Unterton wissen.

Ulrike nickte. »Und du?«

»Typ zwei.«

»Typ zwei?« Ulrike schaute sie fragend an.

»Langzeit. Offiziell zur Berufsausbildung für Unbelehrbare. Was die

Plackerei mit Berufsausbildung zu tun hat, kannst du dir selbst ausdenken. Die brauchen billige Arbeitskräfte, das ist alles.«

»Sag mal, weißt du, was mit dieser Mandy ist? Lag im Bett unter mir. Jetzt ist sie weg. Sie sei hier, weil sie abhauen wollte, sagte sie. Was immer sie damit meinte.«

»Typ eins. Kurzzeithäftling. Die ist doch noch ein Kind. Erziehungsmaßnahme. Die meisten stammen aus Zwangsadoptionen. Ticken aus, wenn sie es erfahren. Ging mir ähnlich, damals. Du willst halt wissen, was mit deinen Eltern ist. Erfahren wirst du es nie. Du bist ein Niemand.«

»Klingt nicht gut.«

»Wie man es nimmt. Ein Niemand zu sein, hat hin und wieder seine Vorteile. Wussten schon die alten Griechen.«

Am nächsten Tag ging es weiter. Ulrike bekam eine Sense in die Hand gedrückt. Weniger Bücken, weniger Hacken, dafür in der Hüfte drehen, hin und her, hin und her. Anfänglich tat es gut, die zuvor geplagten Muskeln zu entlasten und neue zu rekrutieren. Aber es dauerte nicht lange, bis auch diese sich schmerzverspannt zu Wort meldeten. Und dann passierte es: Der Griff der Sense rutschte aus ihren blutigen Händen. Die Spitze des Metalls bohrte sich in den Boden, stoppte jäh den Schwung. Ein heftiger Schmerz durchzuckte ihre Wirbelsäule, nahm ihr die Luft zum Atmen. Augenblicklich wurde ihr schwarz vor den Augen. Den Aufschlag auf dem Boden spürte sie nicht mehr. Von Weitem hörte sie noch einen Schrei, eher einen Befehlston.

»Hey, was soll das?«

Sie konnte nur kurz bewusstlos gewesen sein.

»Steh auf, mach schon!«

Wortlos riss sie sich zusammen, erhob sich mühsam. War sie bereits wie die anderen Jugendwerksler zu einer schweigenden Marionette geworden, die kommentarlos das machten, was man ihr sagte, die Schmerzen ignorierte, nur um zu gehorchen? Das Erziehungsziel hatte sie offenbar erreicht – nicht fragen, nicht denken. Einfach nur das machen, was man ihr sagte. Hatte sie bereits resigniert?

Die Antwort blieb ihr erspart, weil ihr Körper längst eine Antwort gefunden hatte, sich ihrem Willen zu widersetzen. Die Befehle hörte sie nur noch von Ferne, spürte auch die Tritte, die den letzten Rest aus ihr herausprügeln sollten, kaum noch.

Als sie aufwachte, lag sie in einem Bett. Ein weißes Laken bedeckte sie bis zum Hals. Darunter war sie nackt. Erschrocken blickte sie an sich hinab. Dreck und Staub hatten in den letzten Tagen ihre Wunden überdeckt. Jetzt sah sie die roten Schürfwunden, meist selbstverursacht durch nächtliche Kratzattacken. Nur schemenhaft erwachten die letzten Erinnerungen an heißes Wasser, brennende Seife, Hände in Gummihandschuhen, an gleichgültige, hin und wieder auch gierige Gesichter.

Der Chefarzt, wie er sich vorstellte, stand vor ihrem Bett, blinzelte auf sie hinab. Instinktiv zog sie das Bettlaken bis zum Kinn.

»Ich muss dich untersuchen«, sagte er knapp und griff nach dem Laken, das sie notdürftig bedeckte.

»Mir geht's gut.« Sie ließ nicht locker, krallte ihre Finger in den Stoff.

»Jetzt zier dich nicht so.« Speichel hing an seinem Mundwinkel, als er das Bettlaken von ihrem Körper riss. Ulrike sprang aus dem Bett und rannte zur Tür. Sie war verriegelt. Sie drehte sich um, presste sich die eine Hand über die Brust, die andere zwischen die Beine.

Süffisant lächelnd hielt er ihr den Schlüssel in einer Hand entgegen. Mit der anderen rieb er sich zwischen den Beinen. »Ich will dich nur ein bisschen untersuchen. Das ist alles. Wenn du nicht artig bist, geht's wieder aufs Feld oder auch in den Knast. Also komm schon, sei schön lieb zu Onkel Doktor und seinem kleinen Freund.« Langsam kam er auf sie zu, nestelte an seinem Gürtel.

Sie fuhr herum, rannte in die gegenüberliegende Ecke, schnappte sich dabei das Bettlaken und umhüllte sich notdürftig. Lange würde sie ihm nicht entkommen können. Die Türklinke bewegte sich, ungeduldige Stimmen von draußen forderten Einlass.

»Scheiße. Das nächste Mal bist du fällig, du kleine Schlampe«, raunzte er ihr noch zu. Verärgert zog er seinen Gürtel wieder zu und ging zur Tür. Eine Schwester stand davor, dahinter einer der Aufpasser vom Jugendwerkhof. »Gut, dass Sie kommen. Sie benimmt sich wie eine Verrückte, wäre mir fast entwischt, wenn ich die Tür nicht verschlossen hätte«, erklärte er schnell mit lauter Stimme. Dann blickte er an der Schwester vorbei. »Wer ist der Vopo, was hat er hier zu suchen?«

Der Uniformierte hinter der Schwester schob sich nach vorne. »Der

LKW ist ausgefallen. Die anderen sind auf dem Feld und der Salat muss geliefert werden. Die Zeit drängt.«

»Sie kann noch nicht entlassen werden. Sie ist krank«, sagte der vermeintliche Chefarzt im weißen Kittel.

»Seit wann beurteilen das hier die Pflegehelfer?« Der Uniformierte, er war staatlicher Aufpasser im Jugendwerkhof, drehte sich zur Schwester um. »Was sagt der Stationsarzt?«

Die Schwester zuckte mit den Schultern. »Visite ist erst heute Mittag. Aber so wie ich das sehe, müsste die junge Dame noch hierbleiben.« Sie blickte zu ihrem Kollegen. Offenbar wusste sie, was gespielt wurde.

»Mir geht's gut«, mischte sich Ulrike ein, die sich noch immer das Laken vor den Körper hielt und sich in die Ecke des Raums quetschte. Sollte sie dem Aufpasser sagen, was gerade vorgefallen war? Er würde ihr eh nicht glauben. Und vermutlich wäre es ihm auch egal. »Ich kann wieder arbeiten. War nur eine kleine Schwäche.«

»Zieh dich an. Ich habe nicht viel Zeit«, knurrte der Beamte.

Eilig griff Ulrike nach ihren Kleidern, die gefaltet auf dem Tisch lagen. Wenig später eilte sie dem Aufpasser hinterher.

»Wie sehen uns noch«, zischte ihr der falsche Doktor hinterher.

Sie gingen hinaus auf den Hof, wo bereits ein Fahrrad mit einem Anhänger stand. Darauf war eine Holzkiste befestigt, die mit Salatköpfen gefüllt war.

»Kannst du Fahrrad fahren?«

»Ich denke schon.«

»Du sollst nicht denken, sondern die Kiste abliefern. Hast du verstanden?«

Ulrike nickte. Die Strecke wurde vorgegeben: ein Feldweg entlang eines Flusslaufes. Immer geradeaus. Abweichen war verboten, Pausen auch. Am Ende, wie weit auch immer das war, käme ein Schild mit der Aufschrift *Ostsee Ferienlager*. Salat abliefern und zurück. Man wusste etwa, wie lange für die Strecke benötigte würde, wann sie also zurück sein musste. Es war nicht das erste Mal, dass der LKW ausfiel. Nicht abgeliefert und zu spät zurück hatte Strafen zur Folge. Das Repertoire drakonischer Maßnahmen kannte keine Grenzen.

Ulrike ahnte, dass es eine Plackerei werden würde. Und doch fühlte sie sich erleichtert. Es war wie ein Stück wiedergewonnene Freiheit. Keine Mauern, keine Aufpasser. Endlich allein, endlich atmen, endlich den Takt selbst bestimmen. Sie schwang sich auf den Sattel und wollte in die Pedale treten.

Doch der Aufpasser hielt sie zurück und schaute ihr streng in die Augen. »Abhauen funktioniert nicht. Wir finden dich überall. Und wenn du zu spät kommst, dann gibt's Zelle oder zurück auf die Krankenstation. Haben wir uns verstanden?« Er lachte sie süffisant an und ließ sie dann endlich los.

Das Fahrrad quietschte, bewegte sich kaum von der Stelle. Das Tor öffnete sich, sie versuchte Tempo aufzunehmen. Es war ein klarer Tag. Die Sonne heizte wie ein Heißluftherd auf höchster Stufe. Bereits nach etwa einem knappen Kilometer standen ihr Schweißperlen auf der Stirn. Sie dachte an ihr Ziel: Ostsee Ferienlager. Endlich wusste sie, wo sie war. Vielleicht konnte sie ja einen Blick auf die Ostsee erhaschen, vielleicht, wenn sie sich beeilte, sich sogar kurz abkühlen.

Es kam jedoch anders. Der Feldweg zog sich endlos dahin. Der Horizont flimmerte, schien sich mit jedem Tritt in die Pedale von ihr zu entfernen. Der Schweiß rann ihrer schneller von der Stirn, als sie mit der Wasserportion, die man ihr mitgegeben hatte, nachschütten konnte. Als das Wasser aufgebraucht war, blieb sie stehen, schaute sich um. Der Salat im Anhänger zeigte bereits braune Ränder. Wäre es der richtige Moment einfach abzuhauen, alles stehen- und liegenzulassen. Aber wo sollte sie hin? Die DDR war abgeriegelt nach allen Seiten, wenn sie überhaupt bis zur Grenze käme. Der Aufpasser hatte ihr gedroht. Es waren keine leeren Worte, das wusste sie. Mühsam schleppte sie sich über den Feldweg. Fast hätte sie es übersehen. Unweit vor ihr stand es, das Schild mit der Aufschrift »Ostsee Ferienlager«. Von der Ostsee selbst hatte sie nichts gesehen. Die Möwen über ihr waren schlauer. Fragen konnte sie die beständig kreisenden Vögel leider nicht.

Mit letzter Kraft trat sie in die Pedale. Bis zum Schild, von dort ging es einen holprigen Weg nach links, an dessen Ende ein Häuschen mit einem Schlagbaum stand.

»Jetzt aber schnell, Fräulein, die warten schon ungeduldig auf Sie.« Der Mann im Häuschen winkte sie durch.

Vor ihr öffnete sich ein weitläufiges Gelände mit einigen kleinen und zwei größeren Zelten. Aus dem einen ragte ein Schornstein hervor, aus dem dichter Qualm in den Himmel stieg. Die erwartete Standpauke, viel zu spät zu kommen, den teilweise verfaulten Salat verantworten zu müssen, ließ sie über sich ergehen. Doch dann fragte eine vertraute Stimme: »Ulrike, bist du das?«

Erschrocken drehte sie sich um und konnte ihren Augen kaum glauben.

Am nächsten Tag hatte sich der Himmel zugezogen. Maria stand am Strand und blickte hinaus auf das Meer, das nun düster vor ihr lag, so düster wie ihre Gedanken, die ihr durch den Kopf wirbelten. Die gestern noch sanfte Brandung hatte sich zu einem donnernden Grollen erhoben. Der Sand zischelte über den Kamm der Dünen. Das Bild von Ulrike ließ sie nicht mehr los, schmerzte in ihrer Brust, oder waren es erneut die Vorwürfe, die sie sich machte? Wieder quälte sie der Gedanke, warum sie damals nicht aus dem Bus ausgestiegen und nach ihr gesucht hatte. Es hätte keinen Sinn gemacht, so die rationale und doch so leer und irgendwie feige klingende Selbstentschuldigung.

Niedergeschlagen stand sie auf, atmete tief ein und wollte es hinausschreien. Doch es kam nur ein Flüstern über ihre Lippen.

»It's a lie, lie, lie
But father, please tell me why..."

Sie sank auf die Knie, vergrub ihr Gesicht in den Händen. Es dauerte lange, bis sie sich beruhigte. Da Regen vorhergesagt war, hatte sie ihre Gitarre im Zelt gelassen. Man musste jedoch immer damit rechnen, dass einer der Aufpasser ihre Sachen durchwühlte, so dass sie ihr Tagebuch unter ihrem Polyesteranorak mitgenommen hatte. Schreiben, etwas zu Papier bringen, es war nicht leicht. Widersprüchliche Gedanken aus Trauer und Wut, aus Selbstmitleid und Selbstzweifel wirbelten ihr durch den Kopf. Wie sollten aus Fragen Antworten werden, aus Antworten ein neues Lebensgefühl? Was zählte am Ende? Sie fing an zu schreiben. Alles musste reduziert, auf einen Punkt gebracht werden.

Warum muss sie büßen, wenn es nur die Wahrheit ist, nach der sie sich sehnt?
Was kann sie dafür, wenn ihre Eltern demonstrieren gehen?
Warum sitze ich hier im Sand und kann nichts für sie tun?
Meine Stimme erheben, ich will nicht mehr still sein.
Ich werde das Unrecht beim Namen nennen.
Ich sehne mich nach ihrer Berührung.
I will never silence my voice.
Sie ist so sanft, so zärtlich.
Ich will bei ihr sein.
Frei sein.
Frei.

Maria schreckte auf. Motorengeräusche kamen näher. Motorräder, vielleicht drei oder vier, vielleicht auch mehr. Sie duckte sich hinter einem Busch, der jedoch nicht viel Deckung bot. Das Tagebuch wickelte sie hastig in ihre Regenjacke. Mit den Motorrädern näherte sich auch das Gejohle von Männern. Sie gaben Gas, sprangen über die Dünen, benutzen sie als Steilkurven. Ein gewagtes Manöver direkt vor ihr ließ einen von seiner Maschine stürzen.

Der Fahrer stand auf, als wäre nichts gewesen, und drehte sich zu Maria um. »Was glotzt du so blöde? Soll ich dir mal zeigen, wie es geht?« Er schwang sich wieder auf seine Maschine und ließ den Motor aufheulen. Der Sand spritze ihr in die Augen. Anstatt davonzubrausen, drehte er engen Runden um Maria. »Hey, Leute, schaut mal, wen ich hier habe?«, rief er.

Die anderen ließen es sich nicht nehmen. Grölend zogen auch sie ihre sandwirbelnden Kreise um Maria, immer enger, streckten die Arme aus, um nach ihr zu greifen, sie auf den Boden zu werfen. Einer gab Gas, sprang über sie hinweg. Sie konnte sich gerade noch wegbücken. Die Stollen des Hinterrads streiften sie knapp am Rücken. Verzweifelt presste sie sich auf den Boden, vergrub ihr Gesicht in den Sand, hielt sich die Hände schützend über den Kopf und hoffte, dass sie bald von ihr abließen.

Dann kam ein Motorrad an ihrer Seite zum Stehen. Eine Hand griff nach ihr.

»Verdammt.«

Maria erkannte die Stimme sofort: Alex, ausgerechnet er, hier und jetzt. Das Motorengeräusch dicht an ihrem Kopf verstummte. Sie hielt die Augen geschlossen und wartete regungslos ab.

»Haut ab, ich komme nach«, rief Alex seinen Kumpanen zu.

»Ah, sieh mal einer an. Er will seinen Spaß haben. Ohne uns.«

Maria hörte den schmutzigen Spott in ihren Stimmen.

»Mann, zieht endlich Leine ..., Idioten.« Alex klang wie ein Anführer. Vermutlich war er das auch.

»Ist ja gut. Aber ...«, der andere schnalzte mit der Zunge, »wir könnten dich bei deinem Papa verpfeifen.«

»Verpiss dich, sonst verpfeif ich dich«, fuhr Alex ihn an.

Anscheinend wussten alle sofort, was auf dem Spiel stand. Maria hörte, wie sie ihre Motorräder aufheulen ließen und davonrasten. Dann war es für einen Moment still.

Maria starrte in den Sand vor ihrer Nase, spürte Alex' Hand auf ihren Schulterblättern.

»Maria, du hier? Was machst du hier ganz alleine in den Dünen?«, fragte er leise.

Noch immer starr vor Angst hob sie langsam den Kopf, wischte sich den Sand von Stirn und Wangen. Zögerlich richtete sie sich auf.

Alex stand gebückt vor ihr, musterte sie fragend. Ihre Blicke trafen sich, hielten einander für einen Moment gefangen. »Verdammter Mist. Wir wollten nur unseren Spaß haben. Konnte ja nicht wissen, dass du hier rumsitzt«, sagte er schließlich, es klang tatsächlich ein wenig reumütig.

Der Satz hallte in Marias Kopf wider, auf andere Art. »Und wenn jemand anderes hier gesessen hätte?«

Alex seufzte auf. »War ne' Scheißidee. Aber manchmal, da ..., da muss man halt die Sau rauslassen.« Er zuckte entschuldigend mit den Achseln.

Sie setzten sich nebeneinander, schauten durch eine Lücke zwischen den Dünen hinaus auf das unruhige Meer. Der Wind war kälter geworden, der Himmel dunkler. Der Regen konnte nicht mehr lange auf sich warten lassen. Er legte einen Arm um ihre Schulter.

»Du wolltest mich doch abholen, mit deinem Motorrad ..., einsame Felder, Wald ... zum Reden?«, begann sie. Eigentlich wollte sie ihn nicht gleich mit Fragen überhäufen, die er auch als Vorwurf verstehen könnte.

Alex seufzte, dachte an die zwei Wochen im Stasikeller, die hinter ihm lagen. »Ich weiß. Kam was dazwischen. Eine lange Geschichte, erzähl ich dir später«, kam er Marias Frage zuvor.

Sie schwiegen eine Weile.

»Ich dachte, du wärst bei den Pionieren?«, fragte Maria schließlich verlegen.

»Bin ich ja auch. Was meinst du, wo wir diese Maschinen herhaben? Für ihre sozialistische Elite lassen sie einiges springen, zu Ehren von Alexej Marressjew, sowjetischer Jagdflieger. Jawohl!« Er salutierte mit sarkastischem Gesichtsausdruck und zeigte dabei auf seine Schulter, auf der das einschlägige Wappen prangte: eine stilisierte Fackel, als Griff JP, Abkürzung für Jungpioniere, darüber die Feuerschale mit »SEID BEREIT« gestickt.

Seid bereit für was, wollte Maria fragen, verkniff es sich dann jedoch.

Er beugte sich zu ihr, küsste sie auf die Wange. Es kam genauso plötzlich wie unbeholfen. »Es tut mir leid.«

»Ist schon gut.« Gut war es nicht, Maria ärgerte sich über ihre zu rasche Antwort. Vielleicht war es sein Kuss, der sie überraschte, der das Eis schmelzen ließ, bevor es erneut erstarrte.

Sie blickten sich fragend in die Augen, kamen sich näher. Ihre Lippen trafen sich, erst zögerlich, dann suchend, fordernd.

Maria ließ sich plötzlich zurück in den Sand fallen. »Nicht so schnell, nicht so schnell.« Sie hielt sich die Hände vor ihr Gesicht.

Alex seufzte erneut, schüttelte den Kopf. »Weißt du, Maria, das Ganze hier macht mich krank. Ich, der Alex, der Sohn vom Chef, und dann diese Lügen, dieses Heuchlerische, dieses Blabla vom Sozialismus. Ich kann das nicht mehr hören. Ich ertrag das nicht mehr.«

Maria schaute ihn entgeistert an. »Du, ausgerechnet du sagst das?«

»Ja, ausgerechnet ich, stell dir vor. Merkst du nicht, dass das alles nur Fassade ist? Ich muss den sauberen Sohn spielen und alle kuschen vor mir. Und das alles nur, weil ich einen Vater habe, der allen das Leben schwermachen kann.«

»Dabei geht es dir besser als allen anderen.«

»Das sieht nur so aus. Ich muss mich verbiegen und verdrehen. Gefangen im goldenen Käfig. Und dann sehe ich dich, wie du lebst. Du kannst so sein, wie du bist.«

»Schön wär's. Auch ich muss meine Klappe halten.«

»Die Klappe halten ist das eine. Aber jemand spielen zu müssen, der man nicht ist, das tut richtig weh.«

Maria stand ruckartig auf und wollte gehen. Mit einem schnellen Griff packte Alex sie am Handgelenk und zog sie zurück. Sie plumpste wie ein Sack wieder in den Sand, es tat fast ein bisschen weh. Nun saß sie wieder ganz nahe bei ihm.

»Maria, bitte, ich ..., ich brauch dich«, flüsterte er.

Sie lachte höhnisch auf. »Du brauchst mich? Wie soll ich das verstehe? Und vor allem, was kann ich schon für dich tun?«

»Vertrauen. Nichts weiter, nur vertrauen.«

»Und dann?«

»Ich kann mit niemanden reden. Aber mit dir ... Ich habe mir immer gewünscht, mit dir zu reden.«

Er sprach von Vertrauen, ein großes Wort und doch nur ein Wort. Vielleicht war es auch eine Lüge, um ihr Vertrauen zu gewinnen. Sie beugte sich vor und wollte erneut aufstehen, suchte nach einem Ausweg, ohne Ja oder Nein sagen zu müssen. Die ersten Regentropfen fielen vom Himmel. Ein guter Grund davonzulaufen, ein Stück weit auch vor ihrer eigenen Entscheidung. Eilig sprang sie jetzt doch auf, ihr Tagebuch fest im Griff, eingewickelt in der Regenjacke. »Ich muss zurück, hab Küchendienst, will nicht zu spät kommen.«

Er blieb sitzen und sah sie flehend an. »Maria, morgen ist mein letzter Tag. Mein Vater will, dass ich zur Volksarmee gehe. Er kann mich gar nicht früh genug in Uniform sehen.«

Sie sah fragend auf ihn herab. In ihr tobten widersprüchliche Gefühle. »Ich kann nicht«, sagte sie unschlüssig nach einigen Sekunden.

»Nach dem Abendessen, um acht, hier an dieser Stelle«, ignorierte er ihre Absage.

»Alex ich ...«

»Bitte.«

Maria nickte, schaute ihn aus den Augenwinkeln an. Ein unwillkürliches Lächeln glitt über ihr Gesicht. Er hatte gewonnen. Vielleicht war es auch gut so. Dann rannte sie davon. In der Ferne, im Wind, hörte sie das Motorrad aufheulen. Gerade noch rechtzeitig kam sie zum Küchendienst, auch rechtzeitig vor dem Wolkenbruch, der sich donnernd und blitzend entlud.

»Wie siehst du denn aus? Die Dünen geküsst oder was?«, empfing Hans sie mürrisch. Dabei hatte er keinen Grund zur Klage. Der H6 war wieder fahrtüchtig und hatte alles rechtzeitig geliefert. Ulrike war diesmal nicht gekommen, einen Fahrradtransport brauchte man nicht mehr.

Den ganzen Nachmittag über blieb Maria im Zeltlager und verkroch sich in ihrem Zelt. Die Zeltnachbarinnen waren nicht da, Handarbeitskurs. Maria hatte kaum Kontakt zu ihnen. Immer wieder blätterte sie in ihrer Gitarrenfibel, die sie trotz der Warnung ihres Vaters mitgenommen hatte und die sie jetzt, da sie allein im Zelt war, hervorgekramt hatte. Das tat sie jedoch nur, um sich abzulenken. Die Gitarrengriffe sahen plötzlich alle gleich aus, sie konnte sich auf nichts konzentrieren. Ihre Gedanken kreisten um Alex. Die Enttäuschung, dass er vor dem Ferienlager nicht gekommen war, verblasste. Er hatte wohl seine Gründe. Es lag nicht an ihm. Jetzt war alles neu oder wie damals am Sandkasten. Sie spürte noch immer seine Hand auf ihrer Wange, seinen flüchtigen Kuss, sah seine flehenden Augen. Er war nicht mehr der glänzende Held, zu dem alle aufblickten. An diesem Morgen war er verletzlich, scheu, liebevoll. Sie sehnte sich nach seinen zärtlichen Händen. Aber das allein war es nicht. Er wollte reden, er wollte vertrauen. Sein Leben war eine Farce. Er wollte raus. Vielleicht konnte sie ihm wirklich helfen und wenn sie ihm nur zuhörte, wenn er seinen Frust bei ihr loswürde. Es war seine letzte Chance, bevor er zum Militär musste. Man hörte nichts Gutes von dort, kein Urlaub die ersten Wochen, Drill, schlechtes Essen. Sie wusste, dass sie zu ihm musste, vielleicht nicht nur zum Reden.

Und dann kam ihr Ulrike in den Sinn. Sie schämte sich, nur an Alex zu denken, während Ulrike harte Disziplinarmaßnahmen zu erleiden hatte. Es waren Alex' Leute, die ihr das antaten. Aber konnte sie Alex dafür verantwortlich machen? Er war auch nur Opfer einer schrägen Gesellschaft, in die er, genau wie Ulrike, ungefragt hineingeboren worden war. Aber Ulrike stand gleichzeitig zwischen ihnen. Es war eine Tatsache, der sie nicht ausweichen konnte. Sie musste es ihm sagen, musste nach einer Lösung suchen, zusammen mit Alex, nicht ohne ihn, und schon gar nicht gegen ihn. Ulrike zu verleugnen, wäre so, als ob sie sich selbst verleugnete.

»Maria, es wird Zeit.« Eine, mit der sie Küchendienst hatte, blickte in ihr

Zelt und rannte gleich weiter. Maria sprang auf, eilte ihr nach. Fast hätte sie es vergessen.

Als das Essen gekocht und ausgeteilt war, atmete sie auf, hatte eine kurze Verschnaufpause, bis die dreckigen Teller zurückkamen. Auch der Abwasch war Teil ihrer Aufgabe. Es war das letzte Mal. Der Abend gehörte bereits zur nächsten Schicht.

An einem Tischrand, abseits der anderen schnatternden Jugendlichen, saß Lisa. Gebeugt über ihren Teller stocherte sie lustlos in ihrem Essen. Es war eine andere Lisa als noch in der Schule. Dort hatte sie ihren Kopf hoch getragen, war die Klassenbeste, war von allen Lehrern gelobt worden. Sie hatte es in gewisser Weise jedoch auch verdient, kamen doch ihre schulischen Leistungen nicht vom Himmel geflogen. Sie war schlau und fleißig. Sie war ehrgeizig, hatte ein Ziel, dem sie alles unterordnete. Das Problem war nur, dass sie diesem Ziel alles opferte, am Ende auch ihr Gewissen. Viele bewunderten sie, die meisten mieden jedoch ihre Nähe.

Nun saß sie da wie ein Häufchen Elend und wirkte gebrochen. Die Tatsache, dass sie überhaupt hier saß und nicht bei den Pionieren, bei der Elite, war verwunderlich. Sie hatte sich niemandem anvertraut. Maria spürte, dass sie sich schämte. Vermutlich war es nicht einmal Lisas Schuld. Sie dachte wieder an Alex und Ulrike und daran, dass es sich keiner von ihnen ausgesucht hatte, in dieses System hineingeboren zu werden. Und dann holte sie tief Luft, wollte es anders machen, sich nicht einfach vom System besiegen lassen.

Sie setzte sich an Lisas Seite. »Darf ich?«

Lisa beantwortete ihre Frage, die eigentlich bereits beantwortet war, mit einem gleichgültigen Schulterzucken.

»Ich dachte, wir könnten …«

»Wir?«, unterbrach Lisa sie schroff.

»Na ja, du und ich, wir haben uns nie so gut verstanden.«

Lisa wollte aufstehen.

»Jetzt bleib doch mal sitzen.« Maria hielt sie am Ärmel fest.

Lisa sah sie aufgebracht an. »Was willst du wissen, Maria? Dass ich doch nicht so schlau bin, wie alle meinen, dass ich gescheitert bin, dass ich …«

»Wir könnten reden. Vielleicht sogar …« Maria hob fragend die Schulter. »Freunde sein.«

»Tatsächlich?« Lisa zog zweifelnd die Stirn in Falten. »Das sagst ausgerechnet du?«

»Wir könnten es versuchen.«

»Komm, es geht weiter, wir müssen abwaschen.« Lisa stand auf und ging zum Abwaschzelt, wo sich die benutzten Teller bereits türmten.

Maria folgte ihr. Lisa blickte sich um, wirkte immer noch abweisend. »Du gibst wohl niemals auf?«

»Dann haben wir vielleicht mehr gemeinsam, als wir bisher dachten«, entgegnete Maria.

Lisa lächelte. Es war das erste Lächeln auf ihrem Gesicht seit ihrer Abfahrt zum Zeltlager. Das Geschirr, das Besteck klapperte laut, bot Schutz vor unliebsamen Zuhörern.

»Erzählst du es mir? Du musst nicht«, fing Maria an.

»Was willst du wissen?«

»Warum du hier bist und nicht bei den Pionieren?«

Lisa seufzte. Es fiel ihr nicht leicht, die richtigen Worte zu finden, den Grund ihrer Enttäuschung mit jemandem zu teilen. Ihre Miene zeigte eine Mischung aus Misstrauen gegenüber jedem, aber auch Schmach, das Eingeständnis ihrer Niederlage gegenüber sich selbst.

»Also gut, was für einen Unterschied macht es schon? Irgendwann wissen es ja sowieso alle.« Sie donnerte eine Handvoll sauberer Messer auf die Ablage, drehte sich zu Maria um, holte tief Luft. Dann fing sie an zu erzählen. Damals am letzten Schultag habe man ihr mitgeteilt, dass man ihr den Traum vom Medizinstudium nicht erfüllen könnte. Sicher, sie hätte die besten Noten, wäre intellektuell geeignet, aber mit einer Mutter als Ärztin wäre das nun mal nicht möglich. Kinder von Akademikern machten eine Ausbildung. Studieren dürften nur Arbeiterkinder. Das wären nun mal die Regeln, die sie ja mehr als alle anderen verinnerlicht hätte. Man habe für sie eine Ausbildung zur Krankenschwester vorgesehen.

»Und dann?«, wollte Maria wissen.

»Ich bin zum Schulleiter gegangen. Ich war enttäuscht und, ja, verdammt, ich war wütend, wollte mir das nicht gefallen lassen.«

Maria konnte es kaum glauben. »Und, was hat er gesagt?«

»Ich solle stolz sein, dem sozialistischen Staat ... Weiter kam er nicht.«

»Was ist passiert?«

»Ich bin ausgerastete, habe ihn ein Arschloch genannt.«

Maria riss die Augen auf. Das hätte sie Lisa niemals zugetraut. »Nicht schlecht.«

Lisa lächelte in sich hinein und gleichzeitig schien sie ihren Wutausbruch zu bereuen. »Wie man es nimmt. Wenn ich die Klappe gehalten hätte, wäre ich vielleicht ..., ach, ich weiß auch nicht.«

»Was haben denn deine Eltern gesagt?«

»Nichts. Was sollten sie auch sagen? Sie kannten die Regeln und ich kannte sie auch. Wir haben uns alle selbst belogen. Trotzdem, ich dachte, mit Leistung, guten Noten und ...«, sie stockte einen Moment, »na ja, du weißt schon.«

»Horch und Guck.«

»Was sonst? Das tun sie doch alle, wenn sie sich einen Vorteil erhoffen, oder nicht?«

»Vielleicht nicht alle«, entgegnet Maria seufzend.

Gemeinsam brachten sie die gesäuberten und getrockneten Teller zurück zum Küchenzelt. Maria wischte sich den Schweiß von der Stirn. Sie wollte zu ihrem Zelt, um sich mit ihren Gedanken zurückzuziehen.

»Maria?«, rief ihr Lisa hinterher.

Maria drehte sich um, blieb stehen.

»Wir haben doch etwas Zeit heute Nachmittag. Könntest du, ich meine, wenn du ...« Lisa verstummte. Ihre Wangen röteten sich.

»Wenn ich was?«

»Wenn du mir deine Gitarre zeigen könntest? Ich wollte schon immer Gitarre lernen.«

»Ich kann es zwar auch nicht richtig. Aber das, was ich kann ... Klar, gerne doch. Wir können es ja gemeinsam versuchen. Komm mit.«

Sie gingen zu Marias Schlafzelt. Alle waren draußen, sie waren allein und setzten sich auf Marias Liege. Maria nahm ihre in der Tasche verstaute Gitarre und öffnete den Reißverschluss. Als sie das Instrument herauszog, fiel das Tagebuch auf den Boden. Lisa bückte sich rasch und wollte es aufheben. Maria kam ihr zuvor. »Arbeiter- und Bauernlieder, nichts weiter«, sagte sie schnell mit einem flüchtigen Lächeln und steckte es zurück in die Gitarrenhülle.

»So etwas singst du?« Lisa sah sie überrascht an.

»Eigentlich nicht. Aber irgendwie muss man ja lernen, wie es geht ..., mit der Gitarre natürlich.«

Lisa lachte. Ihr Gesichtsausdruck hatte sich vollkommen geändert. Sie wirkte gelöst, vielleicht dankbar, sich zum ersten Mal jemanden anvertrauen zu können. Ob daraus eine Freundschaft werden konnte, wie es Maria gleich herausgeplatzt war, wussten beide nicht. Es war jedoch ein seltsam guter Anfang. Dann wurde Lisa wieder ernst und erzählte: »Diesem Schulleiter, so ein Arsch, dem habe ich die Faust auf den Tisch geknallt. Er wollte mir erzählen, dass Krankenschwestern genau so viel verdienen wie Ärzte.«

Maria sah sie überrascht an, die Gitarre schon im Arm. »Stimmt doch, oder nicht?«

»Herrgott, Maria, das ist doch nicht der Grund, warum ich Medizin studieren wollte.«

Maria zupfte an den Saiten, die nur leicht verstimmt waren. Dann setzte sie die Finger ihrer linken Hand auf die mittleren Saiten. Ihr rechter Daumen ließ die Gitarre sanft erklingen. »Siehst du, ganz einfach. Aber es gibt auch schwierige Griffe. Am Anfang hast du das Gefühl, das klappt nie, aber dann geht es immer schneller.«

Nacheinander ließ sie einige Dur- und Mollakkorde ertönen, solche, die Maria schon leicht von der Hand gingen. Mal zupfte sie an den Saiten, mal ließ sie sie klirrend laut erklingen.

»Kannst du etwas singen? Vielleicht nicht gerade aus deinem Buch, also von Bauern und Arbeitern.« Lisa blickte sie ungeduldig an.

Maria überlegte nicht lange. Es war, als kannte sie kein anderes Lied. »*We will fly, fly, fly*«, begann sie zu singen, hörte dann aber schlagartig auf, räusperte sich laut.

»Warum hörst du auf? Das war doch wunderschön.« Lisa sah sie mit glänzenden Augen an.

Maria zuckte mit den Schultern.

»Ich gehe davon aus, dass es nicht aus deinem Buch stammt«, fuhr Lisa fort.

»In gewisser Weise schon, aber ... lass uns etwas anders singen, zum Beispiel ...«

»Maria«, ein Ruf in scharfem Ton erklang vom Zelteingang her, »kommst du mal gerade?«

Es war Hans. Maria reichte Lisa die Gitarre und stand auf. »Kannst ja mal probieren. Bin gleich wieder zurück.« Sie schlurfte missmutig zum Zelteingang.

Hans stand vor dem Zelt und blätterte in den an einer Kladde eingeklemmten Seiten. »Es ist jemand krank geworden. Du musst heute Abend beim Küchendienst einspringen.«

Sie erschrak, wusste sie doch, dass der Abwasch sie mindestens bis neun Uhr aufhalten würde. Sie hatte sich um acht Uhr mit Alex verabredet, um neun wäre er sicher wieder weg. »Ich kann nicht«, sagte sie spontan, um es im gleichen Augenblick zu bereuen.

Hans sah sie entgeistert an. »Soll das ein Witz sein? Hör mal, deine Einlage mit dieser Ulrike war schlimm genug. Du hast noch etwas gutzumachen.«

»Ulrike ist meine Freundin«, rutschte es ihr heraus. Sie biss sich auf die Lippe. Gesagtes konnte man jedoch nicht rückgängig machen. Konspirative Aktivitäten standen im sozialistischen Staat unter Strafe.

Hans' Gesicht verfinsterte sich. »Es ist verboten, sich mit Elementen aus der Besserung zu unterhalten, das weißt du. Und deshalb gibt es keine Widerrede, verstanden?«

Maria wollte noch etwas sagen, aber sie wusste, es war zwecklos. Niedergeschlagen drehte sie sich um, trat in ihr Zelt zurück – und erschrak. Lisa saß auf dem Rand der Liege und blätterte in ihrem Tagebuch.

»Hey, was soll das? Gib das her.« Sie stürzte zu ihr. Hastig riss sie Lisa ihr Tagebuch aus der Hand und steckte es zurück in die Tasche.

Lisa sah sie betroffen an. »Entschuldige, ich wusste nicht ...«

»Das geht dich nichts an«, fauchte Maria, die mit hochrotem Gesicht vor ihr stand, auf sie herabsah.

»Es tut mir leid, aber ... du hast zu mir gesagt, es wäre so ein Arbeiter- und Bauernding«, versuchte sich Lisa zu erklären.

»Egal, du kannst nicht einfach in meinen Sachen rumwühlen. Oder hat dich vielleicht jemand geschickt?«

Lisa sah sie mit großen Augen an, suchte nach einer glaubwürdigen Entschuldigung. Aber was war schon glaubwürdig, wenn es um Misstrauen ging? »Maria, bitte, ich wusste doch nicht, was es wirklich war«, insistierte sie.

»Und bist du jetzt schlauer?«, zischte Maria zurück. Dieses ewige Hin und Her aus Misstrauen und Vertrauen machte sie krank. Bis zu einer Freundschaft, wenn es denn je zwischen ihr und Lisa dazu kommen würde, war es noch ein langer Weg.

»Ein Tagebuch oder so etwas Ähnliches. Bitte glaub mir, du hast doch gesagt ...«

Maria atmete aus und versuchte sich zu besinnen. »Ja, ja, ich weiß. Woher solltest du auch wissen, was es wirklich ist. Behalt es für dich, ja?«, sagte sie schließlich leiser, nahm ihr die Gitarre aus der Hand und wollte sie wieder in der Hülle verstauen.

Lisa stand auf, seufzte, wollte gehen.

Maria griff nach ihrer Hand. »Entschuldige, war nicht so gemeint. Ich habe dich belogen, war meine Schuld.«

Lisa setzte sich wieder zu ihr. »Und jetzt, was machen wir jetzt?«

»Ich weiß nicht. Hans hat mich zum Küchendienst heute Abend verdonnert. Nur weil ich mich mit Ulrike unterhalten habe.«

»Ulrike? Stimmt, ich habe sie gesehen. Ihr habt euch doch kaum unterhalten können. Und was war schon dabei? Die Ärmste, sie sah schlimm aus. Die haben sie zu irgendetwas verdonnert. Weißt du, weswegen? Hat sie dir etwas sagen können?«

»Nichts Genaues. Jugendwerkhof, das war‘s. Ich weiß, dass ihre Eltern in Leipzig aktiv sind. Friedensgespräche oder so ähnlich.«

»Ja, ja, die Nerven liegen blank, auch bei diesem Hans. Ich hab das Gefühl, dass er auch nicht so linientreu ist, wie er immer vorgibt«, sagte Lisa zu Marias Überraschung. Hatte sie sich immer in ihr getäuscht? Lisa fuhr mit ihren Mutmaßungen fort: »Hans muss das hier irgendwie durchziehen, hat vielleicht selber Stress mit der Stasi. Vielleicht solltest du auch deinen Küchendienst einfach durchziehen und fertig.«

Maria seufzte. »Ich habe mich verabredet. Heute Abend.«

Lisa zuckte mit den Schultern. »Okay, aber kannst du deine Verabredung nicht verlegen? Wir sind doch noch ein paar Tage hier.«

»Mit Alex.« Maria biss sich auf die Lippe. Sie hatte schon zu viel gesagt, auch wenn Lisa möglicherweise eine Hundertachtzig-Grad-Wende gemacht hatte. Sicher konnte man sich nie sein.

»Der Alex?« Lisa riss erstaunt die Augen auf.

Maria nickte und errötete leicht.

»Ich dachte, er wäre bei den Pionieren«, fügte Lisa hinzu.

»Ist er ja auch. Wir haben uns zufällig in den Dünen getroffen, und morgen muss er zum Militär. Wir wollten noch einmal reden.«

»Reden?« Lisa lächelte süffisant. Vielleicht schimmerte auch etwas Eifersucht hindurch. »Jeder weiß, dass er in dich verknallt ist. Damals auf dem Marktplatz war ihm das deutlich anzusehen, so wie er dich angeschaut hat.«

Maria zuckte zusammen. »Woher weißt du das?« Horch und Guck wollte sie nachsetzen, verkniff sich die Verdächtigung.

Lisa kam ihr zuvor. »Ganz einfach, ich war in der Nähe. Eis essen, wie viele andere auch. Es war ein sonniger Tag, hatte nichts mit dir zu tun, falls du das denkst.«

Maria schüttelte den Kopf. Nur weil Lisa zur selben Zeit am selben Ort war, kamen in ihr sogleich Verdächtigungen hoch.Es war ein perfides System, das sie umgab, sie gefangen hielt, wie in einem Spinnennetz.

»Alex steht auf der anderen Seite, Parteizögling ..., dachte ich zumindest«, sagte sie zögernd.

»Und jetzt?« Lisa zog fragend die Augenbrauen hoch.

»Er ist anders«, gestand Maria mit einem vielsagenden Schulterzucken.

»Ach ja? Täusch dich mal nicht. Er steht zwischen den Fronten. Am liebsten würde er seinem Alten die Meinung sagen und dann profitiert er genau aus dieser Ecke. Er dreht sein Fähnchen nach dem Wind.«

Maria wurde unsicher, versuchte sich im Schnelldurchlauf an alles zu erinnern, was Alex gesagt hatte, sich seine Augen, seine Hände vorzustellen. War sie nur geblendet? Selbst wenn, dann wäre der kommende Abend der richtige, an dem sie es herausfinden könnte. Schließlich winkte sie frustriert ab. »Egal, jetzt ist sowieso alles futsch. Bis neun sitzt er bestimmt nicht in den Dünen und wartet auf mich.«

Lisa musterte sie ein, zwei Sekunden lang. Dann sagte sie: »Vielleicht gibt es doch eine Lösung.« Sie seufzte aufgrund eines offenbar verwegenen Gedankens, der in ihren Augen aufblitzte.

Maria sah sie stirnrunzelnd an. »Was für eine Lösung?«

»Ganz einfach, wenn ich deinen Dienst übernehmen.«

Maria blickte Lisa entgeistert an. »Das würdest du tun?«

»Na ja, schließlich muss ich ja noch etwas wiedergutmachen bei dir.«

»Mensch, Lisa, und wenn Hans, ich meine, wenn er dich ...«

Lisa winkte grinsend ab. »Der kann mich mal. Soll doch froh sein, wenn jemand seine Drecksarbeit übernimmt.«

»Wahnsinn, das ..., das hätte ich nie von dir erwartet.«

»Ich weiß. Aber dein Angebot von vorhin ..., das mit der Freundschaft ...«

Plötzlich fiel ihr Maria um den Hals und drückte sie an sich. »Danke, das werde ich dir nie vergessen.«

Lisa stand auf, nickte Maria lächelnd zu und wandte sich zum Ausgang.

»Morgen Vormittag nochmals Gitarre?«, rief ihr Maria hinterher.

»Gerne.« Dann verschwand sie hinter dem Zelt.

Der Nachmittag verrann zäh. Maria wollte auf keinen Fall Hans über den Weg laufen. Die Hitze im Zelt wurde unerträglich. Nachdem sie sich vergewisserte, dass niemand ihr nachschaute, eilte sie aufgeregt Richtung Strand. Diesmal hatte sie sich den Badeanzug unter die Kleider gezogen. Es war der bislang heißeste Tag. Die Wolken hatten sich verzogen. Ein stahlblauer Himmel wie reingewaschen vom Regen des Vortags leuchtete satt über ihr. Zunehmend außer Atem rannte sie den sandigen Pfad entlang und über die Dünen. Bei der letzten Düne oben angekommen blieb sie stehen, blickte wie am ersten Tag freudig erregt über die schier endlose Weite. Kaum ein Windzug ging über die Ostsee. Die Brandung plättscherte träge dahin. Das Meer lag nach Osten dunkel wie ein Ölteppich, nach Westen, wo die Sonne abends verschwand, wie ein gleißender Spiegel vor ihr. Weit draußen patrouillierten graue Schiffe, vereinzelt zogen Frachter gen Westen. Vielleicht sollte sie versuchen, auf einem dieser Frachter anzuheuern. Dank der in den letzten Monaten wieder neu auflebenden Kirchgänge ihrer Eltern, der Fernseher füllte nach deren Überzeugung den Tagesablauf zunehmend sinnloser, war an ein Studium sowieso nicht mehr zu denken. Lisa ging es offenbar ähnlich. In der Schule hatten sie ihnen eingetrichtert, dass es im Westen nur diejenige weiterbringen würden, die aus reichem Elternhaus stammten, so wie früher der Adel.

Im sozialistischen Arbeiter- und Bauerstaat war es umgekehrt. Welchen Unterschied machte es?

Sie setzte sich in den Sand. Ihr Atem beruhigte sich langsam. Eine Möwe ließ sich an ihre Seite nieder. »Na, mein Freund, soll ich dir etwas vorsingen?«, flüsterte Maria ihr zu. Die Möwe schien keine Notiz von ihr zu nehmen und putzte eifrig ihr Gefieder.

Maria atmete tief durch, der Abend stand offen. Je näher das Treffen mit Alex rückte, desto mehr verschwammen jedoch die Grenzen zwischen Vorfreude und dem Gefühl, wegrennen zu müssen. Mit »Fly, fly, fly" versuchte sie sich zu beruhigen. Noch am Vormittag hatte sie dem Treffen mit Alex erregt entgegengefiebert. Jetzt war es erneut der Zweifel, nicht zuletzt aufgrund Lisas Warnung, der in ihr nagte. Vielleicht war es auch die Erinnerung an Ulrike, die sich immer wieder zu Wort meldete.

Noch bevor die Sonne den Horizont berührte, wollte sie zum Abendessen zurück sein. Ihr Magen grummelte. Andererseits würde sie damit Gefahr laufen, Hans in die Arme zu laufen. Sie wusste nicht, ob sich Lisa, pflichtbewusst, wie sie immer war, bereits für den Dienst gemeldet oder ob sie es sich vielleicht anderes überlegt hatte. Im Grunde wusste sie nicht viel über Lisa. War das ganze Gerede von Freundschaft und Gitarre nur gespielt? War es nur eine vorübergehende Reaktion auf ihren Groll, nicht studieren zu dürfen? Stimmte es überhaupt, was sie sagte? Würde sie sich vielleicht sogar erst zum Dienst melden, wenn herauskam, dass Maria nicht da war? Es könnte ihr Vorteile verschaffen, sich spontan als Ersatz anzubieten. Und dann war da noch das Tagebuch. Sie hatte es gesehen, sogar darin geblättert. Sie könnte diese neue Information quasi gewinnbringend verkaufen. Der Gedanke, einer geschickten Schauspielerin anheimgefallen zu sein, bereitete ihre Übelkeit. Aber war es nicht genau das, was dieses perfide System bezweckte? Misstrauen säen. Keiner traute dem anderen. Es war ein perfektes Instrument, jeglichen Widerstand im Keim zu ersticken. Einzelne Personen hatten keine Chance, Gruppen waren immer infiltriert von Spitzeln, inoffiziellen Mitarbeitern, IMs. Selbst wenn es nicht so war, wusste keiner vom anderen. Misstrauen lähmte jede Offenheit, jeden Versuch, neue Freundschaften zu schließen.

Verwirrt legte sie sich zurück in den Sand, starrte in den Himmel und versuchte sich zu beruhigen. Immerhin war sie es selbst gewesen, die als

Erste von Freundschaft gesprochen hatte und auf Lisa zugegangen war. Lisa hatte einen Bogen um alle gemacht, auch um sie. Als Spitzel hätte Lisa selbst die Initiative ergriffen, hätte sich an sie herangeschlichen, so wie damals auf dem Schulhof. Aber das lag lange zurück. Die Wirklichkeit hatte auch sie eingeholt und verändert. Ein Rest Zweifel blieb jedoch, auch bei Alex. Daran ließ sich nichts ändern.

Alex, der Gedanke an ihn ließ ihr Herz rasen. Dem Treffen mit ihm durfte jetzt nichts mehr in die Quere kommen, nicht mal der Hunger, der sich erneut mit einem Grummeln im Bauch zurückmeldete.

Langsam setzte die Dämmerung ein. Das einheitliche Blau des Himmels wechselte zu einem Rot-Orange im Westen und einem Türkis bis Dunkelblau im Osten. Die Möwen suchten bereits nach einem sicheren Platz für die Nacht. Gegen halb acht machte sie sich auf den Weg zum vereinbarten Treffpunkt. Insgeheim hatte sie gehofft, Alex früher anzutreffen, um mehr gemeinsame Zeit zu haben, mehr über ihn zu erfahren, hinter seine Fassade zu blicken. Sie solle sich nicht täuschen lassen, hatte ihr Lisa fast beiläufig mit auf den Weg gegeben. Es war ein Stachel, der mehr und mehr in ihr bohrte. Vielleicht sollte ihr das auch egal sein. Weniger reden, als vielmehr sich fallen lassen, fühlen, sich dem anderen hingeben. Sie war noch Jungfrau, hatte noch nicht einmal erlebt, wie sich ein richtiger Kuss anfühlte, wenn man von den schüchternen Annährungen damals in Oma Heddes Garten absah.

Sie blieb stehen, schaute sich um. Um acht an derselben Stelle, hatte ihr Alex am Vormittag noch zugerufen. Aber wo war dieselbe Stelle? Alle Dünen, alle Büsche sahen plötzlich gleich aus. Sonst, wenn sie allein sein wollte, hatte sie sich einfach fallengelassen, irgendwo, es spielte keine Rolle. Jetzt spürte sie Panik in ihrer Brust aufkommen, Alex doch noch zu verpassen.

Da hörte sie seine Stimme. »Maria?«

Sie atmete erleichtert aus und drehte sich um. Alex stand auf der Düne und lächelte ihr zu. Die Abendsonne ließ ihn wie eine wundersame Erscheinung leuchten. Maria zuckte zusammen. Ihr Gesicht musste knallrot geworden sein.

Langsam schlendernd kam er näher. »Vielleicht etwas zu viel Sonne abbekommen, aber steht dir gut. Bist nicht mehr so blass«, waren seine nächsten Worte.

»Fandst du mich immer blass?«

»Nicht immer.« Er lächelte ihr zweideutig zu. »Gehen wir?«

»Wohin? Wir könnten auch hierbleiben?«

»Lass dich überraschen.« Wie selbstverständlich nahm er ihre Hand. Maria ließ es geschehen, wollte ihm vertrauen, diesmal nicht nur seinen Worten. Hand in Hand kletterten sie über die Düne zum Strand. Das Ufer der Ostsee streckte sich scheinbar endlos in beide Richtungen, aber nur scheinbar. Einige Kilometer entfernt, Richtung Westen, war ein Steg auszumachen. Gehörte er noch zum erlaubten Territorium? Alex musste es wissen. Sie hatte beschlossen, ihm zu vertrauen, auch in dieser Hinsicht.

»Ich kann dich nachher mit dem Motorrad zurückbringen«, sagte er, als er ihren Blick bemerkte. Es weckte auch in ihm ungute Erinnerungen.

»Ich weiß gar nicht, ob ich zurückwill«, entgegnete sie.

Alex lachte. Schweigend schlenderten sie der untergehenden Sonne entgegen. Die Dunkelheit rückte näher und nicht nur die Dunkelheit. Sie musste es durchziehen, hier und jetzt, sonst würde der Abend enden, bevor er angefangen hatte.

»Sag mal, Alex, du kennst doch Ulrike, nicht wahr?«

Alex zuckte zusammen. Bei dem Namen Ulrike standen ihm die zwei Wochen im Stasikeller wieder vor Augen.

»Wie sollte ich sie nicht kennen? Ihr zwei wart doch wie Pech und Schwefel, wie Zwillinge, zumindest wenn ich mich an unser Treffen in der Stadt erinnere.«

»Wusstest du, dass sie zu Disziplinarmaßnahmen verdonnert wurde, Jugendwerkhof?«

Alex seufzte, wollte das Thema wechseln. Er dachte an das Verhör, dem er von der anderen Seite des Spiegels hatte beiwohnen müssen. Sie hatte sich tapfer geschlagen, sich nicht unterkriegen lassen und das, obwohl sie den Schärfsten der Stasi-Beamten vor sich hatte. »Ich hätte mir gewünscht, dass sie hier bei dir im Zeltlager wäre«, beantwortete er ihre Frage nichtssagend.

»Ich auch, und dann so ein Mist.« Maria erzählte ihm in kurzen Worten von ihrem Treffen mit Ulrike im Küchenzelt, von den wenigen, aber umso mehr niederschmetternden Worten, die sie ausgetauscht hatten.

Alex seufzte erneut. »Das hat sie nicht verdient.«

»Sie hätte nichts verraten, sagte sie mir zumindest, und das, obwohl die Stasi sie wohl ganz schön in die Mangel genommen hat.«

»Sie hat geschwiegen wie ein Grab«, rutschte es ihm heraus.

Es dauerte weniger als eine Sekunde, bis seine Worte in Marias Kopf Wirkung zeigten. Sie wandte sich erschrocken um und ließ seine Hand abrupt los.

»Woher weißt du das? Eben dachtest du noch, dass sie hier im Ferienlager wäre.«

»Ich sagte, dass ich es mir gewünscht hätte.«

»Und jetzt? Du weißt alles. Ist es nicht so?« Lisas Warnung meldete sich lautstark zurück.

Alex hob die Schultern, schaute Maria ernst an. »Hast du vergessen? Ich bin der Sohn von einem SED-Bonzen. Ja, ich weiß alles. Aber ich darf nicht alles sagen.«

»Du machst mir Angst.«

Er sah sie fragend an. »Du willst doch die Wahrheit wissen, nicht wahr? Und jetzt sage ich dir die Wahrheit und dann ist es auch wieder falsch.«

»Alex, ich ..., ich weiß nicht. Wie soll das weitergehen?«

Er seufzte laut. »Wir sollten endlich mit diesem Katz- und Mausspiel aufhören. Wie soll ich dir noch beweisen, dass ...«

»Dass was?«

»Dass ich dich liebe, so wie du bist. Genauso, wie du bist.«

Sie kamen sich näher, blieben dicht voreinander stehen. Er musste sich leicht zu ihr herabbeugen, sie streckte sich nach oben. Es war der Kuss, auf den sie gewartet, nach dem sie sich gesehnt hatte. Ihre Zungen trafen sich, umspielten einander, ihre Lippen saugten sich fest, lösten sich, um erneut ihr Spiel zu beginnen. Es sollte niemals aufhören.

Nach einer Weile befreite sie sich aus seinen Armen, blickte ihn an, um sich zu vergewissern, dass alles echt war, keine Geschichten, keine Fantasie. Die Realität konnte so viel stärker sein. Dann legte er seinen Arm um ihre Schulter. Gemeinsam schlenderten sie dorthin, wo das Meer aufhörte, sich züngelnd über den feinen Sand schob, um genau dort zu versickern. Kleine Krebse huschten vor ihren Füßen davon, verschwanden blitzschnell in kreisrunden Löchern, lugten neugierig mit ihren Stielaugen hervor, um gleich danach zum nächsten Loch zu hasten. Es war, als flögen die nahezu durchsichtig wirkenden Krabbeltierchen knapp über dem Boden dahin.

Alex und Maria blieben stehen und blickten hinaus aufs Meer. Gemeinsam sogen sie die salzige Luft ein. Die Lichter der Schiffe am Horizont flackerten kaum erkennbar über die Wasserlinie.

»Würdest du nicht auch gerne jetzt dort draußen sein, einfach den Sternen folgen, in andere Länder reisen?«, wollte Maria wissen.

»Am liebsten mit dir zusammen.«

»Aber es geht nicht, es wird niemals gehen«, zerstörte Maria ihre eigene Sehnsucht.

»Es wird nicht mehr lange dauern. Die Menschen lassen sich schon viel zu lange einsperren.«

»Wenn das dein Vater hören würde.«

»Wenn du wüsstest, was die sich schon seit Jahren herausnehmen. Von Vietnam nach China und dann mit anderen Pässen, wo immer sie hinwollen.«

»Du auch?«

»Ich nicht, aber versprochen wurde es mir. Hauptsache, ich bleib linientreu.«

Linientreu, dachte Maria. Offenbar gab es dabei zwei Linien, eine innere und eine äußere. »Und Ulrike?« Sie bohrte weiter, das Thema war noch nicht vom Tisch. Sie ahnte inzwischen aus seinen Anmerkungen, dass er von den Verhören wusste. Vielleicht war er sogar dabei gewesen?

»Ich sollte sie verhören«, sagte er trocken, als habe er ihre Gedanken gelesen.

»Was?« Maria löste sich erneut aus seinem Arm und trat einen Schritt zurück. Zweifel, Vertrauen und wieder Zweifel, wann würde dieses quälende Hin und Her endlich aufhören?

Er sah ihr in die Augen. »Sie sollte in den Knast, so wie ihre Eltern, nach Bautzen, Hoheneck, was weiß ich, Hauptsache weg, Hauptsache getrennt von ihren Eltern, von Gleichgesinnten.«

Maria schluckte, wollte weglaufen, drehte sich um und rannte los.

»Jetzt bleib doch mal hier. Ich erzähl dir ja alles«, rief er ihr nach, erwischte sie im letzten Moment am Arm.

Sie drehte sich um, blieb wie angewurzelt stehen und schaute ihn durchdringend an. »Alex, ich dachte, wir beide könnten irgendwie zusammen ..., aber so?« Sie wusste nicht, wo sie anfangen sollte, wo es enden würde.

»Maria, ich ..., ich hatte keine Wahl.«

»Man hat immer eine Wahl, Alex.«

»Nicht in diesem Staat.«

»Und dann hast du sie verhört, sie in die Scheiße geritten?«

Alex seufzte tief, schüttelte den Kopf. »Nein, habe ich nicht. Ihren Eltern konnte man staatszersetzende Aktivitäten nachweisen. Und weil Ulrike mit ihnen in Leipzig war, drohte ihr dasselbe Schicksal. Knast für mindestens zwei Jahre.«

Maria wollte etwas sagen, erneut wegrennen. Sie tat es nicht, wusste nicht, warum sie ihm glauben sollte. »Und dann, wie ging es weiter?«

»Sie kam in die Dunkelzelle, man wollte sie weichkochen. Zum Verhör entschied man sich für einen der Besten der Stasiköpfe. Und, ja, verdammt, sie war richtig gut, hat sich nicht kleinkriegen lassen.«

»Herr Gott, was hat sie denn verbrochen? Sie sitzt im Knast, nur weil sie mit ihren Eltern in die Kirche gegangen ist? Ich war auch schon mal in der Kirche. Na und, wen stört das?«

»Also gut, wenn du es genau wissen willst. Leipzig steht schon lange unter Beobachtung, weil dort eben nicht nur gebetet und gesungen wird. Sie wurden geschnappt. Sie hat einem Vopo zwischen die Beine getreten. Hat sie dir das nicht erzählt?«

Maria starrte ihn an. »Nein, hat sie nicht. Wir hatten seither kaum Zeit zusammen.«

»Ich habe versucht, meinen Vater zu überreden, dass Ulrike unwissend und damit unschuldig in den ganzen Schlamassel hineingerutscht wäre. Ich habe ihm erzählt von unserem Treffen auf dem Marktplatz. Ja, ich habe ihm Märchen aufgetischt, wie sehr sie sich auf die Pioniere freuen würde, bla, bla, bla. Richtig geglaubt hat er mir das vermutlich nicht.«

»Und, was hat er getan, dein werter Herr Vater? Auch dir gleich mit dem Knast gedroht?«

Alex fuhr sich nervös mit einer Hand durchs Haar. »Das ist kompliziert. Auch die Elite muss ihr Gesicht wahren, auch mein Vater. Sohn im Knast geht nicht. Im Zweifel wird alles unter den Tisch gekehrt. Weil ich offenbar mit drinsteckte, kam Ulrike nicht in den Knast, sondern nur in diese Gärtnerei.«

Maria wurde von ihren Gefühlen überwältig, sie war fassungslos und wütend, konnte sich nicht mehr bezähmen. »Gärtnerei?«, zischte sie ihn an. »Und jetzt soll ich, soll Ulrike, deinem werten Vater wohl noch dankbar sein? Danke, danke, das kenne ich zur Genüge. Verdammt, das ist keine einfache Gärtnerei, in der sie steckt, das ist ein Jugendwerkshof, wo sie zu Tode geschunden wird.«

Alex sah sie betroffen an, versuchte sachlich zu bleiben. »Besser als im Knast, glaub mir. Und Ulrike ist zäh. Sie wird das überstehen.«

Maria dachte an Ulrike, sah ihre Freundin, wie sie den Salat angeliefert hatte. Sie wirkte geschunden, abgemagert. Wie hatte all das nur passieren können? »Und wenn sie es nicht übersteht? Sie sah schlimm aus, gequält.« Sie blickte ihn flehend an. Alex saß zwischen den Stühlen, das spürte sie nur zu gut. Aber er war, wenn überhaupt, der Einzige, der noch etwas für sie tun konnte. »Du musst etwas tun«, sagte sie leise, aber so eindringlich, wie sie konnte.

Alex zog verwundert die Augenbrauen hoch. »Was soll ich denn tun?«

Erneut wollte sie aus der Haut fahren, konnte sich aber gerade noch bremsen. »Herr Gott nochmal, du bist doch der Sohn vom Chef. Lass doch einfach deine Beziehungen spielen, so wie immer.«

»Das ist nicht so einfach, wie du denkst. Du kannst mir glauben, dass ich mich jetzt schon ganz schön aus dem Fenster gelehnt habe«, flüsterte er eindringlich.

Maria spürte erneut Ohnmacht und Wut in sich aufwallen. »Stimmt, einbuchten ist einfacher. Unter den Tisch kehren, mundtot machen. Immerhin hat dein Vater sein Gesicht zu wahren.« Während sie noch sprach, wurde ihr aber plötzlich klar, dass es ein Spiel mit dem Feuer war, was sie von Alex erwartete. Einerseits wollte sie, dass er seinem Vater die Meinung sagte, sich gegen ihn auflehnte, andererseits sollte er seine väterlichen Verbindungen spielen lassen, sich für Ulrike einzusetzen.

Alex seufzte, suchte nach ihrer Hand. Sie zog sie weg. Nachdenklich nickte er, als ginge ihm ein Plan durch den Kopf. »Ich könnte es ja mal versuchen. Immerhin war Ulrike früher nie auffällig. Das mit dem Vopo war eine blöde Sache. Der Typ ist ein Schwachkopf. Vielleicht zieht er seine

Aussage zurück. Immerhin ist er der einzige Zeuge. Man könnte ja etwas nachhelfen.«

Maria sah ihn zweifelnd an. »Du willst dem Typ Ärger machen?«

Alex grinste. »Im Gegenteil. Beförderung oder Ähnliches. Das zieht immer.«

Nachdenklich und schweigend schlenderten sie nebeneinander weiter über den Strand. Diesmal war es Maria, die nach seiner Hand suchte.

»Ulrike hat das nicht verdient. Wir müssen ihr helfen. Danke, dass ...« Wie oft musste sie noch Danke sagen? Andererseits lag es auch an ihr, über den eigenen Schatten zu springen. »Danke, dass du ihr offenbar den Knast ersparen konntest. Aber das mit dem Jugendwerkhof ist auch nicht einfach. Sie muss da raus, sonst wird man sie brechen.«

Er sah sie ernst an. »Ich kann dir nichts versprechen, außer dass ich es versuchen werde. Einverstanden?«

Maria nickte, fühlte sich ein bisschen hoffnungsvoller. Vielleicht hatte Ulrike ja wirklich mit Alex einen Fürsprecher. Ob es so war oder nicht, würde sie erst im Nachhinein wissen. Alex hatte von Vertrauen gesprochen. Jetzt lag es an ihr, den ersten Schritt zu wagen. Er legte seinen Arm um ihre Schulter. Sie ließ es geschehen, spürte seine Wärme. Nach einigen Minuten fühlte sie sich ruhiger, gelassener, wollte vertrauen. Die Sorge um ihre beste Freundin durfte eine Weile ruhen.

Beide waren in ihre Gedanken versunken, bemerkten plötzlich erstaunt, dass sie den Steg, der vor Kurzem noch unerreichbar weit entfernt schien, erreicht hatten. Inzwischen war es dunkel geworden. Ein orangeroter Vollmond erhob sich vom Osten her, ließ seinen fahlen Schein über das Wasser gleiten. Als sie den Steg betraten, kam ihnen der süßliche Duft der verwitterten Holzplanken entgegen, als hätten sie den ganzen Tag eingeatmet, um in der Dunkelheit langsam auszuatmen und ihre Wärme allmählich zu verströmen.

Langsam schlichen sie über das knarrende Holz dem Meer entgegen. Der Schein des Mondes wurde heller, schien sie vom Wasser her auf Schritt und Tritt zu verfolgen. Plötzlich, sie waren fast am Ende angekommen, ließ Alex ihre Hand los, ging zum Geländer und griff nach einem Strick. Dann zog er etwas aus der Dunkelheit unterhalb der Planken hervor. »Überraschung«, flüsterte er. Triumphierend stellte er die Trophäe vor seine Füße. Es war, wie sich im Halbdunkeln gerade noch erkennen ließ, ein wasserdichter Seesack. Alex zögerte nicht lange, schnürte ihn auf und holte den Inhalt hervor: eine Decke, Gläser, Teller, eine Flasche, die sich als Rotwein herausstellte, und in Alufolie verpackte belegte Brötchen. »Ich bin davon ausgegangen, dass du noch nicht zu Abend gegessen hast«, erklärte er, breitete sorgfältig die Decke aus und drapierte die Sachen darauf. Sogar an ein Windlicht hatte er gedacht, das wenig später von der Mitte der Decke her sein schummriges Licht verbreitete.

Maria war sprachlos, damit hatte sie nicht gerechnet. Sie setzte sich auf die Decke, ließ sich von Alex die mitgebrachten Dinge reichen. Dann nahm er die Weinflasche, löste im Handumdrehen die Folie oberhalb des Flaschenhalses. Es war offensichtlich nicht das erste Mal, dass er mit einem Korkenzieher hantierte.

»Ich weiß nicht, ob ich schon mal Wein getrunken habe«, gab Maria verlegen zu bedenken.

»Französischer Rotwein.«

»Woher hast du den?«

»Vaters Weinkeller. Er wird ihn nicht vermissen.«

Offenbar hatte Alex den Abend von langer Hand geplant. Dabei hatten sie sich gestern per Zufall getroffen. Oder war es doch kein Zufall? Maria klopfte sich gegen die Stirn, wollte die erneut aufkeimenden Zweifel verdrängen. Diesmal fiel es ihr leichter, vermutlich weil das Thema Ulrike nicht mehr zwischen ihnen stand, zumindest für den Moment.

Alex goss die Gläser voll. Sie stießen an. Maria war davon überzeugt, wenn überhaupt, noch nie so köstlichen Wein getrunken zu haben. Trotzdem hatte sie sich fest vorgenommen, nur wenig davon zu trinken. Nichts sollte ihrem vollen Bewusstsein entgehen, nichts vernebelt an ihr vorbeirauschen. Sie aßen die Brötchen. Es gab auch Oliven, die Maria mit absoluter Sicherheit noch nie gegessen hatte. Sie schmeckten ihrer Meinung nach grässlich.

Es war ungewöhnlich warm, oder lag es am Wein? Der Wind war vollkommen zum Erliegen gekommen. Alex packte die Reste wieder in den Seesack, stellte Gläser, Teller und die Kerze zur Seite, legte sich auf die Decke. Maria zögerte nicht, kuschelte sich an seine Seite, in seinen Arm, ihren Kopf auf seine Schulter.

Es dauerte nicht lange bis seine Hand irgendwo zwischen Bluse und Shorts ihren Eingang suchte, sich langsam an ihrer Seite entlang nach oben arbeitete. Plötzlich schoss ihr die Erinnerung hoch, wie sie im Sand lag, ihren nackten Körper ansah. Ihre Brüste waren kaum erhaben gewesen, verstrichen über den einzeln sichtbaren Rippen. Er wäre vermutlich enttäuscht, nichts zu fühlen, was seine hohlen Handflächen auch nur annähernd füllen könnte. Nur die sich neugierig aufstellenden Brustwarzen würden ihm verraten, wo das wäre, was er suchte. Augenblicklich drehte sie sich um, bohrte ihren Ellbogen in die Grube unterhalb seiner Schultern, beugte sich über sein Gesicht. Sie küssten sich lange, ohne dass seine Absichten, sie zu berühren, nachließen. Seine beiden Hände kreisten über ihrem Rücken, schoben sich weiter nach unten. Sie spürte sein Drängen, seine Ungeduld, wollte ihm entgegenkommen.

Entschlossen setzte sie sich auf. »Du wirst enttäuscht sein«, sagte sie leise. Langsam knöpfte sie ihre Bluse auf, legte sie zur Seite, schlüpfte aus ihrem Bikinioberteil. Sie biss die Zähne zusammen, blickte hinüber zum lautlos flackernden Windlicht.

Er lachte leise. »Ich hasse große Busen, falls du das meinst.« Sanft ließ er seine Hände über ihre jugendlichen Brüste kreisen. »Gehen wir schwimmen?« Seine Frage kam unerwartet.

»Jetzt?«

»Warum nicht? Es ist warm. Ich habe auch zwei Handtücher dabei.«

»Alles geplant, hm.«

»Ich komme aus der Planwirtschaft, weißt du doch.«

»Ich dachte, die funktioniert nicht?«

»Manchmal schon, wie du siehst.«

Alex stand auf, fing an sich auszuziehen. Seine Hose war zwischen den Beinen wie ein Zelt gespannt. Er zögerte keinen Moment, schien sich nicht zu genieren, seine Männlichkeit unter Beweis zu stellen. Maria schaute ihm gebannt zu. Als er nackt vor ihr stand, reichte er ihr die Hand. Sie tat es ihm gleich. Wie Adam und Eva vor dem Sündenfall standen sie voreinander, nur dass man ihr die bis zum Platzen gespannte Erregung nicht ansah. Eine Leiter führte hinab in das tief schwarze Wasser. Kaum war er auf der letzten Stufe angekommen, ließ er sich in das Dunkel hinabgleiten.

»Alex?«, rief sie leise ins Nichts. Als er nicht auftauchte, wurde Maria unsicher. »Alex!« Eilig kletterte sie die Leiter hinunter. Das Wasser war kalt, undurchdringlich. »Alex!«, rief sie lauter.

»Hier.« Nahezu lautlos war er hinter ihr aufgetaucht.

Sie fuhr zusammen. »Oh mein Gott, mach das nie wieder.«

»Hattest du etwa Angst um mich?«

Maria drehte sich um, umklammerte ihn ängstlich zitternd. Langsam beruhigte sie sich. Die Angst wich ihrer Neugier, ihrem Verlangen, seinen Körper zu erforschen. Seine Erregung war ungebrochen, züngelte wie ein fremdes Tier zwischen ihren Körpern hindurch, suchte nach seinem vorbestimmten Ziel. Hastig stieß sie sich von ihm fort, drehte sich um, kraulte hinaus in das undefinierbare Schwarz.

Mit ein paar Zügen kam er hinter ihr her. »Du kannst gut schwimmen, Maria. Wo hast du das gelernt?«

»Im Silbersee, kurz bevor sie ihn wegen Umweltgiften gesperrt haben. Die toten Fische wussten das schon vorher.«

Maria spürte, wie die Kälte des Wassers langsam aber sicher von ihr Besitz ergriff. Vielleicht war es auch der abstruse Gedanke an tote Fische, die wieder auftauchen könnten. Sie schwamm zurück, kletterte die Leiter hoch, holte sich das Handtuch aus dem Seesack, warf Alex, der ihr gefolgt war, das andere in die Arme. Er ließ sich auf der Decke nieder, breitete die Arme aus. Wie zuvor, legte sie sich dicht an ihn. War das der Moment, dem sie so lange entgegengefiebert, den sie in ihren feuchten Träumen immer wieder durchlebt hatte? Würde es so sein, wie in ihren Träumen? Sie konnte sich nicht mehr erinnern. Jetzt war alles anders, jetzt war alles real. Sie spürte seine Hand über ihrem Rücken kreisen, über ihre Hüften, wie sie sich auf ihren Po legten, sanft zupackten. Sie war stolz auf ihren knackigen Po, aufgeregt, dass er ihr Juwel gefunden hatte. Seine Bewegungen wurden forscher, ungeduldig. Mit beiden Händen packte er ihre Hüften, hob sie auf seinen bebenden Köper, drückte sich ihr entgegen. Sein Atem ging schnell, sein Herz raste.

»Nicht, Alex, bitte, wir haben doch Zeit ..., viel Zeit«, flüsterte sie verunsichert.

Er schien sie nicht zu hören. Hastig drängte er sich zwischen ihre Beine, versuchte sich in die richtige Stellung zu bringen. Immer wieder wich sie ihm aus, stemmte sich mit aller Kraft dagegen. Alles ging zu schnell, viel zu schnell. Mit einem gewaltigen Ruck dreht er sich zur Seite, wälzte sich auf ihren Körper.

»Hör auf ..., bitte, ... bitte hör auf. Du tust mir weh!« Sie hatte keine Chance, konnte kaum Luft holen, fühlte sich von einer schweren Last erdrückt. Ein stechender Schmerz durchbohrte ihren Unterleib, einmal, zweimal, er hörte nicht auf, keuchte, beugte sich nach oben, als würde er nach Luft ringen. Wie von Sinnen riss er die Augen auf, schien ins Leere zu blicken. Dann war alles vorbei. Erschöpft sank er auf sie nieder. Mit letzter Kraft stieß sie ihn zur Seite.

Es dauert eine Weile, bis er wieder anfing zu atmen. Es war still. Nur das Wasser unter ihnen plättscherte gleichförmig gegen die Poller, als wäre nichts passiert.

»Verdammt«, weitere Worte ließ sein immer noch schneller Atem nicht zu.

Maria fühlte sich wie betäubt, wie von einer Schlammlawine überrollt, aus der sie gerade noch hervorkriechen konnte. Ihr ganzer Körper schmerzte. Es brannte zwischen ihren Beinen. Etwas floss zäh aus ihr heraus, es roch widerlich. Sie ekelte sich, vor Alex oder vor sich selbst, sie wusste es nicht so genau, musste weg. Wie in Trance stand sie auf, kletterte auf die Holzbrüstung, sprang. Noch beim Eintauchen hörte sie seine Stimme: »Maria!« Dann war alles still und dunkel um sie herum.

Sie fasste sich zwischen die Beine, versuchte sich zu befreien von dem, was sie beschmutzt hatte. Es blieb an ihr kleben oder war es nur der Schmerz, der sich immer tiefer in ihren Körper bohrte? Plötzlich spürte sie, wie sich ihre Brust zusammenzog. Sie war unter Wasser. Wie tief, wusste sie nicht, auch nicht, wo oben und unten war. Es war dunkel von allen Seiten. Sie fing an zu strampeln, mit den Armen, mit den Beinen. Im nächsten Moment würde sie das kalte Salzwasser in ihre Lungen ziehen. Dann wäre alles vorbei. Irgendetwas packte sie, riss sie empor, in die Luft. Ein tiefer Atemzug erlöste ihre zerreißende Brust. Schlaff ließ sie sich die Leiter emporziehen, fiel erschöpft auf das trockene Holz des Stegs. Ihr Bewusstsein löste sich auf, ihre Gedanken wurden weggeschwemmt, hinein in einen dunklen Strudel, der sie nicht mehr losließ. Dann war plötzlich alles schwarz.

Als sie wieder wach wurde, die Augen langsam öffnete, saß Alex neben ihr. Er hatte sich halbwegs angezogen, ihr die Decke über den Körper gelegt, hatte ein Glas halbgefüllt mit Wein in der Hand. Traurig schaute er auf sie hinab. »Es tut mir leid. Ich ..., ich war wie von Sinnen.«

Maria setzte sich auf, lehnte sich an die Reling, zog sich die Decke weiter hoch über ihren zitternden Körper. Es war deutlich kühler geworden. Er griff nach ihrem Glas, das sie noch nicht halb geleert hatte, und reichte es ihr. Maria stürzte es in einem Zug hinunter, nahm die Weinflasche und füllte erneut ihr Glas. Schweigend sahen sie dem Vollmond entgegen.

»Willst du zurück?«, fragte er leise. Er wirkt niedergeschlagen.

Maria nickte. Dann leerte sie erneut das Glas, stand auf, nahm ihre Sachen und zog sich an. Jede Bewegung schmerzte zwischen ihren Beinen.

Alex nahm den Seesack, packte alles hinein und schwang ihn sich über die Schulter. Langsam gingen sie zurück zum Strand. »Willst du nichts sagen? Mich wenigstens ein Schwein nennen?«, fragte er mit dunkler Stimme.

Maria sagte nichts. Es war, als habe sich ihre Kehle zugeschnürt, so wie der Seesack auf Alex' Schultern.

Sie gingen über den Strand. Es war nicht weit bis zur Straße, wo Alex sein Motorrad vorsorglich geparkt hatte. Den Seesack legte er an den Straßenrand, schwang sich über den Sattel, zog den Schlüssel aus der Tasche und startete die Maschine. Maria stand daneben, stieg nicht auf, war sich unsicher.

Er sah sie fragend an. »Willst du nicht mit? Laufen ist ziemlich weit.«

Wortlos schwang sie sich auf den Sattel. Alex gab Gas. Das Motorrad dröhnte, ruckelte über die Ritzen des mit Betonplatten gepflasterten Weges. Immer wieder durchzuckte ein heftiger Schmerz ihren Unterleib. Es konnte nicht mehr weit sein bis zum Camp. Sie zwickte ihm derb in die Schulter. Augenblicklich hielt er an und dreht sich halbwegs zu ihr um.

»Lass mich bitte vorher runter. Es müssen nicht alle wissen, dass ich weg war«, bat sie und ließ keinen Zweifel an der Ernsthaftigkeit ihrer Worte.

Alex stellte den Motor aus und ließ Maria absteigen. Ohne sich umzudrehen, lief sie dem fernen Licht entgegen. »Maria!«, rief er hinter ihr her.

Sie blieb stehen. Eilig trat er den Ständer nach unten, rannte ihr nach, wollte ihre Hände greifen. Sie verschränkte ihre Arme. »Ich wollte dir nicht wehtun.« Seine Stimme klang unsicher.

»Ich weiß.« Maria schüttelte den Kopf, als glaubte sie selbst nicht, was sie gerade gesagt hatte.

»Wann sehen wir uns wieder, Maria?«

»Ein andermal.«

Er wollt sie küssen.

Sie wich ihm aus. »Vielleicht ein andermal, vielleicht auch nicht.« Damit drehte sie sich um und rannte davon.

Nie hätte Ulrike erwartet, Maria anzutreffen. Sie wusste, dass sie in einem Ferienlager war, aber nicht in welchem. Selbst wenn sie vorher vom Ostsee Ferienlager erfahren hätte, grenzte es an ein Wunder, dass sie in der kurzen Zeit zusammengetroffen waren. Wie gerne hätte sie mit ihr mehr Zeit verbracht, sich den ganzen Schmerz von der Seele geredet.

Inzwischen war sie wieder auf dem Rückweg. Der Anhänger war nur unmerklich leichter. Das Radlager schien noch mehr zu quietschen als auf dem Hinweg. Vermutlich war es der Sand, der mit dem Öl der Kette eine zunehmend zähere Masse bildete. Einzig die tiefer stehende Sonne und die damit verbundene Abkühlung versprach ein schnelleres Fortkommen. Ihre Kraft ließ jedoch rasch nach. Der Weg war mehr als nur uneben. Steine wechselten sich ab mit Schlaglöchern und Grasschollen. Am schlimmsten waren die sandigen Abschnitte, in denen das Vorderrad abrupt abstoppte. Mehr als einmal wäre sie dabei fast über den Lenker geflogen. Immer wieder musste sie absteigen, um das Rad wieder frei zu bekommen. Ihr Herz raste vor Erschöpfung, oder war da etwas anderes, was in ihr nach Antworten suchte? Maria sah erholt aus, von der Sonne gebräunt. Hatte sie wirklich, wie der Mann vom Verhör berichtet hatte, um des eigenen Vorteils willen ihre Geheimnisse verraten, vielleicht sogar Lügengeschichten erzählt, um sich ihre Teilnahme am Ferienlager zu sichern? Bisher hatte das schlechte Gewissen an ihr selbst genagt, weil sie im Verhör diesen Onkel Jup und später ihr gemeinsames Singen verraten hatte. Es waren jedoch Lappalien, nichts, was den Tatbestand staatsfeindlicher Hetze erfüllte. Westbesuche waren nicht ungewöhnlich, sogar erwünscht, denn sie dienten der Devisenbeschaffung. Und Träume hatte jeder. Was hatte Maria erzählt, wenn sie denn überhaupt verhört worden war?

Ulrike ärgerte sich über sich selbst. Es war der Neid, der in ihr nagte, nichts weiter. Maria war unschuldig. Verhöre, Dunkelzelle und schließlich Jugendwerkhof hatte sie sich selbst zuzuschreiben.

Das nächste Schlagloch unterschätzte sie. Der Sturz über den Lenker verlief wie in Zeitlupe. Sie sah ihre Eltern, Maria, wie sie die Münder aufrissen, hörte ihr lautes Rufen. Dann wurde es dunkel um sie herum.

Als sie wieder zu sich kam, lief etwas Warmes über ihre Wange. Blut. Es stammte von einer Platzwunde an der Stirn. Es war nicht die erste innerhalb der letzten Wochen. Ihre Haare klebten auf der Kopfhaut. Sie wollte sich aufrichten. Ein vernichtender Schmerz durchzuckte ihren Körper. Es war nicht nur die Platzwunde am Kopf. Ihr Handgelenk war geschwollen, der Unterarm blau. Die Hand war etwas zur Seite geneigt. Langsam versuchte sie sich zu erheben, um den Schaden an ihrem Fahrrad zu begutachten. Das Vorderrad war verbogen, einige Speichen waren gebrochen. Erschöpft ließ sie sich auf die Knie fallen und den Kopf auf ihre Brust sinken. Wieder schoss der Schmerz vom Handgelenk aus durch ihren Körper. Vermutlich war etwas gebrochen. Es war lange her, dass sie geheult hatte. Jetzt mischten sich Tränen mit dem geronnenen Blut auf ihrer Wange. Sie war am Ende ihrer Kräfte, ballte die andere Hand zur Faust, schlug auf den Boden. Immer wieder, immer wieder. Dann bäumte sie sich auf, ignorierte den Schmerz, schrie so laut sie konnte, immer lauter, schrie ihre Verzweiflung heraus. Sie wusste, dass niemand ihr helfen würde.

Inzwischen war es dämmrig geworden. Lange Schatten legten sich über den Weg. Vielleicht war es auch ihr Blut, die Tränen, die alles vor ihren Augen in Dunkelheit hüllte. Von Ferne hörte sie ein Geräusch, das rasch lauter wurde. Ein Traktor kam direkt auf sie zu. Sie sprang auf, ruderte mit den Armen. Der erneut und unerwartet heftig einschießende Schmerz im Handgelenk, zusammen mit der allgemeinen Erschöpfung, ließ sie augenblicklich zusammenbrechen. Auf den Knien versuchte sie zur Seite zu kriechen, dem Traktor auszuweichen. Das Ungetüm kam knapp vor ihr zum Stehen. Ein gebrechlich wirkender Mann kletterte aus dem Führerhaus und baute sich vor ihr auf. Er schüttelte den Kopf. Dann beugte er sich zu ihr herab und nahm behutsam ihren Unterarm in seine verknöcherten Hände. »Sieht nich jut aus. Könnte jebrochn sein. Sieht ja nich jut aus. Wo solltet denn hinjehn?«

Ulrike versuchte sich aufzurichten. Es war lange her, dass jemand freundlich mit ihr gesprochen hatte. »Jugendwerkhof.«

»Och dit noch. Wat heste denn ausjefressn, Meechen?«

»Ich weiß nicht.«

Der Mann seufzte, schüttelte wieder den Kopf. »Also hier kannste nich sitzenbleiben.« Ohne eine Antwort abzuwarten, nahm er das Fahrrad, legte es auf den Hecklader, dann den Anhänger, der sich beim Sturz aus der Kupplung gelöst hatte. Auch wenn der Mann im ersten Moment alt wirkte, so schien er jetzt irgendwie aufzuleben. Er setzte sich zu ihr auf den Boden. »Wie heißte denn?«

»Ulrike.«

»Du kannst ma Heinz nennen. Und die Idioten vom Jugendwerkhof, wat woll'n die von dir?«

»Umerziehung nennen sie es. In Wirklichkeit ist es ...« Ulrike verstummt. Die Wahrheit war mehr denn je gefährlich.

»Mir kannste dit sagn. Komm aus Berlin, bin selba seit einjen Jahrn zwangsvasetzt. Nur weil ick meene Klappe nich halten konnte.«

»Danke.«

Er riss die Augen auf, lächelte. »Wofür Danke? Noch is ja nüscht passiert. Du kannst aber jerne bei mir uffsteijen. Ick fahr dir zum Knast, wenn de willst.«

Ulrike überlegte nicht lange. Heinz half ihr, auf den Traktor zu klettern. Dann schwang er sich neben sie und ließ den Motor an.

Es war zu laut, um sich zu unterhalten. Gelegentlich lächelte er zu ihr hinüber. Die Schmerzen im Arm ließen langsam nach. Vielleicht war es doch nur eine Zerrung.

Als sie vor den Toren des Jugendwerkhofs ankamen, half er ihr zurück auf den Boden. »Da jehste ma schön alleene rin. Dit mit dem Fahrrad kann jedem passiern. Wer'n dir schon nich den Kopp abreißen.« Heinz drehte sich um, hob das Fahrrad von der Ladefläche, dann den Anhänger, den er mit ein paar Handgriffen wieder am Fahrrad befestigte. Das Vorderrad bog er halbwegs gerade, so dass Ulrike die letzten Meter schieben konnte.

Heinz sah sie an und lächelte aufmunternd. »Bisschen anheb'n und denn ziehn. Wird schon. Tust so, als wärste allet allene jelofn. Klar? Und

Kopp hoch, meen Kind. Hast dit Lebn noch vor dir. Glob dem ollen Heinz.«

Ulrike wusste nicht, was sie sagen sollte. Bevor sie das Fahrrad nahm, beugte sie sich zu ihm und küsste ihn auf die Wange.

»Is nich waa. Liecht Jahre her, det mir mal ne hübsche Dame 'nen Kuss jejebn hat.« Er strahlte sie augenzwinkernd an.

»Danke, danke Heinz. Das werde ich dir nie vergessen.«

»Wir müssen doch zusammhalten. Also denk dran, meen Kind. Kopp hoch, allet klar?« Damit drehte er sich um, kletterte auf seinen Traktor und ratterte davon.

Ulrike schaute ihm nach, bis er hinter der nächsten Biegung verschwand. Dann nahm sie ihr Fahrrad am Lenker und zog es zum Eingang des Jugendwerkhofs. Der Ärger hielt sich in Grenzen. Das defekte Fahrrad reihte sich zwanglos in die vielen anderen funktionsuntüchtigen Geräte ein, die seit Jahren auf Ersatzteile und Reparatur warteten.

Am nächsten Morgen war das Handgelenk deutlich abgeschwollen. Die Platzwunde am Kopf verbarg sich unter ihrem Haarschopf. Überraschenderweise gaben sie ihr zwei Tage frei, vielleicht auch mehr, um sich zu erholen. Sie konnte sich duschen, saubere Kleider anziehen und wurde in der Schreibstube eingeteilt. Offenbar war man der Meinung, dass sie mit dem verstauchten Handgelenk nun erstrecht nicht ihr Plansoll erfüllen konnte.

Die nächsten Tage wurde sie damit beauftragt, schriftliche Vorgänge zu sortieren: Anforderungen, Erträge, Rechnungen, Briefe. Es gab zahlreiche Ordner, in die sie die einzelnen Papiere abheften sollte, wo sie verschwanden, ohne dass jemand Notiz von ihnen nahm. Deutsche Gründlichkeit stand auch im Sozialismus an oberster Stelle. Sie bemühte sich, ihre Arbeit so rasch und sorgfältig wie möglich zu verrichten. Erneut für Feldarbeit abgezogen zu werden, wäre, obgleich sich von Tag zu Tag verdichtete, dass kein Knochenbruch vorlag, kaum möglich gewesen. Da der LKW wieder fuhr, bestand auch kein Anlass, erneut mit dem Fahrrad Richtung Ostsee Ferienlager geschickt zu werden. Allerdings hätte sie die Strapazen ohne Widerspruch auf sich genommen, allein getrieben von der Hoffnung, Maria anzutreffen, vielleicht sogar Heinz, den freundlichen Traktorfahrer.

Es war ein ruhiger Vormittag. Die zu sortierenden Papiere häuften sich auf dem Schreibtisch.

»Ulrike, du hast Besuch.« Der Chef der Schreibstube, sie unterhielten sich nur sehr selten, stand in der Tür. Hinter ihm tauchte ein bekanntes Gesicht auf.

Ulrikes Überraschung hätte nicht größer sein können. »Alex, du hier? Ich dachte du wärst bei den Pionieren.«

Der graue, schlechtsitzende Anzug ließ ihn wesentlich älter erscheinen. Er drehte sich um und machte in Richtung Ulrikes Chef eine abfällige Handbewegung. »Können Sie uns alleine lassen? Ich habe etwas mit Frau Sonnemann zu besprechen.« Er zog die Tür zu und bedeutet Ulrike, die kurz zuvor von ihrem Platz aufgesprungen war, sich wieder zu setzen.

»Mein Gott, bin ich froh, dich zu sehen. Ich dachte schon ...«

Er trat zu ihr, stand vor dem Tisch und sah sie an. »Ulrike«, unterbrach er sie, »es ist kein Spaß, warum ich hier bin. Eigentlich müsste ich dich mit Frau Sonnemann anreden. Können nur hoffen, dass hier ausnahmsweise keine Wanzen sind.«

»Herr Alexander Kuschinsky, darf ich fragen ...?« Sie verzog amüsiert das Gesicht.

»Lass den Quatsch, Ulrike.«

Sie kniff die Augen zusammen. Was wollte er von ihr?

»Ich will's kurz machen. Deine Eltern sitzen in Bautzen. Beide wegen staatsfeindlicher Hetze. Dein Vater zu vier, deine Mutter zu drei Jahren Haft, soweit ich weiß.«

Ulrike zuckte zusammen. Sie hatte befürchtet, dass ihre Eltern in der Stasimangel steckten, dass ihnen Gefängnisstrafe drohte. Ins Geheim hatte sie noch gehofft, dass sie sich damals den Vopos hätten entziehen können, dass dieser Stasi Beamte beim Verhör geblufft hatte. Eigentlich waren sie gut vorbereitet, hatten sich Fluchtwege und Verstecke ausgedacht. Die Gewissheit ihrer Verhaftung nun ausgerechnet von Alex zu erhalten, war niederschmetternd. Sie versuchte die Fassung zu bewahren, sich nichts anmerken zu lassen. »Sie sitzen also wirklich fest. David gegen Goliath. Irgendwann wird sich das Blatt wenden«, entgegnete sie ihm trotzig.

Alex schüttelte ernst den Kopf und sah sie eindringlich an. »Ulrike, das ist kein Spiel. Du wirst deine Eltern nicht wiedererkennen, wenn sie rauskommen.«

»Ist das der Grund, warum du hier bist? Um mir das zu sagen?«

»Es ist nicht der einzige Grund. Dass du nicht auch im Knast sitzt, hast du übrigens ein bisschen auch mir zu verdanken. Bei deinen Verhören saß ich im Nebenraum. Hab mich für dich eingesetzt. Am Ende war es nur der Jugendwerkhof.«

Jetzt schüttelte Ulrike den Kopf und lachte ihn sarkastisch an. »'Nur' ist gut. Weißt du überhaupt, was hier läuft? Das ist billige Sklavenarbeit, nur weil in diesem Scheißstaat nichts mehr funktioniert. LKWs, Landmaschinen – alles im Eimer. Und dann treiben sie uns über die Felder, um ihr Plansoll zu erfüllen.«

»Du weißt nicht, wie es im Knast zugeht. Sei froh, dass du hier bist«, entgegnete Alex beschwichtigend.

»Ach ja. Und dann die Krankenstation. So ein Hilfspfleger, der sich als Onkel Doktor ausgibt, wollte sich an mir vergreifen. Wahrscheinlich hat er das sogar, als ich noch bewusstlos war. Und ich bin sicher nicht die Einzige. Das interessiert da draußen keine Sau. Weder im Osten noch im Westen. Es könnte ja das saubere sozialistische Mäntelchen beschmutzen. In Wirklichkeit bist du nichts weiter als Freiwild, Frischfleisch. Die können mit dir machen, was sie wollen. Du bist ihnen ausgeliefert. Selbst wenn du rauskommst, glaubt dir das niemand.«

»Ich glaube dir, aber ...«

»Das nützt mir leider gar nichts«, fiel sie ihm wütend ins Wort.

Alex blickte sich um, als wolle er sich nochmals versichern, dass die Tür zu ist, dass niemand sie hört. »Ich könnte mich dafür einsetzen, dass du hier rauskommst.«

Ulrike sprang auf und funkelte ihn wütend an. »Warum solltest du das tun? Wir stehen nicht auf derselben Seite.«

»Vielleicht mehr als du denkst. Und außerdem habe ich es jemanden versprochen.«

Ulrike schüttelte ungläubig den Kopf. »Und das soll ich dir glauben? Wem solltest du etwas versprechen wollen? Und das ausgerechnet mich betreffend?«

»Maria.«

Der Name aus seinem Mund traf sie wie ein Schlag. Sie brauchte einen Moment, um sich zu besinnen. »Maria, du hast ihr versprochen, dich für mich einzusetzen und ..., und was hat sie dir dafür versprochen, was hat sie bezahlt?«

»Das ist nicht so einfach. Sie könnte es dir selbst erzählen. Es ist nur ...«

Ulrike konnte es nicht fassen. Bisher klang alles sehr einfach. Irgendeinen Haken musste die Sache aber haben. »Was willst du wirklich, Alex?«

»Ich mach mir Sorgen um Maria. Sie könnte sich um Kopf und Kragen reden. Genauso wie du.«

»Ich stecke doch schon mittendrin in der Scheiße. Und wie du ja weißt, habe ich endlose Verhöre und Zellenhaft schon hinter mir.«

»Ich sagte doch, es kann noch schlimmer kommen. Wenn es etwas gibt, das Maria zusätzlich belastet, dann kann das für euch beide schlimme Konsequenzen haben. Ich meine damit nicht nur, dass ihr euch verplappert, euch in Widersprüche verstrickt. Maria hat mal gesagt, dass sie ein Tagebuch schreibt, dass sie alles darin festhält.«

Ulrike schreckte auf. »Woher weißt du das?«

»Damals, beim Eisessen hat sie es gesagt. Vielleicht ist es ihr auch nur so rausgerutscht.«

Ulrike überlegte, was sie sagen sollte. »Also gut, es gibt ein Tagebuch. Und was hat das für eine Bedeutung?« Sie ahnte bereits, worauf Alex hinauswollte.

»Es muss weg. Verstehst du? Alles, was darin steht, kann gegen dich und Maria verwendet werden. Wenn das die Stasi in die Hand bekommt, dann haben sie handfeste Beweise gegen euch.«

Es war nur die halbe Wahrheit. *Kann später alles gegen dich verwendet werden*, hatte Maria damals scherzhaft gesagt. Vermutlich würde sie wirklich alles in ihr Tagebuch schreiben, ungeschminkt: Alex, der Vergewaltiger, Alex, der Landesverräter, Anstiftung zur Republikflucht, Alex, der seinem Vater den französischen Rotwein klaut, der Vopos sinnlos befördern lässt, um die Wahrheit zu vertuschen. Die Liste war endlos. Allein die Tatsache, dass er sich überhaupt mit einer Staatsfeindin eingelassen hatte, würde schwer auf ihm lasten. Vermutlich würde sein Vater den Fall unter den Teppich kehren können, vielleicht aber auch nicht. Dafür, dass er, Alex, gekniffen hatte, das Verhör von Ulrike zu führen, gab es zumindest einen gewichtigen Zeugen. Das Tagebuch würde ihm und seinem Vater endgültig das Genick brechen.

»Wenn diese Aufzeichnungen, ihr Tagebuch, in die falschen Hände kommt ...«, fuhr er fort.

»Das hast du bereits mehrfach gesagt«, fuhr sie dazwischen.

»Wenn ich dir und Maria helfen soll, dann muss es weg. Verstehst du?« Er holte tief Luft. »Ich könnte dafür sorgen, dass du hier rauskommst.«

Das war es also: quid pro quo. Ulrike nickte und dachte angestrengt nach. »Also, Alex, habe ich das richtig verstanden, du setzt dich dafür ein, dass ich hier rauskomme? Und als Gegenleistung soll ich dir das Tagebuch beschaffen?«

»Es ist keine Gegenleistung. Ich mache mir Sorgen um euch und, ja, besonders um Maria. Du weißt, wie die Dinge stehen. Es bedarf weit geringerer Vergehen, um jahrelang im Knast zu versauern. Noch einmal kann ich dich und Maria nicht decken. Du hast es selbst gesagt, wir stehen nicht auf derselben Seite. Aber die Zeit wird kommen ..., für mich und Maria. Ich brauche deine Hilfe, Ulrike. Es kommt auch dir zugute.«

Es klopfte an der Tür. »Es wird Zeit«, kam es von der anderen Seite.

»Kann ich mich auf dich verlassen, Ulrike?«, flüsterte er ihr zu.

Sie seufzte, war ihm eine Antwort schuldig. »Du ...«, sie zögerte einen Moment, nickte dann, »du kannst dich auf mich verlassen.«

Alex lächelte ihr zu, drehte sich zur Tür und verschwand.

Am nächsten Morgen saß Ulrike pünktlich in ihrer Schreibstube und machte still ihre Arbeit. Es war noch vor halb acht, als ihr Chef mit einem nachdenklichen Gesicht auf sie zukam. Er schob ihr einen Zettel zu. Ulrike wusste im ersten Moment nicht, wo sie ihn einsortieren sollte, musste zweimal lesen, was darauf stand.

Bevor sie verstand, sagte ihr Chef: »Der LKW bringt dich zum Ostsee Ferienlager. In einer Stunde am Tor. Du kannst deine Sachen packen.«

»Wie ...?«, Ulrike schaute ihn ungläubig an.

»Dieser Kuschinsky, Alexander Kuschinsky, hat einen einflussreichen Vater.« Er drehte sich mit starrer Miene um und verschwand im Nebenzimmer.

Maria erwachte wie aus einem schrecklichen Alptraum. Die Mitbewohner im Zelt waren längst unterwegs zu ihrer morgendlichen Staatspflicht. Gleichgültig zog sie sich die Decke über den Kopf, versuchte den Schmerz, der sich aus ihrem Unterleib erneut zurückmeldete und an die vergangene Nacht erinnerte, wegzuatmen. Der Fahnenapell drang dumpf an ihre Ohren.

»Wacht auf, Verdammte dieser Erde ...«

Sie sangen die Internationale, das Kampflied der sozialistischen Arbeiterbewegung, die gemeinsame Nationalhymne aller sozialistischen Staaten. Text 1871 von Eugène Pottier, ein Franzose, verfasst anlässlich der Niederschlagung der Pariser Kommune, Melodie 1888 von dem Belgier Pierre Degeyter. Die Internationale, Proletariern aller Länder, dem Internationalismus verpflichtet. Es klang zynisch, weil die DDR genau das, den Internationalismus, ihren Bürgern verwehrte. Und dennoch fühlte sich Maria zum ersten Mal angesprochen auf eine andere, ihre persönliche Art:

»Wacht auf, Verdammte dieser Erde
die stets man noch zum Hunger zwingt!
Das Recht wie Glut im Kraterherde
nun mit Macht zum Durchbruch dringt ...«

Ein heftiger Schmerz ließ sie aufbäumen, sich erneut zusammenkrümmen. Er kam von einem anderen Kraterherde, dem knapp unterhalb ihrer Eingeweide. Wovon sangen die da draußen am Fahnenmast? Sie zog sich die Decke von ihrem Kopf und lauschte angestrengt. Nicht jedes Wort, nicht jeder Satz formte sich zu einem neuen Bild.

»Reinen Tisch macht mit dem Bedränger ...«

Jetzt war er beim Militär, ihr Bedränger, möge er dort selbst bedrängt werden.

»Ein Nichts zu sein, tragt es nicht länger ...«

Noch nie hatte sie die Internationale, die allmorgendliche Liturgie so verinnerlicht. Und dann der Refrain – sie setzte sich auf. Ein Anflug von Trotz und Verbitterung stiegen in ihr auf. Sie ballte die Hände zu Fäusten, formte still die bekannten Worte in ihrer Kehle.

»... erkämpft das Menschenrecht.«

Sie sangen immer nur die erste Strophe. An diesem Morgen hätte Maria sie immer und immer wieder hören können.

»Maria. Noch einmal kann ich dich nicht decken.« Lisa kam aufgeregt ins Zelt, baute sich kopfschüttelnd vor ihr auf.

»Was hast du Hans erzählt?«, wollte Maria wissen.

»Frauensache. Er hat einen roten Kopf bekommen. Nicht länger nachgefragt.«

Maria konnte ein mitleidiges Lächeln nicht unterdrücken. »Sieht ihm ähnlich.« Lisas besorgtes Gesicht nahm sie kaum zur Kenntnis.

»Komm wenigstens zum Frühstück, dann können wir reden.« Lisa musterte Maria, die noch ihre Kleider von letzter Nacht trug. Sie erschrak, als sie an ihr herabblickte. Ein dunkler Fleck zwischen ihren Beinen verriet nichts Gutes.

Maria erwiderte Lisas aufgerissene Augen mit einem sarkastischen Lächeln. »Frauensache. Was erwartest du?« Sie griff nach ihrer Tasche, holte sich neue Unterwäsche und eine neue Hose hervor. »Geh schon mal vor, ich komme nach, muss mich noch waschen, meinst du nicht auch?«

Als Maria später zum Frühstück kam, war es schlagartig still im Zelt. Alle starrten sie an. Maria holte tief Luft. »Wacht auf, Verdammte dieser Erde ...« Es kam aus hier hervorgeplatzt. Sie grinste.

»Maria, komm, setzt dich«, zischelte ihr Lisa zu, zog sie zu sich auf die Bank. Das allgemeine Geplapper hob wieder an. »Wenn du es nicht ganz mit Hans verderben willst.«

»Der kann mich mal.«

Sie hatte es nicht bemerkt, dass Hans bereits hinter ihr stand. »Das hat ein Nachspiel, Maria.«

Maria wandte sich trotzig um. »Tatsächlich? Was weißt du schon von Frauensachen. Und die Internationale darf ich ja wohl noch anstimmen, nachdem ich sie heute Morgen verpasst habe.«

Hans biss die Zähne zusammen und eilte aus dem Zelt.

»Das hat gesessen. Aber er wird es nicht auf sich sitzen lassen«, flüsterte ihr Lisa zu.

Trotz aller unguten Erwartungen ließ Hans sie an diesem Tag, es war ohnehin einer der Letzten im Ferienlager, in Ruhe. Ja, er ignorierte sie sogar, wollte vermutlich keine neue Blöße, keine erneute Peinlichkeit über sich ergehen lassen.

Immer wieder im Laufe des Tages kam ihr das Lied, die Internationale, in den Sinn: Erkämpft das Menschenrecht. Vielleicht hätte sie ihm eher Frauenrecht statt Menschenrecht ins Gesicht knallen sollen. Vielleicht auch nicht. Hans war ebenso ein Opfer des Systems wie sie selbst. Er hatte nur eine andere Art, damit umzugehen, er schwamm nicht gegen, sondern mit dem Strom, wie ein Fisch im Schwarm. Diejenigen, die sich absonderten, wurden gefressen. Jene, die mitschwammen, verfingen sich im Netz. Noch nie war ihr das so klar: Ein Dazwischen gab es nicht.

Es war die letzte Woche im Zeltlager. Lisa hatte sie in jeder freien Minute in Beschlag genommen, wollte von ihr jeden Gitarrengriff lernen, jede Zupftechnik. Wenn die Wolken sich zusammenzogen und ein Gewitter drohte, trafen sie sich im Zelt, während die anderen im Gemeinschaftszelt handwerkelten. Oft prasselte der Regen dann so heftig gegen die morschen Zeltplanen, dass sie drohten einzureißen. Wenn sie gemeinsam gegen die Unterseite der Dachplane drückten, weil sich dort eine bedrohliche Pfütze gebildet hatte, stürzte das Wasser an der Außenseite der Zeltwand herab und ergoss sich dann oft sturzflutartig unter den Zeltboden hindurch. Die Liegen, auf denen sie dann kauerten oder auf denen sie von einer zu anderen balancierten, standen dann Zentimeter tief im Schlamm. Alles wurde feucht und klamm. Jeder sehnte sich dann nach wärmender und vor allem trocknender Sonne, die das Zeltlager zwar in dampfenden Mief hüllte, dem man dann jedoch in den rasch abtrocknenden Dünen leicht entkommen konnte.

Lisa und Maria wurden vom Tischdienst ausgenommen, da sie vonseiten der Lagerleitung anderweitig verplant waren. Der letzte Abend, die gemeinsame Veranstaltung am Lagerfeuer, sollte die Erinnerung und den

Glauben an die einzigartige sozialistische Jugend festigen. Dazu brauchte man Gitarrenspieler. Es stellte sich heraus, dass Maria und Lisa die Einzigen waren, die diesen Job übernehmen konnten.

Und dennoch brauchte Maria Zeit für sich allein. Mit ein paar Ausreden schaffte sie es, sich von Lisa, die mehr und mehr wie eine Klette an ihr hing, zu lösen. Sie rettete sich mit einer Notlüge, müsse sich mit Alex aussprechen und ihn allein in den Dünen treffen. Lisa respektierte ihr Ansinnen, bewunderte ihre neu gewonnene Freundin sogar, Konflikten nicht aus dem Weg zu gehen, sondern sie lösen zu wollen. Maria atmete auf. Um sicherzugehen, dass Lisa ihr nicht hinterherspionierte, überließ sie ihr die Gitarre zum Üben. Das Tagebuch nahm sie jedoch mit, versteckte es unter ihrer Bluse und rannte in die Dünen, soweit sie konnte. Mehr denn je war ihr das Geschenk ihres Vaters zum treuen Freund geworden. Es war ein Ventil, an dem sie sich abschreiben konnte. Dabei war es keineswegs ein stiller Freund. Ihre geschriebenen Worte stritten mit ihr, bäumten sich gegen sie auf, suchten nach einer Lösung, wo es keine Lösung gab, linderten ihren Schmerz, der nicht nur ein körperlicher Schmerz war. Je mehr die Wunden zwischen ihren Beinen verheilten, desto mehr rissen sie dort auf, wo sie sie nicht erreichen konnte.

Am Nachmittag des letzten Tages geschah ein Wunder. Das Gesangsrepertoire für den Abend war einstudiert. Ein Hoch auf den sozialistischen Staat. Mehr durfte nicht erklingen. Maria legte sich im Zelt auf ihre Liege, versuchte die Augen zu schließen. Wie gerne hätte sie an diesem Abend von anderen Dingen gesungen, vom Fliegen und von der Freiheit. Lisa hatte sie davon nichts erzählt. Auch ihr Tagebuch hatte sie vor ihr stets versteckt gehalten, nachdem es ihr vor Tagen, kurz vor dem Treffen mit Alex, in die Hände gefallen war. Sie mochte Lisa inzwischen und doch blieb ein Rest Zweifel über ihre wahren Motive. Wenn es passte, würde sie vielleicht doch ihr Fähnchen nach dem Wind drehen. Im Moment war Maria froh, für sich allein im Zelt zu sein. Nachdenklich holte sie ihr Tagebuch hervor, schrieb ein paar Zeilen hinein. Nach einer kurzen Weile war sie so vertieft, dass sie nicht bemerkte, wie jemand ins Zelt schlich.

»Maria, bist du das?«, fragte plötzlich eine vertraute Stimme.

Erschrocken sprang sie auf, schob das Tagebuch rasch unter die Decke und erstarrte. Sie konnte kaum glauben, wer vor ihr stand. »Ulrike?«

Sie fielen sich in die Arme. Maria spürte Ulrikes Schluchzen an ihrer Schulter. »Danke, danke Maria.«

»Ich verstehe nicht?«

»Dank dir haben sie mir den letzten Tag erspart. So kann ich wenigsten beim Lagerfeuer dabei sein.«

Maria schob sie ein wenig von sich, um ihr ins Gesicht zu sehen. »Dank mir, wie meinst du das?«

Ulrike zögerte einen Moment. »Na, dein Alex. Kam geschniegelt und gebügelt daher, mit Anzug und Krawatte. Ich dachte schon, ich krieg die nächste Diszi aufgebrummt. Du weißt doch, unsere kurze Unterhaltung, damals, als ich den vergammelten Salat vorbeigebracht habe. Die hatten mir jedes Wort untersagt.«

»Alex? Ich dachte, er wäre längst beim Militär?«

»Na ja, was immer er unter Militär versteht. Kaderschmiede vom Feinsten. Hat er dir das nicht gesagt?«

»Klang tatsächlich etwas anders.«

»Wie dem auch sei, ich dachte, ich sehe nicht richtig. Er war nett zu mir. Es war übrigens kurz nach meinem Salatausflug. Hatte mich auf die Schnauze gelegt, das Handgelenk verstaucht. So kam ich in die Schreibstube und wurde nicht zur Feldarbeit eingeteilt. Unter vier Augen sagte er mir dann, dass du dich für mich eigesetzt hättest.«

»Das stimmt. Ich hatte ihn um einen Gefallen gebeten. Dass er das wirklich macht, nach allem was passiert ist, ist eigentlich erstaunlich.«

Sie schauten sich an. Beide hatten ihre drängenden Fragen. Maria fuhr fort. Etwas brannte ihr auf der Seele, das sie nicht länger für sich behalten konnte. »Du, Ulrike, als du nicht zum Bus gekommen bist.« Es fiel ihr schwer, die richtigen Worte zu finden. »Ich hätte aussteigen sollen, um nach dir zu suchen. Es ging alles so schnell.«

Ulrike schüttelte den Kopf. »Es hätte nichts genutzt. Zwei Wochen Dunkelzelle im Stasibunker.«

»Dunkelzelle, dann stimmte es also doch.« Maria nickte. Alex hatte sie nicht belogen. »Muss schlimm gewesen sein.«

»Man lernt dazu. Und dann bis heute im Jugendwerkhof, gar nicht weit von hier.«

»Es tut mir so leid. Ich hätte etwas tun sollen, spätestens als du mit dem Salat vor mir standst. Es ging alles so schnell.«

»Hast du ja. Dank dir und Alex stehe ich jetzt hier. Ist doch alles gut.«

»Alles?« Maria schaute Ulrike fragend an, die sich zur Seite drehte. Es war leicht erkennbar, dass ihr etwas auf der Seele lastete. »Sag mal, Ulrike, wie ..., wie geht es deinen Eltern?« Von Alex wusste sie ja bereits Bescheid.

Ulrike seufzte schwer. »Stecken im Knast, drei, vier Jahre, vielleicht auch mehr. »Staatsfeindliche Hetze. Dafür gibt's bis zu zehn Jahre. Alex hatte sich offenbar sehr dafür eingesetzt, dass mir das erspart bleibt. Stattdessen nur Jugendwerkhof. Ja, und dank Alex ...«

»Alex, Alex, Alex ...«, unterbrach Maria sie scharf. »Ich weiß nicht, ob man ihm trauen kann.« Die Ereignisse nachts auf dem Steg schossen ihr durch den Kopf. Irgendwann würde sie es Ulrike erzählen.

»Maria, wir haben keine andere Chance. Wenn wir nicht mitschwimmen, gehen wir unter.«

Maria schüttelte den Kopf. Was war aus ihr geworden, der einst so kämpferischen Ulrike? »Vielleicht lieber absaufen, als diesen Speichelleckern hinterherzulaufen. Alex ist auch nicht viel besser.«

»Ohne ihn wäre ich jetzt nicht hier.«

»Du meinst, ich müsste ihm auch noch dankbar sein? Wem muss ich denn noch alles dankbar sein? Onkel Jup, Alex, am Ende noch diesem ganzen Scheißstaat. Alles im Leben hat seine zwei Seiten. Erst locken sie dich und am Ende bleibst du mit deinen Schmerzen allein zurück.«

Ulrike spürte, wie sich ihre Kehle zuschnürte. Sie war diejenige, die es am besten wissen musste, die es am eigenen Leib erfahren hatte. Und es sollte noch schlimmer kommen, auch wenn sie es nicht ahnen konnte. »Sag mal, Maria, singst du noch, ich meine ..., schreibst du noch an deinem Tagebuch?«

Maria musterte sie plötzlich aufmerksam.

Ulrike spürte, wie ihr das Blut in ihren Kopf schoss. »Hast du es in Halle gelassen?«

»Du meinst mein Tagebuch? Bist du verrückt? Natürlich habe ich es dabei, gut versteckt.« Für einen Moment war sie versucht, das Tagebuch unter der Decke hervorzuholen. Ulrike konnte sie es ja zeigen. Warum diese sie darauf ansprach, kam ihr jedoch seltsam vor.

»Du musst auf dich aufpassen, auf dich und alles, was du so aufschreibst.« Ulrike ließ Maria keine Zeit nachzufragen. Stattdessen drehte sie sich plötzlich um, musste raus aus dem Zelt. Seit ihrer Knastzeit überkam sie immer wieder das bedrängende Gefühl, eingesperrt zu sein. Sie ertrug es nicht, wenn sich Wände um sie herum aufbauten, auch wenn es nur Zeltwände waren. Vielleicht war das Tagebuch auch so eine Wand, die sich zwischen ihr und Maria aufbaute. Sie dachte an das Versprechen, was sie Alex gegeben hatte.

Am Zelteingang drehte sie sich nochmals um. »Jetzt bin ich seit drei Wochen hier in der Gegend und habe noch nicht das Meer gesehen. Kannst du dir das vorstellen? Gehen wir zusammen?«

Maria willigte sofort ein. Ulrike konnte es kaum erwarten. Zum Glück hatten sich alle Wolken verzogen. Ein strahlend blauer Himmel, die gleißende Sonne steigerte ihre Vorfreude, ihre Ungeduld, endlich das Meer zu sehen, geradezu schmerzlich. Gemeinsam rannten sie den Trampelpfad entlang, erklommen die letzte Düne.

Wie Maria am ersten Tag sank Ulrike auf die Knie, konnte es nicht fassen, ließ ihren Glückstränen freien Lauf. »Es ist so unfassbar schön. Weißt du, ich hatte fast vergessen, wie schön alles sein kann.« Plötzlich sprang sie auf, riss die Arme in die Höhe und rannte hinunter zum Wasser. Dabei schrie sie, so laut sie konnte, als wollte sie zusammen mit den Möwen, die über ihnen kreisten, auf- und davonfliegen.

Maria konnte ihr kaum folgen, hatte Sorge, dass sich Ulrike mitsamt ihren Kleidern in die Brandung stürzen würde. Sie wusste nicht, ob sie schwimmen konnte. »Ulrike, warte«, schrie sie ihr hinterher.

Es war zwecklos. Noch im Laufen riss sich Ulrike die Kleider vom Leib. Ein paar Strandwanderer schauten ihr kopfschüttelnd hinterher. Splitternackt sprang sie gleich darauf ins Meer, schmiss sich gegen die Wellen. Die Kälte des Wassers schien ihr nichts auszumachen. Im Gegenteil, je mehr Gischt ihr entgegenwirbelte, desto heftiger sprang sie den Wellen entgegen, schleuderte mit beiden Händen das Wasser in die Luft. Kopfüber tauchte sie durch die anbrausende Brandung, es waren noch die Nachwehen des gestrigen Sturms, tauchte unter, schoss hinter den Wellen wie ein Delfin aus dem Wasser. Immer wieder blieb sie stehen, reckte den Kopf zum Himmel, sog die salzige Luft in ihre Lungen, schrie, so laut sie konnte, und rief: »Komm, es ist herrlich!«

Maria erinnerte sich an ihren ersten Tag, wollte Ulrikes Ausgelassenheit, ihr Glück nicht bremsen. Sie blickte sich nochmals um. Ein älteres Ehepaar schlenderte vorbei, nahm kaum Notiz von ihnen. Die anderen Jugendlichen waren nicht am Strand. Vermutlich waren sie bereits damit beschäftigt, ihre Sachen für die morgige Abfahrt zu packen. Eilig zog sie sich ihre Kleider aus, auch den Badeanzug, den sie nach dem ersten Tag immer drunter trug. Der Wind tat gut auf der Haut, sie sehnte sich nach dem kühlen Wasser. Erwartungsvoll sprang sie ihrer Freundin hinterher. Ulrike kam auf sie zu, griff nach ihren Händen. Gemeinsam tanzten sie im Kreis, ließen sich gegen die Brandung fallen, lachten, wie sie noch nie zuvor gelacht hatten.

Die Sonne neigte sich bereits dem Horizont entgegen, als sie gemeinsam den Strand wieder nach oben rannten, die Dünen erklommen und sich auf den noch warmen Sand fallen ließen. Erschöpft lagen sie auf dem Rücken, ließen ihre Gedanken davonflieg, so wie die Möwen über ihnen aufs offene Meer segelten.

Nach einer Weile drehte sich Ulrike zur Seite, bohrte ihren Ellbogen in den Sand, stützte ihren Kopf in die Hand, blickte Maria fragend an. »Woran denkst du?«

Maria suchte nach einer Antwort, gleichzeitig wollte sie ihre schweren Gedanken ausblenden. »Eigentlich möchte ich gar nicht denken. Es ist so viel passiert, was nicht hätte passieren dürfen, und wer weiß, was noch alles kommt. Manchmal wünschte ich, man könnte einfach seinen Verstand abschalten, für eine Weile Ruhe haben, so wie man nichts mehr sieht, wenn man die Augen schließt.«

»Und jetzt, in diesem Moment, würdest du auch jetzt die Augen schließen?«, wollte Ulrike wissen, drehte sich wieder auf den Rücken.

»Nein, im Moment nicht. Jetzt würde ich am liebste die Zeit anhalten, mit offenen Augen, für immer. Ich bin froh, dass du da bist.«

Sie schwiegen eine Weile, hingen ihren Erinnerungen nach. Die letzten zwei Wochen waren wie ein ganzes Leben.

»Ich musste oft an dich denken«, Ulrike drehte sich wieder zu Maria um. »Die Verhöre, die Dunkelzelle, die Plackerei im Jugendwerkhof – wenn du nicht dagewesen wärst, wer weiß, was passiert wäre.«

»Ulrike, ich ..., ich war nicht da.« Maria schüttelte den Kopf, seufzte schwer. »Stattdessen habe ich in der Sonne gelegen, die Ostsee genossen und mit Alex rumgemacht.«

»Es muss in einer anderen Welt gewesen sein. Ich habe dich oft ganz nah bei mir gespürt. Es war ein schönes Gefühl.«

»In einer anderen Welt? Wir müssen hier und jetzt leben, in dieser verdammt realen Welt. Das wird nicht einfach werden, aber es bleibt uns nichts anderes übrig. Ich wollte immer weg, du wolltest immer etwas verändern. Das eine ist so unwahrscheinlich wie das andere. Für heute haben wir eine Verschnaufpause. Und dann? Schon morgen kann alles anders sein. Es hat sich nichts geändert. Es wird sich nie etwas ändern. Und wir rennen weiter gegen die Wand. Alles ist sinnlos.«

»Es wird sich immer etwas ändern.« Ulrike beugte sich zu Maria, strich ihr über die glühenden Wangen. Mit einem sanften Lächeln fing sie an zu singen.

»We will fly, fly, fly
Yes so high, high to the sky
We shall never fall
Behind the yellow brick wall."

Maria stimmte ein. Es tat gut, gemeinsam zu singen, auch wenn die nahe Zukunft bedrohlich über ihnen schwebte.

Sie kamen gerade noch rechtzeitig zum Abendessen. Ulrike wich nicht von Marias Seite. Später wurden Fackeln angezündet, Fahnen ausgerollte. Ein gewaltiges Lagerfeuer erhellte den zentralen Platz.

Alle versammelten sich um das Feuer. Ihre Gesichter glühten fast noch mehr als das Feuer selbst. Viele hatten Freundschaften geschlossen, sich in den Dünen ausgetauscht, von einer besseren Welt geträumt. Die Gemeinschaft war kein abstrakter Begriff mehr, sie war fassbar, vielleicht gerade, weil man in schwierigen Zeiten lebte, von Zielen, von fremden Ländern träumte, die man nicht erreichen konnte. Der Gedanke, am nächsten Tag auseinanderzugehen, erzeugte bei vielen Wehmut. Tränen rollten jetzt schon.

Ulrike saß dicht am Feuer und wärmte ihren vom Wasser noch leicht unterkühlten Körper. Direkt neben ihr saß Maria. Beide streckten die

Füße Richtung Flammen, berührten sich nicht ganz zufällig. Maria hatte die Gitarre auf ihrem Schoß, zupfte an den Saiten. Sie musste von jedem gesehen werden. Bei den Liedern war sie es, die den Ton vorgab. Aber nicht nur sie allein.

»Ulrike, du hier?« Lisa stand vor ihnen, schaute zu den beiden hinab, war unschlüssig, wohin sie sich setzen sollte. Der zarte Fußkontakt zwischen Maria und Ulrike entging ihr nicht.

»Setzt dich zu uns, Lisa. Wir wollen doch gemeinsam singen und spielen«, half ihr Maria lächelnd. Lisa überlegte noch einen Moment, setzte sich dann, bewusst etwas Abstand wahrend, an Marias Seite.

Plötzlich ging ein Raunen durch die Reihen. Hans klopfte lautstark gegen den Fahnenmast, der ein paar Meter entfernt vom Feuer stand, rückte damit das Symbol, den Eid auf die politische Gesinnung, die über allen schwebte, wieder in den Mittelpunkt. Er wollte etwas sagen, seine politischen Parolen abspulen. Nachdenklich musterte er die erwartungsvollen Gesichter, presste die Lippen zusammen und suchte nach Worten. Das, was er sagen musste, was man ihm aufgetragen hatte zu sagen, schien sich in Nichts aufzulösen. »Ich ..., ich weiß nicht, was ich sagen soll.« Er rang sichtlich mit der Fassung. Hans, der Aufpasser, der Parteitreue, seine Fassade bröckelte. »Wir werden die Zeit hier im Ferienlager an der Ostsee ..., wir werden die Freundschaften nicht vergessen, niemals. Und jetzt ... Alles wird gut.« Dann setzte er sich hin, allein zwischen Fahne und Feuer und blickte in die emporlodernden Flammen. Es war totenstill, nur brennendes Holz knisterte. Andere standen auf, setzte sich an seine Seite, schlossen den Kreis um das Feuer. Jeder wusste, dass dies nicht die Rede war, die man von ihm erwartetet hatte. Einige andere Aufpasser tänzelten ungeduldig auf ihren Füßen. Es musste etwas geschehen.

Maria ließ lautstark die Gitarre erklingen, die bedrückende Stille in sich zusammenbrechen. Es war wie ein erlösendes Gewitter an einem schwülen Tag. »Wie wär's mit einem Lied?« Sie wusste, dass es das richtige Lied sein musste, nicht zuletzt, um Hans' Kopf zu retten. Was und wie gesungen werden sollte, war genau vorgegeben. Nichts wurde dem Zufall überlassen. Was die meisten Jugendlichen anbelangte, spielte der Text der Lieder ohnehin keine Rolle. Hauptsache, man sang gemeinsam aus vollem Hals und machte den Anschein, aus voller politischer Überzeugung zu singen. Widersprüchlich war das nicht, weil es im Grunde keine politische Überzeugung mehr gab.

»Vorwärts, Freie Deutsche Jugend!
Der Partei unser Vertrauen!
An der Seite der Genossen
wolln wir heut das Morgen bauen!«

Wie frei war die Deutsche Jugend überhaupt? Als Lisa die Gitarre übernahm, lehnte sich Ulrike an Marias Seite. Sie dachte an die Zeit in der Einzelhaft im Jugendwerkhof. Freie Deutsche Jugend – eine Farce, eine Verblendung, und niemand traute sich, die Wahrheit zu sagen, weil diejenigen, die das Sagen hatten, an der Wahrheit nicht interessiert waren.

»Lernt im Geiste Thälmanns kämpfen für die junge Republik!
Unsre Zeit braucht Herz und Hände, und der Frieden braucht den Sieg.«

Der Frieden braucht den Sieg. Welcher Friede war gemeint? Ulrike bewegte nur den Mund, als würde sie singen. Gedanken blockierten ihre Kehle, ließen keinen Ton heraus. Wut kochte in ihr hoch.

»Seid bereit und kampfentschlossen, wenn Gefahren uns bedrohn!
Unsre Zeit will Glück und Frieden, Freundschaft zur Sowjetunion!«

Alles nur leere Phrasen. Kampfentschlossenheit, Gefahren, sie gingen einher mit Glück und Frieden. Wie viel widersprüchlicher konnte es noch kommen? Und keiner merkte etwas, keiner wollte etwas merken. Oder vielleicht doch? Zumindest wollte sich keiner etwas anmerken lassen.

Ulrike wurde übel. Sie stand auf, wollte etwas sagen. Wollte sie wachrütteln, alle wie sie dasaßen, die ihre Münder wie Holzmarionetten bewegten. Was hätte es geholfen? Vermutlich hätte sie nur die romantisch überladene Stimmung gestört. Schwer atmend drehte sie sich um und verschwand in der Nacht. Nur wenige Meter weiter blieb sie stehen und sah sich noch einmal um. Der Blick zurück war gespenstisch. Das Feuer in der Dunkelheit mutete an wie ein Vulkan, ein Krater, aus dem Magma sprühte, direkt aus der Hölle. Und am Kraterrand standen sie, erkannten nicht die Gefahr, an der sie sich wärmten.

Ulrike wollte zurück in ihr Zelt, einen Moment die Augen zumachen. Sobald der offizielle Teil mit den sozialistischen Parolen vorüber war, würde sie zurückkommen, als wäre nichts geschehen. Warum sie in Marias Zelt stolperte, wusste sie im ersten Moment nicht. Es war dunkel. Sie tastete sich zu ihrer Liege vor, legte sich hin, sog ihren Geruch ein. War sie verliebt in eine Frau, in Maria? Nie hatte sie darüber nachgedacht, dass es eine Frau sein könnte, nach deren Zärtlichkeit sie sich sehnte. Vielleicht war es auch nur so ein Moment. Verwirrt von Männern, die sie verhört und misshandelt hatten, wenn nicht körperlich, dann zumindest seelisch. Wer sollte es ihr übelnehmen, wenn sie Männer hasste?

Sie legte sich auf den Bauch, vergrub ihr Gesicht in Marias Kissen. Es roch süß. Sie dachte an den Tag in den Wellen, im Sand, sah ihren nackten Körper, ihre nass glänzenden Brüste. Wie gerne hätte sie Maria nicht nur geküsst, vielmehr ihre Beine um sie geschlungen, hätte sie gespürt, ertastet, geschmeckt. Mit beiden Armen umklammerte sie die Liege, als wäre sie Marias Körper, drückte sich an sie, spürte die Erregung, ganz nah bei ihr zu sein.

Erschrocken zuckte sie zurück, als ihre Finger unter der Matratze etwas Unerwartetes ertasteten. Es war die Gitarrenhülle. Sie griff nach dem kühlen Kunstleder und zog es hervor. Etwas fiel auf den Boden. Es war ein Buch. Es konnte nur ihr Buch sein, das Tagebuch. Sie setzte sich auf, war sich nicht sicher, ob sie es aufschlagen sollte. Sie waren Freundinnen, erzählten sich alles. Ein Tagebuch war jedoch etwas, das nur einen selbst etwas anging. Dann kam ihr Alex' Warnung in den Sinn, das Versprechen, das sie ihm gegeben hatte. Die Stasi hätte keine Bedenken, darin zu stöbern, Gedanken und Träume Marias für ihre Zwecke zu missbrauchen. Sie musste ihre Freundin schützen.

Eilig stand sie auf, nahm das Tagebuch unter den Arm, brachte es in ihr Zelt und legte es in ihren Schlafsack. Später würde sie ein besseres Versteck finden. Es war ohnehin der letzte Tag im Ferienlager. In Halle, oben auf dem Dach, würde sie es ihr zurückgeben.

Zurück am Feuer setzte sie sich wieder zu Maria.

»Wo warst du?«, fragte Maria besorgt.

»Musste mal.« Offenbar reichte dies als Erklärung.

Der offizielle Teil war allerdings noch nicht vorbei. Anstelle von Hans, er war aus den Reihen verschwunden, waren es andere Aufseher, die ihrer Pflicht nachkamen. Es ergossen sich Reden über Reden, das übliche Blabla, der sozialistische Einheitsbrei, viel Pathos um Nichts. Es war die letzte Möglichkeit, allen einzuhämmern, was an Gedankengut mit nach Hause genommen werden durfte. Die Gesichter der Jugendlichen, die zuvor im Taumel des Chors errötet waren, erblassten wieder. Jeder starrte ins Feuer, ließ über sich ergehen, was man am liebsten ausgeblendet hätte. Sollte einer es wagen, den Anfang zu machen und zu widersprechen? Vielleicht würden andere einstimmen, vermutlich aber nicht. Alle würden die Klappe halten. Diskussionen wurden, wenn es um den Staat ging, im Keim erstickt. Das Risiko, aus der Masse auszuscheren, war zu groß, die Bestrafung allen bekannt. Dann wurde es still. Die Pflicht war getan.

Zu aller Überraschung wurde Bier ausgegeben. Störtebeker Pilsner. Ob die Parteifunktionäre wussten, wer Störtebeker war? Einer, der sich nicht angepasst hatte, ein Pirat, ein Staatsfeind. Zumindest passte es zum Pathos des Abends.

Ulrike saß neben Maria, die leise auf ihrer Gitarre zupfte. Lisa war verschwunden. »Sag mal, Maria, die Lisa, die war doch immer so eine, wie soll ich sagen ...«

Maria sah sie an und lächelte. »Hundertzwanzigprozentige, wolltest du sagen.«

Ulrike zuckte mit den Schultern. »Immerhin hat sie ständig mit der Krätzig gekungelt.«

»Stimmt. Aber, wenn man sie näher kennenlernt, ist sie ganz in Ordnung.« Maria wollte ihre Restzweifel bezüglich Lisa, die ja vielleicht doch nur Vorurteile waren, nicht preisgeben.

»Ich dachte, sie wäre bei den Pionieren. Ist sie nicht zu Höherem auserwählt?«, fragte Ulrike weiter.

»Das dachte sie auch erst. Wollte Abitur machen, Medizin studieren. Leider sind ihre Eltern Akademiker. Man hat sie für eine Krankenschwesterlehre auserwählt.«

»Ist doch auch okay.«

»Nicht für sie. Sie würde alles tun, um ...« Maria verstummte.

»Alles?« Ulrike ahnte, an was Maria dachte. Ihr ging jedoch etwas anderes durch den Kopf. »Vielleicht würde ich auch alles tun, um meinen Eltern zu helfen. Stattdessen springe ich ausgelassen durch die Dünen.«

Maria spürte den inneren Konflikt in ihrer Freundin. Es war derselbe, den auch sie in sich trug, als Ulrike noch im Knast saß und sie selbst sich der Ostsee erfreute.

»Ich kann das nachvollziehen. Ging mir genauso, als du noch im Knast gesessen hast und ich in den Dünen lag.«

Sie schwiegen eine Weile. In Ulrike kochten die widersprüchlichen Gefühle jedoch erneut hoch. Sie wusste, dass sie nicht mehr stillhalten konnte. Sie war es ihren Eltern schuldig. »Verdammt, wir kuschen hier ...«, platzte es aus ihr hervor. Dabei lehnte sie sich zum Feuer. Ihre Augen funkelten entschlossen. »Während diejenigen, die etwas tun, im Knast sitzen. Gerade wir Jugendliche sollten unsere Meinung sagen. Im Westfernsehn hört man einiges. Die DDR ist pleite. Und diese Idioten wollen das nicht wahrhaben. Schau sie dir doch an. Und diese Margot, die Alte vom Honecker, ist die Schlimmste von allen. Glaubt immer noch an den Sieg des Sozialismus. Die hetzt uns irgendwann auf, mit Waffen und so.«

»Nicht so laut. Wenn das hier jemand hört«, versuchte Maria sie flüsternd zu beruhigen.

Ulrike ließ sich nicht beirren. »Was machen eigentlich deine Eltern, Maria?«

»Nicht viel, glotzen Westfernsehen und erzählen sich Witze.«

»Witze? Das hier ist doch kein Witz«, schimpfte Ulrike. Ihre Stimme wurde lauter.

»Klar ist das ein Witz. Alles hier ist ein Witz«, konterte Maria mit einem sarkastischen Unterton. »Soll ich dir mal ein paar Witze erzählen? Mein Vater kennt Tausende.« Sie versuchte Ulrikes Aufregung zu dämpfen. »Die sind zum Lachen oder zum Heulen, wie man es nimmt.« Maria blickte sich misstrauisch um. Dann fing sie an, Witze zu erzählen. Früher konnte sie selbst nie drüber lachen. Jetzt waren es andere, die lachten. Sie steigerte sich förmlich von einem zum anderen Witz. Vielleicht lag es am Alkohol. Davon gab es genug. Die Planvorgabe für Störtebeker Pilsener schien ausnahmsweise aufzugehen. Maria hob erneut an. »Kennst du den? Als Erich aus dem Ausland kommt und nachts mit dem Hubschrauber über Berlin fliegt?« Ein paar grinsten, kannten offenbar bereits die Pointe. Andere platzten vor Neugier. »Also, überall brennen Lichter, alles hell erleuchtet, aber nirgends sind Menschen zu sehen. Der Hubschrauber fliegt über die Friedrichstraße, schwenkt ein in die Allee Unter den Linden. Verdammt, alles hell und kein Mensch weit und breit, denkt er bei sich. Und dann sieht er in der Entfernung am Brandenburger Tor in der Mauer einen dunklen Fleck. Der Hubschrauber landet, Erich rennt in Panik zur Mauer und sieht ein großes Loch, direkt in den Westen.« Die Ersten fingen bereits an zu lachen. »Und daneben steht ein großes Schild, auf dem er liest: Erich, du bist der Letzte, mach das Licht aus.«

Ausgelassenes Gelächter drang durch die Nacht, übertönte das leise Knistern des bereits heruntergebrannten Feuers.

Mehr und mehr Jugendliche in ihren blauen FDJ-Hemden gesellten sich hinzu und steuerten ihre Witze bei. Offenbar gab es Quellen, die zwar nie offiziell genannt wurden, die aber jeder kannte. Aus den ernsten Gesichtern strahlte hervor, was bis vor wenigen Momenten noch erstickt zu sein schien: Ausgelassenheit, Spaß, Euphorie. Alle fingen an, um das Feuer zu tanzen und zu johlen. Das heilige FDJ-Lied, es erklang in ganz neuen Tönen, mit ganz neuen Worten. Freiheit bekam einen neuen Klang, eine neue Melodie, eine neue Bedeutung. Die Stimmung schien auszuufern. Das Feuer wurde erneut entfacht. Trockene Äste und Balken loderten. Flammen züngelte hoch hinauf in die Nacht, höher als zuvor.

Die Aufseher hatten sich dafür gewappnet. Sie wussten, was zu tun war, wenn die Stimmung eskalierte: Bier. Eine weitere Runde Störtebeker wurde ausgegeben. Schlagartig wurde es leiser. Man musste Danke sagen, Danke dem Staat, der an alles dachte, der sich um alles sorgte, ob man wollte oder nicht. Es war ein erzwungenes Danke, das den Widerspruch herausforderte, um ihn dann im Keim zu ersticken. Dennoch lag irgendetwas in der Luft, eine explosive Stimmung, die sich nicht so leicht mit Alkohol vertreiben ließ. Alle suchten sehnsüchtig nach etwas, das hinausgeschleudert werden musste. Mehr als nur Witze. Es war Ulrike, die aufstand, sich die Gitarre nahm und den Funken zündete.

«We will fly, fly, fly
Yes so high, high, high ...”

Alle blickten hinüber zu ihr. Vielleicht waren es auch nur die englischen Worte, die wie aus einer anderen Welt herüberklangen. Als Ulrike erneut anhob, standen einige auf und verschwanden zu ihren Zelten. Viele blieben jedoch erwartungsvoll sitzen.

»We will fly, fly, fly ...«

Sie wiederholte den Refrain, diesmal lauter, trotziger.

Maria stand auf. Ging zu ihr, versuchte sie wieder einzufangen. »Ulrike, lass gut sein«, flüsterte sie ihr zu. »Komm, setz dich wieder.«

Ulrike schien ihre Warnung nicht hören zu wollen. »Ich werde mich nicht setzen, jetzt nicht. Das ist unser Lied, Maria, unser Lied.« Sie fing von Neuem an.

«We will fly, fly, fly
Yes so high, high, high
We shall never fall
Behind the yellow brick wall.”

Plötzlich wurde es still. Nur das Feuer knackte und sprühte seine Funken in die Dunkelheit. Dann fing es an, leise und doch unverkennbar. Niemand traute sich den Mund zu öffnen und doch wurde das Summen tief aus der Brust derer, die geblieben waren, lauter. Es hätte der Wind in den Zweigen sein können, wenn nicht vollkommene Windstille geherrscht hätte.

Ulrike wiederholte den Refrain und blickte dabei der Reihe nach in die Gesichter, die sie erwartungsvoll anschauten. Dann sah sie zu Maria. »Singst du mit uns?« Sie reichte ihr die Gitarre. Die Hoffnung auf Erlösung war greifbar nah.

Maria schüttelte den Kopf, war sich unsicher.

Ulrike ließ nicht locker. »Wir müssen singen, verstehst du? Alle wollen singen. Jetzt und hier ..., für meine Eltern, für die vielen, die jetzt nicht singen dürfen. Bitte.«

Maria nahm das Instrument und schaute sich fragend um. Sie zögerte, wollte die Gitarre weglegen. Doch dann sah sie Ulrike, spürte ihre Schmerzen, die Angst um ihre Eltern, sah die sterbende Hoffnung in ihren Augen. Und Maria wusste, sie war es Ulrike schuldig, ihr und allen anderen. Leise zupfte sie an den Saiten, holte tief Luft. Dann begann sie zu singen:

«Free, free, only free
Why, father, why can't I be
You know that I had no choice
Not to cry, not to shout, but silence my voice."

Maria stand auf und stellte sich zu Ulrike. Sie lächelten sich an

»So let us fly, fly, fly
High, high, high ...«

Viele sangen die ersten Strophen bereits mit. Doch dann hielt Maria für einen Moment inne und hob die Hand. »Für deine Eltern, Ulrike.« Dann sang sie allein.

«I can hear them call
from behind the yellow brick wall.
So let us fly, fly, fly
Together high, high, high ...«

Ulrike nickte, ihre Unterlippe zitterte, als der Refrain erneut anhob. Diesmal waren es nicht nur Maria und Ulrike, die sangen, es waren auch fast alle anderen, die am Feuer saßen. Sie fassten sie sich an den Händen und sangen immer lauter. Viele schlossen die Augen und das taten sie nur, weil sie weinten.

«We will fly, fly, fly
Yes so high, high, high
We shall never fall
Behind the yellow brick wall.«

Dann standen sie auf und bildeten einen großen Kreis um das Feuer. Andere kamen zurück aus der Dunkelheit, stellte sich dazu, nahmen sich an den Händen. Immer wieder erklang der Refrain. Dabei wogten sie hin und her und lächelten. Englisch, die Sprache des imperialistischen Westens, und doch die einzige, die alle einte. In den Ohren der Staatsmacht musste es wie Hohn klingen, die Antwort auf vier Wochen Fahnenapell.

«It's a lie, lie, lie
But father, please tell me why
Is it not the faith of our youth
To speak out loud and tell all the truth."

Alle klatschten, jubelten, wiederholten den Refrain, immer lauter. Jeder sollte es hören, besonders, diejenigen, die es nicht hören wollten.

«We will fly, fly, fly
Yes so high, high, high
We shall never fall
Behind the yellow brick wall.«

Jeder wollte fliegen, jeder wollte frei sein. Der Kampf, der Sieg waren vergessen. Es gab etwas, das sie mehr bewegte.

Draußen in der Dunkelheit bildete sich ein anderer Kreis, einer, der sich immer enger zog und ein anderes Lied singen wollte. Plötzlich wurde es taghell. Das gleißende Licht von Scheinwerfern ließ alle erstarren. Aus Lautsprechern kam die unmissverständliche Ansage, dass die Feier beendet sei. Die Gesichter, die sich bis vor wenigen Sekunden noch hoffnungsvoll zugelacht hatten, neigten sich zu Boden. Die meisten huschten schnell davon, in ihre Zelte, wollten nicht dabei gewesen sein. Am Ende stand nur noch eine kleine Gruppe Jugendlicher am Feuer: Maria, Ulrike und wenige andere, die gerne jetzt und hier ihre eigenen traurigen Geschichten erzählt hätten. Jetzt schauten sie sich nur schweigend an, in stiller Solidarität geeint, einer Solidarität, für die es jetzt zu spät war.

»Es reicht jetzt.« Die Stimme eines Aufsehers klang hart, unmissverständlich.

Ulrike holte Luft und wollte den grauen Gestalten um sie herum etwas zurufen. Maria drückte sie an sich.

Einer, irgendwie sahen sie in ihren graugrünen Uniformen alle gleich aus, kam auf sie zu und blickte Ulrike scharf an. »Sie sind doch Frau Sonnemann, nicht wahr?«

Maria drehte sich um, stellte sich schützend vor Ulrike. »Wir haben vielleicht zu viel getrunken, das ist alles.«

Der Mann vor ihr grinste verächtlich. »Zu viel getrunken? Vor allem zu viel gesungen. Frisch aus der Erziehung und dann so etwas. Das wird ein Nachspiel haben.«

»Hören Sie ...«, Maria wollte noch etwas sagen.

»Wir haben genug gehört. Und jetzt ab in die Zelte. Kein Ton mehr. Verstanden?«

Maria spürte, wie Ulrikes Körper bebte. Vielleicht war es auch ihr eigener, der zu explodieren drohte.

»Auseinander, in die Zelte, zack, zack, zack.«

Alle folgten dem Befehl. Widerstand war zwecklos. Nur Ulrike blieb stehen, die Männer hielten sie zurück. Maria drehte sich nochmals um. Ihre Blicke trafen sich. Es war wie ein stilles Versprechen.

Ein grüner Kleintransporter röhrte auf den Platz. Die Scheinwerfer des Fahrzeugs tasteten das Gelände ab, als suchten sie jemanden. Als Ulrike mit den Männern im Lichtkegel stand, hielt der Transporter an. Jemand stieg aus und kam auf sie zu. »Mitkommen.«

Gleichgültig ließ Ulrike den harschen Kommandoton über sich ergehen. Sie wusste, wohin es ging, ließ es einfach geschehen. Sie wusste auch, dass sie nicht die Einzige war, die aufbegehrte, die irgendwann erneut die Stimme erheben würde. Bisher waren es nur wenige, es würden mehr werden. Irgendwann würden sie zu viele sein, als dass man sie einfach wegsperren und zuführen könnte, wie es im offiziellen Jargon hieß. Das machte sie geduldig, um das, was nun auf sie zukam, zu ertragen. Und noch etwas erfüllte sie mit Zuversicht: Maria würde auf sie warten. Sie würden sich wiedersehen, das hatte sie ihr verspochen. Maria hielt ihre Versprechen.

Jeweils zwei Hände packten sie am Arm, stießen sie in den geöffneten Laderaum des Transporters. Die Türen schlugen zu, es war augenblicklich dunkel. Der Motor heulte auf. Der Wagen holperte rücksichtlos über den Feldweg. Ulrike versuchte in der Dunkelheit halt zu finden. Als der Transporter nach kurzer Zeit zum Stehen kam, ahnte sie bereits, wo sie waren, zurück im Jugendwerkhof. Das, was auf sie zukam, kannte sie bereits, dachte sie zumindest. Die Türen sprangen auf. Wieder packten sie jeweils zwei Hände, rechts und links am Arm. In der Schreibstube traten die Männer den Tisch zur Seite, stellten einen Stuhl in die Mitte des Raums. Das wievielte Verhör sollte es werden? Dieselben Fragen? Sie kannte den Stasioffizier, der den Stuhl drehte, sich breitbeinig vor sie setzte, seine Arme über der Rückenlehne verschränkte. Er schüttelte den Kopf.

»Ich dachte, du wärst inzwischen etwas schlauer, Ulrike.«

Sie sagte nichts, schaute zur Seite und lächelte trotzig.

»Hier ist Endstation, du hast den Bogen überspannt. Hast du verstanden? Jetzt gibt es niemanden mehr, der ein gutes Wort für dich einlegt.«

»Wir haben gesungen, so wie in der Kirche.«

»So wie in der Kirche?« Er nahm eine Zigarettenschachtel aus der Innentasche seiner Jacke, klopfte eine Zigarette hervor und steckte sie sich zwischen die Lippen. Der Zigarettenanzünder klickte. Er legte die Hände um die Zigarette. Es schien, als würde er direkt an der Flamme saugen. Dann drehte er sich um und hielt seinen ausgestreckten Arm zur Seite. »Geben Sie es mir«, verlangte er mit einem Wink.

Ein Uniformierter reichte ihm etwas. Es war Marias Tagebuch. Er streckte es ihr triumphierend entgegen. »Kommt dir das bekannt vor?«

Ulrike hob die Schultern und versuchte die Frage mit einem gleichgültigen Blick zu quittieren. Innerlich bebte sie.

»Hier steht so einiges drin. Das reicht für einige Jahre in Hoheneck.«

»Lieder, es sind doch nur Lieder«, wiederholte Ulrike ihre Verteidigung. Sie ahnte, dass Maria mehr als nur Liedtexte verewigt hatte.

Der Mann seufzte und schüttelte den Kopf. »Lieder? Das sind klassenfeindliche Parolen. Aber ...« Er spitzte den Mund, saugte an seiner Zigarette. Dann blies er den Qualm in Ulrikes Gesicht. »Eigentlich müsste ich mich ja bei Euch bedanken.« Er lachte hämisch in sich hinein. »Endlichen haben wir Beweise. Da werden Köpfe rollen.«

Ulrike zuckte zusammen. Was hatte Maria geschrieben? Ging es um Alex? Irgendetwas Schlimmes musste zwischen ihnen vorgefallen sein.

Die Zeit zusammen war zu knapp, als dass alles hätte zur Sprache kommen können. Vielleicht hätte sie doch die Seiten überfliegen sollen.

»Du weißt, wem dieser Dreck gehört, nicht wahr?«

Ulrike nickte.

»Na also, wenn du aussagst, dann bleibt dir der Vollzug erspart.«

»Steht doch alles drin, was Sie wissen wollen.«

»Keine Namen. Aber es gehört dieser Maria Münkwitz, nicht wahr, auch wenn wir es in deinem Schlafsack gefunden haben? Wenn du aussagst, bleibst du hier im Jugendwerkhof. Sonst geht's zum Richter und der wird kein Mitleid haben. Also, was ist?«

»Gut, ich sage, was Sie wissen wollen.«

Er nahm ein Diktiergerät aus der Tasche, drückte auf den Aufnahmeknopf, machte mit betont nüchterner Stimme seine Ansage: »Zeugenaussage von Ulrike Sonnemann im Fall Maria Münkwitz. Frau Sonnemann hat das Tagebuch identifizieren können. Sie wird nun zu Protokoll geben, wem es gehört.« Das Band lief weiter. Erwartungsvoll blickte er Ulrike an. »Nun, ich höre.«

»Das Tagebuch ist mir sehr gut bekannt. Das liegt daran, dass es mir gehört. Es ist mein Tagebuch. Es sind meine Gedanken. Alles, was dort steht, habe ich geschrieben, ganz allein ich selbst.«

Fassungslos fuhr der Mann von seinem Stuhl hoch, drückte auf den Pausenknopf am Diktiergerät. Dann starrte er sie blass an, schüttelte den Kopf. »Ich wollte dir helfen. Und jetzt ..., warum tust du das? Warum deckst du sie?«

»Ich decke niemanden. Ich sage nur die Wahrheit, so wie Sie es von mir verlangt haben.« Sie blickte ihm starr in die Augen.

»Abführen! Und Ulrike ...«, rief er ihr nach. »diesmal wird es ernst, nicht nur für dich und Maria.«

Sie brachten sie zurück zum Lieferwagen, mit dem sie gekommen war und stießen sie hinein. Diesmal dauerte es lange, bis der Wagen endgültig zum Stehen kam. Zwischenzeitlich war sie vor Erschöpfung eingeschlafen.

Als man sie aus dem Wagen zerrte, war die Morgendämmerung schon angebrochen. Sie schaute sich um. Plattenbauten auf der einen Seite, riesige Felder auf der anderen. Es hätte überall sein können. Sie wurde zu einem unscheinbaren Flachbau geführt. Stasi-Bunker, es war einer der wenigen flächendeckenden Einrichtungen, die noch funktionierten. Hellgrün gestrichene Wände, Einheitsstühle und Tisch, Aktenordner. Überall der gleiche Geruch, derselbe Mief, austauschbar. Eine Stuhlreihe, in deren Mitte sie platznehmen sollte. Vielleicht wurden gelegentlich mehrere auf einmal abgeurteilt. Am rechten Rand saß eine übergewichtige Frau mit zu einem Knoten am Hinterkopf gebundenen grauen Haar. Sie blickte starr auf den Tisch vor ihr, wartete darauf, mitzuschreiben, was man ihr sagte.

Ein Mann in schwarzer Robe gekleidet kam herein und setzte ich hinter einen Schreibtisch. Er schaute sie nicht an, öffnete eine Akte, runzelte die Stirn. »Frau Ulrike Sonnemann, geboren am 10. Juni 1971. Sind Sie das?«

»Ja, das bin ich.«

»Bei Ihnen wurde ein Tagebuch gefunden. Ist das richtig?«

Marias Tagebuch lag nicht auf dem Schreibtisch. Ulrike überlegte fieberhaft. »Ist es verboten, ein Tagebuch zu führen?«

»Es gibt Zeugen dafür, dass die Eintragungen nichts mit einem Tagebuch zu tun haben. Sie haben darin zum Umsturz aufgerufen, ehrenhafte Mitbürger der Mittäterschaft beschuldigt.«

Ulrike zuckte mit den Schultern, sagte nichts. Warum legte ihr der Richter das Tagebuch nicht vor die Nase? War es am Ende verschwunden? Der Richter wurde nervös, trommelte mit dem Stift auf die Tischplatte.

»Sie haben ausgesagt, dass es ihr Tagebuch sei. Soll ich Ihnen das Tonband von gestern vorspielen. Sie könnten sich damit entlaste, Frau Sonnemann, in dem sie zu Protokoll geben, wem das Tagebuch wirklich gehört, nämlich einer gewissen Maria Münkwitz.«

»Ich denke, dass viele in meinem Alter ein Tagebuch führen. Welches genau meinen Sie?« Das Tagebuch war offenbar verschwunden. Sie musste sich zusammenreißen, um weiterhin die Unwissende zu spielen.

»Sie wissen, wovon ich rede.«

»Nun, sie sagten, dass in der Variante, die ihnen vorliegt, schwere Anschuldigungen zu lesen waren. Ich müsste mich natürlich versichern, ob ...«

»Sie wollen also nicht kooperieren?«, unterbrach er sie unwirsch.

»Im Gegenteil, ich bin gerne bereit ...«

»Das reicht!«, unterbrach sie der Richter erneut. »Die Aktivitäten am Lagerfeuer reichen aus, Sie wegen staatszersetzender Aktivitäten zu verurteilen. Die Chance auf Strafminderung haben Sie leider damit vertan.«

Ulrike zuckte nur mit den Schultern und machte ein gleichgültiges Gesicht. Das Tagebuch war offenbar verschwunden, konnte nicht mehr gegen sie oder Maria verwendet werden. Die stille Genugtuung darüber wich jedoch dem Elend, das in den nächsten Minuten folgte: Die Anklage gegen sie hätte von einem Tonband stammen können, mechanisch, endgültig. Der Zettel, von dem der Richter, wenn es denn überhaupt ein Richter war, seine Anklage verlas, war vergilbt und an den Rändern abgegriffen. Es war nicht das erste Mal, dass er davon ablas. Eine Verteidigung war nicht vorgesehen. Die Anklage mündete nahtlos in einer Urteilsverkündung: »Paragraph 106 des Strafgesetzbuches der Deutschen Demokratischen Republik. Wer mit dem Ziel, die sozialistische Staats- oder Gesellschaftsordnung der Deutschen Demokratischen Republik zu schädigen oder gegen sie aufzuwiegeln, ...« Der Richter stockte einen Moment, suchte den weiteren Text. »Repräsentanten oder andere Bürger der Deutschen Demokratischen Republik oder die Tätigkeit staatlicher oder gesellschaftlicher Organe und Einrichtungen diskredi...« Er räusperte sich kurz, »diskriminiert, wird mit einer Freiheitsstrafe von einem Jahr bis zu fünf Jahren bestraft.«

Er heftete seinen strengen Blick auf Ulrike, hielt einen Moment inne. Es war, als wäre das Strafmaß noch nicht festgelegt, als wäre dies der willkürliche Moment, dies zu tun. Vielleicht suchte er nach einem kurzen Augenaufschlag der Reue. Vielleicht war die rhetorische Pause auch nur seinem sadistischen Ego geschuldet, den Moment der Überlegenheit durch eine kleine, für den Sträfling unerträgliche Pause auszukosten. Er nahm ein Stück Papier aus einem Holzkasten und schob es zu Ulrike hinüber. »Unterschreiben.«

Ulrike nahm das Papier. Auf den ersten Blick enthielt es das, was der Richter vorgelesen hatte. Es war nichts weiter als ein schriftliches Schuldeingeständnis. Deutsche Gründlichkeit, Entlastung derer, die eigentlich schuldig waren. Sie sah wieder auf und sagte: »Ich habe niemanden geschädigt, niemanden aufgewiegelt, niemanden diskriminiert. Es muss eine Verwechslung vorliegen.« Sie schob das Papier ohne Unterschrift zurück.

Die Richter verzog keine Miene. Offenbar hatte er Ulrikes Reaktion erwartet. Er wandte sich zur Seite. Die Frau am rechten Tischrand erwachte aus ihrer Lethargie und zückte den Kugelschreiber. »Notieren Sie. Keine Einsicht in ihre zersetzerischen Straftaten. Das Strafmaß wird entsprechend angepasst.« Er nahm einen Stift, zog einen energischen Strich über das Papier und notierte etwas, das Ulrike nicht erkennen konnte. »Frau Ulrike Sonnemann wird hiermit Kraft Gesetz zu zweieinhalb Jahren Haft verurteilt. Abführen!«

Zwei Uniformierte kamen nach vorne, nahmen Ulrike unter den Armen, einer rechts der andere links. Sie kannte es bereits. Vor dem Vernehmungsraum warteten die nächsten Angeklagten und schauten fragend zu Ulrike auf. Alles eine Farce, wollte sie ihnen zurufen. Es wäre ihnen damit auch nicht besser ergangen.

Sie führten Ulrike über einen Flur zum Hinterausgang des Gebäudes, von dort stießen sie sie erneut in einen Transporter ohne Fenster. Die Tür wurde verschlossen, nach kurzer Fahrt wieder geöffnet. Eine weitere Person stolperte unsanft hinein. In der Dunkelheit ließ die andere, es war eine schmal wirkende Frau, ihren Kopf hängen, schluchzte leise. Für einen Moment dachte Ulrike, es wäre Mandy. Sie war es nicht. Der Vollzug hatte viele Gesichter. Am Ende waren sich alle Opfer ähnlich, weil sie dasselbe Schicksal erwartete.

»Und, was werfen sie dir vor?«, wollte Ulrike sie in ein Gespräch verwickeln.

»Republikflucht.«

»Wie viel?«

»Zwei Jahre.« Die Frau, sie schien nur wenige Jahre älter als Ulrike, versenkte ihr Gesicht in den Händen und fing an, laut zu heulen.

Ulrike setzte sich an ihre Seite, legte den Arm um sie. »Mir haben sie zweieinhalb gegeben. Wahrscheinlich, weil ich nicht unterschrieben habe. Ist auch egal.«

»Für dich vielleicht. Du hast vermutlich kein Kind, keinen Mann. Mein Kind ist erst ein Jahr alt. Sie haben es mir weggenommen. Meinen Mann haben sie auch verhaftet.«

Ulrike seufzte tief. Sie dachte an Maria, an ihre Eltern. An der Kollektivstrafe ging kein Weg vorbei.

Es wurden weitere Verurteilte in den Lieferwagen gestoßen, dann ging es los. Erneut dauerte es nicht lang, bis man die Tür öffnete, alle raus und auf einen Platz trieb. Männer in Uniformen mit Kalaschnikows im Anschlag standen um sie herum. Güterzüge reihten sich aneinander, vor ihnen, hinter ihnen, verloren sich im Dunst. Die Verurteilten standen in Reih und Glied und durften sich nicht bewegen. Gewehrläufe waren auf sie gerichtet. Eine Rangierlock rollte über die Gleise direkt vor ihnen, stampfend, Metall auf Metall. Es hatte angefangen zu nieseln, es hätte auch fetter Nebel sein können, der sich mit den Dieselschwarten aus dem Schornstein der Lock vermischte. Einige fingen an zu husten, Ulrikes Atem ging schwer. Der Zug kam kreischend zum Stehen.

Das Tor eines Wagons wurde quietschend zur Seite geschoben. Eine Kiste diente als Trittstufe. Es hätte auch ein Viehwagon sein können. Es war ein Viehwagon. Ulrike dachte an Bilder von Konzentrationslagern der Nazis. Sie waren fester Bestandteil sozialistischer Aufklärung. Ein Schauer lief ihr über den Rücken, dass die Zeiten offenbar nicht vorüber waren.

»Vorwärts.«

Sie spürte den Lauf einer Kalaschnikow im Rücken, als sie über die Kiste in den leeren Wagon kletterte. Leer blieb er jedoch nicht. Mehr und mehr Männer und Frauen wurden hineingetrieben. Sie konnten nur Stehen, dicht an dicht. Das Atmen der Verhafteten dröhnte in ihren Ohren. Das Tor wurde zugeschoben. Eine Kette rasselte, eins, zwei, drei Schlösser klackten. Ulrike bekam kaum noch Luft und versuchte sich zum Rand zu schieben, zu einer schmalen Ritze in der Wagonwand, durch die sie hätte atmen können. Ellbogen, zitternde Knie und Körper hielten sie gefangen, dort wo sie stand. Es war schwül, stank nach Schweiß, nach Urin, nach Ausscheidungen von Menschen, die wie Tiere gehalten wurden. Geräusche drangen von draußen hinein, ein Pfiff, ein Quietschen, es ruckelte, dann setzte sich der Zug in Bewegung. Jemand stöhnte, andere wimmerten. Es wurde lauter nicht nur von außen. Stimmen brüllten gegen Lärm an.

»Halts Maul, du Sau«, rief jemand, der nicht weit weg von ihr stand.

»Ihr elenden Verbrecher, lasst mich hier raus«, schrie ein anderer. Jemand betete laut das Vaterunser, viele stöhnten, wimmerten.

Ulrike presste die Arme an ihre Brust und hielt sich die Ohren zu. Dann wurden die Stimmen der Gefangenen vom Dröhnen des Zuges übertönt. Sie legte den Kopf in den Nacken, starrte zur Decke, suchte nach einem Windzug, der durch die Ritzen kommen musste. Ihre Füße fingen an zu schmerzen, erst ein Brennen der Fußsohlen, dann die Knöchel, als würden sie von der Last des Körpers ineinandergeschoben werden. Sie versuchte abwechselnd von einem auf den anderen Fuß zu wechseln, von einem Schmerz zum anderen. Bald war es egal. Lange konnten sie so nicht eingesperrt bleiben, dachte sie. Zumindest musste jeder mal seiner Notdurft nachgehen. Ihre Blase drückte. Sie dachte an den stinkenden Kübel in ihrer Zelle im Jugendwerkhof. Irgendwie konnte alles noch schlimmer kommen. Verzweifelt blickte sie sich um, versuchte die Gesichter der Verurteilten um sich herum zu erkennen. Der Schmerz der Füße setze seinen unaufhaltsamen Weg nach oben fort. Erst die Waden, sie brannten wie Feuer, dann der Krampf im Oberschenkel, den sie gerade noch ausschütteln konnte. Jedes Ruckeln, jedes Holpern des Zuges setzte sich auf ihre Hüften fort, die der Last ihres Körpers mehr und mehr nachgaben. Die Schmerzen im Rücken und in der Brust nahmen ihr die Kraft zu atmen. Sie wollte schreien, schluckte ihre Qual hinunter. Was wäre, wenn sie bewusstlos würde, wenn auch andere kollabierten? Sie war nicht die Einzige, die unter ihrer eigenen Last stöhnte. Und wenn man sie später wie Vieh hinaustrieb, würde einer über den anderen hinwegtrampeln. Viele würden ersticken unter der Last der Füße, im Sumpf ihrer eigenen Ausscheidung.

Wieder kamen ihr die Judentransporte nach Auschwitz in den Sinn. Das Grauen hatte sich damals in der Schule keiner vorstellen können, auch nicht die Sehnsucht, endlich durch den eigenen Tod erlöst zu werden. Noch spürte sie ihren Lebenswillen. Wie lange noch?

Die Dunkelheit wich einem fahlen Schimmer. Kam er von draußen oder gewöhnte sie sich nur an das Grauschwarz? Ulrike blickte sich um und versuchte Kontakt aufzunehmen mit Menschen, mit denen sie schon längst körperlichen Kontakt hatte, mehr als ihr lieb war. Die meisten hielten die Augen verschlossen oder starrten vor sich hin, hofften still auf Erlösung, welcher Art auch immer. Ihre Blicke waren wie eingefroren. Früher waren sie mal Marionetten, die nicht so funktionierten, wie sie sollten. Marionetten waren sie noch immer. Allerdings hatte man die Schnüre, an denen sie einst aufgehängt waren, längst gekappt.

Sie fuhren die Nacht hindurch. Immer wieder hielt der Zug an. Alle stöhnten, hofften auf Luft zum Atmen. Das Quietschen der Türen, das Brüllen der Wärter, hallte durch die Dunkelheit, schien jedoch weit weg zu sein. Einige schrien. Hin und wieder ein dumpfer Schlag, der dem entsetzlichen Schrei ein rasches Ende setzte.

Wie lang soll das noch gehen, fuhr es ihr durch den Kopf. Sie musste es unwillkürlich herausgebrüllt haben. Sie konnte ihre Verzweiflung nicht mehr unterdrücken.

Eine Frau neben ihr lachte höhnisch, war plötzlich aus ihrer Starre erwacht. Aus ihrem Mund, in dem weniger Zähne als vielmehr schwarze Stummel hervorstanden, drang fauliger Mundgeruch. »Willkommen im Grotewohl-Express«, knurrte sie.

»Grotewohl-Express?«, fragte Maria zurück.

»Bist wohl das erste Mal hier, Kleene?«

Ulrike nickte unsicher. Grotewohl kannte sie aus der Staatskunde. Sein Schwarz-Weiß-Portrait hing im Foyer der Schule. Otto Emil Franz Grotewohl, Ministerpräsident der DDR von 1949 bis zu seinem plötzlichen Tod 1964. Damals traf ihn der Schlag. Vielleicht war er einer der Letzten, der noch Ideale hatte. Wenn er wüsste, wozu sein Denkmal herhielt, dem Grotewohl-Express, er würde sich im Grab umdrehen. Oder auch nicht. Es war auch seine Schuld.

Ulrike wurde übel. Lag es an dem grässlichen Mundgeruch der Frau neben ihr oder daran, dass Grotewohls Konterfei sie an den Stasi-Typen erinnerte, der sie wiederholt verhört hatte. Dieselbe Brille, dieselbe Glatze, dasselbe kalte Gesicht. Der warme Gestank, den ihr die Frau entgegenhauchte, war unerträglich. Es tat dennoch gut, dass nach Stunden des Schweigens jemand redete.

»Irgendwann muss das doch mal ein Ende haben. Irgendwann geht‘s nicht mehr«, stöhnte Ulrike, als sich der Schmerz in ihren Gliedern heftig zurückmeldete.

»Das kann bis zu drei Tage dauern, Schätzchen. Früher war der GSTW noch in Zellen unterteilt, konntest sitzen, gegen vergitterte Milchglasfenster glotzen.«

»GSTW?« Ulrike war verwirrt.

»Gefangenensammeltransportwagen. Wird in eurer Staatskunde

verschwiegen, stimmt's? Dass sie uns heute wie Vieh abtransportieren, davon will später, wenn die Scheiße hier auffliegt, auch keiner mehr was wissen. Kannste deinen Arsch drauf verwetten, Süße.«

Der scheinbar gleichgültige Fatalismus der Frau, ihre Erwartung an ein Ende dieser Scheiße, wie sie es nannte, war irgendwie bizarr, lenkte jedoch für einen Moment ab, ließ ein Ende der Tortur erhoffen, auch wenn es nicht in Sicht war.

»Biste ne Politische, hab ich recht?«

Ulrike wusste nichts zu antworten.

»Hör mal zu, Süße, wenn du die Burg überleben willst, dann gebe ich dir einen guten Rat. Lass dir irgendeine Scheiße einfallen, warum sie dich eingelocht haben.«

»Was meinst du damit?«

»Sei froh, dass ich dir die erste Lektion erteile. Das mache ich nur, weil du mir leidtust. Und jetzt hör mir gut zu. Du hast deinen Alten ermordet, weil er dir keinen Schotter für so ein dämliches Konzert gegeben hat.«

»Was redest du da für einen Unfug?«

»Hör auf Mami, sonst bis zu tot. Verstanden?«

»Ja aber ...«, wollte Ulrike protestieren.

»Halt einfach die Klappe und sag ihnen, dass du deinen Alten auf dem Gewissen hast. Herrgott, du kannst einem wirklich leidtun.« Die Frau lachte und fiel dann zurück in ihren Dämmerzustand. Sie kannte offenbar keine Schmerzen, war taub am ganzen Körper. Selbst als sich Ulrike bei ihr anlehnte, für einen Moment in einen schlafähnlichen Zustand verfiel, schien sie es nicht zu bemerken.

Ab etwa Mitternacht blieb der Zug nicht mehr stehen, ratterte gleichförmig durch die Nacht. Durch die Ritzen der Außenwand drang hin und wieder Licht. Vielleicht ging es durch einen Bahnhof, vielleicht durch eine Ortschaft. Dann war es wieder stockdunkel. Ein entsetzlicher Gestank machte sich breit, menschliche Ausscheidung. Niemand hatte eine Wahl, als es einfach laufen zulassen. In ihrer ersten Zelle hatte sie ihrem eigenen Urin noch ausweichen können. Hier lief er warm an ihren Beinen hinab in die Schuhe. Dabei wusste sie noch nicht einmal, ob es nur ihr eigener Urin war.

Sie musste erneut für einen Moment weggedämmert sein. Als sie wieder zu sich kam, drang Tageslicht durch die Ritzen. Ihre Beine fühlten sich an, als müssten sie jeden Moment platzen. Wahrscheinlich sahen sie auch so aus.

Der Zug kam zum Stehen. Nach weiteren endlosen Stunden des Wartens wurde das Tor aufgerissen. Diejenigen, die am Rand standen, taumelten von der Ladekante, landeten auf dem Boden, krochen wie Sterbende über den Dreck. Andere halfen ihnen auf die Beine. Die plötzliche Fülle an Luft tat gut, wenn auch der Anblick dessen, was sich vor ihnen auftürmte, nichts Gutes erwarten ließ. Hier waren sie also, die gelben Backsteine, die Zinnen, die vergitterten Fenster, von denen sie gehört, von denen sie gesungen hatten. Einst ein Schloss, das irgendwann abgebrannt war und später Platz machte für ein Gefängnis der Russen, dann der DDR. Ein Turm, ein hohes Eck, des damaligen Schlosses musste bereits als Gefängniszelle gedient haben. Es klang sarkastisch, dass man die alte Bezeichnung einfach übernahm: Schloss Hoheneck.

Maria schlich zurück zu ihrem Zelt. Den Gurt der Gitarre hatte sie sich um den Hals geschwungen. Er zog sich zu, so fühlte es sich zumindest an. Aber es war nicht der Gurt als vielmehr die Sorge um Ulrike. Die letzten vierundzwanzig Stunden rasten ihr durch den Kopf. Sie konnte ihre Gedanken nicht einfach abschalten. Ulrike war am letzten Tag ihres Ferienlagers freigekommen, auf Bewährung, wenn man so wollte, mit Alex' Hilfe. Er hatte es geschafft, vermutlich unter Vorbehalt, dass Ulrike, geläutert durch die Erziehungsmaßnahmen, ein Vorbild in Sachen sozialistischer Ideale war. Am Meer hatte sie sich ausleben können, konnte alles rauslassen, was sich in den Wochen davor bei ihr angestaut hatte. Aber das reichte ihr nicht. Sie ergriff die Chance, um es allen zu zeigen. Und alle sprangen auf den Zug auf. Nein, nicht alle. Lisa war plötzlich verschwunden, vermutlich zusammen mit anderen Linientreuen. Spitzel, die Bericht erstatteten über das, was sich an politischer Zersetzung abgespielt hatte. Ulrike würde es schwer treffen.

Zurück am Zelt holte Maria die Gitarrentasche hervor und wollte ihr Instrument verstauen. Da durchzuckte sie ein heftiger Schreck. Das Tagebuch war weg. Mehrfach untersuchte sie die Tasche und schaute unter der Liege nach. Ihre Kameradinnen hatten sich bereits in ihre Decken eingerollt und drehten ihr den Rücken zu. In diesem Moment setzte etwas in

Maria aus – sie wollte sofort ihr Tagebuch zurück. Sofort.

Sie baute sich in der Mitte des Zelts auf, drehte sich im Kreis. »Hey, Leute, wenn einer hier klaut, dann sagt er es am besten gleich«, rief sie aufgebracht, ging von einer Liege zur anderen, rüttelte jede ihrer Zeltnachbarinnen durch. Sie taten, als ob sie schliefen. Keine rührte sich.

Wütende und resigniert zugleich warf sie sich auf ihre Liege. Ihr Herz raste. Sie wusste, wer ihr Tagebuch geklaut hatte, wer sie ans Messer liefern wollte. Lisa. War es Eifersucht oder Kalkül, in der Hoffnung, sich damit doch noch ihren Studienplatz sichern zu können? Das eine schloss das andere nicht aus.

Lautes Motorengeräusch heulte auf, Scheinwerfer erhellten kurz die Zeltwand. Schatten huschten wie Gespenster durch den Lichtkegel, verschmolzen mit der Dunkelheit. Einer davon könnte Ulrike gewesen sein. Eine heftige Übelkeit überkam sie. Sollte sie vors Zelt gehen und kotzen? Es bräuchte nicht viel, Finger in den Hals und fertig. Erst in den frühen Morgenstunden sackte Maria in einen unruhigen Schlaf.

Der nächste Tag versprach nichts Gutes. Es kam wie erwartet. Hans kam ins Zelt und baute sich mit finsterem Blick vor ihr auf.

»Gehen wir. Um deine Sachen kümmern wir uns später«, seine Stimme klang irgendwie mitfühlend.

Sie folgte ihm. Auf dem Weg zum Küchenzelt stieß sie ihm in die Seite. »Hans, du gehörst zu uns, nicht wahr?«, flüsterte sie ihm zu.

Er drehte sich um und blickte nochmals ängstlich nach allen Seiten. »Sie haben Ulrike, und wenn du nicht die Klappe hältst, dann wird es dir und den anderen ähnlich ergehen.«

Ihre Blicke, ihre Resignation trafen sich für einen Moment. Wieder überkam sie diese heftige Übelkeit. War es das Essen von gestern Abend oder eine seltsame Vorahnung? Vielleicht beides.

Im Küchenzelt waren einige Tische zusammengestellt, davor stand eine leere Stuhlreihe. Maria sollte sich auf den mittleren Stuhl setzen. War sie die Einzige, die verhört werden sollte? Hinter den Tischen saßen Männer in graugrünen Uniformen. Es waren vermutlich dieselben, die gestern Abend die Runde am Lagerfeuer aufgelöst und Ulrike abgeführt hatten.

Der Mann in der Mitte schnaufte und runzelte bedeutungsschwanger die Stirn. Der Fall hatte offenbar nicht unerhebliche Bedeutung für die

Stasi. »Was haben Sie sich dabei gedacht?«, fragte er streng.

Maria zog die Schultern hoch, versuchte ahnungslos und verschlafen zu wirken. In Wirklichkeit bebte sie innerlich.

»Reden Sie, verdammt noch mal!«

Maria zuckte zusammen und versuchte sich rasch zu sammeln. Die Klappe halten, hatte Hans sie beschworen. »Ich kann mich nicht erinnern. Zu viel Alkohol.«

»Umso schlimmer. Das war staatsfeindliche Agitation«, erwiderte der Mann mit hochrotem Kopf.

»Wir haben gesungen, nichts weiter.«

»Ohne Zweifel. Diese Sonnemann, sie hat gestanden.«

»Sonnemann? Ach, Sie meinen Ulrike. Vielleicht hat sie es etwas übertrieben.«

»Etwas übertrieben? Sie hat gestanden. Staatsfeindliche Agitation«, wiederholte er sich. »Wissen Sie, was das bedeutet?«

Maria zuckte mit den Schultern. Sie konnte jedoch bereits ahnen, dass es nicht nur um Erziehung im Jugendwerkhof gehen würde. »Sie meint es nicht so. Hat viel mitgemacht, wie Sie wissen. Wollte ihren Frust rauslassen.«

»Es lagen Wochen intensiver Erziehung hinter ihr. Und dann so etwas. Sie hatte Fürsprecher. Damit ist es jetzt vorbei, keine Entschuldigung mehr. Sie wird bereits zugeführt. Und dasselbe blüht auch Ihnen, Fräulein Münkwitz.«

»Okay, es tut mir leid. Alles geriet etwas außer Kontrolle. Soll nicht wieder vorkommen.«

»Das war von langer Hand geplant. Von Anfang an«, insistierte der Mann.

»Natürlich war es von Anfang an geplant. Wie alles in unserer sozialistischen Planwirtschaft«, erwiderte Maria mit einem sarkastischen Unterton.

»Sie kommen sich wohl besonders schlau vor, Fräulein Münkwitz. Aber damit kommen Sie diesmal nicht durch. Wir haben Beweise.« Er tippte hektisch mit dem Finger auf die Tischplatte, als stünden die Beweise genau dort geschrieben.

»Beweise? Jeder hat doch nur gesungen, jeder war betrunken.«

»Es gibt ein Tagebuch, ihr Tagebuch. Damit geht es nicht nur Ihnen an den Kragen. Es werden Köpfe rollen.«

Maria zuckte zusammen. Lisa hatte es tatsächlich weitergegeben, schoss es ihr durch den Kopf, um sich bei den Vorgesetzten zu qualifizieren. Wie hatte sie nur auf diese falsche Natter reinfallen können? Sollte sie sich jetzt und hier an Lisa rächen, die Unterhaltungen mit ihr zum Besten geben? Vermutlich würden es die Männer jedoch als feigen Versuch verstehen, den Kopf doch noch aus der Schlinge ziehen zu wollen. Es würde ihre Lage eher verschlimmern. »Es gibt viele Tagebücher«, sagte sie nur und tat, als würde sie gähnen.

»Aber nicht solche. Das ist staatsfeindliche Hetze.«

Ulrike hatte sie gewarnt. Sie dachte an die Zeilen im Tagebuch über Alex, sie hatte sich über ihn ausgekotzt. Vergewaltigung. Das Wort kam nicht nur einmal vor.

Der Mann griff in seine Aktentasche und warf ein Buch auf den Tisch. Es war jedoch nicht ihr Tagebuch, als vielmehr das Liederbuch aus der NS-Zeit, die nationalsozialistische Gitarrenschule. »Ist das Ihres, Fräulein Münkwitz?«

Maria nickte verwirrt. »Nur um die Griffe zu lernen, das ist alles«, antwortete sie kurz.

Der Mann kniff die Lider zusammen und überlegte offenbar, wie er Maria in die Enge treiben könnte. »So, um die Griffe zu lernen? Der Besitz solcher staatsfeindlichen Pamphlete ist strafbar, das wissen Sie doch.«

»Es wusste keiner davon. Es ging mir nur um die Griffe, ehrlich.«

»Ehrlich?« Der Mann lachte. »Na, dann seien Sie ausnahmsweise mal ehrlich. Es geht um ihr Tagebuch. Wenn Sie gestehen, wird es sich strafmindernd für Sie auswirken.«

Offenbar wusste er von ihrem Tagebuch und kannte den Inhalt. Warum legte er es ihr nicht vor die Nase? Es war verwirrend und gerade deswegen durfte sie den Trumpf nicht verspielen. »Welches Tagebuch meinen Sie?« Maria tat betont unwissend.

»Ich stelle hier die Fragen.« Er suchte nach Worten, um die Kontrolle zu behalten. »Es stammt von Ihnen, Fräulein Münkwitz. Darin werden ehrenhafte Staatsbedienstete denunziert.« Seine Stimme klang plötzlich bedrohlich.

Klappe halten, schoss es Maria erneut durch den Kopf. Und doch konnte sie sich nicht zurückhalten. »Denunzieren ist doch das Erste, was man in diesem Staat lernt.«

Er ließ beide Hände krachend auf den Tisch fallen. »Das reicht! Wollen Sie uns hier für blöd verkaufen?«

»Sie wollten die Wahrheit. Sie wollten, dass ich ehrlich bin. Jetzt bin ich ehrlich und ...«

»Verdammt, ich rede von einem Tagebuch, Ihrem Tagebuch!«

Maria zog die Augenbrauen hoch und zuckte mit den Schultern. Sie überlegte scharf. Jemand hatte ihr in der Nacht das Tagebuch geklaut. Es konnte nur Lisa gewesen sein. Nur sie hatte von dem Tagebuch gewusst. Und Ulrike. Der Mann vor ihr wusste von ihrem Tagebuch und kannte halbwegs den Inhalt. Nun war es offenbar verschwunden. Maria setzte noch eins drauf: »Ich nehme an, Sie haben meine Sachen genau durchsucht, sonst wären Sie ja nicht auf die hässliche Gitarrenschule gestoßen.«

Der Mann suchte krampfhaft nach etwas, um Maria unter Druck zu setzen. »Das mit dem Tagebuch werden wir klären, Fräulein Münkwitz, und glauben Sie mir, dann werden nicht nur Sie für dieses Pamphlet zur Verantwortung gezogen.« Er griff nach der Gitarrenschule und schwenkte sie wie eine Fliegenklatsche durch die Luft. »Man wird Sie so lange verhören, bis die Wahrheit aus Ihnen herausgepresst ist, auch die Wahrheit über ihre Kollaborateure. Sie werden bereuen, aber dann wird es zu spät sein. Darauf können Sie sich verlassen. Abführen.«

Auf dem Gelände nicht weit hinter dem Schlagbaum wartete ein Bus. Es war der Ikarus, der sie bereits zusammen mit den anderen vor Wochen aus Halle kommend im Ferienlager abgeworfen hatte. Die anderen saßen bereits auf ihren Plätzen und schauten gebannt aus den Fenstern, während Maria im Klammergriff der Uniformierten vorbeigeführt wurde. In der offenen Tür seitlich des Fahrers stand Hans und blickte fragend zu ihr herüber. Eine kaum merkliche Bewegung seiner Lippen verriet, dass er ihr etwas sagen wollte. Das Röhren des Busses, der Fahrer hatte gerade den Motor angelassen, war so laut, dass sie nichts verstand. Was konnte Hans ihr auch Wichtiges sagen? Vielleicht ein aufmunterndes Wort, nachdem sie wusste, dass er im Grunde auf ihrer Seite stand. Aber so wie es aussah, zog er jetzt den Schwanz ein.

Hinter dem Bus stand ein grauer Lieferwagen, der sich im Schatten des Ikarus zu verstecken schien. Die Flügeltür am Heck stand offen, Maria wurde wortlos hineingestoßen, die Türen zugeworfen, verriegelt. Es war schlagartig dunkel. Der Motor des Lieferwagens heulte auf, der Wagen rumpelte über den Feldweg. Maria drückte sich in eine Ecke und versuchte sich festzuhalten, sich und ihre durcheinander wirbelnden Gedanken. Ein leicht süßlicher Geruch lag in der stickigen Luft des Lieferwagens. Es roch nach Ulrike. Sie konnte sich auch täuschen. Plötzlich war sie wieder da, die heftige Übelkeit.

Wieder wurden sie in Gruppen zusammengetrieben und mussten stillstehen. Ulrikes Knie zitterten. Es würde nicht mehr lange dauern, bis die Ohnmacht ihr jegliche Willenskraft raubte. Den anderen musste es ähnlich gehen. Sie blickte sich um und versuchte auf andere Gedanken zukommen. Als sie losfuhren, war es dunkel gewesen, neblig, die Gefangenen hatten wie gleichförmige Schatten gewirkt. Erst jetzt sah sie, wer sie wirklich waren, die anderen. Ausgemergelte Gesichter, graue Haare, die wie elektrisiert nach außen standen. Viele hatten tätowierte Arme. Ihre knorrigen Hände hatten etwas Brutales. Erst jetzt wurde ihr klar, dass dies keine Gruppe armseliger Gestalten war, die am falschen Ort ihre Meinung gesagt hatten und eingesperrt wurden, weil sie die Freiheit suchten. Die meisten der Frauen waren Kriminelle, Schwerverbrecher.

Vom Güterbahnhof, es waren ein paar Gleise abseits des Hauptbahnhofs, ging es in unauffälligen fensterlosen Kleintransportern hinauf zur Haftanstalt, zum Schloss Hoheneck. Die Einwohner von Stollberg sollten nicht sehen, was geladen war. Jeder wusste es, konnte jedoch später behaupten, man habe es nicht gewusst.

Der Transporter hielt irgendwann an und ließ den Motor laufen. Ein ohrenbetäubendes Quietschen konnte nur bedeuten, dass sich ein schweres Tor öffnete und nach dem kurzen Anfahren hinter ihnen schloss. Sie wurden aus dem Transporter getrieben. Ulrike blicke sich um, sie saßen wie in einer Schiffsschleuse. Vor ihnen öffnete sich ein zweites Tor. Die mit Zinnen bewährten Mauern thronten über ihnen und hatten tatsächlich etwas Schlossartiges, wenn nicht die vergitterten

Fenster den eigentlichen Zweck ihres Daseins offenbarten. Es war der Moment, in dem Ulrike zum ersten Mal in aller Brutalität klarwurde, dass sie eine Gefangene war, dass sie die Mauern hinter und vor ihr so schnell nicht verlassen würde. Von einem Hof aus, es war noch nicht der eigentliche Innenhof, trieb man sie in ein Nebengebäude wie zur Schlachtbank. Es war ein nackter, kalter Raum, der seine Bestimmung schon dadurch verriet.

»Ausziehen, alles!« Die Stimme einer Wärterin klang ebenso kalt. Ulrike legte die Kleider ab. Sie wurden in einen Sack gepackt. Vermutlich sah sie sie nie wieder. Nackt musste sie sich an eine Wand stellen, breitbeinig. Inspektion nannte man den Vorgang. Keine ihrer Körperöffnungen blieb verschont. Kein Eigentum, keine Privatsphäre, nichts, was sie ihr Eigen nennen durfte, war erlaubt. Es war der Moment, an dem ihre Existenz, der Rest ihrer Würde auf den nackten Körper reduziert wurde. Bisher, selbst im Jugendwerkhof, bestand die Hoffnung auf ein baldiges Ende der Demütigung. Hier war es der Anfang vom Ende.

Sie wurden mit sackähnlichen Kleidern versorgt, Schuhen, die eigentliche keine waren, sondern vielmehr notdürftig zusammengenähte Stofffetzen.

Eisiges Schweigen lag in der Luft, als sie durch eine schwere Tür in den eigentlichen Innenhof der Anstalt getrieben wurden. Einige Bänke standen in seltsamer Ordnung zueinander. Darauf saßen Frauen, gebeugt und schweigend. Sie sahen alle gleich aus, reihten sich ein in die Tristesse um sie herum und verschmolzen mit den Backsteinmauern. Das Zellengebäude beherbergte in seiner Mitte eine breite Treppe, die zu den vier Etagen führte. Die Geländer zum Treppenhaus waren mit schmiedeeisernen Ornamenten verziert. Man hätte es schön finden können, wenn sie nicht einzig einem traurigen Zweck dienten. Als Ulrike ihre Zelle betrat, blieb sie erschrocken stehen. Dreistockbetten reihten sich dicht aneinander. Vierundzwanzig Frauen waren in eine Zelle gepfercht. Zwei aneinandergrenzende Zellen teilten sich einen schmalen Zwischenraum mit zwei Kübeln für die Notdurft. Leere Augen blickten sie an, andere grinsten verstohlen. Ulrikes Schlafstelle war die letzte noch freie. Ein Leinentuch diente als Betttuch und Decke zugleich. Es stank nach menschlicher Ausdünstung.

Inzwischen war es draußen dunkel geworden. Neonlichter hingen von der Decke. Die Eisentür sprang auf. Anschließend wurden sie wie Vieh in einen Saal getrieben. Reden durfte keiner. Das Essen war karg, bestand im Wesentlichen aus einer Suppe, in der Kartoffeln und ein paar Brocken Fleisch schwammen. Wenigsten davon gab es genug. Und noch etwas war beruhigend. Unter den Wärtern waren nur Frauen. Übergriffige Männer wie im Jugendwerkhof hatte sie nicht zu befürchten, so hoffte sie zumindest. Nach dem Essen ging es für wenige Minuten in den Hof. Freiluft, in der nach kurzer Zeit ein dichter Nebel hastig gerauchter Zigaretten hing.

Ulrike setzte sich auf den Boden und lehnte sich an eine gelbe Mauer.

»Na, Kleine, willkommen im Paradies«, sagte jemand neben ihr.

Sie sah auf und erkannte die Frau aus dem Zug, dem Grotewohl-Express, wie sie sich ausgedrückt hatte.

»Haben se dich schon gefickt?«

Ulrike wollte sich woanders hinsetzen und stand auf. Die Frau hielt sie zurück. »Lass mich in Ruhe«, sagte Ulrike kurz angebunden.

»Ich schon, aber die anderen nicht. Denk dran, was ich dir gesagt habe. Als Politische rangierste hier ganz unten, kapiert? Die Kriminellen mit langen Haftstrafen haben hier das Sagen. Selbst die Wachteln haben Respekt vor denen.«

»Wachteln?«

»Die charmanten Aufpasserinnen, die dir bei Aufnahme in den Arsch geglotzt haben.«

»Ich werde mich bemühen.«

»Oh je, Kindchen. Du musst nur ein Wort sagen und die anderen wissen Bescheid. Die Story mit deinem Alten, dass du ihn abjestochen hättest, glaubt dir sowieso keener. Halte lieber die Klappe, verstehste mich?«

Ulrike nickte.

Bereits in der ersten Nacht, als die Neonlampen erloschen, komplettes Schweigen verordnet wurde, ging es los. Der Vollmond leuchtete durch das vergitterte Oberlicht. Ulrike hatte man die mittlere Etage eines Dreistockbettes zugeteilt. Sie lag auf dem Rücken, atmete kaum, versuchte nicht aufzufallen.

»Hey, Mädels, wir haben eine Neue unter uns. Ist vielleicht noch Jungfrau.« Die Stimme kam näher. »Na Süße, wie wär's mit uns beiden?«

Ulrike tat so, als habe sie nichts gehört.

»Dreh dich gefälligst um, ich rede mit dir.«

Ulrike hoffte, dass von dem Lärm, den die Frau veranstaltete, das Wachpersonal, die Wachteln aufgescheucht würde. An der gegenüberliegenden Wand befand sich eine kleine Öffnung. Es klackte kurz. Ein Lichtschimmer fiel durch das gewölbte kleine Fenster, es sah aus wie eine Lupe. Dann klackte es erneute, das Guckloch verdunkelte sich im selben Moment. Man wusste Bescheid und ließ geschehen, was nach den ungeschriebenen Gesetzen des Knasts offenbar geschehen musste. Ulrike saß nicht nur in einer Gefängniszelle, sondern auch in der Falle, vor der sie die Frau im Grotewohl-Express gewarnt hatte.

Eine Hand griff nach Ulrike, wollte sich zwischen ihre Beine quetschen. Sie schnellte zurück, drehte sich ruckartig um, stieß die fremde Hand weg. »Lass mich in Ruhe«, zischte sie.

»Nicht schlecht. Ich liebe zickige Novizen. Das macht alles nur noch spannender.«

Die anderen lehnten sich aus ihren Betten, starrten auf das perfide Spielchen.

»Bist ne Politische. Das riech ich sofort.«

»Fick dich.« Ulrike biss sich auf die Lippe. Sie wollte sie nicht provozieren. Vielleicht war es aber auch die richtige Antwort. Hilfe hatte sie keine zu erwarten. Vermutlich hätte sie schreien können, ohne das Wachpersonal alarmieren zu können.

»Fick dich, hat sie gesagt.« Die Frau drehte sich um, hob die Arme. Fahles Licht von einer Lampe an der Außenseite der Mauer fiel durch das vergitterte Fenster. Ihr verlebtes Gesicht grinste in tausend Falten. Über ihren Hals zog sich eine Tätowierung, wie eine Schlange, die an ihrem Körper entlangzüngelte. »Habt ihr gehört? Fick dich. Redet man so mit seiner Beschützerin. Fick dich. Nicht schlecht.« Sie drehte ich wieder zu Ulrike um. »Ich fick dich gleich, damit du weißt, wer hier das sagen hat.« Sie pfiff durch ihre schiefen Zähne. Sogleich sprangen zwei weitere Frauen aus ihren Betten und schoben sich die Ärmel hoch.

Maria versuchte sich in der dunklen Zelle des Lieferwagens festzuhalten. Endlich kam er zum Stehen. Wo hatten sie sie hingebracht? Es konnte nicht weit vom Zeltlager entfernt sein.

Das Schloss der Hecktüren klirrte. Gleißendes Licht drang in ihre dunkle Zelle. »Rauskommen«, rief eine Stimme.

Vor ihr erstreckte sich ein grauer Wohnblock. Alle Eingänge sahen gleich aus, es hätte überall sein können. Sie stießen sie durch eine Tür, Kellerstufen hinab. Es war feucht und roch nach Moder. Die Zelle war kaum zwei Meter lang, einen Meter breit. Eine hölzerne Pritsche stand seitlich an der Wand, davor ein einfacher Hocker. Sie sollte sich auf den Hocker setzen. Hinlegen war erst gestattet, wenn man ihr den Befehl dazu gab. Der eigene Wille sollte von Anfang an ausgeschaltet werden, restlos. Durch ein Guckloch kontrollierten Wärter regelmäßig, ob sie gehorchte. Es klackte auch leise an der Tür, wenn sie sich auf den Kübel setzte. In den Augen von Menschenrechtsorganisationen galt Einzelhaft noch nicht als Folter. Es war ja auch im Sinne der SED-Diktion keine Haft. Man nannte es Sicherungsverwahrung. Es sollte harmlos klingen. Genau das, machte den Vollzug zur Folter.

Da waren sie wieder, die Schmerzen im Unterleib. Vielleicht war es auch nur ihre Periodenblutung, die sich wie immer schmerzhaft ankündigen wollte. Sie war schon zwei Tage überfällig. Kleine Bewegungen, ein langsames Hin- und Herschaukeln halfen ein wenig, den Schmerz einigermaßen erträglich zu verteilen, um ihn zu ignorieren. Irgendwann würde auch das nicht mehr helfen.

Das Licht über ihr erlosch. Es wurde dunkel.

»Hinlegen«, drang es kalt durch die Eisentür.

Sie wartete noch einen Moment. Trotzig. Widerstand konnte sich oft in kleinen, subtilen Gesten äußern. Auch wenn man sie durch die Dunkelheit nicht sah, nicht kontrollieren konnte, ob sie dem Befehl gleich und sofort nachkam, war es eine stille Genugtuung, sich nicht aufgegeben zu haben, einen Rest Selbstbestimmung, einen Rest Würde behalten zu haben. Noch zumindest.

Mit dem Rhythmus des Lichts wurde wiederholt Essen durch einen Schlitz geschoben. Trockenes Brot, ein undefinierbarer Eintopf, ein Blechbecher mit Wasser. Der Kübel in der Ecke der Zelle füllte sich mit ihren Ausscheidungen. Es stank grässlich. Der Geruchssinn war ihr jedoch gnädig, betäubte sich selbst, rechtzeitig. Was hartnäckig blieb, war die quälende Übelkeit.

Es dauerte Stunden, vielleicht vergingen sogar ein Tag oder zwei. Ihr Zeitsinn versagte, alles waberte konturlos an ihr vorüber. Aufgelöst hatte sich auch die Hoffnung, bald dieses Loch verlassen zu können. Ungeduld wurde zum quälenden Feind, verstärkte den körperlichen Schmerz, der ihr immerhin signalisierte, noch am Leben zu sein. Nachdenken, grübeln war gefährlich. Im eigenen Saft schmoren war Teil der legalen Folter. Sie konnte sich dem nicht entziehen. Gedanken und Träume hatten ihr Eigenleben. Immer wieder drehte sie sich im Kreis. Schwindel war nur der Anfang, führte zu Gleichgewichtsstörungen, Orientierungslosigkeit. Und dann am Ende wieder die Übelkeit, Brechreiz, dem sie kaum noch widerstehen konnte. Der Gedanke, sich über den stinkenden Kübel zu bücken, ihr Mageninneres in den Brei aus Kot und Urin zu kotzen, wurde zum Schreckensgespenst. Es dauerte nicht lange, bis sie dem quälenden Brechreiz nachgeben musste. Verzweifelt presste sie ihre Augen zusammen, hielt sich an der klebrig verkrusteten Kante des Kübels fest. Es schoss aus ihr heraus, spritze zurück, vermischte sich mit den Tränen, mit dem Ekel, mit dem Hass in ihrer Brust. Das Würgen fand kein Ende. Es schien, als wollte sie sich nicht nur des Mageninhalts, sondern ihrer Eingeweide selbst entledigen. Als nichts mehr kam, warf sie sich keuchend zur Seite, verschluckte sich an der sauer stinkenden Brühe, die ihr immer wieder in die Kehle schoss. Sie musste husten, dann wieder würgen, wieder husten, hatte kaum noch Zeit zu atmen. Panik raubte ihre die letzte Luft. Irgendwann verlor sie das Bewusstsein.

Das Licht über ihr ging nach einer Weile wieder an. Es stank grässlich. Reste von getrocknetem Schleim klebte an ihren Kleidern, im Gesicht, in den Haaren. Sie versuchte langsam zu atmen, um der Übelkeit nicht aufs Neue zu erliegen. Sie musste raus aus diesem Loch, koste es, was es wolle.

»Hinsetzen!« Die Stimme klang mechanisch.

Sie hätte darüber gelacht, wenn die Verzweiflung ihr nicht die Kehle zuschnüren würde. »Ihr könnt mich mal«, presste sie mit letzter Kraft heraus. Dann wurde es wieder dunkel.

Ulrike sprang aus ihrem Dreistockbett in Richtung zur Tür. Mit den Fäusten hämmerte sie dagegen.

»Da kannst du lange hämmern. Die wissen genau, dass hier eine Politische gebügelt wird. Teil der Erziehung im Knast.« Die Frau schwang etwas triumphierend in ihrer Faust. Es war eine Klobürste. Angestrengt fing sie an zu würgen, spuckte so lange auf den Griff, bis ihr Speichel daran herabtropfte. »Du hast Glück, rutscht besser. Das mach ich nicht bei jeder.«

Ulrike presste sich an die Wand. Im Grotewohl-Express hatte sie gedacht, dass es nicht schlimmer kommen könnte. Sie hatte sich getäuscht. Die Worte der Frau im Viehwagon kamen ihr in den Sinn. Sie musste angreifen, das war ihre einzige Chance zu überleben. »So, du meinst, ich wäre ne Politische. Ich sag, dir was. Mit so einem Knüppel hab ich meinen Alten um die Ecke gebracht. Der war en Politischer. Hab ihm die Bürste ins Maul geschoben. Ist daran erstickt.«

Die Frau vor ihr starrte sie an, kniff die Augen zusammen. »Du lügst verdammt gut, du kleine Zicke.«

»Du meinst ich lüge, dann versuch's doch. Verlass dich drauf, ich nehm die andere Seite deiner Klobürste, für dein Maul. Es kitzelt hinten drin.«

Die Frau schaute sich nach ihren Helferinnen um.

Im selben Moment sprang Ulrike vor, griff nach der Klobürste und rannte blitzschnell auf die andere Seite des Raums. »Und jetzt bin ich dran.« Ulrike spuckte ebenfalls auf die hölzerne Stange. »Schmeckt besser.«

Kurz danach ging das Licht an. Wärterinnen stoben in den Raum, sahen Ulrike mit der Klobürste in der Hand. »Raus mit dir!« Die Wärterinnen rissen ihr die Klobürste aus der Hand und drängten sie hinaus auf den Flur. Die Eisentür knallte ins Schloss. Eine der Wärterinnen baute sich vor ihr auf und schnaufte wütend. »Das hab ich hier in zehn Jahren noch nicht erlebt. Der erste Tag und schon reif für die Dunkelkammer. Ab mit ihr.«

Ulrike ließ sich abführen. Sie war erleichtert, wusste, was auf sie zukam. Zumindest konnte sie für ein paar Stunden die Augen zumachen.

Es blieb jedoch nicht bei ein paar Stunden. Wie lange sie zwischen gleißendem Neonlicht und vollkommener Dunkelheit dahinvegetierte, konnte sie nicht sagen. Nur nicht zurück in die Gemeinschaftszelle, dachte sie verzweifelt. Das wäre ihr Tod.

Die Zeit schwamm dahin. Irgendwann führte man sie aus der Zelle in einen kahlen, mit gelben Kacheln gefliesten Raum. In der Mitte stand ein hölzerner Hocker auf den sie sich setzen sollte. Wieder folgte dieses Warten, endlos, irgendwo zwischen Angst und Gleichgültigkeit. Sie fühlte sich elend, heruntergekommen, entwürdigt. Ihre Kleider, ihre Haare klebten am Körper. Selbstmitleid war es nicht. Sie sollte gebrochen werden. Noch stemmte sie sich dagegen. Wie lange noch? Es war nicht ihre Schuld, hier zu sitzen.

Irgendwann platzte eine Frau in den Raum. Sie trug eine hellgrüne Gummischürze und hatte in der Hand eine Schere. »Ausziehen, alles.«

Entwürdigung zweiter Teil. Und dennoch war es fast eine Erleichterung, sich der stinkenden Kleider zu entledigen. Schamgefühl gab es hier nicht. Man hätte Mitleid mit ihr haben können. Ihre Haut war an vielen Stellen gerötet, schuppte sich, war offen. Sie kam sich vor wie ein Schwein kurz vor dem Schlachten.

Die Frau trat ihre Kleider mit den Füßen zur Seite, dann griff sie in ihre Haare. Mit groben Schnitten, gefährlich nahe der Kopfhaut, ging sie zur Sache. Es dauerte nicht lang. Ulrikes Haare fielen in Büscheln zu Boden.

»Aufstehen. Weiter geht's.«

Man führte sie durch den Gang. Eine Tür öffnete sich, es rauschte. Andere nackte Frauen standen unter Duschen. Die verchromten Leitungen, sie wirkte seltsam luxuriös, spuckten kaltes Wasser heraus. Die Wärterin drückte ihr ein Stück Kernseife in die Hand, schob sie in den Raum.

»Einseifen und abduschen, solang das Wasser läuft.«

Ulrike blickte sich ängstlich um, suchte nach bekannten Gesichtern aus ihrer Zelle. Der Anblick war erbärmlich: blasse, faltige Leiber, die schon lange keine Sonne mehr gesehen hatten. Schlaffe Brüste und Pobacken zwischen denen sie sich einseiften, abspülten. Das Wasser war eisig kalt. Ulrike dachte an den Winter. Heizkörper hatte sie nirgends sehen können. Sie drückt sich an die mit gelben Fliesen gekachelte Wand, drehte den anderen ihren Rücken zu. Im Augenwinkel sah sie in der Tür einen Spion. Wer sie von der anderen Seite anschaute, konnte sie nur erahnen.

»Na, Süße.«

Ulrike zuckte zusammen. Vor ihr stand die Frau aus der Zelle. Sie war kaum wiederzuerkennen, wenn sie nicht die auffällige Tätowierung, die Schlange, die sich um ihren Körper wandte, verraten hätte. Sie glich einem personifizierten Äskulapstab. Oder war es doch eher der Sündenfall? Vielleicht beides zusammen.

»Das war ganz schön mutig von dir. Die anderen an deiner Stelle haben nur gewinselt.«

Ulrike schluckte. Sie musste ihr Spiel fortsetzen. »Kann ich mir vorstellen. So, wie mein Alter.«

Die Frau lachte mit aufgerissenem Mund. Von ihren schiefen Zähnen standen nur noch einige. »Du gefällst mir, Kleine. Wir werden noch unseren Spaß haben mit den Wachteln hier.«

»Wachteln«, murmelte Ulrike vor sich hin. Die Frau im Grotewohl-Express hatte sie bereits aufgeklärt. Erst jetzt wurde ihr bewusst, dass sie dieser Frau, vermutlich war sie ebenfalls eine Kriminelle, eine, der man sonst aus dem Weg ging, ihr Leben zur verdanken hatte.

»So heißen die Schlampen mit ihren Uniformen. Sie nennen sich Erzieherinnen, dass ich nicht lache. Irgendwann bin ich draußen und dann können die mich alle mal. Vielleicht krepiere ich auch hier in diesem Drecksloch. Auch egal.« Sie lachte, verschluckte sich dabei fast an ihrem eigenen Speichel und spuckte auf den Boden. »Ich bin hier übrigens die Margot. Wie die vom Erich. Meinen richtigen Namen hab ich vergessen. Für die Wachteln sind wir nur eine Nummer.« Sie streckte Ulrike ihre knorrige Hand entgegen.

Ulrike ergriff sie. »Ulrike.«

Das Wasser aus den Hähnen hörte schlagartig auf. Ulrike bekam ein Bündel mit Handtuch, Unterwäsche, ein aus groben Leinen gewobenes Kleid, Schlappen.

Es musste früher Morgen sein. Durch ein vergittertes Fenster sah sie einen Fetzen Himmel, den ersten seit langer Zeit. Später wurde sie in eine Arbeitsbrigade eingeteilt. Es war ein großer Saal im obersten Stock. Die schwüle Hitze im Sommer und die eisige Kälte im Winter waren unschwer zu erahnen. Nähmaschinen standen an langen Tischen. Ulrike sollte sich an einen freien Platz setzen und sofort mit ihrer Arbeit beginnen. Bettlaken und Hemden, immer dieselbe Naht. Die anderen schauten sich kurz nach ihr um, konzentrierten sich dann auf ihre Arbeit. Der Stumpfsinn erforderte trotz allem Genauigkeit, da das Zusammengenähte später gegen Devisen in den Westen ging. Schlechte Arbeit wurde bestraft.

Es dauerte Stunden, dann ertönte eine Sirene. Essenszeit. Stumm saßen sie an den Tischen. Das Geschirr klapperte. Zu trinken gab es eine seltsam dunkle Flüssigkeit. Sie schmeckte süßlich, bitzelte etwas, lähmte das

Gefühl, ausbrechen zu wollen. Alles erschien plötzlich gleichgültig. Dann ging es zurück zum Nähen.

Gegen Abend wurde sie in einen anderen Raum geführt. Freigang, hieß es zynisch von den Wachteln. Man konnte von einem Stuhl zum anderen, ohne Fragen zu müssen, freigang. Ein Fernsehapparat stand auf einer Anrichte. Es lief eine Nachrichtensendung, »Aktuelle Kamera«, die aktuellen Errungenschaften der DDR. Man hatte für alles gesorgt, durfte für einen Moment froh sein, nicht auf der anderen Seite des imperialistischen Schutzwalles leben zu müssen.

Anschließend ging es zurück in die Gemeinschaftszelle. Bevor das Licht ausging, blickte Ulrike sich nochmals unsicher um. Sie hatte ihren Platz in der Hierarchie gefunden. Man ließ sie in Ruhe. Vielleicht lag es auch an dem braun-bitzelnden Getränk. Wer nicht Ruhe gab, musste eben ruhiggestellt werden.

Die nächsten Tage und Wochen vergingen im selben Rhythmus: früh aufstehen, Betten machen, betäubender Ersatzkaffe, dazu Brot und Aufstrich, nähen, Mittagessen, nähen, Abendessen, gelegentlich mal eine Tomate, ein Stück Gurke. Am Wochenende gab es Freigang im Hof umgeben von meterhohen Mauern. Harte Bänke reihten sich an eine mehrarmige Straßenlampe, die einem Kraken glich. Der Blick in den Himmel ließ erahnen, dass man noch Teil dieser Welt war, wenn auch weit davon entfernt. Gespräche mit den anderen Gefangenen gab es anfänglich keine. Niemand fragte, alle hatten Angst als Politische erkannt zu werden. Diejenigen, die sich outeten, hatten mit ständigen Drangsalierungen zu rechnen. Manchmal waren die Politischen einfach weg. Freigekauft, hieß es. Die Schwerverbrecherinnen blieben, hatten zehn oder zwanzig Jahre abzusitzen. Je länger, desto höher standen sie in der Hierarchie.

Ulrike wusste, dass ihre Zeit irgendwann vorbei sein musste. Bis dahin durfte sie nicht auffallen, durfte nicht krank werden. Mit der Zeit lernte sie trotz aller Heimlichkeit andere Politische kennen. Der Grund ihrer Haft war nahezu immer derselbe: Republikflucht. Die Suche nach Freiheit bezahlten sie mit Knast. Viele waren jedoch der Meinung, dass sich ihr Leben kaum verändert habe, betrachteten die Gefangenschaft als Zwischenphase vor der Freiheit, nach der sie sich sehnten. Viele zerbrachen jedoch an den Mauern, gegen die sie täglich rannten, zerbrachen an der

Trennung von Eltern, Partnern, erst recht ihrer Kinder. Die größte Angst hatten fast alle vor der Möglichkeit, wieder in die DDR entlassen zu werden: vom kleinen in den großen Knast, wie sie es nannten.

Dass das Jahr sich dem Ende neigte, zeigte sich vor allem daran, dass es von Tag zu Tag kälter wurde. Wie befürchtet waren die Zellen schlecht geheizt. Die Anstaltskleider, die Schlappen und Strümpfe wärmten kaum. Die Wassertemperatur des einmal wöchentlichen Duschganges blieb eisig. An manchen Tagen und Nächten hatte Ulrike das Gefühl, nie mehr warm zu werden. Ihre Hände und Füße waren ständig blau und steif. Lediglich beim Nähen verströmten die Maschinen eine gewisse Wärme, die auch von den Dampfbügeleisen herüberwehte. Nachts sah sie oft, wie Frauen sich zusammen auf den Liegen wiederfanden, aneinandergedrückt, kauernd, sich gegenseitig wärmend. Oft hörte sie auch leises Stöhnen. Über körperliche Nähe und Sex wurde nicht gesprochen, es wurde einfach getan. Nicht alle, die die Kälte in den Zellen nutzten, um sich näher zu kommen, waren lesbisch. Man träumte von dem, was einmal war, vergaß sich für einen Moment im Rausch einer zurückgelassenen Welt, außerhalb des tristen Alltags, außerhalb der erdrückenden Mauern.

Ulrike dachte an Maria, wie sie damals, als sie aus Leipzig zurückkam, bei ihr und ihren Eltern Unterschlupf gefunden hatte. Damals war es die kalte Angst, weshalb sie sich nach Nähe, auch nach körperlicher Nähe, zu Maria sehnte. Sie fühlte sich wie ein Kind, das während der Nacht in das Bett ihrer Eltern kroch, wenn es schlecht geträumt hatte. Auch jetzt fühlte sie sich wie ein Kind, schutzlos, getrieben von einem Alptraum, wünschte sich Marias Nähe und Wärme.

Als Maria aufwachte, schien alles weiß um sie herum. Wenn man stirbt, würde es sehr hell, hatte sie mal gehört. War das der Tod, die Schwelle zum Himmel? Angestrengt versuchte sie ihre Augen zu öffnen. Sie lag in einem breiten Bett, weißes Laken, weiße Decke, weißes Kopfkissen. Die Wände waren weiß, dazwischen ein Fenster. Es war vergittert, somit war sie noch im Leben. Im Himmel gab es keine Gitter.

Sie wollte sich bewegen und aufstehen. Es ging nicht. An den Hand- und Fußgelenken befanden sich lederne Manschetten. Sie waren mit dem Bettgestell verbunden. In die offene Hand hatte man ihr etwas gelegt, einen Knopf, eine Klingel. Sie drückte. Es dauerte lange, bis sich dir

Tür öffnete.

»Na, Schätzchen, wieder wach?« Eine korpulente Krankenschwester stand vor ihr. Die Knöpfe über ihrem gewaltigen Busen waren gespannt, der oberste geöffnet, konnte nicht verschlossen werden, weil ihr Hals zwischen dem Kragen hervorquoll und nahtlos in ihr Kinn überging. Alles wirkte irgendwie mächtig. Ihre kleinen Augen glitzerten zwischen den fülligen Lidern. »Ich dachte schon, du würdest gar nicht mehr wach«, sagte sie mit einem Kopfschütteln, der alles und nichts bedeuten konnte.

»Ich muss mal aufs Klo und ... warum bin ich angebunden?«

»Du hast um dich geschlagen wie eine Wilde.« Die Krankenschwester nahm eine silbrig glänzende Schüssel. Sie schlug die Decke zur Seite und zog Marias Engelsgewand nach oben. »Hoch den Popo.«

Maria sah sie erschrocken an. »Hier, einfach so? Das geht nicht.«

»Und ob, Schätzchen. Wenn der Druck zu groß wird, läuft's von alleine. Aber wenn es dir lieber ist ...« Sie drehte sich um, nachdem sie die Bettpfanne unter Marias Gesäß geschoben hatte, ging zum Ausgang und verschwand hinter der zufallenden Tür.

Es dauerte eine Weile, bis Maria sich entspannen, bis sie dem Druck endlich nachgeben konnte. Erneut drückte sie auf den Knopf. Die Schwester, die sich als Schwester Magda vorstellte, zog die Schüssel unter ihrem Po hervor und stellte sie auf eine Anrichte am Zimmereingang. Dann nahm sie ein Papiertuch, zögerte nicht lange und wischte mehrmals kräftig zwischen Marias Beinen. Es war immer noch derselbe Schmerz, der sie erfasste und schlagartig aufbäumen ließ.

»Nicht doch, so empfindlich, Schätzchen?«

»Ich bin nicht Ihr Schätzchen. Und das Abwischen kann ich auch selbst.«

»Nicht, solange du diese Dinger anhast.«

»Hören Sie, Schwester ...«

»Magda.«

»Schwester Magda. Ich weiß nicht, wie ich hierhergekommen bin. Ich kann mich nur vage an ein dunkles Loch erinnern, in das ich eingesperrt wurde.« Erneut spürte sie Übelkeit aufkommen. War es die Erinnerung oder etwas anderes?

»Du hast nicht nur um dich geschlagen, sondern auch gekotzt wie ein Vulkan. Was für eine Schweinerei«, ergänzte Schwester Magda kopfschüttelnd.

»Aber jetzt ist doch alles wieder gut. Ich meine, Sie könnten doch diese Dinger hier abschnallen und ...«

»Chefsache. Ich sehe mal, was ich machen kann.«

Es dauerte Stunden. Der Tag schwand dahin. Das fahle Licht der Nachttischlampe fiel bisher nicht auf. Jetzt war es die einzige Lichtquelle. Sie war froh um jedes Bisschen Licht. Wiederholt hatte sie den Knopf gedrückt. Niemand kam, auch nicht Schwester Magda. Zum Glück hatte sich die Übelkeit gelegt. Ihr Körper schmerzte, ein seltsames Spannen in der Brust machte sich bemerkbar. Eine abstruse Vorahnung überfiel sie, doch sie versuchte sie zu verdrängen. Warum sie ausgerechnet jetzt an Alex dachte, wusste sie nicht. Mit dem Gedanken kam auch die Übelkeit zurück.

»Verdammt, hört mich denn hier keiner?« Sie riss an den Riemen, drückte wie wild auf den Knopf in ihrer Hand. Es war zwecklos. Sie versuchte sich zu entspannen, sehnte sich nach Schlaf, der ihr einziger Freund geblieben war.

Später kam ein junger Mann in weißem Kittel. »Wer sind Sie? Was wollen Sie? Wo ist Schwester Magda?«, fragte Maria sofort. Ungute Erinnerungen an die Krankenabteilung im Jugendwerkhof stiegen in ihr hoch.

»Nachtschicht. Ich muss Ihnen eine Nadel legen.«

»Eine Nadel? Ich brauche keine Nadel. Schieben Sie mir den verdammten Topf unter den Arsch, Herr Gott nochmal.«

Der junge Mann, er sagte noch beiläufig, dass er Medizinstudent sei, ließ sich nicht beirren. Seine Hände zitterten leicht. Die Nadel glitt geräuschlos in ihre vom Stau gespannte Armvene. Er klebte ein Pflaster drüber, verband die Röhre, die aus ihrem Arm ragte, mit einem durchsichtigen Plastikschlauch, der zu einer an einem Infusionsständer baumelnden Glasflasche führte. »Sie brauchen Flüssigkeit.«

»Ich könnte auch trinken, wenn Sie mir diese verdammten Fesseln abnehmen würden. Und außerdem piss ich Ihnen gleich ins Bett.«

»Es kommt gleich jemand.« Damit verschwand er aus dem Zimmer.

Wenig später ging die Tür auf. Sie wusste sofort, wer vor ihr stand.

»Du hier?«

»Sie haben mich nicht zum Studium zugelassen, weißt du doch.« Lisa schaute sie kaum an.

Ist es das schlechte Gewissen, das sie quält, fragte sich Maria verbissen. »Du hast uns alle verraten, du falsche Natter.«

Ohne eine Regung zu zeigen, zog Lisa die Decke weg und entblößte Marias Unterleib. Dann schob sie die Bettpfanne unter ihr Gesäß. »Ich habe dich nicht verraten. Diese Ulrike hat dich reingerissen mit ihrer Show am Feuer.«

»Und du warst nicht mehr dabei, hast dich verzogen, um uns zu verpfeifen. War es nicht so?«, fauchte Maria sie an.

Aber Lisas Gesicht blieb ausdruckslos. Sie war eine gute Schauspielerin, hatte alle hinters Licht geführt. Einzig die Genugtuung, dass sie sich dem System nun als Krankenschwester beugen musste, nicht studieren durfte, zeugte von einer bizarren Gerechtigkeit, die Marias Hass auf sie ein wenig beruhigte.

»Groß oder Klein?«, fragte Lisa mechanisch.

»Was willst du von mir?«, fragte Maria zurück, hatte ihr natürliches Bedürfnis für einen Moment vergessen.

»Ob du nur pinkeln oder auch scheißen musst?«, entgegnete Lisa schroff.

»Und ich habe dich gefragt, ob du uns verpfiffen hast? Wenigstens bist du mir eine ehrliche Antwort schuldig, bevor ich in den Knast gehe.«

Lisa seufzte und schüttelte den Kopf. »Was soll ich dir schuldig sein? Dass du mir ein paar Gitarrengriffe gezeigt hast, oder was? Ich hab dich nicht verpfiffen, wenn du es genau wissen willst.«

»Ja, verdammt, ich will es genau wissen, von dir. Und lüg mich nicht an, nie wieder!«

»Ich lüg dich nicht an, Maria. Und wenn du alles wissen willst, dann sage ich dir noch was, nämlich die ganze Wahrheit. Es wurde mir zwar verboten, darüber zu reden, aber ... du bist schwanger. So, jetzt hast du noch eine ehrliche Antwort.«

Maria erstarrte augenblicklich. »Bist du übergeschnappt, willst du mich verarschen?«

Lisa lächelte und schüttelte dabei erneut den Kopf. Es war ein trauriges, ein mitfühlendes Lächeln. »Offenbar hast du mich nicht verstanden.

Denk mal nach, warum du kotzen musst, was vor zwei Wochen war und warum dir wahrscheinlich die Brüste spannen.« Sie riss Marias Nachthemd nach oben. »Na, fällt dir nichts auf? Deine Dinger schwellen an, von Tag zu Tag, und du kannst nichts daran ändern. Und ich kann dir auch nicht helfen, außer deinen beschissenen Arsch abzuwischen.«

Maria schluckte und schaute an sich hinunter. Sie wollte nicht hinsehen, sie wollte nirgendwo hinsehen, nichts hören. Lisa bestätigte das, was sich in ihrem Unterbewusstsein längst breitgemacht hatte. Sie war schwanger. Von Alex. Verbissen überstreckte sie ihren Hals in den Nacken, starrte zur Neonlampe über ihr.

»Willst du jetzt pinkeln oder nicht? Es gibt noch andere Patienten. Denen geht es schlechter als dir.« Lisas Stimme klang ungeduldig.

»Entschuldige, Lisa, ich wollte nicht ..., verdammter Mist.«

Lisa schob die Decke über ihren nackten Körper. »Ja, ich war eifersüchtig. Jetzt weißt du es. Diese Ulrike hat dich umflattert wie eine Motte das Licht. Und du hattest nur Augen für sie. Ich bin gegangen, hab mir euer *fly, fly, fly* nicht länger anhören können. Aber verraten? Nein, verraten hab ich dich nicht.« Es klang ernst und aufrichtig.

Sie schwiegen eine Weile. Vom Gang her ertönte ein Signal, die Klingel eines anderen Patienten.

»Ich muss jetzt gehen. Bist du fertig?«

Maria nickte. Lisa griff unter die Decke, zog die Bettpfanne hervor. Schweigend ging sie zur Tür.

»Lisa, warte ..., bitte.«

Lisa drehte sich nochmals um.

»Entschuldige, aber ...« Maria fing an zu schluchzen. Sie wollte sich die Tränen abwischen. Die Gurte hinderten sie daran. »Das, das ist alles zu viel ... zu viel.«

Lisa seufzte tief, nahm ein sauberes Tuch aus einem Regal neben der Tür, kam zurück, wischte ihr über die feuchten Augen und über die schweißnasse Stirn.

»Danke. Und ... ich wollte dich nicht ...«, schluchzte Maria leise.

»Schon gut.« Lisa wandte sich erneut zum Gehen um.

Maria holte tief Luft. »Ach, Lisa, noch eins.«

Lisa blickte zurück über die Schuler, hob fragend die Augenbrauen.

»Sehen wir uns wieder?«, fragte Maria leise.

Lisa zuckte mit den Achseln. »Ich weiß es nicht.« Sie ging zur Tür. »Ich weiß es nicht.« Ihre letzten Worte kamen nur noch geflüstert. Dann verschwand sie im Gang.

Maria war wieder mit sich allein. Sie lag da, atmete schwer, starrte an die Decke. Schwanger. Sie hätte es wissen müssen. Der erste Schuss ein Treffer. Oft hatte sie davon gehört, nie hatte sie es geglaubt. Angestrengt versuchte sie sich auf ihren Unterleib zu konzentrieren. Sollte sie schreien oder sich still freuen? So ergab alles einen Sinn, die Übelkeit, die Spannung in der Brust. Lisa hatte sie nicht angelogen, und verpfiffen hatte sie Maria auch nicht. Das verdammt System aus Lügen und Misstrauen hatte sie belogen. Erschöpft fiel sie in ihr Kissen zurück.

Am nächsten Tag hatte man sie von ihren Fesseln befreit. Die Infusion lief noch. Schwester Magda kam mit einem breiten Grinsen ins Zimmer, hatte ein Tablett in der Hand. »Frühstück. Jetzt mal schön essen und dann wird alles besser.« Sie stellte das Tablett auf den Tisch und wollte gleich wieder gehen.

»Schwester Magda«, rief ihr Maria hinterher.

Sie drehte sich nochmals um und sah sie lächelnd an.

»Wo bin ich hier eigentlich? Die Gitter …«

»Schätzchen, du bist hier im Gefängniskrankenhaus. Das kannst du dir doch denken«, antwortete die Krankenschwester trocken. Auf eine weitere Rückfrage ließ sie sich nicht ein. Die Tür fiel ins Schloss. Ein Schlüsselklirren verriet, dass sie gefangen war.

Der Nachtstuhl stand auf der anderen Seite des Bettes. Sie musste niemanden rufen. Sie stand auf und blickte durch das vergitterte Fenster. Eine rote Backsteinwand versperrte den Blick in die Freiheit. Sie fühle sich erschöpft, legte sich auf das Bett und fiel in einen unruhigen Schlaf. Wirre Bilder ließen nicht locker, quälten sie im Halbschlaf. Sie hörte eine Stimme. Es war seine Stimme. Alex. Sie wollte weg, weit weg.

»Maria, hörst du mich?«

Sie öffnete die Augen und merkte, dass sie nicht wirklich geträumt hatte. Es dauerte eine Weile, bis ihr Bewusstsein vollständig funktionierte. Inzwischen war es wieder dunkel geworden. Im fahlen Licht der Nachttischlampe sah sie ihn. Er saß auf einem Stuhl neben ihrem Bett.

»Alex, bist du das? Ich dachte du wärst beim Militär?«

Alex zuckte mit den Schultern, wollte offenbar nicht darüber reden. Dabei gab es so vieles zu bereden. Plötzlich war sie hellwach. Er kam ihr zuvor.

»Man kann dich aber auch keine Minute aus den Augen lassen.«

Maria kniff die Augen zusammen. Was wusste Alex? »Was ist passiert? Warum sperren die mich ein? Wir waren ausgelassen, haben gesungen, nichts weiter.«

Er musterte sie ernst. »Das sagst du so einfach. Die Nerven liegen blank, das weißt du doch. Diese Friedensgruppen sprießen wie Unkraut aus dem Boden, an allen Ecken. In Polen organisiert diese Gewerkschaft den Umsturz und hat auch noch den Segen vom Papst. Bei den Sowjets geht es drunter und drüber. Gorbatschow erzählt nur Unsinn und dann probt ihr auch noch den Aufstand.«

»Wir haben zu viel Alkohol getrunken, bisschen gesungen. Das ist doch kein Grund, mich hier einzusperren.«

»Diese Nazilieder.«

»Nazilieder? Wir haben keine Nazilieder gesungen?«

»Sie fanden dieses Liederbuch ausgerechnet bei dir. Was hast du dir dabei gedacht?« Alex seufzte und schüttelte fragend den Kopf.

»Wir haben keine Lieder daraus gesungen. Ulrike und ich ...«

»Ulrike, diese dumme Ulrike. Ich hatte mich für sie eingesetzt. Sie hat mir ihr Wort gegeben.« Er klang gereizt.

»Wo ist Ulrike?«, wollte Maria besorgt wissen. Sie ahnte es bereits.

Alex schüttelte erneut den Kopf, diesmal weniger aggressiv als vielmehr mitfühlend. Er stand auf, ging zum Fenster und blickte durch die Gitterstäbe. »Hoheneck, Frauenknast, Endstation.«

Maria zuckte zusammen. »Sie ist noch keine achtzehn.«

»Das ist denen scheißegal. Staatsfeindliche Hetze. Darauf kann es bis zu zehn Jahre geben. Ich hatte mich für sie verbürgt und dann so etwas.«

In Marias Kopf überschlugen sich die Gedanken, eine Mischung aus Wut und Ohnmacht. Und Alex? Dumme Kuh, so nannte er Ulrike. Die Opfer waren selbst schuld, wie so oft. Maria ballte die Fäuste, suchte nach Antworten, nach Gerechtigkeit, auch wenn es keine Rechte mehr gab.

»Du musst etwas für sie tun.«

Alex drehte sich um. »Ich muss mir gut überlegen, ob ich noch etwas für dich tun kann.«

»Für mich brauchst du nichts zu tun. Ich komme allein zurecht.«

»Tatsächlich?« Er musste es ansprechen. »Die Stasi weiß von deinem Tagebuch.«

Das war also der Grund seines Kommens, schoss es Maria durch den Kopf. Auch er war dort verewigt, nicht gerade schmeichelhaft, musste sie sich eingestehen.

»Es ist offenbar verschwunden«, antwortete Maria betont gelassen. Auch sie wusste, dass sie sich und Alex damit belastete. Wie hatte sie so naiv sein können, ihre Gedanken, ihre Sehnsucht und ihre Pläne auch noch aufzuschreiben? Nicht zuletzt Ulrike hatte sie gewarnt.

Alex zuckte mit den Schultern, versuchte das Thema herunterzuspielen. »Ja es ist verschwunden. Vielleicht auch besser so«, gab er kleinlaut zu. »Irgendwann wird es jedoch wieder auftauchen. Und dann ...«

»Dann hat das auch für dich Folgen«, fiel sie ihm ins Wort. »Ist das der Grund, warum du gekommen bist? Um deine Haut und deine Zukunft zu retten?«

»Es hat auch für dich Folgen.« Er schluckte. »Ja, Herr Gott nochmals, für uns beide.«

Sie schauten sich an. Wusste er Bescheid, fragt sich Maria. Die Schwangerschaft hatte weit mehr Folgen für sie beide als dieses Tagebuch. Sie musste es drauf ankommen lassen, jede Karte ausspielen, die sie hatte. »Andere Dinge haben weit mehr Bedeutung für uns beide.« Sie versuchte sich ein gerührtes Lächeln abzuringen.

»Für uns?«, fiel er ihr ins Wort. »Glaubst du wirklich, dass nach allem, was passiert ist, wir noch eine Zukunft haben? Nicht unter den jetzigen Umständen.«

»Vielleicht unter anderen Umständen. Unser Kind ...« Sie hörte die sich aufbäumende Verzweiflung in ihrer Stimme, konnte die plötzlichen Tränen nicht zurückhalten.

Alex kam zurück, ließ sich wieder auf den Stuhl vor ihrem Bett fallen. »Wer hat dir das gesagt?«

»Ich weiß es. Ich spüre es.«

»Quatsch, rede nicht so einen Unsinn.«

»Es ist auch dein Kind.«

Er starrte sie an. Sie konnte in seinem Gesicht sehen, wie er mit sich rang. Er wusste Bescheid, schon vorher. Dann sprang er wieder auf, rannte zur Tür. Auf halber Strecke blieb er stehen, drehte sich um, räusperte sich angestrengt. »Dafür gibt es keine Zukunft.«

Maria sah ihn eindringlich an, eine Hand instinktiv auf ihren Bauch unter der Decke gelegt, fassungslos, verwirrt.

»Dafür? Was meinst du mit ‚dafür'? Ich bin schwanger. Und es ist mein Kind und dein Kind. Es gibt immer eine Lösung.«

Er kam zurück, setzte sich jetzt auf die Bettkante. Sein Gesicht war gerötet, seine Unterlippe zitterte. »Soll ich dir die Lösung sagen? So wie es jetzt aussieht, werden sie dich verknacken. Ein Jahr, vielleicht zwei, vielleicht auch mehr. Und was dein Kind anbelangt ...«

»Es ist unser Kind, hast du mich nicht verstanden?« Maria spürte ihre Tränen, wie sie ihr über das Gesicht rannen.

»Also gut, unser Kind. Sie werden es dir wegnehmen. Sie werden es zur Adoption freigeben.«

»Und wenn es so ist, du bist doch der Vater.«

Er schüttelte den Kopf und wirkte plötzlich erschöpft. Er wusste längst, was gespielt wurde.

»Du hättest es nicht wissen sollen.« Er blickte zur Seite, konnte Maria nicht in die Augen sehen. Vielleicht waren es auch seine rotunterlaufenen Augen, die Maria nicht sehen sollte.

»Was hätte ich nicht wissen sollen? Mein Bauch wird dicker und dicker, was soll man da nicht wissen? Es ist dein Kind, was in mir wächst, unser Kind.«

»Du glaubst doch nicht, dass sie mir das Kind überlassen? Das Kind von einer Staatsfeindin.«

»Ah, so siehst du mich also, eine Staatsfeindin. Ich bin so unerwünscht wie dieses Kind, nicht wahr?«

Alex stand auf, ging erneut zur Tür. Diesmal schaute er nicht zurück. Gebückt stand er da. »Es wird kein Kind geben.« Seine Hand auf der Türklinke zitterte.

Maria spürte Panik in sich aufwallen. »Was soll das heißen? Es lebt, es lebt, hier in mir drin«, rief sie aufgebracht.

»Maria ..., es wird nie ein Kind geben.« Seine Stimme klang gebrochen.

»Das ist doch krank. Und du bist auch krank. Ihr seid alle krank«, schrie sie ihm entgegen.

Er nickte. »Es tut mir leid. Es tut mir so leid.« Er ließ den Kopf hängen, konnte sich offensichtlich nicht entscheiden, ob er bleiben oder gehen sollte.

»So, tut es das? Irgendwann wir dich dein Kind fragen und dann musst du ihm sagen, dass du den Schwanz eingezogen hast, nachdem du deinen Spaß hattest. Dein Kind wird dich hassen, verstehst du, Alex? Du bist kein Vater, du bist ein jämmerlicher Schlappschwanz, nichts weiter.«

Er nickte erneut. Diesmal erwiderte er nichts, weil es nichts zu erwidern gab. Dann verschwand er wortlos durch die Tür. Die Schlüssel klapperten.

Maria lag da, die Gedanken rasten. Was Alex wirklich gemeint hatte, kam ihr erst jetzt mehr und mehr zu Bewusstsein. »Ein Schlappschwanz bist du! Ihr seid alle Schlappschwänze. Lügner, Heuchler. Ihr seid alle Verbrecher«, schrie sie ihm hinterher, sprang auf, rannte zur Tür, trommelte mit den Händen gegen die Eisenplatte. »Verbrecher«, hallte es durch die verschlossene Tür. »Ihr verdammten Schweine.«

Schritte kamen näher. Dann ging alles schnell. Die Tür sprang auf. Sie ergriffen sie, drückten sie auf die Matratze, legten ihr die Lederarmbänder um die Hand und Fußgelenke. Diesmal zogen sie die Riemen straffer. Sie schrie, versuchte sich aufzubäumen, spuckte ihren Peinigern ins Gesicht. Der intravenöse Zugang war noch im Arm. Die Flüssigkeit rann heiß durch ihren Körper. Ein lautes Brummen im Kopf dröhnte, wurde leiser und leiser.

Maria wusste nicht, wie lange sie geschlafen hatte, wie lange sie bewusstlos war, wie oft man ihr eine Droge nach der anderen verpasst hatte. Sie hörte nur einen leisen monotonen Ton: piep, piep, piep, gleichzeitig mit dem Schlagen ihres Herzens. Sie wollte sich bewegen. Mit aller Kraft stemmt sie sich gegen die Fesseln.

»Komm, Schätzchen, lass gut sein.«

Die Stimme kam ihr bekannt vor. Erschöpft, verwirrt vom Drogenrausch ließ sie sich zurückfallen. Hatte sie alles nur geträumt? Ein Streich in der Dunkelheit der Einzelzelle. Ein stechender Schmerz durchzuckte ihren Unterleib. Es war kein Traum.

»Magda? Was ..., was ist passiert?«

»Ist gut, Schätzchen, wir mussten dich auf die Intensivstation verlegen. Du hast zu stark geblutet.«

Angestrengt versuchte sie die Augen zu öffnen. Über ihr hing ein Beutel mit einer dunklen Flüssigkeit. Fremdes Blut, das sich mit ihrem Blut vereinigen sollte. Es tropfte klebrig in sie hinein. »Ich will das nicht«, murmelte sie.

»Sei vernünftig, du wirst sonst sterben.«

»Lass mich sterben. Es ist gut so.« Dann schreckte sie auf. Alex kam ihr in den Sinn. »Mein Kind?«

»Maria, du musst vernünftig sein.«

»Was ist mit meinem Kind?«

»Du hattest einen bösen Traum. Ich hol dir etwas zu trinken.« Magda griff ihr unter den Kopf, führte die Schnabeltasse an Marias Lippen. »Alles wird gut. Du wirst sehen, alles wird gut.«

»Mein Kind ..., was ist mit meinem Kind?«

»Maria, es gibt kein Kind. Du hast dich erbrochen und dann kam das Blut. War alles zu viel für dich.«

Maria wollte ihren Bauch fühlen, sich zwischen die Beine greifen. Fesseln hielten sie zurück. Alles schmerzte, brannte wie Feuer. Sie wusste, dass es zu spät war.

»Ihr habt es getötet. Ist es nicht so?« Sie fing an zu schluchzen. Ihre Kehle brannte, zog sich zusammen.

Magda setzte sich auf einen Stuhl am Bettrand und schaute ihr in die Augen. Sie wusste alles, sagen durfte sie nichts, stattdessen suchte sie nach beruhigenden Worten. »Du musst jetzt vernünftig sein. Das Leben geht weiter.«

»Das Leben? Welches Leben? Ihr habt es getötet. Das Leben meines Kindes, es ...« Sie fing an zu weinen, konnte sich nicht beruhigen. »Es ist zu Ende, bevor es anfangen durfte.«

Magda atmete schwer, konnte ihre Gefühle nicht mehr für sich behalten. Sie wusste, dass Maria ein Recht hatte, es zu wissen. Sie nickte wortlos.

»Warum habt ihr das getan, warum?« Marias letzten Worte kamen nur noch geflüstert, erstickten in ihren Tränen.

Magda blickte zu Boden, wusste nicht, was sie sagen sollte. Schweigend wischte sie sich mit dem Handrücken über die Augen, stand auf und ging zur Tür. Dort blieb sie stehen, wollte sich nochmals umdrehen, um doch noch etwas zu sagen, tat es aber nicht. Schweigend verschwand sie.

Nach drei Tagen wurde Maria entlassen. Erst jetzt wurde ihr bewusst, dass sie zurück in Halle war. Man hatte sie nach ihrem Zusammenbruch von der Ostsee in ihre Heimatstadt zurückgefahren. Knastkrankenhaus Halle, es war nicht weit von der Straße entfernt, in der sie früher gewohnt hatte, in der sie aufgewachsen war. Sie konnte sich nur schwach erinnern.

Maria war erleichtert, dass man von weiteren Disziplinarmaßnahmen abgesehen hatte. Sie blickte sich um, fand den Weg zurück zu ihren Eltern. Zum Glück hatte es auch aufgehört zwischen ihren Beinen zu bluten. Die Schmerzen blieben, sie würden noch lange bleiben, vielleicht für immer.

Ulrike ging schweigend ihrem Gefängnisalltag nach. Die Wochen rannen dahin. Gleichförmig, sinnlos. Der Gedanke, dass ihre Jugend, eigentlich die Zeit des Wandels, des Sturm und Drangs, auf diese Weise unterbrochen, abgewürgt wurde, war bitter. Dagegen innerlich zu opponieren, machte die verfahrene Lage nur noch schlimmer. Sie versuchte sich einzureden, dass die Zeit in Hoheneck eigentlich keine Zeit war. Das reale Leben war zum Stillstand gekommen, machte einfach eine Pause. Wenn sie rauskäme, würde sie dort anfangen, wo alles aufgehört hatte zu existieren. Sie wäre nicht gealtert, hätte die Zeit nur angehalten.

Und dann kam Weihnachten, auch in Hoheneck. Dezember 1988, das Datum würde sie nie wieder vergessen. Früher war Weihnachten für sie immer ein besonderes Fest gewesen, auch wenn der tiefere Sinn der Feiertage voller Widersprüche war: Es war ein kirchliches Fest, bei dem ausgerechnet Kirche und Religion von Staats wegen ausgeblendet wurden. Besonders in Erinnerung geblieben war ihr jedoch das eine Mal, als sie mit ihren Eltern in der Adventszeit mit dem Zug nach Dresden fuhr. Sie musste knapp zwölf Jahre alt gewesen sein. Die Stimmung war festlich aufgeladen, die Ankunft in Dresden voller Erwartungen. Es gab Holzschnitzereien, Rauschgoldengel, kunstvolle Krippen, Stollen, aber alles nur zum Ansehen, alles nur gegen Devisen. Kaufen und mitnehmen taten andere, die Besucher aus dem Westen. Der Staat förderte das Geschäft, weil man Devisen brauchte, ließ die eigenen Bürger leer ausgehen. Die Westbesucher ließen nichts zurück, durften nichts zurücklassen, erst recht keine verderblichen Inhalte.

Mit leeren Händen fuhren sie zurück nach Görlitz. Ulrike war damals enttäuscht, hasste die Westbesucher, die mit vollen Taschen in ihre chromblitzenden Autos stiegen, hasste den eigenen Staat, der dies zuließ. Was sich dann jedoch in den Köpfen der Enttäuschten festsetze, war eine Überzeugung, die noch auf Jahre hinweg Bestand haben sollte: Es war nicht alles schlecht im Osten.

Kaum wieder in Görlitz hatten sie alles zusammengesucht, was für einen festlichen Schmuck Verwendung finden konnte. Aus gealterten Hölzern und vertrockneten Gräsern wurde eine Krippe, dazu die Krippenfiguren gebastelt. Sterne aus Pappe wurden mit Alufolie, die aus der einen oder anderen Verpackung stammte, umwickelt und an Bindfäden aufgehängt. Äpfel und Nüsse aus dem Garten wurden mit kleinen Hölzchen zu putzigen Waldtieren zusammengesteckt. Hierzu traf man sich mit Nachbarn, Freunden und Verwandten. Jeder brachte etwas mit. Vorräte aus Mehl, Eier, Zucker, Zimt und Rosinen wurden zu großen Leibern geformt und gebacken. Der eigene Stollen schmeckte köstlich, duftete aromatisch, war besser als alles, was sie hätten kaufen können, vielleicht gerade, weil man ihn nicht einfach kaufen konnte. Ausgeblendet wurde jedoch das eigentliche Weihnachten, der christliche Hintergrund. Am Weihnachtsabend wurde gesungen, auch Weihnachtslieder, weil es festlich klang. Die Religion wurde zur Tradition, nichts weiter.

Erst im letzten Jahr, nach ihrem Umzug nach Halle, änderte sich in ihren Köpfen genau dies. Ihre Eltern fuhren jede Woche nach Leipzig, gingen dort in die Kirche. Wenn sie zurückkamen, sprachen sie von Advent, der Ankunft einer neuen Zeit, die Geburt eines Kindes, eines Königs vor zweitausend Jahren. Sie erinnerte sich an den ersten Weihnachtsbaum, den ihre Eltern im Wohnzimmer der kleinen Plattenbauwohnung aufgestellt hatten. Eigentlich war es nur ein größerer Tannenzweig, der mit einem Bindfaden an der Decke angebunden wurde, so dass er wie ein stattlicher Baum aussah. In einigen Läden wurde Weihnachtsschmuck angeboten, Restposten, die nicht in den Westen gelangten. Und dann kam der Heilige Abend. Es war eine seltsame Stimmung, es knisterte, die Kerzen flackerten. Es schwebte wirklich etwas Heiliges durch die kleine Wohnung, und das lag nicht nur am Weihnachtsbraten oder den nach Zimt duftenden Plätzchen auf der Kommode. Als es endgültig dunkel wurde, las ihr Vater aus der Bibel. Es war eine Geschichte, die Ulrike ansatzweise kannte, die in der Schule nicht gelesen werden durfte. Ihr Vater wirkte gerührt, legte gelegentlich das Buch der Bücher, wie er es nannte, zur Seite. Er sagte, es wäre die Armut, aus der etwas erwuchs, was nun zweitausend Jahre später die Menschheit in Atem hielt. Irgendwie bezog er es auf sich, seine Hoffnung auf eine andere Welt.

Ulrike spürte, dass es genau diese Botschaft war, die für sie und die anderen hier im Knast einen besonderen Stellenwert bekommen sollte. Auch sie gehörten zu den Ausgestoßenen, hatten plötzlich eine Hoffnung, die aufloderte wie ein Strohfeuer. Es gab einen Gottesdienst. Sie sangen zusammen. Sie hielten sich fest, weinten zusammen. Für einen Moment waren sie alle gleich: die Kriminellen, die Politischen, es gab keine Unterschiede. Alle wussten, dass die geweihte Nacht nur kurz auflodern durfte. Dann musste sie verlöschen, um nicht daran zu verbrennen. Der graue Alltag war es, der sie schnell löschte, graue Asche hinterließ. Und dennoch blieb ein leises Glimmen zurück. Es war die Erinnerung an genau diesen Moment, der nicht zu löschen war.

Der Rest des Winters war nichts weiter als dunkel und kalt. Die Hoffnung, je wieder warme Füße und warme Hände zu haben, wurde verdrängt, weil es keine Hoffnung war, nur quälende Ungeduld. Doch dann war es plötzlich so weit. Freigang, es klang zynisch, weil sich die Freiheit auf wenige Quadratmeter unter freiem Himmel reduziert hatte. Ulrike trat wie üblich auf den Hof, ging ein paar zögerliche Schritt vorwärts, während alle anderen sie überholten und sich verteilten, um später in Grüppchen zusammenzustehen. Sie sah Margot an der Mauer, die mit Erna, eine andere Kriminelle, verhandelte. Wahrscheinlich ging es mal wieder um Tabak. Ulrike stand nur da, allein. Außer in der Dunkelzelle war es einer der seltenen kostbaren Momente, für sich allein sein zu dürfen. Etwas hatte sich jedoch verändert. Die Mauern, die Backsteine, die Gitter umgaben sie wie sonst auch, aber das Licht war anders, die Luft war lau. Und dann begriff sie – es roch nach Frühling. Sie sah in den Himmel. Hoch oben flog eine Drossel, landete auf der Straßenlampe, dem Kraken, und zwitscherte ihr Lied. Die Sehnsucht nach Freiheit übermannte sie. Es war Frühling geworden, ohne dass sie es gemerkt hätte. Die Zeit nahm einfach ihren Lauf, konnte nicht unterbrochen werden, wie sie es sich anfangs vorgenommen hatte. Es war ein Sonntag, an dem es hin und wieder Zeit außerhalb des strikten Knastablaufes aus Arbeiten, Essen und Schlafen gab. Es gab sogar etwas Geld, wenn der Arbeitstakt, die Naht am Devisenhemd, den Erwartungen entsprach. Ulrike sparte sich die wenigen Münzen, um sich gewisse Dinge zu kaufen: Seife, Hautcreme, einmal auch Papier und Stifte. Die Zigaretten überließ sie Margot und den anderen.

Ulrike hatte gehört, dass sie Briefe nach draußen schreiben könnte. Ob sie ihr Ziel erreichten, war natürlich ungewiss. Auch unterlagen sie der strikten Zensur. Allein die Vorstellung, mit der Welt außerhalb der Mauern Kontakt aufzunehmen, war geradezu elektrisierend. Schon am ersten Tag war ihr klargemacht worden, dass es keine Besucher geben würde, allenfalls in der Krankenabteilung. Insofern war ein Brief mehr als ein Stück zurückgewonnene Freiheit. Ihr erster Brief ging an ihre Eltern, ein Brief von Knast zu Knast. Es war nach dem Freigang. Sie setzte sich auf ihr Bett, lehnte sich gegen die Wand und ließ ihren Gedanken freien Lauf.

Liebe Mama, lieber Papa
Nach so langer Zeit, in der ich euch nur Kummer bereitet habe, melde ich mich mit der Hoffnung, euch irgendwann gesund wiederzusehen. Wann das sein wird, weiß ich nicht. Aber ich hoffe doch, sehr bald. Die Zeit hier verläuft schnell.

Sie legte den Stift beiseite, fing an zu rechnen. Noch kein Jahr war hinter diesen Mauern vergangen. Für zweieinhalb Jahr hatte man sie verknackt. Noch nicht einmal Halbzeit und schon kam ihr das Eingesperrtsein wie eine halbe Ewigkeit vor. Die Zeit einfach anhalten, das war nicht immer möglich. Wie gerne würde sie die Augen verschließen, um beim nächsten Erwachen den freien Horizont, Bäume und vielleicht das Meer zu sehen. Alles schien so unendlich weit weg. Wäre es nicht besser, gerade das ihren Eltern zu schreiben, die Wahrheit?

Das Essen ist gut. Und Mama, stell dir vor, ich konnte noch nie so gut bügeln. Wir sehen uns bald und dann sind wir wieder zusammen.

Euch immer liebende Ulrike

Lügen, nichts als Lügen, einzig, um den Schmerz des Getrenntseins nicht auflodern zu lassen, ihren eigenen und den ihrer Eltern. Sie werden erkennen, was zwischen den Zeilen steht. Schweren Herzens faltete sie den Brief, malte ein Herz auf die Rückseite und steckte ihn in ein blassgrünes Couvert, das offenbleiben musste. Welchen Absender, welche Adresse sollte sie draufschrieben? Von Hoheneck nach Bautzen? Nach wie vor wehrte sie sich gegen den Gedanken, dass auch ihre Eltern im Knast steckten.

Der nächste Brief ging an Maria. Mehr noch als im Brief an ihre Eltern wünschte sie sich, alles loszuwerden, angefangen von den Kämpfen in den Zellen über das entwürdigende Duschen einmal pro Woche und das schlechte Essen bis zur Kälte, die einen Tag und Nacht frösteln ließ. Sie würde über die ständig boshaften Aufseherinnen, die Wachteln, schreiben, würde ihren Zorn auf sie genauso wie ihr Mitleid für einige unter ihnen loswerden, würde sich alles von der Seele schreiben. Enden würde sie den Brief mit ihrer quälenden Sehnsucht, wie sehr sie ihre Nähe vermisste, ihre Stimme, ihr Lächeln, ihr gemeinsames Singen, ihre Wärme. Sie legte den Stift beiseite. Die Seiten blieben leer.

Obwohl sich der nahe Sommer ankündigte, spürte sie mehr denn je eine lähmende Kälte in den Knochen. Die Atembeschwerden traten rasch auf. Ihre Brust schmerzte. Es war während der Arbeit. Die Nähmaschine ratterte noch, als sie auf dem Betonboden liegend aufgefunden wurde.

Als Maria vor der Haustür stand und klingeln wollte, zögerte sie einen Moment. Sie hatte sich vorher die Worte zurechtgelegt, wollte sich für die Sorgen entschuldigen, die sie ihren Eltern in den letzten Wochen gemacht hatte. Entschuldigen, ohne schuldig sein? Vielleicht sollte sie eher ihren Frust loswerden, über die Ungerechtigkeit, die ihr widerfahren war, die Qualen, die Folter, die man ihr angetan hatte. Den Namen Alex würde sie mit Sicherheit nicht erwähnen, auch nicht das Kind, das man aus ihrem Leib herausgerissen hatte.

In der Hand hielt sie ihre Tasche, ihre Gitarre, die man ihr bei Entlassung zurückgegeben hatte. Die Notenfibel hatte man ihr nicht wiedergegeben. Auch das Tagebuch blieb verschwunden. Wo es abgeblieben war, wusste sie nicht. Die Stasi hatte es offenbar nicht, wusste aber von dessen Inhalt, was seltsam genug war. Und Lisa? Die Begegnung im Krankenhaus war aufwühlend gewesen, insbesondere da sie sich eingestehen musste, Lisa vermutlich zu Unrecht beschuldigt zu haben. Weiter kam sie mit ihren Gedanken nicht.

Die Tür öffnete sich. Vor ihr stand ihre Mutter. Sie lächelte und weinte gleichzeitig. Sie nahmen sich in die Arme, allein um sich zu spüren. Lange standen sie im Eingang, erzählten sich schweigend ihre Geschichte. Nach einer Weile löste sich ihre Mutter aus der Umarmung. Erst jetzt fiel Maria auf, wie sehr sie in den letzten Wochen gealtert war.

»Komm doch rein. Ich setze einen Tee auf.«

Maria folgte ihr in die Wohnung. Alles war unverändert. Ein paar Bilder von früheren Tagen standen auf der Anrichte neben den Garderobenhaken. Oma Hedde schaute sie entschlossen an. Im Wohnzimmer saß ihr Vater. Er starrte auf einen Fernsehapparat, der keinen Ton von sich gab. Am Rand des Sessels, auf dem er mehr lag als saß, war ein Beutel befestigt, halbgefüllt mit einer dunkelgelben Flüssigkeit. Der Schlauch des Urinbeutels verschwand oberhalb seines lose gebundenen Gürtels.

Maria stand fassungslos da. »Papa?«, fragte sie leise.

Langsam drehte er seinen Kopf und schaute zu ihr auf. Ein schwaches Lächeln huschte über sein eingefallenes Gesicht. Er sagte nichts, nickte nur, als habe er verstanden.

»Komm, Maria, wir setzten uns in die Küche. Papa muss sich ausruhen.« Ihre Mutter zog sie in die Küche und trat zum Herd, auf dem Wasser kochte.

»Immer noch Oma Heddes Pfefferminze?«, wollte Maria wissen und setzte sich an den Tisch.

»Sie schlägt immer wieder aus. Es müssen wohl Samen vom Balkon geweht sein. Überall, wo sie eine Straße bauen wollen, wo Schlamm und Sand sind, scheint sie sich auszubreiten.«

Maria schüttelt lächelnd den Kopf. Oma Hedde schien so lebendig wie eh und je.

»Erzähl, Maria, wie war es an der Ostsee? Du siehst blass aus. War das Wetter schlecht?«

Offenbar wusste ihre Mutter nichts von der Verhaftung und vom Krankenhaus. Letzteres hatte Marias Abwesenheit nur um eine knappe Woche verlängert, bedurfte damit vorerst keiner Erklärung. Oder ihre Mutter wusste es, schwieg aber, um es Maria zu überlassen, was sie erzählen wollte. Irgendwann würde sie erfahren, was passiert war. Irgendwann auch die ganze Wahrheit. Aber dafür war es noch zu früh.

»Die Ostsee war herrlich. Genauso wie es Oma Hedde mir immer erzählt hat. Wenn die Sonne im Osten aufgeht, glitzert das Wasser und funkelt wie ein Meer aus Edelsteinen. Bevor sie im Westen untergeht, wird es oft windig. Dann kommen Wellen, große, kleine, immer wieder. Es riecht nach Salz, die Möwen kreischen, die Wolken rasen unter einem dunkelblauen Himmel davon. Ich habe den Himmel noch nie so blau gesehen.«

Ihre Mutter klebte an ihren Lippen. Es war, als hätten sie die Rollen getauscht. Maria war Oma Hedde, ihre Mutter sie selbst. »Und? Hast du neue Freundinnen gefunden? Ulrike, war sie auch dabei?«

»Oh ja, Ulrike war auch dabei. Wir haben gesungen, getanzt, wir waren schwimmen. Wir konnten den ganzen Tag tun und lassen, was wir wollten.«

»Kein Pflichtprogramm?«

»Doch, doch. Fahnenapell, das Übliche, und natürlich Küchendienst, aber sonst ..., wir waren frei.«

Ihre Mutter blickte sie durchdringend an. Sie ahnte, dass dies nicht die ganze Wahrheit war. Sie fragte nicht nach. Sie wusste, dass irgendwann die Zeit kommen würde, sich die ganze Wahrheit zu sagen. Sofern es dann nicht zu spät wäre.

»Und Papa? Was ist mit ihm?«, wollte Maria ungeduldig wissen, blickte über die Schulter in Richtung Wohnzimmer. »Er sagt gar nichts mehr? Der Urinbeutel ..., was ist mit ihm?«

Ihre Mutter machte ein ernstes Gesicht. »Er fühlte sich plötzlich so schwach. Und trotzdem konnte er nachts nicht schlafen, war unruhig. Dauernd musste er auf die Toilette. Es quälte ihn von Tag zu Tag mehr. Wir sind zum Arzt gegangen.«

»Und?«

»Er schickte uns in die urologische Poliklinik. Man sollte einen Ultraschall machen. Wir bekamen erst keinen Termin. Und dann lag er auf dem Boden, sagte nichts. Es war schrecklich. Sie haben ihn mitgenommen. Im Krankenhaus wurde es dann sehr schnell klar.«

»Was wurde klar? Was ist mit ihm?«

»Er hatte einen Schlaganfall, aber das war nicht das Einzige.« Sie schluckte, bevor sie weiterreden konnte. »Es ist sehr weit fortgeschritten. Die Prostata. Knochenmetastasen.«

»Ja, aber das kann man doch vielleicht operieren, ihm Medikamente geben?«

Ihre Mutter nahm ihre Hand und schüttelte den Kopf. »Maria, dein Vater wird demnächst sechzig. Ihn operiert keiner mehr. Und Medikamente gibt es nur für andere. Das lohne sich nicht, hat der Arzt gesagt.«

»Wie bitte? Das kann doch nicht wahr sein.« Maria starrte ihre Mutter entgeistert an.

Hilde machte ein trauriges Gesicht, seufzte. »Leider doch, mein Kind. Mit viel Mühe, wie sie sagten, haben sie ihm den Blasenkatheter gelegt. Dann wurde er entlassen. Seitdem sitzt er im Sessel und starrt auf den Fernsehapparat.«

»Aber, der Fernseher ist aus.«

»Kaputt. Erst knatterte er, dann gab es einen Knall, das war's. Anscheinend kann man ihn nicht mehr reparieren.«

»Und dann starrt er auf die schwarze Scheibe?«

»Ich weiß nicht, wie viel er noch mitbekommt. Seit dem Schlaganfall kann er nicht reden. Sein rechter Arm und sein rechtes Bein sind schlaff. Es ist nicht einfach, ihn zu waschen und täglich wieder sauberzumachen.«

Ein plötzlicher Schrei ließ Maria und ihre Mutter zusammenfahren. Es folgte ein Knall, als wäre etwas Großes umgefallen und zu Bruch gegangen. Sie sprangen auf rannten ins Wohnzimmer.

Ernst lag auf dem Boden. Sein linker Arm war ausgestreckt, sein Zeigefinge zitterte, zeigte auf den stummen Fernseher. Sein rechter Arm lag unter seinem Körper. Aus seinem verzerrten Mund drang ein leises Wimmern. Blutig gefärbter Speichel rann aus einem Mundwinkel.

»Papa, was machst du da?«, rief Maria und kniete neben ihm nieder.

Sein Blick war auf die schwarze Scheibe gerichtet. Seine Lippen zitterten, als wollte er etwas sagen. Die Verzweiflung über den für immer verstummten Fernsehapparat hat ihn ein letztes Mal Kraft verliehen, sich aus seinem Sessel zu heben. Es war ein Versuch, den Knopf zu drücken, der ihm den Blick nach draußen öffnen sollte.

Erst jetzt fiel Maria auf, dass der Urinbeutel noch am Sessel angebunden war. Der Plastikschlauch war gespannt, zog seine Hose ein Stück nach unten. Sein Wimmern wurde stärker. Mehr und mehr schien er zu begreifen, den Schmerz zu spüren, den der geblockte Urinkatheter verursachte.

Hastig versuchte Maria den Urinbeutel vom Sessel zu lösen. Der Knoten hatte sich festgezogen. »Schnell, eine Schere«, rief sie ihrer Mutter zu, die wie erstarrt dastand.

Helga rannte in die Küche. Das Besteck klapperte. Sie kam mit einem Messer zurück. Inzwischen hatten sich die Hose und der Teppich unter Ernst rot gefärbt. Erst dachte Maria, es sei der Urin, der aus dem vielleicht gerissenen Urinbeutel sickerte. Aber es war Blut. Hellrotes Blut. Sie wollte seine Hose öffnen. Er hielt sie krampfhaft davon ab. War es ein Rest Schamgefühl oder der verheerende Schmerz durch den geblockten Urinkatheter, den er sich in seine Harnröhre gezerrt hatte?

»Papa, ich muss mir das ansehen. Es hilft nichts«, redete sie auf ihn ein.

Ihre Mutter bückte sich zu ihnen herab, schnitt die Befestigung des Urinbeutels durch, hielt seine linke Hand zurück, während Maria mit aller Kraft seine Hose und Unterhose nach unten zog. Zwischen seinen Beinen zeigte sich ein geschwollener Klumpen, an dessen Spitze, entlang des Plastikschlauchs, rotes Blut herausquoll. Das Lösen des Urinbeutels von seiner Befestigung hatte nicht ausgereicht, die Situation zu entspannen.

»Entblocken, entlasten, Herrgott nochmal, wie geht das?«, murmelte Maria verzweifelt vor sich hin. Beherzt griff sie zu, wollten den Schlauch zurückschieben. Ihr Vater heulte auf, mobilisierte seine letzten Kräfte, versuchte sich aufzubäumen. Geistesgegenwärtig griff ihre Mutter nach einer Spritze, setzte sie auf eine kleine Öffnung und zog am Kolben. Marias Vater sackte in sich zusammen. War er bewusstlos oder hatte einfach nur der Schmerz plötzlich nachgelassen? Das Blut rann aus dem Fleischklumpen, der mal sein Glied war. Behutsam drückte Maria den Schlauch zurück in die Blase, nahm die Spritze aus der zitternden Hand ihrer Mutter und drückte den Kolben zurück. Der Blutstrom ließ endlich nach.

Maria atmete auf. »Wir brauchen einen Krankenwagen. Er hat zu viel Blut verloren.«

Ihre Mutter nahm eine Windel und presste sie zwischen seine Beine. Dann drehten sie ihn auf den Rücken. Sein Gesicht hatte sich entspannt, seine Augen waren geschlossen. Der Atem ging jedoch immer noch schnell.

Maria telefonierte mit dem Krankenhaus und erklärte die Situation. Es dauerte quälende Stunden. Der versprochene Krankenwagen kam nicht. Zunehmend ungeduldig saßen sie auf dem Boden des Wohnzimmers, hielten ihm die Hand und streichelten ihm über die kalte Stirn. Er rührte sich nicht. War es ein neuer Schlaganfall oder war es bereits der Tod, der sich seiner unaufhaltsam bemächtigte?

Das Telefon klingelte. Marias Eltern hatten den Anschluss vor einigen Jahren beantragt. Erst vor wenigen Wochen wurde er genehmigt. Wenn es klingelte, klang es immer noch fremd. Maria sprang auf, nahm den Hörer ab.

»Wie alt?«, war die erste Frage, noch bevor sie etwas sagen konnte.

»Was spielt das für eine Rolle? Er muss ins Krankenhaus, sonst verblutet er«, rief Maria wütend in den Hörer.

»Wie ist die Nummer? Wir rufen zurück«, sagte jemand am anderen Ende.

»Herr Gott, wir warten schon einige Stunden. Sie können doch nicht einfach ...«, brüllte Maria verzweifelt ins Telefon.

Ihre Mutter nahm ihr den Hörer aus der Hand und diktierte die Nummer. Ihre Stimme zitterte und dennoch wirkte sie gefasst. Sie wusste, dass es das Ende sein würde. Sie legte auf.

»Wir müssen ihn irgendwie ins Bett bringen«, überlegte Maria fieberhaft. Sie wollte etwas tun, irgendetwas. Es war nicht einfach. Selbst gemeinsam kamen sie nicht weit, hievten ihn schließlich auf das Sofa und deckten ihn zu. Es war ein friedlicher Anblick. Wenigsten hatte er keine Schmerzen mehr.

Der versprochene Rückruf ließ erneut auf sich warten. Schweigend saßen sie an seiner Seite, ließen das Leben vor ihren inneren Augen ablaufen. Der Pfefferminztee wurde kalt. Später machte Maria zwei belegte Brote. Erst am späteren Abend fuhr ein Krankenwagen vor. Die Sanitäter fixierten ihren Vater mit Bändern auf einem mit Hilfe von Griffen tragbaren Stuhl. Der Aufzug funktionierte mal wieder nicht. Sie fluchten laut, als sie ihn die Treppe heruntertrugen. Dabei pendelte sein Kopf leblos von einer Seite zur anderen.

»Besuchszeit ist morgen ab sieben«, riefen sie ihnen unten angekommen zu. Das war gleichbedeutend damit, dass es keinen Zweck hatte, mit ins Krankenhaus zu kommen. Die Tür fiel ins Schloss.

Die plötzliche Stille war bedrückend. Maria nahm ihre Mutter in die Arme, spürte ihr leises Schluchzen. Sie standen noch länger in der Wohnungstür, als würden sie auf ihn warten.

»Soll ich einen frischen Pfefferminztee aufsetzen?«, fragte Maria nach einigen Augenblicken. Ihre Mutter nickte, wirkte abwesend. Sie kehrten zurück in die Wohnung und ins Wohnzimmer. Der leere Sessel und der blutdurchdrängte Teppichboden ließen erahnen, dass es für ihren Vater kein Zurück gab.

»Morgen gehen wir ihn zusammen besuchen. Du wirst sehen, es geht ihm dann schon viel besser«, versuchte Maria ihre Mutter und mehr noch sich selbst zu beruhigen.

Wie aufgewacht aus einem seltsamen Schlaf blickte ihre Mutter plötzlich auf. »Ich habe noch eine Flasche Wein im Kühlschrank. Ich wollte sie zusammen mit Vati und dir trinken.«

»Dann warten wir halt, bis er wieder entlassen wird«, hakte Maria ein. Es klang aus dem Munde ihrer Mutter so endgültig. Sie war noch nicht bereit, Abschied zu nehmen.

Diese schien Marias Einwand aber nicht zu hören, ging in die Küche, nahm die Flasche aus dem Vorratsschrank und stellte sie zusammen mit zwei Gläsern auf den Tisch. Maria holte den Korkenzieher, öffnete die Flasche und goss ein. Gemeinsam tranken sie einen Schluck, lehnten sich zurück in die Stühle und sahen sich an. Nachdenklich suchten sie nach Worten, fanden nur solche, die es nicht besser machten.

»Mit Ulrike stimmt etwas nicht. Ist es nicht so?«, wollte ihre Mutter plötzlich wissen. Offenbar quälte sie diese Frage seit Marias Rückkehr.

Maria nickte und atmete tief durch. Vielleicht war der Moment gekommen, alles zu beantworten, aber auch alles zu fragen. »Man hat sie eingesperrt, Hoheneck, soweit ich weiß.«

»Oh mein Gott, ausgerechnet Hoheneck. Ich dachte damals schon, dass die Stasi sie am Wickel hat.«

»Erst war es wegen ihrer Eltern. Sie ist mit ihnen nach Leipzig. Sie haben sich dort mit Gleichgesinnten getroffen. Friedensgespräche. Ihre Eltern wurden verhaftet, Bautzen, zwischen drei und vier Jahre, vielleicht auch mehr.«

»Die Kirche hat uns belogen«, unterbrach ihre Mutter weitere Erklärungen Marias. »Sie hat uns immer belogen. Psalm 37, bleibe im Lande und nähre dich redlich. Stattdessen predigten sie, bleibe im Lande und wehre dich täglich. Und dann kamen 1953 die Russen. Sie haben alles niedergemetzelt. Später dann die Mauer. Unser Pfarrer war der Erste, der rüberging. Aber damit nicht genug. ‚Kirche im Sozialismus' nannten sie es. Die Kirchenleute durften reisen, bekamen ihre Devisen aus dem Westen. Dieser Schönherr stieß mit Honecker an, wie zwei alte Freunde. Fehlte nur noch, dass sie sich küssten, auf den Mund, wie mit dem Breschnew. Die steckten doch alle unter einer Decke. Und uns, das Arbeiter- und Bauernvolk, drangsalierten sie bis aufs Messer, wollten die Feiertage abschaffen. Und was taten wir? Wir haben uns verkrochen.« Sie nahm das Glas, trank es aus und goss sich wieder ein.

Maria schüttelte verwundert den Kopf. So hatte sie ihre Mutter noch nie reden hören. Alles erdulden, nichts sagen, das war das Bild ihrer Mutter in den letzten Jahren gewesen.

»Andererseits ist die Kirche der einzige Ort, wo sich Andersdenkende treffen können«, versuchte Maria ihren plötzlichen Zorn zu beschwichtigen.

Ihre Mutter nickte bedächtig. »Das stimmt. Und es gibt auch Pfarrer, die Rückgrat haben. Am meisten Mut beweisen jedoch die Menschen, die sich nicht unterkriegen lassen, Menschen wie Ulrike und ihre Eltern.«

»Und bezahlen das mit dem Knast«, ergänzte Maria frustriert.

»Wir werden mehr. Sie können uns nicht alle ins Gefängnis stecken«, widersprach ihre Mutter trotzig.

Maria kamen die Worte bekannt vor. Es waren Ulrikes Worte. Ihre Mutter hatte immer geschwiegen. Jetzt ließ sie alles heraus, alles, was sich beim Bügeln in ihrem Kopf angesammelt hatte.

»Meinst du, Mama, dass sich etwas ändern wird, dass sich die Gesellschaft ändert?«

»Bis zum heutigen Tag leben wir in einer verlogenen Gesellschaft. Es muss sich etwas ändern. Demokratie nennen sie es. In Wirklichkeit darfst du nur Zettel falten. Sozialismus, es hat nichts mit sozial zu tun. In den Siebzigern schien es besser zu werden. Da wurden Konzerte gegeben. Biermann und wie sie alle hießen. Endlich machte jemand die Klappe auf. Lesungen wurden abgehalten, Havemann, Heym, Giordano. Dein Vater kannte sie alle aus dem DDR-Schriftstellerverband. Aber es war wieder dasselbe Spiel. Die Obersten durften reisen, die Letzten bissen die Hunde. Und dann ...« Sie lachte. Es war ein bitteres Lachen. »Und dann haben sie die ganzen Schwätzer, die unentwegt vom besseren Sozialismus schwafelten, nicht mehr reingelassen. Die ganze Welt hat sich darüber aufgeregt. Dass andererseits Hunderttausende nicht rausdurften, hat keine Sau interessiert. Und jene, die trotzdem rauswollten, die wurden eingesperrt, so wie deine Ulrike. Ich kannte einen Jungen aus der Nachbarschaft, den hatten sie sechs Monate in Torgau in der Mangel.«

Maria kannte die Geschichte. Es war nicht das erste Mal, dass ihre Mutter davon erzählte. Nun war es das erste Mal, dass sie ihre Mutter verstand.

»Dieser Thomas war ein feiner Bub. Er war etwa in deinem Alter. Als er rauskam, war er fertig mit dem Leben, gebrochen an Leib und Seele. Irgendwann nahm er sich das Leben.«

Maria schluckte. Sie kannte Thomas noch vom Kinderhort. Er war immer ein lustiger Junge, machte seine Späße, konnte jeden nachmachen. Genau das wurde ihm zum Verhängnis. Sie dachte an Ulrike. Dass sie irgendwann gebrochen aus Hoheneck zurückkommen, wenn sie denn überhaupt lebend rauskommen würde, hatte sie bislang verdrängt. »Mama, es war doch nicht alles schlecht. Sieh mal, ich hatte doch eine unbeschwerte Kindheit. Kita, Kindergarten, Hort. Es wurde für alles gesorgt.«

»So gesehen hast du Recht. Es war wirklich nicht alles schlecht. Vati und ich konnten unserer Arbeit nachgehen, für dich war gesorgt. Aber was stand dahinter? Unbeschwert warst du nur, solange du nicht nachfragtest, solange du ihre Märchen vom heilen Sozialismus nachplappern durftest. Kannst du dich noch erinnern, was ihr gesungen habt?«

Maria überlegte kurz, dann nickte sie, summte erst die Melodie, dann fielen ihr die Worte wieder ein. »Mein Bruder ist Soldat, er schützt unseren Staat …, oder so ähnlich.« Was hatten Soldaten im Kinderhort zu suchen? Nie hatte sie über die Worte nachgedacht.

»Das war Programm, nichts weiter. Die Kindertagesstätten waren doch nur die Brutstätte für ihre schräge Ideologie.«

»So wie Oma Heddes Geschichten«, platzte es aus Maria hervor.

»So ähnlich und doch anders. In der Kita, in der Schule ging es doch nur um den Klassenfeind, die Guten hier, die Bösen da. Das wurde euch von früh auf eingetrichtert. Im Grunde war ich froh, dass dir Oma Hedde andere Geschichten erzählte. Ja, es war nur ihre Fantasiewelt. Irgendwann musste es auffliegen. Wir wollten mit dir über Oma Heddes Geschichten reden. Aber du warst so glücklich, so unbeschwert. Hätten wir es damit besser gemacht, dir die Wahrheit zu sagen? Wahr ist, was man wahrhaben will. Und dann …, die Ereignisse überstürzten sich.«

Maria schloss die Augen und versuchte sich zurückzuversetzen. Ihre Mutter hatte Recht. Der Aufschlag in der Wirklichkeit war dennoch schmerzhaft. Es wäre sanfter gewesen, von ihren Eltern, vielleicht sogar von Oma Hedde selbst, vorher, also vor ihrem Tod, aufgeklärt zu werden. Illusionen, Träume, das war das eine, die Realität etwas anderes. Sie hatten sie schützen wollen. Aber schützten Illusionen und Träume vor einer Realität, an der kein Weg vorbeigeht?

Sie leerten die Weinflasche. Je mehr die Betäubung durch den Alkohol eintrat, desto stiller wurden sie. Das war auch eine Möglichkeit, die Realität für eine gewisse Zeit auszublenden, Platz zu schaffen für Träume.

Am nächsten Morgen standen sie früh auf, wollten bereits um sieben im Krankenhaus sein. Als sie das Krankenzimmer betraten, erkannte Maria ihren Vater kaum wieder. Sie hatten ihn gewaschen, ihm ein weißes Nachthemd übergezogen, ihn in weiße Laken und Bettdecken gebettet. Sein Gesicht verschwamm im allgemeinen Weiß, seine Augen waren geschlossen. Maria stand an seinem Bett. Ihre Mutter saß auf der Bettkante und hielt seine Hand.

»Papa, hörst du mich?« Maria versuchte es wiederholt. Er reagierte nicht. Sein Atem ging flach. Gelegentlich seufzte er tief, schmatzte durch einen zahnlosen Kiefer. Das Gebiss hatten sie ihm entfernt. Es lag auf dem Nachttisch. Marias Mutter schwieg.

Als sie am Nachmittag wiederkamen, war er tot. Maria und ihre Mutter standen erneut an seinem Bett, sahen auf ihn hinab. Erinnerungen schossen durch ihre Köpfe. Sie würden verblassen, so wie alles um sie herum verblasste, bedeutungslos wurde.

Die Beerdigung fand zwei Tage später statt. Es war derselbe Pfarrer, der auch Marias Konfirmation begleitet hatte, ebenso Oma Heddes Beerdigung. Außer Maria, ihrer Mutter und dem Pfarrer war nur noch ein Friedhofswärter anwesend, wartete darauf, die Urne zum Grab zu tragen. Der Friedhofswärter wirkte dafür, dass es nur sein Job war, auffallend anteilnehmend. Die Ansprache des Pfarrers war jedoch umso kürzer, austauschbar. Dass sich Marias Eltern seit der Konfirmation nicht mehr in der Kirche hatten blicken lassen, musste irgendwie seine Abmahnung finden.

Nach der Beerdigung gingen sie zurück, zu zweit. Die Familie Münkwitz schrumpfte unaufhaltsam, würde sich irgendwann ganz auflösen.

Am nächsten Tag wachte Maria früh auf. Es war nicht nur still, die lauten Nachbarn waren offenbar im Urlaub oder verzogen, es fühlte sich auch irgendwie leer an. Nach den Sommerferien sollte eigentlich die Schule, der letzte Jahrgang, beginnen. Der Gedanke war fremd und bedrückend. Weiter so wie bisher, als wäre nichts geschehen? Es konnte kein Weiter-so geben. Im Briefkasten fand sie eine Benachrichtigung. Grüner Umschlag mit Staatswappen. Erst wollte sie ihn nicht öffnen, war dann jedoch seltsam erleichtert über den Inhalt. Man hatte beschlossen, Marias schulische Ausbildung vorzeitig zu beenden, sie nicht zum Abitur zuzulassen. Maria nahm die Nachricht gelassen zur Kenntnis. Sie hatte es bereits erwartet, musste sogar darüber schmunzeln, dass sie sich in der kommenden Woche in der städtischen Gärtnerei melden sollte. Es war, als habe Oma Hedde ihre Finger im Spiel gehabt.

Am Tag vor ihrem Dienstbeginn, es war ein Sonntag, zog es Maria zum Block 10. Sie wusste, dass sie Ulrike und ihre Eltern dort nicht antreffen würde. Das Klingelschild mit Namen Sonnemann existierte nicht mehr. Sie klingelte trotzdem, suchte nach etwas. In Ulrikes ehemaliger Wohnung wohnte nun ein junges Ehepaar. Auf die Vormieter angesprochen, wussten sie von nichts. Maria fragte, ob sie kurz auf das Dach steigen könnte.

Der Mann, er hatte sich als Ronny vorgestellt, begleitete sie hinauf. »Was willst du hier? Es gibt hier nur Antennen, sonst nichts«, sagte er misstrauisch.

Maria nickte. Auf dem Boden zwischen den Kieseln fand sie ein Stück buntes Papier. Es war eine Kaugummihülle, Marke OK. Vielleicht stammte es von Ulrike? Es war ihre Lieblingsmarke. Maria hob das zerknitterte Stück Papier vom Boden auf und steckte es sich in die Tasche.

»Irgendetwas gefunden?« Ronny stand hinter ihr, wurde ungeduldig.

»Erinnerungen, nichts weiter. Vielen Dank, Ronny«, sagte sie nur und wandte sich zum Gehen.

Maria lief durchs Treppenhaus und zurück auf die Straße. Sie blickte sich nach allen Seiten um. Hin und wieder knatterte ein Trabi vorüber, pustete seine blauen Abgase über den Asphalt. Auf der gegenüberliegenden Straßenseite schob eine Mutter ihren Kinderwagen vorbei, nahm keine Notiz von ihr. Es sollte auch keiner Notiz von ihr nehmen, nicht in diesem Moment, an dem sie allein sein wollte . Andächtig nahm sie den Fetzen Kaugummiverpackung aus der Tasche, zog ihn gerade, betrachtete ihn schmunzelnd von beiden Seiten. Im Gegensatz zu Ulrike hatte sie früher den Geruch der Kaugummimarke OK gehasst. Sie schloss die Augen, sog den letzten Rest Geruch, der das Papier gerade noch verströmte, tief in sich hinein. Bilder wurden lebendig, wie sie auf dem Dach saßen und sangen. Sie wünschte sich nichts sehnlicher, als die Zeit zurückzudrehen.

Langsam ging sie die Straße entlang, versuchte die Erinnerungen vor ihren inneren Augen wachzuhalten. Es war warm, die Sonne knallte vom Himmel. Als sie in die nächste Straße bog, begegneten ihr ein paar Passanten, knatterten Trabis an ihr vorbei. Es war immer dasselbe Bild, als würden sie unentwegt um denselben Block fahren. Schwermütig setzte sie sich auf eine niedrige Mauer und hing ihren Gedanken nach. Warum sie gerade jetzt an das Ferienlager und den letzte Abend am Lagerfeuer dachte, wusste sie nicht. Ulrike war so verdammt mutig gewesen, einfach aufzustehen und zu singen. Sie wusste, was sie riskierte, erst recht nach alldem, was sie durchgemacht hatte. Sie war die Stärkere von ihnen, ließ sich niemals kleinkriegen. Maria spürte ihre Wut, aber auch ihre Entschlossenheit, Ulrikes unbeugsame Kraft. Sie durfte sie jetzt nicht im Stich lassen, jetzt erst recht nicht. Hoheneck. Allein das Wort klang bedrohlich. Es würde nicht leicht sein, an sie heranzukommen. Allgemein bekannt war, dass das berüchtigte Frauengefängnis Hoheneck im Erzgebirge hermetisch abgeriegelt war und dass keine Besucher erlaubt waren. Das wusste sie von Ulrikes Vater, der nach seinen Erlebnissen in Bautzen nicht lockergelassen hatte und sich ein eigenes Bild vom Strafvollzug, von den Erziehungsmaßnahmen des sozialistischen Staats, wie es offiziell in der DDR hieß, gemacht hatte. Damals schien ihr alles so weit weg, jetzt war sie mittendrin.

Am nächsten Tag war ihre Mutter früh aus dem Haus gegangen. Sie wollte wieder einmal zum Exquisit, um nach Schuhen zu schauen. Meist blieb es beim Schauen. Zu teuer im UWUBU, in Ulbrichts Wucherbude, verkündete sie dann frustriert. Für den Intershop direkt daneben fehlten ihr die Westdevisen.

Maria setzte einen Tee auf, ließ sich am Küchentisch nieder, um einen Brief an Ulrike zu schreiben. Die Wahrscheinlichkeit, dass er sie erreichen würde, war gering. Und dennoch, sie wollte nichts unversucht lassen. Klar war auch, dass der Brief, bevor er sein Ziel erreichen würde, geöffnet und zensiert würde. Systemkonforme Briefe hatten eine höhere Wahrscheinlichkeit, ihren Adressaten zu erreichen. Immer wieder setzte sie an, ermutigende Botschaften hinter platten Phrasen zu verstecken.

Liebe Ulrike, liebe Genossin,
Wie oft muss ich an dich denken, dich um deinen Auftrag beneiden. Die Erziehungsmaßnahmen, die dir unser sozialistischer Staat abverlangt, sind sicher nicht leicht zu bestehen. Umso mehr wirst du geläutert aus ihnen hervorgehen, gestärkt, unseren Arbeiter- und Bauernstaat in Zukunft dorthin zu leiten, wo es ihm gebührt. Ich und meine Familie sind stolz auf dich. Die Zukunft, die Freiheit der Deutschen Jugend gehört uns.

Deine Kampfgenossin, Maria

Die geschriebenen Worte waren für die Zensur, die Zeilen dazwischen für Ulrike. Aber wie sollte sie sicherstellen, dass sie ihre Nachricht dahinter verstand? Die Zensur hätte vermutlich keine Einwände, bewegt sie sich doch im bekannten Jargon. Immer wieder zerknüllte sie das Papier, fing erneut an zu schreiben, zerriss es wieder. Sie fand nicht die richtigen Worte. Am Ende blieb das Blatt leer. Es musste einen Weg geben, sie von Angesicht zu Angesicht zu sehen, mit ihr zu reden.

Dann kam ihr plötzlich Lisa in den Sinn. Sie machte eine Ausbildung zur Krankenschwester im Gefängniskrankenhaus. Vielleicht könnte sie Ulrike eine Nachricht zukommen lassen. Ihr würde man eher trauen. Doch damit stellte sich die nächste Frage: Wie sollte sie Lisa finden? Das Knastkrankenhaus war fast ebenso abgeriegelt wie der Knast selbst. Besucher waren nur in Ausnahmesituationen erlaubt. Man würde sie nicht hineinlassen. Wo Lisa wohnte, wusste sie nicht. Es gab nur eine Lösung. Irgendwie musste sie Lisa nach Schichtende abfangen.

In den folgenden Tagen positionierte sie sich jeden Abend unweit der Eingangstore, pünktlich zum Schichtwechsel. Es war eine trostlose Gegend. Die gründerzeitlichen Häuser schienen noch grauer, der Putz noch brüchiger, der Lack an den Türen war mosaikförmig gerissen. Wer wollte auch in unmittelbarer Nähe zu einem Gefängnis, einem Gefängniskrankenhaus wohnen, immer wieder daran erinnert werden, dass einem das Schicksal jenseits des Stacheldrahts rascher ereilen könnte, als einem lieb war? Einzig für Farbe sorgten die roten Banner mit schwülstigen Sprüchen vom Sieg des Sozialismus, die hier noch dichter zu hängen schienen als sonst in der Stadt.

Da sich der Sommer dem Ende neigte, die Blätter jedoch noch an den Bäumen hingen, gab es für Maria im Gartenamt nicht viel zu tun. So saß sie meist von morgens acht bis nachmittags in einer Schreibstube und ordnete Papiere. Tag für Tag fieberte sie dem Abend entgegen, in der Hoffnung, Lisa zu treffen.

Es dauerte Tage, ja, geschlagene zwei Wochen, in denen sie vor dem Gebäude wartete, in dem sie ihre schlimmsten Erfahrungen gemacht hatte. Die Zwangsabtreibung war nicht weniger schlimm als die Vergewaltigung, die sie in diese Lage gebracht hatte. Vermutlich war sie nicht die Einzige, der dieses Schicksal widerfuhr. Der Gedanke, vor dem Haupteingang dieses Gebäudes friedlich auf einer Parkbank zu sitzen, dem Zwitschern der Vögel zu lauschen, während sich drinnen weitere Grausamkeiten abspielten, wurde mehr und mehr unerträglich.

Lisa ließ sich nicht blicken. Schon wollte sie ihren Plan aufgeben, als ein anderes bekanntes Gesicht auftauchte. Eigentlich war es die Figur, die sie gleich erkannte, die an eine antike Säule erinnerte. Ihr Schritt, kaum fiel das schwere Eisentor hinter ihr ins Schloss, war ungewöhnlich flink, als wollte sie der düsteren Umgebung möglichst rasch entfliehen. Auf leisen Sohlen schlich sich Maria von hinten an sie heran.

»Schwester Magda?« Sie tippte ihr auf die Schulter.

»Huch.« Schwester Magda zuckte zusammen. Sie war noch in Gedanken ihrer zurückliegenden Schicht versunken. »Maria, bist du das? Hast du mich erschreckt.«

»Darf ich Sie etwas fragen?«

Schwester Magda blickte sich ängstlich um. Der Kontakt zu ehemaligen Häftlingen war ihr untersagt. Wortlos drehte sie sich um und ging weiter.

Maria packte sie am Arm. »Schwester Magda, Sie müssen mir helfen.« Maria zog sie in den Schatten eines Türeingangs. »Man sagte mir ...«

»Ich weiß von nichts«, kam ihr Schwester Magda zuvor.

»Aber Sie wissen doch, man hat mich entlassen. Bestimmte Personen ...«

»Wenn du etwas über diesen Alexander Kuschinsky erfahren willst, dann lass es lieber. Ich will keinen Ärger bekommen.«

Alex, schon wieder Alex. Erinnerungen, Wortfetzen über Vergewaltigung und Abtreibung schossen ihr durch den Kopf. Sie hasste ihn. Und dennoch hatte er sich damals für Ulrike eingesetzt. Vielleicht war es sein schlechtes Gewissen, das in ihm nagte. Vielleicht hatte er auch jetzt, da sie einfach so aus dem Frauengefängnis entlassen worden war, seine Finger im Spiel gehabt. Musste sie ihm am Ende auch noch dankbar sein? Übelkeit stieg in ihr auf, auch das war Teil ihrer Erinnerung.

»Schwester Magda, bitte, ich brauche Ihre Hilfe.«

»Maria, sei mir nicht böse.« Wieder schaute sich die Krankenschwester ängstlich um. Auf der anderen Straßenseite gingen eine Gruppe Menschen an ihnen vorbei, eine Frau mit Kinderwagen, daneben ein Mann, der nur mit dem beschäftigt war, was im Kinderwagen lag. Dahinter ein älteres Paar, Hand in Hand, vielleicht die Großeltern. Stasiverdächtig war es auf den ersten Blick nicht.

Maria ließ nicht locker. »Es geht mir nicht um Alex. Ich muss mit Lisa reden. Haben Sie ihre Adresse?«

»Lisa, ich kenne keine Lisa.« Schwester Magda wollte weiter.

Maria hielt sie erneut am Ärmel fest. »Kommen Sie, sie ist Lernschwester bei Ihnen. Lisa. Ich glaube, ihr richtiger Vorname ist Elisabeth.«

»Ach, diese Lisa.« Magda machte ein abfälliges Gesicht.

»Was ist mit ihr?«

»Abgehauen, über die Grenze.«

»Wie bitte?« Damit hatte Maria nicht gerechnet.

»Sie hat es wohl geschafft. Es kam eine Postkarte aus dem Westen. ‚Das schöne Gießen in Hessen', stand drauf. Keine Ahnung, wo das liegt. Sie hat nur mit Lisa unterschrieben.« Schwester Magda zuckte mit den Schultern, als täte es ihr leid. Ohne eine weitere Frage abzuwarten, wandte sie sich um, ging eilig zurück auf die Straße und verschwand hinter der nächsten Ecke.

Maria blieb allein zurück, konnte es nicht fassen, was Magda ihr gerade erzählt hatte. Falls es denn stimmte. Lisa, weg über die Grenze. Sie dachte an Onkel Jup. Wenn es nach ihm ginge, wäre sie schon längst drüben. Nur dann wäre jede Verbindung zu Ulrike vollkommen abgeschnitten.

Niedergeschlagen trotte sie zurück. Es war nicht weit. Ihrer Mutter, die erneut und wie erwartet auf dem schmalen Balkon saß, ohne etwas beim Exquisit erstanden zu haben, erzählte sie nichts.

Die Vorstellung, Ulrike in dieser Folterkammer alleine zu lassen, ließ ihr in den nächsten Tagen keine Ruhe, baute sich in den quälenden Stunden zwischen Schlaf- und Wachzustand immer wieder wie ein drohendes Gespenst vor ihre Augen auf. Sie musste hin, egal wie. Sie fasste einen Plan, der nicht funktionieren konnte, der aber, gerade weil er so verrückt und aussichtslos war, von ihr Besitz ergriff. Ein Zurück gab es nicht mehr.

Der Hauptbahnhof war nicht weit. Es war ein Montag. Sie hatte sich einen Tag freigenommen, wollte in der Geschäftigkeit der anderen Berufstätigen untergehen.

»Nach Stollberg«, sagte sie kurz angebunden. Den bohrenden Blick des Schalterbeamten versuchte sie auszuweichen. Ihr Herz raste, sie spürte das Blut in ihr Gesicht steigen.

»Eine Strecke oder etwa hin und zurück?«

Die Frage nahm ihre schlimmsten Befürchtungen vorweg: Einbahnstraße. Man würde sie fassen, einsperren, in Hoheneck. Vielleicht war ja das im tiefsten Inneren ihr eigentlicher Plan: in der Nähe von Ulrike zu sein, bestenfalls in derselben Zelle. Und wenn es am Ende doch nicht dieselbe Zelle sein würde?

»Hin und zurück«, sagte sie schließlich.

Eine Stunde später ging der Zug. Auf dem Bahnsteig blickte sie sich um. Der Gedanke irgendwie erkannt zu werden, machte sie nervös. Als sich die Türen hinter ihr schlossen, sie sich in einem leeren Abteil niederließ, konnte sie sich etwas beruhigen. Angestrengt schaute sie aus dem Fenster, wie der Zug den Bahnhof verließ. Erst jetzt wurde ihr bewusst, dass sie das erste Mal in einem Zug reiste.

»Die Fahrkarte!«

Maria zuckte zusammen, wollte weg.

»Momentchen, erst einmal die Fahrkarte.«

Mit zittrigen Händen fingerte sie ihre Fahrkarte hervor und hielt sie ihm hin.

»Stollberg? Na dann ...« Der Schaffner schüttelte den Kopf, verließ, nachdem er ein Loch in Marias Fahrkarte gezwickt hatte, das Abteil genauso schnell, wie er gekommen war.

Gemächlich zockelte der Zug durch die Landschaft. Sie legte ihren Kopf zur Seite. Das Brummen und Rattern hatte etwas Beruhigendes. Ein scharfes Geräusch ließ sie irgendwann aufschrecken. Ihr Herz raste. Offenbar war sie eingeschlafen. Hatte sie die Haltestelle verpasst? Eilig riss sie die Tür ihres Abteils auf und sprang hinaus auf den Gang. Fast wäre sie mit dem Schaffner zusammengestoßen.

»Ist noch Zeit, Fräulein, knappe halbe Stunde bis Stollberg.« Er konnte sich offenbar an ihr seltsames Verhalten, was sich nun fortzusetzen schien, erinnern.

Der Bahnhof von Stollberg bestand aus einem Bahnsteig und einem aus dem letzten Jahrhundert stammenden Backsteingebäude. Darüber prangte der Name des kleinen Ortes. Als sie ausstieg, den Bahnsteig betrat, schaute sie sich um. Schloss Hoheneck war nicht zu übersehen, thronte auf einem Hügel. Es war ein bedrückender Anblick. Die Zinnen einer Burg, die kleinen Fenster der Gefängniszellen blickten sie finster an. Zusammen mit den stattlichen Giebeln, umgeben von einer hohen Mauer, machte es seiner Bezeichnung als Burg Hoheneck alle Ehre. Aber es war keine Burg, die zur Abschreckung vor Eindringlingen gebaut wurde, sondern zur Abschreckung jeglicher Flucht- und Freiheitsgedanken. Das allein war es jedoch nicht, was ihr die Luft zum Atmen nahm. Es waren die gelben Steine, die *Yellow Brick Wall*, von der sie mit Ulrike einst in fast gelöster Stimmung gesungen hatte. Das Gelbe Elend, es traf nicht nur auf Bautzen zu. Das Grauen versteckte sich nicht.

Am Fuße der Burg schmiegte sich ein beschaulicher Ort in das Tal. Ein Bäcker, ein Konsum, Dorfkneipen, eine große Kirche. Die Vorgärten waren gepflegt, die Gardinen der Mehrfamilienhäuser waren sauber, ließen keinen Blick nach innen, dafür umso mehr nach außen. Die obligatorische Plattenbausiedlung lag außerhalb des Ortes, kaum in Sichtweite. An einem Flüsschen, das direkt durch den Ortskern floss, stand an das Geländer gelehnt ein junges Paar, engumschlugen. Sie küssten sich inniglich. Burg Hoheneck konnten die Menschen, die hier wohnten, offenbar ausblenden.

Die Straße zur Burg stieg steil an. Mit jedem Schritt, den sie dem Gefängnis näherkam, wuchs ihre Angst, von den gelben Mauern aufgesogen, verschluckt zu werden. Widersprüchliche Kräfte zogen an ihr, zerreißend, diametral. Sie wollte weg, nichts wie weg und doch wollte sie zu Ulrike. Sie fühlte sich ihr nahe und gleichzeitig so unendlich weit entfernt, getrennt durch Stacheldraht, durch eine unüberwindbare, mit Glasscherben bewehrte Mauer. Sie wollte nach ihr schreien, ihr zu verstehen geben, dass sie in ihrer Nähe war.

»Was wollen Sie hier?« Ein Vopo kam auf sie zu. Er erschien plötzlich, wie aus dem Nichts, als habe er auf sie gelauert, seitdem sie aus dem Zug gestiegen war. Seine Uniform wirkte bedrohlich, insbesondere angesichts der Mauern, die sich vor ihr auftürmten. Ein Vorbote der Hölle.

Maria erschrak, drehte sich auf dem Absatz um und rannte weg.

»Hey, Sie da, bleiben Sie stehen!«

Sie eilte die Straße hinab, zurück Richtung Ortskern. Der Mann folgte ihr, hatte sie im Visier. Es waren nicht genug Menschen auf der Straße, als dass sie in der Menge hätte untergehen könnte. Das junge Paar auf der Brücke küsste sich noch immer, nahm von den Rufen des Vopos keine Notiz, ignorierte ihn wie das Gefängnis hinter ihnen. Maria rannte um eine Häuserecke, dann kurz entschlossen in einen Hinterhof. Erschrocken stellte sie fest, dass es nur einen Ausgang gab. Sackgasse, sie saß in der Falle. Sie atmete erleichtert auf, als sie den Vopo sah, wie er an dem Hofeingang vorbeirannte.

Mit rasendem Herz wartete sie eine Weile, dann schlich sie zurück auf die Straße. Erst jetzt wurde ihr klar, wie töricht es war, hierherzukommen, an diesen verdammten Ort. Vor den Mauern herumzulungern, musste auffallen, könnte leicht als Spionageversuch gedeutet werden. Nach Ulrike zu rufen, wäre noch dümmer, würde sie gleich ans Messer liefern, abgesehen davon, dass Ulrike ihre Rufe gar nicht hören würde.

Was hatte sie erwartet? Dass man ihr die Türen öffnete und sie Hand in Hand mit Ulrike in die Freiheit entlässt? Dumm oder naiv, vermutlich beides, oder einfach nur blind vor Sehnsucht nach ihrer besten Freundin. Bestenfalls folgte sie ihrem schlechten Gewissen, sie damals alleine zurückgelassen zu haben. Aber da war noch etwas, dem sie sich nicht entziehen konnte. Es war ein Gefühl der Ohnmacht, das dazu führen konnte, dumme, törichte Dinge zu tun, um gleich danach wieder der Ohnmacht zu erliegen.

Niedergeschlagen und aufgewühlt griff sie nach ihrer Rückfahrkarte. Es war bereits dunkel, als sie wieder in Halle ankam.

Die nächsten Wochen vergingen gleichförmig und dumpf. Einen Brief an Ulrike hatte sie dennoch geschrieben. Eine Rückmeldung bekam sie nicht. Auch ihre Nachforschungen über Ulrikes Eltern blieben erfolglos. Familie Sonnemann existierte nicht mehr, durfte vermutlich nicht mehr existieren, weil sie nicht ins Bild passte. Zum Glück gab es in der Gärtnerei mehr zu tun. Der Herbst forderte jede Hand, das lenkte sie zumindest tagsüber von ihren schweren Gedanken ab.

An Weihnachten ging sie mit ihrer Mutter in die Kirche. Es waren unerwartet viele Menschen dort. Sie mussten stehen, die Bänke waren alle besetzt. Zum Glück sah eine junge Frau, wie Marias Mutter wankte und bot ihr einen Sitzplatz an. Seit Vaters Beerdigung war es das erste Mal, dass sie wieder in die Kirche gingen. Singen, beten und wieder singen, die Liturgie rauschte an Maria vorbei. Die Predigt war jedoch anders als sonst. Keine althergebrachten Phrasen, stattdessen Kritik am System verpackt in die Worte des Neuen Testaments. Zum ersten Mal wurde ihr klar, wie politisch die Bibel war. Jesus ein Revoluzzer, der seine friedliche Bergpredigt mit dem Leben bezahlt hatte. Die Kirche war nicht nur ein Platz für Versammlungen, gegen die der Staat nicht ohne Weiteres eingreifen konnte. Es ging um Inhalte, die Maria bislang als überholt abgetan hatte. Ulrike hatte ihr davon erzählt, angesteckt von ihren Eltern. Jetzt wünschte sie sich zurück auf das Dach von Block 10, um genau darüber mit ihr zu reden.

Weil es auf den Advent, auf Weihnachten zuging, fiel auch immer wieder der Name Maria. Nie hatte sie ihre Eltern gefragt, warum sie sie ausgerechnet Maria genannt hatten. Wer war diese Maria, diese wie auch immer heilige Maria? Die Bilder um sie herum waren unmissverständlich. Zum einen war sie die bettelarme und doch so fürsorgliche Mutter mit ihrem Baby im Arm. Zum anderen die weinende Frau, knieend vor dem Kreuz, an dem ihr eben noch umsorgtes Kind qualvoll erstickte. Maria aus der Bibel hatte ihr Kind verloren. Es war damit nicht nur derselbe Name, der sie verband.

Der Winter zog sich dahin. Sie mussten Büsche und Bäume zurückschneiden, in Friedhöfen, in Parks, an Flussufern, alles was dem Staat gehörte. Alles gehörte dem Staat. Besondere Aufmerksamkeit galt den überdimensionalen Büsten von Marx, Engels und Lenin. Niemand, noch nicht mal eine Pflanze, durfte an ihnen ranken. Ihr Antlitz sollte makellos bleiben. Sie waren die Päpste des Sozialismus, unfehlbar, unsterblich.

Maria wusste nicht, was plötzlich in sie gefahren war, sie beließ es nicht bei den Beeten. Bewaffnet mit einem schäumenden Eimer und einem Putzlappen kletterte sie hinauf zu den riesigen Lippen, den wallenden Bärten, den überhängenden Nasen. Eine dicke Schicht Ruß aus den nahegelegenen Chemiewerken überzog den kalten Stein. Karl Marx, noch nie war sie ihm so nahegekommen. Sie fing mit der Nase an, kratzte über die wolkigen Wangenhaare, bohrte in den gewaltigen Nasenlöchern.

»Komm her, du dummer Junge«, murmelte sie vor sich hin. »Schämst du ich nicht?« Mit verbissener Wut kratzte sie an seinem Antlitz. Dreckschlieren rannen von den Augen hinab. Weiter hoch kam sie nicht.

»Maria, bist du verrückt, komm da runter.« Ihre Chefin, eine leicht untersetzte Mitfünfzigerin, starrte zu ihr empor, dann sah sie hektisch nach allen Seiten. Trabis rauschten vorbei. Aus den kleinen Kisten heraus hatte offenbar niemand nach oben geschaut. Zum Glück war kein Vopo in der Nähe.

Maria kletterte nach unten. Gemeinsam betrachteten sie ihr Werk. Die Dreckschlieren erinnerten an Tränen, die aus seinem linken Auge rannen.

»Das gibt Ärger.« Fassungslos blickte ihre Chefin an dem Steinungetüm empor.

»Ich bring das wieder in Ordnung.« Maria griff nach dem Eimer.

Ihre Chefin hielt sie zurück. »Lass gut sein, Maria.« Ein schelmisches Lächeln glitt über ihr Gesicht. »Sollte wohl so sein«, murmelte sie in sich hinein. Dann drehte sie sich um und ging weiter ihrer Arbeit nach.

Die nächsten Tage vergingen mit dem bangen Warten auf einen Rüffel vom Rat der Stadt. Maria wollte sich schon melden, sich ihre Strafe abholen, bevor ihre Chefin, die sie von Mal zu Mal mehr mochte, in ihren selbstverschuldeten Ärger hineingezogen wurde. Es passierte nichts. Offenbar nahm niemand mehr Notiz von dem von nun an weinenden Karl Marx.

Außer ihrer Chefin empfand Maria die anderen im Betrieb als ziemlich dumpfe Typen. Sie verrichteten ihre Arbeit, stoisch, mechanisch, wertfrei. Alles um sie herum entwickelte sich zu einem sinnfreien Raum. Nur einmal erwachte eine aus ihrer Lethargie. Sie hieß Rosemarie, glich einer Rose allenfalls aufgrund der Stacheln ihrer Kommentare gegen alles und jeden.

»Das Zeug musst du an der Wurzel packen. Es breitet sich neuerdings überall aus.« Rosemarie schlug wie besessen mit der Hacke auf das kleine Pflänzchen Pfefferminze vor ihren Füßen ein. Es war ein frischer, ein freier Geruch, der sich ausbreitete, gerade weil diese Frau wie von Sinnen darauf einschlug. Dass im kommenden Jahr aus jedem Spross eine neue Pflanze werden würde, schien sie nicht wahrhaben zu wollen.

»Vielleicht sollten wir gerade die Pfefferminze wachsen lassen«, entgegnete Maria amüsiert. »Sie ist offenbar die einzige Pflanze, die sich hier wohlfühlt.«

»Wen interessiert schon, wer oder was sich hier wohlfühlt. Wir haben einen Plan und dem muss sich jeder unterordnen, ob er will oder nicht.« Es klang weniger ernst als vielmehr wie eine Mischung aus Frustration und Sarkasmus. Viele, Rosemarie war das beste Beispiel, konnten nur damit die eigentliche Resignation ertragen.

Warum Maria gerade in diesem Moment an Lisa dachte, wusste sie erst nicht. Lisa hatte eine andere Antwort auf ihre Frustration gefunden. Sie war im Westen, dort, wo Marias Träume, beflügelt durch Oma Heddes Geschichten, bereits seit frühester Kindheit hingeflogen waren. Weg so wie Lisa, das schlummerte mehr und mehr in ihrer Brust. Aber damit würde sie Ulrike erneut zurücklassen, wie damals im Bus. Hier war sie zumindest in ihrer Nähe, ertrug den täglichen Frust zusammen mit ihr. Und dann war da noch ihre Mutter, die sie damit ganz alleine in Halle zurücklassen würde. Andererseits war ihre Mutter längst in einem Alter, in dem sie einen Ausreiseantrag stellen konnte. Sie würde es nicht tun, weil sie damit Maria zurückließe. Es gab Konflikte, die keine Lösung zuließen. Man drehte sich im Kreis, bis sich die Realität auflöste.

Ohne weiter nachzudenken nahm Maria die ausgerissene Pfefferminze und pflanzte sie erneut ein, dort, wo Rosemarie sie zuvor ausgerissen hatte.

Der Frühling kam schließlich überraschend schnell. Er war einfach da und nach zwei Wochen wieder verschwunden. Wie in jedem Jahr hätte ihn Maria am liebsten festgehalten, ihn in ein Marmeladenglas gesteckt, um, wenn ihr danach war, den Deckel zu öffnen, um daran zu riechen. Und doch war es nicht wie in jedem Jahr. Nicht nur der Frühling, sondern vor allem der anbrechende Sommer versprach eine seltsame Aufbruchstimmung. Etwas wollte sich Luft verschaffen. Das Gefühl, raus zu müssen, ohne es zu können, war mehr und mehr unerträglich, staute sich an, nicht nur in Marias Brust.

Als Ulrike wieder zu sich kam, spürte sie einen Schmerz am Handrücken. Jemand versuchte ihr eine Nadel in die Vene zu schieben. Sie ließ es über sich ergehen. Schlimmer war der verzweifelte Versuch, Luft in ihre Lungen zu saugen. Etwas lag auf ihrer Brust, schnürte sie ein wie eine Würgeschlange, die ihren tödlichen Griff immer mehr zuzog. Jeder noch so kleine Atemzug war von einem feuchten Rascheln begleitet. Sie riss die Augen auf, gierte nach Luft. Jemand hielt ihr einen zischelnden Schlauch unter die Nase. Der Sauerstoff brachte etwas Erleichterung. Sie versuchte sich zu beruhigen, spürte Schweißtropfen an ihrer Schläfe. Ihr Herz raste. Eine Flasche über ihr glänzte im flackernden Licht der Neonlampen an der Zimmerdecke. Es tropfte in einen kleinen Behälter unterhalb der Flasche. Tick, tick, tick. Sie versuchte sich darauf zu konzentrieren, ihren Herzschlag zu beruhigen, ihn im gleichen Takt schlagen zu lassen. Ihre Augenlider wurden unendlich schwer. Krampfhaft versuchte sie ihre Augen offenzuhalten. Alles drehte sich wie auf einem Karussell, zog sie hinein in einen dunklen Schlund. Sie würde ersticken, aufgesaugt, gefressen werden. Der Tod kam näher. Sie stieß in fort. Irgendwann würde er wiederkommen.

Es waren schwülwarme Spätsommerabende, die kaum zu ertragen waren. Einerseits lag es an der schweren Luft, einer nahezu unerträglichen Mischung aus Wasserdampf und Chemie, die das Atmen zur Qual machte, aber mehr noch an Marias allabendlicher Gemütsstimmung, die wie Blei auf ihrer Brust lastete. Wenn sie von der Arbeit nach Hause kam und später unter der Dusche stand, war es weniger das Rauschen des Wassers, als vielmehr ihre Stimme, die in ihren Ohren klang – fly, fly, fly. Wenn sie die Augen schloss, sah sie wieder, wie Ulrike damals am Lagerfeuer von Freiheit sang: *We shall never fall, behind the yellow brick wall.*

Es war einer dieser ganz besonders niederschmetternden Abende. Ihre Mutter hatte ihn wie immer wortlos auf ihr Bett gelegt, einen der vielen unbeantworteten Briefe, die sie an Ulrike geschrieben hatte. Dabei hatte sie sich bemüht, das Papier nur mit oberflächlichen, nichtssagenden Zeilen zu füllen, solche, die durch jede Stasi-Zensur gehen würden. Sie hatte ihr nur sagen wollen, dass sie da ist, dass sie auf sie wartet, nichts weiter. Die Couverts waren geöffnet worden. Vermutlich waren sie nicht bis zu ihr durchgedrungen. Die Ungewissheit, was mit ihr war, wie sie sich fühlte, war kaum zu ertragen.

Maria warf sich auf ihr Bett, hätte heulen können, wenn nicht der Hass auf alles und jeden, der zwischen ihnen stand, ihre Tränen versiegen ließ. Verzweifelt drehte sie das Radio an, laut, immer lauter, wollte das Dröhnen in ihren Ohren abtöten, es allen entgegen schmettern. RIAS 2, der bei der Partei verhasste Sender, war der einzige, der ihre Musik spielte. Die Popmusik war jedoch nicht das Einzige, was zu lauschen verboten war. Noch viel mehr waren es die Nachrichten, die Propaganda aus dem imperialistischen Westen, die zu hören einem Strafbestand gleichkam. Früher waren sie aufgrund von Störsendern kaum hörbar gewesen. Seit ein paar Jahren schienen sich die UKW Radiowellen kaum noch von einem eisernen Vorhang beeindrucken zu lassen.

»Maria, nicht ganz so laut. Du weißt doch, die Nachbarn.« Ihre Mutter stand in der Tür, seufzte schwermütig. Bevor sie etwas sagte – und es schien, als läge ihr so viel auf dem Herzen –, drehte sie sich um und ließ Maria allein. Ab und zu platzte es aus ihr heraus und dann verstummte sie wieder, verfiel in ihren stumpfsinnigen Bügelmodus.

Die Friedensbewegung in der DDR gewinnt mehr und mehr an Einfluss. Die Menschen lassen sich nicht mehr gängeln, versammeln sich immer mutiger, immer offener vor der St. Nicolai Kirche in Leipzig. Es ist nur noch eine Frage der Zeit, bis es, ähnlich der Solidarnosc Bewegung in Polen, zu Massenaufständen kommt. Kommen wir zum Wetter ...

Maria stellte das Radio aus. Wen interessierte das Wetter? Es war, als wenn sich die Nachrichtensprecher und mit ihnen die Politiker im Westen allenfalls zu Andeutungen durchringen konnten. Nur kein Aufruf zum Widerstand, sich möglicherweise für einen blutigen Aufstand verantwortlich zeigen. Die bilaterale Beziehung, die Ost-West Beziehung, sollte nicht gestört werden. Vermutlich steckte das 53er-Trauma noch in den Köpfen oder einfach nur der Mangel an Courage, die Wahrheit zu sagen. Political Correctness war gleichbedeutend mit menschlicher Ignoranz. Ulrike und ihre Eltern hatten Rechte. Veränderung konnte nur aus der Bevölkerung der DDR selbst kommen. Auf das Ausland war kein Verlass.

Der nächste Tag, es war ein Sonntag, stand Maria zeitig auf, ging zum Bahnhof. Eine Fahrkarte nach Leipzig einzufordern, fiel ihr fast noch schwerer als damals nach Stollberg. Kurze Zeit später saß sie im Zug. Der Morgen war grau, schwere Gewitterwolken hingen in der Luft. Angespannt blickte sie aus dem Fenster.

»Die Fahrkarte bitte«, verlangte plötzlich eine Stimme. Maria zuckte zusammen, wie damals nach Stollberg. Der Schaffner hatte eine Uniform an. Nichts Besonderes an einem normalen Tagen. Dies war jedoch kein normaler Tag. Jede Uniform schien plötzlich bedrohlich.

»Na, Fräulein, was wolln se denn in Leipsch?«

Geht Sie nix an, sich der Friedensbewegung anschließen, das Maul aufreißen gegen diesen Scheißstaat – sie hätte viele Antworten parat gehabt. Maria sagte erst nichts, zuckte nur mit den Schultern, was in den Augen des Schaffners vielleicht noch auffälliger wirkte.

»Ich besuche meine Großmutter, geht ihr nicht gut«, sagte sie dann noch. Die Antwort schien den Schaffner noch weniger zu überzeugen. Er runzelte die Stirn, ging dann aber weiter.

Als sie in den gewaltigen Sackbahnhof von Leipzig einfuhren, wäre Maria vor lauter Ehrfurcht am liebsten sitzen geblieben, hätte gleich und sofort die Rückreise im selben Zug angetreten. Etwas trieb sie jedoch an, vielleicht Neugier oder Proteststimmung, vielleicht auch beides. Als sie auf den Vorplatz hinaustrat, war es auffallend ruhig. Fast war sie ein wenig enttäuscht. Was hatte sie denn erwartet? Laute Rufe, Menschen, die Banner in die Höhe hielten, umzingelt von russischen Soldaten und schweren Panzern? Es waren nur wenige Menschen zu sehen, die geduckt am Rande des Platzes entlangschlichen. St. Nicolai Kirche, Ulrike hatte ihr davon erzählt. Sie wollte jemanden fragen, vermied es aber dann, zumal recht bald Kirchentürme die Dächer überragten.

Je näher sie der Kirche kam, es war tatsächlich St. Nicolai, desto mehr Menschen schienen sich zusammenzufinden. Sie schauten sich nicht an und beobachtete sich doch gegenseitig aus den Augenwinkeln. Die Kirchenfassade spiegelte sich in den Pfützen, die ein nächtliches Gewitter hinterlassen hatte. Die morgendliche Sonne ließ warmen Dampf emporsteigen. Schweiß lief ihr über die Stirn, der jedoch nicht nur der Schwüle geschuldet war. Eine angespannte Stimmung lag in der Luft. St. Nicolai, hier war also die Keimzelle des Umsturzes, wie der RIAS Journalist einem Aktivisten der Friedensszene entlockt hatte.

Angespannt betrat sie die ehrwürdige Kirche. Drinnen war es angenehm kühl und dunkel. Es kam ihr vor wie ein Luftschutzbunker, wie damals im Keller der Plattenbauten, nur, dass die Bomben nicht von oben, sondern diesmal von innen kommen würden. Nachdenklich setzte sie sich auf eine Kirchenbank, dachte an Ulrike, wie sich möglicherweise an diesem Ort in ihr ein Feuer entzündet hatte, ein Feuer, das nicht mehr zu löschen war. Sie schloss die Augen, sang leise ihr Lied und versank in einen schlafähnlichen Zustand.

«Free, free, only free,
why father, why cant' I be
You know that I had no choice
Not to cry, not shout, but silence my voice ..."

Eigentlich war es ein Lied, das für alle Menschen stand, die in Bedrängnis waren, zu jeder Zeit, an jedem Ort, ob in der DDR der achtziger Jahre oder 1943 im jüdischen Ghetto von Warschau. Wer auch immer erdreistete sich mit welchem Recht anderen ihrer Freiheit zu berauben?

Menschen schlichen an ihr vorbei, blieben kurz stehen, lauschten schweigend Marias Gesang. Irgendwann würde es die ganze Welt singen.

Nach einer Weile wurde Maria kühl. Sie fing an zu zittern und sehnte sich nach der Sonne. Nachdenklich stand sie auf, ging vor zum Altar und blickte sich um. Die Keimzelle des Umsturzes, ging es ihr erneut durch den Kopf. Es war still. Vielleicht waren es tatsächlich nur Lügen, die der RIAS verbreitete. Enttäuscht schlich sie sich durch das Seitenschiff hinaus zum Ausgang. Die Sonne strahlte von einem dunkelblauen Himmel herab. Die Pfützen hatten sich aufgelöst, der Asphalt war jetzt trocken und heiß. Sie drehte sich um und wollte zurück zum Bahnhof, als jemand sie plötzlich von hinten packte.

»Kommen Sie mit, Fräulein.« Zwei Vopos nahmen sie in die Zange.

Maria leistete keinen Widerstand. Sie hatte nichts Verbotenes getan. Sollten diese uniformierten Idioten ihr doch Fragen stellen, sie verhören, wie sie wollten. Schweigend ließ sie sich abführen. Es ging in eine Seitenstraße, von dort in ein unscheinbares Haus. Keine Gitter im Erdgeschoss, das war das Einzige, was ihr seltsam vorkam. Der Rest passte zum Stasischema. Wortlos stießen sie sie durch einen Gang in einen kahlen Raum. Ein Stuhl, eine Stehlampe, ein Schreibtisch, hinter dem ein Mann saß und rauchte. Vielleicht würde die Stasi irgendwann kollektiv an Lungenkrebs verrecken, dachte sie sarkastisch.

»Name?«

»Maria, Maria Münkwitz.«

»Was wollen Sie in Leipzig?«

Vielleicht hatte der Schaffner Meldung gemacht. Vielleicht sollte sie bei ihrer Lüge mit der Großmutter bleiben.

»Meine Großmutter ...«

»Das reicht«, unterbrach sie der unfreundlich dreinblickende Mann. »Waren Sie das mit der Verunstaltung des Marx-Denkmals?«

Maria zuckte zusammen. Sie hatte gehofft, dass das Thema längst vom Tisch war. Hatte ihre Chefin sie am Ende doch verraten?

»Ich wollte nur ...«

»Also stimmt es?«, unterbrach er sie erneut.

Maria nickte.

»Ich habe Sie nicht verstanden.«

»Ja doch. Wir sollten saubermachen und ..., war keine gute Idee.«

»Wir haben uns köstlich amüsiert.«

Maria zuckte zusammen. Das war nicht die Antwort, die sie auf ihre Beichte erwartet hatte.

»Maria.« Die Stimme hinter ihr kam ihr sofort bekannt vor. Ein Mann trat aus dem Schatten, an seiner Seite eine Frau. »Schön, dich zu sehen.« Ulrikes Vater schmunzelte sie an.

»Sie hier? Ich ..., ich verstehe nicht«, stammelte Maria.

»Thomas, wir waren doch beim Du, nicht wahr?«, sagte Ulrikes Vater und nickte ihr freundlich zu. Ob Sie oder Du, Maria konnte sich nicht mehr daran erinnern. Mit Ulrikes Vater hatte sie kaum Kontakt gehabt.

»Kann schon sein, aber ...« Maria kniff die Augen zusammen, blickte zu den beiden Vopos, die in der Ecke standen.

»Tarnung. Die Vopos, alles nur gestellt. Wenn du unerkannt bleiben willst, musst du so aussehen wie deine Widersacher. Wir haben dich in der Kirche beobachtet, wir beobachten jeden, ob er zu uns oder zur anderen Seite gehört.«

Maria schüttelte den Kopf. War das ein perfider Trick, sie gesprächig zu machen? »Woher soll ich wissen ...?«

»Ob das nicht eine Täuschung der Stasi ist?«, unterbrach Thomas sie. »Du kannst es nicht wissen, du kannst es mir nur glauben.« Er nahm sich einen Stuhl und setzte sich vor Maria. »Sie haben dir und Ulrike erzählt, dass wir geschnappt wurden, vier Jahre Bautzen, vielleicht auch mehr, nicht wahr? Nun, das war ein Trick, dich und unsere Tochter zu zermürben.«

Maria konnte nicht fassen, was sie hier gerade hörte und erlebte. Plötzlich keimte ein Fünkchen Hoffnung in ihr auf, das Gefühl, dass doch alles gut werden könnte, fast schossen ihr die Tränen in die Augen.

»Ulrike, ist sie auch hier?« Es wäre allzu schön gewesen.

Thomas wirkte sofort bedrückt. »Leider nicht. Damals wollte sie mit nach Leipzig. Es war ein Fehler, sie mitzunehmen.« Er blickte schuldbewusst zu Johanna, die sich auch zu ihnen gesetzt hatte. Dann wandte er sich wieder an Maria. »Wir haben gehört, dass sie in einen Jugendwerkhof kam, irgendwo an der Ostsee, zumindest nicht nach Torgau. Wir hoffen, dass sie die Plackerei dort einigermaßen gut übersteht. Wir können im Moment nichts für sie tun. Sie ist ein starkes Mädchen.«

Maria sah ihn starr an. »Sie war in einem Jugendwerkhof. Jetzt nicht mehr«, sagte sie kühl.

Thomas richtete sich auf und erwiderte ihren Blick. »Wie meinst du das?«

»Hoheneck. Sie haben sie eingesperrt in Hoheneck«, antwortete sie leise, sah zwischen Johanna und ihm hin und her.

»Oh mein Gott«, platzte es aus Johanna hervor. Sie drehte sich zur Seite.

Thomas blickte Maria scharf an. »Woher weißt du das?«

»Ulrike kam frei, wir haben uns einen Tag lang gesehen, im Ferienlager an der Ostsee. Es war der letzte Abend, sie hat gesungen, etwas zu laut.«

»Gesungen?«

»Am Lagerfeuer, von Freiheit und so. Die anderen haben mitgesungen. Sie hat sich nicht beirren lassen. Dann wurde sie abgeführt. Ein ehemaliger Klassenkamerad hat mir verraten, wohin man sie brachte.«

»Verdammt.« Thomas wandte sich zu Johanna um, legte einen Arm um sie und zog sie zu sich heran. Sie drückte das Gesicht in seine Arme.

»Wir müssen sehr bald ...«, fuhr er aufgebracht fort.

»Die Russen werden euch abknallen, wie damals dreiundfünfzig«, entgegnete Maria und versuchte dabei möglichst gelassen zu wirken. Im Inneren bebte sie.

Thomas machte eine unwirsche Bewegung, ließ Johanna los, sprang auf und begann hin und her zu gehen. »Die Zeiten sind anders als damals. Wir haben keine Wahl. Wir müssen es riskieren.«

Maria folgte ihm mit den Blicken, in ihr tobte ein Gefühlschaos. »Und Ulrike? Ihr lasst sie über die Klinge springen?« Sie wusste nicht mehr, was sie sagen sollte.

»Sie wusste, was sie tat«, rief Thomas aufgebracht und verschränkte die Arme vor der Brust, als wollte er sich an sich selbst festhalten.

Maria sah, dass er mit den Tränen rang. Sie warf Johanna, die in sich zusammengesunken schien, einen kurzen Blick zu. Es war nicht fair, Ulrikes Eltern Vorwürfe zu machen. Sie stand auf, ging zu Thomas, legte ihm eine Hand auf die Schulter. »Du hast Recht, Ulrike ist stark, stärker als wir alle.« Dann drehte sie sich um und ging zur Tür. »Kann ich gehen, oder ...?«

»Natürlich kannst du gehen.« Seine Stimme klang erstickt. »Aber ...«

»Du meinst, ob ich plaudere?« Maria schüttelte den Kopf. »Selbst wenn ihr Erfolg habt mir eurer friedlichen Revolution, selbst wenn die Mauer fällt, wird es noch Jahre dauern, vielleicht Jahrzehnte, bis die Menschen im Osten lernen, was es heißt, sich zu vertrauen.«

Alles war hell. Ulrike spürte, dass sie ihr Ziel erreicht hatte. Sie konnte fliegen. Unter ihr lagen die grauen Häuser, die grauen Schlote. Der Qualm kam nicht bis zu ihr empor. Gleichmäßig schwang sie die Flügel, glitt durch die kühle Luft, dem Horizont entgegen.

Fly, fly, fly
I will die, die, die ...

Und dann stürzte sie ab, fiel zu Boden, wurde von Schlamm begraben. Ein Schmerz durchzuckte ihre Brust. Sie wollte Luft holen. Etwas lag auf ihr, ein Stein, ein Fels, ein Dämon. »Lass mich, geh weg ..., lass mich in Ruhe«, presste sie hervor, was dazu führte, dass sie noch weniger Luft bekam.

»Ruhig, Ulrike, ganz ruhig. Du muss dich beruhigen.«

Es waren Worte, nicht mehr als Wort, die sie wie aus weiter Entfernung hörte. Sie brauchte Luft zum Atmen. Verzweifelt versuchte sie ihren Brustkorb zu heben, presste gegen etwas, das sie erdrückte. Es war mehr als Panik, es war nackte Angst, die von ihr Besitz ergriff. Sie riss die Augen auf, als könnte sie durch sie hindurch atmen, riss den Mund auf, als könnte sie den kühlen Sauerstoff direkt in ihren Kopf und in ihre Eingeweide saugen, ballte ihre Fäuste, als könnte sie das Leben selbst festhalten.

»Es wird gleich besser, ganz ruhig.«

Das Letzte, was sie hörte, war das Zischeln der Sauerstoffsonde. Etwas kitzelte in ihrer Nase, in ihren Bronchien. Es fühlte sich gut an. Sie spürte die sich auflösende Schwere, die verblassende Dunkelheit. Auf einmal fühlte sie sich wie in der Tiefe des Ozeans, wie ein Fisch, der so tat, als würde er atmen und doch keinen Atemzug benötigte. Es war gut so, wie es war. Sie konnte sich einfach treiben lassen, einfach loslassen.

Als Maria am späten Nachmittag aus dem Zug stieg, Halle Hauptbahnhof, schien alles so, wie sie es an diesem Morgen verlassen hatte. Und doch war alles anders, nein, nicht alles, nur etwas in ihr selbst. Es musste etwas passieren. Sie wusste nicht was. Vielleicht wollte sie es auch nicht wissen. Das Schicksal war etwas Seltsames. Es passierte einfach. Ob man wollte oder nicht, man musste es akzeptieren. Aber irgendwie hatte dies auch etwas Beruhigendes, etwas Beschützendes.

Sie ging nicht direkt nach Hause, machte einen Umweg, vorbei an den gewaltigen Büsten von Marx, Engels und Lenin. Ob die drei damals ahnten, was die folgenden Generationen mit ihren vollmundigen Thesen anstellten? Wahrscheinlich genauso wenig wie Maria damals etwas ahnte, als sie dem bärtigen Marx ein neues Antlitz verpasste. Der weinende Marx, jetzt schien alles nur noch zum Heulen.

Als sie nach Hause kam, saß ihre Mutter auf dem Balkon. Zugestellt mit Blumentöpfen und Gießkanne bot er gerade noch Platz für einen kleinen runden Tisch und zwei Stühle. Auf dem Tisch stand ein Teller, darauf lagen ein paar belegte Brote, sowie eine Flasche Rote Brause. »Prickelnd frisch« stand auf dem Etikett der Flasche, die eine leuchtend rote, fast schon fluoreszierende Flüssigkeit enthielt.

Maria setzte sich zu ihr. Es war, als habe ihre Mutter ihre baldige Ankunft erwartet. »Mama, ich kann das nicht mehr. Wo soll das hinführen? Überall tut sich etwas, ich weiß nur nicht was.«

Hilde öffnete die Rote Brause mit einem Flaschenöffner. Zumindest der Kohlensäureschaum versprach prickelnd frisch zu sein. Sie goss zwei Gläser halbvoll, machte dabei ein ernstes Gesicht. »Maria, du musst mir jetzt gut zuhören. Onkel Jup ...«

»Ach richtig, mein Geburtstag«, fiel ihr Maria missbilligend ins Wort. »Hätte es fast vergessen«,

»Das ist es nicht. Die Zeiten ändern sich.«

»Wie meinst du das?«

»Du musst weg von hier. Möglichst bald, ich habe ihm geschrieben.«

»Du hast was?« Maria riss ungläubig die Augen auf.

»Er hatte damals schon davon geredet. Weißt du noch? Er kennt Schleuser. Die machen das.«

»Du meinst, ich soll abhauen? Dich hier alleine lassen. Kommt nicht in Frage.«

»Maria, sei vernünftig.«

»Vernünftig? Du sagtest doch selber, dass sich die Zeiten ändern.« Maria sprang auf und griff nach dem Geländer des Balkons, starrte hinüber zu den umliegenden Plattenbauten, die sich wie graue Grabsteine aneinanderreihten. Sie wusste selbst, dass ihre Mutter nur etwas aussprach, das seit damals in ihr brodelte. Sie wollte es dennoch nicht wahrhaben. »Wir können etwas verändern, wir müssen etwas verändern«, murmelte sie trotzig vor sich hin. »So geht's nicht weiter. So wird es nicht weitergehen.«

»Das dachten wir früher auch. Wir waren voller Hoffnung. Und dann zerbrach alles. Dein Vater und ich, wir haben unser Leben vergeudet. Wir hätten gehen sollen, damals vor dem Mauerbau. Dann war es zu spät. Das soll dir nicht passieren. Du hast dein Leben noch vor dir.«

Maria setzte sich wieder und musterte ihre Mutter aufmerksam. Sie erschrak darüber, wie blass sie aussah. Und doch blitzte etwas Entschlossenes in ihren Augen. »Sie mal, Mama, dieser Gorbatschow, er redet von Glasnost, Perestroika. Weißt du, was das bedeutet?«, versuchte sie die

Pläne ihrer Mutter zu umgehen.

»Die werden ihn kaltstellen. Das tun sie doch jetzt schon. Dieser Jelzin meint, er könnte alles besser. Vodka saufen, Sprüche klopfen, das war's aber auch schon. Und das Militär macht derweil, was es will. Überall marschieren sie ein, in Georgien, in Aserbeidschan. Eine Hand voll Oligarchen bluten das Land jetzt schon aus. Und hier in der DDR lauern sie doch auch schon in ihren Kasernen. Die können sich gar nicht erlauben, einfach nachzugeben. Es wird Schüsse geben, Tote. Sei vernünftig, Maria. Du musst hier weg. Ich bitte dich.«

Maria war verwundert, wie ihre Mutter redete, wie sie die politischen Veränderungen verfolgte. Aber es war nicht nur ihre Mutter, die sie hier festhielt. »Ich muss hierbleiben. Ich kann nicht weg.«

»Du denkst an Ulrike, nicht wahr? Meinst du, dass du ihr hilfst, wenn du ihr in Hoheneck Gesellschaft leistest oder wenn sie dich hier auf offener Straße abknallen? Aus dem Westen heraus kannst du ihr besser helfen. Ich habe gehört, dass es Anwälte gibt, die sich für politische Gefangene einsetzen. Von hier aus kannst du nichts für sie tun.«

Maria lehnte sich nachdenklich zurück. Ein Teil ihrer Lethargie bestand darin, dass sie nicht wusste, wie es weiterging, dass es keine Hoffnung gab, Ulrike zu helfen, sie zu befreien. Es war auch ihr eigenes Schicksal, dass sie zu ersticken drohte. Vergewaltigt, ein Kind abgetrieben, Gefängnis, Verhöre – es war nicht ihre Schuld und dennoch hatte sie sich treiben lassen, war naiv in den Schlamassel hineingerutscht. Jetzt drohte sie am Selbstmitleid zu ersticken. Ihre Mutter spürte das. Zusammen mit ihrer eigenen leidvollen Erfahrung wusste sie nur zu gut, was es hieß, sich erst falschen Illusionen und dann dem Selbstmitleid zu ergeben. Vielleicht hatte sie Recht. Wenn da nur nicht dieser schreckliche Onkel Jup im Raum stünde. Allerdings, auch wenn sie seine arroganten Wessiallüren nicht ausstehen konnte, eines musste man ihm lassen: Er hatte einen Plan, der sie weiterbringen würde, und vielleicht nicht nur sie selbst. Ihre Mutter hatte alles durchdacht, das Gespräch mit Maria sorgfältig vorbereitet.

»Sieh mal, im Sommer ist es heiß. Die Menschen sind auf der Straße, wollen an die Ostsee und nach Ungarn. Und dann kommen die Westautos, um ihre Verwandten zu besuchen. Es ist viel los auf den Straßen.

Du stehst an einem Parkplatz an der Transitstrecke, hinter einem Busch. Der Mercedes hält anscheinend rein zufällig. Der Fahrer steigt aus, muss austreten. Währenddessen springst du aus dem Busch, öffnest den Kofferraum und kletterst hinein. Klappe zu und los geht's.«

»Im Kofferraum? Ich ersticke da drin.« Maria holte tief Luft, als spüre sie bereits die Enge.

»Die machen das nicht zum ersten Mal. Und, Maria, eher erstickst du hier in der DDR, vielleicht in Einzelhaft. Willst du das? Du musst weg. Vertrau mir.«

»Und dann an der Grenze. Die werden uns filzen.«

»Der Schleuser hat einen Diplomatenpass. Die werden ihn durchlassen.«

»Das ist doch Wahnsinn.«

»Wahnsinn ist es hierzubleiben. Glaub mir.«

»Und dich allein hier zu lassen? Vergiss es. Das kann ich nicht.«

»Ich komme nach. Als Rentnerin wollen die mich hier sowieso nicht.«

»Die werden dir übel zusetzen«, widersprach Maria energisch.

»Mag sein. Dein Leben ist mir wichtiger. Bitte, Maria, tu es für mich, für Ulrike.« Sie goss bedächtig den Rest Rote Brause in ihre Gläser.

Die Farbe erinnerte an Blut. Maria versuchte den Gedanken zu verdrängen, kippte das klebrige Zeug in einem Zug nach unten. »Und wann soll das sein?«

»Sehr bald. Onkel Jup will uns benachrichtigen. Du musst schnell sein. Es gibt nur eine Chance.«

Aufgewühlt blickte Maria ihre Mutter an, versuchte zu verstehen. Ihre Mutter schickte sie weg, um ihr die Freiheit zu geben. Maria wusste, dass es für sie keine leichte Entscheidung war, nicht aufgrund der drohenden Repressalien, sondern weil es der Abschied von ihrer einzigen Tochter war, vielleicht ein Abschied für immer. Sie sagte nichts, spürte Tränen in ihren Augen, wollte sich wegdrehen, stand auf, blickte verloren in die Ferne. Hilde stellte sich hinter sie, legte ihre Arme um sie. Maria drehte sich um. Sie blickten sich dankbar an, dankbar für die vielen Jahre, die ihnen niemand nehmen würde. Zärtlich wischte ihre Mutter ihr die Tränen von der Wange, küsste sie, so wie es immer getan hatte, als sie noch ein Kind war. Maria würde immer ihr Kind bleiben.

In der folgenden Nacht konnte Maria nicht schlafen. Ihre Gedanken drehten sich nur um den Kofferraum, um die Flucht. Lisa hatte es getan, warum sollte sie es nicht auch schaffen? Ihre Mutter hatte Recht. Und was Ulrike betraf, erst aus dem Westen könnte sie ihr helfen, könnte auf das Unrecht, das man ihr antat, aufmerksam machen. Im Westradio hatte sie von einem Rechtsanwalt gehört, einem gewissen Dr. Vogel, der das Geschäftliche erledigte. Devisen gegen Menschenleben. Der Gedanke war unerträglich, vielleicht auch weil es der einzig realistische war. Moderner Menschenhandel, auch deshalb hatte sie diesen Dr. Vogel nie zur Kenntnis nehmen wollen. Jetzt musste sie ihm vertrauen, genau wie ihrem Onkel Jup, ob sie wollte oder nicht.

Und was ihre Mutter betraf: Nie hatte sie sich ihr so nahe gefühlt, hatte ihren Rat mehr geschätzt als jetzt, wo der Abschied bevorstand. Wo waren die letzten Jahre geblieben? Hatten sie aneinander vorbeigelebt? Sobald sie im Westen war, würde sie ihre Mutter nachholen, mit ihr ein neues Leben beginnen.

Die Nachricht kam schneller als erwartet, keine Woche nachdem ihre Mutter sie in ihre Fluchtpläne eingeweiht hatte. Maria war kurz zuvor nach Hause gekommen. Sie war vollkommen erschöpft und versschwitzt. Es war ein Dienstagabend, die Arbeitswoche hatte gerade erst begonnen. Staub klebte auf ihrer Haut. Aus der Dusche kam nur braunes Wasser. Der Sommer hatte unerbittlich zugeschlagen. Alles musste bewässert werden, insbesondere um den weinenden Marx herum, um ihm, es war ein Witz, der sehr schnell die Runde machte, nicht noch mehr Tränen in die Augen zu treiben.

»Maria, schnell, es ist für dich«, hörte sie ihre Mutter aus dem Wohnzimmer.

Sie schwang sich ein Handtuch um und eilte ans Telefon. Die Hände ihrer Mutter zitterten. Allein deswegen wusste Maria, wer dran war. »Hallo, wer ist da?«

Am Telefon meldete sich jemand, der seinen Namen nicht nennen wollte. Es war eine männliche und verrauchte Stimme, vielleicht auch extra verstellt. »Freitag, sechzehn Uhr, Parkplatz, Halle Süd.« Schon legte der Mann auf.

»Freitag«, murmelte Maria vor sich hin. Der Wochentag klang programmatisch.

Marias Mutter zögerte keine Sekunde, holte einen Stadtplan hervor, den einst Onkel Jup zurückgelassen hatte, und breitete ihn auf dem Wohnzimmertisch aus. »Halle Süd, Halle Süd, Parkplatz«, murmelte sie nervös vor sich hin und zeigte dann mit dem Finger zielsicher auf eine Stelle. Es gab einen Rastplatzt, der sich so nannte, etwa einen Kilometer vor der Auffahrt auf eine Transitstrecke Richtung Westen.

Maria stand neben ihr und starrte mit ihr auf die Karte. »Und wenn die Vopos bereits dort stehen?« Bisher waren es nur vage Pläne. Jetzt wusste sie, dass es ernst wurde.

»Warum sollten sie?«, erwiderte ihre Mutter scheinbar gelassen und ohne sie anzusehen. Ihre Fassade war leicht zu durchschauen. Den Gedanken, sich in knapp zwei Tagen vielleicht für immer von ihrer Tochter verabschieden zu müssen, versuchte sie krampfhaft zu verdrängen.

Es war ein heißer Donnerstagabend, ihr letzter gemeinsamer Abend. Eine dichte Dunstglocke lag über der Stadt. Maria dachte an die Enge des Kofferraums. Sie würde ersticken oder in Panik geraten. Sie standen in der Küche und räumten gemeinsam den Abwasch weg.

»Gehen wir noch einmal zusammen in die Kirche?«, fragte ihre Mutter unerwartet, während sie die Tassen in den Geschirrschrank stellte. Maria stand an der Spüle, stapelte die sauberen Teller in den Küchenschrank.

»Mitten in der Woche?«

»Es wäre mir wichtig.« Offenbar hatte Hilde ihren Groll auf die Kirche, von der sie sich einst so im Stich gelassen gefühlt hatte, überwunden. Vielleicht würde sie dort sogar Trost finden, Anschluss an andere Menschen für die Zeit ihrer Trennung. Maria willigte sofort ein. Es war nicht weit, fünf Minuten zu Fuß. In der Kirche was es angenehm kühl. Mehr und mehr Menschen strömten hinein.

»Siehst du die Menschen, Mama. Es wird sich bald etwas tun. Ich muss hierbleiben«, flüsterte Maria ihr zu, während die Orgel von der Empore donnerte und sie beide eng nebeneinander auf der harten Bank saßen. Ihre Mutter antwortete nicht, ließ keinen Zweifel nach außen durchdringen, Zweifel, die ihr selbst jedoch die Brust sprengten.

Am nächsten Tag, dem Tag ihrer Flucht, Freitag, hatte sich Maria krankgemeldet. »Alles Gute, Maria«, waren die letzten Worte ihrer Chefin am Telefon. Ahnte sie, was Maria vorhatte? Wie gerne hätte sie sie eingeweiht.

Um kurz nach zwei war es dann so weit. Zusammen gingen sie nach unten, vor die Tür, wo Mutters Fahrrad auf Maria wartete, wie immer an den Zaun gelehnt, als würde es gleich zum Konsum gehen. Schweigend hielten sie sich lange in den Armen. Dann drehte sich ihre Mutter kurzerhand um, ließ Maria im Hof zurück, verschwand hinter der Tür. Erst war Maria ein wenig enttäuscht, kein aufmunterndes letztes Wort von ihr zu hören, kein Kuss, keine tröstende Hand auf ihrer Wange zu spüren. Aber vielleicht war es gut so.

Mit dem Fahrrad fuhr sie bis zur Stadtgrenze. Es war Mutters Fahrrad. Wie oft war sie diese Strecke gefahren, schon als Kind, als ihr das Fahrrad noch riesengroß vorkam? Damals hatte sie ihren Spaß damit. Jetzt drehte sie sich ständig um, fühlte sich verfolgt. Ein Wartburg mit Blaulicht, es war ein Polizeiwagen, kam hinter ihr her. Erschrocken blieb sie stehen. Ihr Herz raste.

»Können Sie nicht Platz machen, junge Frau?«, brüllte ihr der Vopo durch das geöffnete Fenster entgegen. Der Wagen rauschte dicht an ihrem Bein vorbei, ließ eine blaue Staubwolke hinter sich.

»Klar, Platz für andere. Wenn ihr wüsstet«, murmelte sie vor sich hin. Sie musste sich beeilen und trat in die Pedale.

Am Ortsrand, hinter einer Scheune, stellte sie ihr Fahrrad ab. Von dort ging es zu Fuß weiter, querfeldein bis zum Parkplatz an der Transitstrecke. Die Schlote von Leuna sollte sie im Auge behalten, das hatte ihre Mutter ihr noch eingebläut. Früher hatte sie die Dreckschleudern gehasst. Wer hätte gedacht, dass sie ihr heute den Weg in die Freiheit wiesen?

Es war ein heißer Tag. Es war ungewöhnlich viel Verkehr auf den Straßen. Wie ihre Mutter es prophezeit hatte. Zahlreiche Westautos, dazwischen einige verloren wirkende Trabis, schlichen über die Transitstrecke.

Sie war eine gute Stunde zu früh am Treffpunkt, drückte sich hinter einen Busch. Der Boden war staubig, ihre Knie schmerzten. Wie schlimm würde es erst im Kofferraum werden? Von dort gab es kein Entrinnen. Sie wollte nicht daran denken, legte sich auf den Boden, streckte die Beine aus. Die Schlote der Chemiekombinate qualmten. Würde sie die Dreckschleudern je wiedersehen? Sie ertappte sich bei dem bizarren Gedanken, sie jetzt schon zu vermissen.

Es wurde sechzehn Uhr. Die Minuten quälten sich dahin. Der Zweifel in ihrer Brust, nicht doch einen schweren Fehler zu begehen, wurde erdrückend. Sie wusste, dass eine Flucht auch ihrer Mutter Probleme machen würde. Weniger Rente, bestenfalls, vermutlich endlose Verhöre, vielleicht Dunkelzelle. Sie hatten nicht darüber gesprochen.

Schon wollte sie alles abbrechen, als ein beiger Mercedes auf den Parkplatz rollte. Der Fahrer stieg aus und schaute sich kurz um. Er ging zum Feldrand und fummelte an seiner Hose. Maria zögerte nicht, schlich zum Fahrzeug, öffnete den Kofferraum. Eine Decke, nichts weiter. Sie kletterte hinein, holte nochmals tief Luft, zog den Deckel zu sich heran und verschloss ihn mit einem Ruck. Dann passierte lange nichts. Es war dunkel, die letzte Chance, die Flucht abzubrechen, sofern sich der Deckel überhaupt von innen noch öffnen ließ. Ihr Herz raste, als sie Schritte auf dem Kies seitlich des Kotflügels hörte. Jemand zündete sich eine Zigarette an, ein kurzes Klopfen, beiläufig. Es klang beruhigend, Routine, kein Grund zur Aufregung, wollte sie sich einreden.

Der Mann setzte sich ans Steuer und ließ den Wagen an. Es holperte, dann wurde es ruhiger. Sie versuchte sich auszurechnen, wie lange die Fahrt bis zur Grenze dauern könnte. Vermutlich würde der Mann den Kofferraumdeckel öffnen, sobald sie die Grenze passiert hatten. Die Kilometer und die Zeit rannen zäh dahin. Die Luft wurde schwerer. Der Kofferraumdeckel drückte alles zusammen und dennoch war er ihr Schutz. Sie wollte schlafen und erst in der Freiheit wieder aufwachen. Das Gegenteil passierte. Je näher sie der Grenze kamen, desto nervöser wurde sie. Panik war das Letzte, was sie jetzt brauchte.

Als der Wagen zum Stehen kam, hielt sie den Atem an. Nur noch wenige Minuten, raste es ihr durch den Kopf. Der Wagen fuhr wieder an. Sie wollte aufatmen, als er nach kurzer Zeit erneut anhielt. Stimmen kamen näher, wurden lauter, bedrohlicher. Hunde bellten, kratzen am Blech des Kotflügels. Beten, nur noch beten. Sie dachte an ihre

Mutter, wie sie am Abend zuvor in der Kirche gebetet hatte. Es war das Letzte, was ihr blieb. Jemand donnerte gegen den Kofferraumdeckel. Das Erste, was sie sah, war der Lauf zweier Gewehre, die auf sie gerichtet waren. Das Licht von Taschenlampen blendete in ihren Augen. Alles Weitere erlebte sie wie in Trance.

»Raus da!«

Es war vorbei. Sie hatte verloren. Seltsamerweise war es keine Angst, die von ihr Besitz ergriff. Eher eine Art Gleichgültigkeit. Pech gehabt, zurück zum Anfang. Einen Anfang gab es jedoch nicht mehr. Wie naiv waren sie doch alle gewesen. Erst die Briefe an Ulrike, dann ihr bizarrer Besuch in Hoheneck und nun der sinnlose Fluchtversuch. Sie musste lachen. Die Vopos schauten sie entgeistert an und stießen sie in einen Lieferwagen ohne Fenster. Es wurde dunkel. Als der Lieferwagen abrupt losfuhr, knallte sie mit dem Kopf gegen die Wand und verlor das Bewusstsein. Es war gut so.

Erst als es wieder heller wurde, die Stimmen zurückkamen, wurde sie wach, versuchte sich zu erinnern, was passiert war.

»Raus da«, befahl jemand.

Es war, als wiederhole sich alles. Diesmal war es jedoch nicht der Kofferraum, sondern ein Lieferwagen, der sie mit denselben Worten ausspuckte.

Es ging durch eine unscheinbare Tür in ein ebenso unscheinbares Gebäude. Nur die vergitterten Fenster verrieten seinen Zweck. Wie viele von der Sorte Stasibunker gab es wohl in der DDR? Hunderte, Tausende? Auch innen unterschied sich die Einrichtung kaum von der an der Ostsee: vergitterte Fenster, hellgrün gestrichene Wände, wandfüllende Regale mit zahllosen Aktenordnern, ein Schreibtisch in der Raummitte, davor ein Stuhl. Sie sollte sich setzen. Hinter dem Schreibtisch saß ein Mann, der ihr bekannt vorkam. Zwei Vopos bauten sich rechts und links vor ihr auf.

»Republikflucht. Wissen Sie, was darauf steht?«

Die Stimme war eine andere, als die beim letzten Verhör, sonst war alles unverändert, wie eine Platte, die sich von Neuem abspulte.

»Zusammen mit Ihren anderen Vergehen«, er blickte auf einen Zettel, »staatsfeindliche Aktivitäten, konspirativer Umsturz ...«

Wieder musste sie lachen. Der Mann vor ihr verstummte. Alles war so sinnlos, eine Farce. Die ernsten Gesichter, die Drohgebärden, die immer gleiche Verkleidung. Ein Theater. Dantes göttliche Komödie aus Vaters Bibliothek. Sie hatte das Buch gelesen, obgleich es in der Schule verpönt war. Vielleicht wollte sie es damals gerade deswegen verstehen.

»Bravo, bravo«, stieß sie aus. Etwas Warmes lief an ihrer Wange hinunter. Sie fasste sich an die Stirn, ertastete eine Platzwunde, die sich offenbar in dem Lieferwagen zugezogen hatte. Blut. Sie steckte die Finger in den Mund. Es schmeckte salzig. Das Verhör wurde abgebrochen, bevor es angefangen hatte. Die Sachlage war klar.

»Aufstehen«, befahl der Beamte.

Stasiprogramm zweiter Akt, ging es ihr durch den Kopf. Sie behielt Recht. Es ging zurück durch den kahlen Gang, zur Treppe, hinab in den Keller. Es roch muffig. Ein Schlüsselbund klapperte in der Eisentür. Die Pritsche an der Wand, der stinkende Kübel. War es dieselbe Zelle oder sahen sie alle gleich aus?

Als Ulrike wieder zu sich kam, spürte sie einen Schmerz am Handrücken. Jemand versuchte ihr erneut eine Nadel in die Vene zu schieben. Wie oft konnte man eine malträtierte Vene noch anstechen? Sie ließ es über sich ergehen. Schweißtropfen rannen an ihrer Schläfe entlang. Ihr Herz raste. Sie fühlte sich kalt, eiskalt und doch glühte etwas in ihr. Mühsam versuchte sie die Augen zu öffnen. Eine Flasche über ihr glänzte im flackernden Licht der Neonlampen an der Zimmerdecke. Es tropfte in einen kleinen Behälter unterhalb der Flasche. Tick, tick, tick. Sie kannte die monotone Hintergrundmusik bereits, versuchte sich darauf zu konzentrieren, ihren Herzschlag zu beruhigen, das Herz im gleichen Takt schlagen zu lassen. Mit Erleichterung stellte sie fest, dass es ihr diesmal besser gelang. Die Atmung schien etwas leichter. Oder hatte sie bereits aufgehört zu atmen?

Sie hörte eine Stimme. Es war Marias Stimme. Sie klang wie eine sanfte Melodie.

Maria hatte verloren. Die Flucht war misslungen. Ihre Mutter würde auf eine Nachricht aus dem Westen warten, die nie käme. Irgendwann würde auch sie begreifen, dass der ganze Plan ein Irrsinn gewesen war. Jetzt war sie allein, würde vielleicht ihrem gequälten Leben ein Ende setzen. Vielleicht würde sie auch nur wieder anfangen zu bügeln.

Die Zeit verrann in dem bekannten An und Aus des Neonlichts, dem Öffnen und Schließen des Schlitzes in der Tür, durch den man ihr die übliche Ration Essen und Trinken schob, eine Ration, die sie sowieso nicht anrührte. Die Todesstrafe gab es in der DDR nicht. Haft in den gelben Mauern war jedoch schlimmer, es war wie lebendig begraben zu werden. Sie dachte an Ulrike. Vielleicht würden sie sich bald wiedersehen, innerhalb der gelben Mauern. Trotzig fing sie an zu singen:

»We will fly, fly, fly
So high, high, high
We shall never fall
We, we, we ...«

Wir, wir, wir, gemeinsam ... Es war der einzige beruhigende Gedanke, an den sie sich klammerte.

Irgendwann ging die Tür auf. »Mitkommen«, befahl jemand.

Je härter die Strafen, desto kürzer ist offenbar der Befehlston, dachte sie und erhob sich von ihrer Pritsche.

Es ging die Treppen hoch, dritter Stock und von dort in einen Gang. Am Ende stand eine Tür offen. Gitter waren keine an den Fenstern. Verwirrt trat sie ein. Es war ein freundlich eingerichtetes Zimmer, Bilder an der Wand, gegenüber stand ein Regal mit Büchern, Zimmerpflanzen auf dem Fenstersims. Die Wachleute blieben draußen im Gang und ließen die Tür zufallen.

Jemand stand vor dem Fenster, drehte ihr den Rücken zu, die Hände am Rücken gefaltet. Sie wusste sofort, wer es war, nur nicht, ob sie lachen oder weinen sollte. Zwischen ihnen stand ein großer brauner Schreibtisch. Gründerzeit, vielleicht ein Erbstück. Die Bilder an der Wand, Schwarz-Weiß Fotografien in verschiedenen Größen, zeigten lachende Menschen. Junge, alte, er war auch dabei, als Kind, als Jugendlicher. Sie dachte zurück an die kurze Zeit, in der sie zusammenwaren, den ersten Kuss in Oma Heddes Garten.

Er beendete die Stille abrupt und wandte sich gleichzeitig um. »Maria, bist du total übergeschnappt?«

»Was willst du von mir?«, fragte sie müde zurück.

Alex trat zum Schreibtisch, sah sie an, stützte sich mit beiden Händen auf der Tischplatte ab. Er bebte nicht nur innerlich, biss die Zähne zusammen. Er musste tief Luft holen und hielt kurz den Atem an, bevor er weitersprach: »Republikflucht. Diesmal kann ich nichts mehr für dich tun.«

»Was sollte denn auch der Mörder meines Kindes für mich tun können?«, erwiderte sie trotzig.

Er hob die Hände abwehrend, sie zitterten. »Jetzt sei doch endlich mal vernünftig. Sei froh, dass uns hier keiner zuhört.« Seine Augen glühten. War es Wut, Enttäuschung, vielleicht doch noch etwas wie Zuneigung? Liebe? Vielleicht alles zusammen.

»Bist du dir da so sicher, dass uns keiner zuhört? Unser Kind hört mit Sicherheit zu.«

»Es musste sein. Ist besser so.«

»Für dich und deine Parteikarriere vielleicht.«

»Alle tun es.« Er drehte sich wieder zum Fenster, um weiteratmen zu können. »Hoheneck, drei Jahre. Du glaubst doch nicht, dass du dort das Kind hättest behalten können?«

»Es ist auch dein Kind.«

»Wie dem auch sei, Maria, das Einzige, was ich dir ersparen konnte, ist der Express.«

»Express, was meinst du damit?«

»Sie nennen es den Grotewohl-Express.«

»Klingt ja gefährlich.«

»Ach, vergiss es. Auf jeden Fall fahren sie dich direkt dorthin. Es war das Einzige, was ich noch für dich tun konnte, und dann ...« Er drehte sich erneut um, ging im Raum auf und ab. »Vielleicht kann ich dich früher rausholen. Wenn du dich gut benimmst.«

»Oh, wenn ich mich gut benehme, wenn ich so ein Speichellecker werde, wie du einer bist.«

»Verdammt, Maria, wach auf! Es liegt an dir, ganz allein an dir, ob du dein Leben ruinieren willst.«

Maria drehte sich zur Wand, betrachtete die Fotografien. Alex hatte

Recht, es war vielleicht wirklich Zeit aufzuwachen. Irgendwann. »Deine Familie?«, versuchte Maria ihre wirren Gedanken zu sortieren.

Alex nickte und kam zu ihr. Er wollte ihr die Hand auf die Schulter legen, tat es dann aber doch nicht. »Meine Eltern, und das sind meine beiden Schwestern.« Er deutete der Reihe nach auf die Bilder.

»Ich wusste gar nicht, dass du Geschwister hast.«

»Es war eine schöne Kindheit. Wir waren oft an der Ostsee ..., hier, sieh mal, sogar in Moskau.«

»Die älteren Herrschaften hier, wer ist das?«

»Das sind meine Großeltern, väterlicherseits. Sie kannten Lenin noch persönlich. Sie hatten ihre Ideale, kämpften im Krieg gegen die Nazis, im Untergrund, in den Wäldern. Sie riskierten ihr Leben. Viele von ihren Mitstreitern wurden gefasst, kamen ins KZ und wurden gefoltert, grausam ermordet. Meine Großeltern waren Kommunisten aus Überzeugung, weil sie wussten, zu was diese Faschisten fähig waren. Sie gaben ihre Ideal weiter an ihre Kinder, an ihre Enkel, an mich.«

Schweigend betrachteten sie Seite an Seite die Bilder, die plötzlich anfingen zu leben, sich zu bewegen, etwas zu sagen hatten.

»Und, denkst du immer noch so? Sind es immer noch deine Ideale?«, fragte Maria schließlich leise.

Er zögerte, bis er antwortete: »Ich weiß es nicht. Man wird in etwas hineingeboren, aus dem man sich nicht einfach so lösen kann. Die anderen sind auch nicht besser, niemand ist besser. Der Mensch ist grausam. Er frisst seine Kinder, wenn es sein muss.«

Maria suchte nach Worten, vielleicht waren es die letzten Worte, die sie miteinander teilten. »Wusstest du, dass Ulrikes Eltern frei sind, dass sie nie in Bautzen waren?«

Alex fuhr erschrocken herum. Eigentlich war es eine gute Nachricht. »Nein, das ..., das wusste ich nicht.«

Maria sah ihn aufmerksam an. Er hatte es scheinbar tatsächlich nicht gewusst, war von seinen eigenen Leuten, seinem eigenen Vater belogen worden. Sie waren alle Opfer von Lügen, auch Alex. »Vielleicht gibt es doch noch Hoffnung, Gerechtigkeit, irgendwo«, stellte Maria nachdenklich fest. Sie wusste nicht, ob sie es ernst meinte. Vielleicht war es ihr nur so rausgerutscht, weil er ihr plötzlich leidtat.

Alex schüttelte den Kopf. »Ich wünschte, du hättest Recht. Das Leben ist wie ein ständiger Wechsel aus Schuld und Rache. Jeder hat Schuld, jeder giert nach Rache.«

Es war nur ein Wort, das ihr in den Sinn kam. Sie legte ihre Hand auf seine Schulter. »Vergebung?«, flüsterte sie. Es war das Thema gestern Abend im Gottesdienst. Sie hatte lange darüber nachdenken müssen.

»Vielleicht. Aber …«, Alex seufzte, zog die Augenbrauen hoch und nickte, »der Apparat kennt keine Vergebung. Es liegt an jedem Einzelnen von uns zu vergeben.« Er blickte auf ihre Hände, vermied es jedoch, in ihre Augen zu schauen. »Und du, Maria, kannst du vergeben?«

Die Tür sprang auf, Uniformierte drangen ein. Einer von ihnen war deutlich älter als Alex, groß, massig. Zahlreiche Orden baumelten an seiner Brust, goldene Verzierungen auf der Schulter. »Schluss jetzt. Du hattest, was du wolltest.« Seine Stimme klang hart. Er packte Maria am Arm und zog sie aus dem Zimmer.

Alex blieb stehen und presste die Hände vor sein Gesicht.

Sie führten sie ab, die Treppen hinter zum Hinterausgang. Auf dem Hof wartete ein Wartburg mit offenen Türen. Sobald die Türen ins Schloss fielen, heulte der Motor auf. Erst ging es über die Landstraße, dann auf die Autobahn, schließlich wieder auf die Landstraße. Keiner sagte etwas. Maria saß auf dem Rücksitz, angespannt, dachte an Alex. Vergebung, der einzige Ausweg aus Schuld und Rache. Sie hatte es selbst gesagt und konnte es doch am wenigsten.

Hoheneck war weithin sichtbar. Es war reine Ironie und gleichzeitig seltsam beruhigend, dass sie diesmal nicht befürchten musste, entdeckt zu werden. Diesmal wurde sie ganz offiziell zugeführt, in der Limousine des Chefs. Alles legal.

Als sie vor dem schweren eisernen Tor stehen blieben, gierten Gesichter zwischen den Gitterstäben hindurch. War Ulrike unter ihnen? Sie sahen alle gleich aus. Sie führten sie durch zwei große Eisentore, die sich behäbig vor und hinter ihr auf- und hinabbewegten. Von der Vorhölle zur Hölle, ein Zurück gab es nicht. Vor dem eigentlichen Hoftor ging es nach rechts in ein niederes Gebäude, schließlich in einen gelb gekachelten Raum. Sie musste sich ausziehen.

»An die Wand!« Nichts blieb an ihr, nichts, keine auch noch so intime Körperöffnung den Blicken der Wärterinnen verborgen. Dann bekam sie einen grauen Kittel mit Gürtel, Strümpfe, Unterwäsche, Schlappen. Anstaltskleidung war Teil des Programms, um sie endgültig von ihrem früheren Leben zu lösen. Es würde nicht die einzige Maßnahme bleiben. Es ging durch eine Tür und vor ihr öffnete sich eine Art Treppenhaus, drei- vielleicht vierstöckig. Hinter schmiedeeisernen Geländern zu beiden Seiten reihten sich die Zellen. Alle waren nummeriert. Sie wurde in eine Einzelzelle gesperrt, die sich im Erdgeschoss aneinanderreihten.

»Für Politische zum Eingewöhnen«, rief ihr eine Wärterin höhnisch lachend zu. Die Tür fiel ins Schloss, die Schlüssel klackten mehrfach. Hocker, Holzpritsche, Kübel, das war's. Wieder umgab sie die blassgrüne Wandfarbe. Vermutlich hatte es sie für die Stasi im Dutzend billiger gegeben. Durch das Oberlicht drang nur noch wenig Licht. Draußen war es dunkel geworden. Das, was noch flackerte, waren die Scheinwerfer auf dem Hof.

Die Zeit verging, waberte konturlos dahin. Diesmal gab es jedoch Geräusche: das Stiefelgetrampel der Wärterinnen, das Schlurfen der Gefangenen auf den eisernen Stufen, zufallende Türen, das Klimpern großer Schlüsselbunde, kurze staccatoartige Befehle. Sie wiederholten sich endlos, bis Maria das Orchester von Hoheneck kaum noch wahrnahm.

Als die Tür aufgeschlossen wurde, drang bereits Tageslicht durch das Oberfenster. Eine Wachfrau platzte hinein. »Aufstehen. Auf geht's in die Zelle.«

Sie hatte eine andere Einzel-, vielleicht sogar eine Dunkelzelle erwartet. Es kam anders. Eine dicke Wachfrau nickte mit dem Kopf zur Seite. Sie gingen die breite Treppe hinauf, erster, dann zweiter Stock, Zelle 66. Obwohl draußen ein warmer Spätsommer dem Herbst nicht weichen wollte, war es zwischen den Mauern kalt und feucht. Eine schwere Tür wurde aufgeschlossen. Barsch wurde ihr eine mittlere Etage eines Dreistockbettes, von denen mehrere, mindestens acht an der Zahl, dicht gedrängt nebeneinanderstanden, zugewiesen. Auf einem nackten Rost zwischen den eisernen Bettrahmen lag eine Decke.

»In einer Stunde ist Schicht«, waren die letzten Worte der Wachfrau, bevor sie sich umdrehte und von außen die Zelle verriegelte. Maria wusste nicht, was Schicht war, ahnte jedoch, dass es sich um Zwangsarbeit handelte. Verwirrt kletterte sie auf ihre Zwischenetage und setzte sich auf die Decke. Alle starrten sie an, niemand sagte etwas. Es war eine seltsam gespannte Stimmung, feindselig, als wäre der Ort selbst nicht bereits feindselig genug. Sie wollte etwas sagen, wenigsten ihren Namen in den Raum werfen.

Eine Frau kam mit bedrohlicher Geste auf sie zu. Eine auffällige Tätowierung in Form einer Schlange züngelte entlang ihres mageren Halses. »Raus da. Das ist nicht deine Pritsche.«

Maria tat so, als hörte sie die krächzende Stimme nicht. Wie aus dem Nichts wurde sie plötzlich von einer kräftigen Hand gepackt und aus ihrem Bett gezerrt. Der Aufschlag auf dem Betonboden war dumpf. Für einen Moment kämpfte sie mit dem Bewusstsein.

Die Tätowierte stand breitbeinig über ihr. »Bist ne Politische. Eine ganz Besondere. Kommt mit dem Taxi.«

»War nicht meine Idee.« Maria versuchte aufzustehen, griff nach den Eisenrahmen eines der Stockbetten. Mühsam zog sich zwischen den knorrigen Beinen der Tätowierten nach oben, wollte zurück auf ihren Schlafplatz.

»Hey, ich hab dir doch gesagt, die gehört nicht dir. Wenn Ulli zurückkommt, fliegst du sowieso hier raus.«

Maria drehte sich um. Ihr Kopf schmerzte vom Aufprall auf den harten Boden.

»Ulli, wer ist Ulli?«

»Kennst du sowieso nicht.«

»Vielleicht doch«, erwiderte Maria trotzig. Sie wusste, dass sie nichts mehr zu verlieren hatte.

»Hier haben alle eine Nummer.«

»Wie ist ihr echter Name?«, insistierte Maria hartnäckig.

»Geht dich nichts an.«

»Vielleicht Ulrike, Ulrike Sonnemann?« Sie musste es riskieren. Sie hatte keine andere Chance, als die andere vor den Kopf zu stoßen, wenn sie Glück hatte. Sie hatte Glück. Die Tätowierte taumelte zurück und blinzelte verwirrt. In Hoheneck waren hunderte Frauen eingesperrt. Die Wahrscheinlichkeit, ausgerechnet Ulrikes Zelle und sogar ihre Schlafstädte zugeordnet zu bekommen, war verschwindend gering. Die Reaktion der Tätowierten war jedoch zu offensichtlich. Aber wo war Ulrike, wenn es denn ihr Bett war? Einzelhaft, Dunkelzelle oder konnte es sie noch schlimmer getroffen haben? Was war schlimmer als das? Die Gedanken rasten durch Marias Kopf.

Die Tätowierte schaute sie misstrauisch an. »Du bist so ne Stasitante. Das riech ich von Weitem.«

»Tatsächlich? Meinst du vielleicht, ich würde mich als Stasitante hier einsperren lassen? Also, was ist mit Ulli?«

»Verpiss dich, Süße, von mir erfährst du nichts.« Die Tätowierte spuckte auf den Boden und drehte sich um.

»Wir sind befreundet, im gleichen Boot, das ist alles«, setzte Maria nach.

»So, im gleichen Boot? Hast wohl auch deinen Alten um die Ecke gebracht.«

Maria erwiderte nichts, überlegte scharf. Offenbar gab es Regeln, Etikette der besonderen Art. »Kann ich zu ihr? Ist sie hier irgendwo?«, fragte sie und wusste gleich, dass es eine mehr als naive Frage war.

Die Tätowierte prustete vor Lachen. »Habt ihr das gehört, Mädels? Die Neue will zu ihr. Sie sind befreundet. Wie romantisch. Und was meint ihr, sollen wir ihr den Gefallen tun? Mal sehen, ob die Krankenstation noch Betten frei hat.« Ein hämisches Grinsen huschte über ihr ausgemergeltes Gesicht.

Maria versuchte sich aufzurichten und blickte zur Seite, als sie ein heftiger Schlag an der Schläfe traf. Hilflos streckte sie ihre Arme aus, um nicht ein zweites Mal mit dem Kopf zuerst den Boden zu treffen.

Ulrike versuchte sich zu konzentrieren, das Brummen ihres Schädels, das Rascheln ihrer Atmung zu ignorieren. Marias Gesang klang noch in ihren Ohren. Es war eine Illusion, eine Erinnerung, nur ein schöner Traum. Aber da war noch etwas, nicht nur dieses monotone Piepen, das sie Tag und Nacht begleitete. Aus der Ferne klangen Stimmen aus einem Radio an ihr Ohr. Sie wollte verstehen, was gesagt wurde. Es klang anders, als sie es in Erinnerung hatte.

Angestrengt zwang sie sich, die Augen zu öffnen. Das Licht einer Nachttischlampe verströmte ein gedecktes Licht. Hinter dem Gitter des

Fensters war es stockdunkel. Sie versuchte sich aufzusetzen. Ihre Brust schmerzte. Das Atmen fiel ihr schwer. Mühsam hob sie ihren Kopf, mehr ging nicht, betrachtete ihre Füße. Blaue Zehen, geschwollene Knöchel. Es war nicht ihr Körper, alles wirkte fremd, gehörte nicht zu ihr. Erschöpft sank ihr Kopf wieder aufs Kissen. Sie blickte zur Decke. An einem silbrigen Infusionsständer hing eine kleine Flasche mit einer gelblichen Flüssigkeit. Der Schlauch führte zu ihrem Arm und verschwand hinter einem Verband. Der Anblick ihrer Arme war noch erschreckender als der ihrer Füße. Zwischen Pflastern und unzähligen grünen und blauen Flecken, die wie eine Landkarte ineinanderflossen, verschorften punktförmigen Wunden, ragten die Knochen ihrer Hände, ihrer Arme wie Kleiderbügel hervor. Die noch einigermaßen unversehrte Haut war faltig, überdeckte Sehnen und schlaffe Muskeln. Wie lange war sie hier? Wie viel Zeit war vergangen? Zeit, die an ihrem Körper genagt hatte? Sie hatte Hunger, vielleicht war es das einzige gute Zeichen.

Erneut versuchte sie sich aufzusetzen, die Beine über die Bettkante zu schieben.

In dem Moment sprang die Tür auf. Eine Frau, ganz in Weiß gekleidet, eilte auf sie zu. »Hey da, nicht so schnell«, sagte sie hastig.

»Fühl mich besser.« Bereits die kleine Anstrengung brachte sie außer Atem.

»Du bist noch zu schwach. Ein Rückfall und das war‘s. Hast du verstanden?« Die Nachtschwester setzte sich zu Ulrike auf die Bettkante und legte fürsorglich den Arm um ihre Hüfte. Sie war eine kleine, drahtige Frau um die vierzig, mit kurzen Haaren, eher Stoppeln, die an ein abgeerntetes Weizenfeld erinnerten. Der weiße Kittel wurde mit einem Gürtel zusammengehalten. Auf einem Namensschild stand Hanna, daneben hing eine Uhr zum Pulsmessen. Der kleine Zeiger stand auf drei, der große auf kurz vor zwölf. Ein roter Sekundenzeiger bewegte sich ruckartig von Strich zu Strich. Die Zeit hatte wieder angefangen.

»Ich müsste mal wohin«, bemerkte Ulrike. Ihre Zunge raschelte über ihre trockenen, rissigen Lippen.

Die Schwester griff nach einem Glas, halbgefüllt mit Wasser, hielt es ihr vor den Mund. »Trink erst mal einen Schluck. Ich helfe dir dann.«

Das kühle Nass linderte den brennenden Schmerz auf Ulrikes Zunge.

Gierig nahm sie noch einen zweiten Schluck. »Danke.«

Hanna stellte das Glas zur Seite und griff ihr unter die Axel. »Eigentlich sollst du nicht raus. Ein Rückfall und das war's.«

»Das sagtest du schon.« Ulrike hing auf Hannas Armen, fühlte sich wie ein nasser Sack, schloss die Augen, tastete nach den Schlappen. Dann gab sie sich einen Ruck und löste sich von der Bettkante. Alles um sie herum drehte sich und verschwamm. Es gab keinen Bezugspunkt mehr außer Hannas Arm, an den sie sich haltsuchend klammerte. Ihre Knie zitterten, ihr Herz raste. Luft holen, langsam Luft holen, versucht sie sich zu beruhigen. War es ihr eigene Stimme oder die von Hanna? Sie stand vor dem Bett, ein Zurück durfte es nicht geben. Vorsichtig öffnete sie die Augen. Die Tür und das Licht vom Gang war unendlich weit weg. Sie musste es schaffen. Schritt für Schritt ging es voran, bis ihre linke suchende Hand etwas zu fassen bekamen. Die Türklinke fühlte sich kühl an.

Auf dem Gang spiegelte sich der Linoleumboden. Wie weit noch? Die Türen zu den anderen Zimmern standen offen. Das Geräusch eines Radios wurde lauter. Jetzt verstand sie ein paar Worte, die noch fremder klangen als zuvor.

»Wir sind das Volk, wir sind das Volk ... wir sind das Volk ...«

»Verdammt. Halt dich mal kurz an der Tür fest.« Hanna rannte ins Stationszimmer und stellte das Radio aus, kam dann mit einem hochroten Kopf zurück »Falscher Sender.«

»Wie lange noch?« Ulrike begriff sofort. Ihr Verstand arbeitete noch.

»Weiß keiner. Die haben gerade erst angefangen. In Leipzig geht es drunter und drüber.« Hanna biss sich auf die Lippe und verstummte schlagartig.

Ulrike atmete schwer. »Ich meinte eigentlich bis zur Toilette«, hauchte Ulrike. Sie brauchte einen Moment, um wieder Luft zu bekommen. Wieder überfiel sie der Schwindel. Laufen und Reden passten nicht zusammen.

Langsam führte Hanna sie an einem Krankenzimmer mit geöffneter Tür vorbei. Ulrike blinzelte hinein. Jemand lag auf dem Rücken, die Hände und Füße mit Riemen fixiert. Für einen Moment kam ihr das Gesicht bekannt vor. Zimmer 7, der Gedanke ließ sie nicht mehr los. Zum ersten

Mal spürte sie wieder ihren Willen und ihre Kraft von irgendwoher in sich aufkeimen. »Wer ist das?«

»Kam gestern Nacht. Schlägerei. Die Politischen sind übel dran. Und nur wegen Republikfluchte. Aber nicht mehr lange.«

»Nicht mehr lange? Wie ...?«, weiter schaffte sie es nicht.

Hanna antwortete nicht, öffnete mit der freien Hand die Toilettentür. Ulrike wollte allein zur Kloschüssel. »Ich helfe dir«, kam ihr Hanna zuvor.

»Lass mal. Ich komme zurecht.«

Hanna zog ihr das Nachthemd hoch. Ulrike ließ sich auf die Klobrille nieder, umklammerte dabei krampfhaft einen Griff. Es tat gut, wieder zu sitzen.

Hanna nickte ihr zu. »Hier ist die Klingel. Wenn du fertig bist, einfach ziehen.«

Ulrike nickte zurück. Jetzt war sie schon Monate hier, zuzüglich der unbestimmten Zeit auf der Krankenstation. Noch nie hatte sie mit einer Wärterin, einer Wachtel, gesprochen. Hanna war keine von ihnen. Vielleicht waren die anderen auch anders. Woher sollte sie es wissen? Sprechen war nicht erlaubt.

Obwohl die Blase drückte, kam erst nichts. Sie fühlte sich zugeschnürt, oben, unten, überall. Sie ließ den Kopf auf die Brust sinken und versuchte sich zu entspannen. Ihr Atem beruhigte sich langsam. Ein heftiges Brennen durchzuckte ihren Unterleib irgendwo unterhalb des Nabels. Der Druck ließ langsam nach. Erleichtert vernahm sie, wie es in die Kloschüssel plättscherte.

»Fertig?« Hanna stand vor ihr, strich ihr über die schweißnassen Haare.

Vielleicht war es doch keine gute Idee gewesen aufzustehen. Vielleicht musste es aber auch sein, allein schon wegen Zimmer 7. Sie beugte sich nach vorne, streckte die Beine aus, stand aufrecht da, steif wie eine Vogelscheuche, aber sie stand. »Seit wann bin ich hier?«

»Morgen werden es drei Wochen.«

»Was, ... was war los?«

Langsam schlichen sie zurück über den Gang. Ulrike spürte, wie ihre Kräfte rasch nachließen.

»Lungenentzündung. Ein Wunder, dass du es überlebt hast«, erklärte

Hanna knapp. Vor der offenen Tür, Zimmer 7, blieb Ulrike stehen, versuchte sich weiter aufzurichten.

»Soll ich einen Rollstuhl holen?« Hannas Stimme klang besorgt. Offenbar hatte sie Anweisungen, Ulrike nicht aus dem Bett zu lassen.

»Geht schon wieder.« Ulrikes Blick ging zur Seite. An der Tür war ein kleines Schild angebracht, eine Kreidetafel. M. M., 17. Juni 1981/P, stand darauf. Ulrike erschrak. Konnte das möglich sein? M. M., Maria Münkwitz. Das Geburtsdatum stimmte. So viele Zufälle, so viel Fügung konnte nicht sein. Wieder blickte sie auf das Schild. Wenn es Maria war, musste sie zu ihr. Und zwar jetzt. Wer weiß, wie viel Zeit ihr noch blieb, wann der nächste Rückfall sie dahinraffen würde, wie Hanna es ständig wiederholte. Und wenn es Maria war, warum war sie hier, eingesperrt wie sie selbst? Wenigstens Maria sollte die Freiheit erleben, von der sie gesungen hatten. »P, was bedeutet P«, wollte Ulrike wissen.

»Sie ist eine Politische.«

»Hanna, ich ..., ich bin auch eine Politische.«

»Ich weiß.« Hanna nickte und wollte sie weiterziehen.

»Ist sie wach?«

»Wen meinst du?«

Ulrike nickte in den Raum.

»Kann nicht mehr lang dauern. Sie ist unruhig, zerrt an ihren Gurten.«

»Vielleicht sollte ich bei ihr sein, wenn sie aufwacht. Ich könnte ...«

»Nicht erlaubt«, unterbrach Hanna sie hastig. »Kein Kontakt, schon gar nicht unter Politischen. Was meinst du, warum sie dich unter die Kriminellen gemischt haben.«

»Ich weiß, aber ... du bist doch auch ... politisch, nicht wahr?«

»Komm jetzt, Ulrike, wenn der Chef kommt, krieg ich noch Ärger.«

»Bitte.«

Hanna zog die Augenbrauen hoch, nickte dann aber. »Ich warne dich. Sie soll gewalttätig sein. Wenn sie aufwacht, wird sie Ärger machen. Schreien, schlagen.«

»Nicht, wenn ...«, Ulrike versuchte tief Luft zu holen. Es war nicht nur ihre angegriffene Lunge, die ihr das Atmen erschwerte. »Wenn ich bei ihr bin.« Sie sah Hanna flehend an.

Hanna erwiderte ihren Blick seufzend. »Also gut, aber nur ein paar

Minuten.« Dann schüttelte sie den Kopf, wollte Ulrike weiterziehen. »Dabei bist du selbst noch nicht über den Berg. Ein Rückfall und ...«

»Das war's. Ich weiß«, fiel ihr Ulrike ins Wort. »Bitte, Hanna, bitte.«

Sie schüttelte erneut den Kopf, überlegte jedoch einen Moment. Dann führte sie Ulrike in das Zimmer und zog ihr einen Stuhl an die Bettkante. »Nur fünf Minuten und dann ist Schluss.«

Erleichtert setzte sich Ulrike auf den Stuhl. Es war Maria, auch wenn eine dunkelblaue Schwellung über ihrer Schläfe ihr Gesicht entstellte. Ulrike beugte sich vor und ergriff ihre Hand. Die Handgelenke waren gerötet. Sie musste sich heftig gewehrt haben. Zärtlich strich sie über den Handrücken, sog ihren Geruch ein. Sie wollte nicht weinen, konnte es aber nicht unterdrücken. Das Wiedersehen mit Maria hatte sie sich anders vorgestellt. »Maria. Ich bin es ... Ulrike, deine Ulrike«, flüsterte sie.

Marias Kopf bewegte sich zaghaft in ihre Richtung. Ihre Augenlider zitterten. Plötzlich zuckte sie heftig zusammen, die Riemen an den Armen und Bein spannten sich, das Bett ächzte.

»Keine Angst ..., ich bin da, bei dir«, flüsterte Ulrike ihr zu. Mit letzter Kraft versuchte sie aufzustehen, schaffte es bis zur Bettkante. Langsam beugte sie sich vor, küsste Maria auf die Wange. Ihr Körper fühlte sich warm an.

Hanna stand in der Tür, kam näher. »Ihr kennt euch?«

Ulrike richtete sich auf und nickte. Ihr Blick war verschwommen. Mit dem Handrücken wischte sie sich die Tränen aus den Augen.

Hanna seufzte, wusste, dass beide noch Zeit brauchten. Sie drehte sich um, verschwand auf den Gang, ließ die Tür weit offenstehen.

Ulrike wandte sich wieder zum Bett um. »Maria, ich bin bei dir. Alles wird gut.«

Maria zwang sich, ihre Augen zu öffnen, gerade so weit, um zu erkennen, dass es kein Traum war. Sie drehte den Kopf. Ein zaghaftes Lächeln glitt über ihr Gesicht. »Du musst nicht weinen. Es tutgut, dich zu sehen, Ulrike«, flüsterte sie krächzend.

»Du ..., du solltest nicht hier sein«, flüsterte Ulrike zurück.

Maria schmunzelte, wollte ihr Hand heben. Der Gurt spannte sich erneut. »Ich hab dich vermisst. Ich musste dich sehen.«

Sie schauten sich eine Weile schweigend an.

»Du siehst blass aus. Warum sagst du nichts?«, fragte Maria schließlich leise.

Dass ihr das Atmen schwerfiel, ihre Brust sich immer weiter zuzog, behielt Ulrike für sich. »Es geht schon. Es gibt so viel, was ich dir sagen müsste«, presste sie hervor. Wie viel Zeit, wie viele Worte, wie viel Luft blieben ihr noch, um das zu sagen, was sie quälte?

»Es ist alles meine Schuld«, flüsterte Maria zurück.

»Es ist nicht deine Schuld. Wir wollten nur frei sein.« Alles verschwamm vor Ulrikes Augen. Sie spürte, wie sich ihre Kraft auflöste. Sie musste zurück und wollte gleichzeitig bleiben. Vielleicht war es das letzte Mal.

»Fly, fly, fly«, begann Maria leise zu singen.

Ulrike nickte und wischte sich Tränen aus dem Gesicht. »Ich muss gehen. Versprich mir ...«, ihr Atem wurde kürzer, »Versprich mir, dass du fliegst. Für uns beide. Hörst du?« Die letzten Worte kamen nur noch gehaucht.

»Wir fliegen gemeinsam, hast du das vergessen?«, unterbrach Maria sie.

Kaum spürbar schüttelte Ulrike den Kopf. Ein letztes Lächeln huschte über ihr Gesicht. Sie sagte nichts mehr, schien weit weg zu sein. Kraftlos sank sie in sich zusammen.

»Ulrike, bleib hier.« Maria zerrte an ihren Gurten, wollte ihre Freundin auffangen. Die Gurte hielten sie zurück. »Bleib hier, hörst du mich?« In ihrer Verzweiflung holte sie tief Luft und schrie: »Macht mich hier los. Helft mir!« Das Bett erbebte unter ihr. »Ulrike, hör mich an, bitte ..., bitte.«

Die Tür schlug auf. Hanna stürzte herein und konnte Ulrike gerade noch auffangen. Bewusstlos hing sie in ihren Armen. Verzweifelt versuchte Hanna sie aus dem Zimmer zu ziehen.

»Was ist hier los?« Der Anstaltsarzt stürmte hinter Hanna in den Raum, blieb mit rotem Kopf vor ihnen stehen. »Schwester Hanna, was hat das zu bedeuten?«

Gemeinsam hievten sie Ulrike in einen Rollstuhl. Ihre Arme, ihre Beine hingen schlaff an ihrem Körper, der Kopf war auf ihre Brust gesackt. Rasch schob Hanna sie aus dem Zimmer.

»Macht mich los. Ich muss zu ihr«, rief ihnen Maria hinterher.

Der Arzt trat an ihr Bett und hantierte mit einer Spritze.

»Ulrike ..., bitte ..., lasst mich zu ihr ..., zu ihr.« Eine lähmende Schwere ergriff Maria. Dunkelheit hüllte sie ein, trug sie weg an einen fernen Ort. Sie wollte zurück, aber es huschten ihr nur wirre Bilder durch den Kopf.

Plötzlich wurde es hell. Die Brandung der Ostsee. Die Sonne blendete. Weit draußen am Horizont zog ein Ozeandampfer mit vier Schornsteinen vorbei. Die Freiheitsstatue tauchte auf, kam immer näher, lachte, winkte ihr zu. Oma Hedde. Komm, Kindchen, komm. Maria schrie, wollte sie warnen. Wellen schlugen über ihr zusammen. Schaumige Gischt, das Tosen der Brecher, das Kreischen der Möwen erhob sich zu einem lauten, zu einem klagenden Schrei. Mit letzter Kraft schleppte sie sich zurück zum Strand. Etwas wurde angespült, rollte über den Sand, wurde ins Meer zurückgezogen. Es war eine Dose, eine mit Girlanden verzierte Blechdose. Maria wollte weglaufen, weit weg, hatte Angst vor der Dose, vor dem, was in ihr war. Eine Stimme rief ihr hinterher: »Schuld, es ist meine Schuld.« Maria drehte sich entsetzt um. »Du kannst nichts dafür«, schrie sie gegen die Wellen an. Niemand hörte sie. Die Urne wurde zurück ins Meer gerissen, Maria sprang ihr hinterher, packte sie. Sie brannte wie Feuer. Ihre Arme brannten wie Feuer, ihr Kopf schien zu zerplatzen. Loslassen konnte sie nicht.

»Sie wird wach.« Die Stimme kam aus einer anderen Welt.

»Ulrike?«, flüsterte sie ängstlich. Ihre Lippen brannten. Sie griff sich an die Arme. Keine Manschetten, keine Bänder. Sie wollte aufspringen, wurde aber von kräftigen Händen zurückgehalten.

»Nicht so schnell, Fräulein«, sagte jemand hastig.

Sie riss die Augen auf. Sie war noch immer in ihrem Zimmer auf der Krankenstation. Die Fesseln lagen auf dem Bett. Fremde Männer standen um sie herum. Wo war Ulrike? Hatte sie alles nur geträumt?

»Wir müssen los. Ziehen Sie sich an«, sagte einer der Männer, der direkt neben ihrem Bett stand und auf sie herabsah.

Maria versuchte sich aufzusetzen. Für einen Moment drehte sich alles. Auf dem Bett lagen neue Kleider, Unterwäsche, Strümpfe, eine helle Bluse, ein dunkelroter Pullover, Jeans, eine Winterjacke. Turnschuhe standen auf dem Boden vor ihrem Bett. Die Männer nickten ihr zu und verließen das Zimmer, sie hörte sie draußen vor der Tür leise reden.

Verwirrt zog sie das Nachthemd aus und stülpte sich hastig die Kleider über. Bei jedem Bücken hämmert ihr Gehirn gegen die Schädeldecke. Es war, als klopfte sie bei sich selbst an, wollte wissen, was los war.

Die Männer standen auf dem Gang, bedeuteten Maria, ihnen zu folgen. Als sie auf den Hof hinaustraten, blickte sie an der gelben Mauer empor, hinauf zu den vergitterten Fenstern. Ulrike, wo war Ulrike? Langsam kam die Erinnerung zurück: die Ankunft an diesem schrecklichen Ort, die Gemeinschaftszelle, die tätowierte Frau, die ihr einen Schlag versetzt hatte. Dann riss der Faden ab. Sie hatte geträumt, dass Ulrike bei ihr war. War es wirklich nur ein Traum gewesen? Sie schloss die Augen, sah ihren ausgemergelten Körper, hörte ihren schweren Atem, der nur noch wenige Worte zuließ. In der Ecke des Hofs stand eine Kiste, Fichte, etwa zwei Meter lang. »Ulrike«, rief sie erschrocken. Es hallte gespenstisch zwischen den Mauern. Wo war die Krankenstation? Sie wollte zurück, wollte sie nicht noch einmal zurücklassen. Es war zu spät, die Männer packten sie und zerrten sie zu einem Lieferwagen.

»Lasst mich zu ihr«, verlangte Maria energisch, kämpfte und schlug um sich. Die Männer waren stärker.

Eine Gefängniswärterin stand am Tor und schüttelte verächtlich den Kopf. »Halt's Maul, die hört dich sowieso nicht mehr«, rief sie Maria zu.

»Nein!« Marias Schrei zerriss die Luft. Alles drehte sich vor ihren Augen. Dann spürte sie den harten Schlag des Bodenblechs im Laderaum des Lieferwagens. Die Türen wurden zugeschlagen. Der Motor brüllte. Der Wagen holperte los.

»Nein!« Mit letzter Kraft robbte sie zur Wand und hämmerte mit den Fäusten gegen das Blech. »Last mich hier raus, ihr elenden Mörder, lasst mich raus ...«

Das Quietschen der Tore erklang schrill, sie verließen das Gefängnis.

»Nein, nein, nein«, wimmerte sie. Sie spürte, wie Verzweiflung ihre Kehle zudrückte. Sie schloss die Augen, sah die Holzkiste im Hof. *Die hört dich sowieso nicht mehr*, waren die letzten Worte von einem Ort, der sie nie wieder loslassen würde.

Die Dunkelheit wich einem fahlen Schimmer. Sie war allein. Warum brachte man sie fort? Sie wollte lieber sterben.

Es dauerte Stunden, bis der Lieferwagen anhielt und der Motor ausgestellt wurde. Die Türen sprangen auf. Männer starrten sie an. Sie stieg aus. Der Himmel war nebelverhangen. Ein großer Reisebus hielt vor einem blassgrünen Gebäude mit vergitterten Erdgeschossfenstern. Sie machte sich auf ein langwieriges Verhör gefasst. Es kam anders. Uniformierte mit Gewehren im Anschlag bildeten eine Gasse vor dem Bus, durch die sie hindurchschritt. Im Bus saßen etwa zehn blasse Gestalten, vielleicht auch mehr. Sie blickten sich unsicher an. Erinnerungen kamen hoch. Die Abfahrt zum Ferienlager. Damals hatten sie alle noch gelacht. Jetzt blieben die Gesichter, die sie anstarrten, ausdruckslos.

»Hinsetzen und Klappe halten«, befahl ein Mann. Er ging durch die Reihen und wiederholte es immer wieder, als wären es die einzigen Worte, die er kannte.

Kraftlos ließ sich Maria auf einen der hinteren Sitzplätze fallen. Sie wollte noch etwas sagen, vielleicht etwas Trotziges singen. Nichts kam aus ihr hervor. Sie würde nie wieder etwas singen. Der Bus setzte sich in Bewegung. Nie zuvor wäre es ihr in den Sinn gekommen, sich den Tod zu wünschen. Jetzt sehnte sie sich danach, nach einem dumpfen Nichts. Vielleicht wäre es das Einzige, das den zerreißenden Schmerz in ihrer Brust ein wenig betäubte. Und wenn es so käme, wie es Ulrike prophezeit hatte, ein neues Leben nach dem Tod, wäre es ohnehin der einzige Weg, sie wiederzusehen, vielleicht auch Oma Hedde und ihren Vater.

Die Landschaft glitt an ihr vorbei. In einiger Entfernung sah sie die Schornsteine von Leuna. Sie fuhren Richtung Westen. Eigentlich hätte sie jubeln müssen, würde doch, sofern die Reise so weiterging, ihre Flucht am Ende doch noch in Erfüllung gehen. Sie wäre frei, den Mauern von Hoheneck, der verhassten Republik entkommen. Die Welt ihrer früheren Träume würde weit offenstehen. Jetzt, da sie ihrem Ziel so nah war, taten sich neue, unüberwindbare Mauern auf: Gleichgültigkeit, Resignation, niemals endende Trauer. Sie fühlte sich gefangen in sich selbst.

Ein Mann setzte sich neben sie. Er war auffallend gekleidet: dunkler Anzug, bunte Krawatte, goldumrandete Brille. Er passte nicht in das übliche graue Stasischema. Er griff in die Innentasche seines Jacketts und holte ein kleines weißes Heft hervor. Es wirkte unscheinbar und doch hatte es gleich etwas Offizielles. »Bundesrepublik Deutschland« stand darauf, darunter der Vermerk: Ausweis für Vertriebene und Flüchtlinge.

In der Mitte prangte ein großes C, gefolgt von einer handschriftlich eingetragenen Nummer. »Für Sie, Ihr neues Leben«, sagte er trocken. Es war sein Standardspruch in solchen Situationen. Es war nicht das erste Mal.

Verwirrt nahm Maria das Dokument an sich und schlug die erste Seite auf. Ihr Name, ihr Geburtsdatum, Geburtsort, das war alles, was ihr Leben noch ausmachte. Etwas sträubte sich jedoch in ihr, es anzunehmen. »Was soll das?«

»Sie wurden freigekauft«, erklärte der Mann knapp.

Die Worte klangen fremd. Sie fühlte sich nicht angesprochen, dachte an einen Viehmarkt. »Gekauft? Ich bin nicht zu kaufen«, entgegnete sie tonlos.

Der Mann lachte leise und trocken. »In diesem Fall doch. Es hat sich jemand für sie eingesetzt. Drüben.«

Sie dachte an Onkel Jup. Er musste zeitlebens nichts ertragen, saß nie in einer Zelle, wurde nie verhört. Der Gedanke, ihm gegenüber zu treten, seinen überheblich triumphierenden Blick über sich ergehen zu lassen, wieder Danke sagen zu müssen, war unerträglich. Geistesabwesend wollte sie das unscheinbare und doch so bedeutsame Dokument dem Mann zurückgeben.

Er winkte verständnislos und irritiert ab. »Jetzt nehmen Sie ihn schon. In einer halben Stunde sind wir an der Grenze.« Er wollte aufstehen, seine nächsten Klienten informieren.

Maria griff nach seinem Arm und hielt ihn zurück. »Wer sind Sie?«, wollte sie wissen.

»Ein Mitarbeiter von Rechtsanwalt Vogel. Sagt Ihnen der Name nichts?«

Maria schüttelte den Kopf. Natürlich wusste sie, wer gemeint war. Sie wollte es aber nochmals aus erster Quelle hören.

»Sie gehören vielleicht zu den Letzten, die freigekauft wurden.« Er drehte sich um, blickte nach hinten, erkannte, dass Maria die letzte seiner Klienten im Bus war.

»Wie viel?«, wollte Maria wissen.

Er blieb sitzen und überlegte kurz. »Wie viel? Oh, das werden inzwischen nicht weniger als 30 000 sein. Alle wurden politisch verfolgt, so wie Sie. Die meisten wegen Republikflucht. Insgesamt etwa 8000 Frauen in den letzten Jahren allein aus Hoheneck. Derzeit sitzen noch über 2000 Frauen und Männer in Bautzen. Dann gibt es weitere etwa 30 Haftanstalten, in denen …«

»Nein, ich meinte, wie viel bin ich wert?«, unterbrach sie ihn harsch.

»100 000 Westmark, letztes Jahr waren es noch 60 000 pro Kopf.«

»Kopfgeld, Menschenhandel.« Fassungslos blickte sie dem Mann in die Augen. Es waren nicht nur die Zahlen, die Wut in ihr aufkommen ließen, sondern die nüchterne Art, wie er darüber sprach. Es klang wie ein Geschäft. Und er war noch nicht am Ende mit seiner kühlen Bilanz.

»Es geht hier nicht um Menschen. Es geht um Devisen. Drei bis vier Milliarden allein durch den Freikauf von Politischen. Trotzdem ist die DDR bankrott. Hören Sie keine Nachrichten?«

Nur noch ein Geschäft, wiederholte sie in Gedanken. Jedes der einzelnen Schicksale spielte keine Rolle, ging in der anonymen Masse unter. Aber es waren diese Einzelschicksale, versuchte sie sich einzureden, die am Ende ihre Geschichte erzählen, die das Unrecht beim Namen nennen würden.

Sie dachte an ihre Mutter, wie sie die politischen Ereignisse auf den Punkt gebracht hatte. Sie hoffte inständig, dass sie von ihrem Umweg über Hoheneck nichts erfahren hatte, dass sie sich keine Sorgen machte. Sobald sie drüben war, würde sie sich bei ihr melden.

Und dann waren da noch Ulrikes Eltern. Sie führten einen ausweglosen Kampf, einen Kampf gegen Windmühlen. Zum Glück waren sie frei. Wie lange noch? Sie waren voller Illusionen. Die Realität saß in diesem Bus, war auf der Flucht. Dabei war es noch nicht einmal eine Flucht, hatte vielmehr den Anschein des Legalen, des juristisch Legitimierten. Menschen gegen Devisen. Im RIAS hatte sie mal von einer Win-Win-Situation gehört. Das hier war eine Win-Win-Situation, sofern man die Erkenntnis, selbst nichts weiter als Handelsware zu sein, ignorieren konnte. Der Flüchtlingsausweis als Etikett, als Preisschild.

Sie gehörte vielleicht zu den Letzten, die freigekauft wurden, hatte der freundliche Mann neben ihr gesagt. Wie meinte er das? Irgendetwas würde passieren, sehr bald. Krieg, Niederschlagung, wie ihre Mutter es prophezeit hatte, oder doch etwas anderes? Wir sind das Volk, so war es aus dem Radio auf der Krankenstation gedrungen.

»Die Leute, sie gehen auf die Straße?«, wollte Maria zögerlich wissen. Offenbar überschlugen sich die Ereignisse seit ihrer Verhaftung. Ob sie dem Mann neben ihr trauen konnte, wusste sie nicht, zumindest nicht, solange sie noch auf DDR-Gebiet waren.

»Oh ja, es werden immer mehr.« Er nickte und verzog das Gesicht, als könne er Marias naive Fragen nicht glauben. Er machte Anstalten aufzustehen, um sich wieder in die erste Reihe zu begeben.

Maria hielt ihn erneut fest. »Wird es Schüsse geben, Tote?« Es hätte die Frage, die Befürchtung ihrer Mutter sein können.

Der Mann zuckte mit den Schultern und sah sie gleichmütig an. »Kann schon sein. Aber ich glaube eher nicht. Honecker hat abgedankt und dieser Krenz ist ein Schlappschwanz. Warum sollte er es riskieren, jetzt noch wegen mehr als der paar Toten an der Grenze belangt zu werden?«

Maria war verwirrt, schaute sich den Mann genauer an. Kein grauer Anzug, bunte Krawatte, kleine Brille, keines dieser DDR-Einheitsgestelle. Und wie er redete, offen, unzensiert, nein, er war keiner von der Stasi. Oder war es eine neue Masche, sie gesprächig zu machen? »Auf welcher Seite stehen Sie?«, fragte sie ihn direkt.

Er wirkte kurz verwirrt. »Was meinen Sie?«

»Ach nichts«, sagte sie schnell.

Sie schwiegen eine Weile. Der Mann blieb neben ihr sitzen. Vielleicht amüsierten ihn Marias naive Fragen. Nachdenklich schaute sie aus dem Fenster. Die Sonne quälte sich durch den Nebel. Wie lange hatte sie davon geträumt, in diese Richtung zu fahren, ohne an eine Grenze zu stoßen? »Wie wird es weitergehen? Was meinen Sie?«, fragte sie weiter.

Er atmete tief aus, hatte die Frage erwartet. Fast alle Flüchtlinge stellten diese Frage. »Ganz einfach, die DDR wird von der BRD geschluckt. Sang und klanglos. Die Russen haben schon ihre Zustimmung gegeben.«

»Und die Politischen, die Gefangenen?«

Er lächelte sie an, es wirkt überraschenderweise eher traurig. »Die werden amnestiert, freigelassen, sofern sie noch aufrecht der Hölle entkommen können.«

Maria zuckte zusammen. Ulrike hatte nicht mehr aufrecht der Hölle entkommen können. Der Mann konnte es nicht wissen. Sie konnte ihm daher keinen Vorwurf für die lapidare Äußerung machen. Dennoch brannte in ihr Wut, zunehmend auch auf ihn. Auch er verdiente am Freikauf unschuldiger Menschen, machte sich zum Handlanger dreckiger Menschengeschäfte. »Die sollten alle in den Knast, zu allererst diese SED-Verbrecher.« Sie biss sich auf die Lippe, musterte ihren Nachbarn scharf.

Er nickte. »Keine Sorge. Es wird ein paar Verhandlungen und ein paar Verhaftungen geben. Trifft jedoch nicht alle. Auf Bewährung, heißt das im Westen.« Er schmunzelte zweideutig. »Der Erich und seine Margot finden sicher irgendwo Asyl.«

»Und das Unrecht, das man uns angetan hat, wer steht dafür gerade?«

»Vielleicht gibt es eine kleine Rente, wenn's gut läuft.«

»Ich rede nicht von Geld. Ich meine Gerechtigkeit.«

»Frau Münkwitz«, er schaute Maria von der Seite her an, wirkte dabei abgeklärt, vielleicht auch resigniert, »wer sollte schon Interesse an Gerechtigkeit haben? Die Partei wird sich einen anderen Namen geben. Aus SED wird ABC oder XYZ, weiß der Kuckuck. Seien Sie sicher, dass die Wende, so nannte es der Egon selbst schon, nicht nur den Verfolgten gilt. Die aus den zweiten Reihen der SED haben doch längst ihre Beziehungen spielen lassen. Deren Karriere geht weiter, nahtlos. Und auf der anderen Seite, in der BRD, reiben sich clevere Geschäftsleute schon lange die Hände. Für die öffnet sich ein neuer Markt, Absatzchancen ohne Ende. Sie wissen doch selbst, wie es ist. Da gibt es Hunderttausende in der DDR, die in ihrem Leben noch nicht mal eine Banane gegessen haben. Die werden gekauft, ganz einfach. Billige Arbeitskräfte. Irgendwann werden sie aufwachen, wollen Gleichberechtigung mit denen im Westen. Aber das kann dauern. Zwanzig, vielleicht dreißig Jahre, und wer sollte dann noch Interesse an so ein paar ehemaligen armen Schweinen aus Bautzen und Hoheneck haben?«

Sie erwiderte gebannt seinen Blick. »Zumindest wir, die Verfolgten«, sagte sie langsam, schaute frustriert aus dem Fenster.

Der Mann mit der bunten Krawatte schüttelte mit einem fast belustigten Gesichtsausdruck den Kopf. »Glauben Sie das wirklich? Denken Sie, es gäbe Zeugen oder gar Verantwortliche? Die wollen doch nur noch ihren Kopf aus der Schlinge ziehen. Schuld hatte am Ende keiner. Der sozialistische Staat hat sie zu allem gezwungen. Sie hatten keine Wahl, als zu kuschen. Und die ehemaligen Häftlinge? Sie wurden jahrelang eingeschüchtert. Sie sind heilfroh, wenn sie alles vergessen können. Sie wollen nicht erinnert werden. Glauben Sie mir, Frau Münkwitz, das Resümee zur Wende wird sein, es war nicht alles schlecht im Osten, Ende der Veranstaltung. Das wird bei der nächsten Generation eher Gehör finden als jegliches Unrecht.«

Maria schüttelte den Kopf. Das war also das Ende der Veranstaltung. Wütend ballte sie die Hände zu Fäusten und musterte den Anwalt entschlossen. »Nein, so einfach geht das nicht. Ich werde es ihnen sagen, allen. Und ich bin nicht allein.« Mit einem Gefühl hilfloser Verbitterung blickte sie aus dem Fenster. In der Entfernung sah sie Wachtürme, eine Grenze, die sich im Licht der Mittagssonne wie eine Schlange durch die Landschaft wand. Verzweifelt musterte sie die Grenzanlagen, den Todesstreifen. »Das kann doch nicht alles einfach in Vergessenheit geraten. Ich werde keine Ruhe geben. Lange genug habe ich meine Klappe halten müssen, die Wahrheit verschweigen.« Tränen der Wut füllten ihre Augen, ließen die Grenzanlage verschwimmen. Verzweifelt wischte sie sich mit dem Handrücken über die Augen, wollte genau sehen, was die Menschen brutal in zwei Welten teilte.

Der Mann neben ihr ließ sich nicht aus der Ruhe bringen. Offenbar war es für ihn nicht das erste derartige Gespräch. Er fuhr mit einem kühl gelassenen Gesichtsausdruck fort: »Haben Sie Bilder, Aufzeichnungen? Sobald die Mauer fällt, wird alles vernichtet sein, verlassen Sie sich drauf. Es wird Ihnen keiner glauben. Viele Politische werden sich sogar schämen, im Knast gesessen zu haben. Die Jahre werden ins Land gehen. Was bleibt, sind ein paar harmlose Erinnerungsstücke, Betonbrocken von der Mauer, ein paar Bronzetafeln, die an das Grauen erinnern. Wesentlich mehr werden davon reden, wie gut sie es doch einst im ehemaligen Arbeiter- und Bauernstaat hatten. FDJ-Freizeiten, Kindertagesstätten, Vollbeschäftigung und natürlich die Kameradschaften, der Zusammenhalt in schwierigen Zeiten. Niemand wird das Andenken an das sozialistische Mäntelchen beflecken wollen.«

Maria drehte sich erneut zum Fenster um. Tränen der Wut und Verzweiflung konnte sie nicht mehr aufhalten. Der Gedanke an ein kollektives Vergessen, schlimmer noch, an eine spätere, wie auch immer geartete ostromantische Verklärung der DDR war unerträglich. Am schlimmsten war aber die schmerzhafte Vorahnung, dass der Mann neben ihr vermutlich Recht behalten würde.

Der Bus blieb stehen. Der Mann stand auf, blickte sich nochmals zu ihr um. »Es tut mir leid, ich wollte Sie nicht an Ihrem vielleicht glücklichsten Tag verunsichern. Vielleicht täusche ich mich ja und es gibt irgendwann das große Erwachen. Wir werden sehen. Ich wünsche Ihnen viel Glück in der Freiheit.« Er klang irgendwie ehrlich, aber auch glatt und hohl. Er wartete keine Antwort ab und verließ den Bus durch die Seitentür.

Maria sah ihm nachdenklich hinterher, wie er in einen Wartburg stieg und in Richtung Osten fuhr. Das Geschäft war für ihn noch nicht beendet.

Sie blickte sich um. Fast hätte sie es nicht zur Kenntnis genommen: Sie war im Westen. Das Gespräch mit ihrem ehemaligen Sitznachbarn lastete noch auf ihr, hielt sie gefangen, irgendwo im Niemandsland. Zeit zum Nachdenken blieb nicht. Alle mussten den Bus verlassen.

Maria trat nach draußen, atmete die kalte Luft tief ein, suchte nach etwas, das anders war. Die Straße, die angrenzenden Bäume und Büsche, auf den ersten Blick sah alles gleich aus. Einzig der Mülleimer am Straßenrand hatte eine andere Farbe. Sie war nicht die Einzige, der es so ging. Einige umarmten sich, hatten Tränen der Erleichterung in den Augen. Andere standen nur verloren herum und suchten nach dem Glücksgefühl, das sie erwartet hatten.

Es ging gleich weiter. Auf dem Kühler des Westbusses prangte ein Mercedes-Stern. Maria musste an Onkel Jup denken. Sicher hatte er vom Scheitern ihrer Flucht gehört, hatte diesen Dr. Vogel beauftragt, die 100 000 Westmark vielleicht sogar selbst bezahlt. Sie würde es ihm sobald wie möglich zurückgeben.

Nachdem alle wieder einen Platz gefunden hatten, ruckelte der Bus los. Es war eine kurvige Strecke, vorbei an Feldern und kleinen Waldstücken. Noch immer hatte sich nichts geändert. Der imperialistische Westen sah nicht anders aus als der heile Osten. Immer wieder schlängelte sich die mörderische Grenze mit ihren Wachtürmen an sie heran, wie ein hässlicher Lindwurm, der die Freigekauften doch noch in letzter Minute verschlucken wollte. Dann endlich wurde es ruhiger. Der Bus bog ab auf eine Autobahn. Zahlreiche Autos zogen an ihnen vorüber, Autos, die Maria nur aus dem Fernsehen kannte, die nur vereinzelt in der DDR zu sehen waren: Westautos, groß, chromblitzend, schnell, ohne blaue Abgase. In der Entfernung waren erstmals einzelne Häuser zu sehen. Sie wirkten auf den ersten Blick heller und größer, so wie die Autos, die an ihnen vorbeirauschten.

Nach etwa einer halben Stunde wurde der Bus langsamer und hielt schließlich auf einem Rastplatz. Ein blaues ARAL-Emblem leuchtete auf zahlreichen Schildern. Pinkelpause. Nur wenige stiegen aus und gingen hinüber zu den Toiletten. Die meisten blieben im Bus, wie scheue Hühner.

Ohne sich umzudrehen, folgte Maria einigen zur Toilette. Auf dem Weg dorthin wurde ihr etwas klar: Es roch anders als im Osten. Jahrelang war sie an den Braunkohlemief gewöhnt. Erst jetzt, als er nicht mehr in der Luft lag, rochen ihre Kleider danach. Man würde sofort erkennen, woher sie kam, man würde es riechen. Es war ihr egal, sollten sie doch denken, was sie wollten. Zögerlich mischte sie sich unter die Menge, war dann jedoch erleichtert, als sie merkte, dass niemand Notiz von ihr nahm. An den Zapfsäulen der Tankstelle reihten sich die Fahrzeuge aneinander, warteten geduldig, bis sie dran waren. Im Einkaufsmarkt nebenan, dort, wo alle für das Getankte zahlen wollten, gab es keine Schlange und das, obwohl Bananen und Äpfel in Körben auslagen.

Nachdenklich betrat sie den Laden, der gefüllt war mit Lebensmitteln, Getränken und Menschen, die gelangweilt nebeneinanderher flanierten. Eine unübersichtliche Flut von Zeitungen und Magazinen strahlte sie an. Der Eifelturm, schneebedeckte Berge, türkisfarbene Meere, weiße Kreuzfahrtschiffe mit lachenden Gesichtern an der Reling. Es war Oma Heddes Welt, mehr noch, es war die wirkliche Welt, die sich farbenfroh ankündigte, ihr ein erstes zartes Glücksgefühl in der Brust bescherte. Sie hätte sich umdrehen und zum Bus zurückgehen sollen. Ihr Blick schweifte jedoch weiter, hin zu unzähligen nackten Frauen, die vulgär ihre riesigen Brüste präsentierten, Tätowierten mit Ringen nicht nur an den Ohren, muskulösen Männerleibern, kaum bedeckt mit Lederfetzen. Ihr wurde schlecht. Sie eilte aus dem Einkaufsmarkt, zurück zum Bus. Drinnen roch es nach Bananen. Nachdenklich schaute sie hinüber zu den tristen Feldern, auf denen Krähen nach dem letzten Saatgut pickten.

Das sogenannte Notaufnahmelager Gießen, es hatte eine bewegte Zeit unterschiedlichster Nutzungen hinter sich, wirkte freundlich, nicht wie ein Lager. Lediglich das Pförtnerhäuschen und der Schlagbaum hatten etwas Begrenzendes. Ein Zaun mit dem Zweck, Insassen gefangen zu halten, gab es nicht. An einer Wand in der Eingangshalle waren Bilder hinter Glas ausgestellt, die meisten in Schwarz-weiß. Kinder in Lederhosen, Mädchen mit Zöpfen zeugten von einer längst vergangenen Zeit. Es gab auch leicht vergilbte Buntbilder, Jungen mit Schlaghose, langen Haaren, lichtem Schnauzbärtchen, Mädchen mit großen Plastikbrillen. Irgendwann würde vielleicht auch Marias Konterfei hier hängen, sich zwanglos in die Trophäensammlung der Notaufnahme einreihen.

Das Zimmer sollte sie sich mit einem anderen Mädchen teilen, auch eine aus dem Osten. Es kam keine. Überhaupt war das Notaufnahmelager nur halb belegt. Offenbar gab es kaum Aufzunehmende in Not. Der antiimperialistische Schutzwall zeigte seine Effizienz. Das Geschäft mit dem Freikauf hatte noch Potential zu wachsen.

Auf dem Gang gab es ein Telefon, kostenlos innerhalb Deutschlands. Die DDR zählte man bereits dazu. Noch bevor Maria ihr Bett bezog, griff sie zum Hörer. Die Nummer ihrer Mutter wusste sie auswendig, die Vorwahl der DDR war auf einem Zettel seitlich des Telefons zu lesen. Sie ließ es lange klingeln. Es hob niemand ab. Am Abend versuchte sie es erneut. Mit jedem Versuch in den nächsten Tag stieg ihre Sorge, dass ihrer Mutter etwas zugestoßen sein könnte. Vielleicht hatte man auch sie eingesperrt, Mitschuld wegen Republikflucht. In den nächsten Tagen schrieb sie Briefe. Eine Antwort kam nicht zurück.

Zum Glück war das Leben im Notaufnahmelager angenehm, half über die ein oder andere Seelenkrise hinweg. Essen gab es reichlich, jedes Mal mit frischem Obst, Bananen, und das Ende Oktober. Und wenn einen die Gedanken- und Sorgenflut überrollte, gab es ausreichend Bier. Maria vertrug keinen Alkohol, so dass ein Glas reichte, um sie für eine Weile zu betäuben, den Übergang zum Tiefschlaf einzuleiten.

In einem Gemeinschaftsraum lief der Fernseher, Westfernsehn, ganz legal. Die meisten interessierten sich nicht dafür, spielten Tischtennis, Karten, Tischfußball. Jeden Morgen wurden Tageszeitungen ausgelegt. Teil der Erziehungsmaßnahme im Westen, dachte Maria. Jedes System vermittelte seine eigenen Regeln.

Die Nachrichten quollen über von dem, was sich im Osten tat, selbst in Halle ging man neuerdings offensichtlich ohne Angst vor Repressalien auf die Straße. Angespannt verfolgte sie die Sendungen. Irgendwann würden Schüsse fallen. Für einen Moment zuckte Maria zusammen. Die Kamera hielt auf eine Reihe von Demonstranten, die ein langes Transparent hochhielten. Sie meinte Ulrikes Eltern zu erkennen. Sie war sich nicht sicher. Alles blieb friedlich. Später am Abend kam eine Spezialsendung zum Thema. Die Filmsequenz vom Nachmittag wurde nicht wiederholt, dafür Vopos gezeigt, die mit ihren Schlagstöcken auf Demonstranten einschlugen. Die Westpresse schien immer präsent zu sein.

Meistens saß sie jedoch in ihrem Zimmer, schaute hinaus auf die vorbeifahrenden Autos. Waren es die Langeweile oder die Bilder aus den Nachrichten, die so etwas wie Heimweh erzeugten? Vielleicht hätte sie in der DDR bleiben sollen, um Transparente hochzuhalten, gemeinsam zu demonstrieren, wenn nötig auch zu kämpfen. Sie wäre es Ulrike schuldig gewesen.

Der immer wieder aufflackernde Gedanke an ihre beste Freundin ließen ihr keine Ruhe. Nachts schreckte sie schweißgebadet auf, sah sie auf der Bettkante sitzen, abgemagert, geschoren. Sie spürte ihren letzten Kuss auf der Stirn, sah in ihre tränenunterlaufenen Augen, hörte sie singen mit ihrer lieblichen und doch so energischen Stimme. Wenn sie gewusst hätte, dass es ihre letzte Begegnung war, hätte sie selbst alles zusammengeschrien. Gebessert hätte sich jedoch nichts. Sie war tot. Diese Wachfrau hatte es ihr im Hof von Hoheneck eindeutig vermittelt. Auch viele andere waren tot: Oma Hedde, ihr Vater, ihr Kind, tot. Anderes war verloren, ihre Mutter, ihr Garten. Sie war allein. Alles war sinnlos geworden, unendlich leer.

Plötzlich kam ihr das Tagebuch wieder in den Sinn. Alles aufzuschreiben, schien die einzige Möglichkeit, sich zumindest zeitweise von einer tonnenschweren Last zu befreien. Aber wo war es abgeblieben, ihr Tagebuch? Am letzten Abend im Ferienlager hatte sie es unter ihrer Liege in der Gitarrenhülle versteckt. Kurz nachdem der Abend gewaltsam aufgelöst wurde, als sie in ihr Zelt zurückgeschickt wurde, war es verschwunden. Fieberhaft dachte sie nach. Jemand musste das Tagebuch genommen haben, noch während sie am Lagerfeuer sangen. Aber wer wusste davon? Ulrike. Sie hatte jedoch an dem Abend ebenfalls gesungen und wurde gleich danach verhaftet. Sie konnte es somit nicht genommen haben. Ulrike wäre auch die Letzte, die sie bei der Stasi anschwärzen würde. Am selben Tag hatte sie Maria sogar noch gewarnt, das Tagebuch nicht aus der Hand zu geben. Hätte sie doch besser auf Ulrike gehört. Blieb nur noch Lisa. Nur sie wusste noch von dem Tagebuch, hatte darin geblättert, somit konnte nur sie es genommen haben. Im Krankenhaus hatte sie Lisa damit konfrontiert, die sie dann gleich mit der Nachricht ihrer Schwangerschaft überfallen hatte. Das war so überwältigend gewesen, dass sie an das Tagebuch nicht mehr dachte. Und Lisa hatte anschließend geschickt das Unschuldslamm gespielt. Später beim Verhör wusste die Stasi von dem Tagebuch, kannte einige Inhalte. Lisa musste es ihnen noch in der Nacht gegeben haben. So hatte sie zumindest ihren eigenen Kopf retten können. Seltsamerweise war das Tagebuch am nächsten Morgen wieder verschwunden, als habe es sich selbst aus dem Verkehr gezogen, um nicht noch mehr Unheil zu stiften.

Verwirrt warf sie sich auf ihr Bett Was sollte sie tun? Lisa nochmals zur Rede stellen? Sie würde sich sowieso nicht mehr bei ihr blicken lassen. Damals hatte sie Lisa noch gefragt, ob sie sich wiedersehen würden. Ich weiß es nicht, waren ihre letzten Worte. Sie wusste, warum. Maria seufzte entmutigt. Es hatte keinen Sinn zurückzuschauen. Jetzt war sowieso alles vorbei.

Die Tage zogen sich zäh dahin. Eigentlich hatte sie Onkel Jup erwartet, wie er sie mit einem Na-endlich-wurde-aber-auch-Zeit-Gesicht empfing. Irgendwann würde sie nach Köln fahren, um ihm das obligatorische Danke-für-alles zu erwidern. Das Taschengeld reichte jedoch nicht für die Zugfahrt und noch weniger für die Rückfahrt zum Notaufnahmelager. Onkel Jup würde ihr mehr Geld zustecken, als sie bräuchte. Erneut würde sie sich ein Danke-für-die-großzügige-Unterstützung abringen müssen.

Es kam jedoch anders. Eines Morgens lag ein blaues Kuvert in ihrem Postfach, das man ihr am Ankunftstag zugewiesen hatte. Sie hasste blaue Kuverts, insbesondere wenn sie mit einem offiziellen Stempel versehen waren. Ungute Erinnerungen kamen hoch, die zynische Kündigung ihrer Stadtwohnung in Halle, die ihrem Vater endgültig das Genick gebrochen hatte. Nun würde man ihr das Genick brechen: illegaler Aufenthalt, zurück in die DDR. Vielleicht sollte sie das Kuvert erst gar nicht öffnen, einfach weglaufen. Aber sie wusste, sie konnte sich nicht davonstehlen, vermutlich nie wieder. Also öffnete sie es mit zitternden Händen und las die ersten Zeilen:

»Nach der Legaldefinition in § 3 des Bundesvertriebenengesetzes (BVFG) von 1953 ist Sowjetzonenflüchtling ein deutscher Staatsangehöriger oder deutscher Volkszugehöriger, der seinen Wohnsitz in der Sowjetischen Besatzungszone oder im sowjetisch besetzten Sektor von Berlin hatte oder gehabt hatte, von dort flüchten musste, um sich einer von ihm nicht zu vertretenden oder durch die politischen Verhältnisse bedingten besonderen Zwangslage zu entziehen, und dort nicht durch sein Verhalten gegen die Grundsätze der Menschlichkeit oder Rechtsstaatlichkeit verstoßen hat.«
(Zitat: Wikipedia)

Offenbar war sie von nun an ein Sowjetzonenflüchtling, stammte aus der sowjetischen Besatzungszone. Der Wortlaut unterschied sich nicht Wesentlich vom Behördendeutsch der DDR, der Inhalt umso mehr: Menschlichkeit, Rechtsstaatlichkeit, das klang neu. Dass sie eine Vertriebene oder ein Flüchtling war, ging ja bereist aus dem Ausweis hervor, der ihr der Mann im Bus in die Hand gedrückt hatte und den sie nun zur Vorladung noch am selben Nachmittag mitbringen sollte.

Das Flüchtlingsbüro war freundlich eingerichtet. Es roch nach Kaffee, Westkaffee, was sonst. Eine Frau um die dreißig lächelte sie an und winkte sie in ihr Büro. Maria nahm vor ihr Platz und schaute sich verunsichert um.

»Maria, Münkwitz, geboren am 17. Juni 1971 in Halle an der Saale. Sind Sie das?«

Maria nickte, versuchte gelassen zu bleiben. Das Herz schlug ihr jedoch bis zum Hals. Die Frau hinter dem Schreibtisch hackte auf ihre Schreibmaschine ein, dann wandte sie sich erneut Maria zu. »Herzlich willkommen, Maria. Ich darf doch Maria sagen?«

Maria versuchte sich ein Lächeln abzuringen. War die gespielte Freundlichkeit der Frau vor ihr ein Trick, ein Versuch, sie irgendeiner Tat zu überführen? Maria blickte zur Seite.

»Ich weiß, es ist nicht einfach für Sie«, fuhr die Frau fort. »Aber ich habe hier etwas für Sie.« Zögerlich drehte sich Maria zu der Frau um, die ihr ein kleines rotes Büchlein entgegenhielt. »Ihr Reisepass. Damit können Sie hinfahren, wohin Sie wollen.«

Maria nahm den Pass und schlug die erste Seite auf. Ihr Passbild lächelte sie an. Es war bereits am Aufnahmetag von ihr gemacht geworden. Damals kam sie sich vor wie ein Häftling, obwohl sie ja gerade aus der Haft entlassen worden war. Sie blätterte weiter. Die nächsten Seiten des Reisepasses waren leer. Es erinnerte sie an ihr Tagebuch. In gewisser Weise war es auch ein Tagebuch, eines, das sich mit Oma Heddes Träumen füllen würde. Oma Hedde, was hätte sie getan, um dieses Büchlein mit ihrem Namen in den Händen zu halten?

»Danke. Danke für alles.« Marias Unterlippe fing an zu zittern, sie konnte es nicht unterdrücken.

»Sie müssen sich nicht bedanken. Das ist doch selbstverständlich«, entgegnete die Frau verlegen.

Maria schüttelte den Kopf und wischte sich die Tränen mit dem Handrücken aus ihrem Gesicht. »Nein, es ..., es ist alles andere als selbstverständlich.« Langsam stand sie auf, wollte gehen.

»Maria? Da wäre noch eine Kleinigkeit.«

Maria drehte sich fragend um.

»Bei der Einreise haben Sie angegeben, dass Sie als Gärtnerin gearbeitet haben. Wir hätten da eine Stelle für Sie. Im Moment gibt es nicht viel zu tun, der Winter steht ja vor der Tür, aber wenn Sie wollen ...« Sie reichte Maria einen Zettel mit einer Adresse.

Maria nahm ihn entgegen, legte ihn behutsam in ihren Reisepass. Nachdenklich setzte sie sich erneut auf ihren Stuhl. »Warum tun Sie das?«

Die Frau hob fragend die Augenbrauen. »Wie meinen Sie das?«

»Unterkunft, Essen, Ausweis, Arbeitsstelle und ..., und keine Fragen. Warum?«

Die Frau lehnte sich zurück, dachte nach, versuchte eine Antwort auf Marias Frage zu finden. »Das ist nicht leicht zu beantworten. Vertrauen, vielleicht ist es das.« Erneut überlegte sie einen Moment. »Wissen Sie, hier im Westen ist auch nicht alles Gold, was glänzt. Aber Sie haben das Recht,

Ihre Meinung zu sagen, wenn etwas nicht stimmt. Nutzen Sie die Freiheit, machen Sie das Beste draus. Ich wünsche Ihnen von Herzen alles Gute.«

Maria ging zurück auf ihr Zimmer. Die freundlichen Worte der Frau im Flüchtlingsbüro gingen ihr noch lange durch den Kopf. Sie war anders als die anderen, die sie bisher aus dem Westen kannte: anders als Onkel Jupp, anders als der aalglatte Rechtsanwalt aus dem Bus. Sie hoffte, dass noch viele anders waren, einfach so, wie die freundliche Frau im Flüchtlingsbüro.

Am nächsten Tag lag wieder etwas in ihrem Fach. Es war eine Postkarte, darauf der Eifelturm. Sie hätte von Oma Hedde stammen können. Maria schlich aufgeregt zurück in ihr Zimmer, verschloss die Tür, holte tief Luft, bevor sie anfing zu lesen.

Liebe Maria,
als ich hörte, dass du im Westen in der Notaufnahme Gießen bist, bin ich los, mit der MZ über die ungarische Grenze, Richtung Paris. Wollte schon immer dahin ..., mit dir, ohne Helm. Können wir noch einmal neu anfangen?

Dein Alex

P.S. Sobald ich in Paris bin, schicke ich dir meine neue Adresse.

Es war wie ein Schlag ins Gesicht und gleichzeitig so, als hätte jemand ein lange verschlossenes Fenster geöffnet. Maria legte die Karte zur Seite, ließ sich auf ihr Bett fallen und starrte mit aufgewühlten Gedanken zur Decke. »Mit der MZ über die ungarische Grenze«, murmelte sie vor sich hin. Sollte das Motorrad, das stolze Geschenk seines Vaters, das sie damals trennte, sie jetzt wieder zusammenführen? Wenn das Schicksal sarkastisch lachen könnte, dann jetzt in diesem Moment. Und Alex? Es war nicht nur eine Ländergrenze, die er damit überschritten hatte. Am liebsten wollte sie aufspringen und zum Bahnhof rennen, eine Fahrkarte nach Paris lösen. Aber etwas hielt sie zurück. Nicht nur, dass er ihr seine Adresse noch schicken musste.

Konnte sie einfach so einen Schlussstrich ziehen, einfach neu anfangen, nach allem, was geschehen war? Er war ihre erste und einzige große Jugendliebe, die zerbrach, weil sein Vater, stellvertretend für den alles umsorgenden sozialistischen Staat, es so wollte. Und die Vergewaltigung? War er, war sie das Opfer animalischer Triebe oder war das, was passiert war, einfach nur die logische Konsequenz kopflosen Verlangens nach körperlicher Liebe? Damals war die Stimmung emotional aufgeladen, auch bei ihr selbst. Er hatte versucht, sich zu entschuldigen. Sie hatte ihn zurückgewiesen. Und dann die Zwangsabtreibung. Er wusste, was auf dem Spiel stand – Gefängnis, Zwangsadoption, Jahre schmerzlicher Trennung. So oder so, es gab keinen Ausweg. Auch er hatte gelitten, weil er nicht widersprechen konnte, sich fügen musste. Erneut hatte sie seinen Versuch, sich zu entschuldigen, wortlos zurückgewiesen. Eine Entschuldigung kam nicht infrage, durfte es niemals geben. Und jetzt? Seine Postkarte war mehr als eine kurze Nachricht, sie war ein Hilferuf, dem sie sich nicht entziehen konnte. Kannst du vergeben, das waren seine letzten Worte. Nein, mehr als das. Es war eine Frage, die ihm auf der Seele brannte, die eine Antwort einforderte, die sie nicht nur ihm, sondern auch sich selbst schuldig war.

Bereits am nächsten Tag meldete sich die Vergangenheit zurück. Maria lag auf dem Bett und las in einem Buch, ohne der Geschichte wirklich folgen zu können, was daran lag, dass immer wieder Alex‘ Postkarte, die ihr als Lesezeichen diente, ihre Gedanken ablenkte. Unerwartet heftig flog plötzlich die Zimmertür auf.

Sie fuhr hoch und sah zur Tür – und konnte nicht fassen, wer plötzlich vor ihr stand.

»Endlich. Ich dachte schon, sie hätten dich vergessen.« Lisa kam auf sie zu und wollte sie umarmen.

Maria sprang auf, wehrte sie ab. »Lass mich in Ruhe. Wir haben uns nichts zu sagen.«

Lisa taumelte überrascht zurück. »Ich verstehe nicht. Es ist doch alles gut oder nicht?«

Maria musterte sie und schüttelte mit bitterer Miene den Kopf. »Tu nicht so unschuldig. Du hast uns doch verraten, Ulrike und mich.«

Lisa wirkte augenblicklich betroffen, verwirrt und gleichzeitig entrüstet. »Verraten? Wir kommst du darauf? Ich bin geflohen, gut, aber verraten?«

»Mein Tagebuch. Du wusstest davon, hast es an die Stasi gegeben, um dir einen Vorteil zu erschleichen.«

Lisa ließ sich auf einen Stuhl fallen und starrte auf den leeren Tisch zwischen ihnen. »Ich wusste von deinem Tagebuch, ja, aber …«

Maria stand trotzig im Raum. »Wo hast du es? Jetzt kannst du es mir ja zurückgeben.«

Lisa schüttelte energisch den Kopf und sah sie an. »Ich habe es nicht. Das musst du mir glauben.«

»Ach ja, wo soll es denn sonst sein«, bohrte Maria verbissen weiter.

»Ich weiß es nicht.«

»Und das soll ich dir glauben? Du warst die Einzige, die davon wusste. Du hast doch immer dein Fähnchen nach dem Wind gedreht. Und das mit dem Tagebuch kam dir doch bestimmt ganz recht. Denunzieren gehörte doch zum guten Ton.«

Lisa sprang auf, atmete tief ein und wieder aus. Sie fühlte sich verletzt, war wütend. »Hör mal, Maria, ich habe dein verdammtes Tagebuch nicht. Ich hatte es auch nicht und habe es auch niemanden gegeben. Und überhaupt, wenn ich dich und Ulrike verraten hätte, würde mir etwas Besseres einfallen, als diese verdammten Ausreiseanträge für euch zu stellen.«

Sie starrten einander an. Maria brauchte einen Moment, bis sie ihre Worte verstand, Worte, die erneut alles ins Wanken brachten.

Lisa drehte sich um und wollte gehen. Maria griff nach ihrem Arm und hielt sie zurück.

»Lass mich in Ruhe«, schleuderte ihr Lisa entgegen. Ihre Augen waren gerötet, ihre Stimme bebte. »Du hast in mir immer die Stasitante gesehen, die Verräterin. Aber damit du es weißt, seitdem ich wusste, dass du und Ulrike nach Hoheneck verknackt wurdet, habe ich alles in Bewegung gesetzt, um euch aus der Scheiße zu ziehen. Ich habe keine Sekunde lockergelassen, bis dieser Rechtsanwalt Vogel dich und Ulrike auf der Liste hatte. So, jetzt weißt du es.« Damit rannte sie auf den Gang.

Maria fühlte sich plötzlich verloren. Nichts war, wie es bisher schien. Aufgebracht eilte sie Lisa hinterher. »Lisa, warte, ich wusste nicht, das Tagebuch …«

Lisa blieb stehen, griff sich mit der Hand an die Stirn.

»Ich dachte, du hättest ..., na ja, und das mit der Ausreise ... Ich dachte Onkel Jup ...«, stammelte Maria mehr zu sich selbst.

Lisa drehte sich um, starrte Maria an. »Und jetzt, was denkst du jetzt?«

Maria trat einige Schritte zurück, ließ sich auf einen Stuhl fallen, der im Gang seitlich des Telefons stand. Ihre Beine waren weich und zitterten. Fassungslos blickte sie auf den Boden. »Ich weiß nicht, was ich sagen soll.«

»Es wird immer so weitergehen, nicht wahr? Du wirst mir nie glauben, niemals.« Lisas Stimme klang verbittert.

Maria schüttelte den Kopf, versteckte ihr Gesicht hinter den Händen. Dann blickte sie zu ihr auf. »Lisa, es tut mir leid. Alles hatte so zueinander gepasst und erschien so verdammt logisch.« Maria suchte verzweifelt nach einer Erklärung, mehr für sich selbst als für Lisa. Sie sehnte sich nach einer Entschuldigung, nach einem neuen Anfang.

Lisa schüttelte den Kopf. »Logik und Vertrauen passen halt nicht zusammen.«

Maria nickte zustimmend und irgendwie verzweifelt. »Da hast du natürlich Recht. Vermutlich hattest du immer Recht. Ich war nichts weiter als blind und verblendet. Ich hatte kein Vertrauen mehr, zu niemandem, erst recht nicht zu dir. Es tut mir leid, es tut mir so verdammt leid.« Resigniert senkte sie den Kopf. Vielleicht würde sich Lisa jetzt umdrehen, ihr für immer den Rücken kehren. Sie würde es verstehen, hoffte jedoch inständig, dass sie es nicht tat, nicht jetzt, niemals. Lisa war unschuldig und sie war die Einzige, die aus ihrem früheren Leben geblieben war. Erleichtert spürte sie Lisas Hand auf ihrer Schulter.

»Waren wir nicht alle verblendet?« Lisas Stimme klang unerwartet sanft. »Und das mit dem Vertrauen, das haben sie uns doch gehörig ausgetrieben. Vertrauen ist gut, Kontrolle besser, Lenin, Staatskunde, erstes Kapitel. Ich war schon immer gut in der Schule.«

Maria spürte die leise Hoffnung auf einen Neuanfang.

»Das mit dem Vertrauen müssen wir wohl alle erst wieder lernen«, ergänzte Lisa seufzend.

Maria blickte auf und sah Lisa an. »Vielleicht ich noch mehr als du.« Ihre Blicke trafen sich. »Können wir ...«, Maria traute sich kaum auszusprechen, wonach sie sich sehnte. »ich meine ..., können wir noch einmal anfangen? Du und ich?«

Ein erleichtertes Lächeln glitt über Lisas Gesicht. Sie war hin- und hergerissen. Auch für sie war Maria die Einzige, die aus ihrem früheren Leben geblieben war. Den Kontakt zu ihren Eltern hatte sie abgebrochen, nachdem sie ihre Flucht in letzter Minute versucht hatten zu vereiteln.

Gemeinsam gingen sie zurück in Marias Zimmer, setzen sich an den Tisch. Maria holte die Kerze hervor, stellte sie in die Mitte des Tisches und zündete sie an.

»Und jetzt? Wo fangen wir an?«, versuchte Lisa ein Gespräch zu beginnen, die ersten Fragen zu stellen, die ihr unter den Nägeln brannte.

»Vielleicht bei Ulrike«, sagte Maria leise, blickte dabei in die kleine Flamme.

Lisa zog fragend die Augenbrauen hoch. »Warum gerade bei Ulrike? Eigentlich sollte sie auch hier sein, hier in deinem Zimmer.«

Maria nickte, starrte weiter in die Flamme der kleinen Kerze. »Das hatte ich auch so verstanden, aber ...« Es fiel ihr schwer, die Worte auszusprechen. »Sie ist tot.«

Lisa zuckte zusammen, spürte, wie sich ihre Kehle zusammenzog. Sie hatte immer ein gespaltenes Verhältnis zu Ulrike gehabt, weil sie Maria näherstand als sie selbst – lächerliche Freundinneifersucht. Es war albern und doch so zerstörerisch. Jetzt schämte sie sich für ihre Gedanken und versuchte etwas gutzumachen, was nicht mehr gutzumachen war. »Tot? Das kann doch nicht sein! Alles lief glatt, die Verträge, die Überweisung der Summe, so wie bei dir«, sagte sie und wusste gleichzeitig, dass es längst überflüssig war. Tot, die Endgültigkeit, die von diesem kleinen, niederschmetternden Wort ausging, ließ beide verstummen.

Lange saßen sie zusammen und schauten schweigend in die tänzelnde Flamme. Es tat gut, jemanden aus dem alten Leben bei sich zu haben, hier im Westen, wo alles neu und fremd war.

Irgendwann stand Lisa auf und wollte gehen.

»Ach, Lisa, ich wollte dich noch etwas fragen«, begann Maria zögernd.

Lisa hielt inne und drehte sich fragend um.

»Seit Tagen versuche ich meine Mutter zu erreichen. Hast du eine

Ahnung?«

Lisa wurde plötzlich blass. Maria wusste es also nicht. Nun musste sie ihr die nächste Hiobsbotschaft überbringen.

Maria musterte sie aufmerksam und wusste sofort, dass etwas nicht stimmte. »Lisa bitte, du weißt von ihr?«, insistierte sie.

Lisa setzte sich wieder und nahm Marias Hände. »Haben Sie dir nichts gesagt?«

Maria blickte zur Seite, biss sich auf die Lippe. Lisas Gesichtsausdruck verriet bereits die traurige Gewissheit.

»Also gut. Es war kurz nach deiner Verhaftung. Magda, die Schwester aus dem Knastkrankenhaus, rief mich an. Deine Mutter wurde eingeliefert. Herzinfarkt wurde vermutet. Sie starb noch in der Nacht.«

»Oh mein Gott, erst Ulrike, dann Mama.« Marias Stimme zitterte, sie klammerte sich an Lisas Hände. »Warum? ... Warum passiert das alles? Das ist nicht ... «, sie suchte nach dem richtigen Wort, »nicht gerecht.«

Lisa fing Maria, die plötzlich blassgrün wurde und die Augen verdrehte, gerade noch auf. Mühsam schleppte Lisa sie zum Bett, legte ihre Füße hoch, deckte sie zu. Mitfühlend strich sie ihr über die Stirn. »Schlaf erst einmal und dann sehen wir weiter.«

Für einen Moment wachte Maria auf und blickte sich suchend um, blieb an Lisas Augen hängen. »Danke, Lisa, wenn ich gewusst hätte, damals«, es war nur noch ein Flüstern »ich war so dumm, so verbohrt.«

»Lass gut sein. Versuch zu schlafen.« Lisa setzte sich auf das andere Bett. Es wäre Ulrikes Bett gewesen.

Als Maria am nächsten Morgen erwachte, lag Lisa auf dem Bett gegenüber und schlief. Leise und ohne sie zu wecken, schlich sie hinaus auf den Gang. Eine Kaffeemaschine thronte auf einer Anrichte, für jeden zugänglich, daneben eine Spardose. Sie griff in die Tasche, holte ihr Portemonnaie heraus, steckte zwei Mark in den Schlitz. Dann füllte sie zwei Tassen mit Kaffee und etwas Milch und ging zurück auf ihr Zimmer.

Lisa war inzwischen wach, saß am Tisch und rieb sich die Augen. Maria stellte die Tassen auf den Tisch, küsste sie auf die Stirn. »Danke, dass du dageblieben bist.«

Lisa nickte, lächelte verlegen. Beide nippten an dem viel zu heißen Kaffee, schauten sich fragend an.

»Und du, wie ist es dir ergangen nach deiner Flucht?«, fragte Maria dann.

Lisa wirkte sofort wach, dachte an ihr neues Leben. »Stell dir vor, die haben mir gleich einen Studienplatz für Medizin gegeben.«

Maria nickte und lächelte sie an. »Das hast du verdient. Wenn es jemand verdient hat, dann du.«

»Für dich eröffnet sich bestimmt auch noch etwas ganz Besonderes«, versuchte Lisa Marias Gedanken zu zerstreuen.

Wieder schwiegen sie eine Weile. Dann blitzten Lisas Augen auf. »Du, ich habe eine Idee. Morgen Abend treffe ich mich mit Kommilitonen in einer kuscheligen Kneipe. Die sind alle wirklich okay und schon ganz neugierig, dich kennenzulernen.«

»Ich weiß nicht.« Maria winkte ab. Zu viele Katastrophen lasteten noch auf ihr.

»Komm, du musst hier raus, du musst unter Menschen.«

»Vielleicht. Ich denk drüber nach. Einverstanden?«

Lisa ließ nicht locker. Sie fing an, von ihrem Studium zu erzählen, ihren Kommilitonen. Als sie den Kaffee zu Ende getrunken hatte, stand sie plötzlich auf. »Ich hol dich vorne am Pförtnerhäuschen ab. Also dann, morgen um sieben. Versprochen?«

Maria hatte immer noch Zweifel. Im Moment fühlte sie sich nicht gewappnet für die neue Welt, die sie umgab. Die alte war noch zu dicht an ihr dran. »Nein, nicht versprochen, aber ich denk drüber nach.«

Maria bekam ein Taschengeld ausgezahlt. Sie musste sich also nicht einladen lassen, nicht erneut Danke sagen. Nachdem der Tag kalt und verhangen nicht enden wollte, war sie dann doch erleichtert, um sieben Lisa am Pförtnerhäuschen anzutreffen. Sie schlenderten Richtung Innenstadt. Bisher hatte sich Maria im Notaufnahmelager verkrochen. Jetzt war sie froh, die ersten Schritte in die neue Welt mit Lisa gemeinsam zu gehen. Alles schien ihr sauber und hell. Keine bröckelnden Fassaden, keine Plattenbauten. Die Vorgärten waren gepflegt, die Rosen sorgfältig zurückgeschnitten. Der imperialistische Westen machte einen freundlichen, einen friedlichen Eindruck. In der Altstadt reihten sich Geschäfte aneinander. Die Auslagen waren gefüllt und hell beleuchtet. Maria blieb an jedem zweiten Fensterladen stehen.

»Komm, Maria. Es wird Zeit. Wir sind schon spät«, sagte Lisa schließlich.

Es war eine dieser unter Studenten angesagten Kneipen. Eine steile Treppe führte in den Keller, weckte bei Maria ungute Erinnerungen. Gitter waren zum Glück keine an den Fenstern. Ein überdimensionales Bild von Che Guevara bedeckte die Wand: lange Haare, unrasiert, verwegener Blick in Schwarz-weiß, nur der Stern auf seiner Kappe leuchtete rot. In der Ecke spielte einer auf der Gitarre, sang ein Lied von Wolf Biermann. In der DDR hätte er nicht singen dürfen.

Die Kommilitonen, wie Lisa sie unentwegt nannte, waren wirklich sehr nett. Zwei Mädchen, Anne und Rebecca, und ein Junge, der sich gleich als Sebastian vorstellte. Sie waren mit Lisa im selben Semester. Sebastian sah gut aus, schlank sportlich, die Nase etwas zu groß, was ihm jedoch ein markantes Gesicht verlieh. Im ersten Moment erinnerte er Maria an Alex. Er machte Lisa unverhohlen schöne Augen. Wenn er es nicht so plump anstellen würde, dachte Maria amüsiert, hätte er vielleicht sogar Chancen. Anne und Rebecca wiederum ließen keine Zweifel aufkommen, dass sie sich eine feste Freundschaft mit Sebastian vorstellen könnten. Der würdigte sie jedoch kaum eines Blickes, hatte nur Augen für Lisa.

Sie saßen an einem kleinen runden Tisch, redeten über die aktuellen Hits im Radio, über Professoren, den nächsten Urlaub in Italien. Maria lehnte sich zurück, wollte nicht viel sagen, einfach nur dem für sie belanglosem Geplapper lauschen. Es war ein leichtes Leben hier im Westen: volle Geschäfte, Wohlstand, Sorglosigkeit. Wer mit wem befreundet war, schien wichtiger als alles, was sich in der Welt abspielte, selbst wenige Kilometer entfernt, hinter einer mörderischen Grenze. Politik schien nicht zu interessieren, musste offenbar auch nicht interessieren. Che Guevara und Biermann sahen gut aus, klangen gut, das reichte. Und doch hatte Maria mehr und mehr das Gefühl, etwas sagen zu müssen.

Es war Anne, die sich plötzlich zu ihr umdrehte. »Und du hast im Knast gesessen? Bei Wasser und Brot?«

Maria zuckte zusammen, wollte nichts erwidern. Sie blickte zu Lisa, die verlegen die Schultern hob. Offenbar hatte Lisa sie bei ihren Kommilitonen entsprechend blumig angekündigt. Aber war dies nicht vielleicht die erste gute Gelegenheit, die Wahrheit auszusprechen, so wie sie es im Bus dem Mann mit der bunten Krawatte angekündigte hatte? »Nicht gerade bei Wasser und Brot, aber viel besser war es nicht.«

»Komm, erzähl doch mal«, bohrte Anne nach.

»Es ist nicht so einfach, darüber zu reden.« Maria suchte nach den richtigen Worten.

»Immerhin haben wir dich dann ja freigekauft«, platzte Rebecca dazwischen. Sie war strohblond und trug eine pinkfarbene Brille.

Maria schluckte. Freigekauft. Recht hatte sie ja. Aber so, wie sie es sagte, klang es verletzend. »Freigekauft. Glaubst du, dass man Freiheit einfach so kaufen kann?« Sie versuchte gelassen zu bleiben.

»Zumindest wart ihr ja mit eurer Planwirtschaft am Ende«, ergänzte Rebecca trocken. »Und dann müssen halt wieder mal wir mit unseren Steuergeldern dafür aufkommen.« Sie zog am Strohhalm ihrer Caipirinha.

»Es war nicht meine Planwirtschaft und schon gar nicht mein Plan. Manchmal kann man sich sein Leben nicht aussuchen«, erwiderte Maria entschieden. Am liebsten hätte sie das Thema gewechselt.

»Mag schon sein«, ergänzte Rebecca. »Aber«, sie setzte einen provozierenden Blick auf, »eigentlich müsste unser Geld da drüben an diese Demonstranten gehen. Die sind ganz schön mutig.«

»Du meinst wohl, weil sie nicht einfach abgehauen sind so wie ich? Weil sie keine illegalen Flüchtlinge sind, die hier auf Kosten deiner Steuergelder schmarotzen? Ist es das, was du sagen willst?« Maria erhob sich ruckartig, stieß den Stuhl zur Seite und rannte zur Tür.

Lisa kam ihr hinterher, erwischte sie kurz vor der Tür und hielt sie auf. »Maria, jetzt sei doch nicht so. Sie hat es nicht so gemeint«, flüsterte sie, was im allgemeinen Lärm der vollen Kneipe fast unterging.

Maria sah ihr aufgebracht in die Augen. »Bist du dir da sicher? Schau sie dir doch an, deine verwöhnten Kommilitonen. Ach ja, bevor ich es vergesse.« Sie griff in die Tasche, holte einem Fünfzig-Mark-Schein hervor, steckte ihn Lisa in die Brusttasche. »Hier. Ihr seid alle eingeladen. Schließlich ist es ja euer Geld.«

»Maria, bitte.«

Maria seufzte. »Es hat nichts mit dir zu tun. Vielleicht war doch alles zu viel für heute. Sehen wir uns morgen? Wir haben viel zu bereden, nur wir beide.«

Lisa lächelt. »Wir sollten mal wieder zusammen singen, Gitarre spielen, meinst du nicht auch?«

Maria lächelte zurück, nickte zustimmend. Dann eilte sie zurück zum Notaufnahmelager, warf sich auf ihr Bett und vergrub ihr Gesicht ins Kissen. Rebeccas Worte nagten an ihr. Freigekauft, war das der Preis der Freiheit? Die Worte der Frau im Flüchtlingsbüro kamen ihr in den Sinn: »Sie haben das Recht, Ihre Meinung zu sagen, wenn etwas nicht stimmt. Nutzen Sie die Freiheit, machen Sie das Beste draus.« Es war leichter gesagt, als getan.

Die Kerze stand noch auf dem Tisch. Sie setzte sich auf den Stuhl, zündete sie an und schaute nachdenklich der flackernden Flamme zu. Es war, als erzählte sie ihr eine Geschichte, die lange zurücklag, von einem Lagerfeuer an der Ostsee. Damals durfte Ulrike ihre Meinung nicht sagen, sie tat es dennoch.

Der 9. November 1989 war ein besonderer Tag. Günter Schabowski hatte einen kleinen Zettel verlesen und damit verkündet, dass die Mauer offen sei. War es ein Versehen oder hatte es ihm jemand zugesteckt? Die Worte, die er verlas, die er auf Rückfrage eines verdutzten Reporters wiederholte, veränderten die Welt. Es dauerte nicht lange. Menschen strömten durch neu entstandene Grenzöffnungen, fielen sich diesseits und jenseits in die Arme, weinend und lachend, weil es kein Diesseits und Jenseits mehr gab. In Berlin kletterten Menschen auf die Mauer, auf ihren Schutzwall, der nur einer kleinen Gruppe Unbelehrbarer Schutz vor dem eigenen Verfall geboten hatte. Die DDR hatte aufgehört zu existieren. Ein hilflos dastehender letzter Staatsratsvorsitzender versuchte zu retten, was nicht mehr zu retten war, am wenigsten sich selbst. Man hätte Mitleid mit ihm haben können, zu viele hatten es sogar.

Am nächsten Morgen ging Maria in die Stadt. Es zeigte sich ein seltsames Bild. Trabis und Wartburgs standen auf den Wegen und im Halteverbot. Die Fahrer wussten es nicht besser. Strafzettel wurden keine verteilt, dafür Begrüßungsgeld. Hundert Mark für jeden, Geld, das in säckeweise Bananen umgesetzt wurde. In kleinen Grüppchen standen sie da, verunsichert. Die Frauen waren am Vortag zum Frisör gegangen und rochen nach Casino de luxe. Maria beobachtete sie von der anderen Straßenseite. Irgendwie taten sie ihr leid, dabei hatte sie selbst noch vor wenigen Wochen so dagestanden. Es würde noch lange dauern, bis das Gefühl, ob vom Westen oder Osten kommend, aus den Köpfen der Menschen verschwunden wäre. Vielleicht würde es auch nie verschwinden. Die Mauer war weg, und doch hatte sie einen hässlichen Graben hinterlassen, eine Narbe mitten durch ein Land, das vierzig Jahre lang hermetisch geteilt war.

Am nächsten Tag fuhren die meisten wieder ab, zurück in ihre Heimat. Maria fragte sich, ob sie den ein oder anderen ansprechen sollte, ob man sie mitnehmen könnte. Es war ein Gedanke, der sie nicht mehr losließ.

Es war bereits Anfang Dezember, der Advent hatte begonnen. Advent, die Ankunft, hatte für viele eine neue Bedeutung bekommen. Nicht so für Maria. Sie wohnte noch in ihrem Zimmer im Notaufnahmelager, nichts hatte sich verändert. Inzwischen hatte sie genug Taschengeld angespart. Sie wollte zurück, dorthin, wo sie alles verloren hatte. Sie spürte, dass nur dann auch für sie der Advent beginnen konnte, wenn er denn überhaupt je für sie beginnen würde.

Sie musste mehrfach umsteigen, Frankfurt am Main, Fulda, Herleshausen. Als die Grenzanlagen in Sicht kamen, überlegte sie einen Moment auszusteigen. Es war wie eine Fahrt zurück in die Vergangenheit, in den Abgrund. Sie holte ihren neun Reisepass hervor, klammerte sich an ihm fest. Sie würde ihn nicht aus der Hand geben. Es kontrollierte keiner. Die Fahrt ging weiter. Der Braunkohlemief machte sich mehr und mehr bemerkbar. Gegen Abend kam sie in Halle an. Es war dunkel und neblig, als habe sich nichts verändert. In der Nähe des Bahnhofs war das Interhotel.

Der Mann an der Rezeption schaute sie misstrauisch an. »Devisen?«

Es hatte sich wirklich nicht viel verändert, außer dass sie jetzt auf der anderen Seite stand. Sie zahlte für eine Nacht im Voraus. Das Zimmer entsprach ihren Erwartungen: sterile, glatte Möbel, weißes Waschbecken. Villeroy & Boch stand auf der Klokante. Der Bettbezug kam ihr bekannt vor. Neckermann, die Etiketten wurden damals in Hoheneck angebracht, im Auftrag des kapitalistischen Feindes. Das sozialistische Experiment, alle waren sie beteiligt gewesen, im Osten wie im Westen, es war gescheitert. Das war's. Das Leben ging weiter.

Am nächsten Morgen ging sie an ihrer alten Wohnung vorbei. Schulze stand an der Klingel, offenbar wohnte er jetzt im ersten Stock, in ihrer ehemaligen Wohnung. Ob er die Bibliothek übernommen hatte? Sie wollte es nicht wissen, klingelte nicht, ging zurück zur Straße in Richtung Schrebergartenverein. Die Tür zum Garten ihrer Kindheit stand offen. Unkraut wucherte ihr entgegen. Die Rosen waren verwildert. Niemand hatte sie zurückgeschnitten, niemand hatte zwischen ihren Wurzeln geharkt. Ein paar Ringelblumen standen noch in voller Blüte. Der Frost kam dieses Jahr offenbar sehr spät. Das Dach der Hütte war eingefallen. Auch hier stand die Tür offen. Es roch modrig. Ein Messer hing an der Wand, an einer Kordel, einem verrosteten Nagel. Sie sah Oma Hedde, wie sie damit die Blumen und die Pfefferminze geschnitten hatte. Andächtig nahm sie es in die Hand und ging zurück zu den Rosen, schnitt einige ab, dazu einige Ruten Pfefferminz. Oma Hedde, ihre Eltern, Ulrike, alle, die ihr etwas bedeuteten, waren weg. Sie fühlte sich schwer, einsam, verlassen. Es war an der Zeit, dass auch sie ging.

Der Friedhof war nicht weit. Sie musste nicht lange suchen. Das Beet vor dem Grabstein war frisch bepflanzt. Hedwig Münkwitz, der oberste Name auf dem Stein, klang fremd. Für Maria war sie immer nur Oma Hedde, die in ihr die Sehnsucht nach fremden Menschen und Ländern geweckt und gleichzeitig damit gestillt hatte. Darunter stand der Name Helmut Münkwitz, ihr Vater, der ihr so viele Fragen schuldig geblieben war, der sie mit seinem Schweigen vor der Realität zu schützen versucht hatte. Sollte sie ihn dafür hassen oder ihm nicht lieber dankbar sein, ihr eine unbeschwerte Jugend geschenkt zu haben? Es war aber auch der Vater, der ihr das Tagebuch geschenkt hatte, um ihre Gedanken zu sortieren, die Wahrheit, auch wenn das Tagebuch nun verschwunden war, für immer festzuhalten. Aber was war schon die Wahrheit? In der DDR und scheinbar auch im Westen bestand sie darin, konsequent verdrängt zu werden. Verdrängen, um zu überleben auf der einen, unbelastet zu genießen auf der anderen Seite des Eisernen Vorhangs. Und dann stand da noch der Name Hildegard Münkwitz, der Name ihrer Mutter. Der Schriftzug war frisch eingeritzt, die endgültige Wahrheit ihres Todes in Stein gemeißelt. Dennoch fiel es ihr schwer zu akzeptieren, dass sie wirklich tot war. Irgendwie lebte sie weiter: die Mama hinter dem Bügeleisen. Und doch steckte so viel mehr in ihr. Dankbar dachte sie an die letzten

Gespräche nach Papas Tod. Sie hatte alles durchdacht. Sie hatten seit ihrer Geburt viel Zeit miteinander verbracht und doch so wenig. Ihre Tochter in Hoheneck zu wissen, hatte ihr vermutlich das Herz endgültig gebrochen. Maria faltet die Hände, versuchte zu beten. Vielleicht war sie doch noch da, Mamas Seele, irgendwo zwischen Himmel und Erde.

Ihre Hände waren kalt, zitterten leicht, als sie die Pfefferminze und die Rosen auf das Grab legte. »Fly, fly fly, wo immer du bist, Mama«, murmelte sie leise.

Aber da war noch jemand, der schmerzhaft fehlte: Ulrike. Der Gedanke an sie traf Maria unerwartet, schnürte ihre die Kehle zu. Sie wollte weinen, konnte es nicht, wollte wegrennen, vor sich selbst fliehen. Aber jeder Ort war wie jeder andere: leer, sinnlos, tot.

Ulrikes Name stand nicht auf dem Grabstein, nicht auf diesem. Erinnerungen schossen in ihr hoch. Sie waren wie Zwillinge, hatten sich vorgenommen, alles zusammen zu erleben, auch das Ferienlager an der Ostsee. Es war nur ein gemeinsamer Tag, aber einer, den sie immer im Herzen behalten würde. Und doch gab es noch so viel mehr, das sie verbunden hatte. Sie sangen gemeinsam, träumten gemeinsam, tauschten kleine Zärtlichkeiten aus. Sie war ein Teil von ihr, der aus ihrem Leben gebrochen war. Ulrike hatte an ein Leben nach dem Tod geglaubt. Ahnte sie bereits, dass ihnen nur eine kurze gemeinsame Zeit beschert sein würde, dass ein Leben nach dem Tod die einzige und letzte Möglichkeit sein würde, sich wiederzusehen? Jetzt, wie nie zuvor, sehnte sich Maria danach, dass Ulrike Recht behielt.

Nicht weit entfernt vom Familiengrab, dort, wo sich die Hauptfriedhofswege kreuzten, stand ein Brunnen. Im Grunde war es nur ein betoniertes Becken, aus dem man Wasser schöpfen konnte. Pflanzen gießen am Ort des Todes war für viele der Zurückgelassenen eine willkommene, wenn auch widersprüchliche Ablenkung. Maria ging es nicht anders. Mühsam schlich sie sich an den Gräbern vorbei. Der Kies knirschte unter ihren Füßen. Am Brunnen nahm sie eine der Plastikgießkannen, die aufgereiht am Boden standen, und beugte sich über den Brunnenrand. Als sie die Gießkanne ins Wasser tauchen wollte, zuckte sie jedoch zusammen. Ihr Spiegelbild starrte sie an. Sie kam sich fremd vor. Ringe unter den Augen, zerzauste Haare. Die wenigen Wochen, die hinter ihr lagen, hatten sie verändert, hatten an ihr gezehrt. Eilig stellte sie die Kanne zurück auf den Brunnenrand, tauchte beide Hände ins Wasser und zerstörte ihr hässliches Spiegelbild.

Obwohl die Luft Mitte Dezember bereits kalt war und den Winter ankündigte, schöpfte sie sich einen Schwall Wasser ins Gesicht. Es fühlte sich gut an, erinnert sie daran, dass sie noch lebte. Erleichtert richtete sie sich auf, atmete tief durch und blickte nach oben. Erst jetzt fielen ihr die mächtigen Bäume auf, die, weil sie ihre Blätter bereits verloren hatten, die hellen Sonnenstrahlen ungehindert hindurchließen. Der Himmel war tiefblau, unbelastet von dem, was auf ihr lastete. Ein Rotkehlchen setzte sich auf die Armlehne einer neben dem Brunnen stehenden Parkbank und blickt neugierig, vielleicht auch etwas ängstlich zu Maria hinüber. Bevor sie etwas sagen konnte, früher bildete sie sich ein, mit Vögeln reden zu können, flog der kleine Piepmatz davon. Sie sah ihm nach. Wenn sie von etwas träumte, dann war es, einfach davonzufliegen.

Erneut nahm sie die Plastikgießkanne in die Hand, tauchte sie in das kühle Nass, füllte sie bis zum Rand und ging zurück zum Grab. Das Wasser benetzte die graubraune Erde, reflektierte für einen kurzen Moment den Himmel. Am Ende blieb nur ein feuchter, dunkler Fleck. Aber war es nicht gerade das, was neues Leben hervorbrachte?

»Maria?«

Erschrocken blickte sie sich um. Ein Mann in Uniform stand plötzlich hinter ihr. Sie hatte ihn nicht kommen hören. Er trug den Dienstanzug eines Friedhofswärters. Aber es war nicht der, den sie von früher, von Vaters Beerdigung in Erinnerung hatte. »Hans? Du hier?«, fragte sie mehr als überrascht.

Er nickte und stellte sich zu ihr ans Grab. »Vielleicht kanntest du noch meinen Vater?«, kam er einer weiteren Frage zuvor.

Maria erinnerte sich an das freundliche Gesicht. Damals hatte sie sich gewünscht, dass er und nicht der Pfarrer die letzten Worte gesprochen hätte. »Ist er ...?«, sie schluckte bei dem Gedanken, dass noch jemand gegangen sein könnte, jemand, an den sie sich gerne erinnerte.

»Tot? Nein, Gott bewahre. Es geht ihm gut. Ist im Ruhestand.«

Sie standen zusammen. Maria hatte viele Fragen, deren Antworten sie im Grunde nicht hören wollte.

Hans kam ihr erneut zuvor. »Im Ferienlager dachtest du, ich stünde auf der anderen Seite, nicht wahr?« Maria nickte. »So war es auch zuerst. Ich wollte dem kleinkarierten Umfeld meines Vaters entkommen, ließ mich von der Stasi ködern. Im Ferienlager kam alles anders. Du warst nicht die Einzige, die mich zum Nachdenken brachte. Als ihr am letzten Abend gesungen habt, wollte ich dabei sein. Ich habe mich nicht getraut, habe mich versteckt.«

»War vielleicht besser so. Was konnten wir schon erreichen?«, murmelte Maria resigniert in sich hinein.

Wieder schwiegen sie eine Weile. Hans wirkte jedoch unruhig, wollte etwas loswerden, das ihm offenbar auf der Seel brannte.

»Du und Ulrike, ihr wart nicht die einzigen auf der roten Liste der Stasi.«

»Tatsächlich?« Marias Stimme klang abweisend, wollte das Gespräch beenden, allein sein mit ihren Gedanken. Hans ließ nicht locker.

»Alex ...«

Maria zuckte zusammen, kam ihm zuvor. »Alex, Alex Kuschinsky? Gerade er machte doch Karriere in der Partei.«

»Genau das war das Problem. Sohn vom Chef, Emporkömmling. Er bekam alles, Motorrad, Reisen, französischen Rotwein. Das schaffte Neid, passte schon gar nicht zu unseren sozialistischen Idealen. Alle, die ihn anscheinend umschwärmten, wollten nichts lieber, als ihn abzuservieren und seinen Vater gleich mit.«

Maria schüttelte zweifelnd den Kopf. »Und du wolltest nicht nur uns, sondern auch ihn schützen?«

»Er tat mir leid. Wir waren alle Opfer. Jeder auf seine Weise.«

Maria konnte nicht glauben, was er sagte. Vielleicht wollte sie es nicht glauben, nicht aus seinem Mund. Das Buch, das er unter seinem Arm trug und das er nun Maria reichte, hatte sie erst nicht bemerkt. Jetzt erkannte sie es sofort: Es war ihr Tagebuch.

»Sie haben es in Ulrikes Zelt gefunden. Sie hatte es an sich genommen, um dich zu schützen. Später hat sie steif und fest behauptet, es sei ihr Tagebuch.«

Maria starrte auf das Buch, dann Hans ins Gesicht. »Du hattest es?«

»Es tut mir leid, wenn ich darin gelesen habe. Aber es stand so viel darin, was dich belastet hätte, dich und Ulrike. Und natürlich Alex. Endlich hatten sie Beweise gegen ihn. Ich konnte das nicht zulassen, hab es verschwinden lassen, geklaut, aus den Händen der Stasi, wenn du so willst. Mein damaliger Vorgesetzter hat getobt, als es weg war.«

Maria seufzte. Es klang so unwirklich. Hatte sie sich wirklich in Hans getäuscht? »Warum erzählst du mir das? Um dein schlechtes Gewissen zu entlasten? Okay, geschenkt, war sehr mutig von dir. Bist du nun zufrieden?« Sie wusste nicht mehr, was sie glauben sollte. Im Grunde spielte es auch keine Rolle mehr. »Und am Ende kam die Wende. Glück für dich, Hans, Glück für dich. Für viele kam die Wende jedoch zu spät.«

Schweigend nahm sie ihr Tagebuch entgegen. Sie wollte die ersten Seiten aufschlagen, tat es dann jedoch nicht. Es wäre wie ein Strohfeuer für ihre schmerzhaften Erinnerungen. Jetzt wollte sie nur noch weg. Etwas anderes brannte in ihr, etwas, das sie sich erst nicht traute zu fragen. Es würde sie jedoch niemals loslassen, es nicht angesprochen zu haben. »Sag mal, Hans...« Sie zögerte holte tief Luft. »hast du etwas von Ulrike gehört?«

Hans nickte, griff in die Tasche und zog einen kleinen Zettel hervor, reichte ihn Maria. »Ich dachte, du wüsstest Bescheid. Sie haben sie nach Leipzig überführt.«

»Überführt?« Maria zuckte zusammen. Überführt, das Wort klang schrecklich. Sie nahm den Zettel. Ihre Hände zitterten. Sie konnte es kaum lesen. Auf dem Zettel stand eine Adresse. »Was ist das? Die Adresse eines Friedhofs?«

Hans lächelte und schüttelte den Kopf. »Nein, kein Friedhof. Es ist die Adresse ihrer Eltern. Sie waren gerade gestern hier, gaben mir den Zettel, weil sie vermuteten, dass du irgendwann kommen würdest. Ulrike ... sie wartet auf dich.«

Auf der Rückseite des kleinen Zettels standen ein paar Zeilen, darunter das Datum vom Vortag. Es war ohne Zweifel Ulrikes Handschrift.

We will fly, fly, fly
Together high, high, high
And now we see it fall
The bloody yellow brick wall

Maria drehte sich nochmals zu Hans um. »Das mit dem Tagebuch ...« Sie lächelte ihn dankbar an. »das war wirklich sehr mutig von dir. Werde ich dir niemals vergessen. Danke ... Hans.«

Dann rannte sie los. Ulrike sollte nicht länger warten. Aber da war noch etwas. Im Zug holte sie die Postkarte von Alex hervor. Eigentlich hatte sie den Eifelturm, ihre Vergangenheit, an Oma Heddes Seite beerdigen wollen. Jetzt strich sie die Karte glatt und steckte sie sorgfältig in die Innentasche ihrer Jacke. Sie war frei. Es war höchste Zeit zu fliegen.

Danksagung

Danke den vielen Menschen, die mir aus ihrem Leben in der ehemaligen DDR berichtet haben, solchen, die versucht haben, das Beste daraus zu machen, und anderen, die genau daran bitter zu leiden hatten, allen voran den Hoheneckerinnen, stellvertretend durch Konstanze Helber. Damals wie heute erfüllt es mich mit Scham, dass ich das Privileg hatte, auf der anderen Seite des Eisernen Vorhangs aufgewachsen zu sein.

Ein besonderer Dank gilt Cathy Müller-Scheessel für die wieder so wunderbare grafische Umsetzung des Covers und Alfred Nordmann für den hochwertigen Druck. Dass dieses Buch hörbar und sichtbar wurde (QR Code), verdanke ich der wundervollen Stimme von Elina Grohe, der Musikproduktion von Reiner Gleim und dem Kompositionstalent meiner Tochter Charlotte. Philipp Habel war der Kopf hinter der kreativen Filmgestaltung – dank Ihnen ist der vorliegende Roman nicht nur lesbar, er wurde sichtbar, hörbar, fühlbar.

Ein ganz besonderer Dank für das Buch-Coaching geht an Johanna Badorrek. Liebe Johanna, das war weit mehr als Lektorat und Korrektorat. Wie oft war ich blind und du hast mir die Augen geöffnet. Danke!

Nicht zuletzt ein herzlicher Dank an Christina. Mehr als dreißig Jahre sind wir nun verheiratet und immer noch frisch verliebt, immer noch bereit, einander zuzuhören, sich wertzuschätzen. Ohne dich wäre das Buch niemals zustande gekommen.

Wie geht es nach der Wende weiter?

Kommt es zu der Freiheit und Gerechtigkeit, nach der sich so viele aus »Und am Ende die Wende« gesehnt haben? Demnächst im Buchhandel:

Im Schippach-Verlag sind weiterhin erschienen:

Die Kopfstände-Trilogie ist ein Entwicklungsroman, der mit **»Kopfstände«**, dem aufwühlenden Leben von Jule und Al beginnt. Lernen Sie Karin und Nadjeschda kennen, die couragiert, verletzlich und damit so berührend sind. Lassen Sie sich ein auf Pater Lorenzo und auf Olli, deren Leben zu scheitern droht und die gerade deshalb nach dem Sinn darin suchen.

Mit **»Nie wieder Herzlos«** kündigt sich eine neue Generation an. Valerie und Daniel, die in ihrer Verschiedenheit nach Gemeinsamkeiten streben und zum grausamen Spielball der Macht werden.

Dreißig Jahre nach ihrer ersten Begegnung gerät die Welt nicht nur für Jule und Al aus den Fugen. In **»Leben ohne Freiheit«** scheint die Alternative aus weltweit terroristischen Anschlägen oder einer perfekten Überwachung unausweichlich. Ist es eine Zukunft, die bereits begonnen hat?

Wenn Sie gerne lesen, fangen Sie an mit »Kopfstände«. Allerdings können Sie auch mit »Leben ohne Freiheit« beginnen. Machen Sie sich allerdings darauf gefasst, dass Sie dann wissen wollen, wie alles angefangen hat.

KOPFSTÄNDE
649 S. Hardcover • ISBN 978-3-000475788 • 19,95 EUR

NIE WIEDER HERZLOS
659 S. Hardcover • ISBN 978-3-981775105 • 19,95 EUR

LEBEN OHNE FREIHEIT
586 S. Hardcover • ISBN 978-3-981775112 • 19,95 EUR

www.schippach-verlag.de